Chiquita

Chiquita

Antonio Orlando Rodríguez

© 2008, Antonio Orlando Rodríguez
© De esta edición:
2008, Santillana Ediciones Generales, S. A. de C. V.
Av. Universidad 767, col. del Valle,
México, D. F., C. P. 03100, México.

ISBN: 978-970-58-0389-5

Diseño:
Proyecto de Enric Satué

© Cubierta:
Paso de Zebra

© Imágenes de interiores:
Colección del autor

Impreso en U.S.A.

Para Sergio

Preámbulo

Chiquita existió y en este libro se cuenta su vida. Una vida tan fuera de lo común y asombrosa como ella misma. Nació cuando comenzaba una guerra y murió al finalizar otra. Y durante ese tiempo, protagonizó su propia guerra contra un mundo que parecía empeñado en clasificarla como un «error de la naturaleza».

Supe de ella por primera vez en La Habana, en 1990. Un señor de más de ochenta años, que había sido corrector de pruebas de la revista *Bohemia,* estaba vendiendo su biblioteca y fui a su casa con la ilusión de hallar algún libro interesante. Por más que busqué en los estantes de Cándido Olazábal —ese era el nombre del anciano—, no encontré nada que me llamara la atención. Cándido era muy conversador y me contó que en un par de días iba a mudarse para el asilo Santovenia.

—¿Tú eres escritor? —dijo de pronto, y cuando le contesté que sí, me arrastró hasta el dormitorio y abrió un escaparate—. Aquí hay algo que te puede interesar.

Sacó dos cajas de cartón y las puso sobre la cama.

—Eran tres, pero la más grande la perdí en 1952, cuando el ciclón Fox pasó por Matanzas y me inundó la casa*—explicó.

Las cajas estaban llenas de papeles amarillentos y noté que las polillas habían empezado a comerse algunos.

---

* El huracán Fox, uno de los peores que han azotado la isla de Cuba, pasó el 24 de octubre de 1952 por las provincias de Las Villas y Matanzas. Sus fuertes vientos, que alcanzaron los 280 kilómetros por hora, y sus torrenciales lluvias causaron gran destrucción en viviendas y cosechas. *(Todas las notas al pie de página son de Antonio Orlando Rodríguez.)*

—Esta es la biografía de una artista cubana llamada Chiquita —continuó el viejo—. Pensé llevarme las cajas para el asilo, pero, pensándolo bien, lo mejor que hago es deshacerme de ellas.

Buscó entre las hojas hasta encontrar un retrato de Chiquita. Me lo mostró y, al ver mi cara de asombro, soltó una risa pícara.

—Sí, era liliputiense. Le decían «la muñeca viviente» y «el más pequeño átomo de humanidad». También «la bomba cubana», pero ese sobrenombre ella lo odiaba. La conocí hace un carajal de años, cuando ya estaba retirada. Siempre tuve la idea de escribir un libro sobre ella. Me parece una injusticia que, a pesar de haber sido tan famosa, nadie en Cuba la conozca. Pero lo fui posponiendo y se me hizo tarde. A lo mejor terminas escribiéndolo tú.

Al llegar a mi casa, guardé las cajas en un clóset, con la idea de revisarlas cuando tuviera tiempo, pero me encargaron unos trabajos urgentes y durante una semana no pude ocuparme de ellas. Una noche, por fin, me decidí a abrirlas. Toda la madrugada la pasé leyendo los papeles y ajusticiando larvas de polillas. Cada capítulo de la biografía de Chiquita estaba cosido en un cuadernillo independiente y noté que faltaban unos cuantos, sobre todo de la mitad en adelante.

En cuanto amaneció fui a Santovenia. Por suerte, a Cándido Olazábal no se le había ocurrido morirse.

—Necesito saber qué se contaba en los capítulos perdidos —fue mi saludo—. Tiene que ayudarme a llenar esos huecos.

Cándido accedió y durante unos meses trabajamos juntos los martes y los jueves. Yo leía en alta voz los papeles, para refrescarle los recuerdos, y luego él trataba de sintetizar, delante de mi grabadora, lo que decían las páginas que se había llevado el huracán Fox. Quizás el verbo *sintetizar* no sea el más apropiado, porque Cándido hablaba hasta por los codos y a veces era difícil encauzarlo.

Gracias a su memoria de elefante, pudimos reconstruir los capítulos faltantes. Tenía claro que cuando Cándido no se acordaba de algo, salía del aprieto echando mano a su inventiva; pero, puesto que no disponía de otras fuentes para conseguir esa información, el resultado me pareció aceptable.

Al poco tiempo de terminar nuestra labor, me enviaron a un congreso de escritores en Moscú. A mi regreso, fui a Santovenia a llevarle a Cándido un radiecito portátil que le había comprado. Esa mañana no lo encontré tomando el sol en el portal, como era su costumbre, sino metido en la cama. Estaba pálido, flaco y respiraba con dificultad, pero tenía las mismas ganas de parlotear de siempre. «Me quedan tres afeitadas», dijo burlonamente cuando nos despedimos.

Antes de irme le pregunté a la médica del asilo si mi amigo tenía alguna enfermedad grave. «Los años», respondió, «y para eso no existe cura». Cuando regresé, un par de semanas después, ella misma me anunció que había muerto.

Mi idea era escribir lo antes posible una novela sobre Chiquita. Pero, como dice el refrán, el hombre propone y Dios dispone. En abril de 1991 logré irme a vivir fuera de Cuba y la vida me empujó por otros caminos. Primero llegué a Costa Rica, de allí salté a Colombia y no fue hasta diez años más tarde, cuando *caí* en Miami, que decidí retomar aquel proyecto.

Ocurrió así: mi amiga Nancy García me envió por e-mail la foto de una liliputiense y reconocí a Chiquita. Enseguida llamé por teléfono a La Habana y le pregunté a mi madre si las cajas de Olazábal y los casetes que había grabado en Santovenia seguían existiendo. «Están donde los dejaste», me respondió. Entonces aproveché que ella iba a viajar a Miami para visitarme y le pedí que me lo trajera todo.

Cuando releí los viejos papeles y escuché de nuevo la voz de Cándido, me convencí de que había llegado la hora de escribir, por fin, la vida de Chiquita. Lo primero que hice fue buscar huellas de su paso por Estados Unidos: en distintos periódicos hallé notas sobre ella y anuncios de sus presentaciones. También visité varias de las ciudades donde vivió y trabajó. Y, gracias a las subastas en Internet, logré añadir otras fotos y documentos a mi colección. Lo que nunca pude conseguir fue una película que Chiquita rodó en 1903. Si alguien sabe dónde pudiera verla, le agradeceré que me haga llegar la información.

Ahora bien, cuando pensé que ya estaba listo para sentarme a hacer la novela, no pude ir más allá de las primeras líneas. No entendía qué me pasaba, llegué a pensar que tenía un bloqueo creativo y hasta me deprimí. Pero un día, mirando las hojas apolilladas que seguían en las mismas cajas de Olazábal, entendí que era una petulancia de mi parte empeñarme en escribir otra vez una historia que ya había sido contada por su protagonista. ¿Qué me hacía suponer que yo pudiera narrarla mejor?

Entonces decidí renunciar al papel de autor y desempeñar un rol más discreto, secundario. Transcribiría con la mayor fidelidad posible los recuerdos de Cándido, redactaría algunas notas al pie de página con el fin de precisar inexactitudes o arrojar luz sobre determinados aspectos, y lo encabezaría todo con un preámbulo que explicase a los lectores el origen del libro.

Sí, Chiquita existió realmente y en estas páginas se relata su vida. No puedo asegurar que cuanto leerán a continuación sea la pura verdad. Algunos personajes y sucesos son tan singulares o extravagantes que rozan lo absurdo. Otros caen en el terreno de lo sobrenatural. Hasta donde me fue posible, traté de verificar cada dato y de separar la paja del grano. Debo añadir que, para mi sorpresa, algunas de las cosas que me parecían inverosímiles resultaron ser ciertas.

Donde Cándido Olazábal relata cómo conoció a Chiquita

Para empezar, déjame aclararte tres cosas. La primera: que Chiquita era bastante fantasiosa. Si creías todo lo que te contaba, estabas frito. A ella le gustaba mezclar las verdades con las mentiras y sazonarlas con exageraciones. Lo segundo que quería decirte es que, como buena Sagitario con ascendente en Capricornio, era muy obstinada. Incluso sabiendo que no tenía la razón en algo, le costaba dar su brazo a torcer. ¿Decir ella «me equivoqué»? Olvida eso. Además, era muy dominante. Si alguna vez fue una mansa paloma, cosa que dudo, la Chiquita que yo conocí tenía mucho carácter, era arrogante y estaba acostumbrada a mandar. Cuando alguien le llevaba la contraria, se volvía un basilisco. A lo mejor por dentro esa forma suya de ser la hacía sufrir, pero delante de mí nunca lo demostró.

Y lo tercero es que era putísima. Aunque en las fotos quedara con una carita que parecía incapaz de matar una mosca, era muy coqueta y siempre estaba tratando de seducir, de envolver a la gente con sus encantos. Ese era un juego que disfrutaba mucho. Quizás te cueste creerlo, pero ella tenía un qué sé yo que volvía locos a los hombres. Y a algunas mujeres también. Oyéndola hablar de sus amoríos llegué a la conclusión de que en este mundo hay más gente morbosa de la que uno se imagina.

En 1930 yo tenía veintitrés añitos y era capaz de escribir a máquina cincuenta palabras por minuto. Era delgado y bastante bien parecido, y aunque te extrañe tenía tremenda mata de pelo. Dos años atrás había llegado a Tampa para trabajar con un tío que vivía allí desde antes de que yo naciera. Mi madre le escribió contándole que en Matanzas estábamos comiéndonos un cable y le habló de mí; le dijo que era un muchacho con aspiraciones, que me había graduado de dactilógrafo y tenía facilidad para hacer rimas. La carta debió ser muy conmovedora, pues mi tío me pagó el pasaje para que fuera a darle una mano en su negocio, que resultó ser una fonda cerca de las tabaquerías de Ybor City.

Freía pescados mañana, tarde y noche, pero cada vez que mi tío me daba la espalda, dejaba lo que estuviera haciendo y me ponía a escribir mis versos o a leer. En esa época tenía un cuaderno lleno de poesías hechas por mí. Espantosas, creo recordar, aunque quizás algún soneto no fuera tan malo. Conmigo trabajaba un negro de Bahamas que era una fiera descamando. Como nos pasábamos todo el día metidos en la cocina, yo le enseñaba a hablar español y él me enseñaba inglés. Cada vez que lo oía tratando de conversar con los clientes, que eran todos cubanos, pensaba: «Si mi inglés es como su español, qué jodido estoy».

Un día que se me achicharraron unos pargos por estar buscando una rima, mi tío me echó una bronca y me puso de patitas en la calle. Aquello me pareció una bendición. No había dejado a mi madre sola en Matanzas para pasarme el resto de mi vida en una fonducha. Yo quería ser alguien. Necesitaba prosperar. Además, ni enamorada tenía por culpa de la peste a pescado.

Hice el intento de trabajar como torcedor, pero los cigarros me salían jorobados y al segundo día me botaron. A mí me hubiera gustado ser lector de alguna tabaquería y que me pagaran por leer en voz alta *Crimen y castigo* o *Los miserables*, pero ni soñarlo, ese era un puesto muy codiciado. Entonces alguien me habló de un periódico en español que publicaban unos matanceros en Brooklyn y hacia allá me dirigí, como un perfecto cretino, con la ilusión de que, gracias a mi habilidad para escribir a máquina, me darían un empleo.

Cuando llegué, me enteré de que el periódico lo habían cerrado hacía un año y de que conseguir trabajo de cualquier cosa en Nueva York era más difícil que sacarse el premio gordo de la lotería. Durante el tiempo que me había pasado friendo pescados, la economía de Estados Unidos se había ido a pique, y yo ajeno a todo.

En una pensión alquilé un cuarto compartido con dos italianos. ¡Cómo roncaban aquellos desgraciados! Por el día, deambulábamos de aquí para allá con los desempleados que pululaban por todos lados y comíamos la sopa que repartían gratis en la calle. La Gran Depresión le pusieron luego a esa época, pero cuando nosotros empezamos a vivirla ni nombre tenía. Cuando mis ahorritos se acabaron, tuve que irme a dormir al banco de un parque. Los italianos no tardaron en hacerme compañía.

Para protegernos del frío de la madrugada, estrujábamos papeles y nos los metíamos entre la ropa y la piel. Una noche los italianos trataron de robarme el cuaderno de las poesías para arrancarle las hojas y calentarse con ellas. Tuve que entrarles a golpes y ese fue el fin de nuestra amistad. El otoño se estaba terminando y en cualquier momento empezaría el invierno. ¿Dónde diablos dormiría entonces? Hasta ese momento, me las había arreglado para sobrevivir sin robar, pero si mi suerte no cambiaba, quizás tuviera que hacerlo. Entonces, como si Dios quisiera demostrarme que Él aprieta, pero no ahoga, sucedió algo inesperado. Estaba registrando un latón de basura en busca de periódicos viejos y, por qué no confesarlo, de algo a lo que se le pudiera hincar el diente, cuando vi un clasificado con el siguiente encabezamiento:

Typist Needed - Spanish and English
Se necesita dactilógrafo - Español e inglés

«Ese soy yo», dije, tratando de darme ánimos, y así fue como Chiquita, quien por entonces tendría sesenta años y vivía en Far Rockaway, entró en mi vida.

Pasé las de Caín para llegar a ese pueblito, que es un lugar de veraneo que queda en una península de Long Island, y después de dar más vueltas que un trompo encontré por fin la Empire Avenue, donde estaba la dirección que buscaba. Era una casa de dos pisos rodeada por una cerca: un bungalow de ladrillo y de madera, con un portal enorme, muchas ventanas de cristal y una chimenea.

Una negra muy prieta, caderona y seria me abrió la puerta y, cuando empecé a explicarle, en inglés, que estaba allí por el anuncio, me interrumpió diciendo: «A mí puede hablarme en cubano» y me miró de arriba abajo con disgusto. Aunque me había lavado la cara y me había peinado con esmero, mi ropa estaba sucia y me temo que apestaba.

—Déjeme ver si la señora puede atenderlo —dijo y me cerró la puerta en las narices. Al rato volvió a aparecer y, sin pronunciar una palabra, me hizo pasar.

Perdóname la expresión, pero al ver a la dueña de la casa casi me caigo de culo. Nunca se me había ocurrido que pudiera existir una mujer de ese tamañito. No sé si fue culpa de los nervios o que tenía el estómago pegado al espinazo, lo cierto es que me dio una fatiga, trastabillé y tuve que sentarme en un sofá.

—Tráele un vaso de agua, Rústica —dijo Chiquita, pero lo que su sirvienta me puso delante fue un café con leche y un pedazo de pan con mantequilla, porque se había dado cuenta de que estaba muerto de hambre.

Chiquita me preguntó si tenía referencias y tuve que decirle que no, pero aproveché para hablarle de mi afición por la literatura y de mis dotes de versificador.

Como no se me escapó que al mencionar que era de Matanzas las dos mujeres habían cruzado una mirada, les pregunté si conocían esa ciudad. «Algo», contestó Chiquita, sin entrar en detalles, y enseguida me explicó que tenía la intención de escribir un libro. Como a menudo amanecía con las manos hinchadas por la artritis, poder dictarle a un dactilógrafo le iba a facilitar mucho el trabajo. La persona que se quedara con el puesto debería vivir bajo su mismo techo; de hecho, el hospedaje, la alimentación y el lavado y el planchado de su ropa serían parte del pago por sus servicios.

—Si está interesado, puedo hacerle una prueba ahora mismo —dijo.

Me sentaron delante de una Underwood último modelo y, sin darme tiempo para familiarizarme con ella, Chiquita comenzó a caminar a mi alrededor y a hilvanar una frase con otra con su vocecita, que por entonces era un poco áspera, como el graznido de un cuervo. No tengo la menor idea de lo que me dictó, sólo recuerdo que, a pesar del tiempo que llevaba sin poner los dedos sobre una máquina de escribir, empecé a aporrear el teclado a gran velocidad, como si me estuviera jugando la vida. Y es que me la estaba jugando, ¿no? Cuando saqué el papel del rodillo, Chiquita lo estudió cuidadosamente.

—Su ortografía es buena y no le falta velocidad —reconoció—. Pero ¿qué tal es su inglés? —inquirió, pasando a hablarme en esa lengua.

Me esmeré por no hacer quedar mal a mi maestro de idiomas, el cocinero de Bahamas, pero tenía tanto miedo de perder el empleo que el resultado debió ser patético. Al concluir, bajé la vista y esperé su veredicto. Pero o el inglés no era un requisito fundamental o los aspirantes que habían acudido antes no habían dado la talla o a Chiquita la ablandó el hecho de que fuera de Matanzas. El caso es que, después de tenerme en ascuas durante un minuto, exclamó que, si estaba de acuerdo con las condiciones, podíamos empezar a trabajar al día siguiente temprano. ¿Y cómo no iba a estar de acuerdo, con el montón de días que llevaba durmiendo en un parque?

Al preguntarle qué clase de libro pensaba escribir, Chiquita me dedicó una sonrisa enigmática y dijo: «El de mi vida, y sólo se publicará después de mi muerte». Y para poner punto final a la entrevista, le ordenó a Rústica que me enseñara mi cuarto, que resultó ser una buhardilla de lo más agradable.

A mí aquello me parecía un sueño. En medio de la crisis que tenía paralizado al país, había conseguido techo, comida y una paga semanal que, aunque no fuera gran cosa, me permitiría seguir ayudando a mi pobre madre.

Volví a Brooklyn, fui a la pensión a recoger una maletica con mis pertenencias (libros, principalmente) que el dueño me había hecho el favor de guardarme, y al anochecer ya estaba otra vez en Far Rockaway, a tiempo para la cena. Recuerdo que fue una sopa de menudos de pollo y que me la tomé en la mesa de la cocina, acompañado por Rústica. Aunque la acribillé a preguntas para que me dijera quién era Chiquita, qué tenía de especial su vida para que quisiera hacer un libro sobre ella, cuáles eran sus manías y cosas de ese tipo, no fue mucho lo que pude sacarle. Esa mujer era una tapia. Tuvieron que pasar muchas semanas para que entrara en confianza, se le soltara la lengua y me contara algunos chismes.

La habitación que Chiquita eligió para que trabajáramos fue la que usaba para leer, escribir sus cartas y oír música. Era como una casita de muñecas, con los muebles hechos a su medida. Los únicos de tamaño normal eran la mesa donde estaba la Underwood y mi silla; el radio Philco, modelo Tudor, de consola de roble (su dueña, por supuesto, no alcanzaba los botones), y la mecedora donde, una que otra tarde, discreta como una sombra, Rústica se sentaba a coser y a escucharnos.

Para empezar nuestra primera jornada, Chiquita me aclaró que quería contar su vida sin utilizar nunca la primera persona del singular: su intención era que el libro pareciese hecho por un biógrafo y no por ella. Aquello me extrañó y le pregunté por qué deseaba ocultar su voz.

—Por lo general, quienes escriben sobre sí mismos son unos presuntuosos que no hacen sino echarse flores —dijo—. Además, hay cosas de mi existencia que no me gustaría revelar encabezándolas con un *yo*.

Para mi tranquilidad, cuando empezó a dictarme lo hizo de forma pausada, como si saboreara las palabras. A veces se detenía en medio de una frase y se tomaba su tiempo para decidir cómo la iba a terminar. Otras, interrumpía la narración para contarme alguna anécdota o hacer un comentario burlón. Era ingeniosa y tenía una lengua aguda como un estilete. A media mañana hicimos un alto y Rústica nos sirvió un chocolate. Hasta ese momento habíamos trabajado de maravillas, pero la armonía se rompió cuando Chiquita me hizo leer en alta voz lo que tenía copiado. Al darse cuenta de que había alterado varias frases y eliminado otras, se puso furiosa. Traté de justificarme explicando que lo había hecho para embellecer el estilo.

—¡Su trabajo es copiar las cosas tal y como se las digo! —replicó, colorada, con los puñitos apretados y en un tono bastante descompuesto.

—¿Aunque repita tres veces la misma palabra o la oración sea un galimatías? —alegué—. Una cosa es hablar y otra muy distinta escribir, señora Chiquita. Si quiere poner en su libro todos los errores que en una conversación se perdonan, pero que dan grima cuando se leen en un papel, allá usted. A fin de cuentas —concluí, con cierta altanería— yo sólo soy un empleado y estoy aquí para hacer lo que me pida.

Mi discurso la dejó perpleja. El día anterior casi le había suplicado que me diera el puesto y, después de tener la barriga llena y de dormir en sábanas limpias, me portaba como un gallito de pelea. Pensé que ese sería mi primer y último día de trabajo en Far Rockaway. Pero no, no me despidió. Luego supe que la mejor manera de entenderse con Chiquita era diciéndole lo que uno pensaba de forma clara y firme. Si agachabas la cabeza, terminaba pisoteándote. Ella era terca, pero no bruta, y se dio cuenta de que su prosa había ganado mucho con mis arreglos.

Nos quedamos en silencio un rato y cuando se le pasó el berrinche me advirtió:

—En lo adelante, no me cambie ni una coma.

Le juré que sería muy respetuoso y que lo escribiría todo tal cual ella lo dijera. Entonces sonrió, conciliadora, y me dijo que tampoco quería que me limitara a copiar mecánicamente, como si fuera un autómata. ¡Al contrario! Se había dado cuenta de que yo no era un dactilógrafo del montón, sino un joven sensible, con lecturas y amante de la poesía. Si me parecía que algo podía *perfeccionarse,* debía comentárselo y ella lo tomaría en consideración.

Así lo hice, al principio. Pero después, a medida que pasaron los días, empecé a hacer cambios otra vez. Primero un adjetivo por aquí y luego un verbo por allá. Como Chiquita fingía no darse cuenta de mis alteraciones, me fui envalentonando y empecé a redactar algunas oraciones a mi manera, a poner al revés los párrafos y a resumir las descripciones que encontraba demasiado largas. Claro que no siempre podía hacerlo. Los días que Chiquita tenía el moño virado, se ponía hecha una fiera cuando le cambiaba algo y me obligaba a volver a copiarlo a su manera.

Y fíjate, con esto no quiero decir que le faltara vocabulario ni que no tuviera gracia para contar. Su problema era que no quería dejar nada fuera: todo le parecía importante. Yo tenía que pasarme el tiempo podando esto y lo otro, atajándola para que los capítulos no fueran interminables. Y así y todo, a pesar del montón de páginas que se perdieron con el ciclón, mira lo largo que nos salió el libro.

Capítulo I

Espiridiona Cenda llega al mundo. La leche de Nefertiti. Accidentado bautizo. Una advertencia de ultratumba. Visita a Matanzas del gran duque Alejo Romanov. Excursión al valle de Yumurí. El amuleto. Extraños jeroglíficos. La bilocación del jorobado. Los cuatro hermanos de Chiquita.

El día que su primogénita cumplió doce años, el doctor Ignacio Cenda la llamó a su despacho, le pidió que apoyara la espalda en la pared donde tenía colgado el título de medicina de l'Université de Liège y la midió.

—Veintiséis pulgadas —murmuró con voz inexpresiva. Exactamente lo mismo que el año pasado. Y que el anterior. Aunque sobre ese tema no se hablaba delante de ella por delicadeza, su hija sabía que todos en la familia, excepto él, habían renunciado a la esperanza de que creciera.

—Bueno, al menos tampoco me he encogido —bromeó Chiquita, tratando de restarle importancia al asunto, y se abrazó con cariño a las rodillas de su padre. Medir una pulgada más o menos no le importaba demasiado. Era corta de estatura, pero no de ideas, y hacía tiempo se había resignado a ser una enana.

—¡No uses esa palabra! —la regañaba Cirenia del Castillo, su madre, cada vez que la oía hablar así—. Tú no eres enana, sino *liliputiense.*

Pero, para Chiquita, una palabra u otra no cambiaba mucho las cosas.

—Los enanos son deformes, grotescos —insistía Cirenia, mirándola con reproche, sin dejar de mover a gran velocidad sus agujas de tejer—. Tú, en cambio, tienes una figurita grácil y armoniosa. Eres perfecta.

«Perfecta, sí, pero enana. Perfectamente enana», le hubiera gustado replicar a Chiquita, pero ¿para qué?

Espiridiona Cenda del Castillo nació a las siete de la mañana del 14 de diciembre de 1869, en la ciudad de San Carlos y San Severino de Matanzas, en la costa norte de la isla de Cuba.

Don Ignacio no quiso asistir a su esposa en el parto, temeroso de que la emoción le hiciera perder su proverbial sangre fría, y pidió a Pedro Cartaya, un colega en el que tenía plena confianza, que se hiciera cargo de la tarea.

Como si fuera un marido cualquiera, y no uno de los médicos más respetados de la provincia, aguardó en su despacho, bebiendo whisky y caminando de un lado para otro, hasta que los aullidos de dolor de su mujer cesaron súbitamente y oyó un débil berrido. Entonces echó a correr hacia la puerta del dormitorio principal y allí se quedó, paralizado, sin atreverse a entrar. No tuvo que esperar mucho: a los pocos minutos, el doctor Cartaya salió de la habitación.

—¿Todo bien? —se apresuró a preguntarle—. ¿Algún problema? —insistió, temeroso de que la criatura hubiera nacido con alguna malformación.

—Tranquilízate, hombre —le dijo Cartaya—. Es una hembrita linda y sana. Sólo que... un poco chiquita —añadió con cautela.

Aquel *un poco* fue un piadoso eufemismo. Segundos después, Ignacio Cenda comprobó, con un nudo en la garganta, que en realidad su hija era *muy* chiquita. Demasiado, tal vez. Era la recién nacida más diminuta que había visto en su vida. Eso sí, no le faltaba ni le sobraba nada. Disimulando su desconcierto, besó la frente de Cirenia, que sostenía a la niña, ya lavada y envuelta en pañales, entre sus brazos, y le aseguró que no había de qué preocuparse.

—Con cuidados y buena alimentación crecerá —la tranquilizó. Él mismo, tan alto y fornido, había sido un sietemesino enclenque. Su esposa estuvo a punto de replicar que su primera hija no era ninguna prematura: la había llevado durante nueve largos meses en el vientre. ¿Por qué llegaba al mundo tan esmirriada? Pero se sentía tan agotada que prefirió asentir, cerrar los ojos y sumirse en un sueño reparador.*

Doña Lola, la madre de Cirenia, había escogido los nombres de todos sus hijos y de la mayoría de sus nietos guiándose por el santoral, e insistió en que la niña se llamara Espiridiona en recuerdo de San Espiridión, el obispo milagroso de Chipre. Aunque Ignacio hubiera preferido un nombre sencillo, corto y fácil de recordar, como Ana o Rosa, no quiso discutir y la vieja se salió con la suya.

Chiquita nunca soportó su nombre, que sentía inapropiado y ajeno, y sólo lo utilizaba cuando no tenía otro remedio. Por suerte para ella, a la hora de llamarla o de mencionarla casi nadie se acordaba de que era tocaya del santo chipriota. Para todos era simplemente *Chiquita*. Así había comenzado a decirle su mamá desde que la tuvo por primera vez en el regazo —«mi chiquita, mi chiquitica»—, y todos se apropiaron del nombre, por cariño y porque resultaba perfecto para ella. Sólo doña Lola, para fastidiar, se empeñaba en llamarla Espiridiona cada vez que iba a visitar a los Cenda, que era a diario, mañana, tarde y noche, porque vivía muy cerca y le encantaba meter las narices en todo y enmendar las órdenes que su hija daba a los esclavos domésticos.

La esposa del doctor Cenda sólo pudo amamantar a la niña durante ocho días, pues un disgusto inesperado le cortó la leche: un pariente suyo llamado Tello Lamar fue sorpren-

---

* Según el folleto biográfico *Chiquita «Little One»*, Espiridiona Cenda midió ocho pulgadas y media al nacer. El diámetro de su cabeza era de dos pulgadas y tres cuartos; sus piernas medían cuatro pulgadas, y sus pies, una pulgada y media (es decir, eran más pequeños que el dedo meñique de un hombre común). Una caja de tabacos vacía hubiese podido servirle de cuna. El folleto (impreso en Boston por Alfred Mudge & Son, Printers) carece de fecha de publicación, pero debió circular en 1897. «Pizca de humanidad», «muñeca viviente», «Rayo X de Venus», «un duende con divina forma humana» y «la reina liliputiense cubana» son algunos de los calificativos que el texto le dedica a Chiquita.

dido mientras fundía balas en una finca y, después de improvisarle un juicio relámpago, los españoles lo fusilaron frente al muro del antiguo cementerio de San Juan de Dios. Hacía algo más de un año que Cuba estaba en guerra. Mientras los insurrectos luchaban en los campos por la independencia, en las ciudades los soldados de España y los batallones de voluntarios mantenían a la gente aterrorizada. Cualquiera que simpatizara con las ideas separatistas corría el riesgo de ser encarcelado y perder sus bienes, de ser deportado a la isla de Fernando Poo, en la lejana África, o de ser ajusticiado como el desdichado Tello. En medio de aquel infierno de confiscaciones y penas de muerte, Matanzas era uno de los pocos lugares de la isla que conservaba una relativa tranquilidad. No porque faltasen revolucionarios, sino por la mano de hierro con que gobernaban las autoridades y la rapidez con que se sofocaba cualquier conspiración.

Así pues, los Cenda tuvieron que alquilar a una criandera negra para que le diera el pecho a la niña. Su leche, abundante y espesa, tenía fama de sentarle muy bien a los recién nacidos. Que nadie vaya a pensar que Chiquita fue una de esas criaturas melindrosas que le huyen a la teta cuando se la ofrecen. Todo lo contrario: se prendía como una ternera del pezón oscuro y chupaba y chupaba golosamente. Tres semanas más tarde, estaba rozagante y rellenita, pero continuaba siendo una minucia, un gusarapo que al menor descuido se escurría entre las manos.

Una mañana, mientras amamantaba a la niña, a la criandera se le ocurrió comentar en alta voz algo que toda la servidumbre pensaba y, por prudencia, callaba: «Para mí que este angelito va a ser enano». Para su desgracia, la madre de Cirenia la escuchó y, sin pensarlo dos veces, la echó de la casa, no sin antes gritarle que era una negra sucia y una deslenguada.

Dio la casualidad de que en ese momento el doctor Cenda estaba atendiendo en su consultorio a un caballero que había pescado una enfermedad venérea en el burdel de Madame Armande, y ambos fueron testigos de los improperios de doña Lola y de las protestas de inocencia de la criandera. Deseoso de congraciarse con el médico, el paciente le habló maravillas de una camella tuerta y vieja que tenía en su finca de las Alturas de Simpson. La leche de ese animal, calificada por muchos de milagrosa, había salvado la vida a más de un niño delicado de salud.

—¿Una camella en Matanzas? —se asombró el padre de Chiquita.

—Tal como lo oye —se apresuró a asegurar la víctima de Madame Armande.

Años atrás, a un tío suyo se le había metido entre ceja y ceja importar camellos del Sahara para usarlos como bestias de carga. Así que hizo traer una docena y los puso a trabajar en sus campos de caña. No tardó en darse cuenta de que su plan era un fracaso total. Pese a su conocida resistencia al calor y a la sequía, los camellos resultaron completamente inútiles en el Trópico. La tierra colorada y la vegetación abundante parecían embotar sus sentidos, avanzaban dando tumbos, lloriqueaban como si añoraran las dunas del desierto y sólo dos, Amenofis y Nefertiti, consiguieron sobrevivir.

—Harto de aquellos rumiantes neuróticos, mi tío vendió el macho a un circo y la hembra me la regaló a mí. Así que si quiere, se la presto —concluyó el enfermo y su oferta fue aceptada en el acto.

Esa misma tarde Nefertiti desfiló parsimoniosamente por las calles de Matanzas, para sorpresa y regocijo del populacho, y se instaló en el patio de los Cenda. La niña no puso reparos a su nuevo alimento y durante varios meses tragó con avidez los generosos biberones que le daban con la esperanza de verla crecer. Si la leche de la camella era mirífica o no, no viene al caso discutirlo aquí, pero lo cierto es que a Chiquita no la pudo estirar.

Tampoco sirvieron de mucho los purés de viandas que Minga, la vieja esclava que había criado a Cirenia, le preparaba, ni las carísimas pócimas que el doctor Cenda hizo traer de Europa. Espiridiona crecía a cuentagotas, con un desgano insultante. Cuando cumplió seis meses, el padre Cirilo la bautizó en la intimidad de la casa. El doctor Cartaya y Candelaria, una prima de Cirenia a la que le decían Candela, fueron los padrinos.

Chiquita tuvo la indelicadeza de orinarse en los brazos de su madrina en el preciso momento en que la rociaban con el agua bendita. Los presentes se esforzaron por fingir que nada había ocurrido, pero al concluir la ceremonia soltaron las carcajadas. El padre Cirilo aseguró que nunca antes un angelito le había hecho semejante jugarreta.

¿Esa micción abundante y provocadora, en momento tan poco oportuno, sería una señal de que la niña estaba predestinada a hacer cosas fuera de lo común?

—¡Ay, si es una muñequita! —decían las amigas de Cirenia y se disputaban a la niña para cargarla, hacerle mimos y celebrar lo negros que tenía los ojos y el cabello.

Pero en cuanto las dejaban solas, arqueaban las cejas e intercambiaban miradas de estupor. La niña era una preciosura, sí, pero muy *poquita cosa*. La ropa de canastilla le quedaba enorme y habían tenido que hacerle pañales, sábanas y baticas mucho más pequeños. Aquello *no era normal*. Pobre Cirenia. Le había tocado una cruz difícil de cargar.

Los Cenda tuvieron que lidiar con el dolor y la inconformidad de haber traído una rareza al mundo. Adoraban a Chiquita, pero no acababan de aceptarla tal cual era. La querían de una manera desmesurada, casi rabiosa, en la que era difícil discernir cuánto había de cariño, de lástima y de remordimiento. No sacaban a la niña a la calle, a menos que fuera imprescindible, para evitar exponerla a la curiosidad o la burla de la gente malsana, y se ofendían si sus familiares y amigos la miraban con compasión.

A Cirenia le dio por pasarse horas en la iglesia, rezándole a cuanto santo tenía fama de milagroso, y a Ignacio por escribir cartas a los mejores doctores de Europa, con la esperanza de que le recomendaran un medicamento capaz de hacer crecer músculos y huesos o de que, al menos, le dieran una explicación para el mal de su hija. Como para echar más sal a sus heridas, una de aquellas eminencias le contestó que la posibilidad de engendrar una criatura así podía compararse con la de hallar la célebre aguja extraviada en el pajar. Lo que el sabio no aclaraba era por qué les había tocado a ellos la desgracia de encontrarla. Eran jóvenes, saludables y en sus familias no existían casos de enanismo. ¿De quién era la culpa, entonces? ¿Se trataba de un castigo de Dios? ¿De una suerte de expiación por algún pecado? Puesto al tanto de sus dudas, el cura Cirilo se apresuró a descartar cualquier connotación punitiva en el asunto. A su juicio, el tamaño de Chiquita era una prueba del Altísimo a la fe y la fortaleza de espíritu de la pareja.

El abatimiento de Cirenia llegó a tal punto que un día le pidió a Minga que la acompañara a ver a una mayombera que consultaban, a escondidas, muchas damas de Matanzas. Cubiertas con mantillas, para evitar que las reconocieran, se dirigieron hacia la casucha junto al río Canímar donde vivía Ña Felicita Siete Rayos.

Ama y esclava observaron cómo la negra echaba un chorro de aguardiente en el interior de una cazuela. Esa era su *nganga*, su prenda, el caldero de hierro de tres patas donde tenía metidos un cráneo humano, tierra de cementerio y de una encrucijada, palos de distintos árboles y huesos de sabandijas. El habitáculo de los espíritus, del Muerto, de lo sobrenatural. Algunos mayomberos obligaban a los difuntos a hacer cosas malas. Ella no, aclaró Ña Felicita: ella era una mayombera cristiana que sólo procuraba el bien de la gente. Después de trazar una extraña rúbrica en el piso, la bruja empezó a canturrear:

> *Nganga yo te ñama*
> *kasimbirikó.*
> *Nganga mío yo te ñama.*
> *Nganga ñama kasimbirikó...*

Una y otra vez lanzó siete conchas marinas sobre una mesa para averiguar qué le deparaba el porvenir a Espiridiona Cenda del Castillo y si existía alguna esperanza de sanación para ella, pero las respuestas fueron reticentes o contradictorias. Su *nganga* era así: majadera, ñoña, voluntariosa. A veces costaba ponerla a trabajar, explicó Ña Felicita a sus visitantes. Untó con manteca de coco el caldero, le encendió una vela y volvió a cantarle, mimosa.

¡Pero qué va! La *nganga* siguió ignorándola y de nada sirvió que, para despabilarla, su dueña le quemara tres montoncitos de pólvora ni que la azotara con una escoba de palmiche. Entonces a Felicita Siete Rayos no le quedó otro remedio que recurrir a los santos, a los *mpungos,* y rogarles que intervinieran. Dio una profunda calada a su tabaco y pidió ayuda a Nsambi, Sambiapunguele, Insambi, el Todopoderoso, el Creador, y también a Jesucristo Mpungo Kikoroto y a Mama Kengue, Nuestra Señora de las Mercedes.

Súbitamente la mayombera cayó en trance, se sacudió de pies a cabeza con violencia, y luego, con la voz grave y carrasposa de un anciano, preguntó por qué lo molestaban y lo obligaban a volver al lugar donde había padecido tanto. Era el espíritu de Kukamba quien hablaba: un congo muerto hacía más de trescientos años, el primer esclavo africano en poner un pie en Cuba, después de cruzar el océano en un barco negrero, y el primero en ser calimbado, marcado al fuego como una res con las iniciales de su amo.

Al notar que Cirenia se había quedado muda de terror, la vieja Minga tuvo que hablar con Kukamba y pedirle que les averiguara qué planes tenían en el Más Allá para la niña Espiridiona Cenda del Castillo.

A través de los ojos de la médium, Kukamba miró a las mujeres de hito en hito y les contestó que Allá no conocían a nadie con ese nombre tan rimbombante. A no ser que... ¡Un momento! ¿Acaso se referían a Chiquita? ¡Haberlo dicho antes, carajo! ¿A quién se le había ocurrido ponerle un nombre tan grande a una piltrafa de gente? Cirenia se mordió los labios y pensó que si en vida Kukamba había sido tan impertinente, bien merecido se tenía todo el cuero que sus amos le hubiesen dado. Pero, lejos de protestar o de mostrarse ofendida, tomó la palabra y, de la forma más respetuosa posible, le insistió al congo para que les dijera si el mal de Chiquita tenía cura. Ella, le aseguró, estaba dispuesta a hacer cualquier cosa por su hija: desde ir caminando descalza hasta la ermita de los catalanes en Montserrat, vestida con un tosco ropón de yute, hasta darles a los muertos todos los regalos que quisieran, por más costosos o difíciles de conseguir que fueran.

Kukamba le preguntó, con una sonrisa sarcástica, cuál era la enfermedad de la niña. ¿Era ciega? Cirenia se apresuró a contestar que no y el espíritu siguió indagando. ¿Era muda o sorda? ¿Estaba baldada? ¿Acaso era boba? La madre de Chiquita le dijo que gracias a Dios (y al instante pidió perdón al Altísimo por mentarlo en aquel ambiente sacrílego) su hija podía hablar, oír y moverse a la perfección, y que tampoco parecía tener problema alguno en la mente.

Al oír sus respuestas, Kukamba resopló con impaciencia e inquirió, con evidente mal humor, cuál era entonces el mal que tanto la preocupaba.

—Ella es muy... demasiado... chiquita —se apresuró a contestar Minga, al notar que su ama había perdido el habla de nuevo.

El congo soltó una risotada y repuso que en el mundo, para que fuera mundo, tenía que haber de todo: gente grande, gente chiquita y gente más chiquita todavía. ¿Quién había dicho que los chiquitos no podían ser *grandes*? La niña lo sería, a su manera, predijo misteriosamente. Por último, aconsejó a la *siñora* que volviera a su casa y que no le pusiera más peros a su *yija*. Los *mpungos* se encabronaban con los lamentos de la gente inconforme. *¡Po Dio santo bindito!* Mejor que no siguiera provocándolos o el día menos pensado iban a castigarla mandándole *kimbamba* mala a su chiquita.

La advertencia del congo impresionó tanto a Cirenia que esa misma noche, cuando Ignacio y ella se metieron bajo las sábanas, le contó su visita a Ña Felicita.

—No sé si esa bruja es una estafadora o si en realidad tiene poderes —comentó el doctor tras oír la historia—, pero lo que te dijo el tal Kukamba es la pura verdad. A partir de ese momento, los Cenda decidieron no lamentarse más y esforzarse por aceptar a su hija tal cual era, prestándole más atención a sus dones que a su defecto. Y como para probar la firmeza de su determinación, volvieron a hacer el amor, después de una larga abstinencia, sin sentimientos de culpa.

Con el tiempo, terminaron por acostumbrarse a la peculiaridad de Chiquita y también a la curiosidad que esta provocaba incluso en las personas de buen corazón. Para su consuelo, lo que a la niña le faltó en tamaño, le sobró en viveza y vigor. Aprendió a caminar antes del año y no tardó en hablar con una fluidez y una locuacidad poco usuales. Todos coincidían en que era hermosa, inteligente y saludable. Y *diminuta*.

El 29 de noviembre de 1871, el tercer hijo de Alejandro II de Rusia llegó a Nueva York, en visita oficial, a bordo de la fragata *Svetlana*. Durante tres meses y tres días, el gran duque Alejo Romanov y su séquito recorrieron varias ciudades de Estados Unidos. La comitiva estaba formada por un almirante, dos príncipes y un enano feo y contrahecho llamado Arkadi Arkadievich Dragulescu, quien había sido preceptor del veinteañero Alejo y lo acompañaba en calidad de secretario.

El presidente Grant los recibió en Washington. En aquella época, las relaciones entre los rusos y los americanos estaban en su mejor momento, pues unos años atrás el Zar había accedido a venderles Alaska por cinco millones de dólares.* El «joven vikingo», como denominó caprichosamente

---

* En realidad lo que pagó Estados Unidos en 1867 por la compra de Alaska fueron siete millones doscientos mil dólares.

la prensa al gran duque, recorrió desde yacimientos de oro y de cobre hasta fábricas de procesamiento de carne de cerdo, y en todas partes fue acogido con simpatía.

Para concluir su gira, Alejo se dirigió a Pensacola, en la Florida, donde se embarcó de nuevo en la *Svetlana*. Pero la nave, en vez de volver a Rusia, puso proa hacia Cuba. ¿Qué se les había perdido a los rusos en la mayor de las islas del Caribe, donde españoles y criollos estaban enredados en una sangrienta guerra que nadie sabía cómo ni cuándo iba a terminar? El gran duque no se conformó con recorrer La Habana y quiso visitar también la ciudad de Matanzas, conocida como «la Atenas de Cuba».

Allí le brindaron un cálido recibimiento. El brigadier Luis Andriani, gobernador de la provincia, acudió a la estación del ferrocarril para darle la bienvenida; hubo un desfile por las calles principales, con banda de música y descargas de rifles al aire, y los matanceros lanzaron flores al paso de su carruaje.

—Pero ¿de verdad hay una guerra en Cuba? —preguntó Alejo, encantado con aquel ambiente festivo—. ¡Nadie podría imaginarlo!

El gobernador Andriani les mostró con orgullo el Palacio de Gobierno y luego, con el pretexto de que debía ocuparse de asuntos militares de suma importancia, puso a los extranjeros en manos de su secretario y del alcalde municipal para que les enseñaran la fábrica de gas, el recién concluido acueducto que llevaba el agua desde los manantiales de Bello hasta las barriadas de la ciudad y las obras de construcción de los puentes sobre el San Juan y el Yumurí, los dos ríos que atraviesan la ciudad. Al castillo de San Severino, la vieja fortaleza militar convertida en cárcel, se limitaron a pasarle por delante, pero no entraron por temor a que estuvieran fusilando a alguien. Durante el recorrido, los anfitriones no pudieron impedir que dos o tres maleducados del populacho se burlaran del enano, quien, para poder amoldarse a las zancadas del gran duque, se veía obligado a dar ridículos salticos.

La excursión terminó en el pintoresco caserío de Bellamar. Desde allí, los rusos pudieron apreciar la incesante actividad del puerto, lleno de buques mercantes de diferentes banderas, vapores de correo y de pasajeros, embarcaciones pesqueras y remolcadores, y también de estibadores que cargaban cajas de azúcar y de tabaco torcido y en rama, pipas de aguardiente y bocoyes de miel y de cera. «Nuestra bahía es más grande que la de La Habana», afirmó el alcalde, aunque enseguida reconoció que, por ser abierta y no tener resguardo para los vientos, no era tan segura como aquella. Y durante un rato entretuvo a los visitantes con anécdotas de los tiempos en que Francis Drake y otros piratas asaltaban Matanzas para abastecerse de víveres y de leña.

Esa noche hubo un baile de gala. Decenas de elegantes señoras y señoritas llegaron al Liceo dispuestas a demostrar que la fama de bellas de las matanceras no era un cuento de camino.

El hijo del Zar las deslumbró a todas con su porte y su estatura. Cirenia le secreteó a su prima Candela, también presente en la recepción, que era una pena que un hombre tan gallardo no pudiese heredar el trono de Rusia cuando Alejandro II muriera. ¡Y todo por no ser el primogénito! En cuanto a Dragulescu, el secretario, no se dejó ver en la fiesta, así que quienes no habían acudido al desfile matutino se quedaron con las ganas de comprobar si era tan raro como decían.

Además de buen mozo, el gran duque era simpático y hablador. Buena parte de la noche la pasó narrando —en francés, lengua que, por suerte, Cirenia conocía bastante bien— sus aventuras en Estados Unidos. En ningún sitio, aseguró, se había sentido tan a gusto como en las llanuras de Nebraska, donde estuvo varios días cazando con «Búfalo» Bill y los generales Sheridan y Custer. ¡Qué delicia cabalgar a toda velocidad, a la par de las manadas de búfalos! Y si bien al principio sus disparos no habían dado en el blanco, su suerte cambió en cuanto «Búfalo» Bill le enseñó un truco. El secreto estaba en apretar el gatillo cuando la posición de su caballo coincidiera con el flanco del animal que se deseaba derribar.

El aristócrata contó también su visita al campamento del jefe sioux Cola Rayada, famoso por el valor con que había combatido a los *caras pálidas*. Para agradecer las raciones de azúcar, café, harina y tabaco que el ruso le llevó como regalo, Cola Rayada fumó con él la pipa de la paz y ordenó a sus hombres que interpretaran una danza de guerra en su honor. Y sin la menor timidez, para deleite de la concurrencia, Alejo imitó los pasos de baile de los fieros sioux. También reveló que había estado a punto de robarle un beso a una de las doncellas de la tribu, pero por suerte «Búfalo» Bill le advirtió a tiempo que se trataba de una de las hijas casaderas de Cola Rayada.

—Si llego a besarla, me habrían obligado a casarme con ella y ahora estaría aquí con sus mocasines y sus plumas en la cabeza —bromeó.

Las muchachas deambulaban alrededor del homenajeado, con la ilusión de que se fijara en ellas y las invitara a danzar. Según rumores, el joven estaba enamorado de una ahijada del emperador de Prusia y no tenía ojos para ninguna otra mujer. Quizás por eso, tras inaugurar el baile con la gorda y torpe esposa del brigadier Andriani, se mostró muy exigente a la hora de escoger a sus siguientes compañeras. Para sorpresa de la concurrencia, la madre de Chiquita fue la primera.

El gran duque se acercó al rincón donde estaban los Cenda y, después de saludarlos marcialmente entrechocando las botas, le pidió al doctor que le concediera el honor de bailar con su esposa. Orgulloso de que entre tantas mujeres lindas el visitante se fijara en la suya, Ignacio no se hizo de rogar y Cirenia sintió que las piernas se le volvían de manteca.

Durante los minutos que danzaron, Alejo conversó de naderías mientras ella, aún sin reponerse, se limitaba a sonreír. De pronto, el ruso le preguntó si ya tenían hijos.

—*Oui*—susurró Cirenia, y se dispuso a hablarle de Chiquita, pero el hijo del Zar la interrumpió.

—¡No me diga nada! Permítame adivinar —dijo, poniendo la cara de quien hace un gran esfuerzo para concentrarse—. ¿Será, acaso, una niña? —inquirió, y ella asintió sorprendida—. ¿Una linda niña de dos años, dos meses, una semana y un día, y *muy*, pero *muy* pequeña? —agregó el hombre. Esta vez su acompañante soltó una risita nerviosa y le preguntó cómo sabía la edad de su Chiquita con tanta precisión—. Los rusos, señora, somos un poco brujos —repuso él y le habló de la clarividencia de su tatarabuela Catalina la Grande, quien a veces hacía sonrojar a sus damas de honor revelando, en voz alta, lo que cada una había soñado la noche anterior.

Al concluir la pieza, el joven condujo a Cirenia junto a su esposo, les dedicó otro de sus saludos militares y no volvió a mirarlos en toda la noche. Cuando Candela quiso averiguar de qué había hablado con él, Cirenia mintió. «De las nieves y los osos de Siberia», le dijo, y su prima, que esperaba algo más romántico, suspiró decepcionada.

Pasada la medianoche, cuando los Cenda se disponían a retirarse, el secretario del gobernador les salió al paso y les anunció que al día siguiente el gran duque daría un paseo campestre. Para hacérselo más grato, al brigadier Andriani se le había ocurrido invitar a la excursión a algunos matrimonios de la Matanzas elegante. ¿Querrían el doctor Cenda y su señora, que tan buen francés hablaban, sumarse al grupo?

Los excursionistas se reunieron en la plaza de Armas, al lado de la estatua de mármol de Fernando VII, y a las nueve de la mañana en punto el brigadier Andriani dio la orden de partida. La caravana de carruajes, encabezada por uno con adornos de plata y forro de terciopelo color vino tinto, en el que viajaban el gran duque y el gobernador, inició el trayecto hacia La Cumbre, una loma situada a tres millas de distancia. Desde allí los forasteros podrían admirar el mayor orgullo de los matanceros: el valle de Yumurí. Cirenia tenía la esperanza de poder echarle un vistazo al secretario enano, pero se llevó un chasco al no verlo por ninguna parte.

Un grupo de soldados a caballo los escoltaba. «Para evitar sorpresas desagradables», explicó Andriani.

—De lo cual deduzco que, aunque las apariencias sugieran lo contrario, en Cuba sí están en guerra —repuso, con ironía, Alejo Romanov.

—Mas no por mucho tiempo —repuso el gobernador y pronosticó que los grupos de rebeldes podrían resistir, a lo sumo, unos meses más.

Los viajeros se adentraron en el barrio de Versalles, el más moderno y rico de Matanzas, a través del paseo de Santa Cristina. Después de admirar sus hileras de pinos, y de pasarle por delante al cuartel, a la casa de salud La Cosmopolita y a las elegantes quintas donde residían algunas de las mejores familias de la ciudad, comenzaron el ascenso hacia La Cumbre. Primero llegaron a Cumbre Baja y de allí continuaron hasta el caserío de Mahy en Cumbre Alta. La última parte del recorrido la hicieron, dando tumbos, por un camino pedregoso y lleno de desniveles, hasta que finalmente arribaron al mirador.

Al salir de los coches, descubrieron que alguien les había tomado la delantera. Sentado sobre una roca, contemplando el valle con ensimismamiento, estaba un caballero de escasa estatura. «El enano», se dijo Cirenia y lo observó con curiosidad. Tenía la frente llena de arrugas muy finas, una cabellera descolorida que le llegaba hasta los hombros y una giba que su elegante levita no conseguía disimular.

—Al parecer, mi querido Arkadi Arkadievich madrugó para llegar antes que nosotros y admirar la salida del sol —explicó el gran duque a sus acompañantes y acto seguido les presentó a su antiguo preceptor. Por los encendidos elogios que le dedicó, quedó claro que sentía una enorme admiración por Dragulescu—. Es el hombre más sabio que he conocido —aseguró con vehemencia.

Cirenia pensó que el enano podría saber mucho, pero que sus modales dejaban bastante que desear, pues se limitó a ponerse de pie con desgano y a saludar a los recién llegados con una gélida inclinación de cabeza. Luego volvió a sentarse sobre el pedrusco, se acomodó su monóculo y se desentendió de lo que no fuera la magnificencia del paisaje. Era una mañana clara y, desde la altura en que se hallaban, podían admirar en todo su esplendor el valle. Parecía un anfiteatro natural y su variedad de verdes maravilló a los rusos. El cuarto color del espectro solar hacía gala de insospechados matices: los sembrados de caña de azúcar, de plátano, de maíz, de café, de yuca y de boniato ostentaban verdes muy diferentes —tiernos, brillantes, maduros, opacos—, al igual que los yerbazales, el follaje de los bosques y los penachos de las palmas reales. Aquí y allá se veían pedazos de tierra recién labrada, arados, bohíos, potreros, vacas, lagunas, hombres a caballo o trabajando con sus azadones, mujeres lavando o barriendo los patios, esclavos cortando o alzando cañas, carretas, bueyes, ingenios, un sinfín de caminos y trillos zigzagueantes y también huellas de la destrucción del fuego y de las hachas.

—Aquel desfiladero se conoce como El Abra —explicó el secretario del gobernador, señalando una garganta abierta como de un tajo entre los farallones de piedra, por la que se abrían paso las aguas espejeantes del río Yumurí—. Allí, en la cueva del Santo, se aparecía una imagen de la Virgen por las tardes.

El alcalde lo interrumpió para recordar que aquella abertura entre las lomas que circundaban el valle había sido escenario, diez años atrás, de una proeza sin precedentes:

—Un funambulista americano, de nombre Mister Delave, tendió una cuerda de un lado a otro de El Abra y atravesó el precipicio caminando sobre ella. Nunca supimos si era un valiente o un lunático —dijo.

El secretario del gobernador, a quien la interrupción no le había hecho la menor gracia, retomó su explicación geográfica:

—La altura que se divisa al poniente, el Pan de Matanzas, sirve de guía a los barcos que quieren llegar a la bahía. ¿Verdad que parece una mujer dormida? —los rusos asintieron por cortesía, sin ver la semejanza por ninguna parte—. Según cuenta una leyenda, entre los indígenas de este valle había una moza que tenía locos a los hombres con su belleza y su coquetería. Ya nadie quería pescar, cazar ni sembrar yuca: sólo les interesaba andar detrás de la zalamera Baiguana, quien, sin hacerse de rogar, otorgaba sus favores a cuantos los solicitaban. Hasta que el cacique, harto de aquel relajo, le llevó de regalo a la indita un pescado mágico. Después de comérselo, a ella le entró un sueño tremendo y se acostó a dormir delante de su bohío. Y al amanecer, Baiguana se había convertido en la montaña que ven allí.

Se hizo silencio y todas las miradas se dirigieron hacia Alejo, en espera de su opinión sobre el valle. El joven parecía estar en éxtasis y tardó unos minutos en emitir su veredicto:

—Sólo faltan Adán y Eva para que esto sea el Paraíso —exclamó, por fin, y todos celebraron su ocurrencia con risas y aplausos.

Permanecieron en lo alto de La Cumbre durante media hora, charlando con animación, y cuando el gran duque comentó que le costaría mucho describirle a su padre la hermosura de aquel lugar, Ignacio Cenda lo sorprendió entregándole, ceremoniosamente, un pliego de cartulina.

—Un modesto obsequio en mi nombre y el de mi esposa —anunció.

Era un grabado que reproducía el valle de Yumurí con lujo de detalles. Alejo aseguró que lo pondría en un lugar privilegiado de sus aposentos, para recordar siempre la deliciosa excursión.

Como el sol, que hasta entonces había sido magnánimo, comenzó a castigar, y los rusos sudaban a chorros, el gobernador consideró que ya era hora de dirigirse hacia la quinta de tres pisos propiedad del señor don Manuel Mahy, donde almorzarían, y todos lo apoyaron.

Cirenia vio cómo el hijo del Zar se acercaba a la roca donde había permanecido su antiguo preceptor, ajeno a las conversaciones, y le decía algo. ¿Le estaría reprochando su falta de cortesía? Pero Dragulescu no se inmutó y continuó mirando tercamente el paisaje. Sin disimular el enojo, Alejo dio media vuelta y se metió en el coche del brigadier Andriani.

Mientras los carruajes echaban a rodar, la madre de Chiquita se asomó por la ventanilla y observó al enano. Inesperadamente, este se volvió, le dedicó una sonrisa enigmática y se despidió de ella moviendo los dedos de una mano. Cirenia, turbada, le devolvió el saludo.

—Ese Dragulescu... qué misterioso es... —le comentó a su esposo, reclinándose en el asiento—. No habló con nadie, nos ignoró con un desdén mayúsculo, y ahora que todos nos vamos, él se queda. ¿Cómo volverá a la ciudad?

Ignacio no le dio importancia al asunto:

—Como mismo vino, supongo. Tal vez a caballo.

—No vi ninguno cuando llegamos —objetó ella.

—Recuerda que son rusos: están llenos de rarezas —concluyó el doctor, pasando por alto su observación.

Cirenia asintió y nuevamente se inclinó hacia la ventanilla. La visión de la silueta contrahecha de Arkadi Arkadievich recortada contra un cielo tan azul y luminoso le produjo un escalofrío.

Don Manuel Mahy, quien además de millonario era sobrino de un antiguo capitán general de la isla, esperaba a sus invitados con un almuerzo digno no de un gran duque, sino del mismísimo Zar. Ni él ni su esposa Isabel habían querido ir a La Cumbre para poder estar pendientes de los detalles del banquete.

Cuando se sentaron a la mesa, Mahy hizo un brindis en honor del visitante, y este respondió con otro en el que alabó la naturaleza de Matanzas, la hildaguía de sus caballeros y la gracia de las «ondinas del Yumurí». Concluidos los discursos, un ejército de criados les sirvió, en bandejas de plata, gran variedad de carnes, verduras y viandas. Los extranjeros se dieron a la tarea de probar aquellas exquisiteces, muchas de ellas desconocidas para sus paladares: tamales, plátanos maduros fritos, yuca con mojo, quimbombó... Sin embargo, ningún plato tuvo tanto éxito entre ellos como un lechón asado, de pellejo crujiente, sazonado con ajo y zumo de naranja agria y relleno de arroz con frijoles. Como un honor, Isabel de Mahy le sirvió a Alejo Romanov el rabito del puerco, y el gran duque —¿cortesía?, ¿sinceridad?— declaró que jamás había degustado algo tan sabroso.

Después de los postres y del café, los invitados salieron a un patio lleno de flores y de árboles frutales para estirar las piernas. Cirenia y el doctor Cenda estaban bajo una pérgola, tratando de convencer a una cacatúa para que dijera algo, cuando el gran duque se acercó a ellos y les hizo uno de sus consabidos saludos militares.

—Quisiera reciprocar su gentileza —anunció, y extrajo de uno de sus bolsillos una delicada cajita de alabastro—. Por favor, acepten esto para su hija —suplicó.

«¡Para su hija! ¡Para su hija!», repitió intempestivamente la cacatúa, batiendo las alas con entusiasmo. Cirenia miró a su esposo, dubitativa, y, al ver que este asentía, tomó el regalo y, muerta de curiosidad, lo abrió. Se trataba de una cadenita de oro, muy fina, de la que colgaba una esfera diminuta del mismo metal.

—Es un talismán —explicó el ruso—. La esfera es el mundo, pero también es *Sphairos*, el infinito y la perfección. Si su niña lo lleva siempre consigo, el universo será gentil con ella, la buena suerte la acompañará a donde vaya y tendrá una vida larga y feliz.

Aquella tarde, al regresar a su hogar, Cirenia se dirigió a la habitación donde Chiquita jugaba vigilada por doña Lola y por Minga, y les mostró el regalo.

—Le prometí al gran duque que no se lo quitaríamos nunca —exclamó, mientras colgaba el amuleto del cuello de la niña, y mirando a la esclava, añadió remarcando cada palabra—: ¿Me oíste bien, Minga? ¡*Nunca!* Ni para bañarla.

—¿Y si se pone prieto? —aventuró Minga, mirando el colgante con suspicacia.

—Las barbaridades que hay que oír —terció doña Lola, y agregó con vehemencia—: ¿Tú crees que los Romanov regalan baratijas, negra? ¡Ese es oro de ley, de las minas rusas, que son de las mejores del mundo!

La orden fue cumplida al pie de la letra. Tanto se habituó la niña a esa bolita colgante, que llegó a sentirla parte de su cuerpo. Fue necesario que transcurrieran muchos años para que llegara a saber la razón por la que el gran duque se la había dado. No, no era un simple amuleto para la buena fortuna. Era algo más. Pero esa es una historia que ya habrá tiempo de contar, a su debido momento.

Aquella misma noche, avisada por Cirenia, Candelaria fue a ver el talismán. Fue ella quien descubrió unos signos minúsculos grabados en la esfera de oro. Le quitó el colgante a su ahijada y lo examinó a la luz de las velas.

—¿Son letras? —inquirió Cirenia, que no veía bien de cerca.

—Más bien parecen rayitas y garabatos —opinó Candela.

Cuando informaron a Ignacio del hallazgo, este recurrió a su microscopio y, tras observar con detenimiento el objeto, declaró:

—Son jeroglíficos.

—Pero ¿qué significan? —insistió Candela.

El doctor se encogió de hombros. A él los pretendidos poderes del talismán le daban risa, pero ¿quién le sacaba a su esposa esa idea de la cabeza?

—Bueno, si no es mágico, al menos es *muy raro* —concluyó Cirenia.

Cuando Ignacio las dejó solas, Candela aprovechó para contarle algo a su prima. Cerca del mediodía había pasado con su padre junto al teatro Esteban. ¿Y a quién había visto allí, contemplando la estatua de Colón y escoltado por dos soldados? ¡Pues nada menos que al secretario del gran duque!

—Imposible —objetó Cirenia—. A esa hora, Monsieur Dragulescu estaba en La Cumbre, admirando el valle.

—No sólo lo vi, también lo olí —insistió Candela y le dijo que, al pasar por su lado, había sentido un ofensivo olor a cebolla rancia.

—Tienes que estar confundida —repuso Cirenia—. ¡Descríbelo!

—Feísimo, jorobado y con el pelo largo y canoso —dijo Candela—. Llevaba monóculo y una chaqueta azul con botones dorados.

—Así mismo es, pero de ninguna manera puedes haberlo visto a esa hora y en ese lugar —exclamó la madre de Chiquita, desconcertada, pero sin ceder.

—Entonces, o estoy loca o era un fantasma —se burló Candela—. Y puede que yo tenga guayabitos en la cabeza, pero mi papá no y él también lo vio. Así que una de las dos lo que tuvo delante fue un espíritu —concluyó, muerta de risa.

No hubo manera de aclarar el enigma de aquel enano que —como San Francisco de Asís o San Antonio de Padua— parecía poseer el don de poder estar en dos sitios al mismo tiempo. Claro que tampoco se esforzaron por hacerlo. Tenían otros temas para cotillear. Por ejemplo, el vestido que Isabel de Mahy se había puesto para recibir al hijo del Zar.

Al día siguiente, muy temprano, los rusos subieron en su tren especial y abandonaron Matanzas. Nada los retenía ya en la «Ciudad de los Puentes». Habían visto lo que tenían que ver, y habían hecho cuanto tenían que hacer.

Cuando ya era grande (es decir, cuando era adulta, porque *grande* nunca fue, al menos en lo que a estatura se refiere), Espiridiona Cenda se preguntaba si, de haber estado en el pellejo de sus padres, se habría atrevido a concebir otros hijos. ¿Y si el estigma se repetía y volvían a dar con la aguja del pajar? Pero, pese a que Ignacio era un hombre de ciencia y pudo tomar precauciones para impedir nuevos embarazos, su esposa dio a luz cuatro niños más. Él mismo se encargó de cortarles la tripa y de darles las nalgadas de bienvenida al mundo, con la ayuda de Minga y de una comadrona.

Rumaldo nació cuando Chiquita tenía ya dos años y siete meses. Si para alumbrar a su primera hija Cirenia había gritado y se había revolcado en la cama como una posesa, aquel varoncito salió de su útero con una facilidad pasmosa. Para alivio de todos, era un niño grandote y rozagante. «¡Este ya viene criado!», comentó Minga cuando lo cargó, y le calculó sus buenas nueve libras. De hecho, medía lo mismo que su hermana mayor.

Por entonces, la guerra entre cubanos y españoles se acercaba a su cuarto año y, justo unos días después del parto, un afilado machete mambí le rebanó el cuello a un pariente de Cirenia que peleaba en el bando de los peninsulares. Sin embargo, esa vez la tristeza no la dejó sin leche: sólo se la aguó un poco, pero pudo alimentar al recién nacido sin contratiempos. Como la mayoría de los habitantes de la isla, se había habituado a vivir bajo el terror.

Menos de un año más tarde, siempre con la guerra como telón de fondo, llegaron los gemelos Crescenciano y Juvenal, muy diferentes entre sí pero ambos larguiruchos. Y, tras un breve receso, la prole se completó con una preciosa niña de ocho libras. A la hora de decidir cómo se llamaría su segunda hembrita, Cirenia se rebeló contra los designios del santoral y, pese a las protestas de doña Lola, le puso Manon, como la protagonista de la novela del abate Prévost que había leído en las últimas semanas del embarazo.

¿Agrandar la familia con cuatro retoños fue el remedio que hallaron los Cenda para sobreponerse a su tragedia? Posiblemente. Pero el espíritu humano tiene intersticios donde resulta difícil fisgonear. Quizás, sin proponérselo, quisieron demostrarles a parientes y conocidos, y también a sí mismos, que el traspiés que habían dado al «fabricar» a Chiquita no era imputable a la calidad de su sangre, sino a un designio divino.

Aunque la pareja era muy cariñosa con todos sus vástagos, su preferencia por la primogénita siempre se puso de relieve en un sinfín de mimos y privilegios. Y es que, mientras sus hijos menores se espigaban con celeridad, Chiquita parecía condenada a no aventajar el tamaño de las muñecas.

—El día menos pensado da un estirón y nos deja boquiabiertos —pronosticaba el doctor Cartaya, para levantarles el ánimo, cada vez que visitaba a su ahijada. Pero la predicción no se cumplió. A los ocho años, la niña apenas sobrepasaba los dos pies de estatura. Y después de alargarse a regañadientes dos pulgadas más, su cuerpo se negó rotundamente a seguir creciendo.

Capítulo II

Los primeros enanos. Rústica, Segismundo y las ceremonias secretas. Chiquita recita «La fuga de la tórtola» en una velada. Muerte y velorio de doña Lola. Viaje a La Maruca. El viejo ingenio. Don Benigno, Palmira y los bastardos. Historia de Capitán, el perro invisible. Fuego, locura y escombros.

Durante mucho tiempo —bien fuera porque en contadas ocasiones la sacaban de la casa o porque en Matanzas no abundaba ese tipo de personas—, los únicos seres diminutos que conoció Chiquita fueron los de sus libros de cuentos. Pero, lejos de identificarse a ultranza con ellos, analizaba sus comportamientos fríamente y sin la menor blandura. Le parecía imperdonable, por ejemplo, que la obsesión de los siete enanos por horadar las montañas en busca de oro y piedras preciosas les hubiera impedido proteger a Blancanieves de su perversa madrastra. Otro personaje al que encontraba antipático era Rumpelstikin. A su juicio, haber ayudado a la hija del molinero a convertir la hierba seca en oro para que pudiera casarse con un rey no le daba derecho a arrebatarle su primer hijo.

Pero el peor de todos era Pulgarcito. Listo y gracioso, sí, pero con un corazón de pedernal. Sin el menor escrúpulo, había engañado al Ogro para que este decapitara a sus siete hijas mientras dormían. «¡Fue para salvarle la vida a sus hermanos!», argumentaba doña Lola, pero su nieta se negaba a justificar el horrendo crimen y durante muchas noches tuvo pesadillas en las que veía las cabezas de las ogresas rodar por el lecho que compartían, y su sangre virginal, espesa e hirviente, salir a borbotones de los cuellos cercenados.

Pulgarcito compensaba las desventajas de su ínfima talla con una astucia que no se detenía ante consideraciones de índole moral. ¿Eran esas las reglas del juego? ¿Tendría que adoptarlas ella también, y recurrir a trampas y perfidias para sobrevivir en un mundo adverso, que no estaba hecho a su medida? Consentida por parientes y esclavos, ignoraba si otro tipo de existencia, más áspera e insegura, la haría valerse también de cualquier truco para sobrevivir.

Desde que tuvo uso de razón, Chiquita quiso saber el porqué de su pequeñez, y aunque fingió aceptar las explicaciones de sus padres, que aludían a la voluntad de Dios y a los misterios de la naturaleza, nunca le resultaron satisfactorias. La lectura de *Los viajes de Gulliver* la hizo desear que Matanzas fuera una réplica de Mildendo, la capital del reino de Liliput, y que los familiares, amigos y sirvientes que la rodeaban quedasen reducidos a su misma estatura. Qué delicia vivir en un lugar así, donde contemplar a un Hombre-Montaña como Lemuel Gulliver fuera una excepción y no la regla.

Una tarde en que cortaba rosas con su madre en el jardín delantero, la campanilla de la verja repicó y vieron a un mendigo. Era un moreno muy viejo, descalzo y harapiento, que sostenía un saco con una mano y una cazuela con la otra.

Aunque Chiquita había visto antes a esos infelices que acudían a la casona en busca de comida, aquel tenía algo que lo volvía especial: su tamaño. Era una suerte de medio-hombre. Completamente fascinada, observó cada detalle del cuerpo del pordiosero: los dedos de los pies, sucios, deformes, de uñas amarillentas, largas y retorcidas; las pantorrillas grotescamente combadas y con pústulas; el pecho abombado; los brazos cortos y flacos, como de monigote, y la cabeza grande en exceso, con orejas de murciélago y unos ojos rojos y botados que se esforzaban por mirar con expresión desvalida.

—Deme una caridad, señora, por amor de Dios —suplicó el mendigo y Chiquita notó que su voz era tan discordante como su figura.

—¡Minga, Narcisa! —gritó Cirenia y, parándose delante de su hija, trató de impedir que siguiera mirando al extraño—. ¡Tráiganle algo de comer a este cristiano!

Acto seguido cargó a la niña y huyó hacia el interior de la casona. Mientras se alejaban, Chiquita echó una última mirada al pordiosero. Al descubrirla, en la cara del enano había aparecido una torpe sonrisa de complacencia.

Cirenia no se detuvo hasta llegar a la cocina.

—Denle cualquier cosa —ordenó a las esclavas—, pero que se vaya ahora mismo —y al instante añadió—: Y que no vuelva nunca, que mande a otro por su comida.

Cuando su madre la puso en el piso, Chiquita se apresuró a mirarse en un espejo y estudió con atención la extensión de sus brazos y piernas, el tamaño de su torso y su cabeza, el conjunto de su silueta. A punto de llorar, Cirenia se arrodilló junto a ella.

—No tengas miedo, mi cielo —le dijo—. Era sólo un pobre enano.

—¿Así son los enanos? —inquirió Chiquita, acordándose de las láminas de sus libros, en las que Rumpelstikin, los siete amigos de Blancanieves, los gnomos y los trasgos tenían un aspecto muy diferente—. ¿Así son *de verdad*?

—Depende. No siempre son tan sucios ni tan feos.

Pensando que una salida las ayudaría a olvidar el incidente, Cirenia ordenó que prepararan la volanta y se dirigieron a la casa de Candelaria, que quedaba al final de la calle Ricla. Pero nunca vino tan bien el refrán «al que no quiere caldo, tres tazas», pues cuando pasaba delante de la sombrerería La Granada, el carruaje tuvo que detenerse por culpa de una mula que se negaba a tirar de un carretón.

Justo en ese momento, Chiquita y su madre vieron acercarse por la acera a un elegante caballero y a una enana joven que caminaba a su lado balanceándose como si sus piernas, que se adivinaban cortas y regordetas bajo las enaguas, apenas pudieran mantenerla en equilibrio. Por la blancura de sus pieles, sus mejillas arreboladas y la forma en que lo miraban todo, Cirenia dedujo que eran extranjeros. ¿Padre e hija, tal vez? El vestido de *chiffon* malva de la muchacha y su sombrero atiborrado de adornos eran de la mejor calidad, pero demasiado llamativos, y en lugar de despertar la admiración de los transeúntes, sólo conseguían atraer sobre ella miradas de lástima, de reproche o de burla.

«Dios mío, ¿por qué dos en una tarde?», musitó Cirenia. Pensó hablarle a Chiquita, distraerla para que no continuara estudiando de forma tan impertinente a la enana, pero se dio por vencida. «Algún día tenía que pasar», se resignó.

Durante la visita a Candela, que fue muy breve, apenas el tiempo necesario para tomar una champola de guanábana y hojear un par de magacines recién llegados de París, no comentaron el incidente. Pero de vuelta a la casona, Chiquita preguntó, con calculada displicencia:

—Mamá, si algún día crezco, ¿me volveré *igual que ellos?*

¡Nunca, jamás!, la tranquilizó Cirenia. Ella siempre sería así, encantadora, armoniosa. Una Pulgarcita tan adorable como la de aquel cuento de Andersen que habían leído juntas. El mundo de los enanos, que calificó, sin detenerse a pensar los adjetivos, de ingrato y zafio, no era el suyo. Desdichada gente, pobre o rica, que tenía la desgracia de que Dios, en medio de sus múltiples ocupaciones, la hubiese hecho de prisa, sin poner cuidado en la tarea. Chiquita era como era porque en el momento de crearla el Señor no disponía de suficiente material o, simplemente, porque quiso que fuera *única,* pero al menos la había modelado con el mayor esmero.

Chiquita provocaba una suerte de frenesí en los niños de más tierna edad, quienes la confundían con un juguete viviente y se le echaban encima para manosearla. En cambio, con las muchachitas de su edad solía irle mejor. Aunque la superaban en tamaño y en fuerza, ella le sacaba el mayor provecho a su habilidad para inventar historias y diversiones. A la hora de jugar, era quien mandaba y las otras obedecían gustosas.

Todas sus primas provenían de la rama materna, pues el doctor Cenda era hijo único. Sus preferidas eran Exaltación, Blandina y Expedita (sí, también sus nombres habían sido escogidos por doña Lola), y a Chiquita le agradaba reunirse con ellas en el patio trasero para jugar a los *cocinaítos*. Bajo una mata de aguacates, preparaban suculentos banquetes con hojas, flores de diferentes colores, tierra y piedrecitas.

Cuando no podía jugar con sus primas, siempre tenía a mano, para sustituirlas, a Rústica, la nieta de Minga, una negrita un año mayor que ella, silenciosa, de ojos redondos y tristes, y brazos y piernas muy flacos. Como cualquier otra esclava doméstica, ella también tenía sus obligaciones, pero, poco a poco, acompañar a Chiquita, protegerla y estar pendiente de sus necesidades y caprichos se convirtió en su principal ocupación.

Rústica cumplía sus órdenes con una sumisión absoluta, y sobrellevaba con estoicismo las pataletas y los cambios de humor de su amita. Porque, aunque la liliputiense tenía fama de dulce y de dócil, a veces, cuando estaban a solas, la trataba con una crueldad que nadie hubiera podido sospechar. La obligaba a permanecer largos ratos de hinojos, con un grano de maíz debajo de cada rodilla; la amenazaba con convencer al doctor Cenda para que se la vendiera al dueño de algún ingenio y la separara de Minga; le decía bembona y se burlaba del color pardusco de la palma de sus manos, atribuyéndolo a que no sabía lavárselas bien. ¿Qué impulsaba a Chiquita a actuar así? Quizás, podría aventurarse, la posibilidad de constatar que en el mundo existían seres más débiles y en posición más desventajosa que la suya. O, tal vez, ese poso de maldad que, reconozcámoslo, todos llevamos dentro, y que a veces hace que nos comportemos como unos miserables.

La morenita sobrellevaba sus malacrianzas sin protestar ni delatarla, con el mismo estoicismo con que Santa Rústica, la mártir de quien había heredado el nombre, debió padecer los tormentos que le infligieron los romanos. Si alguna vez tuvo ganas de darle un coscorrón a aquella menudencia con bucles que lo mismo la obligaba a romper los huevos de las lagartijas para ver lo que tenían dentro que a revolver con un palito las heces de los bacines con la esperanza de hallar lombrices, nunca lo dejó entrever. Claro que aquellos repentinos raptos de vileza eran compensados con momentos en los que Chiquita hacía gala de su generosidad y buen corazón. Entonces compartía con ella los dulces finos que le llevaba su padrino, le daba jabones y cintas, y le juraba, abrazándola y besándola, que la quería tanto o más que a sus primas.

A sus escasos primos varones, Chiquita los consideraba una especie de bestezuelas y nunca se relacionó con ellos. Eran, al igual que sus hermanos, unos salvajes que sólo sabían aullar, correr y armar camorra. La única excepción era Segismundo, un primo de su misma edad que vivía con doña Lola. Su madre había muerto, a causa del cólera morbo, a los pocos meses de nacido, y su padre, un comerciante catalán, había regresado a España sin manifestar el menor interés por llevárselo consigo.

Mundo, como le decían todos para ahorrarse el Segis, era pusilánime, debilucho y escurridizo, hablaba con un hilo de voz y trataba siempre de pasar inadvertido. Pero cuando se sentaba ante un piano, sufría una transformación: se llenaba de energía y, olvidando su inseguridad y sus temores, empezaba a tocar como un virtuoso.

—Este niño puede llegar a ser un gran concertista —aseguró una vez, tras oírlo tocar una mazurca de Chopin, doña Matilde Odero, la más brillante pianista matancera de su época, y se brindó para darle algunas clases. Pero doña Lola, la «dueña» de Mundo, no le hizo caso a la propuesta. Para ella, la pasión que su nieto sentía por la música era un simple pasatiempo sin importancia. Las lecciones que le impartía una vez a la semana un viejo profesor duro de oído eran más que suficiente.

Poco tiempo después, la Odero decidió tomar los hábitos y entrar en el convento de Santa Teresa de Jesús, con lo cual Mundo perdió para siempre la esperanza de llegar a ser discípulo suyo. Aunque de los labios del niño no salió ni una queja, aquel episodio hizo que se volviera aún más melancólico y apocado. Y ni siquiera se consoló cuando, unos días antes de enclaustrarse, doña Matilde le mandó una caja de cartón llena de partituras. En la tapa, había escrita una única palabra: *Tócalas*.

Como el piano de doña Lola llevaba años desafinado y tenía comején, Cirenia dejaba que Mundo practicara en el suyo. A Chiquita le gustaba entrar de puntillas en el cuarto de música donde su primo tocaba durante horas. Se quedaba de pie junto a la puerta, contemplándolo con la respiración entrecortada por la emoción, y él fingía no percatarse de su presencia.

Cierta tarde, cuando Mundo ensayaba una polonesa, Chiquita se le acercó y empezó a danzar alrededor del piano. Poco a poco, mientras se movía con la ligereza de una mariposa, se fue despojando de la ropa hasta quedar desnuda. Segismundo la espiaba con el rabillo del ojo, sin dejar de tocar, ruborizado y con miedo de que alguien irrumpiera en la habitación y los descubriera. Al concluir la pieza, cerró la tapa del piano y se quedó en la banqueta mientras Chiquita recogía su vestido y, con torpeza, volvía a ponérselo. Antes de separarse, se miraron y se sonrieron, primero con timidez y luego con picardía.

Aquellos encuentros secretos se repitieron una y otra vez, hasta convertirse en un rito, en una ceremonia que los dos disfrutaban con fruición y que los volvió cómplices, sin saber muy bien de qué. Chiquita no interpretaba coreografías premeditadas: simplemente cerraba los ojos; veía las volutas de colores que dejaban en el aire, como un tenue rastro, las notas musicales del piano, y todo lo que hacía era permitir que sus pies, su torso, su cabeza y sus brazos se movieran con libertad, dibujando en el espacio las cadencias y el flujo y reflujo de los acordes.

Un día, para desconcierto del pianista, Chiquita obligó a Rústica a acompañarlos. Al notar que no estaban solos en el salón, que alguien más iba a ser testigo de la desnudez de la liliputiense, los dedos de Mundo trastabillaron sobre el teclado y estuvo a punto de levantarse y poner pies en polvorosa. Pero su prima le ordenó con acritud: «¡Sigue, sigue, no importa!», y sus palabras consiguieron restaurar la magia. En lo adelante, Rústica se convirtió en un elemento más de la ceremonia y, pese a su reparo inicial, Mundo tuvo que admitir que su presencia muda añadía una rara tensión a las sesiones. La negrita permanecía inmóvil en un rincón, tiesa y seria, con una perenne cara de asombro, mirando de forma alterna, con reprobación, al pianista y a la bailarina sin ropa. Ninguno de los dos se tomó la molestia de averiguar si gozaba de aquellos momentos o si constituían un suplicio para ella. Al fin y al cabo, sólo era una esclava, y su opinión les tenía sin cuidado.

Un atardecer, doña Lola entró inesperadamente en el cuarto de música y encontró a Chiquita danzando alrededor del piano. Por suerte todavía no estaba desvestida, pues de haberla hallado encuera su reacción habría sido, sin duda alguna, terrible. Pero, lejos de disgustarse, quedó encantada y consideró que aquel divertimento debía hacerse público a la mayor brevedad. En la primera cena con invitados que dieron los Cenda, lo que hasta ese momento había sido una comunión de almas o un ingenuo coqueteo con lo prohibido se convirtió en una exhibición de habilidades, en un acto que la liliputiense y Mundo se vieron obligados a repetir en muchas tertulias, venciendo la timidez, para entretener a familiares y visitantes.

Doña Lola tuvo la ocurrencia de añadir a la música y el baile un nuevo elemento: la declamación de poemas. Al principio, ella misma los escogía y ayudaba a su nieta a aprendérselos. Pero como por lo general esos versos dejaban a Chiquita indiferente, la niña empezó a elegirlos guiándose por su propio gusto. Un poema en particular, que había hallado en un libro de la biblioteca de su padre, le produjo una profunda emoción. Era «La fuga de la tórtola», del escritor matancero José Jacinto Milanés. Bastaron unas pocas lecturas para que lo memorizara y se sintiera lista para declamarlo.

¡Tórtola mía! Sin estar presa,
hecha a mi cama y hecha a mi mesa,
a un beso ahora y otro después,
¿por qué te has ido? ¿Qué fuga es esa,
cimarronzuela de rojos pies?

La primera y única vez que lo recitó, se hizo un silencio largo y espeso al concluir la última estrofa. Para sorpresa de Chiquita, su abuela se levantó de su asiento muy pálida, con una expresión en la que se mezclaban el desconsuelo y la languidez, y se retiró sin despedirse. De nada sirvió que, para romper el incómodo *impasse,* el doctor Cartaya y su esposa empezaran a aplaudir y los demás invitados los imitaran. Por alguna razón que la declamadora no alcanzó a entender, la velada se interrumpió y los jóvenes artistas fueron enviados a sus camas.

—¿Me equivoqué en algún pedazo? —inquirió Chiquita, preocupada por la reacción de doña Lola, cuando Cirenia pasó por su dormitorio para darle el beso de buenas noches.

No, la tranquilizó su madre, no había cometido ningún error. Doña Lola se había retirado un tanto intempestivamente porque tenía mucho sueño. A Chiquita la explicación no la convenció, pero decidió, sin que nadie se lo sugiriera, que lo más sensato sería excluir «La fuga de la tórtola» de su repertorio.

Esas actuaciones, que al principio eran una tortura para la niña, poco a poco empezaron a producirle un placer que se negaba a admitir. Aunque fingía que danzar y declamar para el selecto público que la contemplaba le resultaba fastidioso, en realidad los aplausos y las felicitaciones no sólo la halagaban, sino que la reconfortaban. Su condición de liliputiense no la eximía de ser vanidosa. Quien nunca se acostumbró a aquellas exhibiciones forzadas fue Mundo, que tocaba a regañadientes, más incómodo y vergonzoso que de costumbre. ¡Cómo sufría! Sobre todo cuando, al concluir la actuación, Chiquita y él debían tomarse de la mano y, según lo estipulado por doña Lola, agradecer los aplausos con una reverencia.

Una noche, después de actuar para unos invitados que no dejaron de cuchichear ni un momento, Chiquita descubrió los turbios sentimientos que el pianista sentía por su abuela. Tras la consabida venia, Mundo se retiró del salón como una exhalación, con las orejas purpúreas, y escondiendo el rostro en una cortina, exclamó con una voz que le salía del alma:

—¡Que se muera, Dios mío, que se muera! ¡Lo único que te pido es que se muera!

Su prima quedó sobrecogida ante la intensidad de aquel odio y se alegró de haber sido la única testigo del exabrupto.

Tres días más tarde, la abuela amaneció muerta. La conmoción fue indescriptible, pues nadie recordaba haberla visto jamás acatarrada o con dolor de muelas, ni siquiera quejándose de un retortijón de tripas. Según Ignacio, el corazón le había dejado de latir mientras dormía.

Las puertas de la casa de la difunta se abrieron de par en par y media Matanzas acudió al velorio. Su dormitorio fue transformado en una cámara mortuoria: cubrieron las paredes con colgaduras oscuras, lo llenaron de azucenas y alrededor del féretro colocaron una docena de candelabros. A los niños los fueron haciendo pasar de dos en dos, para que se despidieran de su abuela.

A Chiquita le tocó acercársele acompañada por Mundo, quien no podía disimular los temblores. Se pararon junto al ataúd y observaron el cadáver en silencio. Más que muerta, doña Lola parecía sumida en un sueño profundo y Chiquita se preguntó cómo se las habrían ingeniado su mamá y sus tías para acomodar los juanetes de la abuela dentro de unos zapatos tan estrechos. Por un instante tuvo miedo de que todo fuera una farsa, una trampa de la vieja para detectar cuáles nietos la lloraban y cuáles no, y, por si acaso, se humedeció los ojos con saliva.

—Yo la maté —susurró Mundo—. Dios me oyó aquella noche y por eso se la llevó.

—No seas idiota —le dijo Chiquita—. ¿Piensas que Dios es tu esclavo? Él mata a la gente cuando le da la gana, no cuando cualquier bobo se lo pide.

Después del entierro, Cirenia hizo que trasladaran para su casa todas las pertenencias de Segismundo y le anunció que, a partir de ese momento, Ignacio y ella se harían cargo de velar por él. Luego reunió a sus cinco hijos y les dijo que tenían que querer mucho a su primo, porque el infeliz tenía la desgracia de ser dos veces huérfano: de madre y de abuela.

Rumaldo, Crescenciano y Juvenal lo acogieron con una cortés indiferencia. Como Mundo nunca participaba en los juegos de los varones, no les resultaba particularmente simpático. Manon era aún demasiado pequeña y no entendía bien lo que pasaba. En cuanto a Chiquita, esperó a que su primo estuviera solo, tocando el piano, para acercársele en puntas de pie y hacerle una advertencia:

—No vayas a pedirle a Dios que mate a nadie de esta casa. Si lo haces, contaré que abuela murió por tu culpa y te meterán en la cárcel para toda la vida y sin piano.

Mundo la miró muy serio, dijo que sí con la cabeza, sin dejar de tocar, y cuando la niña le exigió que se lo jurara por lo más sagrado, exclamó: «Te lo juro por Chopin». Sólo entonces Chiquita se aventuró a sonreírle, cerró los ojos y empezó a girar y a flotar con la música, a dejarse abrazar y acariciar por sus colores, y se fue quitando la ropa con lentitud.

Una vez al año, la familia pasaba algunas semanas en La Maruca, el anticuado ingenio de Benigno Cenda, el padre de Ignacio. Esos viajes eran un acontecimiento. Días antes de la partida, los niños se alborotaban, no querían respetar las rutinas y volvían loca a la vieja Minga. Era como si empezaran a gozar, por anticipado, de la libertad que les esperaba en el campo. La Maruca era un mundo con reglas más flexibles. Allá, lejos de la ciudad, en contacto con la naturaleza, les estaba permitido experimentar sensaciones y emociones inusuales. Y aunque Cirenia trataba de que durante esas vacaciones campestres Minga y Rústica redoblaran la vigilancia sobre Chiquita, por temor a que un perro, una gallina u otro animal pudieran atacarla, incluso a ella se le presentaban oportunidades para participar en alguna que otra aventura en compañía de sus hermanos.

La Maruca se hallaba a varias horas de Matanzas. Para llegar, tenían que recorrer caminos pedregosos y resecos, castigados duramente por el sol, y tupidos y húmedos bosques donde apenas penetraba la luz. La comitiva viajaba repartida en dos vehículos: en el carruaje, que abría la marcha, iban los Cenda; detrás, en un carromato de goznes chirriantes, Rústica y su abuela con la impedimenta.

Los niños conocían a la perfección el trayecto y daban voces cuando avistaban una gigantesca ceiba: era la señal de que ya estaban muy cerca. Casi siempre Benigno Cenda los esperaba en los linderos de la hacienda. Él mismo, con la ayuda de uno de sus esclavos, abría la talanquera para franquearles el paso y luego los escoltaba, en su caballo alazán, hasta la casa de vivienda del ingenio.

Si la visita tenía lugar durante la época de la molienda, a medida que se adentraban en la propiedad los viajeros empezaban a sentir un fuerte olor a melado. Veían a unos esclavos cortar la caña con sus afilados machetes y a otros alzarla y acomodarla en carretas que las yuntas de bueyes trasladaban hasta el trapiche. Minga se persignaba y rezaba entre dientes para que su nieta nunca tuviera que hacer aquellas agotadoras faenas.

La misma tarde que llegaban, Benigno les daba a sus nietos un recorrido por el ingenio, que cada año estaba un poco más achacoso y destartalado. «Igual que yo», bromeaba el abuelo. Cirenia prefería quedarse en casa, aduciendo que le dolía la cabeza, pero Ignacio los acompañaba.

Si otros hacendados se habían decidido a comprar máquinas de vapor para modernizar y hacer más productivas sus fábricas de azúcar, el viejo Cenda seguía fiel a los métodos tradicionales: al igual que cuarenta años atrás, continuaba moliendo la caña-miel en el mismo trapiche empujado por mulas. El progreso no había llegado a La Maruca y probablemente nunca llegaría.

A Chiquita, que iba en los brazos de su padre, el ruido desacompasado que hacían los cilindros de hierro al triturar los mazos de caña le ponía la piel de gallina. El molino le parecía un monstruo que era preciso alimentar sin descanso o se corría el riesgo de que se lanzara sobre la gente para devorarla, y la forma en que los negros trataban a las mulas que hacían funcionar el trapiche, gritándoles y pinchándoles las ancas para que aceleraran el paso, le repugnaba.

En la casa de calderas el ambiente resultaba más desagradable aún. Allí el jugo de las cañas era cocinado en pailas de cobre que los esclavos removían bañados en sudor. El humo oscuro de la leña y el bagazo que se quemaban para calentar las calderas, sumado a las columnas de vapor que salían del guarapo borboteante, creaban una atmósfera fantasmagórica. Chiquita pensaba que en un ambiente similar se cocinarían los pecadores que purgaban sus culpas en el infierno.

El calor de las bocas de fuego, la suciedad y el fuerte olor a melado la ponían siempre de mal humor, pero resistía estoicamente hasta el final del recorrido para no ser tildada de «melindrosa» por sus hermanos.

El azúcar que los negros envasaban en grandes bocoyes de madera de pino, y que Benigno Cenda enviaba en carretas a Matanzas para su venta, era de la peor calidad y no llegaba a las mesas de las familias refinadas. Era para consumo de la plebe, al igual que el aguardiente apestoso que se obtenía como parte del proceso.

Por suerte, durante la estadía en La Maruca nunca faltaban paseos más gratos, como los que hacían a un río vecino. A Chiquita le encantaba caminar descalza sobre los guijarros pulidos y cuando veía a sus hermanos varones chapotear en el agua de una poza, se lamentaba de que no le permitieran imitarlos.

—Ni aunque fuera del tamaño de Rústica su madre
la dejaría meterse ahí —le aclaraba, desdeñosa, Minga—.
¿Y sabe por qué? ¡Porque, además de chiquita, es *hembra*! Así
que en esta vida no tendrá que lidiar con una desgracia, sino
con dos.

Benigno Cenda era un hombre basto, optimista y
simple, descendiente de una de las treinta parejas que habían
llegado de islas Canarias, en el lejano 1693, para poblar la recién fundada Matanzas. Sólo se sentía a gusto en el campo:
había ido por última vez a la Ciudad de los Puentes para asistir al casamiento de Ignacio y, según afirmaba, no pensaba
volver, pues la gente estirada y con ínfulas de grandeza le
provocaba urticaria. Por lo general trataba con mano blanda
a sus esclavos, pero si estimaba que alguno merecía unos azo-
tes, no dudaba en ordenar al mayoral que se los diera delante del resto de la dotación, para que sirviera de escarmiento.
Aunque su esposa había muerto a causa de unas fiebres cuando Ignacio empezaba sus estudios en Bélgica, nunca había
querido casarse de nuevo. Palmira, una negra lucumí de trein-
taitantos años, alta, hermosa y de carnes apretadas, se encargaba de llevarle la casa.

Aunque a Palmira no se le conocía marido, cada vez
que Chiquita y su familia iban a La Maruca la encontraban
encinta y con un nuevo hijo viviendo en los cuartos destina-
dos a la servidumbre doméstica. Cosa curiosa: aquellos niños
no tenían la piel oscura de su madre: eran mestizos y más de
uno había salido con los ojos verdes, sospechosamente pare-
cidos a los del amo.

Ignacio y Cirenia nunca supieron qué atribuciones se
tomarían Palmira y sus bastardos cuando se quedaban solos
con don Benigno. Lo cierto es que cada vez que llegaban de
visita, la mujer se comportaba de forma irreprochable y se
desvivía por complacerlos. Aun así, a Cirenia no acababa de
agradarle su forma de ser, que en ocasiones le parecía demasiado altiva, más propia de una dueña de casa acostumbrada

a imponer su voluntad que de la humildad de una esclava. Según las averiguaciones de Minga, Palmira estaba habituada a dar órdenes y a ser obedecida porque de niña había sido princesa en África, hasta que un tío suyo se la vendió a unos negreros portugueses a cambio de licor.

—Esa mujer le echó *bilongo* a don Benigno —oyó un día Chiquita decir a su nana—. Lo tiene comiendo de su mano.

—¡Calla, Minga, qué cosas dices! —replicó Cirenia haciéndose la escandalizada, pues, aunque Palmira no era santo de su devoción, no le parecía correcto que los esclavos se pronunciaran sobre asuntos tan delicados.

Durante los primeros días de cada viaje, Ignacio y su esposa se esforzaban por mantener a sus hijos separados de los de Palmira, pero más tarde o más temprano terminaban por hacerse de la vista gorda y aceptar que jugaran juntos. Lo más prudente era no alborotar el avispero, porque, aunque don Benigno no reconociera a los mestizos como carne de su carne, el hecho de que los exonerara de las rudas tareas que otros niños desempeñaban en los campos de caña, y de que él mismo les enseñara por las noches los rudimentos de los números y las letras, resultaba muy revelador. Con uno de los críos, un mulatico simpático y listo llamado Micaelo, se mostraba especialmente cariñoso y a cada rato alababa la rapidez con que resolvía las sumas y las restas más difíciles.

Después de la cena, cuando terminaban de fregar la vajilla y la cocina quedaba reluciente, Minga, Palmira y otras dos esclavas se reunían en el portal de la casa de vivienda, a la luz de unos mecheros, para hacer cuentos que casi siempre trataban de muertes sangrientas, de venganzas y de aparecidos. Los chiquillos, sentados en el piso, escuchaban aquellas historias con embeleso.

Palmira era una Scherezada fascinante. Para contar, no sólo usaba las palabras y una voz capaz de las más sorprendentes inflexiones, que lo mismo transmitía la inocencia de una niña que la maldad de un demonio: sus ademanes, sus miradas e incluso sus expresivos silencios narraban también. Aunque Minga solía hacerles cuentos a Chiquita y a sus hermanos en la casona de Matanzas, sus historias no podían compararse con las de la esbelta negra de La Maruca. En los relatos de la abuela de Rústica, previsibles y rematados siempre con una desabrida moraleja, los muertos no salían de sus tumbas para halarles los pies a los culpables de sus desdichas, las ceibas no paseaban de madrugada por los cementerios, ni había dioses negros capaces de amar y odiar con la misma intensidad que los humanos.

Una noche, sin embargo, Palmira se negó a deleitarlos con sus narraciones, explicando que tenía la garganta inflamada. Mejor que contara algo Minga, sugirió. Los niños se voltearon para mirar, con escaso entusiasmo, a la anciana, y para esta no pasó inadvertido que incluso Rústica, ¡su nieta!, parecía defraudada. Herida en su orgullo, estuvo a punto de levantarse y dejarlos a todos sin cuento, pero el aullido lejano de un perro la hizo recapacitar.

¿La creían incapaz de narrar una historia apasionante? Si se le antojaba, ella podía escarmentar a los incrédulos. Un nuevo aullido, tan largo y doloroso como el anterior, la animó a violar una regla que se había impuesto hacía más de medio siglo y tomó la decisión de evocar en alta voz, por primera y, esperaba, última vez, la historia de Capitán, el perro invisible.

—Lo que van a oír no se lo escuché contar a nadie —comenzó con voz grave y tono severo—. Lo vi con estos ojos que se ha de comer la tierra —miró fijamente a los niños y, tras persignarse, prosiguió—: Tendría yo unos doce años cuando mi primer dueño, un asturiano sin corazón, me separó de mi madre y me vendió a doña Ramonita Oramas, viuda de Solís. Ella era una dama buena y cariñosa, pero de escasos recursos, que vivía en una casita de Matanzas, cerca de la iglesia de San Carlos. Se estarán preguntando cómo me pudo comprar siendo tan pobre. La explicación es sencilla. En aquella época, acababa de padecer yo un tifus que me dejó pelona y en puros huesos. Más que venderme, el demonio asturiano casi me regaló, convencido de que sólo me quedaban unos días de vida. Pero gracias al poder de Dios y a los potajes con chorizo que mi nueva ama me daba, logré recuperarme y a los pocos meses estaba más rellenita y buenamoza que antes de la enfermedad.

»Para sobrevivir, doña Ramonita le cosía a algunas damas de ringorrango y hacía unos dulces que yo la ayudaba a vender. Su único amigo era un perro enorme, peludo y blanco, al que ella llamaba Capitán. Ese animal, muy noble y manso, la acompañaba a la iglesia todos los días. Mi ama se pasaba horas rezando en la capilla de la Santísima Virgen, de la que era muy devota, y él se echaba a la entrada del templo, a esperarla pacientemente. Doña Ramonita siempre le suplicaba a la Virgen que le diera mucha vida a su perro, para que pudiera acompañarla y protegerla hasta que el Señor la llamara a su lado.

»Pero cierto día, cuando la viuda salió de la iglesia, encontró a Capitán muerto. Algún desalmado le había aplastado la cabeza con una piedra. Ramonita lo lloró como si fuera un hijo. Poco faltó para que se pusiera luto y hasta quiso pagarle una misa. Si no llegó a hacer ninguna de las dos cosas fue porque el cura, advertido de sus intenciones por unas beatas, le dijo que lo que tenía en mente era un sacrilegio.

»El caso es que una madrugada, como a las tres semanas de la muerte del perro, nos despertaron unos ladridos en el patio de la casa. "¡Es Capitán, ese es Capitán!", gritó mi ama, contentísima, y aunque traté de hacerla entrar en razón recordándole que Capitán estaba muerto y que nosotras mismas lo habíamos sepultado debajo de la mata de mango, no sirvió de nada. Me empujó, salió al patio y detrás de ella salí yo.

»¡Dios me lleve confesada! Allí estaba, a la luz de la luna, a unos pasos de su tumba, meneando la cola y con un hilo de baba colgándole del hocico. Sí, no cabía duda: era Capitán, que corrió hacia Ramonita y empezó a lamerle las manos. El pelo blanco le brillaba y sus ojos, que cuando estaba vivo eran como dos azabaches, se le habían vuelto azules, azulitos como los de un negro muy viejo. Pero al rato el animal empezó a desvanecerse, se fue volviendo invisible y desapareció.

»Mi ama empezó a llorar y a reírse al mismo tiempo, y tuve miedo de que se hubiera vuelto loca. "Tanto se lo pedí, que la Virgen me oyó y le dio la vida eterna", repetía mientras yo la obligaba a volver a la cama. "La madre de Dios me mandó a Capitán desde el paraíso celestial para que me acompañara un rato."

»Desde entonces, y durante el año que tardó doña Ramonita en irse de este valle de lágrimas, cada madrugada Capitán anunciaba su llegada con unos ladridos sonoros y, aunque estuviera tronando y relampagueando, su dueña, que era la mía también, corría al patio a reunirse con él. Eso sí, nunca pudo convencer al perro para que entrara a la casa. Bajaba la mirada y aullaba bajito, como si le diera pena, y escondía el rabo entre las patas. Al principio yo me levantaba a regañadientes y acompañaba a Ramonita, pero Capitán nunca me hacía el menor caso. Una vez le di unos huesos para tratar de ganarme su simpatía. ¿Y qué creen que hizo? Ni se molestó en olerlos, el muy malagradecido. "Comprende que ya él no es un muerto de hambre, Minga", dijo la vieja para defenderlo y añadió: "¿Te imaginas la de comidas ricas que le dará la Santísima Virgen?".

»Entonces llegué a la conclusión de que, ya que las visitas no eran para mí, lo mejor que podía hacer era quedarme en la cama mientras mi señora y él se reunían. En cuanto empezaban los ladridos, me tapaba la cabeza con la almohada para no oírlos y me repetía que con los muertos no se me había perdido nada. Porque, al fin y al cabo, eso y no otra cosa pensaba yo que era Capitán: un muerto sentimental que seguía apegado a su dueña.

El aullido del mastín volvió a oírse en La Maruca y los niños se estremecieron. Minga los miró con piedad, soltó un hondo suspiro y continuó su relato:

—Cuando doña Ramonita pasó a mejor vida, un sastre pariente lejano suyo, que jamás se había ocupado de ella, apareció para reclamar su herencia. Como lo único de valor que poseía la difunta era yo, me llevó para su casa, y su mujer y él me enseñaron a coser. Yo creía que, con la muerte de doña Ramonita, Capitán se tranquilizaría, pues al fin estarían reunidos los dos en el Paraíso. Pero al parecer el animal le había cogido el gusto a volver al mundo de los vivos, porque una noche, como a la semana de vivir con el sastre, oí unos ladridos que me parecieron familiares.

»"¿Será él?", me pregunté, y para salir de dudas me asomé a la ventana. Y sí, allí estaba Capitán, en el medio de la calle, con su pelambre blanca y sus ojos azules. Al verme, movió la cola y soltó unos aullidos de alegría. Yo volví a acostarme enseguida, pero el muy impertinente siguió ladrando y ladrando hasta el amanecer. Por la mañana, mi nuevo dueño y su mujer estaban malhumorados y se quejaron de que por culpa de un perro callejero no habían podido pegar un ojo. Tan enojado estaba el sastre, que juró que si aquel animal volvía, iba a meterle una bala entre ojo y ojo. Y no eran bravuconerías. De verdad trató de hacerlo, pero no pudo. Cuando Capitán volvió a armar su escándalo y el hombre salió a la calle, con un revólver y dispuesto a cumplir su amenaza, no lo vio por ninguna parte.

»Entonces me di cuenta de que la única que podía ver al perro de doña Ramonita, con su pelo de luna y sus ojos redondos y azulitos, era yo. ¿Por qué yo sí y los demás no? Nunca pude averiguarlo. Pero los ladridos siguieron una madrugada detrás de otra, cada vez más exigentes. A veces me asomaba y le hacía señas para que se fuera; le daba a entender que no quería tratos con él, pero qué va, un perro muerto es lo más cabeciduro que existe.

»Aquello se volvió la peor de las pesadillas. Por la noche, no podía descansar por la bulla de Capitán, y de día, tenía que trabajar como una mula y aguantar los regaños del sastre y su mujer, que cada vez estaban más irritados por la falta de sueño. Hasta que un día no aguanté más y, aprovechando que la señora me había mandado a hacer unas compras, fui a ver a un congo viejo, famoso por sus hechizos, que vivía en una covacha cerca del castillo de San Severino. Le conté mi desgracia y se compadeció de mí. "Le diste huesos a un muerto y ahora estás jodida, porque no va a parar hasta roer los tuyos", dijo, y enseguida me explicó lo que tenía que hacer para librarme de aquella salación.

»Cuando regresé a la casa, después de conseguir todo lo que el congo me había dicho que iba a necesitar, no me importó que mi ama me diera un sopapo por haber tardado tanto. Me consolé pensando que, con el favor de Dios y de todos los santos, aquella noche me libraría por fin del atrevido visitante. No sé si serían ideas mías, pero tuve la impresión de que esa madrugada Capitán ladró más bajito, como si sospechara que yo tramaba algo. En cuanto lo oí, salté de la cama y caminando descalza, para que nadie me sintiera, abrí la puerta y salí a la calle.

»Qué oscuridad, Ave María Purísima, y qué frío. Matanzas estaba helada. No recuerdo haber vuelto a sentir un frío como el de esa noche. Capitán ladraba, pero yo no lograba verlo. Hasta que por fin apareció, justo a mi lado, y casi me mata del susto. Me miró como contento y entonces hizo algo que nada más de acordarme me erizo toda. Agarró mi bata con los dientes, con delicadeza, y empezó a darle tironcitos y a caminar para atrás, invitándome a que me fuera con él, a que lo siguiera a alguna parte.

»Muerta de miedo, reuní el poco valor que me quedaba y saqué un pomito lleno de agua bendita que llevaba escondido en el entreseno. Antes de acostarme, tal y como me había ordenado el congo, le había metido dentro un grano de pimienta, una pizca de tierra de cementerio, una uña de ratón y una pluma de lechuza virgen. Con ese menjurje rocié a Capitán y le hice tres veces la señal de la cruz. Ay, Dios bendito, entonces me quedó claro que aquel animal no se le escapaba por las noches a la Santísima Virgen del paraíso celestial, como doña Ramonita y yo habíamos creído. No, no, qué bobas habíamos sido. Era del mismísimo infierno de donde venía, enviado por

Lucifer para volver pecadores a los inocentes. El pelo de albino se le oscureció en un santiamén, se le puso más negro que un mal pensamiento, y los ojos se le volvieron dos carbones colorados y ardientes. Capitán se paró en las dos patas de atrás y me arañó furiosamente con una de sus garras delanteras —la anciana hizo una pausa para bajarse el escote y enseñarles a los niños dos finas cicatrices que tenía cerca del nacimiento de los pechos, y continuó—: Entonces, antes de desaparecer, me miró con cinismo y soltó un aullido amenazador que retumbó y retumbó en la calle vacía. En el aire quedó flotando una peste a podrido que se me pegó en el cuerpo y que, por más que me bañé y me restregué con un jabón fino que me dio la mujer del sastre, me acompañó durante un mes.

Minga cerró los ojos y no volvió a abrirlos hasta que Palmira, con un hilo de voz, se atrevió a preguntarle:

—¿Y no volvió más?

—No, jamás volví a verlo —contestó la anciana y, mirando lúgubremente a los niños, agregó con refinado sadismo—: Pero quién sabe si ahora, en este mismo momento, Capitán está tratando de desgraciarle la vida a algún otro cristiano.

El aullido del perro volvió a oírse, pero esta vez muy cerca del portal. Como si se hubieran puesto de acuerdo, todos se levantaron y, después de intercambiar unos parcos «buenas noches», se retiraron.

Esa madrugada, Chiquita se desveló. Dio vueltas y vueltas en su lecho y, cada vez que empezaba a quedarse dormida, veía los dientes afilados del perro de doña Ramonita y sus ojos rojos soltando llamaradas. A la luz parpadeante del velador, notó que en el catre colocado a unos pasos de su camita Rústica tampoco podía conciliar el sueño.

—¿Tienes miedo de que el perro venga a buscarte? —le preguntó.

—Sí —admitió la nieta de Minga.

Las dos aguzaron los oídos, tratando de captar algún ruido extraño, pero sólo oyeron el chirriar de los grillos.

—¿Usted también está asustada? —susurró Rústica.

—No tanto —mintió Chiquita—. Tengo el talismán del gran duque Alejo, que me protege de todos los males —y le mostró la esfera de oro.

—¿De todos, niña? —indagó Rústica, con desconfianza—. ¿Hasta del diablo?

—Naturalmente —repuso la liliputiense—. Así que si quieres quedar también bajo su amparo, procura no separarte nunca de mí.

Aquel viaje, que coincidió con el décimo año de la guerra contra España, fue el último que Chiquita hizo a La Maruca y terminó como la más espantosa de las pesadillas. La noche antes de volver a Matanzas, las tropas insurrectas irrumpieron en la propiedad y, después de congregar a blancos y negros al pie de una ceiba y de obligarlos a oír una arenga sobre la necesidad de sacrificarlo todo por la independencia de Cuba, quemaron el ingenio, la casa de vivienda, el barracón y los cañaverales.

Al notar que la mayoría de sus esclavos se pasaba a las filas de los mambises, Benigno Cenda pareció perder el juicio y, aunque su hijo y Palmira se esforzaron por retenerlo, los apartó y se lanzó a correr entre las lenguas de fuego y las nubes de ceniza. «¡Malagradecidos! ¡Engendros de Satanás!», aullaba. «¡Así mordéis la mano que os dio de comer!» La última vez que Chiquita lo vio, cantaba y bailaba grotescamente, tiznado de pies a cabeza, en medio de la humareda. Probablemente los mambises lo confundieron con un alma en pena, pues ninguno se tomó la molestia de decapitarlo.

En cuanto amaneció, Ignacio empezó a buscar a su padre entre los metales retorcidos del trapiche, en los surcos de los cañaverales calcinados y en los montes cercanos, pero no dio con él. Luego de varias horas, al ver que su esposa, sus hijos y los esclavos que no habían huido estaban hambrientos y muertos de sed, decidió que lo más sensato era volver a Matanzas. Si don Benigno estaba vivo, no tardaría en reunírseles. En caso contrario, pondría a la venta los terrenos y a los negros que quedaban. En su mayoría estaban decrépitos y nadie pagaría mucho por ellos, pero estaba seguro de que podría obtener una bonita suma a cambio de Palmira y su descendencia.

Sin embargo, la antigua ama de llaves, que después del incendio se comportaba con marcada arrogancia, se negó a seguirlos y le hizo saber que tanto ella como sus mestizos eran libres desde hacía más de un año. Así constaba en un documento firmado por el dueño de La Maruca que, en medio de la locura de la quemazón, ella había atinado a poner a salvo.

Ignacio le echó un vistazo al papel que la lucumí agitaba delante de sus narices y, al reconocer la letra de su padre, le dijo que podía irse a donde le viniera en ganas. Sólo le pidió un favor: no quería volver a saber de ella ni de sus hijos.

—¡Que llevan su misma sangre y podrían decirle hermano! —le gritó Palmira, belicosa y con las manos en jarras, mientras los Cenda emprendían el regreso a la ciudad.

Aquello dejó a Chiquita intrigada. Entonces, ¿Micaelo y los demás mulaticos eran tíos suyos? Estuvo a punto de preguntárselo a su padre, pero al ver su expresión iracunda, cambió de idea.

La desaparición de don Benigno dio pie a muchas conjeturas en Matanzas. Unos decían que había logrado salir con vida de aquel pandemónium y que deambulaba por los caseríos, con la mente perturbada, mendigando sobras. Otros, que había buscado refugio en un pueblo lejano para no pasar por la vergüenza de que lo vieran en la más absoluta miseria. También se rumoró que los mambises lo tenían prisionero en uno de sus campamentos. Y no se descartaba la posibilidad de que Palmira hubiera hallado sus restos y les diera sepultura en algún lugar secreto para ratificar que ella y sus bastardos habían sido más importantes para él que su familia blanca.

Capítulo III

Chiquita se convierte en políglota. Llegada de Cuco, el manjuarí. Las lecciones de canto. La locura de José Jacinto Milanés. Por fin mujer. El secreto de Mundo. Sarah Bernhardt actúa en Matanzas. Encuentro con la Divina en el camerino del teatro Esteban. El resplandor del talismán. Visiones de plenilunio.

Para Chiquita, lo peor de medir veintiséis pulgadas no era la perspectiva desde la cual estaba obligada a contemplar el universo. Una perspectiva que la condenaba a ver primero unos botines sin lustre y de suelas gastadas que una blusa con un precioso broche de zafiros, o las patas arañadas y polvorientas de la mesa del comedor y no el mantel bordado y la vajilla de Sèvres colocados encima de ella. Era humillante, y sin dudas injusto, estar siempre más cerca de los hormigueros que de los nidos de los pájaros; tener que resignarse a ese frustrante punto de vista a no ser que alguien tuviera la gentileza de subirla a una silla o de llevarla cargada en sus brazos. Pero no era lo peor.

Tampoco lo era la rapidez casi insultante con que los que alguna vez habían sido sus iguales en tamaño crecían y crecían. Ni las miradas de asombro o de piedad, que hincaban como alfileres; ni la incomodidad de quienes la veían por primera vez y, por más que se esforzaban, no conseguían disimular el asombro. Todo eso resultaba, con un poco de voluntad, tolerable.

Lo peor, lo que más daño le causaba, era que la tratasen como si, además de liliputiense, fuera imbécil. Que dieran por sentado que su cerebro, por el simple hecho de ser *muy pequeño*, no funcionaba bien. Ese equívoco le resultaba enervante, lo cual es comprensible si se tiene en cuenta que, desde muy temprano, dio pruebas de poseer una inteligencia fuera de lo común.

A los tres años, Chiquita empezó a averiguar los nombres de las letras y un día sorprendió a sus padres leyéndoles los titulares de un periódico. A partir de ese momento comenzó a devorar cuanto papel impreso caía en sus manos: desde los ejemplares de la revista infantil *El Periquito* hasta los opúsculos con vidas de santos que coleccionaba su abuela.

Como a los Cenda la idea de matricularla en el Colegio de Señoritas de Santa Rita y exponerla a miradas y comentarios de toda índole les resultaba incómoda, contrataron a una profesora para que se hiciera cargo de su educación. Cirenia le dio clases de dibujo y de bordado y, en sus ratos libres, el doctor le enseñó francés, idioma que rápidamente la niña aprendió a hablar y a escribir con soltura.

Al notar su facilidad para las lenguas extranjeras, Ignacio aprovechó que su buen amigo Enrique Lecerff le debía varios favores y le pidió que aceptara a su hija como discípula. Al renombrado políglota, que hablaba a la perfección más de una veintena de idiomas, no le quedó otro remedio que acceder. El día que fue a darle la primera clase, le preguntó a la niña, en francés y con cierta condescendencia, qué lenguas quería aprender.

—Primero el griego y el latín —contestó Chiquita mirándolo a los ojos y tratando de no ruborizarse—. Después el inglés, si no es mucha molestia; y luego... estoy indecisa entre el alemán y el italiano.

El profesor se echó a reír, asombrado por el aplomo y las ansias de saber de su pupila, y al terminar la lección le obsequió unas gramáticas de latín e italiano para que aprendiera esos idiomas —a su juicio *demasiado fáciles*— por su cuenta. Andando el tiempo, Chiquita, como Cleopatra, llegaría a hablar con fluidez siete lenguas.

Pero no fue Lecerff el único erudito de Matanzas que supo apreciar y estimular su intelecto. Don Francisco de Ximeno, naturalista, historiador y literato, quien tenía fama de ser una enciclopedia bípeda, solía charlar largos ratos con ella siempre que visitaba al doctor Cenda. Apasionado de las ciencias y las letras, Pancho de Ximeno conocía Europa y Estados Unidos, y había llegado a ocupar el puesto de alcalde de Matanzas. Pero eso había sido antes de que la guerra y los reveses de la fortuna lo dejaran en la ruina; en la época en que Chiquita lo trató, era empleado del Ayuntamiento y se dedicaba a hacer el mapa de la provincia.

La niña acribillaba a aquel sabio paciente y generoso con preguntas sobre las materias más diversas, desde la astronomía y la geografía hasta la historia y la botánica, y don Pancho se las respondía sin enojosas simplificaciones. Tal vez por haber sido alimentada con la leche de una camella llamada Nefertiti, uno de los temas que más apasionaba a Chiquita era el antiguo Egipto. No se cansaba de oír hablar a Ximeno de las pirámides de Gizeh y de las tumbas del Valle de los Reyes. ¡Qué lástima que el gran Champollion, el descifrador de los jeroglíficos, llevase tanto tiempo muerto! Él hubiera podido aclararle, en un dos por tres, el significado de los extraños signos grabados en su amuleto.

Cierto día, don Pancho le llevó un regalo. Era un ejemplar de *Atractosteus tristoechus,* un pez más conocido como manjuarí, que acababan de atrapar en la desembocadura del río San Juan. Según Ximeno, aquel animal era un auténtico fósil viviente, pues su origen se remontaba a millones de años atrás. Chiquita observó con fascinación el cuerpo cilíndrico y alargado del manjuarí, cubierto no por escamas, sino por una coraza de placas duras de color pardo verdoso. Su cabeza era achatada como la de un cocodrilo, y tenía tres filas de dientes agudos y unos ojillos perversos.

—La suerte del manjuarí es que, como no es comestible, nadie lo persigue —comentó el naturalista—. Y aunque lo veas tieso y osificado, no te engañes: es capaz de nadar a una velocidad asombrosa.

Chiquita decidió que el *Atractosteus tristoechus* se llamaría Cuco e hizo que Minga y Rústica lo trasladaran a la fuente del patio.

—¿Y qué come esto? —inquirió la vieja, sin disimular lo poco que le agradaba aquella mascota.

—Es carnívoro —aclaró el sabio, mientras observaban cómo el pez se desplazaba rígidamente de un lado a otro de la fuente, explorando su nuevo hogar—. Pueden darle ranas, lagartijas, cangrejos y piltrafas.

Durante las numerosas charlas que sostuvieron, sólo una vez Pancho de Ximeno dejó de contestar una pregunta. Fue cuando Chiquita le pidió que le hablara sobre su primo hermano José Jacinto Milanés, el poeta que había compuesto «La fuga de la tórtola». ¿Era verdad que el pobre se había vuelto loco cuando aún era joven? ¿Por qué motivo había perdido la razón? Don Pancho carraspeó, incómodo, e Ignacio tuvo que acudir en su ayuda diciéndole a su hija que ya les había robado mucho tiempo y que el sabio seguiría ilustrándola en otra ocasión.

Una tercera persona que influyó mucho en Chiquita durante su adolescencia fue la soprano matancera Úrsula Deville. En esa época, ya la Deville llevaba años retirada de los escenarios. Era una anciana entrada en libras, de piel casi translúcida y ojos verdes, que solía llevar el cabello cano recogido en un altísimo moño. Después de vivir en Europa buena parte de su vida y de ser tratada como una reina del *bel canto* (Meyerbeer pretendió que estrenara su ópera *La africana,* honor que ella no pudo o no quiso aceptar), la adversidad la había obligado a volver a Cuba. Vivía en La Habana y se ganaba el sustento dando clases de canto a señoras y señoritas de la alta sociedad, pero todos los veranos viajaba a Matanzas para pasar esos meses en compañía de una de sus hermanas. Durante una de esas visitas, el doctor Cenda la invitó a cenar.

Aunque desde la muerte de doña Lola ya Chiquita y Mundo no estaban obligados a amenizar las veladas familiares, en esa ocasión lo hicieron para rendir tributo a la artista. Chiquita sorprendió a todos declamando unos versos que el poeta Plácido le había dedicado a la soprano cuando esta tenía apenas veinte años e iniciaba su carrera. Tanto se emocionó la Deville, que se puso de pie y acometió *a capella* el aria «Casta diva» de *Norma*, su ópera preferida. Aunque era casi septuagenaria, conservaba tal torrente de voz que los cristales de la lámpara del comedor empezaron a tintinear como si la aplaudieran.

Aquella noche comenzó la amistad entre la diva venida a menos y la liliputiense. Cuando Cirenia de Cenda se enteró de que Úrsula pensaba darles clases de canto a algunas jóvenes de la ciudad para ganarse un dinerito, le preguntó a Chiquita si le gustaría tomarlas. Por toda respuesta, su hija empezó a dar saltos de alegría.

Dos días más tarde empezaron las lecciones. Si bien Chiquita poseía una voz afinada y bastante más potente de lo que su talla hacía suponer, desde el primer momento Úrsula se percató de que jamás podría lidiar con un aria de Rossini o de Bellini. Cualquier aspiración a una carrera operática quedaba, de entrada, descartada, y así se lo hizo saber, solemnemente, para no crearle falsas esperanzas.

—No se preocupe —la tranquilizó Chiquita—. No me imagino cantando en La Scala —bromeó.

Así pues, acordaron que Úrsula se limitaría a enseñarle algunas romanzas y habaneras, y ciertos trucos para sacarle el mayor partido a sus cuerdas vocales. Como profesora, la Deville era exigente y daba sus clases guiándose por los preceptos de antiguos maestros como Tosi y Porpora. Para ella, tan importante como la técnica era el sentimiento. «De poco sirve el virtuosismo sin corazón», era su lema.

Lo mejor de aquellos encuentros comenzaba cuando la Deville cerraba el piano y, aguijoneada por su alumna, se ponía a evocar sus años de gloria. En su juventud había sido coronada como la mejor voz lírica de Cuba en el Liceo de La Habana y poco después, casada ya con el pianista y compositor español José Miró, se había ido a Europa, a actuar en los mejores escenarios acompañada por su marido.

—Fui feliz, lo tuve todo, hasta el corazón de un hombre que me amó más que a la música —le dijo en una oportunidad—. Sólo una cosa me faltó, Chiquita, y fue previsión. De haber tenido más sentido común, no habría permitido que mi marido dilapidara el dinero que ganamos —y repentinamente seria, señaló a la jovencita con un dedo mientras le decía con tono admonitorio—: ¡Nunca descuides tu bolsa! Muchas mujeres creen que vivir pendientes del dinero es de mal gusto, hasta que se enteran de que están en la ruina y, entonces, ya es demasiado tarde para rectificar.

Fue Úrsula Deville quien le contó a Chiquita lo que ni su abuela ni sus padres ni el sabio Pancho de Ximeno habían querido revelarle: el secreto de la locura de José Jacinto Milanés.

Aunque en la época en que el poeta perdió la razón ya Úrsula no vivía en Matanzas, sus hermanas la habían mantenido al tanto, mediante cartas, de los pormenores del caso. A los veintiocho años, cuando era considerado uno de los mejores escritores de la isla, la vida de Pepe Milanés dio un vuelco. Súbitamente, rompió su compromiso con Dolores, su novia de toda la vida, y anunció a su familia que estaba enamorado de otra. La elegida de su corazón era su prima Isabel, una de las siete hermanas de Pancho de Ximeno.

El asunto no habría tenido nada de escandaloso de no ser por un detalle: Isa apenas tenía trece años. Las palabras de amor de aquel pariente pesimista y retraído, lejos de halagarla, la intimidaban, y se escondía donde él no pudiera verla. Pero como las casas de los Milanés y los Ximeno quedaban una frente a la otra, en la calle Gelabert, los encuentros entre el poeta y su amada eran inevitables.

Don Simón, el tío político de José Jacinto, puso el grito en el cielo cuando se enteró de la noticia y prohibió cualquier tipo de acercamiento entre los primos. Según las malas lenguas, al patriarca de los Ximeno no le preocupaba tanto la diferencia de edad, sino que la niña de sus ojos, para la que proyectaba un ventajoso casamiento, terminara unida a un poeta pobretón. Elogiado por todos, sí, pero incapaz de sostener una familia. A los Milanés la situación les resultaba incómoda, pues siempre habían tenido el apoyo económico de los Ximeno, sus parientes ricos. Así que terminaron poniéndose del lado de don Simón y tratando de que Pepe dejara de pretender a su primita.

La reacción del enamorado fue desmedida. Se encorvó, en su frente aparecieron unos surcos profundos y durante los años siguientes se sumió en una tristeza y una ofuscación tan grandes, que tuvo que abandonar su empleo en la oficina de ferrocarriles. Sufría de insomnio y de delirios, y con frecuencia se negaba no sólo a comer, sino también a bañarse y a vestirse. Sus escritos empezaron a ser cada vez más escasos e incoherentes, hasta que abandonó la poesía por completo, y por temor a que intentara suicidarse, su hermana Carlota, que era quien lo cuidaba, guardó bajo llave los cuchillos de la casa.

De nada sirvió que Federico, otro de sus hermanos y su principal admirador, publicara en dos volúmenes las obras que José Jacinto había escrito antes de enamorarse de Isa. Cuando le pusieron los libros en las manos, los hojeó un instante, con una sonrisa cortés y ausente, y acto seguido los colocó sobre una mesa y se olvidó de ellos. Si no estaba completamente loco, poco le faltaba.

Convencidos de que sólo un cambio de ambiente podría salvar al enfermo y devolverle la lucidez, sus familiares y amigos le pagaron un viaje al extranjero, con Federico como acompañante. Hasta Simón de Ximeno aportó una generosa suma. Los dos hermanos recorrieron varias ciudades de Estados Unidos, y después se fueron a Londres, París y Roma. Cuando regresaron, al cabo de año y medio, el poeta parecía curado y hablaba de volver a escribir y de conseguir empleo.

Pero sus planes no tardaron en desmoronarse. Una mañana en que se disponía a dar un paseo en coche con Carlota, Pepe Milanés vio asomarse a Isa por una ventana de la casa de los Ximeno y comenzó a llamarla a gritos y a llorar como un niño. En un abrir y cerrar de ojos, su mejoría se esfumó. Nunca se recuperó de aquella recaída: quien había sido el orgullo de Matanzas murió a los cuarenta y nueve años de edad, convertido en un loco triste, silencioso y manso, al que a cada rato su hermana tenía que limpiarle la boca para que no se babeara.

—Pero hay más... —susurró la Deville y, luego de una pausa en la que se preguntó si sería prudente hablarle a una niña de algo tan oscuro y perturbador, añadió—: Carlota, la interesante Carlota, jamás se casó y se dedicó en cuerpo y alma a cuidarlo. Se pasaba las horas sentada a su lado y, mientras bordaba en una tela de lino las poesías de Pepe, le hablaba de literatura y de arte, con la esperanza de que algún día, por un milagro, su hermano recuperara la razón. Pero, según dicen, detrás de su abnegación *había otra cosa...*

—¿Amor? —se apresuró a preguntar Chiquita, que no tenía un pelo de tonta—. ¿Estaba *enamorada* de él?

La soprano miró en todas direcciones con sus ojos de esmeralda antes de asentir.

—Si es cierto o no, sólo la desgraciada Carlota podría decirlo, y lo más probable es que se lleve el secreto a la tumba. Pero a mí, que he visto cosas peores, no me extrañaría. La pasión, cuando se sale de su cauce, no respeta ni los lazos de sangre.

Chiquita tragó en seco y se imaginó enamorada de Rumaldo, de Crescenciano o de Juvenal. ¡No, ni soñarlo, nunca de semejantes brutos!

—No le digas a nadie que yo te conté —le advirtió la *prima donna*—. A los matanceros les encantan los versos de Milanés, pero, por vergüenza o por respeto a su locura, no hablan mucho del hombre que los escribió.

De pronto, Chiquita sintió curiosidad por saber cuál había sido el destino de uno de los personajes secundarios de aquella vieja historia: Dolores, la novia desdeñada por el poeta.

—¿Logró olvidarlo? —indagó—. ¿Rehízo su vida?

Úrsula le contó que, nunca se supo si por verdadero amor o por despecho, al poco tiempo de la ruptura la joven contrajo matrimonio con un caballero con quien tuvo varios hijos, y que estos, a su vez, le habían dado numerosos nietos. Y añadió:

—Entre ellos tú, Chiquita, porque Dolores era tu abuela.

Después de aquella confidencia, cada vez que se acordaba de José Jacinto o el poeta era mencionado en su presencia, Espiridiona pensaba en él como en una especie de abuelo misterioso y lejano. ¿Cómo habría sido su vida de no haber puesto los ojos en Isa; si se hubiera casado, como deseaban todos, con Lola? Más de una vez estuvo tentada de comentar el asunto con Cirenia, pero se mordió la lengua. Lo que sí hizo, y con frecuencia, fue suplicarle a Minga, cuando se dirigían en coche a las clases de canto con la Deville, que se desviaran del trayecto para pasar por la calle Gelabert. Tenía la esperanza de ver algún día a Carlota —«la interesante Carlota»— entrando o saliendo de la casa de los Milanés, pero nunca lo logró.*

Úrsula Deville estuvo alejada de Matanzas durante tres largos años. Cuando al fin retornó y se encontró de nuevo con Chiquita, la observó de arriba abajo, con disgusto.

—¿Cuántos años tienes ya? —le dijo y, al enterarse de que acababa de cumplir quince, agregó—: Perdóname que me meta en lo que no me importa, pero va siendo hora de que empieces a vestirte como Dios manda. A no ser que pretendas pasarte el resto de la vida disfrazada de niña.

Chiquita se ruborizó, intimidada, y no supo qué responder.

—Hija mía, nuestro Señor podrá haber escogido para ti un cuerpo mínimo, pero eso no significa que tengas que conservar la apariencia de una niña hasta el final de tus días

---

* Un dato curioso acerca de esa historia: Isa de Ximeno, la amada imposible del poeta Milanés, terminó casándose, como era el deseo de su padre, con un caballero respetable y de gran fortuna: don Manuel Mahy. Sí, fue ella quien le sirvió el rabito del lechón al gran duque Alejo Romanov durante su visita a Matanzas.

—prosiguió la cantante—. Eres una mujer y como tal tendrás que aprender a amar y a sufrir.

Aquellas palabras hicieron que Chiquita se imaginara con diez, veinte y treinta años más, y que se preguntara cuál sería su porvenir cuando sus padres no estuvieran junto a ella para protegerla. ¿Qué ocurriría el día que le faltasen? ¿Era su tamaño un escollo insalvable para valerse por sí misma? ¿Tendría que depender siempre de alguien? Y ¿podría conocer el amor? Porque, sin proponérselo, la Deville había puesto el dedo en una llaga que Chiquita tenía oculta. Como cualquier jovencita, había empezado a sentirse atraída por el género opuesto, a lavarse la cara con jabón de hiel de vaca para eliminar los barritos y las pecas, y a escribir tímidamente la palabra amor en su diario secreto.

Pero mientras los senos de Blandina, Exaltación y Expedita eran cada vez más notorios, y sus caderas se acentuaban, el cuerpo de Chiquita seguía, además de pequeño, liso como una tabla, al parecer sin intenciones de adoptar aquellas redondeces femeninas. Cada vez que se juntaban con ella, sus primas se ponían a hablar de los malestares femeninos que padecían cada mes. «Alégrate de que no te haya tocado todavía», le decían. «¡No sabes lo que te espera!» Ella las oía con aparente indiferencia, pero rabiando de envidia. Hasta Rústica estaba cambiando: poco a poco su figura de espantajo se iba rellenando, aquí y allá, estratégicamente, y el calesero y otros hombres comenzaban a mirarla con lujuria.

Cada vez que sus primas iniciaban una discusión acerca de cuáles eran los varones más apuestos de la familia, Chiquita se escabullía aduciendo que el tema no le interesaba. Pero sólo la cuchara conoce lo que hay en el fondo de la olla. También ella contemplaba a hurtadillas a sus primos y a sus hermanos. Los que poco antes eran unos odiosos, que parecían existir sólo para molestar, se estaban transformando en apuestos mozalbetes que fumaban a escondidas y hablaban de las mujeres con cinismo. Su hermano Rumaldo, por ejemplo, estaba más alto y ancho de espaldas, había mudado la voz y en cualquier momento comenzaría a afeitarse los pelos oscuros que tenía en la barbilla. Sus ojos negros y grandes y las cejas pobladas, que casi se le unían, lo convertían, según Exaltación y Blandina, en el más atractivo de los primos. Pero para Expedita el merecedor de ese título era Segismundo. El otrora patito feo seguía siendo un muchacho retraído, que únicamente se sentía a sus anchas cuando estaba a solas con el piano, pero se había convertido en un adolescente esbelto, rubio y de facciones finas, en una especie de príncipe pálido que hacía suspirar a más de una jovencita.

Quizás por sentirse excluida de aquellos cambios, el carácter de Chiquita se amargó y durante un tiempo los arrebatos de ira y las frases hirientes que hasta entonces sólo Rústica había tenido que padecer se hicieron extensivos al resto de la servidumbre, a sus hermanos e incluso a sus padres, al punto de que estos tuvieron que amonestarla, en más de una ocasión, a causa de una mala respuesta o una actitud rebelde. En esa etapa hizo quemar en el patio sus novelas de amor preferidas, tildándolas de mentirosas y de estúpidas; se negó a volver a las clases del señor Lecerff, alegando que eran demasiado aburridas y que saber idiomas no le servía de nada a una persona destinada a pasarse la vida encerrada en su casa. Pero cuando Ignacio y Cirenia empezaban a temer que algo estaba funcionando mal en la cabeza de su hija, Chiquita recuperó su talante de siempre la mañana en que, al levantarse de la cama, descubrió una manchita de sangre en su ropa de dormir.

—¡Jesús, María y José! —exclamó la vieja Minga, conmovida—. ¡Ya se nos hizo señorita!

Aunque con considerable demora, Chiquita siguió los pasos de sus primas y de Rústica: la cintura se le afinó, sus pechitos se hincharon y una pelusilla en el pubis confirmó que era toda una mujer en miniatura. La joven exigió que le renovaran el guardarropa. No más vestiditos y zapatos de niña, no más peinados infantiles: se arreglaría como una señorita. Y si hasta entonces Minga se había encargado de bañarla en una minúscula tina, restregándola con una esponja, se negó a que la nana continuara ayudándola en su aseo. Ya no era una criatura, anunció. En lo adelante se bañaría sola y sólo permitiría que la ayudaran a vestirse. Fue por esa época que la liliputiense hizo un descubrimiento sorprendente. Una tarde de julio, de esas en que, después de almorzar, todos en la casona parecían sumirse en un pesado letargo y hasta las moscas sentían pereza de zumbar, estaba en su dormitorio, tratando de dormir una siesta. La música que Segismundo tocaba, indiferente al calor y sin la menor señal de fatiga, le servía de arrullo. Pero, súbitamente, el piano enmudeció.

Chiquita se despabiló en el acto, extrañada. A su primo le parecía un sacrilegio dejar una pieza a la mitad y jamás lo hacía. Aguardó un momento y, en vista de que los acordes no volvían a oírse, se calzó sus zapatillas y echó a andar rumbo al salón de música.

La puerta estaba entreabierta y oyó unos gemidos entrecortados que brotaban del interior de la habitación. Asomó la nariz, con cuidado de no ser vista, y se convirtió en testigo de un curioso espectáculo. Mundo estaba de pie, con las manos y el pecho apoyados sobre la tapa cerrada del piano, y los pantalones caídos hasta los tobillos. Detrás de él, abrazándolo por la cintura, también con los pantalones desabrochados, y moviéndose adelante y atrás de forma rítmica, se hallaba Rumaldo.

Aunque Chiquita carecía de experiencia en materia de sexo, no era idiota. Algo había leído sobre el tema en la biblioteca de su padre, y esos conocimientos teóricos, unidos a los cuchicheos de sus primas sobre lo que hacían las parejas cuando se acostaban y apagaban la luz, y a los acoplamientos de insectos, aves, reptiles y mamíferos presenciados en el patio de la casa y en La Maruca, no le dejaron duda de que su primo y su hermano estaban fornicando.

Por un instante, el sentido del decoro le ordenó retirarse, pero la curiosidad fue más poderosa y permaneció en el mismo lugar, con los ojos muy abiertos, espiando todos los detalles del encuentro. De repente, Rumaldo se separó de Mundo y, mientras lo obligaba a quitarse la camisa y se despojaba él también de la suya, Chiquita alcanzó a ver, de refilón, el miembro viril del mayor de sus hermanos. En realidad, no era la primera vez que tenía delante un órgano de ese tipo. En cierta ocasión se las había ingeniado para entrar en el baño cuando los gemelos estaban aseándose y echarles una ojeada a sus partes pudendas. Pero lo que había visto entonces no podía compararse, ni en tamaño ni en turgencia, con lo que contempló en el salón de música.

Una vez que estuvieron más ligeros de ropas, Rumaldo volvió a colocarse detrás de Mundo, empujó con torpeza y su víctima soltó un quejido. Claro que, aunque al principio Chiquita había pensado que el dúo estaba formado por una víctima y un victimario, otorgando a su primo el primer papel y a su hermano el segundo, lo cierto era que Mundo no se comportaba *exactamente* como una víctima. Para empezar, no gritaba pidiendo socorro ni se retorcía para librarse de Rumaldo. Tampoco había aprovechado la pausa en que se quitaron las camisas para, como hubiera podido hacer, empujar a su agresor, huir de la habitación y ponerse a salvo. Se limitaba a permanecer inmóvil, con las piernas separadas, jadeando y abrazado al piano. Evidentemente, si en algún momento había sido forzado a hacer algo que no deseaba, el resultado de la experiencia lo había hecho cambiar de opinión. Los cuerpos de los adolescentes —fornido y dorado por el sol el de Rumaldo; delgado y muy blanco el del pianista— empezaron a sudar y a producir, al chocar uno contra el otro, un sincopado *clap clap*.

Los muchachos prosiguieron durante un rato su sofocante actividad, resoplando como un novillo uno y lamentándose bajito el otro, hasta que Rumaldo se crispó, se estremeció varias veces y soltó una especie de bramido sordo. Intuyendo que el lance llegaba a su final, Chiquita corrió por el pasillo y se refugió en su dormitorio. Cuando estuvo de nuevo en la cama, con el pecho agitado tanto por la carrera como por lo que había visto, llegó a la conclusión de que Rumaldo y Mundo eran unos temerarios al hacer *aquello* sin siquiera cerrar el salón, arriesgándose a que Minga o cualquier otra esclava los sorprendiera y los delatara.

—Si la gente se enterara sería terrible —le dijo días más tarde a Mundo, con retintín, cuando este colocaba una partitura en el atril—. Tienes suerte de que yo sepa guardar un secreto.

—¿Por qué dices eso? —inquirió su primo, turbado.

—¡No disimules! —exclamó Chiquita, clavándole la mirada y sintiendo algo parecido a lo que debe experimentar un gato cuando planta una de sus garras sobre la cola de un ratón—. Los vi haciendo cochinadas —prosiguió—. A ti y a mi hermano.

A Mundo le subieron los colores a la cara y sólo atinó a preguntar, con los ojos entornados:

—¿A cuál de ellos?

Entonces le tocó a Chiquita el turno de sonrojarse. Confundida, dio media vuelta y se alejó. Siempre le quedó la duda de cuántos de los jóvenes Cenda se habrían desfogado con el pianista. ¿Dos de ellos? ¿Acaso los tres?

El debut de Sarah Bernhardt en el teatro Esteban de Matanzas, en 1887, fue una catástrofe. Tenía programadas tres funciones y, al concluir la primera, regresó al hotel El Louvre, donde se alojaba, transformada en una erinia. Empleados y huéspedes la oyeron gritar improperios, patear los muebles de sus aposentos y tirar al piso los adornos de cristal. Para empeorar las cosas, los pericos, las guacamayas y los monos que la actriz llevaba en su *tournée* empezaron a chillar dentro de sus jaulas, y no faltó quien jurara haber oído a un caimán —regalo de un admirador de Panamá— entrechocar nerviosamente las mandíbulas en la bañera donde lo tenían confinado.

En realidad, a la trágica de la voz de oro no le faltaban razones para estar furiosa. A pesar de haber escogido *La mujer* *de Claudio,* uno de sus caballos de batalla, para dar inicio a la breve temporada, el teatro no se había llenado. La culpable, en buena medida, era la propia Bernhardt, que insistía en que el público pagara por verla una suma proporcional a su inmenso talento.* Pero, como es lógico, prefirió echarle la culpa a *La Aurora del Yumurí* y los demás periódicos de la ciudad, quejándose de que no le habían dado suficiente importancia al acontecimiento.

Para Sarah, la apatía de los matanceros resultaba más frustrante después del éxito que acababa de tener en La Habana. Allí contaba con una legión de fanáticos dispuestos a dejar de comer, si era preciso, con tal de verla gemir y agitar su roja cascada de rizos en las tablas.

La capital de la isla era otra cosa. Su llegada a bordo del vapor inglés *Dee* había causado gran revuelo. La noticia de que traía consigo un ataúd de palo de rosa con bisagras de oro, en el que dormía todas las noches, la precedió y una multitud se congregó en el puerto para darle la bienvenida. Pero en Matanzas, ni siquiera el féretro había logrado que la gente acudiera al teatro. Y luego, esa detestable costumbre que tenían los lugareños de salir corriendo a la plaza al final de cada acto, en busca de aire fresco, sin antes aplaudirla un buen rato, como era de rigor. Ah, el dinero, el vil dinero, que la obligaba a malgastar su talento ofrendándoselo a unos salvajes...

El doctor Cenda había llevado a Chiquita al teatro en contadas ocasiones. Le irritaba que algunos gemelos se dirigieran hacia su palco para espiarla y que, durante los entreactos, la gente se acercara para mirar de reojo el montón de cojines que tenían que colocar en la butaca de su hija para que esta pudiera ver el escenario. Sin embargo, cuando supo que la divina Bernhardt actuaría en el Esteban fue de los primeros en sacar un abono para la temporada. Estaba convencido de que para

---

* Según un cronista habanero, con el dinero que costaba una luneta podían almorzar y cenar dos familias cubanas de la época.

una jovencita de diecisiete años amante de las artes aquellas representaciones resultarían inolvidables.

Chiquita convenció a sus padres para que invitasen a Blandina, Expedita y Exaltación, una a cada función. Al igual que ella, sus primas se morían por ver a la francesa, no tanto por sus méritos histriónicos, sino por el apasionado romance que acababa de protagonizar en La Habana con Luis Mazzantini, el torero español de moda.

Los periódicos de la capital habían dedicado numerosos artículos al *affaire* y, como era de esperar, los de provincia no tardaron en hacerse eco del asunto. La relación entre la trágica y el diestro había resultado beneficiosa para ambos. Muchos aficionados al arte taurino, que no tenían idea de cómo era un teatro por dentro, se habían animado a ir al Tacón sólo para ver a la amante del rey de los toreros. Del mismo modo, cientos de damas y caballeros elegantes, para quienes las corridas eran cosa del populacho, habían acudido a la plaza de toros de Belascoaín para echarle un vistazo al seductor de la temperamental Sarah. Lo que se dice un negocio redondo.

Al parecer, el inicio del amorío no había sido muy prometedor. Mazzantini asistió a una función de *La dama de las camelias* y quedó impresionado por sus encantos de mujer. Al finalizar el segundo acto, escoltado por dos banderilleros de su cuadrilla, irrumpió en el camerino de la francesa, pese a que ella lo tenía prohibido, con la intención de decirle un piropo. Sarah le tiró un cepillo de plata por la cabeza y el diestro retornó a su palco con un chichón en la frente, pero más enamorado que antes. «Así me gustan a mí las hembras», dijo. «Salvajes, para torearlas.»

Al día siguiente, la actriz fue a ver la corrida. Le habían contado que La Habana estaba enloquecida con Mazzantini y, acostumbrada a triunfar, quería tener a ese hombre rendido a sus pies. Así que, sentada en un palco de sombra, con una peineta en el pelo y un clavel en la oreja, vio cómo el espigado, nervudo y flexible Mazzantini salía al ruedo, mientras una orquesta de negros disfrazados de andaluces tocaba un pasodoble, y fue testigo de cómo mataba un toro en su honor. Sarah lo aplaudió a rabiar. Las malas lenguas echaron a rodar el rumor de que cierta parte del cuerpo del matador, que el traje de luces, ceñido como un guante, subrayaba de modo indiscreto, había reafirmado su determinación de hacerlo suyo.

De su primera noche de amor se había hablado mucho. Según contaban, cuando el torero entró al dormitorio de la Bernhardt en el hotel Petit, apenas iluminado por unos cirios, le extrañó no ver a la francesa por ninguna parte. Pero de pronto descubrió el famoso ataúd y allí, en su interior forrado de seda lila, estaba tendida Sarah, completamente desnuda, aguardándolo. Lo macabro de la situación debió excitar horrores al matador, pues al día siguiente algunos huéspedes del Petit se quejaron de que no habían podido pegar un ojo a causa de los gemidos de los amantes.

Las jovencitas, que se mantenían al tanto de todos los pormenores de la cacareada aventura, estaban ansiosas por conocer a sus protagonistas. Mazzantini, para nadie era un secreto, visitaría las principales ciudades del interior de la isla una vez que concluyera su temporada en la capital. Pero la llegada de Sarah a Matanzas había sido algo inesperado. Desde que en 1842 la austríaca Fanny Essler dejara boquiabiertos a los matanceros con los vertiginosos *fouettés* y las gráciles *pirouettes* de ballets como *La sonámbula* y *La cachucha*, a ninguna artista de renombre mundial se le había ocurrido presentarse allí.

La taquilla de la segunda función estuvo un poco mejor. Para esa noche la Bernhardt había elegido un clásico del teatro francés, *Fedra,* y Chiquita y Cirenia se pasaron la noche lagrimeando y sonándose la nariz, mientras Blandina, que no hablaba la lengua de Racine, les pedía que le explicaran lo que pasaba en la escena.

La despedida de la trágica —esta vez con el auditorio, caprichos de los matanceros, repleto— fue con *La dama de las camelias.* La muerte de Margarita Gautier resultó tan realista que más de una dama del público gritó, olvidando que se trataba de una representación, cuando la actriz dio el último estertor. Bajo una lluvia de flores, Sarah tuvo que salir diecisiete veces a escena, reclamada por las ovaciones. La desmedida muestra de afecto consiguió dulcificar su carácter y esa noche accedió a recibir en el camerino a algunos admiradores para firmarles autógrafos.

Que Chiquita, Blandina, Cirenia e Ignacio estuvieran entre los primeros en saludar a la actriz tiene una explicación muy simple: por esos días el doctor Cenda acababa de curarle al dueño del teatro Esteban una úlcera. Los cuatro entraron con timidez al camerino lleno de porcelanas, tapices, gobelinos y jaulas con osos hormigueros, tucanes, boas y otros animales exóticos. Sin prestar mucha atención a las frases de elogio que le dedicaba el galeno, Sarah firmó mecánicamente, con una letra grande y fiera, los programas de mano de Cirenia y Blandina. Pero cuando Chiquita le tendió el suyo, la curiosidad la hizo averiguar a quién pertenecía esa mano *tan* pequeñita.

—Oh, *ma chérie,* tú sí que eres preciosa —exclamó, gratamente sorprendida, mientras garabateaba su nombre en el papel y se lo entregaba a la joven—. Dime, ¿te gustó la obra?

—Las tres me fascinaron, *madame,* pero mi favorita fue *Fedra.*

La actriz levantó una ceja, halagada, y le sonrió con su boca grande y de labios escandalosamente rojos.

—¡Vaya! También yo la prefiero —comentó—. En mi opinión, el mejor de los dramas no puede compararse a una buena tragedia. ¿Cómo me dijiste que te llamas, cariño?

—En realidad no se lo he dicho aún —se atrevió a bromear la liliputiense y, tras mirar un instante a su madre, como advirtiéndole que no se le ocurriera rectificarla y sacar a relucir el horrible Espiridiona, exclamó—: Me llamo Chiquita. Chiquita Cenda.

La Bernhardt le arrebató el papel que acababa de devolverle y añadió, encima de su firma, con escritura frenética: «Para la encantadora Mademoiselle Chiquita Cenda, que comparte mis gustos».

En la puerta del camerino, el dueño del teatro carraspeó para sugerir que la conversación ya había durado más de lo prudente. Pero antes de que sus visitantes se retiraran, Sarah sujetó a Chiquita por un brazo y la obligó a volverse.

—Espera, hay algo que quizás no sepas —dijo en voz baja, y se inclinó hacia ella, de tal manera que sus rostros quedaron uno frente al otro—. Y si acaso ya lo sabes, no importa, quiero recordártelo —añadió en un susurro, para que los otros no pudieran oírla.

—¿Qué es, *madame*? —preguntó Chiquita, con la garganta seca por la emoción.

—La grandeza no tiene tamaño —dijo la actriz, escrutando los ojos de su diminuta admiradora, y acto seguido, en señal de despedida, abanicó repetidamente sus pestañas postizas.*

El encuentro con Sarah Bernhardt excitó tanto a Chiquita que aquella noche no pudo dormir. De madrugada le entraron unas ganas locas de salir al patio para oler el perfume de los jazmines, se sentó en su cama y agitó la campanilla que usaba para llamar a Rústica. Esta acudió medio dormida, con un bacín de porcelana, pensando que la señorita tenía ganas de orinar.

—Guarda eso —exclamó la liliputiense, desdeñosa, y le pidió sus zapatillas y un salto de cama—. Vamos afuera —ordenó después.

Por su expresión imperiosa, Rústica supo que no valía la pena tratar de hacerla desistir. La guió hasta la puerta trasera, quitó el cerrojo y salieron al exterior. La luna estaba llena, había una neblina fina como una gasa y un ejército de luciérnagas danzaba entre las matas. La noche parecía mágica.

—Espérame aquí —le dijo Chiquita a la sirvienta, señalando un taburete. Caminó sola hasta la fuente y se asomó por el borde. Por más que trató, no pudo ver a Cuco el manjuarí en el agua repleta de nenúfares, pero lo imaginó nadando en círculos, tieso y con la terquedad de un enajenado. Aunque Pancho de Ximeno había asegurado que los *Atractosteus tristoechus* llegaban a alcanzar grandes tamaños, el suyo seguía midiendo lo mismo que al llegar a la casona: alrededor de veinte pulgadas. ¿También sería enano?

Sin importarle que Rústica la mirara con desaprobación, echó la cabeza hacia atrás y dejó que la luz de la luna le bañara el rostro. Luego se descalzó, puso los pies sobre la tierra húmeda, extendió los brazos y empezó a girar lentamente en el mismo sitio. Le parecía intuir un sentido oculto, una suerte de mensaje cifrado, en la frase de despedida de la Bernhardt. ¿Qué habría querido decir con aquellas cinco palabras? ¿Era, acaso, una exhortación a hacer algo especial con su vida? Pero ¿qué? Casi sin darse cuenta, a medida que reflexionaba la velocidad de sus giros fue aumentando.

Se preguntó si alguna vez podría tomar las riendas de su vida y encausarla hacia algún lado. Claro que ¿adónde? ¿Sería capaz ella de hacer algo grande? ¿O de serlo? ¿Era grande su espíritu? Y en caso de que lo fuera, ¿podría escapar del exiguo cuerpo donde estaba encarcelado y trascenderlo? ¿Estaría subordinada eternamente a quienes la aventajasen en tamaño? Entonces, abrumada por tantas interrogantes y mareada por completo, se dejó caer de espaldas sobre la yerba y sintió cómo el universo continuaba dando vueltas unos instantes más.

Una extraña luminosidad que le salía de entre los pechos la obligó a incorporarse. Era el talismán del gran duque Alejo, que había empezado a brillar como otra luciérnaga. Sosteniéndolo entre los dedos índice y pulgar, lo sintió latir de forma acompasada.

—¡Rústica, corre a ver esto! —profirió entre amedrentada y alegre.

Al descubrir los destellos, la nieta de Minga cerró los ojos, se persignó y empezó a musitar una oración.

—Tócalo, está como vivo —la instó Chiquita, pero su guardiana retrocedió unos pasos.

Con una mezcla de fascinación y de horror, Espiridiona Cenda se percató de que los jeroglíficos de la esfera se movían con suavidad, como si *flotaran* sobre el oro. En ese instante una voz que sólo ella pudo oír, y que sin vacilar identificó como la del pez, le advirtió que el amuleto le estaba brindando todas las respuestas que necesitaba. «¿Y de qué me sirve, si no soy capaz de entenderlas?», protestó mentalmente. Y del mismo modo que había escuchado al *Atractosteus tristoechus* sin usar los oídos, tampoco precisó de los ojos para verlo sonreír con sarcasmo, exhibiendo su triple hilera de dientes, antes de ocultarse en el cieno de la fuente.

Entonces Chiquita tuvo una serie de perturbadoras visiones. Eran como relámpagos de imágenes que apenas lograba atisbar. Barcos en alta mar. Edificios que llegaban hasta las nubes. Teatros abarrotados. Afilados sables que rebanaban narices. Lenguas llenas de alfileres. Mambises y cowboys. Gigantes, mujeres con largas y pobladas barbas, hombres-esqueletos y decenas, cientos de liliputienses y de enanos. Pero, sobre todo, se vio a sí misma, a veces alegre, muy bella, con joyas y elegantes vestidos, otras más y más vieja, triste y desencantada. Se vio en carromatos y en palacios, pero también en las situaciones más desconcertantes: prisionera en el interior de un reloj, cabalgando sobre Cuco el manjuarí, en medio de las llamaradas de un incendio... ¿Cuánto duró aquello? ¿Segundos, minutos? Jamás lo supo. Lo cierto es que en determinado momento las visiones se fueron haciendo más y más confusas y alcanzaron tal velocidad que se sintió aturdida y tuvo que apretarse las sienes.

Súbitamente, todo cesó. El amuleto había dejado de titilar. Ya las inscripciones no se movían. Sus pulsaciones se fueron espaciando, hasta volverse casi imperceptibles. Cuando desaparecieron del todo, Chiquita suspiró y le suplicó a Rústica que la llevara en brazos hasta la cama. Hacía frío, estaba cansada, tenía sueño y el olor de los jazmines no era tan embriagador como había imaginado. Tal vez la grandeza no tuviera tamaño, como afirmaba Sarah la Magnífica, pero en ese momento se sintió más ínfima, desvalida y desorientada que de costumbre.

[Capítulo IV]

Es una suerte que el cuarto capítulo se haya perdido, porque, créeme, era un desastre. Desde que Chiquita empezó a dictármelo lo hallé aburrido y sensiblero. Sin embargo, respiré profundo y seguí tecleando. Hasta que no pude aguantar más y le dije lo que pensaba. Por supuesto, se ofendió y tuvimos una discusión bastante fea. Así que me desentendí del asunto y la dejé hacer lo que le dio la gana.

Qué caprichosa es la memoria, ¿no? Pese a lo flojo que encontré ese capítulo, es uno de los que recuerdo mejor. Por supuesto, no pienso torturarte contándotelo con lujo de detalles. Nunca he tenido vocación de sádico. Al fin y al cabo, lo que a ti te interesa es llenar ese hueco. Saber, a grandes rasgos, lo que pasaba ahí.

Pues bien, esas páginas, que eran un montón, Chiquita las dedicaba a contar cómo en 1894, un año antes de que empezara la segunda guerra de independencia, su familia comenzó a desintegrarse. Comenzaba hablando maravillas de lo unidos que eran sus padres y de lo bien que se llevaban los Cenda. Ella idealizaba mucho su niñez y su juventud, lo pintaba todo color de rosa. Pero cuando yo regresé a Matanzas, años después, y me puse a averiguar con personas que habían conocido a esa familia y estaban enteradas de sus dimes y diretes, salieron a la luz unos cuantos trapos sucios. Por ejemplo, que el padre y la madre no siempre fueron la pareja ideal que ella pregonaba.

Es verdad que Ignacio y Cirenia se quisieron mucho, pero llegó un momento en que se pedían la cabeza. De puertas para afuera parecían un matrimonio bien llevado, mas en la intimidad de la casa eran aceite y vinagre. ¿Notaste que dije *casa* y no *casona*? Es porque, cuando pude verla con mis ojos, me di cuenta de que no era tan grande nada. Pero bueno, volviendo a lo de los padres, una señora cuyo nombre no quiero mencionar me contó que sus peleas empezaron cuando Cirenia recibió un anónimo en el que le avisaban que Ignacio tenía una amante. Para salir de dudas, le ordenó a Minga que lo vigilara y así pudo comprobar que, en efecto, la estaba engañando.

Que un hombre casado eche de vez en cuando una canita al aire no es nada del otro mundo y ninguna mujer se disgusta más de la cuenta por eso. Pero Cirenia hizo sus averiguaciones y descubrió que lo que tenía su marido con aquella fulana no era un simple capricho, sino algo más serio, porque le había puesto casa en Versalles con sirvienta y todo.

En aquel tiempo las mujeres eran muy aguantonas y en casos como esos se resignaban a sufrir en silencio, pensando en el porvenir de los hijos, en la santidad del matrimonio, en el honor de la familia y esas bobadas. Si la amante hubiese sido una blanca, posiblemente Cirenia se hubiera quedado callada, como tantas otras, tragando buches de sangre y esperando que a Ignacio se le bajara la calentura. Quizás hasta le habría perdonado un desliz con una china, pues en esa época se comentaba que las mujeres del Celeste Imperio no tenían la rajita del pipi en posición vertical, como Dios manda, sino horizontal, y que esa rareza volvía locos a los hombres. Pero cuando supo cuál era el color de la piel de su rival, se puso furiosa. Doña Lola y sus hijos eran todos muy racistas, eran una especie de sucursal del Ku Klux Klan en Matanzas, y para ella debió ser un duro golpe descubrir que al igual que a su suegro, a Ignacio le encantaba «quemar petróleo». La querida de su marido era una mulata atrasada, de pelo malo y facciones toscas, pero con el cuerpo de una diosa. Aquella mujer, que se llamaba Catalina Cienfuegos, lo tenía trastornado y hacía con él lo que se le antojaba.

Una tarde que el doctor Cenda estaba en Versalles con la mulata, Cirenia entró en la casita como una tromba y los sorprendió en la cama. Entonces sacó un revólver que llevaba en el bolso y, ofuscada por la rabia, les disparó varias veces. Gracias a Dios tenía una puntería fatal y ninguna bala dio en el blanco. Ignacio trató de tranquilizarla, pero qué va, su esposa estaba fuera de sí y empezó a pisotear los vestidos de Catalina y a rasgarlos, y luego le hizo añicos una vajilla fina. Claro que la Cienfuegos no se quedó cruzada de brazos. En cuanto se repuso del susto, agarró a Cirenia por las greñas y las dos empezaron a darse patadas, a arañarse las caras, a escupirse, a chillar como gatas en celo y a decirse horrores. La autoridad no tardó en acudir, avisada por los vecinos, y el incidente se comentó en toda Matanzas.

Si Chiquita se enteró o no de aquello, la señora que me hizo el cuento no me lo supo confirmar. Pero, en cualquier caso, ya sus hermanos y ella eran mayorcitos y tuvieron que notar que sus padres apenas se dirigían la palabra. Ignacio siguió con su querida unos meses más, hasta que Catalina Cienfuegos lo plantó para enredarse con un militar español. Aquella mulata era la candela y, a juzgar por la forma en que enloquecía a los hombres, de los cien fuegos de su apellido noventa y nueve debía tenerlos en la papaya. Cuando Ignacio entendió que ni con súplicas ni con regalos lograría que volviera con él, trató de reconciliarse con Cirenia, pero ella no quiso perdonarlo. Y aunque el padre Cirilo trató de mediar en la pelea recordándole que ofensas mucho más graves había perdonado Jesús y acusándola de soberbia, de nada sirvió.

Entonces fue cuando a la mamá de Chiquita, que hasta ese momento había sido abstemia, le dio por empinar el codo. Aunque Ignacio prohibió a los sirvientes que le compraran licor y cada vez que le descubría una botella escondida se la rompía, Cirenia siempre se las ingeniaba para conseguir más. Yo creo que ella bebía no tanto para ahogar sus penas como para vengarse del marido. Las discusiones se volvieron diarias y llegó un momento en que Cirenia se pasaba la mayor parte del día encerrada en su cuarto, durmiendo la mona, sin ocuparse de la casa, y Minga tenía que hacerse cargo de todo.

De tanto oír hablar de los pecados de Ignacio, los muchachos crecieron convencidos de que su padre era un donjuán y su madre una víctima de su lujuria, una mártir. Lo respetaban, pero no lo querían. Bueno, todos menos Chiquita. El caso de ella fue distinto, pues Cirenia nunca logró indisponerla contra Ignacio. Y que conste: estos no son ni infundios ni suposiciones mías. Todo lo supe de buena tinta, en la mismísima Matanzas, de boca de alguien que conocía bien a la familia. Es más, voy a pecar de indiscreto y a decirte quién fue. Al fin y al cabo, ya debe haberse muerto hace rato. Quien me lo dijo todo fue Blandina, una de las primas de la enana.

Pero discúlpame, se suponía que tenía que contarte el capítulo cuarto y te he hablado de todo menos de eso. Si vuelve a pasarme, atájame sin pena. Cuando uno se pone viejo la mente le patina un poco. Pero no te preocupes, que para allá voy.

Después de un largo blablabla sobre lo maravillosa y unida que era su familia, Chiquita por fin entraba en materia y explicaba que Juvenal, uno de los gemelos, había sido el primero en alejarse de la casa.

Ese hermano había heredado del padre un gran amor por la medicina y desde niño le gustaba abrirles las barrigas a las lagartijas y las ranas con un bisturí. En opinión de Chiquita, no lo hacía por malo, sino por curiosidad científica: para averiguar cómo eran por dentro. El caso es que cuando le llegó el momento de entrar a la universidad, Ignacio Cenda decidió enviarlo a París, que era donde se formaban los mejores médicos. El otro motivo por el que quiso mandar al muchacho bien lejos fueron sus ideas políticas. Como muchos jóvenes, Juvenal pensaba que su patria debía ser independiente. Hacía medio siglo que las principales colonias de España se habían liberado y ya era hora de que Cuba rompiera también sus cadenas. Como la isla era un polvorín y en cualquier momento una chispa podía hacerlo explotar otra vez, Ignacio pensó que lo más sensato era apartarlo de una nueva guerra que parecía inevitable.

Chiquita le regaló al futuro médico una caja de música para que la abriera cuando extrañara el hogar, y le recomendó que no se enamorara de ninguna francesa por más bonita que fuera, porque tenían fama de no bañarse a menudo. Según ella, de sus hermanos varones ese era al que más unida se sentía, pues, aunque de niño había sido un salvajito, al entrar en la adolescencia el gusto por los libros y por el conocimiento los había acercado.

Antes de que Juvenal subiera al barco, su madre lo hizo jurar por los clavos de Cristo que le mandaría un telegrama en cuanto pusiera un pie en Francia. El joven cumplió su promesa, pero Cirenia no pudo leerlo, pues cinco días después de su partida se atoró comiendo un arroz con pollo, un hueso se le atravesó en el esófago y no hubo médico capaz de sacárselo. Chiquita dedicaba dos o tres páginas a describir su agonía, que fue terrible, lenta y muy dolorosa. La moribunda no podía hablar y se comunicaba con la familia mediante noticas que escribía en un cuaderno. La última que alcanzó a garabatear, casi sin fuerzas, antes de irse a la tumba, estaba dirigida a su hija mayor y decía: «¡Qué traicioneros son los huesos! ¡Nunca los chupes!».

El tercero en despedirse fue Crescenciano. Todos estaban de acuerdo en que el gemelo de Juvenal era el más buen mozo de los varones, pero también el más bruto. A duras penas pudo terminar la escuela elemental. Era un arado. Hasta Cirenia, que nunca veía los defectos de sus hijos, aceptaba que si aquel muchacho tenía la desgracia de tropezar en algún potrero y caer en cuatro patas, lo más probable era que se quedara en esa misma posición el resto de su vida, comiendo yerba y rebuznando. Eso sí, no había fiesta a la que no estuviera invitado. Crescenciano tenía azúcar para las mujeres. Todas se derretían al verlo bailar el danzón e iban a aplaudirlo cuando jugaba béisbol con el Matanzas Club.

A la familia le pareció una bendición que una viuda rica, que vivía en Cárdenas, lo conociera y se enamorara de él. Como Crescenciano estaba habituado a las aventuras fáciles, a libar de flor en flor y a sacar su poquito de miel de aquí y de allá, creyó que la viuda sería una conquista fácil. Pero, aunque se babeaba por él, la señora lo paró en seco y le aclaró que no le interesaba como amante, sino como marido, y que si no había boda, «tocante al monte, ni un cuje».

Entonces Ignacio le aconsejó a su hijo que le propusiera matrimonio. Cierto que la viuda le doblaba la edad, pero podía garantizarle un porvenir cómodo y seguro, y no era cosa de ponerse a buscarle la quinta pata al gato. Al joven le preocupaba dar aquel paso cuando la familia todavía guardaba luto por Cirenia, pero su padre le aseguró que la difunta hubiera sido la primera en comprender la situación.

—Cásate enseguida, no vaya a ser que esa infeliz lo piense dos veces y se arrepienta —le insistió.

Pero la viuda no se arrepintió: al oír la palabra matrimonio, organizó la boda en un santiamén y, en cuanto el padre Cirilo les echó las bendiciones, cargó con Crescenciano para Cárdenas, donde tenía casa en la ciudad, finca y una fábrica de cal.

Ese capítulo terminaba cuando, después de despedir a los recién casados, el doctor volvía a su casa, se ponía a conversar con Chiquita y le comentaba lo feliz que se sentía de haber casado a uno de los gemelos y de tener al otro estudiando en La Sorbona, a salvo de las disputas entre criollos y españoles. La única preocupación que le quedaba era Rumaldo. «Ojalá apareciera otra viuda dispuesta a cargar con él», decía. Entonces se explicaba brevemente que, aunque listo y con facilidad de palabra, Rumaldo tenía muy poca disposición para quemarse las pestañas estudiando Leyes, como pretendía Ignacio que hiciera, o para sudar la camisa en algún trabajo. Era un petimetre amante de la ropa de moda, de la buena mesa y del dinero fácil, que malgastaba su tiempo en el burdel de Madame Armande y en las lidias de gallos. «Mesura, mesura», le decía el padre Cirilo, también fanático de los gallos, cada vez que coincidían en las vallas y lo veía apostar sin la menor prudencia. Pero a Rumaldo los consejos le entraban por una oreja y le salían por la otra. Y con esa escena se acababa el capítulo. Un final flojísimo, ¿no te parece?

Ah, casi se me olvida contarte algo. En la escena de la muerte de la madre, Chiquita ponía que la tristeza había hecho encanecer a Ignacio de un día para otro. Ahora bien, la misma tarde que me dictó ese pedazo, alguien me dijo algo muy distinto allá en Far Rockaway.

Estaba yo en mi cuarto, batallando con un soneto, porque no vayas a pensar que había perdido el vicio de escribir versos, cuando Rústica tocó a la puerta para darme unas camisas y unos pantalones acabados de planchar. Esa prieta le echaba una barbaridad de almidón a la ropa. Aunque me aburrí de pedirle que a la mía me le echara poquito, jamás me hizo caso. La dejaba que parecía de yeso.

Me imagino que te estarás preguntando de dónde había sacado yo, que me fui de Tampa con una mano delante y la otra detrás, esas mudas de ropa. Pues me las regaló Chiquita. Cuando se le antojaba, podía ser muy generosa, y conmigo, a pesar de que en los años de la Depresión la gente lo pensaba dos veces antes de gastar un *penny,* lo fue más de una vez. Al tercer día de estar trabajando para ella, cuando se dio cuenta de que siempre llevaba puesta la misma ropa, mandó a Rústica, sin decirme nada, a que me comprara media docena de camisas, dos pantalones, un saco y un par de zapatos. Todo me quedó perfecto menos los zapatos, que parecían dos lanchas y tuve que ir a la tienda para que me los cambiaran. Después de eso, a cada rato me hacía regalitos. A veces era una corbata; otras, una caja de pañuelos. Ella podía darse esos lujos porque no le pasó lo que a tanta gente, que cuando los bancos americanos empezaron a quebrar, lo perdieron todo de golpe y porrazo. Había tenido la precaución de guardar parte de su dinero en París y en Londres, y esa fue su salvación.

Pues como te iba diciendo, aquella tarde, mientras colgaba las camisas y los pantalones en los percheros de mi armario, Rústica me miró de reojo un par de veces y luego me preguntó, con sorna, si de verdad me había creído lo que me había dictado la enana sobre su familia. Aquello me sorprendió, porque, como ya te expliqué, no era dada a hacer confidencias. Pero parece que aquel día la lengua le picaba o habría comido fricasé de cotorra, porque se sentó en una silla y empezó a hablarme de los Cenda.

Lo primero que me soltó fue que el doctor no había sentido tanto la muerte de Cirenia. Después de pelear con ella durante años, y de aguantar que cada vez que podía lo llamara traidor y libertino delante de sus hijos, lo que sintió al verla en el ataúd fue algo que, si no era alivio, se le parecía bastante.

—Las canas le saldrían de viejo, pero no de sufrimiento, porque enseguida consiguió quien lo consolara —me dijo con malicia. Y a continuación, cambiando de tema, la emprendió contra algo que Chiquita repetía mucho en ese capítulo: lo compenetradas que estaban su madre y ella—. ¡Incierto! Eran aceite y vinagre. Discutían por todo. Todavía no habían acabado un pleito y ya estaban enredadas en otro.

El problema era que, aunque ya Chiquita era una mujer, Cirenia seguía empeñada en verla como una niña y quería fiscalizarle desde la ropa y los peinados que usaba, hasta los libros que leía y lo que conversaba con sus primas. Si la encontraba cortando unas flores o batiendo unas claras para hacer merengue, le arrebataba las tijeras y el tenedor, y la regañaba: «¡Quita, que tú no puedes!». Pero lo que más furiosa ponía a Chiquita era que se pasara el día repitiéndole: «No sé qué te harías sin mí», «Dale gracias a Dios por tener una madre que se desvive de ti» y «No quiero pensar cómo vas a arreglártelas el día que te falte». Cuando Chiquita no aguantaba más aquella cantaleta, se le enfrentaba y se decían hasta alma mía.

—La única que lograba apaciguarlas era mi abuela Minga, que en paz descanse, porque don Ignacio no se atrevía a meterse en esas trifulcas —me dijo Rústica.

Según ella, a medida que los cinco hermanos fueron creciendo, la casa se volvió una olla de grillos.

—No es que no se quisieran —me aclaró—, sino que eran muy distintos. A cada rato se enfurruñaban por cualquier bobería y dejaban de hablarse durante días y días. En una sola cosa parecían estar todos de acuerdo y era en hacerle la vida imposible a Segismundo. No me explico por qué les gustaba tanto abusar de ese infeliz y hacerle maldades. Se burlaban de lo tímido que era, le escondían las partituras y una vez, para verlo sufrir, le dijeron que Cirenia planeaba vender el piano —soltó un suspiro y añadió en tono pensativo—: ¡Pobre Mundo! Ahora lo compadezco, pero en esa época hasta a mí me divertía verlo sufrir. Hay que esforzarse mucho para ser buena persona, pero qué poco cuesta portarse como un canalla.

Esa reflexión puso fin a su locuacidad y, aunque traté de pincharla para que siguiera haciéndome confidencias —estaba interesado, sobre todo, en que me aclarara si de verdad había visto brillar el talismán del gran duque Alejo aquella noche de luna llena, en el patio, o si esa parte del libro era una invención de la enana—, no hubo modo de sacarle ni una palabra más. Mi relación con Rústica fue siempre así, muy tirante. Ella me hablaba cuando se le antojaba y de lo que le daba la gana, pero rara vez de lo que yo quería saber. A veces tenía momentos en los que se desahogaba conmigo y me decía cosas que llevaba dentro desde hacía años, masticándolas, sin poder compartirlas con nadie. Pero, para serte sincero, la mayor parte del tiempo me trataba con frialdad, como si yo fuera un intruso, una cucaracha con la que tuviera que convivir en el bungalow. Pero mejor no sigo, porque sin darme cuenta volví a hablar de más y lo que tú necesitabas saber para llenar el hueco del capítulo cuarto ya te lo terminé de contar hace rato.

Capítulo V

*La muerte de Minga. El regreso del perro invisible. Boda de
Manon. Papeles amarillentos dentro de un viejo misal. La guerra estalla de nuevo. El entierro del gorrión. Una bala perdida. Delicado equilibrio. Rumaldo se despide.*

La cuarta en marcharse fue Minga, y lo hizo de modo
muy discreto, sin molestar a nadie ni decir adiós. Un amanecer, Rústica la encontró en su camastro, fría y rígida, pero
con una envidiable expresión de placidez.

Años atrás, cuando Ignacio Cenda anunció a sus sirvientes que la esclavitud estaba abolida y les dijo que a partir de ese momento eran libres de hacer con sus vidas lo que
quisieran, Minga le suplicó, de rodillas, que no las obligara
ni a ella ni a su nieta a alejarse de la familia.* «Yo no sé vivir
sin que me manden, su mercé», exclamó quejumbrosa. Tantas órdenes había obedecido desde niña, y de tantos amos,
que la idea de no tener un dueño la asustaba. La libertad no
cambió su vida ni la de Rústica, salvo por el modesto jornal
que comenzaron a recibir cada semana. Con sus ahorros,
Minga se había comprado una bóveda en el cementerio,
pues no le hacía gracia la idea de que sus huesos terminaran
en una fosa común con los de otros muertos de quién sabe
qué calaña.

Como agradecimiento por tantos años de fidelidad,
Ignacio le pagó un elegante sudario y un funeral de primera.
Chiquita la lloró con las lágrimas que no había derramado
por su abuela y durante toda la madrugada veló a la anciana

---

* En 1880 se puso fin a la esclavitud en Cuba. Sin embargo, hasta 1886 los esclavos
se mantuvieron vinculados a sus amos a través del «patronato», un sistema que obligaba a los dueños a darles una paga, alimento y ropa a cambio de sus servicios.

a la luz de cuatro cirios, con Rústica, quien, pese a tener los ojos vidriosos, no soltó ni una lágrima. Juntas evocaron sus regaños, sus rarezas y las muchas veces que se habían conjurado, cuando niñas, para hacerle diabluras.

Casi al amanecer, el cansancio las venció y comenzaron a dormitar, cada una en su sillón. Pero despertaron al unísono, sobresaltadas, al oír el aullido de un perro.

—¿Capitán? —musitó Chiquita, con incredulidad, recordando la historia que Minga les había relatado en el portal de La Maruca.

Rústica asintió levemente y, haciendo alarde de una sangre fría que Espiridiona no le conocía, se levantó y abrió la ventana. Mientras escuchaban un segundo aullido, alzó a la liliputiense en sus brazos para que también pudiera mirar a través de los barrotes. Aunque aún no había clareado, les pareció ver cómo un perro grande, de pelambre blanca y refulgente, se materializaba de la nada. La aparición las observó unos segundos, con expresión interrogadora, y acto seguido levantó la cabeza y volvió a gemir, esta vez luctuosamente, como si entonara un treno. Después dio media vuelta y, a medida que caminaba hacia la oscuridad, comenzó a desvanecerse.

—¿Volvería para tratar de llevársela al infierno? —logró articular, tiritando de miedo, Chiquita.

—Sí —repuso Rústica sin vacilar—, pero espero que Dios no se lo haya permitido —y las dos se persignaron.

A los diecisiete años, Manon Cenda era una de las más celebradas beldades de Matanzas y le sobraban pretendientes. Sin embargo, Jaume Morera, un abogado hijo de catalanes, se las arregló para que lo prefiriera a él. Pidió su mano y le anunció a Ignacio que quería casarse con ella lo más rápido posible y llevársela a vivir a una quinta de Pueblo Nuevo. Así que, en cuanto la joven cumplió el año de luto por su madre —un tiempo demasiado corto, a juicio de los apegados a la tradición; lo indispensable, para los de ideas más modernas—, la condujo al altar.

Manon quiso que Chiquita fuera su dama de honor, pero esta, temerosa de que los invitados la miraran más que a la novia, y de que la boda se convirtiera en una especie de función circense, no sólo declinó la invitación, sino que decidió no asistir a la ceremonia. Ese día, mientras Mundo tocaba la marcha nupcial en el órgano de la ermita de Montserrat, Chiquita rezó en su dormitorio por la felicidad de su hermana y, de paso, le pidió a Dios que la ayudara a sobrellevar su ausencia.

Y es que, tras la muerte de Cirenia, sacando a relucir un temple y un sentido común que nadie pensaba que poseyera, Manon había tomado las riendas del hogar. Sin el menor titubeo, daba órdenes a los criados, vigilaba que las camas tuvieran sábanas limpias y decidía, con un simple vistazo a las alacenas, qué era necesario comprar. Chiquita se preguntaba si sería capaz de asumir esas tareas y de estar pendiente de cosas a las que jamás había prestado la menor atención.

La mañana después de la boda, se dirigió a la cocina, tratando de investir su menguada estatura de la mayor autoridad posible, para decirle a la cocinera lo que debía preparar para el almuerzo. Pero, para su sorpresa, ya Rústica se había ocupado de todo. A partir de ese día, sin que nadie se lo pidiera, la nieta de Minga se proclamó ama de llaves y se esforzó para que la casona siguiera funcionando a la perfección. Su carácter adusto era perfecto para hacerse obedecer por la servidumbre, se mantenía vigilante para que no se desperdiciaran la comida y el jabón, y trataba de sacarle el mayor partido a cada centavo, como si el dinero de los Cenda fuera también suyo.

Chiquita la dejó hacer, con alivio, y prosiguió su vida de siempre, dedicada a las flores, a su colección de encajes antiguos y a la lectura de libros de todo tipo que su padre, sin reparar en gastos, le encargaba a La Habana o mandaba a comprar a Londres o a París. Por esa época, a Chiquita le dio por acomodarse en una tumbona al atardecer, cerca de la fuente, y leerle a Cuco en voz alta los poemas del desdichado

José Jacinto Milanés. Aunque Rumaldo y Mundo se burlaban de lo que consideraban una excentricidad suya, no sólo estaba convencida de que el manjuarí la oía, sino de que disfrutaba de aquellos versos tanto como ella. Más aún: por la forma en que la salpicaba cuando lo leía, sabía que su poema predilecto era «La fuga de la tórtola»:

¡Ay de mi tórtola, mi tortolita,
que al monte ha ido y allá quedó!

Aunque ya llevaba muchos años en el patio, Cuco no se había acostumbrado al trato con los humanos. En cuanto percibía que alguien merodeaba cerca de sus predios, se escondía entre las plantas acuáticas. Sólo hacía una excepción cuando era Chiquita quien le daba de comer. Entonces sacaba la cabeza del agua, la observaba con sus ojos fijos e inexpresivos, y abría y cerraba las mandíbulas para atrapar los pedacitos de carne cruda que su dueña le lanzaba.

—Ese bicho es taimado —le advertía Mundo a su prima—. Descuídate y verás como te arranca un dedo.

Otro pasatiempo de Chiquita era oír las quejas y las historias de amor que acudían a contarle, en calidad de confidente, dos de sus primas predilectas. Haciendo honor a su nombre, Expedita se había casado muy joven con el heredero del central Casualidad, pero Blandina y Exaltación no tuvieron la misma suerte. Desde niñas sus gustos fueron muy similares y el destino hizo que se enamoraran del mismo hombre y que, a causa de los celos, se volvieran enemigas inconciliables.

—No sean idiotas —las amonestó Chiquita al comienzo de aquella historia—. ¿Qué sentido tiene pelearse por un picaflor?

El caballero en cuestión, un forastero de grandes bigotes negros del que nadie sabía mucho, galanteaba un día con Exaltación y al siguiente con Blandina, sin comprometerse con ninguna. El desenlace fue desastroso: el galán, que resultó ser jefe de una de las cuadrillas de bandoleros que se dedicaban a asaltar a los viajeros en los caminos de la provincia, raptó a la hija de un empleado de La Botica Francesa y se largó con ella. Contra toda lógica, a pesar del odio que sentían por el bandido y de los buenos oficios de Chiquita, las primas se negaban a hacer las paces e iban a la casona por separado, mandando aviso primero para no coincidir.

Una mañana, Chiquita le pidió ayuda a Rústica para hacer algo que venía aplazando desde el funeral de su madre: ordenar el escaparate de Cirenia. En una gaveta, escondido entre carreteles de hilo, daguerrotipos de parientes lejanos y cruces de plata, de ónix y de ébano, encontraron un misal con varios recortes de periódicos dentro.

Todos hacían referencia al gran duque Alejo de Rusia, estaban amarillentos y la difunta había escrito en sus márgenes el día, el mes y el año de su publicación. La mayoría daba cuenta de las andanzas del hijo del Zar en La Habana, durante marzo de 1872: una corrida de toros en su honor, donde un grupo de señoritas le ciñó una corona de laurel; sus noches de ópera en el teatro Tacón, en las que el apuesto joven, según aseveraba un cronista, había aplaudido a rabiar a cierta *célèbre cantatrice;* el baile de gala en el Palacio del Capitán General... También estaban allí las notas publicadas por *La Aurora del Yumurí* con motivo de su breve visita a Matanzas. Pero, no conforme con aquellos recuerdos del paso del joven Romanov por la isla, Cirenia había guardado, además, noticias de sus viajes a Río de Janeiro, a Cape Town y a Japón, donde había sido recibido por el Mikado. Los recortes más recientes databan de principios de 1877 y hablaban de un recorrido que Alejo y uno de sus primos, el también gran duque Konstantin, habían realizado por varias ciudades de Estados Unidos.

Uno de los recortes contenía un retrato del gran duque Alejo y aunque el dibujante que lo hizo no era ningún Da Vinci, la liliputiense se dio cuenta de que ni su madre ni

Candelaria habían exagerado al alabarlo. El ruso era un hombre bien plantado. Lo que se dice *un machazo.*

Esa noche, cuando se sentó frente a su padre y lo vio tomar la sopa, digno, con el cabello gris y los mofletes caídos, Chiquita sintió una gran ternura por aquel hombre devoto de su esposa al que, durante años, Cirenia había sido infiel con el pensamiento. Y, sin poder remediarlo, le vino a la mente una pregunta incómoda: ¿se resignaría Ignacio Cenda a la viudez o se casaría de nuevo?

Al día siguiente, Candelaria visitó a su ahijada para ver cómo le estaba yendo con sus nuevas obligaciones. Esperaba hallar un caos, pero descubrió la casa tan limpia y ordenada como cuando Cirenia vivía, y a Rústica, callada y seriota como de costumbre, a cargo de todo. Por más que se esforzó, no encontró ni una mota de polvo en un mueble ni un cuadro torcido. Hasta el café que le sirvieron, admitió a regañadientes, estaba perfecto.

Chiquita le mostró una máquina de coser de Willcox & Gibbs, de las conocidas como «las silenciosas», que acababa de adquirir por sugerencia de la nieta de Minga.

—Rústica tiene manos de ángel, madrina. Me está haciendo un vestido precioso que nada tiene que envidiarle a los de la Casa Blonchet.

—Ten cuidado, niña mía, que los negros son muy confianzudos —fue la respuesta de Candelaria—. Les das un dedo y, cuando vienes a darte cuenta, ya se cogieron el brazo.

Chiquita pasó por alto el comentario. En realidad, la relación con su madrina, tan cálida antaño, se había vuelto incómoda para ella. Tenerla cerca le provocaba sentimientos encontrados y trataba de verla lo menos posible. Le molestaba que, tras el fallecimiento de Cirenia, Candelaria gastara más que nunca en ropa y perfumes. Era como si, después de resignarse a no conseguir marido, de pronto hubiera recuperado la esperanza de llegar a tener uno y no quisiera desaprovecharla.

Aunque carecía de pruebas, Chiquita sospechaba que las frecuentes visitas de su padre a Candela no eran sólo para saber cómo seguía de sus malestares gástricos y recetarle píldoras, y la idea de que su madrina terminara convirtiéndose en su madrastra no la entusiasmaba. Nada tenía contra ella: era buena, decente y había querido a Cirenia como a una hermana; pero no podía imaginarla ocupando su lugar. ¿Acaso lo habría ambicionado desde siempre?

«No seas egoísta», le escribió Juvenal, el único con quien se atrevió a compartir, por escrito, sus temores. «Nuestro padre tiene derecho a ser feliz de nuevo.» La áspera respuesta de Chiquita no se hizo esperar: «En efecto, olvidaba que en esta familia todos tienen derecho a buscar su felicidad. Todos excepto yo, que debo conformarme con las migajas que me toquen».

La muerte de Ignacio Cenda, en junio de 1895, la liberó de esa preocupación. Fue algo estúpido e irracional, resultado de uno de esos actos de violencia que el doctor repudiaba porque ponían de relieve el lado más salvaje de la especie humana. «Un accidente trágico», escribió Chiquita a Juvenal en la carta en la que le narró lo ocurrido. Poco después recibió de París un telegrama que ripostaba: «Accidente no. Asesinato».

La culpa, a fin de cuentas, fue de la guerra.

Tal como había pronosticado el doctor Cenda, la revolución volvió a estallar. Fue el 24 de febrero de 1895, con un alzamiento en Baire, un pueblito cercano a Santiago de Cuba. Supuestamente, aquel mismo día en Matanzas debía haber tenido lugar otra sublevación, pero resultó un desastre completo. Todo salió mal a causa de una delación. Los españoles lograron atrapar a una parte de los rebeldes y otros se entregaron, acogiéndose a un bando que les concedía el indulto.

Días más tarde, el mulato Antonio Maceo, el Titán de Bronce de la guerra de los Diez Años, desembarcó en secreto con un grupo de hombres en una playa de la provincia de Oriente, para encabezar una columna del ejército insurrecto. De comandar la otra se hizo cargo Máximo Gómez, otro héroe legendario de la gran guerra, un dominicano viejo, magro, con barbita de chivo, cascarrabias y acostumbrado a imponer su voluntad. Los dos veteranos estaban decididos a conseguir la independencia de la isla a cualquier precio. Lo primero que hizo Maceo fue darles instrucciones a sus oficiales para que colgaran a cualquier emisario que se acercara a los campamentos trayendo propuestas de paz, y Gómez, por su parte, ordenó quemar las propiedades de cuantos se mostraran hostiles o indiferentes a la revolución.

En un par de meses, ya los insurgentes se contaban por miles y Maceo —conocido como el León— y Gómez —a quien apodaban el Zorro— comenzaron una invasión para llevar las hostilidades hasta el occidente de la isla. Su objetivo era impedir que, como había sucedido durante la primera guerra, los españoles conservaran el control de Matanzas, La Habana y Pinar del Río y pudieran llenar sus arcas con las riquezas que producían esos territorios. La estrategia de los mambises era sencilla y podía sintetizarse en una sola palabra: fuego. Por donde pasaban, ardían cañaverales, ingenios, casas de campo, fuertes y estaciones de trenes. Aunque España había mandado treinta mil hombres para reforzar su ejército en Cuba, la revolución parecía indetenible.

Dos semanas antes de la muerte de Ignacio Cenda, las tropas de Gómez entraron en el territorio de Las Villas y atacaron una columna española que escoltaba un tren de suministros. La noticia de que, luego de un feroz combate con numerosas bajas en ambos bandos, los insurrectos habían ganado la batalla, circuló de boca en boca por toda Matanzas. Las reacciones fueron diversas: entusiasmo, rabia, temor, indiferencia e incluso hastío; pero tanto los partidarios de la independencia como los que se oponían a ella coincidieron en que la llegada de los rebeldes a la provincia era cuestión de días.

Si bien en las calles la gente se cuidaba de opinar sobre el tema, puertas adentro no se hablaba de otra cosa. Muchos decían que, al pasar por Matanzas, la invasión dejaría más sangre y ceniza que en otras regiones. Según los rumores, Gómez y Maceo aprovecharían para castigar a los hacendados que, en la guerra anterior, no se habían comprometido con la independencia por miedo a perder sus ingenios y sus esclavos.

El accidente (como lo denominó Chiquita) o asesinato (como prefirió calificarlo Juvenal) tuvo lugar una noche en que el doctor Cenda, Rumaldo, Mundo y la liliputiense estaban sentados a la mesa del comedor. Rústica acababa de servirles una natilla espolvoreada con canela y el principal tema de conversación era, por supuesto, la situación de la isla. Mientras saboreaban el postre, comentaron un montón de chismes, casi todos relacionados con los caudillos mambises. ¡Pobre José Martí! Después de haber pasado las de Caín para lidiar con muchos egos y organizar la insurrección, lo habían matado en su primer combate. ¿Por qué se habría encaprichado en subirse a un caballo y coger un arma? Eso no era lo suyo. Él era un hombre de ideas, un visionario, el alma de la revolución, no un soldado. Al parecer lo había hecho para demostrarles a los viejos mambises que tenía los pantalones bien puestos y terminar con sus burlitas. Fuera por lo que fuera, Cuba había perdido a un gran hombre. Y, hablando de otra cosa, ¿sería verdad que el valiente Maceo tenía en su cuerpo más de veinte cicatrices de heridas recibidas en combate? ¿Y que una vez se había puesto furioso con un retratista porque lo estaba pintando demasiado prieto? Y el patriarca Gómez, ¿sería tan altanero y déspota como aseguraban? Verdad o calumnia, nadie discutía que era un lince para tender trampas y diezmar a los soldados españoles. El León y el Zorro tenían en jaque a Martínez Campos, el gobernador general de la isla, quien no hallaba el modo de sofocar tanta candela. Pero el runrún del día eran las dos misteriosas palabras que habían aparecido escritas en varios muros de Matanzas: *es-de-mo en-nu-pa*. Con ellas, los simpatizantes de los mambises dejaban claro que, pese a las detenciones y los fusilamientos, seguían en pie de guerra.

—¿Y qué significa ese galimatías? —preguntó Chiquita.

—Es la abreviatura de «España debe morir en nuestra patria» —le explicó Rumaldo.

De pronto, sin venir al caso, Ignacio empezó a narrarles por enésima vez la descabellada historia del velorio del gorrión.

En los inicios de la guerra de 1868, un gorrión apareció muerto en la plaza de Armas de La Habana, frente al palacio del Capitán General. Los españoles se indignaron y, aunque el animalito no tenía ninguna herida y bien podía haberse muerto de viejo, aseguraron que había sido ultimado y colocado allí por los criollos. En su opinión, se trataba de una provocación de los revolucionarios, quienes, despectivamente, llamaban «gorriones» a los soldados de la Madre Patria. Así pues, como desagravio, le organizaron un velorio al gorrión, con misa y procesión incluidas. Al terminar las ceremonias, estuvieron a punto de enterrarlo, pero a alguien se le ocurrió que debían rendírsele honras fúnebres similares en todas las ciudades importantes. Así que metieron el cadáver en una urna de cristal y lo hicieron viajar de un lado a otro, entre promesas de fidelidad a España y amenazas a los insurrectos.

—El primer lugar al que llegó el pajarraco fue a Matanzas —prosiguió Ignacio, después de llevarse a la boca la última cucharada de natilla y de avisarle a Rústica que ya podía poner a colar el café—. Cirenia y yo acabábamos de volver de nuestra luna de miel y al principio creímos que era una broma. Pero cuando velaron al gorrión en el Casino Español con coronas de flores y guardias de honor, y luego le hicieron una misa en la iglesia de San Pedro Apóstol y los militares salieron en procesión por las calles llevando en andas la urnita, nos dimos cuenta de que era un asunto muy serio.

—¡Una payasada! —murmuró Mundo despectivamente.

—Un episodio grotesco, sí, pero también aterrador —añadió el médico—. Después de eso, la gente tuvo que aprender a vivir con miedo, desconfiando de todos y aparentando que no había guerra, que no pasaba nada. ¡Matanzas nunca volvió a ser la misma!

—Espero que esta vez la guerra no dure diez años —resopló Rumaldo, aburrido.

—También yo —fueron las últimas palabras que alcanzó a decir su padre.

En ese instante empezaron a oírse las risotadas de unos borrachos que se acercaban por la acera de enfrente. Rumaldo y Mundo se incorporaron con la idea de husmear por la ventana, pero Ignacio les ordenó, con un ademán, que volvieran a sentarse.

Eran los voluntarios, que cada vez con más frecuencia se lanzaban a las calles a bravuconear, a mentarle la madre a los separatistas y a disparar sus armas en cualquier dirección. Los triunfos de las tropas rebeldes y su inminente llegada a Matanzas los tenían en ascuas y estaban locos por buscar camorra.

En el momento en que los hombres pasaban frente a la casona de los Cenda, dando tumbos y gritando palabrotas, uno de ellos apretó el gatillo de su rifle y el proyectil se coló por la ventana del comedor.

Ignacio se derrumbó en el piso, boca arriba, con una cara de perplejidad que en otras circunstancias hubiera resultado cómica. La sangre le manaba abundante del pecho y Rumaldo y Mundo se apresuraron a socorrerlo. Chiquita empezó a dar gritos y Rústica y la cocinera, que habían acudido a todo correr, se dirigieron a ella temiendo que también estuviese herida. Pero no, sólo estaba desesperada: su silla —de caoba y hecha especialmente para ella— era demasiado alta y no podía bajarse sola. En cuanto Rústica la puso en el suelo, dejó de chillar, se acercó a su padre y le acarició la cara. Ignacio entreabrió los ojos y le dirigió una mirada vidriosa.

Entre lamentos, promesas de venganza y maldiciones a España, lo trasladaron hasta su dormitorio. Chiquita pidió que la subieran a la cama y, de rodillas junto al herido, comenzó a orar con tanto fervor que no notó en qué momento dejaba de respirar. Cuando el doctor Cartaya llegó, avisado por la cocinera, sólo tuvo que echarle un vistazo a su compadre para darse cuenta de que nada podía hacer por él. La bala le había reventado el corazón. Trató de tranquilizar a los jóvenes y les aconsejó prudencia y sensatez. Nada de denuncias ni de protestas, lo mejor era morderse la lengua. El ejército, la policía y el batallón de voluntarios estaban al servicio del mismo amo, así que intentar reclamos o tratar de encausar al culpable sólo serviría para ganarse el odio de los españoles y hacer que les colgaran la etiqueta de desafectos.

—No querrán que se ensañen con toda la familia —musitó Cartaya sombríamente y, de forma un tanto misteriosa, añadió—: Otros se ocuparán de vengar el crimen.

A Rumaldo le tocó la misión de ir hasta Pueblo Nuevo, a poner a Manon, quien andaba ya por el séptimo mes de embarazo, al tanto de lo ocurrido, y por el camino le envió un telegrama a Crescenciano. Rústica se hizo cargo de desnudar el cadáver y de pasarle un trapo húmedo por el cuerpo, una y otra vez, hasta quitarle todo vestigio de sangre. Después, con la ayuda de Mundo, lo vistió y lo acicaló como para ir a un baile. Desde una mecedora, Chiquita presenció el ritual con los ojos secos, y cuando la sirvienta salió llevándose la palangana llena de agua rojiza, le pidió a Mundo que la alzara en brazos para darle un último beso a su padre.

A partir de ese momento, Espiridiona Cenda se metió en su cuarto y se desentendió de todo. No salió para tranquilizar a Manon, que en cuanto puso un pie en el dormitorio paterno comenzó a llorar a gritos, ni tampoco quiso rezar el rosario con Candelaria y las otras mujeres de la familia. Cuando Rústica tocó a la puerta con suavidad y le avisó que el padre Cirilo quería entrar para reconfortarla, la obligó a decirle que se había tomado unas gotas de valeriana y dormía profundamente; y cuando volvió al rato, esa vez con la noticia de que Crescenciano y su señora acababan de llegar de Cárdenas y deseaban verla, se limitó a mandarla para el carajo.

Dejó que sus hermanos se hicieran cargo de todo, desde escoger el féretro hasta decidir quién despediría el duelo en el cementerio, y también de recibir las condolencias de los familiares, amigos y pacientes del difunto que no tardaron en invadir la casona. Se sentía exangüe, incapaz de mover un dedo. Pero Rústica, que la conocía bien y sabía que ni la mayor de las penas era capaz de quitarle el apetito, se ocupó de llevarle, a lo largo de las horas que permaneció encerrada, tacitas de café con leche y rebanadas de pan con mantequilla para evitar que le sonaran las tripas.

Cuando se llevaron el cadáver y la casa quedó en silencio, Chiquita sintió que por fin podía relajarse y, sin un sollozo, las lágrimas comenzaron a deslizarse, abundantes y gruesas, por sus mejillas. Le habría gustado tener la mente embotada, pero, por el contrario, era presa de una lucidez incómoda, casi mortificante. Lloraba a su padre, sí, pero sospechaba que su duelo era mucho mayor. Aquella maldita bala había destruido el último y más importante de los andamios que apuntalaban su pequeño mundo. Lo sentía tambalearse. ¿Cuánto más duraría su precario equilibrio? ¿Cuánto tardaría el derrumbe?

Poco después del entierro, por Matanzas corrió la noticia de que un voluntario había aparecido ahorcado, colgando de las ramas de una ceiba, en un monte cerca de La Cumbre. Cuando sus compañeros lo hallaron, ya las aves de rapiña le habían comido los ojos. Se dijo que el difunto era el asesino de Ignacio Cenda y que se trataba de una venganza, pero Chiquita y sus hermanos no dieron mucho crédito al rumor.

Espiridiona no quiso irse a vivir a Pueblo Nuevo con Manon y también rechazó el ofrecimiento de Candelaria de que se mudara a su casa. De nada sirvió argumentarle que estaría mucho mejor con ellas: hermana y madrina tuvieron que dejarla por incorregible y se consolaron pensando que, tarde o temprano, aquella terca personita terminaría por entrar en razón. Pero Chiquita ni siquiera dio su brazo a torcer cuando el abogado de la familia reunió a los hermanos para leerles el testamento de Ignacio Cenda y se enteraron de que el dinero que recibiría cada uno no era tanto como, ingenuamente, habían imaginado. En cuanto a la casona, las instrucciones del doctor eran claras: sólo se podría vender el día que Chiquita no quisiera o no necesitase vivir en ella.

Siguiendo los consejos de Jaume, el marido de Manon, la liliputiense decidió poner casi la totalidad de su parte de la herencia en un banco, para disponer de una renta vitalicia, y trató de convencer a Rumaldo para que hiciera lo mismo.

—No es gran cosa, pero si compartimos los gastos de la casa podremos arreglarnos —le propuso, y enseguida añadió—: Claro, habría que renunciar a algunos lujos...

Su hermano le pidió que lo excluyera de sus planes. Él pensaba irse de Matanzas para siempre. Estaba harto de la vida provinciana y de la guerra; quería probar suerte en alguna ciudad de Estados Unidos. En cuanto a ella, lo mejor que podía hacer era tragarse el orgullo y aceptar la hospitalidad que Manon y Candelaria le brindaban. Gustárale o no, estaba condenada a depender de otros durante el resto de su vida.

—No te hagas ilusiones: no podrás arreglártelas sola —le advirtió—. Necesitas que alguien vele por ti y, lo siento mucho, preciosa, pero no seré yo.

En cuanto Rumaldo dio media vuelta y se alejó, Segismundo, que había oído la charla detrás de una puerta, se sentó junto a su prima y le dijo:

—Puedes contar conmigo. Juro que nunca te abandonaré.

Chiquita asintió y, aunque sabía que aquella declaración de fidelidad no pasaba de ser un gesto romántico, le dio un beso en la mejilla. En realidad, su primo no estaba en condiciones de ser un sostén para nadie. Si el porvenir de Chiquita se avistaba poco halagüeño, el suyo parecía peor aún: no tenía un céntimo, había vivido siempre de la generosidad de los parientes y lo único que sabía hacer era tocar el piano.

Unas semanas más tarde, Rumaldo se fue a Nueva York. Chiquita trató de buscarle el lado bueno al asunto: su hermano era un botarate y, de haberse quedado en Matanzas, tarde o temprano habrían terminado peleando por dinero. Además, ahora la casona era toda suya. Podía hacer y deshacer en ella sin rendirle cuentas a nadie.

—Mejor sola que mal acompañada —concluyó, filosóficamente, y le pidió a Mundo que tocara el piano mientras ella le escribía a Juvenal poniéndolo al tanto de su determinación de quedarse a vivir en el hogar paterno y del viaje, anunciado como «sin retorno», del mayor de los varones.

Esa carta, al igual que otras que le envió después, le fueron devueltas sin abrir. Todo parecía indicar que el gemelo no se alojaba ya en su pensión de la Rue Mouffetard. Pero ¿por qué no había escrito dándole su nueva dirección? Chiquita hizo todo tipo de suposiciones: primero imaginó a Juvenal víctima de una enfermedad; luego, encerrado en una prisión por algún delito y, por último, seducido por una posesiva *cocotte* que le exigía cortar sus vínculos con Cuba. En realidad, la razón por la que el estudiante de medicina no se volvió a comunicar con ella era otra muy distinta, pero su hermana demoró largo tiempo en saberla.

Capítulo VI

Tomás Carrodeaguas, el zapatero. Historia de un trueque. Rústica recibe una propuesta de matrimonio. De cómo Chiquita perdió su virginidad. Honor versus justicia. Retorno de Rumaldo. Fascinación por los liliputienses. Barnum y el General Tom Thumb. Una atrevida decisión.

Mientras corrían cada vez con más fuerza los rumores de que las tropas rebeldes estaban a punto de tomar Matanzas y los fusilamientos de revolucionarios se multiplicaban, Chiquita parecía vivir en otro mundo. Bordaba, caminaba por el jardín, disfrutaba el canto de los canarios, escogía perfumes y cintas finas de las mercancías que los tenderos le llevaban hasta la casa y, alguna que otra vez, recibía una visita. Su rutina ni siquiera se alteró cuando, en la Nochebuena de 1895, Antonio Maceo y sus hombres volaron el acueducto, una densa humareda nubló el cielo y el viento esparció una llovizna de ceniza por toda la ciudad.

Rústica trataba de no molestarla a no ser que fuera indispensable. Ella se encargó de despedir a la cocinera, tras comprobar que estaba robando, y también de buscar otro zapatero cuando al que siempre le había hecho el calzado a Chiquita lo encarcelaron por esconder quinina y vendajes para los insurrectos.

El nuevo zapatero, un mulato claro de veintitantos años, bromista, de rostro afable y cuerpo fibroso, estaba llamado a desempeñar un papel trascendental, aunque breve, en las vidas de la señorita Cenda y de su sirvienta. Pero ninguna de las dos lo sospechaba la mañana en que entró al salón donde, sentada en un sofá, entre cojines, Chiquita tejía *frivolité*. Tomás Carrodeaguas hizo una reverencia y, como había sido advertido de que no debía manifestar asombro por el tamaño de la dueña de la casa, la trató como a una más de sus clientas de la Matanzas elegante.

—Tendrá que esmerarse, porque mis pies son muy delicados —recalcó Chiquita mientras se descalzaba.

—No se preocupe, señorita —repuso el mestizo—. Voy a hacerle unos borceguíes tan lindos y cómodos que no va a querer quitárselos ni para dormir.

El zapatero midió con delicadeza los piececitos protegidos por medias de seda e hizo algunas anotaciones en un cuaderno. Luego sacó de una cartera muestras de diferentes tipos de cuero y de broches, y Chiquita escogió una suave y lustrosa piel de becerro y unos coquetos botones dorados.

—¿Y a la doña no vamos a hacerle también calzado nuevo? —inquirió Carrodeaguas, con un dejo de galantería, indicando los viejos zapatos de Rústica.

—No, y déjese de frescuras —se apresuró a replicar la aludida, con exagerado enojo, pero a Chiquita no se le escapó que el zapatero le simpatizaba.

En la noche, mientras Rústica le ponía la bata de dormir, sacó el tema a colación:

—Ese hombre te gusta. Admítelo, que no tiene nada de malo.

La nieta de Minga frunció el ceño y se negó a hablar del asunto. Si durante su infancia había sido siempre circunspecta y poco dada a compartir sus emociones, al convertirse en mujer se había vuelto aún más huraña. Los piropos la molestaban, tenía fama de darles buenos bofetones a quienes trataban de propasarse con ella y, al menos en su caso, el dicharacho «no hay negra señorita ni tamarindo dulce», que tan a menudo repetían los blancos, era una falacia.

Años atrás, cuando las dos eran niñas, Chiquita había oído comentar a una esclava que el carácter serio y parco de Rústica se debía a la forma en que había llegado al mundo. «Esa infeliz está entre los vivos por un milagro», aseveró la mujer, y Chiquita, oculta detrás de unos cestos de ropa sucia, aguzó el oído para enterarse de la historia.

La vieja Minga había parido a Anacleta, su única hija, cuando ya no tenía esperanzas de concebir, pero nunca se entendieron muy bien. Desde niña Anacleta fue holgazana, respondona y mentirosa, y de nada sirvieron los palos que su madre le dio para tratar de enderezarla. Todo empeoró cuando, desde jovencita, empezó a abrirles las piernas a los hombres con la misma frecuencia con que Minga se persignaba. El día que Anacleta anunció que estaba preñada, Minga ni se tomó el trabajo de averiguar quién era el padre. Le suplicó a doña Lola, la dueña de ambas, que perdonara el desliz de la pecadora, y le aseguró que la muchacha enmendaría su conducta.

Sin embargo, Anacleta se negó a escarmentar. Barrigona y todo, seguía sacándole fiesta a cuanto varón le pasaba por al lado y se metía en los matorrales con el primero que le guiñaba un ojo. La esperanza de Minga era que su nieta —pues, por la forma redondeada de la barriga, estaba segura de que sería una hembra— saliera distinta, más decente y cariñosa que su madre. Ella misma la criaría y se encargaría de llevarla por el buen camino.

El parto fue complicado y duró dos días. Cuando Anacleta logró dar a luz, la niña estaba muerta y así se lo hizo saber la comadrona, en un susurro, a la abuela. «Pero gracias a Dios, la madre está sana y salva», añadió para consolarla. Minga pareció enloquecer: empezó a darle nalgadas al cuerpecito de su nieta, con la esperanza de que empezara a berrear, y la partera tuvo que pedir ayuda a otras negras para poder quitárselo.

«Aquello fue el acabose», dijo la esclava que aseguraba haber sido testigo del nacimiento de Rústica. Minga se puso a llorar como una endemoniada, a halarse los moños, a darse golpes en el pecho y, postrándose de rodillas, le propuso un atrevido trueque a los santos de su mayor devoción. Quería que se llevaran con ellos a Anacleta y le dejaran a la niña.

Primero se lo pidió a Olofi, pero el creador del mundo no le prestó atención a su ruego. Luego apeló a la Virgen de las Mercedes, a la divina Obatalá, sin obtener mejores resultados. Entonces, por último, se lo suplicó a Santa Rita de Casia, la patrona de lo Imposible, conocida entre los negros como Obbá, y ahí fue cuando sucedió lo inesperado. De buenas a primera, la recién parida, que estaba sorbiendo un tazón de caldo de gallina y ya tenía mejor semblante, empezó a convulsionar y a soltar una baba amarillenta por la nariz, cayó del camastro como fulminada por un rayo y lanzó un estertor. Y en ese mismo instante, la niña, a quien la comadrona había cubierto piadosamente con un trapo, empezó a chillar y a mover con desesperación brazos y piernas.

—Por eso es que a Rústica le cuesta tanto enseñar los dientes y por eso es que no llora ni aunque la maten a palos —fue la conclusión de la esclava que contó la historia—. Santa Rita de Casia le dio la vida, pero a cambio se llevó a su madre.

Para que la nieta no le saliera torcida, desde que tuvo uso de razón Minga le inculcó que lo mejor que podía hacer una mujer era mantenerse alejada de los hombres, esos demonios que sólo querían *una cosa* y que, en cuanto la conseguían, olvidaban sus promesas. Por eso, aunque dos o tres negros la habían pretendido con buenas intenciones, Rústica se negaba a entregarse a amoríos que pudieran terminar en desengaños.

Tres días después de la visita del zapatero, Chiquita le ordenó que se llegara al taller de Tomás Carrodeaguas a averiguar cuándo le tendría listo el encargo.

—Él dijo bien claro que tardaría una semana —protestó Rústica.

Aun así, Chiquita se encaprichó en que fuera y tuvo que obedecerla. Cuando volvió, su ama le pidió que se lo contara todo. Y cuando decía todo, era *todo*. ¿Qué cara había puesto el zapatero al verla llegar? ¿Se había alegrado? ¿Le había dicho algún requiebro? Tantas y tan insistentes fueron sus preguntas, que a Rústica no le quedó más remedio que ponerla al tanto, muerta de vergüenza, de los piropos del mulato. Por último, le reveló que el muy relambido quería llevarla a un baile de gentes de color el sábado por la noche.

—¿Y qué le contestaste? —indagó Chiquita.

—Lo que dicen las mujeres decentes en esos casos —respondió Rústica—: que lo pensaría. Pero no pienso ir a ninguna parte.

Fue, naturalmente, porque Chiquita echó mano a todo tipo de argumentos, ruegos y amenazas. Cuando al fin la convenció, la condujo hasta el guardarropa donde aún conservaba varios vestidos de Cirenia para que eligiera uno y lo usara en la fiesta.

A Mundo, testigo involuntario de algunos de esos diálogos, la conducta de su prima le parecía irracional. Por más que se esforzaba, no lograba comprender su empeño en alcahuetar una relación amorosa que, en caso de prosperar, podría alejar a Rústica de la casona. Si el zapatero la cortejaba, le proponía matrimonio y se la llevaba a vivir con él, ¿quién estaría pendiente de todas y cada una de las necesidades de Chiquita? ¿Quién se haría cargo, con su habilidad y su honradez, de los oficios del hogar? Después de mucho cavilar, el pianista halló una explicación para tan extraña conducta: la liliputiense, al propiciar los amores de su criada con Carrodeaguas, trataba de vivir la experiencia vicariamente. Sí, tenía que ser eso: la oscura fantasía de un alma femenina que se sabía condenada a la insatisfacción. Porque ¿qué caballero de Matanzas se atrevería a pretender a una minucia de mujer y ofrecerle matrimonio? ¿Qué hombre de estatura y mente normales iba a enamorar a una damita, por muy linda e instruida que fuera, que apenas le llegaba a las rodillas? Por supuesto, Mundo se cuidó de hacer comentarios al respecto. Sabía que detrás de la apariencia dulce e incapaz de matar una mosca de su prima había un temperamento ardiente y voluntarioso, y no tenía el menor interés en desafiarlo.

Rústica volvió del baile pasadas las dos de la mañana y estuvo largo rato en el jardín, conversando con su galán. Pero al llegar a su cuarto, encontró allí a Chiquita, en bata de dormir, impaciente por enterarse de lo ocurrido en el sarao. Entre enojada y halagada, le habló de los bailes, de la concurrencia y del éxito de su vestido. Pero Chiquita no se conformó con eso: quería detalles de lo ocurrido afuera. ¿Tomás Carrodeaguas le había dicho que la amaba? ¿La había besado con pasión? ¿Le había tocado el cuerpo? ¿Qué partes? Rústica se tapó el rostro con las manos, incómoda. Pero no, qué boba, no debía tener vergüenza. ¿No se conocían desde siempre? ¿A cuenta de qué, entonces, ese pudor enfermizo?

La sirvienta comenzó por admitir, con un hilo de voz, que el zapatero le gustaba. Más aún: era el primer hombre que le inspiraba confianza. Al parecer, sus intenciones eran serias. Sabía que era decente y la respetaba. Aunque no por ello, claro está, se había privado de darle un pellizco en el trasero en la oscuridad del jardín y de decirle al oído con voz ronca: «Negra, ese fambeco tuyo me tiene loco».

El lunes, muy temprano, el mulato llegó con los borceguíes terminados. Chiquita se los probó, dijo que nunca le habían hecho unos tan cómodos y le pagó la suma convenida. Pero al día siguiente cambió de parecer y, alegando que los zapatos le apretaban un poco, los mandó con Rústica de vuelta al taller, para que Tomás le pusiera remedio al problema y se los trajera personalmente cuando la piel de becerro hubiera cedido. Una vez cumplidas sus exigencias, volvió a calzarse los borceguíes y surgió una nueva objeción. Le encantaban, sí, eran *una monada,* pero esta vez el problema eran los tacones, que le parecían muy altos. Si los usaba así, corría el peligro de torcerse un tobillo. Mejor que Carrodeaguas se los llevara de nuevo y solucionara el inconveniente.

De esa manera, con un pretexto tras otro, los borceguíes fueron y vinieron de la casona al taller y del taller a la casona, propiciando nuevos encuentros entre Rústica y el zapatero. Y de todo lo que la pareja decía o hacía se enteraba Chiquita, quien notaba a la nieta de Minga cada vez más entusiasmada.

Hasta que una tarde, con gran nerviosismo, la sirvienta le reveló que Tomás Carrodeaguas le había propuesto matrimonio. Estaba loco por ella. ¿Cómo entender, si no, que un mestizo color café con leche se interesara por una negra retinta? Ningún mulato, a no ser que estuviera muy enamorado, querría atrasar la raza.

—No hables así, Rústica —replicó Chiquita—. Puestos sobre una balanza, tú vales tanto o más que él. Carrodeaguas tendrá la piel más clara, un oficio y una clientela, pero tú eres decente y limpia, coses primorosamente, cocinas como una diosa y sabes leer y escribir mejor que algunas de mis primas. Pero, dime, ¿aceptaste su ofrecimiento?

Rústica dijo, cabizbaja, que aún no. Lo amaba, pero antes de tomar una decisión, quería consultarla con ella. No es que se considerara indispensable para la señorita ni mucho menos. Bien sabía que cualquier otra sirvienta podría atenderla como era debido, pero la idea de casarse con Tomás Carrodeaguas, y de dejarla a cargo de alguna desconocida, la hacía sentir culpable. Le parecía un egoísmo de su parte, una traición.

—Tranquilízate, Rústica; no hay razón para que pienses así —dijo Chiquita, y le haló la blusa para obligarla a agacharse y darle un beso—. Muy mal bicho sería yo si me opusiera a tu felicidad —y continuó, magnánimamente—: Tienes derecho a casarte y formar tu propia familia. Verás como aparece alguna buena sirvienta que se ocupe de la casa y de mis necesidades. No será lo mismo, pero me las arreglaré para sobrevivir.

No obstante, antes de darle su bendición al enlace insistió en tener una conversación a puerta cerrada con Carrodeaguas. Quería oírle jurar que sus sentimientos eran sinceros y que sería un marido cabal. Rústica concertó la cita para el día siguiente, al atardecer, y Chiquita se encerró con el zapatero en el saloncito donde solía pasarse horas y horas leyendo sus novelas y sus magacines.

En qué libro aprendió las artes de que se valió para seducir al hombre es algo que nunca se sabrá con certeza. Lo cierto es que esa tarde comprobó que, si se lo proponía, podía irradiar una sensualidad avasalladora, difícil de resistir. Quizás el secreto estaba en que a la perfección y la belleza de su pequeño cuerpo se añadía el atractivo de lo excepcional, de lo prohibido, y esa misteriosa combinación la volvía tan o más deseable que la más seductora de las hembras de talla normal. El caso es que, a los pocos minutos de comenzar el encuentro, tras brindar con una copita de *chartreuse* verde, ya Chiquita se había quitado, con la ayuda del mulato, toda la ropa, con excepción de unos bombachitos de seda. Con el peinado deshecho, tendida con la languidez de una odalisca sobre la mullida *chaise longue*, le ofrecía al zapatero sus pechitos de rosa para que los besara y los succionara, cosa que el hombre se apresuró a hacer con delicadeza, prodigando prolijos lengüetazos ora a un pezón, ora al otro y, de vez en cuando, hasta al mismísimo amuleto del gran duque Alejo de Rusia.

Cuando no quedaba un rincón de su anatomía que no hubiera sido besado y ensalivado, Chiquita conminó a Tomás Carrodeaguas a que se desnudara y este se apresuró a complacerla. De rodillas sobre el diván, contempló, admirada, el espléndido cuerpo color canela del zapatero, que le recordó, por su armonía, el del *David* de Miguel Ángel. Pero entre el pretendiente de Rústica y la escultura que había visto reproducida en tantas láminas existía una diferencia radical: el tamaño del miembro viril, que Chiquita tenía justo a la altura de su nariz. Aunque distaba mucho de ser una experta, la joven intuyó que aquel apéndice largo y duro, parecido a una gran morcilla, era algo fuera de lo común. Sin embargo, no se dejó intimidar: se aferró a él con sus manecitas y, guiándose por lo que le dictaba el instinto, comenzó a lamerlo de un extremo a otro. El zapatero parecía hallarse en la gloria y la forma en que ponía los ojos en blanco y gemía la hizo esmerarse en su labor. Su ahínco fue premiado con varias descargas de una sustancia blanca y viscosa que cayó espesamente sobre los mosaicos del piso.

A continuación, la señorita Cenda invitó a Carrodeaguas a que se ensalivara el dedo índice de la mano derecha y le hiciera cosquillas con él entre las piernas. En el acto descubrió que las caricias que muchas veces ella se había prodigado en ese mismo sitio, protegida por la oscuridad de su dormitorio, no podían compararse a la sensación de ser el epicentro de un terremoto que le regalaba el dedo calloso y sabio del zapatero.

—¡Empuje! —le ordenó al mulato, perentoriamente, una vez que se recuperó de aquel trance—: ¡Empújelo hasta el final, cobarde!

Pero, para sorpresa de Carrodeaguas, en cuanto su índice desvirgó a Chiquita, esta se incorporó de un salto, tomó la campanilla de plata que descansaba sobre una mesa, al lado de la *chaise longue*, y la hizo repicar con frenesí.

Al oírla, Rústica irrumpió en el saloncito con una sonrisa de oreja a oreja. ¿Hay que describir el cambio que sufrió al ver a la señorita desnuda y llorosa, hecha un ovillo sobre el diván, y al zapatero, convertido en un émulo de Príapo, a su lado?

—¿Qué pasó aquí, carajo? —fue lo primero que atinó a exclamar. Una pregunta superflua, pues la expresión de desconsuelo de Chiquita, la manchita de sangre sobre el tapizado del diván y el atolondramiento del mulato permitían deducir la respuesta.

Rústica se abalanzó sobre su enamorado y empezó a golpearlo con los puños, furiosa y dolida, mientras le gritaba un sinfín de improperios:

—¡Abusador, degenerado, bandolero!

Entretanto, Carrodeaguas se esforzaba, todo a un tiempo, por subirse los pantalones, evadir la golpiza y explicar que lo ocurrido no era culpa suya. La única responsable era ella, la blanquita sucia, la enana libertina que lo había sonsacado con sus miradas coquetas y sus insinuaciones, y que después de disfrutar de sus caricias como toda una gozadora, lloraba haciéndose la víctima.

Cuando por fin terminó de vestirse y puso pies en polvorosa, Rústica se sentó junto a Chiquita y trató de consolarla.

—¿Ese mal nacido me la maltrató mucho? —inquirió, abrazándola—. Debí clavarle las uñas, sacarle el mondongo y ahorcarlo con sus mismas tripas.

—Fue horrible —exclamó, entre sollozos, Espiridiona Cenda—. Estábamos hablando del casamiento cuando, de pronto, empezó a pasarse la lengua por los labios y a tocarse la entrepierna. Aquello me dio mala espina, pero cuando quise agarrar la campanilla para llamarte, me la arrebató, se sacó esa cosota grande, gorda y prieta, y me forzó a que se la chupara. Y luego... luego... —Chiquita ocultó la cara en el regazo de la consternada Rústica y, como si fuera incapaz de terminar el relato con palabras, se señaló repetidamente las partes pudendas. Cuando recuperó el habla, le contó que, durante el forcejeo con Carrodeaguas, este le había arrancado del cuello su talismán—. Quizás por eso pasó todo —se lamentó, tratando de unir las puntas de la cadenita de oro—. Me quedé sin la protección de los dioses rusos y esa bestia pudo hacerme lo que me hizo.

Rústica juró que el zapatero se pudriría en la cárcel. Ella misma acudiría a las autoridades para denunciar que el muy canalla le había partido el chochito a una señorita blanca. Pero Chiquita se lo prohibió:

—No quiero venganza. Si mi desgracia llega a saberse, seré el hazmerreír de toda Matanzas —argumentó—. Lo que pasó, pasó, y no hay vuelta atrás, porque ni fusilando a ese pervertido recobraría mi pureza.

Era preciso colocar el honor delante de la justicia para evitar que su deshonra se convirtiera en tema de chismes y chascarrillos. Lo mejor era olvidar lo ocurrido. Rústica tuvo que admitir que el razonamiento de Chiquita era sensato. Guardaría silencio, sí, pero a lo que no estaba dispuesta era a perdonar. Todo lo contrario: recordaría siempre lo ocurrido como una prueba de la vileza de los hombres. Razón tenía su abuela cuando le repetía que eran unos hipócritas en los que no se podía confiar. Lo que acababa de pasar la había curado de ilusiones y de falsos romanticismos. Que jamás volvieran a hablarle a ella de amor y, mucho menos, de matrimonio. Si aquel zapatero que parecía tan decente había terminado enseñando los cuernos y la cola de un diablo, ya no volvería a confiar en ningún varón. ¡Todos estaban cortados con la misma tijera!

Chiquita asintió, con pesar, y aprovechó para hacerle prometer que nunca, por ningún motivo, se alejaría de su lado, y que podría contar con su ayuda tanto en las buenas como en las malas. Rústica hizo una cruz con los dedos, la besó repetidamente y juró por los restos de su abuela que así sería.

Aquella noche, en la soledad de su cuarto, Chiquita dio vueltas y vueltas en su cama, sin poder conciliar el sueño, a causa del remordimiento. Por fin comprendía, al cabo de tantos años, por qué el astuto Pulgarcito no había vacilado en engañar al ogro para que decapitara a sus siete hijas. Exactamente por el mismo motivo que ella había sacrificado su virgo, el honor de Carrodeaguas y la felicidad de Rústica: por la imperiosa necesidad de sobrevivir en un mundo duro y hostil, en el que todos se arrogaban el derecho de vapulear a los pequeños.

—¡Volví! —anunció Rumaldo y entró en la casona como si sólo hubiera estado fuera unas pocas horas.

Besó a su hermana en la cabeza, dio una palmada en un hombro a su primo y acto seguido se dejó caer en una silla y le pidió a gritos a Rústica un plato de comida, pues venía muerto de hambre. «La cocina del vapor era un asco», comentó. Había bajado de peso, su cabello pedía a gritos un buen un corte y, cosa insólita tratándose de alguien tan presumido, su ropa estaba arrugada y sin lustre.

Mientras comía con voracidad, pidió que lo pusieran al tanto de las novedades de la familia. Chiquita le contó que ya eran tíos, pues Manon había traído al mundo un niño precioso que se llamaba Ignacio, como su difunto abuelo. «¡Es enorme!», dijo orgullosa, y abrió sus brazos todo lo que pudo. Quienes no estaban nada bien, a causa de la maldita y al parecer interminable guerra que seguían padeciendo, eran Crescenciano y su señora. El ejército les había confiscado la mitad de su cría de caballos y, menos de veinticuatro horas más tarde, los insurrectos les habían quitado la otra. Ahora sólo les quedaba el negocio de la cal, que iba de mal en peor. De Juvenal seguían sin tener noticias. ¡Era como si se lo hubiera tragado la tierra! Y en cuanto a Segismundo y a ella, su situación no era precisamente boyante. En un principio pensó que su renta anual les alcanzaría para vivir con desahogo, pero lo cierto era que habían tenido que hacer maromas para poder estirar el dinero y pagar las cuentas. La culpa, en gran medida, era suya: había gastado más de lo prudente, admitió con pesar.

De algunos desembolsos, como el par de ángeles de mármol que hizo colocar junto a las tumbas de Cirenia e Ignacio, no se arrepentía; pero otros habían sido puros caprichos, necedades de las que hubiese podido prescindir, como un telescopio que encargó a Londres, y perfumes, botones finos y otras chucherías. Al pobre Mundo no le había quedado más remedio que sacrificarse y empezar a tocar el piano en la orquesta de Miguel Faílde para ayudar a sostener la casa. Al escuchar aquello, Rumaldo miró con asombro al primo y soltó una carcajada.

—Es un trabajo tan digno como otro cualquiera y la paga, aunque no sea mucha, nos viene muy bien —declaró Chiquita, con gravedad, mientras el músico enrojecía hasta las raíces de los cabellos.

Rumaldo se disculpó. Su intención no había sido burlarse de Mundo, sólo que le costaba imaginarlo tocando danzones en los bailongos, en lugar de las mazurcas de su querido Chopin.

—En los meses que estuviste lejos y sin dar señales de vida, aquí han cambiado muchas cosas —le advirtió Chiquita—. Para hacer economías, tuvimos que despedir a toda la servidumbre menos a Rústica, a la cocinera y al calesero, y ahora sólo tenemos un coche y un caballo —y al ver que su hermano abría los ojos con incredulidad, se apresuró a agregar—: Mantener esta casa cuesta más de lo que piensas, pero yo no me concibo viviendo en otro lugar. Así que si la comida no te parece tan buena como antes, ni se te ocurra protestar. Hemos tenido que apretarnos el cinturón.

—Y a ti, ¿cómo te fue en Nueva York? —inquirió Segismundo con aparente inocencia, aunque a Chiquita le pareció percibir un dejo sarcástico en su voz.

—No me puedo quejar —dijo Rumaldo y, antes de que le formularan más preguntas, empujó su silla hacia atrás y anunció que estaba agotado y necesitaba dormir—. Les haré los cuentos en otro momento.

Sin embargo, no trató de ocultar su situación por mucho tiempo. Al día siguiente, en cuanto se quedó a solas con su hermana, le reveló que había vuelto de Estados Unidos en la más absoluta miseria. Una vez más había invertido en negocios que parecían muy prometedores, pero que en realidad no lo eran tanto. Y, como si fuera poco, los neoyorquinos habían acabado de desplumarlo en las mesas de póquer.

—Son unos viciosos —aseguró—. Allá hasta las damas de la alta sociedad juegan. ¡Y qué bien lo hacen las muy bandidas!

—Entonces, ¿qué piensas hacer? —le preguntó Chiquita, sin sorprenderse demasiado, pues la confesión sólo confirmaba lo que Segismundo y ella ya sospechaban—. Por lo pronto, necesitas ropa nueva, porque con la que tienes puesta no puedes ir ni a la esquina.

Rumaldo pasó por alto la estocada y comenzó a hablarle, con su voz más persuasiva, de un negocio que podrían emprender juntos. No, no, lo que iba a proponerle nada tenía que ver con los vaivenes de la Bolsa, se apresuró a dejar en claro al notar que una de las cejas de su hermana se levantaba con escepticismo. Tampoco correrían el riesgo de ser estafados. El proyecto que lo impulsaba a retornar a la atrasada

Matanzas era una verdadera mina de oro: una fuente de dinero contante y sonante que estaba ahí, manando, en espera de que los dos se decidieran a beber de ella. Como todo negocio, requería de una módica inversión en sus inicios, pero esa plata la recuperarían sin tardanza y con creces...

—¡No des más vueltas y acaba de decir de qué se trata! —lo apuró Chiquita.

Rumaldo abrió un portafolios y sacó de su interior un montón de recortes de periódicos en inglés. Uno a uno los fue desplegando, como si fueran las cartas de una baraja, delante de ella. Eran crónicas, entrevistas, noticias y sueltos que anunciaban las actuaciones, en distintos teatros y tabernas, de artistas con nombres llamativos. La palabra *midget*, que se repetía una y otra vez en aquellos papeles, le dio a Chiquita la clave del asunto. Todos aludían a gentes diminutas. Miró a los ojos a su hermano y este asintió varias veces con una expresión radiante.

—Sí, en Estados Unidos *adoran* a los liliputienses —le aseguró—. Si alguna vez estuvieron relegados a los barracones de las ferias y a los circos, ahora son los reyes de los mejores teatros. Rivalizan con los actores de moda y con los grandes del *bel canto*. Y, naturalmente, mientras más bajitos son, más los aprecian.

Él mismo había sido testigo del éxito que tenían esos artistas en sus presentaciones. Lo descubrió la noche que fue con unos amigos al *vaudeville* de Tony Pastor y vio aparecer en el escenario, recién llegada de París, a una cantante de treinta y dos pulgadas de estatura, vestida de encaje, con largos rizos rubios y un sombrero casi de su tamaño. Era Rose Pompón, quien encantó al público con sus *chansons* y sus bailes. Volvió a ratificarlo, días más tarde, cuando cenó en el American Theatre Roof Garden y presenció la actuación de John Kernell, el Príncipe Mignon, un comediante irlandés de sólo treinta pulgadas que los hizo morir de la risa con sus imitaciones.

Según Rumaldo había averiguado, la fascinación de los americanos por la gente minúscula no era algo nuevo. La mejor prueba era la increíble carrera de Charles Stratton, conocido mundialmente como el General Tom Thumb, el más reverenciado de los liliputienses. Al llegar al mundo en Bridgeport, Connecticut, Charlie había pesado nueve libras y dos onzas, bastante más que sus hermanas mayores Jennie y Libbie, pero un año después, cuando medía dos pies y una pulgada, paró de crecer. Barnum, el célebre empresario, encontró al niño en 1842, cuando este no tenía aún cinco años, y con la tentadora oferta de pagarles tres dólares a la semana convenció a sus padres para que le permitieran incluirlo entre las *celebridades* que exhibía en el American Museum de Nueva York, su estrambótica combinación de circo, *vaudeville* y museo de ciencias naturales que ocupaba todo un edificio de cinco pisos en Broadway y Ann Street.

Barnum anunció a su nuevo astro como el más pequeño espécimen humano que jamás viviera en la Tierra y decidió exhibirlo enfundado en un uniforme militar, con los grados de general. Para su regocijo, el niño resultó ser un comediante nato, capaz de bailar, hacer chistes y cantar con una chillona vocecita de falsete. Su debut tuvo lugar en las Navidades, al final de un largo programa que incluía, entre otras atracciones, acróbatas, faquires, gigantes y pulgas amaestradas. Desde que salió por primera vez a escena, bailando y cantando la melodía *Yankee Doodle,* el General Thumb se metió al público en un bolsillo y lo mismo sucedió en todos los sitios donde Barnum lo presentó en las décadas siguientes.

Aunque con el paso del tiempo la talla del artista aumentó discretamente —a los veinte años medía treinta y cinco pulgadas y en la madurez creció hasta alcanzar las cuarenta, más o menos el tamaño de un niño de cinco años—, ese *problema* no logró mermar su popularidad. Todo lo contrario: sus suculentos ingresos le permitieron darse una vida principesca, comprar tierras, construir una lujosa mansión con habitaciones y muebles a su medida y hasta tener un yate, el *Maggie B.,* con el que el menudo *sportman* competía en las regatas.

Ahora bien, si en la época de Barnum la gente pagaba gustosamente sólo para ver a Charlie Stratton disfrazado de Napoleón, escucharlo canturrear y verlo dar unos pasos de baile, medio siglo después las cosas eran distintas. Sobre todo en Nueva York, donde los fanáticos de los liliputienses se habían vuelto más exigentes y selectivos. A diferencia de la plebe que acudía a las barracas de las ferias y a los museos de curiosidades, y que se conformaba con cualquier morbosidad que le pusieran delante, los conocedores reclamaban verdaderos artistas, capaces de brindarles canciones, bailes, chistes o acrobacias de la mayor calidad.

Para poder satisfacer las exigencias de espectáculos cada vez más refinados e imaginativos, los empresarios habían tenido que empezar a buscar liliputienses en el extranjero. Los de mayor éxito provenían de Europa y eran gente de probado talento: alemanes, franceses, suizos e italianos que firmaban jugosos contratos antes de subir a los barcos y cruzar el Atlántico. Salían a escena en medio de fastuosos decorados, luciendo vestuarios de primera y secundados por magníficas orquestas, y algunos llegaban a convertirse en verdaderos mimados del público y la prensa. Quizás el mejor ejemplo fuera el exitoso Franz Ebert, quien formaba parte de Die Liliputaner, una compañía teatral de Alemania que cada año hacía una gira de varios meses por Estados Unidos y volvía a Europa con los baúles repletos de dólares.

—No es un cuento: los aplauden a rabiar —aseguró Rumaldo, quien había presenciado dos espectáculos de Die Liliputaner—. Primero los vi en el Niblo's Garden, uno de los lugares de *vaudeville* más elegantes y caros de Nueva York. ¿Y dónde crees que actuó, tres semanas después, esa docena de enanos? Pues nada menos que en la Metropolitan Opera House. Y lo mismo en un sitio que en el otro, sus *sketchs* musicales tuvieron una acogida fenomenal. A Franz Ebert lo veneran: la gente enloquece con sólo verlo aparecer en escena. Parece una ardilla con zapatos y frac, pero a todos les arrebatan su vocecita de tenor y la seriedad con que interpreta los papeles de galán. La primera dama de la compañía, la señorita Selma Gorner, también es un encanto; pero su problema es que es un tris más grande que Ebert.

Chiquita asintió. Las historias de su hermano eran asombrosas, pero ¿adónde pretendía llegar con ellas?

—Mientras los veía actuar, todo el tiempo pensaba en ti, Chiquita —dijo Rumaldo cautelosamente, consciente de que comenzaba a adentrarse en un terreno resbaladizo—. Y te juro —para dar mayor énfasis a sus palabras se llevó una mano al corazón— que ninguno de ellos puede comparársete. Ninguno te aventaja a la hora de bailar, de cantar o de recitar, y muchísimo menos te supera en simpatía y refinamiento. Además, estoy convencido de que ni siquiera Herr Ebert es más pequeño que tú.

El joven cerró la boca, en espera de algún comentario, pero al ver que no se producía, continuó con renovado brío:

—Por eso un día me dije: «Caramba, ¿qué hace Chiquita en Matanzas, escondiéndose de la gente y malgastando sus talentos, cuando, si se lo propusiera, podría tener a Nueva York primero, y luego a todo Estados Unidos, a sus pies, y amasar una fortuna?».

En silencio y con una sonrisa difícil de descifrar, que a su hermano unas veces le parecía de incredulidad y de desdén y otras de complacencia y de interés, Chiquita lo escuchó hablar de ovaciones y de entrevistas, de vestidos a la moda y de joyas, de hoteles de lujo y de fiestas en mansiones de magnates, y repetir mucho, casi hasta el punto de marearla, las palabras *éxito* y *dinero*. De ella dependía poner fin a una existencia monótona y llena de estrecheces, y dar inicio a una nueva etapa de su vida, pródiga en satisfacciones. ¿Acaso nunca había deseado convertirse en *otra* y poder darse una vida de reina, sin tener que renunciar a ser ella misma?

Él, naturalmente, sería su *manager*. Quién mejor y de más confianza para negociar los contratos con los empresarios, modificando cualquier término comprometedor, añadiendo una cláusula beneficiosa, garantizando, en fin, el mejor pago y buenas condiciones de trabajo. Las ganancias, por supuesto, serían repartidas de forma equitativa, que para algo les corría la misma sangre por las venas. Los otros hermanos habían enfilado ya sus vidas hacia algún rumbo: Manon y Crescenciano tenían sus propios hogares, y Juvenal, allá en París o donde diablos estuviera, también parecía haber elegido su camino, cualquiera que este fuese. Nada más lógico, entonces, que ellos, los únicos Cenda que aún no vislumbraban con claridad su futuro, unieran fuerzas para asegurarse un porvenir feliz. Unos años de trabajo y, luego, a vivir de las rentas. En Cuba, en Estados Unidos o en cualquier lugar, que el mundo carece de fronteras si se tiene la plata necesaria.

Rumaldo habló y habló con entusiasmo, sin detenerse a tomar aliento, temeroso de que, si hacía una pausa, su interlocutora la aprovechase para echar por tierra, con un simple *no,* su plan. Sólo cuando la garganta y la inventiva se le quedaron resecas, enmudeció, suspiró y contempló a Chiquita como un reo en espera del veredicto.

La joven guardó los recortes de periódicos en el portafolios y anunció que se quedaría con ellos para leerlos más tarde. El proyecto era atractivo, no podía negarlo, pero Rumaldo parecía olvidar un detalle importante: ella carecía de la menor experiencia en el mundo del espectáculo. Aquellas lejanas veladas familiares en las que cantaba y danzaba acompañada por el piano de Segismundo habían sido sólo un juego de niños, un divertimento sin pretensiones que parientes y amigos aplaudían más por generosidad que por real mérito. Y aunque Úrsula Deville le había enseñado cómo sacarle el mayor partido a su voz, lo cierto era que nunca se había subido a un escenario. Ignoraba lo que era actuar para un público numeroso, no tenía la menor idea de cómo captar su atención y cautivarlo.

Su hermano trató de replicar, pero Chiquita no quiso oír más argumentos. No descartaba su propuesta, pero tampoco podía darle un sí impulsivo y arrepentirse a los pocos días. Debía comprender que la perspectiva de exhibirse por dinero, aunque fuera en condición de artista y no de fenómeno de feria, le resultaba incómoda. Cirenia e Ignacio no la habían educado para eso y probablemente hubieran rechazado la idea. Era algo que jamás le había pasado por la mente, atrevido y desconcertante, pero también, no podía ocultarlo, tentador. Debía pensarlo todo con calma y consultarlo con la almohada. Así que Rumaldo tenía dos opciones: armarse de paciencia hasta que ella tomara una decisión o conseguir otra liliputiense. Y puesto que en Matanzas iba a resultarle difícil hallar a una de su calidad, bonita, con buenos modales y capaz de hablar siete idiomas, lo más sensato era que se olvidara de urgencias y se sentase a esperar.

Esa noche, mientras pensaba en el plan de su hermano y en la respuesta que debía darle, el talismán *habló* de nuevo, después de nueve años de total mutismo. La esfera de oro primero comenzó a latir de forma rítmica y luego emitió delicados chispazos azules que iluminaban la penumbra del cuarto como pequeños relámpagos. Evidentemente, quería decirle algo a su dueña, tal vez ayudarla a elegir un camino. Pero ¿cuál? ¿Debía decir que sí, y lanzarse a la aventura, o descartar la idea tildándola de disparatada? Por más que se rompió la cabeza, no logró descifrar el mensaje y, tratando de desentrañarlo, se quedó dormida.

Capítulo VII

En la ruina. La decisión de Chiquita. El repertorio. Venta de la casona. Cuco se niega a comer. Visita al cementerio. Última noche en Matanzas. Sueño ruso. Un carnaval en el puerto. Adiós. ¿Para siempre?

En cuanto lo vio aparecer arrastrando los pies, Chiquita supo que su cuñado era portador de malas noticias. Creyó que algo les había sucedido a Manon o a su sobrino, pero Jaume se apresuró a aclarar que no se trataba de eso, sino de otra cosa que, bajando la vista, calificó de «infausta». Así se enteró de la catástrofe. El banco donde tenía su dinero acababa de quebrar. Se había ido a pique, volviendo nada su plata y la de otros inversionistas y ahorradores. En Madrid, le contó Jaume, un comerciante y un marqués se habían volado los sesos al conocer la noticia. En Cuba, por suerte, hasta el momento ninguno de los afectados había optado por esa drástica salida.

Chiquita sintió ganas de correr y de esconderse a llorar en algún rincón. «En la fuente», pensó, como si la cercanía de Cuco el manjuarí pudiera consolarla. Sin embargo, haciendo un esfuerzo para no dejarse abatir, le aseguró a su cuñado que el primer suicidio de la isla no sería el suyo.

—Estás en la ruina —subrayó él, temiendo que no lo hubiera entendido, y al verla asentir grave y serenamente, lamentó haberle dado un consejo tan poco afortunado. Claro que ¿quién iba a suponer que algo así podía pasar?

Como si pudiera servirle de consuelo, le dijo que también la herencia de Manon se había esfumado. Sólo que para ella, que tenía el respaldo de un marido, el golpe no resultaba tan devastador. En cambio, el caso de Chiquita era distinto, realmente patético.

—Por mucho que te duela, lo más sensato será que te deshagas de esta casa. A no ser que Rumaldo haya vuelto rico del norte y asuma los gastos de su mantenimiento...

Chiquita sonrió con acritud y, con un suspiro, admitió que su nueva situación financiera la obligaría a replantearse su vida.

Lo que se imponía, insistió el esposo de Manon, sustituyendo el tono compasivo de la primera parte de la conversación por uno más práctico, era poner en venta el inmueble y repartir entre los Cenda el dinero que pudieran obtener. Él conocía a algunas personas que quizás pudieran interesarse por adquirirlo. Claro que, por muy buen negocio que lograran hacer, lo que le correspondería a cada hermano nunca sería nada del otro mundo. La guerra tenía la economía de la isla patas arriba y las propiedades ya no valían como antes. Pero Chiquita no debía preocuparse demasiado pensando en su futuro. Por suerte tenía parientes que la querían y que, de mil amores, se harían cargo de ella. Manon le rogaba que no postergara más la decisión de irse a vivir con ellos. Tendría techo y comida; y el dinerillo que entrara a su bolsa con la venta de la casona podría dedicarlo a sus gustos y caprichos personales. Al no tener que pagar servidumbre, le rendiría bien.

Chiquita le dio las gracias por la generosa oferta, que prometió analizar con detenimiento, y en cuanto pudo librarse de él, llamó a Rumaldo y a Mundo para contarles la desgracia.

—Pero ¿no se salvó nada? —inquirió su primo, incrédulo—. ¡Alguien tendría que responder por ese dinero!

—¿Cómo hay que decirte las cosas para que entiendas? —se impacientó Rumaldo—. La plata se fue al carajo. Chiquita se encuentra ahora en la misma situación en la que estamos tú y yo desde hace rato: con una mano delante y la otra detrás —y mirando a su hermana, añadió con tono conciliador—: Supongo que este traspiés, que tanto deploro, facilitará tu decisión. Ahora sólo tienes que elegir entre ser una recogida, sin derecho a llevarle la contraria a quienes te mantengan y velen por ti, o aceptar mi propuesta, empezar una nueva vida y conservar tu independencia.

Mundo quiso saber a qué propuesta se refería y Chiquita, sintiéndose de pronto muy cansada, cerró los ojos, se hundió en su *chaise longue* preferida (sí, *aquella:* la del incidente con el zapatero) y dejó que Rumaldo le contara su plan. Tal y como había imaginado, el pianista se fue poniendo más y más colorado a medida que la explicación avanzaba y, sin esperar a oír los últimos detalles, declaró que el proyecto no sólo era absurdo, sino también ofensivo.

—Sólo alguien de tu calaña podría hacerle esa proposición a una hermana —exclamó, iracundo—. ¿Es ese el destino que quieres para ella? ¿Exhibirla como si fuera un fenómeno y vivir a costa suya? ¡Qué altruista!

—¿Y quién diablos te dio vela en este entierro? —explotó Rumaldo, conteniéndose para no pegarle—. Lo malinterpretas todo. Chiquita tiene la oportunidad de convertirse en una artista famosa y sería una idiota si no la aprovechara. Ella tiene más agallas de lo que imaginas y no se quedará lloriqueando en los rincones y esperando que le tiendan la mano, como siempre has hecho tú.

—¡Ella nunca aprobará ese plan! —replicó el pianista, *appassionato,* y se volvió hacia su prima en busca de confirmación.

Chiquita lo observó con curiosidad: aquel arrebato del siempre apagado Mundo era algo tan inesperado como la noticia de su ruina, una prueba inequívoca del afecto que sentía por ella. Conmovida, le dedicó la más dulce de sus sonrisas, pero, acto seguido, le preguntó en tono sarcástico:

—¿Qué te hace pensar así? ¿Tan poca cosa te parezco?

Claro que la aterraba la idea de salir a un escenario y que la gente se burlara de ella, admitió. Como casi todos los enanos, era vulnerable al ridículo y, para empeorar las cosas, su sensibilidad no tenía callos, no estaba curtida para enfrentarse al mundo. Creyendo hacerle un bien, la habían criado en un entorno demasiado amable, entre gentes que jamás hacían alusión a su rareza, y eso la colocaba en una posición desventajosa. La idea de sacarle provecho a su escaso tamaño, de exhibirse ante decenas o quizás cientos de extraños, le producía un miedo paralizante. Pero tanto o más, aseguró, la aterraba la perspectiva de hacerse vieja encerrada en el último cuarto de una casa que no fuera la suya, viendo el tiempo pasar y los niños crecer, huyendo de los espejos para no descubrirse cada vez más arrugada y más *chiquita*.

—Durante toda mi vida me metieron en la cabeza que debía estar agradecida por el simple hecho de existir y casi lograron convencerme de que mi estado natural debía ser la conformidad, que era imperdonable que alguien como yo pretendiera hacerle exigencias a la vida. Pero, aunque trataba de callarlo, algo dentro de mí se rebelaba contra eso. ¿Es un atrevimiento decir que me gustaría tener algo más que el *honor* de estar viva? Lo siento, pero quisiera poder *vivir* la vida. *Gozarla*, no sólo *merecerla*. Probar suerte como artista podría ser una manera de intentarlo. Nunca se sabe... —continuó Chiquita, llevándose las manos a la cintura e hinchando el pecho con una pizca de soberbia—, puede que más de uno se lleve la sorpresa de descubrir que un gran espíritu puede habitar en un cuerpo insignificante, que *la grandeza no tiene tamaño*.

Para desconcierto de los dos hombres, lo que había empezado como una simple réplica se había convertido en toda una declaración de principios:

—Nada tengo que perder y sí mucho que ganar. En el peor de los casos, si las cosas no salen como Rumaldo augura y me veo en la obligación de volver a Matanzas, a aceptar la caridad de algún pariente, tendré el consuelo de haberle dado un mordisco a la vida, de haber tratado de saborearla —y volviéndose hacia su hermano, le advirtió con determinación—: ¡Necesitaré vestidos y sombreros nuevos!

—Los que quieras —exclamó Rumaldo, eufórico, y se abalanzó sobre ella para darle un beso.

—¡Otra cosa! —prosiguió la liliputiense, disgustada por aquel arrebato fraternal, apartándolo con sus bracitos—. Habrá que conseguir un pianista, uno que toque con arte y que lleve la música en el corazón —y tras un silencio, con voz calculadamente inexpresiva, pero en la que podía adivinarse un fondo burlón, agregó—: Me temo que no será fácil encontrarlo.

—¡Basta! —dijo Mundo, harto del juego, y le hizo saber que, aunque no apoyara su decisión, podría contar con él para lo que fuera—. Estás loca de atar, pero una vez juré que nunca te dejaría sola y no puedo faltar a mi palabra —declaró, emocionado.

Rumaldo empezó a hacer planes en alta voz mientras caminaba, eufórico, de un lado a otro del salón. Dentro de esa casa había muchas cosas valiosas para vender, ebanistería de primera calidad, de la que ya no se conseguía, y óleos, espejos, porcelanas, relojes de pared y cuberterías de plata. Lo ideal, por el bien común, sería tratar de convertir todo aquello en dinero. En cuanto a Juvenal, su desaparición lo privaba del derecho a opinar. Simplemente, le guardarían su parte.

—¿Y Rústica? —inquirió Mundo, ignorando las divagaciones del *manager*.

—Esta noche hablaré con ella —dijo su prima—. Aunque supongo que ya debe olerse algo, porque a esa no se le escapa nada.

Posiblemente la nieta de Minga escuchó esa charla con la oreja pegada a la puerta, porque cuando fue puesta al corriente de la situación financiera en que se hallaban y de la aventura que pensaban emprender, no se inmutó. La perspectiva de abandonar Matanzas y lanzarse a un futuro incierto no pareció preocuparla mucho. «A mí me da lo mismo planchar un huevo que freír una corbata», dijo, y el único reparo que puso fue que ella no sabía «hablar americano». Chiquita la tranquilizó asegurándole que antes de la partida le enseñaría algunas frases para hacerse entender por los neoyorquinos.

Esa noche, después que los relojes dieron las doce, Espiridiona Cenda se sentó en su camita, se calzó sus chinelas bordadas, tomó un lápiz y un cuaderno y, alumbrándose con una palmatoria, se deslizó fuera del dormitorio. Quien la hubiese visto en ese momento, vestida con un holgado y vaporoso salto de cama y con los largos rizos negros sueltos, la habría confundido con un fantasma que deambulaba por los pasillos. Se detuvo ante la puerta de Rumaldo y con delicadeza —para no despertar a Segismundo, que dormía en el cuarto contiguo— la golpeó con los nudillos. Tuvo que insistir varias veces hasta que su hermano le abrió.

—Saquemos cuentas —dijo Chiquita, tendiéndole lápiz y cuaderno, y en un susurro le reveló cuánto dinero conservaba aún en la casa, en un escondite secreto—. Hay que calcular todos los gastos: mi vestuario de calle y el de fantasía; ropa decente para ti, para Mundo y también para Rústica, pues siempre he creído que la gente empieza a respetar a una dama cuando ve cómo viste a su doncella; los pasajes del barco, los hoteles, las comidas...

—Pero ¿ahora? —protestó el joven, medio dormido, e intentó posponer la tarea. Pero al ver la expresión resuelta de su hermana, se tragó los bostezos.

Esa madrugada, mientras sumaban y restaban, y hablaban de teatros, de camerinos y de posibles ingresos semanales, Rumaldo Cenda intuyó que Chiquita, The Living Doll (ese fue el nombre artístico que le propuso y que ella, luego de repetirlo varias veces con distintas entonaciones, aprobó) no sería una artista fácil de manejar.

Chiquita y Rumaldo no revelaron a nadie el nuevo rumbo que pensaban dar a sus vidas. Para los parientes y amigos, ambos se iban a pasar unas largas vacaciones en una casa de campo de Nueva Jersey. Los invitaban los Bellwood, un simpático matrimonio de millonarios que Rumaldo había conocido en Nueva York, mientras tomaba el té en Sherry's. Inicialmente el convite sólo incluía al joven y a la liliputiense, pero tan grande era la residencia campestre de Mister y Mistress Bellwood, y tan habituados estaban sus dueños a recibir en ella a decenas de huéspedes al mismo tiempo, que no pusieron el menor reparo cuando los hermanos Cenda les preguntaron si era posible sumar a Mundo, tan educado y buen pianista, a los invitados. Lejos de incomodarse, se mostraron encantados de poder contar con un músico que amenizara las veladas. Rumaldo fue tan pródigo en detalles sobre la imaginaria pareja —devota de las artes ella; magnate del acero él; un poco excéntricos ambos—, que nadie sospechó que se tratara de una impostura.

A Candelaria no le pareció apropiado que su ahijada emprendiera un viaje de placer, el primero de su vida, justo cuando los vaivenes de la Bolsa acababan de privarla de su única fuente de ingresos. Aunque los espléndidos Bellwood corrieran con los gastos de su estadía, un viaje al norte siempre ocasionaba desembolsos. Pero Manon y Jaume, en cambio, encontraron el paseo muy oportuno. Después de tanto luto, a Chiquita le iba a sentar bien cambiar de aire. Quizás una temporada fuera de Matanzas la hiciera regresar menos díscola, con mayor disposición para dejarse guiar por quienes deseaban su bien. Lo que sí obtuvo un apoyo unánime fue la decisión de deshacerse de la casona de los Cenda. «Demasiada casa para tan poca inquilina», era el comentario secreto, pero generalizado.

Mientras Rumaldo y el marido de Manon buscaban compradores para la vivienda y los muebles, Chiquita y Segismundo empezaron a montar el repertorio de danzas y canciones con el que harían su debut. Al principio tuvieron varias discusiones, porque el pianista pretendía que su prima bailara, como lo había hecho en el pasado, al compás de las melodías de Chopin; pero la novel artista tenía otro criterio y terminó por imponerlo. A su juicio, para llamar la atención de los americanos y ganarse sus aplausos era preciso ofrecerles algo más «exótico». Así que, sin muchos miramientos, las mazurcas y los preludios del polaco fueron sustituidos por danzas y contradanzas de músicos criollos: composiciones rítmicas y pícarescas como ¡*Toma, Tomás!* y *La suavecita,* de Manuel Saumell, y *La carcajada* y *Duchas frías,* de Ignacio Cervantes. No obstante, como una concesión especial a su primo, accedió a incluir en el repertorio *Ilusiones perdidas,* una romántica danza de

Cervantes que bien hubiera podido tocarle Chopin a George Sand en un atardecer de Palma de Mallorca.

Inspirada por aquellas partituras, Chiquita comenzó a concebir sus coreografías. Ensayaba cada pieza hasta el agotamiento, pues, aunque no descartaba la posibilidad de dejarse llevar durante sus actuaciones por la magia de la música e improvisar *ad libitum*, prefería tener cada baile preparado. Si a los espectadores les parecía que iba creando los pasos a medida que los daba, mejor que mejor; pero nada más lejos de su intención.

Elegir lo que cantaría fue más sencillo. Sólo tuvo que recordar las habaneras de Sebastián Iradier que tantas tardes había entonado, cuando aún era una chiquilla, en las clases de Úrsula Deville. Interpretaría *La paloma, El chin chin chan, La frutera mulata* y, por supuesto, *El arreglito*. Lo más probable sería que, al escuchar la última de esas composiciones, los melómanos neoyorquinos creyeran que Iradier la había copiado de la popular habanera de la ópera *Carmen*. Pero de eso nada, señores míos. Ella se encargaría de poner a salvo el honor del músico aclarando que había sido Bizet quien, haciéndole unos leves cambios aquí y allá, se había apropiado de *El arreglito* con el mayor desparpajo.

Mientras los artistas trabajaban en el salón de música y Rumaldo negociaba con los compradores que acudían interesados bien en un candelabro de plata, un cupido de porcelana mate de Sèvres o una alfombra oriental, Rústica no tenía un minuto libre. Además de ocuparse de las labores de la casa, empezó a confeccionarle a Chiquita un guardarropa digno de una princesa. Habían comprado cortes de las mejores telas que se conseguían en Matanzas y, a la luz de una lámpara, aguja y dedal en mano, cosía hasta altas horas de la noche elegantes modelos que la señorita estaba obligada a probarse una y otra vez, sin protestar, hasta que le sentaban a la perfección. Claro que una parte importante del guardarropa Rústica la haría *in situ,* cuando ya estuviesen instaladas en Nueva York y pudieran observar los atuendos de las damas elegantes.

A principios de junio todo se precipitó. Un abogado de La Habana se enamoró de la casona, ofreció una suma nada desdeñable y el trato se cerró sin dilación. Todos lo consideraron una suerte, porque en medio de una guerra donde los insurrectos parecían dispuestos a incinerar la isla desde la punta de Maisí hasta el cabo de San Antonio y los españoles a convertirla en una gigantesca mazmorra, hacer buenos negocios se estaba volviendo cada vez más difícil. Los Cenda recibieron un anticipo y se estipuló que unas semanas después, cuando entregaran las llaves de la casa a su nuevo propietario, este les abonaría la suma pendiente.

En esos días, como si presintiera que su dueña estaba a punto de abandonarlo, el manjuarí dejó de comer y se escondió entre las plantas acuáticas. Ni siquiera asomó la cabeza cuando Rústica, cumpliendo órdenes de Chiquita, le ofrendó una lagartija viva.

—Se dio cuenta de que nos vamos y se ha tirado a morir —dictaminó la sirvienta, asombrada de que un animal tan feo tuviera un corazón tan sensible.

—Es un vil chantajista —repuso Mundo con desdén.

Aquello conmovió tanto a Chiquita que, ignorando las protestas de Rumaldo, decidió que se lo llevaría con ella. El manjuarí recuperó el apetito en el acto.

El día antes de la partida Chiquita deambuló por la casona acariciando sus paredes. «Qué grande lo encuentro todo», comentó. «¿Me estaré encogiendo?» La mayor parte de los muebles y los adornos habían sido vendidos, algunos por sumas irrisorias, y la porcelana de Sajonia, el espejo veneciano y los manteles bordados que Manon había querido conservar ya estaban en Pueblo Nuevo, junto con el piano de Mundo y decenas de libros entrañables puestos a salvo por Chiquita. Una vez que partieran, el padre Cirilo se ocuparía de que los calderos, la vajilla del diario y los pocos muebles de los que no habían logrado deshacerse fueran a parar a alguna institución de beneficencia.

Esa tarde, Chiquita y Rústica quisieron ir al cementerio y, como ya no tenían carruaje ni cochero, Manon les mandó los suyos. Primero se dirigieron al sepulcro de Ignacio y de Cirenia, y la liliputiense se sulfuró al descubrir que a los ángeles de mármol no les cabía encima una cagada de paloma más. Rústica le pidió a un sepulturero que le consiguiera un trapo y un cubo de agua, y restregó y restregó las estatuas hasta dejarlas impolutas. «¡Listo!», exclamó, ufana, al concluir. Pero ver los ángeles relucientes no mejoró mucho el humor de la primogénita de los Cenda. «Dentro de tres días estarán igual», se lamentó con pesimismo y, pensando en alta voz, agregó: «¡Es una lástima que no podamos coserles el fondillo a esas desgraciadas!».

De inmediato se dirigieron a la tumba de Minga para pedirle también su bendición. «Mamita, protégenos», le rogó Rústica. En ninguno de los dos casos dieron muchos detalles a los difuntos sobre el propósito del viaje. «Dondequiera que estén, ellos ya deben saberlo todo», razonó Chiquita, e hicieron el camino de regreso en silencio.

A la hora de dormir, los viajeros se acomodaron lo mejor que pudieron. Aunque Manon y otros parientes les habían ofrecido albergue, prefirieron pasar aquella última noche en la casona. Rumaldo y Segismundo se echaron en unos catres desvencijados y al rato roncaban como si durmieran sobre colchones de plumas. Por su parte, Chiquita se acostó en una tumbona. El diminuto juego de cuarto de palisandro y ébano que sus padres le habían regalado por sus quince años ya estaba en el barco que los llevaría a Nueva York.

Rústica estuvo hasta muy tarde organizando, a la luz de un candil, el último baúl que le faltaba por alistar. Cuando lo cerró, puso un sillón cerca de la ventana y se sentó en él muy tiesa, con las manos entrelazadas sobre el vientre.

—¿No piensas dormir? —le preguntó Chiquita y, al no obtener respuesta, insistió—: Deberías acostarte un rato.

Rústica soltó un ambiguo «hum», pero no abandonó el sillón y, al rato, empezó a musitar algo. Al principio, la liliputiense creyó que se trataba de oraciones, pero luego se percató de que eran las frases en inglés que había ido enseñándole. Comprendió que la muy terca planeaba quedarse ahí, repitiendo su letanía, hasta las seis de la mañana, hora en que partirían rumbo al puerto y, aunque por un instante sintió el impulso de regañarla, terminó por ignorarla.

Mientras Rumaldo y Mundo roncaban y Rústica salmodiaba con obstinación sus *We are cubans* y *New York is a beautiful place,* Chiquita fue adormeciéndose —o al menos eso le pareció— y tuvo un curioso sueño que después pudo recordar con lujo de detalles, *como si lo hubiese vivido.* Estaba en San Petersburgo, viajando en un trineo por sus avenidas llenas de nieve. El viento, helado y cortante, ululaba en sus oídos, le arañaba las mejillas y le hacía lagrimear los ojos. Sin embargo, nada de eso le impedía admirar, bajo el claro de luna, los carámbanos en las ramas de los árboles sin hojas, los puentes, las soberbias estatuas, las iglesias y los palacios que se alzaban a ambos lados del camino.

El hombre que conducía el carruaje se volvía cada minuto para asegurarse de que su pasajera todavía estuviera allí y le guiñaba un ojo, como felicitándola por no haberse ido volando. Aunque se notaba que estaba ebrio, a Chiquita eso no parecía preocuparle. La velocidad, las gélidas ráfagas y el rítmico tintinear de las campanillas la tenían hechizada.

En el momento en que la ventisca arreciaba, se aproximaron a un palacio y el hombre tiró de las riendas para que el caballo aminorara el paso. Chiquita se llevó una decepción al notar que no se detenían en el majestuoso peristilo, donde se divisaba el portón principal, sino que bordeaban el edificio hasta dar con una discreta entrada lateral. Entonces el desconocido saltó del trineo, agarró a su pasajera por la cintura sin muchas ceremonias, se la puso debajo de un brazo y golpeó rudamente la puerta.

—¡Misión cumplida! —gruñó, entregándosela al criado de medias blancas y librea bordada que respondió a su llamado, y se marchó sin despedirse.

El lacayo trató a la dama con más consideración. La puso en el piso, esperó a que ordenara sus faldas, le rogó que lo siguiera y echó a andar a través de varios salones con columnas de jade verde y pisos de mármol rosado. Chiquita distinguió en las paredes algunos cuadros que llamaron su atención, pero no pudo detenerse a contemplarlos: su guía avanzaba con ímpetu y le daba miedo perderse.

Atravesaron un invernadero y el criado, mirándola con malicia, hizo una breve parada para señalarle una mariposa que salía de su crisálida y estrenaba las alas entre las flores. Chiquita se preguntó si aquello estaría relacionado, de algún modo, con su propia vida. ¿Era ella la mariposa? ¿Era la casona de sus padres la crisálida donde había permanecido todos esos años, preparándose, sin ser consciente de ello, para volar? Chasqueando la lengua, desdeñó la metáfora por obvia.

Después de pasar por un saloncito Luis XV, un fumadero morisco y un corredor lleno de espejos y estatuas, llegaron a una escalera de caracol. Los escalones eran estrechos y *muy* altos, y tuvo que esforzarse para subirlos. Por fin alcanzaron el rellano, el lacayo apartó una cortina y dejó a la vista una puertecilla secreta. Tan pequeña era, que tuvo que ponerse de rodillas para poder abrirla y asomar la cabeza por ella. «La persona que aguardaban está aquí», anunció ceremoniosamente.

Espiridiona Cenda respiró profundo, levantó la barbilla y penetró en una habitación con las paredes tapizadas en damasco rojo. La puerta se cerró a su espalda. El humo de los cigarrillos era tan espeso que al principio le costó distinguir a sus anfitriones.

—Adelante, Mademoiselle Chiquita —oyó decir a un anciano—. Bienvenida a esta reunión de amigos.

Mientras avanzaba con cautela, tuvo la corazonada de que se trataba de Arkadi Arkadievich Dragulescu, el caballero que, casi un cuarto de siglo atrás, había acompañado al gran duque Alejo durante su visita a Matanzas, y se llevó una mano al pecho para palpar, por encima de la tela del vestido, su talismán.

—Sí —confirmó, con una risa cascada, el enano—. Soy yo —y dirigiéndose a sus acompañantes, agregó con orgullo—: ¿No les dije que era muy lista?

Ahora los veía bien. A él, con su pronunciada joroba, y a sus acompañantes. Todos inmóviles, observándola con impertinencia. Arkadi Arkadievich, casi una momia viviente, estaba sin zapatos, repantingado en un sofá, y llevaba una levita azul con botones dorados similar a la que tantas veces le describiera Cirenia. A su alrededor, de pie, había una docena de hombres de edades y aspectos diferentes, pero todos de muy escasa estatura. Algunos tenían pinta de caballeros y llevaban joyas y condecoraciones; pero otros, mal afeitados y peor vestidos, parecían vagabundos. La única mujer del grupo estaba arrodillada junto a la chimenea. Era una gitana de piel aceitunada, con una cabellera larga y negra que cubría sus ropas de colorines como si fuera una capa.

Chiquita notó que si bien varios de los presentes eran, como ella, de miembros proporcionados, predominaban los de grandes cabezas, torsos voluminosos y piernas demasiado cortas. Todos la aventajaban en tamaño y eso le infundió una inexplicable seguridad en sí misma, como si lo exiguo de su talla la hiciera, de alguna manera, superior. Los saludó con una leve y rígida reverencia, y les dedicó una sonrisa indulgente.

—Venga, siéntese a mi lado —la invitó Arkadi Arkadievich. Ella lo obedeció y, en el momento en que puso sus posaderas sobre el sofá, todos parecieron recobrar el movimiento y comenzaron a hablar, a beber y a cantar acompañados por una guitarra—. ¿Tiene hambre, querida? —inquirió el jorobado, meloso, indicando una mesita en la que había carne asada, queso, pan negro, mantequilla y pepinos encurtidos, además de numerosas botellas—. Coma, coma sin pena —la alentó y, para darle el ejemplo, tomó una rebanada de pan y se la metió entera en la boca. Mientras masticaba, le hizo saber lo felices que se sentían de tenerla allí—. Mis amigos estaban deseosos de conocerla y de comprobar si sería capaz de *llegar hasta aquí.*

Chiquita asintió con una sonrisa cortés y, para disimular lo incómoda que se sentía, empezó a roer un queso demasiado duro y salado para su gusto. Entretanto, el antiguo preceptor del gran duque Alejo le fue presentando a los invitados. El de la guitarra era Kliuvkin, un comerciante que se había hecho rico comprando pinturas del Renacimiento en Europa y revendiéndolas por el triple de su valor a Catalina la Grande. Un gordo de patillas rizadas fue identificado como Ivanov, segundo secretario, durante muchos años, del director de la Cancillería de Su Majestad Imperial Pablo I. En cuanto al caballero que aspiraba con deleite el humo de un narguile, era el controvertido Tsoppi: poeta, duelista, tenorio empedernido y, según las malas lenguas, hijo ilegítimo de la emperatriz Ana Ivanovna, esposa del duque de Curlandia, con un gentilhombre español. Sobre los mocetones que bebían sus vasos de vodka de una sentada, se limpiaban la boca con el dorso de la mano y reían como cretinos, era poco lo que podía decirle. No recordaba sus nombres, pero, aunque un poco bastos, eran excelentes chicos.

La gitana, que se había subido sobre otra mesa, empezó a cantar y a bailar moviendo los hombros desnudos y haciendo ondular sus cabellos. Atraídos por su magnetismo, todos los hombres —menos Dragulescu— hicieron un corro a su alrededor, batiendo palmas. Chiquita sintió que la cara le ardía y no supo si atribuirlo al calor de la chimenea o a la sensualidad que podía palparse en el ambiente. Cuando la cíngara concluyó su danza, se lanzó sobre sus admiradores y estos, con gritos de entusiasmo, la llevaron en andas por el salón.

—Zinaída tiene la sangre caliente y eso enloquece a cualquiera —apuntó Arkadi Arkadievich y, haciendo caso omiso del bochinche, le pidió a Chiquita que le hablara sobre la situación de Cuba. ¿Qué tal marchaba la guerra? ¿Ya el Regimiento de Massachusetts había derrotado a los soldados españoles? Cuando la joven repuso, sorprendida, que las tropas americanas *jamás* habían puesto un pie en su patria, el viejo musitó—: Cierto, cierto, *todavía* no. Tengo un revoltijo en la cabeza.

Poco a poco, los hombres se fueron tranquilizando, tomaron asiento cerca de ellos y se pusieron a oír la conversación. La gitana, que se había hecho un ovillo cerca de la lumbre, aprovechó un momento de silencio para comentar que se moría por una taza de té verde. ¿También a los caballeros les apetecía? La mayoría asintió y Zinaída le suplicó a Chiquita, señalando un gigantesco samovar, que se hiciera cargo de servir la infusión.

A la visitante no le quedó más remedio que bajarse del sofá y repartir el té en unas tazas que tenían estampada, en dorado, un águila bicéfala. Cuando ya se disponía a endulzar un último té, el suyo, tuvo la impresión de que el amuleto del gran duque Alejo empezaba a caldearse en el nacimiento de sus senos. Se metió con discreción una mano en el escote y lo palpó. No se había equivocado: estaba *muy* caliente.

Desconcertada, se llevó el dije a la boca y comenzó a soplarlo con la esperanza de que se enfriara. Sin embargo, sólo logró ponerlo aún más caliente, rojo como una brasa, y que comenzara a despedir finas volutas de humo.

—¿Es una prueba? —gritó enojada, al notar que los enanos la observaban con atención—. ¿Es una prueba? —insistió, y todos se limitaron a sonreír burlonamente—. ¡Sí, supongo que sí! —añadió, exasperada, golpeando el piso con uno de los borceguíes que le había hecho Tomás Carrodeaguas—. Pero no se saldrán con la suya, señores míos —y sin pensarlo dos veces, hizo lo primero que le vino a la mente: se inclinó sobre la taza de té y sumergió el amuleto en su interior.

Entonces todos, incluso la hasta entonces desdeñosa Zinaída, la aplaudieron con entusiasmo.

—¡Basta, basta! —exclamó Dragulescu, acallando el bullicio y reclamándola a su lado—. Estoy muy orgulloso, señorita Chiquita —dijo, tomándole una mano y besándosela con galantería—. No esperaba menos de usted.

Chiquita asintió. Seguía sin entender lo ocurrido, pero su amuleto había recobrado la temperatura de siempre y las desmedidas muestras de simpatía la halagaban.

—Perdóname por haberte tratado como a una perra —le dijo Zinaída, avanzando en cuatro patas hacia ella—. Tenía mis dudas, pero ahora sé lo que vales —y, atrayéndola hacia sí, le estampó un beso en cada mejilla y un tercero en la boca—. ¿Amigas?

—¡Basta de charla insulsa! —las interrumpió Tsoppi, el del narguile, y apartando a la gitana de un codazo, le aseguró a Chiquita que todos aguardaban grandes cosas de ella—. Después de tanto tiempo de ridícula indeterminación, durante el que no hemos hecho otra cosa que perder terreno, por fin se avizora en el panorama el puño de hierro de una mujercita de temple —proclamó, y propuso un brindis en su honor.

Todos levantaron las copas, apuraron sus bebidas y estrellaron los cristales contra el piso.

—¡Dios te bendiga, madrecita! —exclamó uno de los vagabundos y, posternándose ante Chiquita, le besó el ruedo de la falda.

Zinaída empezó a cantar con renovado ímpetu, y una guitarra y un violín se unieron a su voz. Instantes después, caballeros y representantes de la plebe daban palmadas y bailaban por la habitación. Al verlos saltar con frenesí, tambaleantes y risueños, la cubana se preguntó si estaban locamente felices o felizmente locos. Dragulescu, que permanecía a su lado, la tranquilizó: no, nadie había perdido la razón, era sólo el alma rusa, capaz de regocijarse y de sufrir con la misma exagerada vehemencia. Uno de los mocetones la tomó de una mano y Chiquita se dejó arrastrar por él. ¿Por qué no? En un sueño todo está permitido, incluso girar entre los brazos de un enano sudoroso, con barba de tres días y guapetón.

Al finalizar la danza, se sintió tan mareada que tuvieron que ayudarla a volver al sofá. Cerró los ojos durante un instante —¿o eso le pareció?— y, cuando los abrió de nuevo, notó que los enanos discutían entre sí con aspereza y que Dragulescu intentaba, sin mucho éxito, calmarlos. Mientras los hombres intercambiaban improperios y reproches, oyó un siseo y vio que Zinaída, que se había replegado en un rincón, le hacía señas para que se reuniera con ella. La obedeció y buscó protección en su regazo.

—No te asustes, palomita —la consoló la cíngara y, al verla de cerca, Chiquita descubrió que no era tan joven como había creído. ¿O era que estaba envejeciendo segundo a segundo, con una rapidez inusitada? Bajó la vista para no ver sus mejillas hundidas y sus dientes podridos, para únicamente escuchar su voz maternal y apaciguadora—: Te voy a esconder para que nadie pueda hacerte daño.

Con un vigoroso movimiento, Zinaída echó hacia adelante su capa de pelo y la cubrió con ella. A Chiquita le pareció que le caía encima una cortina protectora, que estaba a salvo en la espesura de un monte.

—Si yo fuera tú —le susurró la gitana—, tiraría ese amuleto al mar.

Chiquita quiso preguntarle por qué, pero no pudo. Como si estuviera viva, la pelambre de Zinaída había comenzado a enredársele alrededor de las piernas, de los brazos, del torso y del cuello, y la apretaba dolorosamente, como si quisiera *exprimirla*. Hizo un esfuerzo por librarse de ella, pero mientras más se retorcía, más fuerte la sujetaba.

—¡Maldito pelo! ¡Maldita gitana! —logró decir, a punto de asfixiarse, pero su voz también estaba atrapada en la prisión capilar y no llegó a ninguna parte—. ¡Malditos enanos! —fue lo último que alcanzó a gritar, casi exánime, a punto ya de sucumbir, cuando la voz de Rústica la devolvió a su cuarto de la casona.

Despertó sobresaltada. ¿Había sido un sueño? ¿Una pesadilla muy vívida? Pero, entonces, ¿por qué tenía en los brazos esas finas marcas rojizas? No pudo buscar una explicación. Ya eran casi las seis y debía darse prisa. Afuera esperaba un coche para llevarlos al puerto.

Todos tenían la esperanza de que, con la emoción de la partida, Chiquita se olvidara de Cuco, pero no fue así. Rústica tuvo que ir hasta la fuente, agarrarlo con las dos manos y meterlo en una pecera llena de agua. «Qué huesudo y qué baboso», exclamó, asqueada, y tapó el recipiente con un mantón sevillano para que nadie se enterara de que iban a meter un manjuarí en el barco.

Aunque Chiquita había pedido a familiares y amigos que no fueran al puerto a despedirla, aquel miércoles 30 de junio de 1896 varias decenas de personas se congregaron a su alrededor, cerca de la escalerilla del vapor *Providence.*[*] Allí estaban Manon y Candelaria, dándole todo tipo de consejos, y también Exaltación, Blandina y Expedita, casadas ya las tres y acompañadas por sus maridos y sus hijos. Todas celebraron el vestido primaveral, color azul tierno, que había elegido para la partida, y también el coqueto gorro de marinero que se balanceaba sobre su *chignon,* y le hicieron prometer que les mandaría postales desde Nueva York y cualquier otro sitio al que llegaran. El padre Cirilo acortó la misa para poder encomendarla a Dios y darle un rosario de pétalos de rosa bendecido por el difunto Pío IX. Hasta el políglota Lecerff, que rara vez salía de su casa, hizo acto de presencia para desearle una feliz travesía en húngaro, la nueva lengua que acababa de aprender. A quien Chiquita echó de menos en medio de la barahúnda fue a su padrino Pedro Cartaya, pero alguien le explicó que estaba atendiendo a un moribundo.

Para sorpresa de los viajeros, Palmira, la negra de La Maruca que tantas veces los había deleitado con sus historias cuando niños, reapareció tras largos años sin saber de ella. En alta voz, les contó que se ganaba la vida cocinándole a un batallón de soldados españoles, y enseguida, bajando el tono, añadió que todos sus hijos peleaban en la manigua como ofi-

---

[*] El 30 de junio de 1896 fue martes, no miércoles.

ciales del ejército mambí. Poco a poco, el gentío fue creciendo y poniendo a Chiquita cada vez más nerviosa. Rústica nada podía hacer para protegerla, pues tenía las dos manos ocupadas sosteniendo la pecera de Cuco. A las amistades de la familia y a los pacientes que le debían la salud al doctor Cenda se sumaron los estibadores, marineros, pescadores, mendigos, prostitutas, vagabundos, campesinos, soldados y policías que pasaban casualmente por allí, se acercaban para averiguar el motivo de tanto alboroto y, al descubrir a la liliputiense, se quedaban contemplándola.

Aquello parecía un carnaval. Los vendedores de esponjas, de flores, de dulces, de frutas y de pájaros pregonaban a gritos sus mercancías, y Rubén y Zenén, los titiriteros ambulantes, armaron su retablillo en medio de la turba y empezaron a dar una función. De pronto llegaron los amigotes de Rumaldo y se sumaron al barullo. El toque de queda los había pillado en plena juerga, en el burdel de Madame Armande, y no les había quedado más remedio que pasar toda la noche con las meretrices. Para celebrar el nuevo viaje de su compinche a Estados Unidos, descorcharon unas botellas de champaña y lanzaron la espuma sobre las cabezas de los presentes. Incluso Mundo, el correcto y reservado Mundo, hizo su contribución al guirigay, pues varios músicos de la orquesta donde tocaba quisieron darle una sorpresa, acudieron a despedirlo y se pusieron a interpretar el danzón *Las Alturas de Simpson*. Al que ni Chiquita ni Rústica se dignaron a saludar fue al zapatero Carrodeaguas. ¿Quién le habría avisado de su partida?

Un enjambre de niñas comandadas por una monja se les acercó: eran las pupilas del hospicio de la Calzada de Tirry, que tantas y tan generosas donaciones había recibido de los Cenda. La monja anunció que la huérfana Carilda, una criatura rubia, de ojos azules y piel nacarada, acababa de componer un soneto en honor de Chiquita, y la aprendiz de poetisa empezó a recitarlo con zalamería:

Oh, Chiquita, que partes de Matanzas
en pos de nuevo cielo y territorio,
recibe entre las risas y el jolgorio
un torrente de bienaventuranzas...

Pero la voz de la niña Carilda fue ahogada por el largo pitido con el que el *Providence* anunció a los pasajeros que ya estaba a punto de zarpar. Fue entonces, en el último minuto, que Crescenciano y su mujer hicieron acto de presencia. A Chiquita nunca le quedó claro si habían viajado desde Cárdenas para despedirlos o para recoger su parte de la venta de la casa.

Mientras Rumaldo y Mundo trataban de desprender a la liliputiense de los brazos de sus primas para subirla al vapor, Candelaria se les aproximó arrastrando a una anciana que vestía un anticuado traje negro y sonreía con timidez.

—Mira quién quiso verte antes de que te fueras —exclamó Candela, y al notar que Chiquita no tenía la menor idea de quién era la dama, le dijo—: ¡Es Carlota! ¡Carlota Milanés, la hermana del poeta José Jacinto! —y acercando su boca a la oreja de la vieja, que evidentemente era sorda, le gritó—: ¡Chiquita recita precioso «La fuga de la tórtola»! ¡Cuando regrese tiene que oírla!

—Cuando regrese, sí, cuando regrese —atinó a farfullar Chiquita, rozando la mano huesuda y fría de aquella «interesante Carlota» de la que tanto le había hablado, en secreto, Úrsula Deville, y a la que ya no tenía esperanzas de conocer.

En cuanto subieron a bordo, se refugió en su camarote y dejó a Rumaldo y a Mundo la tarea de asomarse por la borda y agitar los pañuelos para decir adiós a la gente congregada en el muelle. Al sentir que el barco comenzaba a moverse, suspiró con alivio y le pidió a Rústica que la encaramara en una banqueta para poder asomarse por el ojo de buey y ver cómo se alejaban de la costa. Allí permaneció un buen rato, con los ojos húmedos y un nudo en la garganta, contemplando los vapores y las lanchas anclados en el puerto, el castillo de San Severino, la ermita de Montserrat, la torre de la iglesia de San Pedro Apóstol y el Pan de Matanzas, todo cada vez más y más lejano.

—¿Cuándo usted calcula que volvamos? —quiso saber la sirvienta, que había sacado alguna ropa del equipaje y la estaba colgando en unas perchas.

—No tengo la menor idea —repuso Chiquita sin despegarse de la escotilla—. Quizás dentro de unos meses. ¿O nunca?

Capítulo VIII

Un manjarí en las aguas del Sena. A bordo del Providence.
*¡Nueva York! Una sucursal del infierno. El primer automóvil
de sus vidas. Reencuentro con Sarah. Drama budista y cena en
Delmonico's. Desayuno provechoso. El trueque. La solución de
Rústica. El destino de Cuco.*

Cuco ascendió hasta la superficie del Sena y asomó la cabeza, atraído por la melodía que tocaba un acordeonista en el Pont du Carrousel. Luego, acercándose a la ribera, fue testigo de la airada discusión entre un chulo y una ramera. La luz de la luna rielaba sobre el agua. Aburrido, el manjarí volvió a sumergirse, dio media vuelta y nadó en dirección a la Île de la Cité. La roca verdinegra donde solía acomodarse para esperar el amanecer, al pie del Pont St.-Michel, estaba ocupada por una anguila y un cangrejo, pero bastó que se aproximara para que el crustáceo saliera huyendo. Si la anguila tuvo la intención de disputarle su espacio, debió cambiar de idea en cuanto el recién llegado le mostró los dientes, pues prefirió irse a otra parte.

Cómo Cuco se convirtió en el primer y único manjarí de París fue algo que estuvo muy relacionado con la llegada de Espiridiona Cenda a Nueva York, y se narrará a continuación.

Para asombro de sus acompañantes, durante la travesía Chiquita no se quejó de lo estrecho que era el camarote, de la insipidez de las comidas ni del balanceo de columpio del *Providence*. Por el contrario, hizo gala de un buen humor y de un optimismo que a Rústica, que la conocía como nadie, le resultaron sospechosos. ¿Se sentía feliz de empezar una nueva etapa de su vida o simplemente representaba, con esmero, un papel? Lo cierto es que pasó las horas de encierro leyendo poesías con Mundo, contemplando por el ojo de buey las crestas de espuma de las olas y la línea del horizonte, oyendo a su hermano describir con entusiasmo los teatros y las tabernas de Manhattan y tratando de que Rústica aprendiera a pronunciar bien el inglés.

Cuando la herrumbrosa proa del navío enfiló el puerto de Nueva York, Chiquita se atrevió a salir de su enclaustramiento y subió al puente durante unos cortos minutos, protegida por su hermano y su primo, para ver en la distancia la metrópoli que pretendía conquistar. Mundo la alzó con facilidad —jamás dejaba de asombrarlo lo *poco* que pesaba— y, con las manecitas apoyadas en la borda, ignorando a los demás pasajeros, la liliputiense admiró, a la izquierda, la colosal estatua de la Libertad, con su antorcha y su estrafalario sombrerete lleno de pinchos; a la derecha, el no menos gigantesco puente colgante de Brooklyn, y entre ambos prodigios de la ingeniería, surcando las aguas, buques mercantes con todo tipo de banderas en sus mástiles, lujosos trasatlánticos, yates de recreo, ferries, lanchones, remolcadores, vapores-correo y botes de pescadores. Detrás de la dársena, Chiquita distinguió un amasijo de edificios y, más allá, chimeneas de fábricas que ensuciaban el cielo con un humo oscuro y viscoso, y se preguntó si su corazón, que no conocía más paisajes que los de Matanzas y sus fincas aledañas, resistiría tanta novedad y grandeza.

En cuanto estuvieron a unas brazas del espigón y el desembarco fue inminente, Rumaldo comenzó a impartir órdenes que nadie se atrevió a discutir. Chiquita, gustárale o no, tendría que envolverse de pies a cabeza en un chal. Así, enfardelada como una *little mummy,* Rústica la sacaría del barco y la llevaría en brazos de un lado a otro. Eso les permitiría moverse con más celeridad; evitar que la multitud, en su prisa por salir del muelle, la empujara y la pisoteara, y que los curiosos se congregaran a su alrededor y armaran un tumulto. Por su parte, Segismundo se haría cargo de la pecera con el manjuarí, ese horrible engendro que, en un momento de debilidad, había permitido a su hermana traer consigo. En cuanto a él, se ocuparía de localizar los baúles y los muebles de Chiquita, identificados con la C de los Cenda, en las largas hileras donde los bártulos de los pasajeros eran amontonados por orden alfabético; de contratar a un mozo para que los cargara y de responder las preguntas de la aduana.

A través del tejido del chal, Chiquita alcanzó a ver el perfil rubicundo del oficial de inmigración, quien les dio la bienvenida convencido de que lo que Rústica apretaba contra su seno era una criatura de pocos meses. Pero cuando, una vez cumplidas las formalidades, los cubanos se disponían a marcharse, el hombre los detuvo con un estentóreo *«Stop!»*, alzó el mantón que cubría la pecera y se puso a examinar, con el ceño fruncido, a Cuco. *«What is this?»*, inquirió perplejo. Rumaldo, temeroso de que los encaramara en un ferry y los zumbara para Ellis Island, igual que si fueran pasajeros de tercera clase recién llegados de Europa, se apresuró a explicar que se trataba de un manjuarí, un pez exótico que, si bien era *very ugly*, resultaba del todo inofensivo, puesto que sólo se alimentaba de plantas acuáticas.

En ese instante, como si quisiera desmentirlo, Cuco tuvo la ocurrencia de bostezar y, al ver sus filosos dientes, el rostro del agente se ensombreció. ¿Qué monstruo era ese que estaban tratando de introducir en el país? En medio del calor sofocante y de las protestas de decenas de viajeros que aguardaban, en una nutrida fila, a que revisaran sus documentos para poder reunirse con los familiares y amigos que los esperaban detrás de un barandal, Rumaldo echó mano a su ingenio para tranquilizar al *yankee*. Le aseguró que aquel animal, por más repulsivo que pareciera, poseía un gran valor científico, y que pensaban donarlo ese mismo día al acuario público de Battery Park, donde podría ser admirado gratis por los neoyorquinos.*

---

* Otro desliz temporal: el Acuario de la Ciudad de Nueva York no abrió sus puertas al público hasta el 10 de diciembre de 1897, es decir, más de cinco meses después del arribo de los Cenda a Nueva York.

Chiquita, casi asfixiada y presa de la desesperación, ya estaba a punto de asomar la cabeza y de gritarle quién sabe qué al oficial, cuando súbitamente este los autorizó a seguir adelante. Lo demás fue cosa de minutos: se abrieron paso, a empujones, por entre el gentío; consiguieron un coche, y Mundo, Rústica y la pequeña momia se acomodaron dentro de él. Después de revisar que no faltaba ninguna pieza del equipaje y de decirle al cochero que los condujera a The Hoffman House, donde se alojarían, Rumaldo se reunió con ellos. «¡Listo!», exclamó, y mientras el vehículo comenzaba a rodar, repitió, por enésima vez, que si bien el hotel que había elegido no era tan lujoso como el Astor o el Metropolitan, era un sitio de moda donde se hospedaban muchos artistas.

Si el cochero no oyó bien las instrucciones, si era un novato que aún no conocía Manhattan, si se aturdió a causa del caos que reinaba esa mañana en el puerto o si, simplemente, tuvo ganas de tomarles el pelo a los forasteros, es algo imposible de saber. Lo cierto es que, en lugar de dirigir el carruaje hacia Wall Street, para entrar a la Babel de Hierro por su puerta principal (la de los bancos, el dinero y la prosperidad), decidió hacerlo, contra toda lógica, por la puerta de servicio, es decir, atravesando una barriada de hebreos e italianos capaz de pararle los pelos de punta a cualquiera.

Las calles roñosas y congestionadas que Chiquita vio desde su ventanilla la dejaron atónita. ¿Ese pandemónium era la tan alabada y moderna Nueva York? Ante sus ojos, muy abiertos, desfilaron edificios despintados y vulgares, con las paredes llenas de escalerillas de hierro; tiendas con letreros en yiddish; puestos de frutas, verduras, pescados y aves levantados de modo caótico junto a las aceras; vendedores ambulantes que anunciaban a gritos mercancías de toda índole mientras empujaban sus carretillas; mujeres que cargaban pesadas cestas de panes, ponían a secar en los balcones la ropa recién lavada o chachareaban con sus vecinas; chiquillos que vendían periódicos o pateaban pelotas remendadas; obreros, mendigos, prostitutas y borrachos; parejas de policías con cascos como tibores, que miraban hacia todas partes, intentando adivinar quién podía ser un ladrón, y exhibían amenazadoramente sus porras; carricoches tirados por jamelgos famélicos, que apenas conseguían avanzar por culpa del desordenado ir y venir de los viandantes, y ruidosos trenes que corrían por una tosca armazón de hierro construida al nivel de las azoteas.

Chiquita se cubrió la nariz con un pañuelito para ahuyentar la peste a podrido, a mugre, a sudor viejo, a excremento y a orines que salía de todas partes: de los cubos de basura, de las mercancías descompuestas por el calor, de las ropas raídas, de las aguas albañales, de las deposiciones de los caballos. Gritos, risas, caras sucias y demacradas, confusión, miseria, moscas zumbando, cunas en los portales y huecos en la vía que ningún cochero se preocupaba por evitar. ¿Adónde la había llevado su hermano? Aquello nada tenía que ver con la urbe civilizada que con tanto entusiasmo le había descrito.

Chiquita notó que Rústica y Mundo estaban tan o más impresionados que ella, pero Rumaldo los tranquilizó, con una sonrisa indulgente, explicándoles que el Lower East Side era así: sórdido y chocante, un corral donde los inmigrantes pobres, los que llevaban menos tiempo en el país, se las arreglaban como podían para sobrevivir hacinados. De noche, cuando la gente se refugiaba en sus madrigueras y el ajetreo cesaba como por arte de magia, todo era peor aún: las calles desiertas, ya sin vigilantes en las esquinas, se transformaban en una sucursal del infierno donde pordioseros y maleantes se daban gusto robando y violando, sin temor a la ley ni a Dios. Pero no valía la pena prestarle mucha atención a ese pedazo del East, les aseguró, ya que en realidad la verdadera Nueva York, la de las amplias calles y las plazas con árboles y estatuas, la de los comercios elegantes y los teatros de moda, la de las mansiones de millonarios y los enormes edificios de oficinas, empezaba más adelante. Un poco de calma y comprobarían que era verdad. Asomando medio cuerpo por la ventanilla, exigió al cochero que los sacara de allí lo más rápido posible, y trató de ignorar los tomates podridos que unos chiquillos andrajosos lanzaban contra el vehículo.

Por fin, el carruaje desembocó en Union Square y se sumó a la legión de vehículos que avanzaba Broadway arriba. Rumaldo suspiró, aliviado, y al ver los ómnibus tirados por caballos, con coloridos anuncios de jarabes y de jabones, y los flamantes *trolleys* que pasaban junto a ellos, repiqueteando sus campanillas, sus acompañantes se tranquilizaron. Era como si, en escasos minutos, hubieran saltado de un mundo a otro. La avenida limpia y espaciosa, colmada de gente a la moda, restaurantes y comercios, los reconcilió con la Babel de Hierro.

De repente, Rústica soltó un grito al descubrir que un extraño artefacto con ruedas, que se movía erráticamente y cuyo conductor a duras penas conseguía domeñar, se dirigía hacia ellos y amenazaba con embestirlos. Por fortuna, en el último instante el vehículo se desvió sin siquiera rozarlos.

—Acaban de contemplar el primer automóvil de sus vidas —dijo Rumaldo, entre excitado y solemne—. Aunque esas cafeteras rodantes aún son una rareza, algún día pulularán por estas avenidas —profetizó, y enseguida se burló de la reacción de Rústica, tildándola de alarmista y de guajira. Algunos, añadió, pensaban que aquellas máquinas con motor de nafta eran una invención diabólica, pero a él le atraía lo novedoso y no descartaba la posibilidad, si el éxito les sonreía, de comprarse una y convertirse en *chauffeur*.

—Pues yo ni muerta me encaramo en un tareco de esos —refunfuñó la negra.

Al llegar al triángulo que forma la confluencia de Broadway, la Quinta Avenida y 25th Street, el coche bordeó el obelisco donde está enterrado el general Worth, el héroe de las guerras contra México, y se detuvo frente a The Hoffman House, la elegante mole de granito, que ocupaba toda una manzana, donde se alojarían en un apartamento de dos dormitorios.

Minutos después, Chiquita caminaba, seria y erguida, sobre la alfombra bermellón del hotel. Con excepción de dos o tres miradas indiscretas, ninguno de los huéspedes que mariposeaban por allí le prestó demasiada atención a su tamaño. En cuanto a los empleados, posiblemente estuvieran habituados a vérselas con huéspedes tan o más estrafalarios que ella, pues se limitaron a guiarlos hacia sus aposentos con exagerada cortesía.

Cuando las puertas doradas del ascensor se abrieron en el sexto y último piso, encontraron en el corredor a una dama delgada y alta, vestida de satén verde y tocada con un coqueto sombrero de violetas de Parma. Que la liliputiense la reconociera en el acto, nada tuvo de raro, pues nadie que hubiera visto alguna vez a Sarah Bernhardt podía olvidar sus rizos de fuego, su nariz de cotorrita y sus expresivos ojos. Lo que dejó pasmados a todos, y a Chiquita la primera, fue que la actriz la mirara de hito en hito, se agachara para abrazarla y, con una emoción un tanto teatral, exclamase: *«Oh, mon Dieu! Ma petite!»*.

Aunque habían transcurrido varios años (nueve, para ser exactos) desde su encuentro en el camerino del teatro Esteban, Madame Bernhardt se acordaba de ella y estaba encantada de reencontrarla. Volviéndose hacia su secretario, le hizo saber que Chiquita era una amiga cubana *très intelligente*. La *petite* agradeció la lisonja con una reverencia y se apresuró a presentarles a Rumaldo, quien estampó un beso en la mano de la Bernhardt, y a Segismundo. Este último, que seguía a cargo de la pecera, la saludó con una respetuosa inclinación de cabeza.

—Qué gratos recuerdos tengo de su isla... —canturreó Sarah mirando significativamente a los dos cubanos, en especial al pianista—. Pero ¿qué carga usted con tanto cuidado? —indagó, curiosa, acercándose a este último.

Para decepción de *la Divine* Sarah, su pregunta la respondió el desenvuelto Rumaldo, quien habló con lujo de detalles (la mayoría de ellos inventados) sobre el manjuarí y sus características. Mirando ora a Chiquita, ora a Mundo, e ignorando por completo a Rumaldo y, por supuesto, a Rústica, Madame Bernhardt decidió que tenían que verla actuar en el Abbey's Theatre aquella misma noche. Era su penúltima función en Estados Unidos y no podían perdérsela. Sin esperar por la respuesta de los cubanos, le ordenó al secretario que les consiguiera un palco y, mientras se metía en el ascensor con un *fru fru* de satén, añadió que después de la función cenarían juntos.

Los recién llegados estuvieron de acuerdo en que el encuentro había sido providencial. ¿Quién mejor que la Bernhardt, admirada por todos en Nueva York, para allanarle a Chiquita el camino hacia los escenarios?

Entraron al teatro cuando el telón estaba a punto de levantarse y, tratando de llamar lo menos posible la atención, se escurrieron hacia su palco. Esa noche *la Magnifique* reponía, con lleno total, su más reciente éxito: la «tragedia budista» *Izeyl*, ambientada en el siglo V antes de Cristo. Chiquita hubiera preferido algo de su repertorio clásico, pero tuvo que conformarse con verla interpretar, con una túnica vaporosa y una peluca rubia, a una cortesana de un reino de los Himalayas empeñada en seducir al guapo y casto Sidhartha. Aunque ya la Bernhardt era cincuentona y abuela, se desplazaba por el escenario con la ligereza de una adolescente, y su *voix d'or* resonaba poderosa y vibrante.

Al concluir el tercer acto, un empleado les entregó una nota. *Madame* les avisaba que se reuniría con ellos en el restaurante Delmonico's, en la Quinta Avenida y 26th Street, donde preparaban un *filet de bœuf à la Dumas* glorioso. En el cuarto y último acto, Izeyl murió en los brazos del santo Sidhartha, después de haber sido cegada, torturada y lapidada por sus enemigos, y a Chiquita y a Mundo se les aguaron los ojos cuando oyeron a Buda decir que también él, antes de renunciar a su título de rajá para entregarse a lo sagrado, la había amado con locura.

Salieron del teatro cuando el público empezaba a aplaudir y tomaron un coche hasta el *restaurant*. Sarah llegó hora y media más tarde al saloncito privado donde la esperaban y, sin disculparse por la demora, exigió al *maître* que llenase las copas del mejor Château de su bodega y que trajese *la carte* enseguida, pues tenía un hambre voraz. Nada de *hors d'œuvres:* irían al grano. Como un torbellino, escogió lo que cenarían sin consultar a sus invitados. Para comenzar, la sopa de tortuga verde *au Xérès,* y luego el *filet* de la casa; mas no pará ella, pues esa noche le apetecía el salmón de Oregón *à la Sirene.* Los postres serían elegidos en su momento, aunque les adelantaba que la *mousse* de frutilla del Delmonico's era *merveilleuse.*

Mientras comía valiéndose de un tenedor y un cuchillo enormes, que apenas podía manipular, Chiquita se maldijo, en silencio, por no haber llevado sus propios cubiertos. Varias veces trató de contarle sus planes a la actriz, pero Sarah sólo parecía dispuesta a escucharse a sí misma. Como si no hubiera hablado lo suficiente durante la representación, los mareó con una interminable cháchara que comenzó con el elogio de su nueva mascota, un *Scotch collie* llamado Game, y prosiguió con una diatriba contra la *café chanteuse* Yvette Guilbert, quien, al llegar a Estados Unidos, se había atrevido a decirle a la prensa que Madame Bernhardt adoraba sus canciones y que la consideraba la segunda mejor artista de Francia. Gracias, en buena medida, a ese sucio ardid, se había ganado el favor de los neoyorquinos cantando *Fleur de berge,* enseñando las pantorrillas y haciendo sus imitaciones. «Pero hablemos de cosas agradables», dijo de pronto y sacudió sus rizos rojos para ahuyentar el recuerdo de «esa zorra». ¿No les parecía sensacional el cartel que Mucha, el rey checo de las volutas y los arabescos, había dibujado especialmente para su *tour?* Les regalaría uno. Autografiado, por supuesto.

No fue hasta después de los postres que Espiridiona Cenda logró hablar del motivo por el que se hallaba en Nueva York; pero para entonces ya *madame* estaba muerta de sueño y le propuso que prosiguieran la charla al día siguiente. Si le parecía bien, podían desayunar juntas. En su *suite* de *rooms,* a las nueve, no, no, mejor a las diez de la mañana. Y, dando la espalda a Rumaldo con desdén, sugirió que Mundo las acompañara. Le gustaría oírlo tocar el piano y comprobar si era tan buen músico como afirmaba su prima.

Mientras Rústica le ponía a Chiquita su camisola de dormir y le hacía una trenza, escucharon las quejas que Rumaldo profería en la habitación contigua, indignado por la forma en que la Bernhardt lo había tratado. Antes de meterse en su cama, la liliputiense apretó contra sus labios el talismán del gran duque Alejo e improvisó una oración a los dioses eslavos para que la ayudaran a conseguir el apoyo de *la Divine*.

El desayuno, descrito por Sarah como frugal, consistió en huevos escalfados, jamón, salchichas, frutas, tostadas, confituras, mantequilla, leche y café. Ella misma le sirvió a Chiquita un plato enorme y la instó a que se dejara de remilgos, usara su diminuto juego de cubiertos y comiera hasta reventar. Si planeaba convertirse en una «sacerdotisa del arte», iba a necesitar mucha energía.

No era una carrera fácil y debía tenerlo claro, declaró Sarah. Los inicios casi siempre eran tortuosos. Poniendo su mejor cara de niña desvalida, Chiquita aprovechó para comentarle que se había lanzado a la aventura, impulsada por su hermano, sin tener ningún contacto en el ambiente artístico. ¿Podría *madame* sugerirle los nombres de algunos productores a cuyas puertas debería tocar? ¿Tal vez, si no era demasiado pedir, darle cartas de presentación?

Sarah le dedicó una amplia e inescrutable sonrisa, pero no contestó de inmediato. Los hizo pasar al salón contiguo y, señalando un piano, instó a sus huéspedes a que le hicieran una demostración de su arte. Acompañada por Mundo, Chiquita entonó lo mejor que pudo una de sus canciones. Pero cuando se disponía a hacer gala de sus dotes para el baile, Sarah, que no toleraba que alguien le robase el protagonismo durante más de tres minutos, la reclamó a su lado en el sofá.

Mientras Mundo seguía tocando (primero un preludio y luego una *berceuse* de Chopin), la francesa se puso a contemplar, ensimismada, el tapizado de las paredes. Abatida por aquel silencio, Chiquita temió haberla decepcionado; pero, justo cuando Mundo acometía una delicada *barcarolle*, Sarah salió de su ensueño y, como si continuara una conversación, dijo que mejor que acudir a las oficinas de los empresarios, y arriesgarse a que les cerraran las puertas en las narices, sería alquilar un salón del hotel, organizar una presentación especial e invitar a mucha gente. A los productores más solventes y a los dueños de los principales teatros, pero también, por supuesto, a reporteros y artistas, a políticos y militares, y a las damas y los caballeros de la buena sociedad. Esa era la forma apropiada de dar a conocer a una artista novel y conseguirle un buen contrato.

—¿Y a quiénes deberíamos convidar? —exclamó el músico, con un titubeante francés, sin descuidar a Chopin—. En esta ciudad no tenemos amigos —y mirando a la francesa de soslayo, se atrevió a rogarle que fuera generosa con ellos: que se convirtiera en su hada madrina y les sugiriera una lista de invitados.

Sarah lo miró fijamente y soltó una carcajada. De acuerdo, para ayudar a la *débutante* Chiquita, pero sobre todo para complacer al encantador Segismundo, que había demostrado poseer la audacia que ponen de relieve los tímidos en los momentos cruciales, ordenaría a su secretario que les hiciera una relación de nombres insoslayables. Y para demostrar que cuando aceptaba el papel de hada madrina lo desempeñaba como nadie, les prometió unas notas de su puño y letra, dirigidas a Abbey, Hammerstein, Keith, Frohman, Bial y otros empresarios, advirtiéndoles que por ningún motivo podían perderse la presentación de Chiquita, pero sin revelarles que medía veintiséis pulgadas. «Así el impacto será mayor», aseguró.

—Venga esta noche, después de la función de despedida, a buscar la lista y las cartas —le dijo Sarah al pianista.

Chiquita se ofreció para recogerlas ella misma, pero la francesa insistió en que fuera Mundo quien lo hiciera y, poniéndose de pie, les dio a entender que la visita había concluido.

—Es un trueque —dijo Rumaldo cuando supo el resultado de la entrevista y, mirando a Mundo, le advirtió—: La vieja se flechó contigo. Para que suelte esos papeles tendrás que ser *muy cariñoso* con ella.

—¡Conmigo no cuenten! —dijo su primo, palideciendo—. Pídanme cualquier cosa menos *eso*.

—No le hagas caso —terció Chiquita—. Que Madame Bernhardt quiera darte el listado y las esquelas personalmente no significa que vaya a cobrarte el favor.

—Pero si así fuera, tendrás que hacer de tripas corazón y portarte como un hombrecito —insistió Rumaldo con cinismo.

Para Segismundo, las horas que antecedieron a la medianoche fueron una pesadilla. Jamás había tenido intimidad con una mujer y la idea lo aterrorizaba. Pero tanto suplicó Chiquita y tanto le insistió en que nada debía temer, que accedió a acudir a la cita. Iría, pero no se comprometía a nada más.

—Tóquele el piano —sugirió Rústica.

—No sean ingenuos —ripostó Rumaldo—. Ella no querrá que le toquen el piano, sino otra cosa —y para levantarle el ánimo a su primo, lo arrastró a beber un whisky en el bar del hotel.

Allí, sentados frente a la pintura de Bouguereau que muestra a cuatro ninfas desnudas retozando con un sátiro de hirsutas y musculosas ancas, le recordó que el porvenir de todos estaba en sus manos.

—Sé mejor que nadie que siempre has preferido el plátano a la papaya —le dijo en tono comprensivo—. Pero, chico, aunque el sabor y la forma de esas dos frutas sean muy diferentes, comerse la que nunca has probado no es ni tan difícil ni tan desagradable como te imaginas —y acto seguido procedió a revelarle algunos trucos con los que, estaba seguro, haría gozar a la más exigente de las féminas, y que sólo consiguieron poner más nervioso a su primo.

—*Entrez*—ordenó Sarah, al escuchar unos golpecitos en la puerta.

Segismundo dio vuelta al picaporte y, al penetrar en el salón en penumbras, le pareció que una sombra (¿la doncella?) se escabullía con ligereza. Sarah lo esperaba en el centro de la habitación, cubierta por una bata de gasa y sosteniendo un candelabro con tres velas. Con un movimiento de un dedo índice lo invitó a avanzar, y cuando lo tuvo a su alcance lo sujetó por una mano.

—¿Quiere que toque un poco de música? —logró articular el matancero.

Ella lo miró con una mezcla de incredulidad y de ternura, le dijo que no con un movimiento de cabeza y sopló una de las velas.

—¿Tuvo tiempo de escribir las cartas? —indagó Mundo.

La francesa susurró un *oui* mientras lo conducía lentamente, pero con firmeza, hacia su recámara, y apagó otra vela. Entonces, después de colocar el candelabro sobre una mesita, obligó al joven a sentarse junto a ella en el borde de la cama.

—Esta será una gran noche —profetizó, sin soltarlo. Acto seguido, humedeciéndose con saliva los dedos índice y pulgar de la mano que tenía libre, apagó el pabilo de la última vela y lo abrazó.

En ese instante, Mundo la apartó y, musitando un poco convincente «enseguida vuelvo», abandonó la alcoba a toda velocidad. Al verlo regresar demudado y sin papel alguno, Chiquita y Rumaldo se miraron con desaliento.

—No pude —anunció el devoto de Chopin, y desplomándose en una silla les contó cómo *esa señora* había apagado las velas *una a una* y se había abalanzado sobre él «como una tarántula en celo».

Cuando todo parecía perdido, a Rústica se le ocurrió una delirante solución: Rumaldo podía suplantar a su primo. «De noche todos los gatos son prietos», recalcó al notar que acogían su idea con escepticismo. Lo importante era que el impostor abandonara el cuarto de la actriz antes de que la luz del alba lo delatara.

Aunque le parecía muy poco probable que la francesa no se percatara del engaño, Rumaldo accedió a intentarlo y en un santiamén Chiquita y Rústica le recortaron el bigote y le echaron encima un chorro de la colonia que usaba Mundo. Para sorpresa del impostor, la estratagema funcionó a las mil maravillas y hasta altas horas de la madrugada tuvo que dedicarse a satisfacer los requerimientos amorosos de Sarah. Eso sí, se cuidó de no decir palabra alguna, pues, por muy en la gloria que estuviera la actriz, su voz grave, tan distinta de la aflautada de su primo, la habría alertado del truco.

El falso Segismundo abandonó el lecho antes del amanecer y comenzó a vestirse en el rincón más oscuro del cuarto. Mientras lo hacía, cayó en cuenta de que, aun arriesgándose a ser descubierto, no le iba a quedar otro remedio que hablar. ¿Cómo, si no, podría reclamar las cartas y la lista de invitados? Pero cuando ya se disponía a imitar al pianista, Sarah lo sacó del aprieto. «Los cubanos serán unos indios con levita», discurrió casi exangüe, «pero no hay duda de que saben complacer a una mujer». Y antes de quedarse dormida, le dijo que los papeles estaban sobre el escritorio del salón principal.

Esa mañana, antes de que la Bernhardt saliera rumbo al puerto para embarcarse en *La Champagne,* el mismo vapor que tres meses atrás la había llevado a Nueva York, Chiquita y su hermano fueron a despedirse de ella.

—*Madame,* no sé cómo agradecerle su ayuda —dijo la liliputiense.

—Yo puedo sugerirte una forma —repuso la pelirroja y los cubanos temieron que quisiera llevarse a Mundo con ella. Por suerte, su deseo era otro—: ¿Qué se hizo del extraño pez que traían con ustedes el día que llegaron? Es tan raro que me agradaría sumarlo a mis mascotas.

Chiquita tragó en seco. ¡Separarse de Cuco! ¿Por qué le pedía precisamente eso? Titubeó y, pese a que Rumaldo la tocó para darle a entender que se imponía regalarle el manjuarí, dudó en hacerlo. Se decidió al sentir que, en vez de uno, dos corazones latían en su pecho. Era el talismán, que palpitaba de nuevo como diciéndole que, si quería triunfar, tendría que hacer ese y otros sacrificios.

—Se lo regalo de mil amores, *madame* —exclamó al fin—. Sólo prométame que lo mimará —suplicó.

—Claro que sí, *petite* —convino Sarah—. Cuco se sentirá a gusto entre mis leones, mis tigres, mis monos, mis armadillos y mis cacatúas —y, poniéndose en cuclillas, estampó un beso en cada cachete de su amiga.

Años más tarde, Chiquita se enteraría de que su manjuarí no alcanzó a vivir mucho tiempo en la *maison* de la Bernhardt en París. A los pocos días de su llegada, la actriz dio una cena para algunos íntimos y quiso sorprenderlos mostrándoles su nueva adquisición. Tomó un pedazo de hígado y se acercó al pez para alimentarlo; pero Cuco, sacando súbitamente medio cuerpo del agua, se abalanzó sobre su larga y fina mano y estuvo a punto de arrancársela de una dentellada. Sarah, tan desmedida en sus odios como en sus amores, lo condenó al destierro en ese mismo instante. Un criado recibió la orden de llevar al manjuarí hasta la orilla del Sena y deshacerse allí *du fauve épouvantable.* ¿Cómo consiguió un pez del Trópico sobrevivir a los inviernos parisinos? La respuesta quizás estuviera en algo que solía decir el sabio Pancho de Ximeno: después de sortear durante millones de años todo tipo de calamidades, los *Atractosteus tristoechus* se habían vuelto unas criaturas *muy* resistentes.

Capítulo IX

Monsieur Durand lo organiza todo. Aplaudida presentación de Chiquita. Ilustres invitados. Cuatro empresarios y ningún contrato. Un apuesto reportero pelirrojo. Visita al edificio de Pulitzer. El brebaje mágico de Lilli Lehmann. La propuesta de Patrick Crinigan. Creciente atracción. El contrato de Proctor.

Aunque Monsieur Durand, el gerente francés de The Hoffman House, tenía por costumbre encomendar a sus subalternos la organización de las *réceptions* que se daban en los salones del hotel, la simpatía que le inspiró Chiquita lo hizo atender personalmente, y con el mayor esmero, la velada en que la joven trataría de conquistar a Nueva York. Recorrió los distintos salones con los hermanos Cenda y, después de sopesar las ventajas y desventajas de cada uno, se decidieron por el Morisco. También los ayudó a elegir los arreglos florales y los vinos, los canapés y las *sucreries* con que se agasajaría a los asistentes, y hasta agregó algunos nombres de médicos y escultores de prestigio a la lista de invitados, porque nadie mejor que ellos para dar una opinión autorizada sobre la perfección del cuerpo de Chiquita. Por último, para que la señorita pudiera ensayar con comodidad, ordenó que trasladaran a su apartamento el piano Steinway que la Bernhardt había tenido a su disposición.

A juicio de Durand, alguien debía pronunciar unas palabras de bienvenida para dar inicio a la *soirée*. Pero, *s'il vous plaît*, nada de largos discursos que sólo conseguían aburrir al público e indisponerlo. Cuatro frases cortas y bien escogidas serían suficiente.

—¿Y quién mejor que usted para decirlas? —sugirió Chiquita.

El jueves 23 de julio de 1896, un rato antes de las seis de la tarde, el gerente bajó al salón para comprobar que todo estuviese como era debido. «*Parfait*», se dijo: lámparas y espejos relucientes; butacas, sofás y sillas de brocado verde dispuestos en forma de semicírculo sobre las alfombras de Axminster; al fondo, el pequeño escenario, cubierto con terciopelo rojo y aforado con helechos y palmeras; una cesta de orquídeas junto al piano de cola; rosas blancas en los jarrones; aquí y allá, cesticas de plata calada llenas de bombones; y en la cocina, los camareros vestidos de calicó blanco listos para aparecer, tras los aplausos finales, portando bandejas repletas de delicias.

Desafiando el calor, esa tarde se reunió en The Hoffman House una constelación de celebridades. No cabía duda: las esquelas de Sarah habían despertado la curiosidad de los empresarios. Allí estaba Antonio Pastor, el más viejo de todos, un sesentón hijo de italianos a quien apodaban «el padre del *vaudeville*» por haber empezado en el negocio, cantando y bailando en el American Museum de Barnum, cuando aún conservaba los dientes de leche. Aunque sus competidores alquilaban o construían teatros cada vez más grandes, el descubridor de Lillian Russell y otras figuras de las variedades seguía fiel a sus tres anticuados auditorios, en especial al de Union Square, que llevaba su nombre. Había acudido con la esperanza de que la tal Chiquita fuera una bailarina española al estilo de Carmencita o la Bella Otero. De ser así, la contrataría en un santiamén.

Oscar Hammerstein, el propietario de la Harlem Opera House y también del Olympia, el nuevo coliseo de seis mil localidades donde unos meses atrás Yvette Guilbert había interpretado sus *chansons* picarescas, atravesó el salón con arrogancia y, sin mirar a nadie, ocupó un asiento al lado de la soprano alemana Lilli Lehmann-Kalisch. La felicitó por su insuperable *Tristán e Isolda* de la noche anterior en la Metropolitan Opera House y le aseguró que sí, por supuesto, claro que volvería al coliseo de Broadway y 39th Street a la semana siguiente para aplaudirla en *La walkiria*. Quienes conocían a Hammerstein sabían que su verdadera pasión era el *bel canto*. Precisamente por eso cuidaba con tanto esmero la calidad de su *vaudeville:* los ingresos que le reportaban esos espectáculos ligeros le permitían subvencionar sus funciones de ópera a precios populares.

Otro que mordió el anzuelo de la Bernhardt, pese a su rechazo a dejarse ver en ese tipo recepciones, fue Charles Frohman. En la temporada que se avecinaba, más de setecientos artistas trabajarían para él, pero eso no sería un obstáculo para que, si se le antojaba, contratara también a esa Chiquita que iban a ver dentro de unos minutos. «Pero ¿quién rayos es ella?», les susurró a John Wanamaker, el magnate de las tiendas por departamentos de Filadelfia, que acababa de abrir su primer negocio en Manhattan, y a su esposa. ¿Una trágica o una comedianta? En Europa nadie se la había mencionado, pero si la exigente Sarah la recomendaba con tanto entusiasmo, debía ser algo especial.

—Muy pronto terminará la intriga —dijo la señora Wanamaker, mirando de reojo el relojito oculto entre los encajes del puño de su vestido, y agregó con picardía—: Quizás sea una nueva Maude Adams y protagonice su próximo drama...

En ese momento, Frohman divisó al escritor James Matthew Barrie y a su esposa en el otro extremo del salón y, excusándose con los Wanamaker, fue a saludarlos. ¡Diablos!, ¿cómo se las habría ingeniado ese escocés esmirriado y cabezón para casarse con una mujer *tan* bonita?

El cuarto empresario en entrar al salón fue Frederick Freeman Proctor (conocido por todos como F. F. Proctor). Si sus colegas habían evitado saludarse, el dueño del recién inaugurado Palacio del Placer se dirigió a cada uno de ellos y les deseó el mayor éxito en la temporada otoñal. «La competencia es una cosa y los buenos modales, otra», era su lema. También él estaba deseoso de saber quién era la artista que los convocaba y trató, en vano, de que el gerente del hotel le adelantara algo. Al fin y al cabo, Pastor, Hammerstein y Frohman no estaban tan urgidos de nuevos artistas como él, que tenía abiertos sus teatros desde el mediodía hasta la medianoche. Para llenar aquellas doce horas de *vaudeville,* interrumpidas sólo por brevísimos intermedios, necesitaba un ejército de cantantes, bailarines, acróbatas, ilusionistas y animales amaestrados. «Después del desayuno, vete a Proctor. Después de Proctor, vete a dormir», ese era su *slogan*.

Aquellos cuatro caballeros, tan diferentes entre sí, tenían, sin embargo, algunas cosas en común. Todos venían de abajo y, gracias a su tenacidad y a su buen olfato para invertir el dinero, habían conquistado el triunfo. Para ellos el teatro, más que un negocio, era una adicción, una suerte de opio sin el que sus vidas carecían de sentido, y a pesar de sus publicitadas rivalidades y desavenencias, lo cierto era que estaban unidos por antiguos lazos. ¿Acaso Proctor no actuó en el *vaudeville* de Pastor cuando era un joven equilibrista y salía a escena vistiendo una ceñida malla color carne? Y cuando Frohman creó su primera compañía, ¿no fue Proctor quien le alquiló el 23rd Street Theatre para que pudiera estrenar *The County Fair* y *Shenandoah*, sus primeros triunfos? En cuanto a Hammerstein y Pastor, era un secreto a voces que durante un tiempo habían compartido los favores de una viudita dublinense, pagándole a medias el alquiler de un apartamento en The Osborne y turnándose para visitarla. ¿Qué mejor prueba de que, si se lo proponían, judíos, italianos e irlandeses podían olvidar sus rencillas y vivir en paz?

Reunir bajo el mismo techo a un cuarteto de semejante envergadura era casi un milagro, le comentó Monsieur Durand a Rumaldo. En cuanto al resto de la concurrencia, no podía ser más variada ni mejor. Allí se encontraban, entre otras personalidades, el juez Dyckman, de la Corte Suprema de Nueva York, y su señora; Anton Seidl, director de la Filarmónica; Sarah McKim y su sobrina Louise Whittlesey, esposa y viuda, respectivamente, de un general de la guerra contra México y de un magnate de la industria textil; Sir Henry Blake, gobernador de Jamaica; el barón y la baronesa Fava, embajadores de Italia en Washington, y hasta el almirante Evashnitsoff, uno de los pilares de la marina rusa. Eso, sin contar a los reporteros de los principales diarios.

«¿Será capaz Chiquita de seducirlos?», se dijo Rumaldo. La incógnita no tardó en despejarse, pues a las seis Durand avanzó hacia la tarima y, con un par de palmadas, reclamó la atención de todos. Su introducción, como estaba previsto, fue muy breve. Se limitó a felicitarlos por ser los primeros que tendrían el privilegio de admirar a una «renombrada» artista, de talento fuera de lo común, recién llegada de Cuba, su isla natal.

—Tengo la certeza de que cuando la vean, se harán la misma pregunta que me hice yo: «¿Estoy despierto o se trata de un sueño?» —dijo y, para concluir, agregó alzando teatralmente la voz—: Damas y caballeros, los dejo con la gran Chiquita.

Se oyeron cuchicheos y Segismundo, que de forma discreta se había sentado al piano, empezó a tocar los acordes de una alegre danza de Cervantes. Una puerta del salón se abrió y por ella, barriendo el piso con la cola de su vestido, apareció Espiridiona Cenda.

Entre fascinados y estupefactos, los invitados contemplaron cómo la damita avanzaba, resuelta y con donaire, hacia el improvisado escenario. Para su primera aparición, Chiquita había elegido un exquisito traje de baile de seda de Dresden color rosa asalmonado, con bandas de terciopelo negro, y guantes blanco perla. Llevaba en el pecho un prendedor de turquesas y plata, en forma de *corsage*, y una tiara de brillantes colocada alrededor del moño. Al ver la perfección de su figura, la ligereza de sus movimientos y la gracia con que llevaba su atuendo, a nadie le cupo la menor duda de que se trataba de una verdadera muñeca viviente.

Si, como reveló Chiquita más tarde, las piernas le temblaban de miedo, nadie se percató de ello. Parecía segura de sí misma e incluso un tris altiva. ¿Fue, quizás, el entusiasta Monsieur Durand quien comenzó a aplaudir en ese instante? Lo cierto es que buena parte de la audiencia lo imitó y mientras la liliputiense subía los peldaños de la tarima, antes de empezar a cantar y a bailar, disfrutó de la primera ovación de su vida.

Cuando los aplausos cesaron, Chiquita miró a Mundo indicándole que estaba lista. Esa mañana se había encaprichado en iniciar la presentación cantando *La frutera mulata* y no *La paloma*, como tenían previsto. «Es una corazonada», le explicó a Segismundo. Al oírla entonar la primera estrofa, el pianista tuvo que admitir lo acertado de su decisión.

> *Cuando yo llego al mercado*
> *y mi puesto pongo allí,*
> *más que a las frutas que vendo*
> *la gente me mira a mí.*

Con aquella melodía, que mezclaba alegremente ritmos españoles y criollos, Chiquita terminó de conquistar a la audiencia. Los que aún estaban reticentes a reconocer su encanto, quedaron cautivados por su afinada voz y su picardía.

> *Vendo guanábana y coco,*
> *mamey, guayaba y anón,*
> *y vendo la fruta bomba*
> *tan sabrosa como yo.*

Muy pocos entendían lo que cantaba. Pero, en realidad, no era necesario. Su expresividad era tal, que todos sonreían con complicidad, como si comprendieran la tonada. Después de *La frutera mulata*, Chiquita interpretó otras dos composiciones y, estimulada por la calidez del público, su vocecita se hizo más potente, y los movimientos de sus brazos, sus hombros y sus caderas más cimbreantes y armoniosos.

Mientras Mundo tocaba, a manera de *intermezzo*, una sosegada partitura, la cantante se retiró para hacer un cambio de vestuario. Durante su ausencia, sólo una persona abandonó el salón: Charles Frohman. Lo suyo, explicó a los Wanamaker antes de escurrirse hacia la salida, era el teatro serio, no el *vaudeville*. Que Hammerstein, Pastor y Proctor se disputaran a la enana de Cuba.

Chiquita reapareció y, como en los viejos tiempos (aunque, como es obvio, sin desvestirse), se dejó envolver por la música y bailó grácilmente las contradanzas de Cervantes y de Saumell, levantando con una mano su falda roja lo suficiente para mostrar, con coquetería, los volantes de seda y encaje. Para la segunda parte se había puesto un conjunto de calle a la moda, con una blusa tornasol, entre azul y verde, y en la cabeza, como al descuido, una boina escocesa con una pluma de faisán.

Para concluir la presentación, cantó, por fin, *La paloma*. Y mientras entonaba la melancólica habanera, sus ojos se humedecieron y la voz estuvo a punto de quebrársele.

Si a tu ventana llega
una paloma,
trátala con cariño
que es mi persona...

En ese momento le vinieron a la mente las caras de los muertos y de los vivos que había dejado en su tierra, los olores y los sabores de aquella casona de Matanzas que jamás volvería a ser suya, y tuvo que sobreponerse para no echar a perder la estupenda impresión que había causado.

Los invitados la vitorearon de pie, y Rumaldo, sin perder tiempo, ordenó a Mundo que cerrara la tapa del piano para encaramar encima a la artista. Allí, con las mejillas arreboladas, rodeada de damas y caballeros que querían contemplarla de cerca y le pedían autógrafos, la liliputiense respondió las preguntas de los reporteros. Sí, era cubana y había escapado *milagrosamente* de la persecución de los soldados españoles, quienes habían quemado su casa y asesinado a varios de sus parientes. Los de la prensa tomaban nota, entusiasmados con aquellas patrañas, mientras ella seguía narrando cómo había logrado refugiarse en las montañas, en compañía de su hermano, su primo y su doncella, y, luego de un sinfín de peripecias, esconderse en la bodega del barco que los condujo hasta el país de la democracia y la libertad. Estaba en Nueva

York para empezar una nueva vida y reanudar una exitosa carrera truncada por la guerra.

Pasado el arrebato, cuando los periodistas se aburrieron de interrogarla y los invitados empezaron a hacer los honores al vino y los canapés, Chiquita comenzó a pasear por el salón, escoltada por Monsieur Durand y por Rumaldo, y a conversar con algunos invitados. Los médicos y los escultores no escatimaron elogios para su anatomía y dictaminaron que, entre todas las personas pequeñas que habían conocido, ella era la mejor formada.* Como ya su cometido estaba cumplido, Segismundo se reunió con Rústica en el cuartico que habían usado como *vestiaire* y desde allí se pusieron a observarlo todo ocultos detrás de una cortina.

Lilli Lehmann se quedó pasmada cuando la diminuta artista le habló en alemán. Ya se encargaría ella de decirle a Paul, su marido («el insigne tenor Paul Kalisch», se apresuró a aclarar Durand), lo que se había perdido por no acompañarla a la recepción. Chiquita tenía que ir a la Ópera a verla en *Die Walküre*. ¿Le gustaba Wagner? Y antes de que su interlocutora pudiera responder, empezó a contarle que veinte años atrás el genial compositor la había elegido, entre centenares de sopranos, para que interpretara su tetralogía *Der Ring des Nibelungen* en el teatro que el loquito Luis II de Baviera acababa de construirle en Bayreuth. Sí, ella había emocionado a Liszt y a Tchaikovski, y hasta al ruso Tolstói, durante aquellas maratónicas jornadas. Porque para cantar las óperas de Wagner, aseguró, era necesario tener buenos pulmones. Las funciones empezaban a las cuatro de la tarde y terminaban pasada la medianoche. Otras sopranos se quejaban de que el papel de Brünnhilde era demasiado exigente, pero ella, modestia aparte, podía cantar tres *Walküre* seguidas sin que se le cansara la voz.

---

* El folleto *Chiquita «Little One»* señala que esa noche Espiridiona Cenda fue comparada, por la perfección de su figura, con la Venus de Milo y las más famosas esculturas de Praxíteles y del Vaticano.

Con gran esfuerzo y aduciendo que otros invitados querían felicitarla, Durand logró separar a Chiquita de la absorbente Frau Lehmann y la condujo al sofá donde se hallaban Barrie y su esposa, en compañía del doctor Billings, el director de la Biblioteca Pública de Nueva York.

—Siempre tuve la certeza de que las hadas existían —exclamó el escocés, poniéndose de pie—, pero sólo esta tarde me fue permitido contemplar una —y besó una de sus manecitas.

Chiquita agradeció el cumplido y le comentó que tenía gran interés en leer sus libros. Barrie sonrió —o eso le pareció a la cubana, pues apenas lograba verle la boca por culpa de su enorme mostacho— y le prometió que al día siguiente le haría llegar un ejemplar autografiado de *A Window in Thrums,* su más reciente publicación.

—¿Por qué dejar para mañana lo que puede hacerse hoy? —intervino la señora Barrie, abriendo su bolso y sacando una copia del libro. Su marido la llamó «mi ángel de la guarda» y, tomando la estilográfica que el doctor Billings le tendía, escribió una florida dedicatoria en la portadilla.[*]

A Evashnitsoff, el almirante ruso, Chiquita le contó que, cuando ella era niña, sus padres habían conocido a Alejo Romanov en Matanzas, y le preguntó si Su Alteza Imperial gozaba de buena salud. Sí, gracias a Dios, el gran duque Alejo estaba bien. Y otra pregunta, Monsieur *l'Amiral:* Dragulescu, el anciano secretario del gran duque, ¿aún vivía? Al escuchar el nombre del enano, la expresión del marino cambió y, bajando la voz, le respondió secamente que no sabía quién era ese señor.

Una joven les salió al encuentro y, agachándose con ligereza ante Chiquita, la felicitó. Ella también era cantante, bailarina y actriz, dijo, y le gustaría *muchísimo* ser su amiga y llevarla a comprar en las mejores tiendas de la ciudad. Chi-

---

[*] La anécdota es encantadora, pero, si sucedió, no pudo haber tenido lugar esa tarde, pues James M. Barrie y su esposa llegaron a Nueva York, procedentes de Liverpool, el 3 de octubre de 1896.

quita aceptó el ofrecimiento y, apurada por Monsieur Durand, se despidió de ella con una reverencia.

Rumaldo quiso saber quién era esa preciosa muchacha a la que todos contemplaban de reojo, y Durand le explicó que su nombre era Hope Booth. La damita acababa de protagonizar un polémico incidente, pues días atrás la policía la había arrestado por atentar contra la decencia pública. Al parecer, Miss Booth estaba enseñando más de lo debido en un espectáculo que cada noche congregaba a numerosos espectadores masculinos en el Casino Roof Garden. Tras asistir a una función, un inspector de la policía dio la orden de que retiraran del programa los *tableaux vivants* donde la muchacha aparecía representando a una ninfa de las aguas, a Artemisa cazadora y a Lady Godiva, y como el *manager* y la actriz se rehusaron, los detuvieron y los llevaron a juicio. El lío se solucionó con una amonestación y una multa simbólica, por lo que muchos sospechaban que todo había sido un truco para impulsar la carrera de Miss Hope. Falso o cierto, después del escándalo le llovían las propuestas de trabajo.

Esa tarde Chiquita saludó a decenas de celebridades, desde jueces, senadores y banqueros, hasta señoras y señoritas de la alta sociedad. Pero, aunque se esforzó por mostrarse encantadora con todos, su mente estaba en otra cosa. ¿Ninguno de los tres empresarios presentes pensaba dirigirle la palabra? Por fin, cuando los invitados comenzaban a marcharse, Pastor se acercó a felicitarla. Y luego, por turnos, lo hicieron Hammerstein y Proctor.

Todos le aseguraron que estaban muy complacidos con sus bailes y sus canciones, y que de buena gana la habrían contratado para sus *vaudevilles*. El problema era que ya tenían compromisos con otros artistas *de su tipo*. Después de largas negociaciones, Pastor había logrado que I Piccolini, la exitosa *troupe* italiana de liliputienses que encabezaba el Signor Pompeo, viajara por fin a Nueva York. Tenían firmado un contrato por veinte semanas, con la opción de prorrogarlo si las dos partes estaban de acuerdo.

En cuanto a Hammerstein, prefería ir a lo seguro. Para el otoño volvería a traer, por sexto año consecutivo, a Die Liliputaner, la famosa compañía alemana de *vaudeville*. Sí, I Piccolini de Tony Pastor eran una novedad, pero aún estaba por ver la acogida que le dispensarían los neoyorquinos. En cambio, el éxito de Die Liliputaner era cosa segura, sobre todo por el minúsculo Franz Ebert, que tenía miles de admiradores. Y en última instancia, la rivalidad entre el alemán Ebert y el italiano Pompeo podía resultar beneficiosa para la taquilla.

Por su parte, Proctor guardaba un as en la manga. En la nueva temporada sus enanos no vendrían de Europa, como los del judío y el italiano, sino del Ártico. Con la ayuda de Robert Edwin Peary y su esposa Josephine, los intrépidos exploradores de Groenlandia, había logrado que una familia de liliputienses de la región ártica se sumara, por tiempo indefinido, a las atracciones de su Palacio del Placer. La actuación de los esquimales, a punto de arribar en el barco de Peary, incluiría cantos y danzas con toscos ropajes de piel de oso y máscaras rituales, focas y leones marinos amaestrados, un trineo tirado por perros y hasta un iglú de verdad.

Sin embargo, los tres *managers* insinuaron la posibilidad de contratar a la cubana para los espectáculos que ofrecían en sus teatros de menor categoría o en las compañías itinerantes. Allá y aquí hacían falta siempre artistas a los que se daba trabajo por dos o tres semanas. Rumaldo, envarándose, descartó esa variante. Chiquita era una artista de primera y quien deseara contratarla debería respetar su rango.

—Me temo que estuviste demasiado altanero —le reprochó su hermana cuando el salón se quedó vacío y caminaban en dirección al ascensor—. A fin de cuentas, un teatro de segunda es preferible a ninguno.

Pero Durand apoyó a Rumaldo. Mademoiselle Chiquita tenía que ser paciente y aguardar una propuesta digna de ella. Cuando su nombre apareciera en los periódicos y quienes la habían visto empezaran a hablar maravillas de su arte, otros empresarios la buscarían.

Al día siguiente, los principales diarios publicaron reseñas sobre Chiquita. *The New York Times* le prodigó todo tipo de elogios y afirmó que, al concluir su actuación, contaba ya con «un séquito de admiradores». La nota del *New York Journal* era igualmente favorable: empezaba diciendo que «la *prima donna* cubana» tenía el mismo número de pulgadas de estatura que de años: veintiséis, y concluía asegurando que era una artista consumada. Rumaldo y Rústica, por una vez de acuerdo, le reprocharon a Chiquita haber revelado su edad. Segismundo, para llevarles la contraria, le restó relevancia a ese detalle. A su juicio, lo importante era el entusiasmo con que los reporteros hablaban de las canciones y los bailes de su prima. El artículo de *The New York World* era el más breve, pero también estaba lleno de piropos.*

Esa tarde, un reportero llamado Patrick Crinigan pidió ser recibido por Chiquita. Cuando lo autorizaron a subir, explicó que estaba allí cumpliendo órdenes de Joseph Pulitzer, el dueño del *World*. La esposa del juez Dyckman había llamado a Pulitzer para reprocharle que su publicación, que tanto se vanagloriaba de mantener a los lectores informados de todo lo interesante que acontecía en la nación, hubiese dedicado un comentario tan *corto* a la llegada de una artista tan *grande*.

---

* De los trabajos periodísticos que se mencionan el más completo es el de *The New York Times*. Se titula «Tiny Cuban lady who dances» y apareció en la edición del 24 de julio de 1896. La crónica coincide, en buena medida, con lo narrado en la biografía. Ahora bien, según el reportero la presentación tuvo lugar «en uno de los salones del hotel Metropolitan». Si realmente fue así, ¿por qué Espiridiona Cenda prefirió alterar el marco de ese episodio y utilizar The Hoffman House como escenario? No hay forma de saberlo. La explicación que se me ocurre es que, aunque en 1896 el Metropolitan era un hotel de mucho prestigio, indudablemente The Hoffman House, que acababa de ser objeto de una gran restauración, era un sitio más a la moda, frecuentado por artistas tan famosos como la Bernhardt. Tal vez Chiquita pensó que, al ubicar allí su presentación, le daría mayor relevancia. Claro que también cabe la posibilidad de que el reportero haya cometido un error al redactar la nota. Quizás al lector le interese saber que en ese mismo hotel Metropolitan tuvo lugar en 1863 un importante acontecimiento en la historia de los liliputienses de Estados Unidos: la fiesta de la boda del General Tom Thumb y Lavinia Warren.

—Él quiere enmendar el error sacando una buena entrevista —explicó Crinigan— y me ha encomendado la tarea de hacerla.

El joven, apuesto, pelirrojo y más alto que Rumaldo, dirigió a Chiquita una mirada entre suplicante y burlona. ¿Accedía a responder sus preguntas? De su decisión, le advirtió, dependería que un irlandés fuera despedido de su medianamente bien remunerado empleo en el *World* o que lo conservara para poder seguir pagando al final de cada mes el alquiler de su apartamento.

Chiquita celebró el chiste con una risa pícara y tintineante, y acto seguido, haciendo un esfuerzo para recuperar la compostura, dijo que le concedería la *interview* para no tener remordimientos de conciencia. Rústica, que se había puesto a pasarle un trapo húmedo al piano para poder oír la charla, apretó los labios y resopló. ¿Eran ideas suyas o Chiquita estaba coqueteando? Miró de reojo a Segismundo y adivinó que el pianista opinaba lo mismo.

—Entrevísteme ahora si gusta —exclamó la señorita Cenda, sonriente.

—¿Ahora? —replicó el reportero, mirando a su alrededor con escaso entusiasmo—. En realidad había pensado hacer algo diferente.

Rumaldo abrió la boca por primera vez para pedirle a Crinigan, con la doble autoridad que le daba ser el *manager* y el hermano de la artista, que les expusiera su idea. El periodista se apresuró a complacerlo: se le había ocurrido que, para llamar la atención de los lectores y lograr que la popularidad de Chiquita subiera como la espuma de una jarra de cerveza, lo mejor sería hacerle la entrevista en el edificio de veintiséis pisos de Pulitzer, donde estaban las oficinas del periódico. Ya tenía hasta el título: «La mujer más pequeña del mundo en el edificio más grande del mundo».*

---

*En realidad, el rascacielos de Pulitzer había sido superado en altura dos años antes, en 1894, por otro edificio neoyorquino: el Manhattan Life Insurance.

A la mañana siguiente los hermanos Cenda se dirigieron a la sede del *World*. Mientras Chiquita contestaba las preguntas de Crinigan, fascinándolo con el ingenio y la rapidez de sus réplicas, el dibujante Walt McDougall le hizo un retrato al carboncillo. Esa tarde volvió a narrar la historia del fusilamiento de *la mayoría* de sus familiares y de su fuga de Cuba, pero añadió varios detalles: en esta nueva versión, los soldados la obligaban a contemplar el crimen y luego intentaban, poniéndole un revólver en la sien, que gritara: «¡Viva España!», a lo cual ella se negaba rotundamente, arriesgando su vida. Rumaldo la contemplaba, admirado del aplomo con que enlazaba una mentira con otra, y asentía para reafirmar que todo, *todo*, era cierto.

Decenas de empleados del diario desfilaron por la puerta de la habitación, asomando las narices para contemplar a hurtadillas a la singular señorita, y cuando ya los visitantes estaban a punto de irse, una secretaria les anunció que Mister Pulitzer quería saludar a Chiquita. Crinigan se encargó de conducirlos hasta el domo del edificio, donde estaba el despacho semicircular, con paredes revestidas de cuero repujado y frescos de inspiración veneciana en el cielorraso, del Gran Jefe.

Pulitzer interrumpió su conversación con un empleado, miró a Chiquita desde sus más de seis pies de estatura con cara de «¡Rayos, nunca pensé que pudiera ser tan pequeña!» y le dio la bienvenida a su imperio. La visitante lo felicitó por su monumental edificio y no perdió la compostura cuando el magnate la invitó a admirar las espléndidas vistas de Brooklyn, Long Island y Governor's Island que se apreciaban a través de los ventanales, y Rumaldo tuvo que alzarla en sus brazos para que pudiera verlas.

Sin apartar los ojos de ella, Pulitzer se interesó por saber en qué teatro se presentaría. «Eso aún no está decidido», alardeó Rumaldo. «Hemos recibido varias ofertas y estoy considerándolas.»

Por la deferencia con que el dueño del *World* trató a Crinigan y los elogios que le dedicó, los cubanos volvieron al hotel convencidos de que era uno de los mejores periodistas del diario.

—No estaría tan seguro de eso —dijo el pelirrojo, restándole importancia al asunto, cuando le hicieron el comentario—. Lo que ocurre es que hace unos meses, cuando Hearst, el rival de Pulitzer, persuadió a muchos reporteros y dibujantes del *staff* para que renunciaran en masa y se fueran a trabajar al *Journal* con él, yo fui de los pocos que permaneció en su puesto.

—La fidelidad es una gran virtud —exclamó Rumaldo, dándoselas de moralista.

—¿Fidelidad? —repuso Crinigan, divertido—. Si no me fui con Hearst fue porque nunca me lo propuso. Claro que, a la larga, me convino que no tratara de comprarme, pues Pulitzer, agradecido de que no lo hubiera «traicionado», me dio una bonificación y me subió el salario. ¡Espero que nunca le cuenten la verdad! —y, después de soltar una carcajada, aclaró que Hearst no le simpatizaba—. No es como el Gran Jefe, que se hizo de la nada. Él tiene millones y una madre rica que le da todo el dinero que necesita. Así cualquiera hace un periódico —concluyó con desdén.

Pese a que el gerente de The Hoffman House consideró que haber conversado con Pulitzer, de tú a tú y en su famoso edificio, era otro gran triunfo, los Cenda empezaban a preocuparse. Su capital había mermado considerablemente y seguía sin aparecer un buen contrato. Monsieur Durand les dio ánimos e insistió en que, más pronto de lo que imaginaban, empezarían a llegarles propuestas de trabajo.

En realidad, lo que empezaron a recibir fueron invitaciones de damas que, después de ver actuar a Chiquita, querían conocerla mejor. La primera en convidarla a tomar el té fue Lilli Lehmann-Kalisch. A Rumaldo no le hizo ninguna gracia: le parecía contraproducente que su hermana se dejara ver en lugares públicos, y por eso, con excepción de algunos paseos en coche, había tratado de mantenerla encerrada en el hotel. Su razonamiento no dejaba de tener lógica: si la gente empezaba a encontrársela en todos lados, luego no querría pagar para verla. Sin embargo, Chiquita argumentó que a la soprano favorita de Wagner no se le podía hacer un desaire y, acompañada por Rústica, fue a visitarla en el hotel Waldorf.

—¡Pruebe esto! —exclamó la alemana, mientras llenaba con un líquido turbio la tacita que Chiquita había tenido la precaución de llevar—. Es una infusión de hierbas y agua del Rhin que, puedo jurárselo, obra maravillas en las cuerdas vocales.

¿Por qué creía que, después de más de veinte años de vida profesional, ella y Kalisch, su marido, podían cantar una noche un *Siegfried* y a la siguiente un *Götterdämmerung,* sin dar señales de agotamiento? El secreto estaba en ese brebaje que ella llamaba *magisches Gelee der Götter,* es decir: la jalea mágica de los dioses, cuya receta muchos cantantes habían pretendido arrancarle apelando a todo tipo de medios: desde ruegos y promesas de dinero y de joyas hasta extorsiones y amenazas de palizas.

Una vez la soprano Ilma di Murska, el Ruiseñor Croata, había acudido a su casa, disfrazada de mendiga, para implorarle que le revelara la fórmula. Su exquisita voz comenzaba a fallarle y eso la tenía angustiada. Pero lo más que logró fue que Lilli le ofreciera una garrafa del milagroso té. Entonces el Ruiseñor se transformó en una arpía, la acusó de egoísta y de bruja, y se marchó gritándole, entre otros improperios, que se metiera el garrafón por el trasero.

No se trataba de que ella no quisiera compartir el secreto, se justificó Frau Lehmann, entornando los párpados y bajando la voz hasta convertirla en un susurro: era que *no podía* revelarlo. Al inicio de su carrera le habían hecho jurar, con una mano sobre una partitura de *Das Rheingold* y la otra sobre el corazón, que se llevaría la receta del té a la tumba. Por mucho que le costara, debía ser fiel a esa promesa.

—Y ahora le toca hablar a usted, querida —dijo de pronto, dándole un mordisco a un *biscuit*—. Cuéntemelo *todo.*

Sin confesar, por supuesto, que la infusión le parecía asquerosa, Chiquita le habló de su Matanzas natal, de las clases de canto con Úrsula Deville y, sin entrar en detalles, de sus presentaciones en «importantes teatros de La Habana y de otras capitales». Pero la Lehmann no tardó en adueñarse de nuevo de la palabra y comenzó a hablar de Lillian Nordica, la antipática americana que la imitaba descaradamente en el rol de Brünnhilde y salía a escena con un peto, un gorro, un escudo y una lanza idénticos a los suyos; de sus discusiones con Walter Damrosch, el joven director de la temporada de ópera alemana de Nueva York, quien pretendía decirle a ella, ¡nada menos que a ella!, cómo interpretar el *«Mild und leise wie er lächelt»* del tercer acto de *Tristan und Isolde,* y de otros dimes y diretes del mundo del *bel canto.* Aturdida por su verborrea, Chiquita fingió una indisposición para poder regresar a su hotel y accedió a llevarse una botellita de la «jalea mágica». ¡Caramba! ¿Era que las grandes artistas sólo podían oírse a sí mismas?, se preguntó, recordando que también Sarah tenía el mismo defecto.

A ese agasajo siguieron los de las señoras Dyckman y McKim, quienes, sin previa consulta, se tomaron la libertad de convidar también a algunas de sus amigas. Y aunque Chiquita salió de ambos tés deslumbrada por el lujo de las mansiones de la Quinta Avenida y cargada de bombones, perfumes, cajitas de música, encajes antiguos y otros obsequios de sus anfitrionas, tuvo la incómoda sensación de haberse convertido en una curiosidad que esposas de jueces y millonarios se turnaban para exhibir.

—No más tés con señoras —anunció a Rumaldo, cuando el landó de los McKim la devolvió a The Hoffman House—. Tienes razón: quien quiera verme, que pague.

La predicción de Monsieur Durand no acababa de cumplirse. Los grandes empresarios teatrales no daban señales de vida, y los únicos que manifestaron interés por contratar a Chiquita —el dueño de un destartalado teatrucho del East y el *manager* de una compañía itinerante de variedades— les hicieron ofertas tan paupérrimas que el indignado Rumaldo los despidió sin contemplaciones.

—Mucho hotel de lujo y mucho rififí, pero no sé qué haremos cuando se acabe el dinero —se quejó Rústica, de modo tal que sólo Segismundo pudiera oírla, y sacó a colación uno de los dicharachos favoritos de su abuela—: Hay gente que quiere tirarse el *peo* más alto que el fondillo.

Patrick Crinigan reapareció una semana después de su primera visita pidiendo disculpas por lo mucho que había demorado la entrevista en salir publicada. La culpa, les explicó a Rumaldo y a Mundo, era de una terrible gripe que lo había mantenido en cama varios días. Pero ya la deuda estaba saldada: traía varios ejemplares del periódico, con la tinta aún fresca, y deseaba entregárselos personalmente a la señorita.

«Ese huevo quiere sal», auguró Rústica, entre dientes, mientras vestía y peinaba a Chiquita a la carrera, para que pudiera recibir a su visitante.

Todos quedaron encantados con el escrito y, aprovechando que la ocasión no podía ser más propicia, el reportero se brindó para mostrarles la Babel de Hierro.

—Conozco bastante bien la ciudad —replicó Rumaldo con displicencia.

—Pero yo no —terció Chiquita retadoramente, y de inmediato, suavizando el tono, añadió que le agradaría que el señor Crinigan le sirviera de cicerone—. Rústica vendrá con nosotros, como es lógico —dijo al notar que a Rumaldo se le ponían rojas las orejas.

Y cuando, luego de despedir a Crinigan, su hermano trató de reprenderla, lo detuvo alzando una mano:

—Eres mi *manager,* no mi dueño —le recordó, con voz helada, echando hacia atrás la cabeza para poder mirarlo a los ojos—. Y no estamos en Matanzas, sino en Nueva York, así que ahórrate tus sermones —continuó, articulando con cuidado cada sílaba—. Yo, que tú, no seguiría esperando y empezaría a visitar a todos los empresarios de variedades. El dinero que nos queda no va a ser eterno.

Rumaldo dio media vuelta, furioso, y se encerró en la habitación que compartía con Mundo. El músico sonrió, se sentó al piano e improvisó una marcha militar.

—Has ganado una batalla —le dijo a su prima, malicioso.

—Oh, no tanto —suspiró ella, observando el, a su juicio, poco favorecedor dibujo que acompañaba la entrevista del *World*—. Apenas fue una escaramuza.

Rústica los miró de reojo, pero se abstuvo de hacer comentarios. Rumaldo sería una sanguijuela, pero no dejaba de tener razón. Aunque estuvieran en una gran ciudad y allí se viviera «a la moderna», a ella no le parecía apropiado que una señorita aceptase invitaciones de un desconocido. Aquel periodista barbilindo y con olor a colonia no acababa de simpatizarle. Y menos aún le gustaba el interés que Chiquita mostraba por él.

Rumaldo se dedicó a recorrer sin éxito las oficinas de los empresarios. Y mientras él acumulaba negativas, vagas promesas y propuestas de poca monta, los paseos de Chiquita con Patrick Crinigan se convirtieron en algo rutinario.

Lo mismo temprano en la mañana que cuando el sol empezaba a declinar, el periodista se aparecía en el hotel con un coche alquilado y llevaba a la forastera a recorrer todo tipo de lugares pintorescos. Chiquita oía con arrobo las explicaciones de aquel solícito irlandés que había llegado a Estados Unidos a los cinco años de edad y que parecía estar al tanto de todo. «Ese viejo edificio lo piensan demoler para levantar un banco.» «¿Ve aquellos obreros que de milagro no se derriten bajo el sol? Están construyendo la tumba del presidente Grant.» «Y aquí, en el Carnegie Hall, tuvo lugar anoche el concierto en beneficio de los refugiados armenios que lograron escapar de las garras de Abdul Hamid, el sanguinario sultán de Constantinopla.»

Por supuesto, fueron al Museo Metropolitano y se deleitaron con los lienzos de Daubigny y de Millet, de Turner y de Van Dyck. Al llegar al recinto donde exhibían el enorme vaso de inspiración griega que los admiradores del poeta Bryant le habían mandado a hacer en Tiffany's como regalo de cumpleaños, la liliputiense retrocedió unos pasos y se paró en puntas de pie para tratar de contemplarlo mejor. Como Rústica los esperaba fuera del edificio, estuvo tentada de pedirle a Crinigan que la alzara en sus brazos para ver de cerca esa maravilla. Se abstuvo, naturalmente. Ese tipo de conducta era propia de los niños y ella jamás había deseado tanto que la considerasen una mujer.

Otro día, el irlandés quiso llevarla a Brooklyn y, después de aplacar los temores de Rústica, se dirigieron hacia el puente de piedra y acero que atravesaba el Hudson. Cuando, después de pagar el peaje, el coche avanzó sobre aquel prodigio de la ingeniería, Chiquita empezó a aplaudir. Aquello *sí* era una obra de arte, exclamó al ver cómo los landós y los *broughams*, las carretas cargadas de cántaras de leche y los carritos de color rojo del correo, los vagones del ferrocarril y los viandantes iban o venían, en perfecto orden, por las cinco calzadas.

En vista de que Rústica ya había aceptado cruzar un puente que pendía de cuatro cables, Crinigan consideró que podían emprender una aventura más ambiciosa. Así que se dirigieron en ferry a Ellis Island y subieron en un ascensor hasta la corona de la estatua de la Libertad.

—Nunca pensé que fuera hueca —musitó Chiquita.

—Apréndase la lección —bromeó su amigo, sujetándose el sombrero para que el viento no se lo arrebatara—. La libertad nunca es tan maciza como parece.

Durante esos recorridos, el irlandés se las arreglaba para conversar con Chiquita y, al mismo tiempo, estar pendiente de que nadie fuera a empujarla o a tropezar con ella. Si notaba que la observaban de modo impertinente, fruncía el ceño y, lo mismo si se trataba de un caballero, de una dama o de un chiquillo, su expresión amenazadora obligaba al indiscreto a dirigir la vista hacia otra parte.

Chiquita se llevó una sorpresa al saber que la ocupación principal de Crinigan en el *World* era escribir sobre política exterior y, para no parecerle frívola y tener tema de conversación, comenzó a leer, por primera vez en su vida, las noticias. Eso le permitió descubrir que vivía en un planeta más complejo de lo que suponía, donde los turcos asesinaban a los armenios, los etíopes luchaban contra los italianos, los británicos sofocaban las rebeliones de los africanos, los hindúes se desangraban en guerras religiosas, los chinos y los japoneses se pedían la cabeza, los filipinos se sublevaban contra los españoles y los anarquistas ponían bombas en todos lados. ¡Qué ingenua había sido al pensar que Cuba era el ombligo del mundo!

Crinigan le habló de la incierta situación de Hawai, donde tres años atrás, con la complicidad del embajador americano y el apoyo de los soldados de la marina, los blancos de Honolulu habían derrocado a la reina Liliuokalani e impuesto un gobierno provisional. ¿Debía Estados Unidos sumar esas islas del Pacífico a su territorio o dejarlas a merced de los codiciosos japoneses? El presidente Cleveland no parecía interesado en firmar un tratado de anexión; pero, por suerte, dentro de pocos meses se iría de la Casa Blanca y todo sería distinto. La convención republicana acababa de designar a William McKinley, el gobernador de Ohio, como su candidato a la presidencia y, aunque a Crinigan no le hacían ninguna gracia sus aburridos discursos, en los que siempre se las arreglaba para aludir a «la mano de Dios», como fiel republicano votaría por él.

—Cualquier cosa es preferible a que otro demócrata dirija el país y el emperador de Japón termine apoderándose de Hawai.

—¿Y los hawaianos no pueden hacerse cargo solos de sus propios asuntos? —se atrevió a sugerir la joven.

—Ni soñarlo, eso queda descartado —replicó el periodista—. Son unas islas demasiado pequeñas para sobrevivir en un mundo tan grande y voraz. Necesitan que alguien cuide de ellas.

Chiquita se sonrojó. ¿Acaso no era ella igualmente pequeña?, argumentó con ardor. El hecho de medir mucho menos que los demás no significaba que pudieran esclavizarla o decidir por ella.

—Pero estamos hablando de Hawai, no de usted —se defendió su amigo, tirando a broma el asunto, y aprovechó para decirle lo bonita que se veía cuando se enojaba.

Sin embargo, el tema favorito de Crinigan era la guerra de Cuba. Había escrito algunos artículos sobre el enfrentamiento entre los españoles y los insurgentes, y se proponía hacer varios más, pues ese tema apasionaba a los lectores. Todos los días el *World* publicaba noticias sobre la mayor de las islas del Caribe y opiniones sobre la posición que debía asumir Estados Unidos ante el conflicto. Los puntos de vista eran tan diversos que incluso quienes consideraban que el gobierno debía intervenir en la rencilla y ayudar a Cuba a obtener su libertad, lo hacían movidos por ideas e intereses diferentes: la gente común, por simpatía o por creer que ya era hora de que España renunciase a sus ínfulas de gran metrópoli; los comerciantes, porque vislumbraban un nuevo mercado para sus productos, y los clérigos, porque se veían convirtiendo a miles y miles de católicos y ateos cubanos al protestantismo. Pero también en ese caso, como en el de Hawai, Cleveland prefería lavarse las manos y se mostraba reticente a que la nación diera cualquier tipo de apoyo, incluso moral, a los insurrectos. En parte, para no estropear las relaciones con España, y en parte, también, por considerar que los dos bandos estaban formados por auténticos bárbaros que mataban y quemaban sin el menor escrúpulo.

Esas charlas sobre política le vinieron muy bien a Chiquita cuando, en una función vespertina del *vaudeville* de Koster & Bial, descubrió el milagro del Vitascope de Edison. Sobre una pantalla blanca, vio las figuras en movimiento que desde hacía tres meses maravillaban a toda Nueva York. Las primeras vistas que exhibieron mostraban a un par de rubias —las hermanas Edna y Stella Leigh— danzando con una sombrilla y a unos pugilistas intercambiando golpes. El beso de una pareja de actores de moda provocó reacciones de desagrado del público y alguien, alzando la voz, lo tildó de obsceno. Chiquita estuvo entre los que se sonrojaron. Un beso de amor, le explicó al reportero, no era pecado, pero así, magnificado en aquel lienzo enorme, se volvía algo chocante. El último cuadro, titulado *La doctrina Monroe*, era una farsa que hacía alusión a la disputa de Inglaterra y Venezuela por la línea fronteriza de la Guayana Británica. Gracias a que Crinigan le había explicado cómo Estados Unidos había intervenido en ese conflicto, proclamando su soberanía sobre el continente, pudo entender por qué los espectadores se enfurecían al ver a John Bull, ese caballero regordete y encorbatado que simboliza a los ingleses, agredir a Venezuela, y luego reían y aplaudían con patriotismo cuando el flaco y larguirucho Tío Sam, con su barbita de chivo y su sombrero de copa, lo agarraba por el cuello y lo obligaba a pedir disculpas.

Tan entusiasmada quedó Chiquita con aquellas imágenes animadas, que al concluir la exhibición hizo que Crinigan la llevara de inmediato a ver el Cinématographe Lumière, traído por Keith desde París para hacerle la competencia al Vitascope. Las vistas de Lumière eran más variadas, pues mostraban gentes y lugares de distintos países —un desfile de un regimiento de la infantería francesa; la coronación de Nicolás II, el zar de Rusia; el Hyde Park de Londres y unas campesinas suizas haciendo la colada— y vibraban menos que las de Edison.

Una mañana, después de ver con disgusto cómo su hermana se engalanaba y se iba de paseo con el irlandés, Rumaldo le confesó a Mundo que estaba harto de tocar puertas sin ningún resultado. Con dolor de su alma, iba a tener que decir que sí a cualquier oferta de trabajo que les hicieran, así fuera para una taberna de mala muerte. Y justo en ese instante, un botones del hotel les subió una carta que los dejó estupefactos.

Proctor deseaba tener a Chiquita como principal atracción en su *vaudeville*. ¿Podían reunirse lo antes posible para negociar los términos del contrato? Al enterarse de la noticia, Monsieur Durand hizo algunas llamadas y averiguó la causa de tan súbito interés. La noche anterior, Proctor había recibido un telegrama en el que le avisaban que los liliputienses esquimales no querían abandonar Groenlandia. Se negaban rotundamente a subir al barco que debía trasladarlos a Nueva York. Como ya no tenía tiempo de ir a Europa y conseguir algún enano famoso, Chiquita era su única alternativa para poder competir con I Piccolini de Pastor y Die Liliputaner de Hammerstein. Si la cubana le fallaba, la temporada de otoño del Palacio del Placer sería un desastre.

—Espere unas horas antes de ir a verlo y no acepte lo primero que le ofrezca —le aconsejó el gerente del hotel a Rumaldo—. Ahora usted tiene la sartén por el mango.

Chiquita y Rústica volvieron al atardecer, muertas de cansancio. El paseo, que inicialmente iba a ser muy cerca, se había convertido en una complicada excursión. Crinigan, sorprendido al enterarse de que su amiga no disponía de fotografías de calidad, insistió en llevarla a Staten Island para que su amiga Alice Austen, una verdadera artista de la lente, le tomara algunas. Allí, en la *piazza* interior de su mansión victoriana, frente a una wisteria japonesa de flores rosadas, la joven le hizo varios retratos a Chiquita, elogiando su porte, la brevedad de su cintura y la rebeldía de sus rizos, y le preguntó si por sus venas corría sangre gitana.

«Gitana, no sé», contestó Chiquita. «Árabe, tal vez», y le explicó que sus antepasados maternos eran de Granada, reino de moros durante siglos, y que los paternos provenían de las Canarias, unas islas que quedaban más cerca de África que de la Península Ibérica.

A Chiquita le gustaron los modales descomplicados de Miss Austen. Pero ¿eran ideas suyas o la fotógrafa la había mirado todo el tiempo de un modo extraño? Cuando, ya en el hotel, le pidió a Rústica su opinión, la sirvienta, sin pelos en la lengua, dijo que la encontraba un poco marimacha. ¿Quién había visto que una mujer anduviera de aquí para allá cargando cámaras fotográficas y trípodes? Eso era cosa de hombres.

—¡Caramba, al fin aparece la señorita! —exclamó Rumaldo, que las aguardaba tendido en el sofá del recibidor. Su hermana se dispuso a justificar la tardanza, pero enmudeció al descubrir una mesa atiborrada de platos, copas y botellas.

¿Rumaldo estaba loco? Noches atrás habían discutido cómo hacer economías, y de repente, aquel despilfarro. Dulces finos, *mousse* de langosta, champaña... Abrió la boca para exigirle una explicación, pero en ese momento Segismundo, sentado al piano, comenzó a entonar una especie de himno en honor a Chiquita, *the new Proctor's living doll*. ¿Era una broma? ¿Se habían confabulado esos dos zánganos para tomarle el pelo?

—Un contrato por cuarenta y dos semanas en el Palacio del Placer —anunció Rumaldo, mientras agitaba unos papeles delante de su nariz—. Proctor espera una respuesta mañana a primera hora —y señalando con el índice el monto de los honorarios que el empresario estaba dispuesto a pagar a la semana (una cifra con tres ceros a la derecha que hizo tragar en seco a Chiquita), añadió burlón—: ¿Lo apruebas o lo rechazas?

Esa noche los Cenda tuvieron una fiesta. Monsieur Durand subió, como cortesía del hotel, dos botellas de un exquisito Mouton-Rothschild de Pauillac, categoría Premier Cru, para brindar por *le triomphe* y, sorpresivamente, la alegre Hope Booth se sumó a la celebración. Tartamudeando, Rumaldo explicó que había coincidido con ella en las oficinas de Proctor y, seguro de que a Chiquita le iba a encantar verla de nuevo, se había tomado la libertad de invitarla. Hope la felicitó y se ofreció para instruirla sobre cómo tratar a los empresarios. Según su experiencia, mostrarse demasiado dócil era fatal. Tenía que aprender a sacar las uñas, como una gatica, y darles un arañazo de vez en cuando.

Por último, para dejar a Chiquita todavía más asombrada, apareció Lilli Lehmann-Kalisch acompañada por su marido, quien portaba una caja de cartón grande y chata. Monsieur Durand le había comunicado *la bonne nouvelle,* explicó la soprano, y puesto que la ocasión ameritaba un regalo, le traía algo especial. Quitándole la caja al tenor Kalisch, la depositó a los pies de su amiga y la animó a abrirla. Era un abanico vienés, de plumas de avestruz, para que lo usara en sus actuaciones y se acordara de que ella, la incomparable Lilli Lehmann-Kalisch, la mejor de las Brünnhilde, ¡la soprano favorita de Wagner!, era su *Freundin der Seele,* su amiga del alma.

Espiridiona lamentó que Patrick Crinigan no estuviera allí, pero se consoló pensando que así podría darle la noticia a solas. Sentada en un sofá, con la sólida Frau Lehmann a un lado y la frágil Miss Booth al otro, oyó los consejos que, alternándose, ambas le susurraban al oído. Según la alemana, el éxito de una artista estaba en no prodigarse demasiado, en entregar su arte al público, pero sin entrar en confianzas con él. Los artistas eran dioses y los espectadores, simples humanos que tenían el privilegio de adorarlos. Hope, en cambio, le recomendó ser zalamera y atrevida en la escena, aunque, claro está, dentro de ciertos límites. (Esos límites no le quedaron claros a Chiquita: ¿acaso no acababan de multarla por salir a escena con vestuarios indecentes?) Hierática y wagneriana, secreteaba la soprano. Picante y seductora, bisbisaba Miss Booth. Una walkiria, exhortaba una. Una coqueta, apuntaba la otra. Grave. Picaruela. Aguerrida. Mimosa. Ante tantas y tan contradictorias recomendaciones, Chiquita concluyó que lo más prudente sería lograr el justo equilibrio. Ni *muy muy* ni *tan tan.* Su estilo sería una combinación de vestal y de *cocotte,* decidió mientras todo empezaba a dar vueltas a su alrededor, en parte por la abundancia de consejos y en parte por las generosas libaciones.

Tarde en la madrugada, cuando los invitados se despidieron y Chiquita firmó el contrato, se enteró de que Proctor les pagaría un sustancioso anticipo sobre sus honorarios.*
En una semana empezarían los ensayos y a fines de agosto, días antes del inicio de la temporada de otoño, ya Chiquita estaría actuando en el Palacio del Placer.

---

* Aunque el manuscrito no especifica, ni en este ni en ningún otro caso, el dinero exacto pagado a Chiquita, debe haber sido una cantidad sustanciosa si se toman como referencia los salarios que, durante aquel año de 1896, se pagaron a distintos artistas foráneos. Se sabe, por ejemplo, que el francés Chevalier recibió tres mil dólares a la semana por cantar en el *vaudeville* de Koster & Bial. Por su parte, Hammerstein pagó a la también gala Yvette Guilbert cuatro mil dólares por seis presentaciones a la semana. Aunque Chiquita no llegó a Nueva York precedida de la fama de esas dos figuras, sus honorarios como principal atracción del Palacio del Placer deben haber sido respetables.

[Capítulo X]

De todos los capítulos del libro, el décimo era el más romántico y estaba dedicado casi por completo a Patrick Crinigan. Chiquita lo empezaba asegurando que el irlandés había sido no sólo el primero, sino también el mayor de sus amores, y luego lo describía minuciosamente, haciendo énfasis en su caballerosidad, su buen humor y su inteligencia. A mí siempre me pareció que no hacía falta que ese retrato fuera tan detallado, que podía reducirse a la tercera parte, pero ella se negó a recortarlo. En fin, cada loco con su tema.

La sustancia de ese capítulo estaba al final. Lo demás no aportaba mucho. Páginas enteras hablando de lo bien que se entendían los dos, de lo mucho que se divertían juntos, de cómo en cuanto se decían adiós empezaban a echarse de menos y de otras idioteces por el estilo. Puro relleno. Por ejemplo: había una escena larguísima que transcurría en el Central Park. Muy bonita, muy bien escrita y todo lo que tú quieras, pero si te la saltabas, no te perdías nada.

Para escribir ese pedazo nos demoramos una eternidad. Figúrate: a Chiquita se le antojó que todas las descripciones del Central Park tenían que ser fieles a la realidad y, como había cosas que no tenía claras, me hizo ir varias veces hasta allá, para que le recordara de qué colores estaban pintados los caballitos del carrusel o para que contara el número de peldaños de una escalinata. ¿Te parece justo obligar a alguien a ir desde Far Rockaway hasta Manhattan por semejantes estupideces? Más de una vez estuve tentado de mandarla para el carajo. Pero cuando una mujer, por chiquita que sea, se encapricha en algo, no vale la pena gastar saliva tratando de hacerla entrar en razón. Así que hasta el parque me zumbaba yo y caminaba de una esquina a otra tomando las notas más imbéciles que te puedas imaginar: «En el carrusel hay caballos negros, pardos y blancos, y todos tienen las bocas abiertas, grandes dientes y las lenguas afuera» o «Las escalinatas que van de la terraza hasta la fuente donde está el Ángel de las Aguas tienen treinta y seis escalones, ni uno más ni uno menos, con un rellano entre el escalón número dieciocho y el diecinueve».

El problema era que, como en esa época ya Chiquita no salía de su casa para nada, pensaba que el Central Park seguía siendo el mismo paraíso que ella había conocido al llegar a Estados Unidos. Me hablaba de lugares y de cosas que recordaba muy vívidamente —el Little Carlsbad, un pabellón donde podían tomarse treinta tipos diferentes de aguas minerales; la glorieta pintada con alegres colores en la que una banda ofrecía conciertos al aire libre; las góndolas traídas desde Venecia que navegaban por el lago—, y me miraba con incredulidad y pesar cuando yo le explicaba que todo eso o estaba en pésimas condiciones o ya no existía. En su recuerdo, el *Mall* era un constante ir y venir de jinetes y de lujosos carruajes, y la Explanada, el paseo de moda al que acudían las señoritas y los caballeros para lucir su ropa nueva. Pero ese mundo sólo existía en su imaginación. La realidad que yo encontraba era muy diferente.

Desde años atrás el parque estaba descuidado, en decadencia, y la Depresión había empeorado las cosas. La gente elegante y perfumada que antiguamente lo visitaba y que se sentaba durante horas a chacharear en sus bancos de madera, de granito, de ladrillos y de hierro fundido, había sido sustituida por montones de desempleados mugrientos que vivían allí. Sí, como lo oyes: como no tenían techo, el parque se había convertido en su refugio. Unos dormían debajo de los puentes y otros en casuchas hechas a la buena de Dios con pedazos de cartón, tablas y chatarra. Y no te cuento la peste que había en el Belvedere por culpa de esos infelices que cagaban y meaban en cualquier lado. El castillo estaba hecho una asquerosidad. Muchas de esas gentes, en su desesperación al verse sin casa ni comida, rompían las cercas, los bancos y las pérgolas, cortaban los árboles y rayaban los monumentos. Ni siquiera las estatuas de bronce se salvaron del vandalismo: a la del cazador indio, unos graciosos le robaron su arco, y a la del tigre con el pavo real en la boca, no se sabe cómo, la sacaron de la piedra donde estaba colocada.

Yo no justificaba esas atrocidades, pero tampoco las condenaba. A lo mejor, de no haber conseguido trabajo, habría hecho lo mismo que esos *homeless:* destruir y destruir, porque nada embrutece y desespera tanto como sentirse en un callejón sin salida, y al fin y al cabo es preferible que la gente se desahogue cortándole una rama a un árbol y no la cabeza a un policía.

Estando en el parque, me topé con los italianos de la pensión. Casi ni los reconocí, de lo cochinos que andaban. Estuve tentado de acercarme y saludarlos, pero me miraron con tanto odio que cambié de idea. ¿Alguna vez has sentido vergüenza de salir a la calle limpio y bien vestido? Esa mañana yo la sentí.

La parte del capítulo dedicada al Central Park terminaba con Chiquita y Patrick Crinigan caminando por delante de la lechería donde en esa época les daban vasos de leche fresca, gratis, a los niños. Al ver que un señor y su niña pasaban junto al quiosco sin detenerse a pedir su vaso, uno de los empleados los llamaba a voces: «¡Señor, señor, venga para que su hijita se tome la leche!». A Chiquita esa confusión la puso furiosa, pero al irlandés le hizo mucha gracia y a partir de ese momento, cada vez que quería enojarla, le decía «hijita mía».

Cuando empezó a ensayar en el *vaudeville* de Proctor, la vida de Chiquita se complicó bastante. Pero eso no impidió que continuara viéndose a menudo con su amigo. Digo amigo y no pretendiente, enamorado o novio, porque hasta ese momento la palabra amor no se había mencionado entre ellos. Crinigan se comportaba muy respetuosamente, le traía flores, le compraba dulces finos, le decía requiebros, pero de ahí no pasaba la cosa. Como ya no podían disponer a su antojo, como antes, de las mañanas y las tardes, la solución que se les ocurrió para seguir viéndose a menudo fue empezar a ir a los teatros por la noche.

Quien se fastidió con ese cambio fue Segismundo. Él hubiera preferido seguir ajeno a esa relación, pero Chiquita lo designó como su acompañante oficial para las salidas nocturnas y no pudo decirle que no. Hasta ese momento, Rústica había sido la chaperona perfecta, pero sentar a una negra en un palco del Daly's, el Garrick, el Bijou o cualquiera de los teatros de Nueva York era demasiado provocativo para la sociedad de aquel tiempo. Ten en cuenta que, a pesar de que en Estados Unidos la esclavitud se había abolido hacía más de treinta años, los blancos tenían sus espacios y los negros los suyos. Ser prieto era un dolor de cabeza, era ser ciudadano de quinta categoría. A juzgar por lo que dicen en los periódicos y en la televisión, parece que eso ha cambiado algo. Ahora son de tercera.

Fíjate qué cosa tan curiosa: en esa época, los negros de Cuba tenían más derechos que los de Estados Unidos. Podían sentarse al lado de los blancos en los trenes, las cantinas y los teatros; podían mandar a sus hijos a las escuelas públicas y, si tenían dinero, hasta a la universidad, y ya en las parroquias no se anotaba el nacimiento de los blancos en un libro y el de los morenos en otro. Lo interesante es que la mayoría de esas medidas se pusieron en práctica antes de que España aboliera la esclavitud. Pero no vayas a pensar que los gallegos permitían esas cosas porque tuvieran buenos sentimientos. No seas ingenuo: lo hacían para ver si la gente de color se tranquilizaba, se olvidaba de la independencia y dejaba de conspirar.

Los dramas, las comedias y las óperas bufas que vieron durante esas semanas le cayeron de perlas a Chiquita, porque pudo estudiar la forma en que los artistas de moda se movían por el escenario, y cómo se relacionaban con el público. Ella tomaba nota mentalmente de todo lo que le parecía bueno, con la idea de aplicarlo cuando le llegara su turno. Hasta a la ópera fueron, una noche en que Lilli Lehmann cantaba *Tristán e Isolda;* pero aunque el espectáculo era a todo trapo, ni a Chiquita ni a Mundo les gustó la música de Wagner. La hallaron demasiado grandilocuente e intimidatoria, y se pasaron toda la función brincando en sus asientos por culpa de los cornos y las trompetas. Por supuesto, no le dijeron nada a la Lehmann cuando, en un entreacto, Crinigan los llevó hasta su camerino. Ella regresaba en unos días a Alemania y le deseó mucha suerte a Chiquita.

También fueron a un par de *vaudevilles* en los que cantaban y bailaban liliputienses, pero después de observarlos con atención, Chiquita dictaminó que no se trataba de verdaderos artistas, sino sólo de «curiosidades del género humano». Crinigan estuvo de acuerdo, pero le aclaró que los artistas que Pastor y Hammerstein tenían contratados para el otoño eran harina de otro costal: profesionales fogueados en los mejores teatros de Europa, de larga experiencia y probada calidad. Rivalizar con ellos, le advirtió, sería todo un reto.

—Ah, caramba —exclamó Chiquita, haciéndose la ofendida—. ¿Duda usted de mis méritos?

—Jamás —ripostó su admirador—. Tengo la certeza de que sobre la Tierra no existe otra criatura tan talentosa y adorable como usted.

Una noche que estaban en el Empire, viendo una obra protagonizada por Maude Adams, al terminar el primer acto Crinigan le dio dinero a Mundo y lo mandó a comprar bombones. Entonces, cuando su «hijita» y él se quedaron solos en el palco, le tomó una mano y le dijo que la amaba y que estaba loco por casarse con ella.

En su opinión, la diferencia de tamaños podía ser un inconveniente para su matrimonio, pero no un obstáculo insalvable. Si otras parejas habían podido sortearlo y vivir felices como marido y mujer, ¿por qué ellos no? Y antes de que Chiquita pudiera contradecirlo, sacó una vieja postal que llevaba en el bolsillo de la chaqueta y se la enseñó. Era un retrato del señor y la señora Reed, un matrimonio que había sido muy popular en Estados Unidos años atrás precisamente porque él medía seis pies y ella era una dama muy menuda.

—La señora Reed era bajita, pero no liliputiense —comentó Chiquita con los ojos clavados en la postal—. Le daba a su marido por el ombligo. Yo, en cambio, apenas te llego a las rodillas.*

Pero al darse cuenta de que el semblante del irlandés se demudaba, le aclaró que eso no significaba que lo estuviera rechazando. ¿Qué sentido tenía negarlo? Ella también lo amaba. Desde el primer momento se había sentido atraída por sus patillas coloradas y el azul casi transparente de sus ojos... Entonces Crinigan le confesó que su sueño era llevársela a vivir al campo, en Connecticut. Una casita con una gran chimenea y un jardín, cerca de un arroyo y de un bosque, lejos del bullicio y de la gente indiscreta, ¿qué escenario mejor para una vida conyugal? Aunque no era rico, con lo que tenía podrían vivir con dignidad. Además, ya había hablado con Pulitzer sobre la posibilidad de enviar crónicas para el *World* desde allá.

En ese instante, Mundo volvió con los confites y su prima le ordenó, en un tono que no admitía réplicas, que se fuera a dar un paseo por el *foyer*. Mister Crinigan y ella estaban discutiendo un asunto importante y necesitaban hacerlo sin testigos.

—Querido Patrick —exclamó dulcemente en cuanto Mundo se esfumó, y a su pretendiente le pareció de muy buen agüero que dejara a un lado el ceremonioso Mister Crinigan y se animara a utilizar su nombre de pila—. Seamos razonables. Acabo de firmar un contrato y dentro de unos días

---

* Durante mis pesquisas di con una fotografía de los Reed tomada en 1875, poco después de su matrimonio, en el estudio Lord's Gallery, en Nueva York. Al casarse, la dama tenía veintiséis años, medía treinta y tres pulgadas y pesaba treinta y cuatro libras. El marido era un hombre delgado, de barba y con apariencia meditabunda, a quien, en efecto, su pareja apenas llegaba a la cintura. ¿Sería ese el retrato que Crinigan mostró a Chiquita en el Empire? Probablemente...

debutaré en uno de los mejores *vaudevilles*. Sería una locura renunciar a todo eso para casarme contigo o con cualquier otro hombre.

Chiquita contaba que en ese momento al irlandés se le aguaron los ojos como si fuera a llorar. Por eso se apresuró a decirle:

—No me pidas *lo único* que no estoy dispuesta a hacer por ti —y, entornando los párpados, añadió—: Ahora bien, si me pides *cualquier otra cosa,* como, por ejemplo, que te acompañe a tu apartamento y sea tuya esta noche, no podré negártelo.

¡Imagínate! El irlandés se quedó boquiabierto y lo único que atinó a preguntarle fue qué explicación podrían darle a Segismundo. Pero Chiquita se hizo cargo de eso. Cuando el primo reapareció, le anunció que habían decidido irse sin ver los actos que faltaban. Mister Crinigan y ella necesitaban privacidad y un palco del Empire no era el lugar más adecuado.

—Lo acompañaré a su apartamento y tú esperarás en algún café hasta que terminemos nuestra charla —le dijo.

Patrick no era ningún novato, pero cuando tuvo a Chiquita en su dormitorio, tentadora y dispuesta a todo, se puso muy nervioso. La subió a su cama, la desvistió y empezó a acariciarla con mucha delicadeza. Según Chiquita, en ese momento lamentó haberle entregado su virginidad al zapatero Carrodeaguas. Pero enseguida trató de ahuyentar ese recuerdo. Lo del mulato, explicaba, había sido una especie de sacrificio para poder retener a su lado a Rústica. En cambio, lo que la impulsó a montarse a horcajadas sobre el pecho de Patrick, a tirar del vello rojizo que le crecía entre las tetillas como una amazona de las riendas de su corcel y a besarlo en los labios y en la frente, fue el amor.

Chiquita se llevó una sorpresa al descubrir que, aunque su amado era alto y ancho como un escaparate, tenía una llavecita muy pequeña. Entonces, envalentonada, se atrevió a sugerirle que la metiera dentro de su cerradura. «Pero sólo la puntica», le rogó, cautelosa. El irlandés la complació. Al principio, apenas se movía, temeroso de hacerle daño, pero tanto se entusiasmaron, que cuando vinieron a darse cuenta ya toda la llavecita estaba adentro.

Para cerrar el capítulo, Chiquita comentaba que esa noche Crinigan le había confesado que desde años atrás tenía la oscura fantasía de poseer a una niña. Con su «hijita», una mujer del tamaño de un bebé, por fin había podido satisfacer ese deseo prohibido sin ningún tipo de remordimiento. Y ella, ¿se había sentido culpable al retorcerse de placer entre las sábanas del periodista? Aquel desenfreno, aquella lujuria, estaban reñidos con los preceptos morales que le habían inculcado, con el comportamiento que se esperaba de una señorita de Matanzas. Pero ¿acaso ella era una señorita común y corriente? Todos, desde sus padres hasta sus primas, habían dado por sentado que un ser humano de su tamaño podía aspirar a tener el cariño de la familia, pero no la pasión de un amante. ¿Por qué, entonces, atenerse a las reglas de un mundo que le negaba la posibilidad de amar y de realizarse como mujer? A fin de cuentas, Chiquita era una artista —o pronto lo sería— y las artistas estaban por encima de las restricciones morales o de cualquier otra índole. Haber tenido decenas de amantes y ser hija y sobrina de *cocottes* no privaba a la Bernhardt del respeto de su público ni impedía que se la considerase una gran dama.

Después de esas reflexiones, cerraba con una última oración bastante maliciosa, que decía algo así como: «Durante las siguientes noches, Segismundo se volvió cliente habitual de un tranquilo café que quedaba cerca del domicilio de Crinigan...».

Cuando terminé de mecanografiar el capítulo, yo tenía las orejas encendidas y me daba vergüenza mirar a Chiquita, porque cada vez que lo hacía me la imaginaba desnuda.

—Muchacho, no creí que fueras tan puritano —se burló ella—. Cada vez que te dicto un episodio picante te ruborizas. Será mejor que te acostumbres, porque todavía me faltan unos cuantos. ¿No te has dado cuenta de que soy una mujer a la que le tiene sin cuidado el qué dirán?

En realidad, de lo que desde hacía rato me venía dando cuenta era de la extraña atracción que Chiquita sentía por mí. De un tiempo a esa parte, había empezado a mirarme con languidez y a comportarse como si, más que su empleado, yo fuera un enamorado que no se decidiera a cortejarla o algo por el estilo. Se empeñaba en que la acompañara a su jardín, a regar los lirios y las margaritas chinas, y a ver cómo los azulejos se bañaban en una fuentecita. Y si alguna ardilla hambrienta bajaba del magnolio o del sauce llorón que había sembrados en el patio y se nos acercaban para pedir comida, chillaba exageradamente y aprovechaba el pretexto para abrazarse a mis pantorrillas en busca de protección. También me obligaba a leerle mis sonetos por las noches, junto a la chimenea, y me miraba con adoración.

Déjame aclararte, para evitar malas interpretaciones, que entre nosotros nunca hubo nada físico. Es más, créeme que en los casi tres años que viví en Far Rockaway si le rocé los dedos de la mano un par de veces, fue mucho. No es que me repugnara, sino que seguía intimidándome un poco. La verdad es que nunca pude habituarme a su tamaño. Oye, se dice fácil, pero es del carajo tener enfrente a una vieja con el cuerpo de una niñita.

Pero no fui yo el único que se dio cuenta de esa especie de flirteo de adolescente. Rústica lo captó enseguida y, como le molestaba lo bien que me trataba la dueña de la casa y que nos pasáramos horas conversando de cosas que nada tenían que ver con el libro, cada vez que podía me lanzaba una pulla. Una mañana que me retrasé un poco, me tocó a la puerta y dijo con retintín: «Apúrese, que su novia lo está esperando».

Llegó un momento en que Chiquita se volvió muy posesiva. Pretendía que estuviera todo el día con ella y ponía mala cara cuando le avisaba que iba a dar una vuelta por el pueblo. ¡Hasta empezó a darme clases de inglés por las noches, para retenerme a su lado! Pero como comprenderás, yo no podía pasarme las mañanas, las tardes y las noches metido en esa casa. La vida no podía ser tan monótona. Había días en que sentía que me asfixiaba, que no soportaba aquel encierro y me rebelaba.

Recuerda que en esa época yo era un muchachón y a esa edad uno necesita sentirse libre, salir a la calle, decirle un piropo a alguna mujer bonita, tomarse un trago. Aunque te aclaro que en Far Rockaway no había mucho en qué entretenerse. En sus años de gloria había sido un balneario de moda, con hoteles lujosos, pero de eso ya sólo quedaba el recuerdo; por entonces era una especie de pueblo fantasma que sólo revivía de julio a septiembre, cuando la gente iba a veranear. Y para empeorar las cosas, de tragos nada. El alcohol estaba prohibido y lo más parecido a una cerveza que podías conseguir era un sirope de malta inmundo, que no había quien se lo tomara.

Cuando me sentía harto de Chiquita, de Rústica y de Far Rockaway, me consolaba pensando que peor me había ido friendo los pescados de mi tío. Para pasarla bien, uno tenía que ir a Playland, el parque de diversiones que quedaba en la misma península, pero bastante lejos de la casa, por en vuelta de Rockaway Beach. Yo fui tres o cuatro veces, hasta que me aburrí. Tanto barullo y tanto gentío me aturdían y, además, nunca tuve valor para subirme en la montaña rusa. Por suerte, un tipo que conocí en la calle me contó que en Belle Harbor, que era otro pueblito de los Rockaways, vivía una sueca *muy cariñosa* y me dio su dirección. Fui a verla, me convertí en cliente suyo y eso me hizo la vida más llevadera. Una o dos veces a la semana iba a hacerle la visita. La sueca no era barata, pero piensa que yo casi no tenía gastos. Además, con ella nunca te sentías estafado. Te atendía sin apuro, como si fueras un marajá, y el servicio incluía una que otra copita de whisky casero.

Para mí que Chiquita llegó a leerme la mente, porque cada vez que estábamos trabajando en su libro y yo pensaba: «Esta noche voy a pasarla rico con Greta» (así se llamaba la sueca, igual que la Garbo), me miraba atravesado y ponía cara de reproche. A veces se enfurruñaba tanto que me dejaba de hablar, o si no, se quejaba de que no le estaba poniendo empeño al trabajo y amenazaba con sustituirme. Aquello podía ser muy desagradable. Pero el berrinche nunca le duraba mucho, los celos se le pasaban y volvía a tratarme como si nada: me halagaba, decía que Dios me había puesto en su camino y que sin mi ayuda jamás hubiera podido escribir su vida.

Esta situación que te comento duró varios meses, pero luego ella comprendió que su comportamiento era irracional, y dejó de celarme y de querer tenerme al lado todo el tiempo. De haber sabido algo de los astros en esa época, hubiera entendido enseguida por qué Chiquita tuvo tantos amores y por qué, con sesenta años en las costillas, seguía flirteando conmigo como si fuera una adolescente. ¿Qué otra cosa podía esperarse de alguien que nació con la Luna en Tauro, con Venus en Acuario, con Urano en la Casa Séptima y con Júpiter en la Casa Quinta?

¿Tú entiendes algo de astrología? Yo tampoco sabía nada hasta que, al regresar a Matanzas, me enredé con Carmela, una mulatica clara, de esas que parecen blancas, que se ganaba la vida tirando las cartas y leyendo la palma de la mano. También era espiritista, hacía cartas astrales y hasta te decía el pasado, el presente y el futuro mirando una bola de cristal. Tenía una clientela tremenda. Pero esa historia no tiene nada que ver con el décimo capítulo, así que mejor la dejo para otro día, porque ya hace rato que te veo mirando el reloj y me imagino que estarás loco por irte.

Capítulo XI

Un vaudeville *cubano. La estrategia de Proctor. Aventuras y desventuras de los loros parlantes. Empiezan los ensayos. Escandalosas confesiones de Hope Booth. Noticias de Matanzas. Retratos y recuerdos de Paulina Musters. La rival fantasma. Exasperante encuentro con la directiva de la Junta Revolucionaria Cubana.*

F. F. Proctor hizo grandes planes para el debut de Chiquita. Por supuesto, Segismundo seguiría acompañándola al piano, pero, además, tendría el respaldo de una orquesta, una docena de acróbatas y un nutrido cuerpo de baile. Cada vez que Hammerstein contrataba a Die Liliputaner, ponía en escena a un grupo de bailarinas para realzarlos, y él no iba a quedarse atrás.

El dueño del Palacio del Placer tomó el montón de periódicos que tenía encima de su escritorio y los desplegó ante Chiquita y Rumaldo Cenda. Había encerrado en círculos rojos las noticias sobre Cuba y fue leyendo en alta voz los titulares: «Nuevo triunfo de las tropas insurgentes», «Un hospital rebelde capturado después de una gallarda defensa», «Nueve españoles muertos en combate y decenas más heridos», «Cuatro cubanos fusilados en Matanzas por conspirar»... También tenía marcados artículos que hablaban de las severas medidas con que el gobernador Valeriano Weyler, conocido como «el Carnicero», intentaba inútilmente sofocar la rebelión; de barcos que conseguían llegar a las costas cubanas cargados de ropa, medicinas y dinamita para los rebeldes, y de si Estados Unidos debía hacer algo o no para acelerar el desenlace de la sanguinaria guerra. No, el presidente Cleveland no había exagerado al decir que en toda la Unión parecía haber una epidemia de locura con Cuba.

—Si eso es lo que le interesa a la gente, eso le daremos —dictaminó Proctor con malicia—: un *vaudeville* cubano con la maravillosa Chiquita.

El empresario era un hombre enérgico y entusiasta, acostumbrado a llevar a escena cualquier fantasía, por difícil que pareciera. A esas alturas, ni se acordaba ya de los esquimales, las focas y los iglúes: su cabeza estaba llena de insurgentes criollos y de crueles españoles, de combates con fusiles y afilados machetes, y de curvilíneas y tentadoras doncellas cubanas. Y es que, analizando las cosas de forma objetiva, los enanos de Groenlandia no eran ninguna novedad para el público americano. Olof Krarer, «la Pequeña Dama Esquimal», recorría desde hacía muchos años toda la Unión, vestida con pieles y hablando sobre las costumbres de su gente.*

Para dar a conocer a Chiquita, Proctor pagó anuncios en los principales periódicos y llenó de carteles las esquinas más transitadas de Manhattan, Brooklyn y Queens; pero, además, puso en práctica un plan que a los Cenda, en un primer momento, les pareció descabellado. El empresario ordenó a sus asistentes que consiguieran doscientos loros jóvenes y los metieran en otras tantas jaulas doradas; después, contrató a varios profesores para que los enseñaran a decir, con el adecuado énfasis, «Admiren a Chiquita, la muñeca viviente, en Proctor's», y, por último, sorteó las aves entre los espectadores que acudían al Palacio del Placer.

La estrategia funcionó de maravillas. Los loros, diseminados por todas partes, repetían el *slogan* incansablemente y de nada valió que sus dueños, hartos de aquella cantaleta, intentaran convencerlos para que dijeran otra cosa. Jubilosas

---

* Olof Krarer nació en 1858 y comenzó a viajar por Estados Unidos, en un circo ambulante, a los diecinueve años. Posteriormente se convirtió en conferencista y empezó a disertar, con gran éxito, sobre Groenlandia y la vida de los esquimales. Lo curioso es que la Pequeña Dama Esquimal (de cuarenta pulgadas de estatura y ciento veinte libras de peso) no nació en Groenlandia, como hacía creer al público, sino en Islandia. Su verdadero nombre era Olof Sölvadottir y se calcula que dio más de dos mil quinientas conferencias sin que nadie descubriera su impostura. También publicó una autobiografía. En 1896, la falsa esquimal seguía dando charlas en teatros e iglesias.

y tercas, las aves continuaban chillando, de la mañana a la noche, el mismo mensaje. La gente comenzó a deshacerse de
ellas —regalándolas a cualquiera que pasara delante de sus casas o poniéndolas en libertad en el Central Park y otros lugares públicos—, pero eso, lejos de perjudicar a Proctor, resultó
beneficioso para sus planes, ya que su mensaje pudo llegar a
nuevos auditorios. Cuando los niños incorporaron el estribillo de los loros a sus juegos, y en los tranvías y los mercados
empezó a hablarse de «Chiquita, la muñeca viviente», los matanceros tuvieron que admitir que el empresario era un genio
de la publicidad.

Por desgracia, en algunos casos el truco tuvo consecuencias imprevistas. Por ejemplo, uno de los loros buscó refugio en los árboles del cementerio de los húngaros, en Queens,
y le dio por martirizar con su estribillo a los rabinos, los deu-
dos de los muertos y los enterradores durante las ceremonias
fúnebres, sin que nadie lograra capturarlo. Otro se posó en
uno de los relojes de las aceras de Broadway y congregó tal
multitud a su alrededor, que la policía tuvo que acudir y ahuyentar a los mirones que entorpecían el tránsito. Pero nada
tan trágico como lo que ocurrió en una tienda de Lafayette
Avenue, en Brooklyn, donde un hombre que hasta ese momento había tenido fama de ecuánime se desesperó a tal
punto con su pajarraco, que sacó un revólver y le voló la cabeza de un balazo delante de media docena de clientes. Acto
seguido, avergonzado por su conducta, se disparó en el paladar. Esos y otros hechos, referidos con lujo de detalles por varios periódicos, no hicieron sino aumentar la curiosidad del
público.*

---

* Al principio, esta historia de los loros amaestrados me pareció inverosímil. Sin embargo, la biografía *F. F. Proctor, Vaudeville Pioneer*, publicada por William Moulton
Marston y John Henry Feller en 1943, asegura que el empresario había utilizado ese recurso, unos años antes, para promocionar sus programas continuos en el 23rd Street
Theatre. No tendría nada de raro que echase mano a la misma estrategia publicitaria
para el debut de Chiquita en el Palacio del Placer.

En las semanas previas al debut, la vida de Chiquita se volvió un torbellino. Era como si alguien, o algo, se empeñara en compensarla por sus largos años de encierro y de monotonía en la casona de Matanzas. Entre los ensayos, las excursiones a las tiendas elegantes de Ladies' Mile en compañía de Hope Booth, sus citas clandestinas con Patrick Crinigan y las reuniones con gentes importantes que se interesaban por conocerla y a las que Proctor recomendaba no defraudar, tenía cada minuto ocupado.

—Aprovecha para divertirte ahora que todavía puedes hacerlo —le aconsejaba Hope—. Cuando empiecen las funciones, te volverás una esclava del escenario. ¡A todas nos pasa lo mismo!

Sin embargo, lo cierto era que Miss Booth parecía disponer de mucho tiempo libre. A menudo se invitaba a tomar el té en el apartamento de The Hoffman House y le contaba a Chiquita de sus salidas con distinguidos políticos y hombres de negocios (sin mencionar apellidos) y de los regalos que estos le enviaban para agradecerle *su compañía*. A la liliputiense no se le escapó que cada vez que la veía, la muchacha llevaba una joya diferente, y Hope le explicó, con fingida ingenuidad, que sus admiradores eran muy generosos, pero poco imaginativos. A todos les encantaba obsequiar lo mismo: collares, anillos, broches y brazaletes.

—A veces me gustaría que me dieran, simplemente, un ramito de violetas —aseguró Hope y, con un simpático mohín de resignación, añadió—: Pero ¿qué puedo hacer? Si no les aceptara sus diamantes, se pondrían muy tristes.

Cuando se sintió más en confianza, la muchacha le contó, con una naturalidad un tanto chocante, que a los diecinueve años, para obtener su primer papel de importancia, había tenido que acostarse con el dueño de la compañía, con el autor de la obra y con el primer actor. Claro que eso había sido al inicio de su carrera, se apresuró a aclarar al ver que su amiga se sonrojaba. Cuatro años después su situación era otra, pues sólo estaba obligada a hacerlo con Mister Hamilton, su *manager,* y ni siquiera muy seguido. Al resto de sus *amigos,* le dijo, se daba el lujo de elegirlos.

En medio de aquel ajetreo, Chiquita halló tiempo para escribirle una larga carta a su hermana. Si al llegar a Nueva York le había enviado un telegrama diciéndole que en breve saldrían rumbo a la casa de campo del inexistente matrimonio Bellwood, en esa misiva le confesó el engaño y la puso al tanto de su contrato para actuar en uno de los mejores teatros de la Babel de Hierro. Sí, querida Manon, su vida había dado un giro sorprendente y lleno de riesgos. Pero, hasta el momento, no se arrepentía de nada. Si otros liliputienses más espigados y menos talentosos triunfaban, ¿por qué ella no? Estuvo a punto de hablarle de Patrick Crinigan y de lo que sentía por él, pero, pensándolo mejor, decidió dejar el tema para otra oportunidad. Con las noticias que llevaba esa carta era más que suficiente. Manon necesitaría tiempo para asimilar tantas novedades. Casi a punto de cerrar el sobre, añadió, a manera de postdata, una última línea: «Y de Juvenal, ¿se ha sabido algo?».

La respuesta llegó más rápido de lo que esperaba. Después de medio pliego de reproches por no haberle dicho antes la verdad, Manon le deseaba la mayor de las suertes en su nueva vida. Por prudencia, no pensaba comentarle ni una palabra a nadie, ni siquiera a su marido: esperaría a que Chiquita se volviera famosa para decírselo a toda la parentela. Por lo demás, en Matanzas, al igual que en el resto de la isla, la situación estaba cada vez peor. Weyler parecía decidido a acabar con la insurrección a cualquier precio y gobernaba con puño de hierro. De Juvenal, sí, tenía novedades que contarle. Hacía poco había recibido un mensaje de su puño y letra. No estaba en París dedicado a la vida libertina, como todos pensaban, sino peleando al lado de los mambises. Había regresado a Cuba en secreto y se encontraba bajo las órdenes del general Maceo. Para evitar que lo destinaran a la enfermería, no le mencionó a nadie sus estudios de medicina. Quería estar en el frente de batalla y no en la retaguardia, a salvo de los balazos.

Chiquita trató de imaginárselo a caballo, arremetiendo contra los españoles con un machete, pero no pudo. Cuando se lo dijo a los demás, las reacciones fueron diversas. Segismundo opinó que Juvenal era un valiente, Rumaldo lo tildó de romántico y Rústica anunció que a partir de ese momento lo incluiría en sus oraciones, porque matar gente, aunque fuera por una causa justa, también era pecado. *También,* recalcó, observando de reojo a la señorita.

Hasta hacía poco, la sirvienta había permanecido ajena a los amores secretos de Chiquita y el pelirrojo. Pero como no se le escapaba nada, empezó a notar que cada vez que Segismundo los acompañaba al teatro, llevaba un libro consigo. Aunque el pianista trató de despistarla diciendo que era para leer durante los entreactos, la nieta de Minga se dio cuenta de que allí había gato encerrado y no descansó hasta sacarle la verdad. «¡Dios santo! ¿Cómo se las arreglarán ese hombrón y esa renacuaja para fornicar?», fue su único comentario. Rústica no sabía qué le dolía más: que su señorita estuviera enredada en una pasión ilícita o que no le hubiera confesado su desliz.

En cualquier caso, su indirecta resultó efectiva, pues un rato más tarde, mientras le cepillaba el cabello a Espiridiona Cenda, esta se animó a decirle, por fin, lo enamorada que estaba del reportero y cómo había accedido a sus ruegos de que tuvieran intimidad.

—Me pareció que, después de haber perdido la honra con el zapatero, meterme en la cama con Patrick no era un pecado tan grave —explicó, con los ojos aguados, y le pidió perdón a Rústica por no haber confiado en ella desde el primer momento—. Estoy segura de que tú sabrás entenderme. Entenderme y perdonarme. Perdonarme y ayudarme —y con un tono entre quejumbroso y cínico, añadió—: Al fin y al cabo, *la virtud sólo se pierde una vez.*

Rústica no replicó y Chiquita intuyó que ese silencio incómodo era su manera de admitir, a regañadientes, que estaba en lo cierto.

—Espero que sepan ser discretos —dijo al cabo de un rato—. ¡Si su hermano se entera, se armará la gorda!

—¿De verdad crees que no sospecha nada? —se burló Chiquita y, ya que estaban en plan de confidencias, le reveló lo que pensaba de Rumaldo: que era un vivebién y un sinvergüenza. Para él, ella era la gallina de los huevos de oro del cuento infantil, así que no le quedaba más remedio que soportar sus cacareos y sus picotazos. Si se enojaba y le retorcía el pescuezo, se quedaba sin dólares. Y lo mismo si trataba de mantenerla encerrada en el gallinero o de impedir que saliera a comer maíz con el gallo de su gusto—. Por primera vez me siento libre y dueña de mis actos, Rústica. Estoy asustada, pero contenta.

Y, volviendo a su hermano, le comentó que tenía fuertes sospechas de que Hope Booth y él eran amantes. Por respeto, la sirvienta no quiso hablar mal de un Cenda delante de ella, pero luego, cuando le contó a Segismundo que ya Chiquita le había confesado su «mal paso», le echó a Rumaldo la culpa de todo. Él era el responsable de que su hermana le hubiera abierto las piernas a Patrick Crinigan. Por meterle en la cabeza la idea de ser artista. Por alejarla de la vida tranquila que llevaban en Matanzas. No, Chiquita no tenía mal corazón. Cierto que a veces podía ser abusiva, zafia y hasta chantajista, pero mala, lo que se dice *mala*, no lo era. Si se había enredado con el pelirrojo era por amor, la justificó, por ese maldito sentimiento que hace que a las mujeres decentes se les derrita la sesera. Más que criticarla, la compadecía, pues estaba segura de que, en lo profundo de su alma, la señorita se arrepentía de su falta y sufría.

A mediados de agosto, cuando ya Chiquita ni se acordaba de su viaje a Staten Island, Alice Austen le envió copias de algunas de las fotografías que le había tomado. El sobre incluía una cariñosa nota invitándola a visitarla de nuevo «para hablar de muchas cosas que no tuvimos tiempo de decirnos». Si iba sin el majadero de Crinigan, siempre apurado por volver a Manhattan, seguramente se divertirían más. Mejor aún, ¿por qué no se animaba y se quedaba unos días con ella? La perspectiva de estar *solas,* y de poder retratarla muchas, muchas veces, la llenaba de emoción.*

Esa noche, Chiquita le enseñó los retratos y el mensaje a su amante. Este, con una sonrisa burlona, le comentó que Miss Austen solía experimentar súbitos y apasionados raptos de afecto por sus amigas.

—Sospecho que a Alice le atraen más las faldas que los pantalones —añadió—. Ese fue el motivo de que nuestro romance no prosperara.

Al día siguiente, al terminar el ensayo, Chiquita fue a la oficina de Proctor para que viera las fotografías, pero el empresario descartó al instante su sugerencia de usarlas con fines publicitarios. «Son demasiado *artísticas*», dijo con desdén, y le explicó que las mejores fotos de un liliputiense eran aquellas en las que aparecía al lado de una silla o de una persona de estatura normal, pues permitían formarse una idea de cuál era su tamaño. Ya se ocuparía él de ponerla en manos de un buen fotógrafo, capaz de hacerle retratos más impactantes.

—Tan buenos como estos —exclamó y, abriendo una gaveta de su escritorio, extrajo unos de la Princesa Paulina.

Para Chiquita no era un secreto que año y medio atrás, en diciembre de 1894, Proctor había presentado en su 23rd Street Theatre a esa liliputiense holandesa. Sabía, también, que la acróbata había muerto al inicio de la exitosa temporada, cuando tenía a Nueva York a sus pies y le faltaban sólo diez días para cumplir los veinte años. Pero nadie le había mostrado nunca un retrato de ella, así que los contempló con interés.

La «princesa» distaba mucho de ser bonita: tenía los brazos demasiado largos, le faltaba cuello, su pelo era desco-

---

* No he podido hallar ninguna fotografía de esa sesión. A principios de 2005 fui a Clear Comfort, la casa-museo de Alice Austen en Staten Island, con la esperanza de ver alguna o de que, al menos, me dijeran dónde podría localizarlas. Fue inútil.

lorido y escaso, las cejas y pestañas transparentes no ayudaban a mejorar su apariencia, y sus ojitos redondos e inexpresivos, como de pájaro, le conferían una expresión de perenne desconcierto. Daba lástima. Era como un gorrión feúcho, mojado y frágil, amedrentado ante la grandeza del mundo. Sin embargo, a Chiquita esa impresión inicial le duró poco: casi de inmediato, la piedad fue sustituida por la envidia. Al pie de una de las imágenes estaba escrita la estatura de la artista: diecisiete pulgadas. ¿Había sido, en verdad, tan poquita cosa? Costaba creerlo. Lo más probable era que le hubieran restado algunas pulgadas a su talla para aumentar la curiosidad de la gente. Pero, aun así, las imágenes no dejaban lugar a dudas: en comparación con la Musters, Chiquita parecía grande. *Asquerosamente* grande. En el mundo de los pequeños, unas pulgadas marcaban una diferencia notable.

—A uno se le aceleraba el corazón cuando la veía mecerse en su trapecio o caminar por la cuerda floja —prosiguió Proctor, con nostalgia, sin percatarse del ceño fruncido y de la irritación de la cubana.

Contratarla no había sido cosa fácil. Su *manager* y cuñado, el belga Joseph Verschueren, aprovechó el éxito que el «gorrioncito» tenía en Europa y pidió una suma astronómica a cambio de viajar a Estados Unidos para ofrecer tres funciones diarias durante cincuenta semanas. Pero Proctor decidió arriesgarse y acceder a sus exigencias. Johanna Paulina —ese era el nombre completo de la artista— desembarcó en Manhattan custodiada, como en todas sus *tournées,* por su hermana Cornelia y por Verschueren.

—Cuando la tuve frente a mí, me llevé una sorpresa —recordó el empresario—. Esperaba tener que lidiar con una jovencita caprichosa y petulante, y encontré una criatura dulce y tímida, que palidecía si alguien hablaba en voz alta cerca de ella.

Por extraño que parezca, su apocamiento desaparecía en cuanto el telón se abría y las candilejas la iluminaban. Tener miles de ojos pendientes de sus maromas no parecía intimidarla y ejecutaba su rutina con una seguridad y una elegancia pasmosas, casi con indiferencia. Y es que más de una década de actuaciones ante todo tipo de públicos —primero en ferias y teatros de variedades de Holanda, y luego en muchas capitales— le habían permitido forjarse una especie de coraza invisible.

—Paulina llegó, procedente de Londres, unos días antes de la Navidad. Organicé una recepción de bienvenida en el hotel Fifth Avenue, invité a los reporteros y la hice entrar al salón escondida dentro de un cesto de rosas. Todos se quedaron asombrados al verla salir, como un hada, de entre las flores. Les parecía imposible que fuera tan minúscula y que apenas pesara ocho libras y media.

Chiquita, que pesaba el doble, se disgustó más aún y se preguntó si estaría a tiempo de bajar algunas libras antes de su debut. Para lograrlo, tendría que renunciar a los postres y a los deliciosos bombones de licor que Crinigan le obsequiaba. Nunca llegaría a ser tan delicada y menuda como la holandesa, pero quizás, si ponía todo su empeño, podría parecer un poco más grácil, más feérica... Tuvo que hacer un esfuerzo para volver a prestarle atención a Proctor, quien, después de describir lo encantadora que se veía la Musters en su trapecio, iluminada por las luces de los reflectores, había empezado a narrar, con voz apesadumbrada, el fin de aquel personaje de cuento de hadas.

—Paulina sólo pudo actuar unas pocas semanas. A mediados de enero enfermó de una fuerte gripe y hubo que suspender sus funciones durante varios días. Cuando se recuperó, enseguida volvió a escena, pero yo la notaba más triste y distante que de costumbre, como apagada. Al mes, tuvo una recaída y falleció.

Sus exequias se celebraron cinco días más tarde, el 19 de febrero de 1895, en la iglesia de Saint Vincent de Paul, a unos pasos del teatro donde miles de neoyorquinos habían desembolsado entre veinticinco y cincuenta centavos para verla. Al parecer, mientras embalsamaban el cuerpecito de

Paulina para llevárselo en barco a Holanda, su hermana y su cuñado recibieron varias ofertas de hombres de ciencia y de coleccionistas interesados en comprarlo. Se dice que llegaron a ofrecerles hasta sesenta mil dólares por el cadáver, pero que ellos rechazaron, indignados, la posibilidad de semejante trato.*

—Unos doctores achacaron su muerte a la pulmonía, otros a una meningitis y hasta se habló de malaria. A mí, la verdad, la causa me tenía sin cuidado. Lo que me dolió fue perderla y, créame, no sólo porque puso fin a un pingüe negocio. En realidad, llegué a sentir mucho aprecio por ella —confesó Proctor y, guardando los retratos, añadió con pesadumbre—: ¡Era única! Tenía el don de conmover.

De pronto, percatándose de que Chiquita lo miraba de hito en hito, desconcertada por aquel rapto de sentimentalismo, se apresuró a agregar, con una sonrisa forzada:

—Pero todo eso es historia y lo que importa es el presente. Sí, Paulina Musters tuvo un atractivo mayúsculo, pero también Chiquita Cenda, la muñeca cubana, posee el suyo y el público lo sabrá apreciar.

Esa noche, Espiridiona le comentó a Crinigan lo indelicado que había sido su empresario al ponerse a ponderar los méritos de una liliputiense delante de otra. Sí, lo admitía, sentía celos de la holandesa. Quería ser incomparable, la única, la mejor. El pelirrojo se echó a reír y le recomendó que no perdiera tiempo exhumando fantasmas: más bien debía preocuparse por los comediantes que tenían contratados Hammerstein y Pastor. Ellos, y no el recuerdo de la acróbata, eran la competencia que debería desvelarla.

---

* El *Guinness World Records*, que otorgó a la holandesa en 1955 el título de la mujer más pequeña del mundo, afirma que cuando le hicieron la autopsia medía veinticuatro pulgadas. De ser cierto, era sólo dos pulgadas más pequeña que Chiquita. Otras fuentes consultadas atribuyen a Johanna Paulina una talla de veinte pulgadas. Este singular personaje fue enterrado el 8 de marzo de 1895 en el cementerio católico de Ossendrecht, su pueblito natal. En el momento de enviar este libro a imprenta, su sepulcro aún no ha sido localizado.

—Ni los alemanes ni los italianos me quitan el sueño —repuso, con gravedad, Chiquita—. Pero enfrentarse a una leyenda es muy peligroso, y admito que la idea de ser vencida por el recuerdo de Paulina Musters me asusta.

—¡No hablemos más de la princesa gorrión! —la interrumpió Crinigan, restándole importancia al asunto— Mientras estuvo viva, habrá tenido menos pulgadas y libras que tú, pero ya está muerta y enterrada. Ella era poco agraciada e inspiraba lástima. Tú, en cambio, tienes belleza, ganas de llegar lejos y talento. ¿Qué más se necesita para triunfar?

«Suerte, supongo», pensó Chiquita, pero en vez de decirlo, prefirió darle un beso.

Chiquita sabía que en Nueva York había muchos emigrados cubanos que trabajaban por la independencia de la isla, pero no tuvo contacto con ninguno hasta que una comitiva de la Junta Revolucionaria Cubana, la organización que representaba en Estados Unidos a los insurgentes, se apareció en The Hoffman House y solicitó ser recibida por ella.

—¿Les digo que vuelvan otro día? —propuso Rumaldo con fastidio.

—No —replicó Chiquita—. Si Juvenal está arriesgando su vida en el campo de batalla, lo menos que podemos hacer es atender a esos compatriotas y auxiliarlos en cuanto esté a nuestro alcance.

Al principio, nada indicó que lamentaría haber tomado esa decisión. El grupo, formado por cuatro caballeros, lo encabezaba don Tomás Estrada Palma*, un pulcro y venerable anciano, de impresionante bigote blanco. Fue él quien entregó a Chiquita una bandera cubana y una canasta con dulces de la isla y, acto seguido, le hizo saber lo orgullosos que se sentían de que una señorita tan distinguida como ella

---

* Tomás Estrada Palma, veterano combatiente de la guerra de los Diez Años, desempeñaba por entonces el doble cargo de delegado del Partido Revolucionario Cubano y embajador plenipotenciario de la República de Cuba en Armas ante Estados Unidos.

representara el donaire y la dignidad de las criollas en los escenarios neoyorquinos.

A continuación, puso a los Cenda al tanto de la labor que realizaban los clubes revolucionarios en diversas ciudades de Estados Unidos. Con mil sacrificios, haciendo colectas, rifas y bailes benéficos, los cubanos recaudaban fuertes sumas de dinero y enviaban pertrechos al ejército mambí a través de expediciones secretas.

—Es un trabajo arduo, pues, aunque la mayoría del pueblo de Estados Unidos desea la libertad para Cuba, el presidente Cleveland está empecinado en que la nación permanezca neutral y trata de mantenernos atados de pies y manos —dijo don Tomás y se lamentó de que, días atrás, un barco cargado de dinamita hubiese sido sorprendido por los guardacostas a punto de zarpar hacia la isla—. ¡No tuvieron piedad! ¡Lo confiscaron todo!

—Es que la «neutralidad» del Presidente es muy extraña —comentó, con sorna, un caballero calvo—. A nosotros no nos permite conspirar, pero los españoles pueden hacer aquí lo que se les antoje. ¡Hasta espiarnos!

Claro que la labor de la Junta no se limitaba a hacer llegar, burlando la vigilancia de *yankees* y de españoles, armas, municiones y medicinas a los insurrectos. Tan importante como eso era el cabildeo que realizaban en Washington para convencer a senadores y representantes de que apoyaran el derecho de los cubanos a su soberanía. A menudo la simpatía de los políticos era inmediata e incondicional; pero a veces la única forma de conseguir su apoyo era comprándolos con bonos por fuertes sumas de dinero, pagaderos cuando Cuba se convirtiera en república. «¡Pero eso es un soborno!», se le escapó a Chiquita con desagrado, y Estrada Palma se apresuró a decirle que cuando estaba en juego la libertad de la patria, el fin justificaba los medios...

—Lo importante —dijo con convicción— es que Estados Unidos reconozca nuestra beligerancia. Entonces podremos actuar con libertad, sin que nos estén maniatando.

—En el Comité de Relaciones Exteriores del Congreso tenemos grandes aliados —aclaró otro de los visitantes, uno que tenía en la nariz una verruga que parecía un moscardón—. En abril, una comisión conjunta del Senado y la Cámara preparó una resolución favorable a la independencia y fue aprobada por una aplastante mayoría.

—Pero Cleveland se rió del Congreso y la ignoró —se lamentó el calvo—. ¡Ese hombre odia a los cubanos!

Para los Cenda, todo aquello era nuevo. No tenían la menor idea de que cubanos y españoles sostuvieran, dentro del territorio de Estados Unidos, enfrentamientos tan encarnizados como los que ocurrían en la isla. Tampoco sospechaban que, hartos de la indiferencia de Grover Cleveland, los patriotas del exilio tuvieran sus ojos puestos en las elecciones presidenciales de noviembre, en las que se enfrentarían dos candidatos con muchas posibilidades de ganar: el demócrata Bryan y el republicano McKinley. Cualquiera que llegara a ser el próximo inquilino de la Casa Blanca podría influir en el futuro de Cuba.

—Muchos de los que vivimos aquí somos ciudadanos americanos y nuestro voto será para quien le garantice el mayor apoyo a nuestra causa —aseguró Estrada Palma con una sonrisa maliciosa.

A quemarropa, un caballero de enorme barriga le preguntó a Chiquita si el *vaudeville* que ensayaba sería favorable para la causa independentista. En un santiamén, la matancera comprendió que esa y no otra era la razón de la visita de sus coterráneos. ¡El *vaudeville*! Aunque Proctor había tratado de mantener en secreto las características del espectáculo, evidentemente su tema había llegado a oídos de la cúpula de la Junta.

—Soy tan cubana como las palmas y los ideales de ustedes son también los míos —los tranquilizó—. Mi hermano Juvenal Cenda lucha junto al general Maceo. Jamás actuaría en algo que favoreciera los intereses de España.

—Eso no lo ponemos en duda, señorita —repuso Estrada Palma con ánimo conciliador y Chiquita notó que, a diferencia de sus compañeros, más impulsivos y exaltados, era un hombre paciente, acostumbrado a negociar—. Sin embargo, como miembros de la Junta, nuestro deber es influir para que cada vez que la cuestión de Cuba se exponga al público, se haga con el enfoque más beneficioso para la independencia. Por esa razón, y con el mayor respeto, deseamos sugerirle algunas ideas para su espectáculo...

—¡Ese *vaudeville* tiene que hacerle entender al pueblo americano y a los congresistas que su presidente no puede seguir ignorándonos! —lo interrumpió, exaltado, el de la verruga.

—¡También debe denunciar al Vaticano! —exigió el barrigón. Y cuando Chiquita trató de decir algo, la aturdió con su torrente verbal—: ¿Sabía usted que el Papa dio instrucciones a uno de sus obispos para que bendijera en su nombre a las tropas de refuerzo que los españoles enviaron a La Habana? Si es usted una cubana cabal, se las ingeniará para condenar el apoyo de la Santa Sede a nuestros verdugos —y, enrojeciendo, con las venas del cuello hinchadas por la furia, casi gritó—: ¡Ese León XIII y sus curas son una partida de descarados!

—El *vaudeville* también debería dejarles claro a quienes desean una intervención armada del gobierno americano en la isla, con la ilusión de anexarla a su territorio, que eso jamás lo permitiremos —intervino el calvo y, salpicando a los anfitriones con unas goticas de saliva, tronó—: ¡Cuba será libre y para los cubanos!

Los intentos de Chiquita por hacerles entender que lo que Proctor iba a presentar en su teatro era un simple divertimento, y no un *meeting* político con arengas y discursos, fueron en vano. Tampoco pudo explicarles que difícilmente el empresario le permitiría, como pretendían, lanzar al público volantes sobre la guerra contra España durante su actuación. Abatida, se dirigió a Estrada Palma, que de aquel cuarteto era el que más sensato parecía, y le dio su palabra de que haría cuanto estuviera a su alcance para ayudar, con su arte, a la causa independentista.

Pero entonces, en vez de retirarse, los emigrados intentaron involucrarla en planes más ambiciosos. El del moscardón en la nariz le dijo que todos los 10 de octubre, los cubanos de Nueva York celebraban un acto para recordar el inicio de la guerra de los Diez Años. Esa vez pensaban hacerlo a lo grande, en un teatro al aire libre de Manhattan Beach, con orquestas, bailes y fuegos artificiales. Los caballeros se vestirían con el uniforme de los mambises y las damas con el rojo, el azul y el blanco de la bandera cubana. Chiquita tenía que acompañarlos en la tribuna y pronunciar una arenga. Si rifaban un retrato suyo autografiado y cobraban un *quarter* por cada papeleta, se recaudaría una elevada suma... Claro que también podrían rifar un beso. Algunas jóvenes lo hacían, como una contribución a la libertad de la patria, y nadie las criticaba por ello.

Chiquita quiso sacarles esos planes de la cabeza, pero el calvo y el barrigón le arrebataron otra vez la palabra. Según ellos, su vinculación con la Junta debía ser a largo plazo y más productiva. ¡Tenían que organizar una gira por los principales clubes de los emigrados cubanos! «En esos *meetings* patrióticos, usted podría entonar el *Himno Invasor,* el mismo que incita al combate a las tropas de Maceo y Gómez», sugirió Estrada Palma, sumándose al desatino. El de la verruga pidió que la *tournée* se realizara antes de las elecciones, para exhortar a los cubanos a que votaran por Bryan. Aunque a muchos el candidato demócrata no les simpatizaba, por ser del mismo partido que Cleveland, todo parecía indicar que, si lograba la presidencia, estaba dispuesto a ayudarlos en su lucha por la independencia. Pero ¿por dónde comenzar el recorrido? Escoger una ciudad dio pie a acaloradas discusiones. Unos se inclinaron por Tampa y otros por Cayo Hueso. Aunque, para evitar celos entre los tabaqueros de esos dos bastiones de Cuba en el exilio, quizás lo más sensato fuera pensar en alguna ciudad de la Costa Oeste o del Medio Oeste. Pero esa variante, lejos de apaciguar los ánimos, los inflamó aún más. ¿Brooklyn o Nueva Jersey? ¿Chicago o Filadelfia?... Cada quien defendía su opinión con ardor e ignoraba los argumentos de los demás...

Por fin, hablando a gritos, Rumaldo logró hacerse oír y les explicó que su hermana tenía un contrato de exclusividad con Proctor y no podía violarlo. La noticia les cayó como un jarro de agua fría y, durante unos segundos, enmudecieron. Fue entonces cuando Rústica aprovechó para entrar en el salón como una tromba, alzar en brazos a la liliputiense y llevársela explicando que era la hora de su baño.

En otras circunstancias, Chiquita no le habría perdonado semejante impertinencia, pero esa vez le dio las gracias por haberla «rescatado». ¿Todos los cubanos del exilio serían como esos, tan exaltados e incapaces de *escuchar* al otro; tan reacios a razonar y tan proclives a imponer sus criterios? Sospechaba que sí, porque hasta el en un principio ecuánime Estrada Palma había terminado por contagiarse con el delirio de sus compañeros. ¡Qué gente aquella! Respetaba la abnegada labor que realizaban y compartía con ellos el deseo de ver a Cuba libre, pero mientras más lejos los tuviera, mejor.

Capítulo XII

Visita a Elizabeth Seaman. De cómo una joven reportera derrotó a Phileas Fogg. Nellie Bly promete su ayuda. Un regimiento para luchar en Cuba. En La Palmera de Déborah. Jakob Rozmberk y la Geheimnissprache der kleinen Leute.

—Así que usted es la famosa «Chiquita de los Loros» —exclamó Elizabeth Seaman a manera de saludo y sujetó a Duke, su amistoso maltés, para impedir que se abalanzara sobre la recién llegada—. Me moría por conocerla.

Como el hogar de los Seaman estaba a sólo diez cuadras de The Hoffman House, Crinigan había ordenado al cochero que primero les diera un paseo por el vecindario de Murray Hill. Quería contarle a su amada algunos detalles de la vida de aquella mujer fuera de lo común. Rústica, que los acompañaba esa tarde, se puso a mirar por la ventanilla fingiendo que no lo escuchaba, pero tratando de descifrar sus palabras.

Antes de casarse con el magnate del acero Robert L. Seaman, Elizabeth era célebre en Estados Unidos con el sobrenombre de Nellie Bly. Cuando vivía en Pittsburgh y tenía veinte años de edad, había elegido ese pseudónimo para trabajar como reportera en el *Dispatch* y firmar sus artículos sobre las niñas trabajadoras, el sufragio femenino y el espinoso tema del divorcio.

Un día, Nellie le solicitó al director del periódico que la enviara a México como corresponsal. Quería escribir in situ sobre un país del que, pese a tener tan cerca, los estadounidenses sabían muy poco. Y aunque su jefe trató de disuadirla invocando a los bandidos que pululaban en esas tierras, se salió con la suya. Hacia allá partió, con su madre de chaperona y un pase para viajar gratis en ferrocarril.

Al gobierno mexicano sus reportajes no le agradaron. ¿Cómo iban a gustarle si, en lugar de describir los cactus, los gusanitos del tequila y los vivos colores de los sarapes, Miss Bly se puso a criticar las condiciones infrahumanas en que vivían los más pobres y la corrupción de las autoridades? La gota que colmó el vaso, cuando llevaba ya seis meses recorriendo México y comenzaba a chapurrear el español, fue una crónica sobre los periodistas encarcelados o fusilados por escribir contra el gobierno. Después de eso, tuvo que recoger sus bártulos y largarse.

Regresó a Pittsburgh, pero no se quedó allí mucho tiempo. La página femenina del *Dispatch,* donde habían vuelto a confinarla, le resultaba un calabozo y se fue a Nueva York, siempre con su madre, decidida a conseguir trabajo en un periódico importante. Tras tocar muchas puertas, el *World* le dio una oportunidad.

—Las mujeres escribían de modas, de cocina y de bebés, pero a Nellie esos temas la exasperaban —recordó Crinigan mientras subían por la Quinta Avenida rumbo a la West 37th Street, donde tenían su mansión los Seaman—. Al principio, los reporteros nos burlábamos de ella, pero cuando se fingió loca para que la encerraran en el asilo de Blackwell's Island y publicó sus escalofriantes historias sobre baños de agua helada, comidas nauseabundas y ratas que paseaban por los lechos de los dementes, nos dimos cuenta de que era más audaz que cualquiera de nosotros. Nellie estaba más loca que todos los locos de Blackwell's Island juntos. Se le ocurrían ideas temerarias y las ponía en práctica sin pestañear: se hizo acusar de robo para poder escribir sobre la vida en las prisiones, y un día, cruzando el Hudson en un ferry, se tiró al agua para comprobar si el servicio de rescate era tan eficiente como aseguraban. El éxito de sus reportajes la convirtió en la niña mimada de Pulitzer.

Hablando más de prisa, porque ya avistaba en la distancia la residencia de dos pisos de los Seaman, el irlandés le refirió la más asombrosa aventura de Miss Bly. Como era una gran admiradora de Julio Verne, se le ocurrió romper el récord de Phileas Fogg y darle la vuelta al mundo en menos de ochenta días. En el periódico gustó la idea, pero temían enviar a una mujer sola a un recorrido tan largo. ¿Y si mejor mandaban a un hombre? Quizás a Patrick Crinigan... Nellie se puso furiosa y advirtió que si hacían eso, emprendería el viaje por su cuenta y lo describiría para la competencia. «Bien», claudicó Pulitzer: «¿Puedes partir pasado mañana?». «En este mismo minuto», replicó la reportera, desafiante, y salió disparada rumbo a Ghormley, la tienda de la Quinta Avenida especializada en *robes et manteaux,* a comprarse un vestido resistente.

Cuando zarpó de Nueva Jersey, en el navío *Augusta Victoria,* su equipaje se reducía a un maletincito en el que llevaba algunas prendas de vestir, lápices, plumas, frascos de tinta, papel, un termo, un pote de *cold cream* y un revólver para defenderse en caso de apuro. A partir de ese momento, la gente comenzó a disputarse los ejemplares del *World* para estar al tanto de los pormenores de su aventura.

El recorrido fue un agotador cambia-cambia de barcos y trenes que la condujo por puertos y ciudades de Europa, África y Asia, hasta que volvió a pisar tierra americana en San Francisco. Cuando un tren la llevó a su punto de partida, bandas de música, fuegos artificiales y miles de admiradores le dieron la bienvenida. Nellie era una heroína. Había tardado sólo setenta y dos días, seis horas, once minutos y catorce segundos en circunvalar el globo terráqueo.

Patrick le confesó a Chiquita que, antes del viaje, la joven y él habían tenido un breve romance. Sin embargo, a su regreso ella no quiso reanudarlo. Al parecer, durante las 24.899 millas de su recorrido había tenido tiempo para pensar en la relación y no le veía porvenir. Lo mejor, decidió, era que siguieran siendo sólo colegas y amigos.

—El verano pasado, Nellie se casó con un millonario de setenta y dos años —continuó Crinigan, mientras Chiquita y él subían los escalones de la puerta principal de la mansión de los Seaman—. Me resisto a pensar que lo haya hecho sólo por dinero —alcanzó a susurrar en tanto el mayordomo los conducía al recibidor—; pero ¿quién va a creer que esté enamorada de un hombre que podría ser su abuelo? —Cosas más raras ocurren —musitó, burlona, su acompañante—. Por ejemplo, que un grandulón meta en su cama a una señorita de veintiséis pulgadas.

Chiquita se percató enseguida de que la valiente Nellie —o Elizabeth, como la dueña de la casa le rogó que la llamara— no se parecía en nada a las millonarias que tanto abundaban en la ciudad. Era morena, delgada, de rostro simpático y expresivo, y, aunque ya tenía veintinueve años, conservaba la figura y la energía de una jovencita.

La anfitriona lamentó que el periódico no le hubiera encargado el artículo sobre Chiquita y, mirando a Crinigan con sorna, aseguró que ella lo habría escrito mucho mejor. Sin darse por aludido, su antiguo enamorado sacó a colación que uno de los hermanos Cenda peleaba en el bando de los insurgentes cubanos y Nellie acogió la noticia con entusiasmo. Era una defensora de la independencia de la isla y los rebeldes tenían todo su apoyo. Su sueño, dijo, era describir los combates entre españoles y mambises, y entrevistar a los grandes rivales: Weyler y Maceo.

La conversación, como era previsible, derivó hacia las insólitas aventuras protagonizadas por Nellie en el pasado. El plato fuerte fue su vuelta al mundo. De esa odisea, la reportera conservaba numerosos recuerdos. Por ejemplo, un mono, obsequio del rajá de Singapur, al que había bautizado como McGincy. Al oír aquello, Chiquita se movió inquieta, temerosa de que el simio apareciera y se le echara encima. ¡Ya bastante difícil le resultaba mantener a raya al maltés, empeñado en olisquearle el calzado y las enaguas! Para su tranquilidad, la señora Seaman aclaró que el simio estaba en Catskill, dándose la gran vida en la finca que su marido tenía allí, y luego continuó enumerando sus tesoros. De su fugaz paso por Ismailia conservaba el pliego de papiro, con dibujos de faraones y pája-

ros multicolores, que adornaba una de las paredes de su estudio, y de Yokohama, una pintoresca guitarra de tres cuerdas.
«Que suena horrible, pero es muy bonita», acotó. Pero su sou-
venir favorito era una antigua y magullada moneda de cobre
que había comprado en un mercado de Colombo. Según el fa-
quir esquelético y de luenga barba que se la vendió, tenía el
don de ahuyentar la envidia y el mal de ojo. Nellie alzó una de
las mangas de su vestido de cachemir ciruela y les mostró un
brazalete de plata. Allí, engarzada, estaba la moneda.

—Yo también tengo un talismán para la buena fortuna —reveló Chiquita. Y no sólo se lo enseñó, sino que también le contó quién se lo había obsequiado.

Al escuchar el nombre del gran duque Alejo, Nellie
saltó en su butaca. Ella conocía al noble ruso. Meses después
de darle la vuelta al mundo, había regresado a Europa, esa
vez de vacaciones y acompañada por su madre, y durante su
estancia en París, en una cena de gala, le había tocado sentarse junto a él.

—Su forma de mirar era tan penetrante que estuve
todo el tiempo ruborizada —recordó—. Aunque rondaba ya
los cuarenta años, lo encontré *muy* atractivo.

Crinigan apuntó, sarcástico, que eso no tenía nada de
raro. Por increíble que fuera, algunos hombres parecían des-
lumbrar a las damas incluso a una edad más avanzada. Por
ejemplo, a los setenta y dos años...

—Si llego a permanecer cinco minutos más al lado de
ese Romanov, me habría podido enamorar de él —aseguró
Elizabeth, ignorando la estocada.

¿Lo mismo le habría sucedido a Cirenia? Mientras se
hacía esa pregunta, Chiquita se quitó el amuleto y lo entregó
a su anfitriona para que pudiera observarlo a sus anchas. En
un segundo, la expresión plácida de la esposa del millonario
desapareció y dio paso a la mirada inquisitiva de una reportera intrigada por un misterio.

—¿Ha tratado de averiguar qué significan estos signos?
—preguntó Nellie, acercando el dije a la punta de su nariz.

Chiquita le explicó que años atrás había pedido ayuda a su maestro de idiomas, pero que el políglota se había limitado a aventurar que los símbolos podían pertenecer a un sistema de escritura de una civilización muy antigua o a algún alfabeto secreto.

Elizabeth sonrió, volvió a escudriñar el colgante y, mientras se lo devolvía, prometió ayudarla a desentrañar el enigma.

—¡Me alegra oírte hablar así! —volvió a la carga Crinigan—. Pensé que Nellie Bly, la chica curiosa, agonizaba ya, aplastada por el peso de una montaña de dólares.

No, replicó la señora Seaman sin perder la ecuanimidad: él y quienes pensaban de ese modo estaban en un error. Su marido jamás le había pedido que renunciara al periodismo. Nellie Bly gozaba de inmejorable salud y seguiría sorprendiendo a los lectores del *World* con sus investigaciones.

Camino de The Hoffman House, Chiquita comentó que Nellie le parecía encantadora y le reprochó a Crinigan, dulcemente, su comportamiento un tanto agresivo.

—No te preocupes —ripostó él—. La «vieja» Nellie tiene el pellejo duro y las ironías no le hacen mella.

Sí, era cierto que cada vez que coincidían buscaba la forma de recriminarla por el tiempo cada vez menor que dedicaba a sus lectores, pero ella sabía soportar con estoicismo las bromas de un antiguo camarada. «Y enamorado», añadió Chiquita, entre dientes. Aprovechando que iban en un coche cerrado y que Rústica dormitaba (¿o lo fingía, irritada por tanto secreteo?), Crinigan le acarició una orejita con los pelos rojos del bigote y le preguntó, en un susurro, si sentía celos.

—¿Celos? —repuso con viveza la cubana—. ¿Qué significa esa palabra?

Tres días más tarde, Chiquita encontró a Elizabeth Seaman, de seda gris perla y cubierta con un velo oscuro, esperándola en la puerta trasera del Palacio del Placer.

—No esperes a que la champaña se quede sin burbujas —fue su saludo—. Cuando Nellie Bly promete algo, nunca tarda en cumplirlo. Di con alguien que quizás pueda descifrar los signos del amuleto —e, ignorando las protestas de su amiga, la metió en el interior de su lujoso carruaje—. ¡No se preocupen! —tranquilizó a los estupefactos Rústica y Segismundo, mientras hacía señas al cochero para que se pusieran en marcha—. ¡La tendrán en el hotel, sana y salva, en un par de horas!

La reportera retiró el tul de su rostro, le guiñó un ojo a Chiquita y le explicó que irían a ver a un tal Jakob Rozmberk, que tenía una tienda de libros esotéricos en Clinton Street, en el East. El barrio era pésimo, lo sabía porque meses atrás había entrevistado allí a varias adolescentes prostitutas, pero el sacrificio valía la pena. Según sus averiguaciones, ese judío, además de dedicarse a la compraventa de libros raros y antiguos, era un estudioso de las ciencias ocultas y, en particular, de las escrituras jeroglíficas y los idiomas crípticos.

Chiquita se tranquilizó y le dio las gracias. Claro que lo mejor habría sido acordar una cita para otro día, añadió en tono de reproche. Esa tarde, justamente esa tarde, tenía previsto visitar la catedral de Saint Patrick con Crinigan. ¿Podría llegar a tiempo? La señora Seaman agitó una mano con desdén y le dijo que lo mismo daba ver la catedral esa tarde que dentro de una semana. En cambio, la visita al librero no debía postergarse.

—Además, le tengo otra noticia —prosiguió con entusiasmo—. Después de nuestro encuentro, llegué a la conclusión de que Nellie Bly no podía quedarse cruzada de brazos viendo cómo, al otro lado del mar, el pueblo cubano lucha por su independencia. Hablé con Pulitzer, le expliqué un plan que se me había ocurrido y, como desde que Hearst le hace la competencia está ávido de buenas ideas, lo aprobó en el acto.

De algún sitio sacó un ejemplar del *World* de ese día y le mostró un extenso artículo, con una ilustración a tres cuartos de página y un titular en letras enormes: *Nellie Bly, la Juana de Arco de fin de siglo, se propone combatir por Cuba.* Según el periódico, Miss Bly (no importaba que se hubiera casado, para sus lectores ella continuaría siendo *siempre* Nellie, la jovencita intrépida) estaba lista para reclutar voluntarios para su primer regimiento. Aunque usara faldas, ella podía encabezar un ejército masculino, pues le sobraba coraje para hacer obedecer sus órdenes.

El periódico explicaba que su popular reportera estaba visitando los más prestigiosos clubes de caballeros en busca de apoyo para su iniciativa. Necesitaba dinero para equipar a sus soldados y embarcarse con ellos rumbo a Cuba. También para traer a los heridos de vuelta a sus hogares y para darles un entierro digno a quienes murieran gloriosamente en el campo del honor. «Miss Bly no es una soñadora», aseveraba el *World*. Era una mujer que lograba cuanto se proponía y aquel plan de organizar un ejército no sería la excepción. ¡Ella misma había diseñado el elegante y cómodo uniforme de campaña que llevarían sus huestes! Que nadie lo pusiera en duda: Nellie podía guiar a sus tropas hasta la victoria. Aunque no tuviera grandes músculos, poseía valor, resistencia, astucia y un magnetismo capaz de inspirar a los soldados a vencer cualquier desafío. Sólo esperaba que el gobierno de Estados Unidos tomara por fin la decisión de ayudar a los insurgentes cubanos (lo cual podía ocurrir de un momento a otro) para viajar a Cuba al frente de su batallón y dar pruebas de su coraje.

—¡Chiquita! —exclamó la señora Seaman, arrebatándole el periódico y tirándolo a un rincón—. Cuando organice mi regimiento voy a necesitar un lugarteniente. ¿Le gustaría ocupar ese puesto y pelear, al igual que su hermano, por la libertad de la pobre y arrasada Cuba? Piénselo, piénselo, no tiene que responderme ahora.

La matancera estaba atónita. Aquello le parecía un completo disparate. Nellie podría ser una reportera audaz, pero ¿qué sabía de estrategia militar? Claro que si el periódico le dedicaba tanto espacio a la noticia, por delirante que pareciera *tenía que ser cierta*. El colmo del absurdo era su pretensión de involucrarla en el plan: ¿qué clase de lugarteniente podía ser ella, siempre en riesgo de que la gente la pisoteara? Nunca había montado a caballo, ni siquiera en un pony, y se consideraba incapaz de sostener y disparar un revólver. ¡A menos que le fabricaran uno en miniatura!

—Ahí los tiene —murmuró Elizabeth de repente, señalando un coche que las seguía a escasa distancia—. El celoso de mi marido ha contratado a unos detectives para que lo mantengan al tanto de lo que hago. Cree que tengo una colección de amantes.

En los siguientes minutos, Chiquita se enteró de que su primer año de matrimonio no había sido especialmente dichoso. La familia de Frank Seaman la odiaba y la trataba como a una vulgar cazafortunas.

—¡Las humillaciones que he tenido que soportar! —se sinceró la joven, con los ojos húmedos—. ¿Puede creer que mi esposo se niega a darme dinero para mi madre, mi hermana y mi sobrina? Si siempre las mantuve, ahora que estoy casada con un hombre rico no puedo dejar de hacerlo —sacó un pañuelo, se sonó la nariz y, mirando a Espiridiona con curiosidad, le preguntó si entre Patrick y ella había algo.

—¡Cómo se le ocurre! —replicó, incómoda, la liliputiense—. El señor Crinigan es sólo un amigo.

No muy convencida, Elizabeth le recomendó que, de todas formas, anduviera con cuidado. Aquel diablo pelirrojo tenía un encanto al que resultaba difícil resistirse. Se lo advertía por experiencia propia.

Para alivio de Chiquita, en ese momento los caballos aminoraron el paso. Ya estaban en Clinton Street, en un tramo, por suerte, poco concurrido, y el cochero no tuvo problemas para detener el vehículo junto al andén, frente a un vetusto edificio. En un letrero de hojalata vieron escrito, con letras góticas, el nombre de la tienda que buscaban: La Palmera de Déborah. Nellie bajó su velo, ayudó a su acompañante a salir del carruaje y las dos entraron de prisa en un recinto sombrío y polvoriento, donde centenares de libros se amontonaban, sin el menor indicio de orden, en mesas y estanterías.

—¿La señora Seaman? —inquirió una voz de bajo y el propietario del establecimiento apareció detrás de una pila de volúmenes. Resultaba difícil aceptar que aquel registro grave y un tanto cavernoso saliera del cuerpo de ese individuo escuálido y menudo, de larga barba y tirabuzones en las sienes, vestido con pulcritud.

—Buenas tardes, señor Rozmberk —exclamó la reportera y, al notar que el librero no se había dado cuenta de que llegaba acompañada, señaló hacia el piso y lo puso sobre aviso—: La señorita Cenda ha venido conmigo.

El judío dedicó a Chiquita una mirada inexpresiva, que no dejaba traslucir el menor asombro, e inclinó la cabeza a modo de saludo. Luego las condujo a la trastienda, donde, aseguró, estarían más cómodos. Su concepto de comodidad era bastante discutible: se limitó a apartar como pudo los libros que había sobre un desvencijado sofá, y rogó a las damas que se sentaran en él. Acto seguido, ahuyentó un conejo que dormitaba encima de una butaca y, acomodándose en ella, comenzó a mostrarles algunos de los tesoros que tenía a la venta. Obras muy apreciadas, aseguró, ya casi imposibles de hallar, como el *Libro Mudo* (bueno, en verdad su título era *Libro mudo, en el cual, sin embargo, se describen todas las operaciones de la Filosofía hermética*), atribuido al alquimista Soulat; el diario secreto de Gerhard Groote, el teólogo holandés que se atrevió a poner en duda, allá por el siglo XIV, que los clérigos fueran quienes se hallaban más cerca de Dios y fundó la secta secreta de los Hermanos de la Vida en Común, o el infalible *Grimorium Verum*, un antiguo compendio de invocaciones al demonio. También tenía rarezas menos vetustas, aunque igualmente valiosas. Por ejemplo, la utilísima *Clavicula Salomoni*, traducida del hebreo al latín por el rabino Hebognazar, o un opúsculo sobre el juicio de Helena Oprescu, la caníbal de Bucarest, una viuda condenada a la horca en 1870 por asesinar a su hija, picarla en trocitos, guisarla en forma de *gulash* y comérsela con su amante. ¿Qué buscaban las señoras? ¿Libros para satisfacer la innata curiosidad femenina por lo insólito y lo sobrenatural? ¿O un regalo especial para algún caballero estudioso del esoterismo y difícil de complacer?

Sin darle muchas vueltas al asunto, la reportera le contestó que no habían ido a La Palmera de Déborah en busca de libros antiguos. Lo que deseaban era oír su opinión sobre los signos grabados en un amuleto. Ojalá él pudiera explicarles lo que significaban o, al menos, a qué lengua pertenecían. Chiquita le entregó el talismán a Elizabeth y esta lo depositó en la palma de la mano del librero. Rozmberk buscó en las gavetas de un mueble hasta dar con un grueso cristal de aumento y, colocándolo encima del pendiente, se dedicó a estudiarlo durante un rato que a las damas les pareció descortésmente largo.

—¿Y bien? —exclamó Chiquita cuando la espera y, sobre todo, un muelle roto del sofá, le resultaron intolerables—. ¿Puede decirnos algo?

El hombrecillo se limitó a murmurar «Raro, muy raro», dio varios tironcitos a uno de sus tirabuzones y siguió con la vista clavada en los jeroglíficos. Chiquita intercambió una mirada de impaciencia con Nellie Bly y ya estaba a punto de pedirle al judío que le devolviera el talismán y de salir a la calle, cuando este empezó a hablar con exasperante lentitud.

¿Habían oído hablar alguna vez sus visitantes de la *Geheimnissprache der kleinen Leute*? Dando por sentado que no, les explicó que se trataba de una lengua de la Europa Central, sumamente antigua, de la que muy poco se sabía. Tan poco, que muchos consideraban su existencia una suerte de leyenda. Pero el profesor Joachim von Groberkessel, quizás la mayor autoridad de todos los tiempos en idiomas esotéricos perdidos, no compartía esa opinión y había afirmado, en un libro póstumo, que la lengua secreta de la gente pequeña no era ninguna entelequia.

Mientras el hebreo les hablaba de ese supuesto idioma que un grupo de personas de estatura mucho menor que la normal, agrupados en una hermandad, había empleado en tiempos lejanos para comunicarse entre sí y resguardar determinados conocimientos, a Chiquita empezó a parecerle que aquello era una fantasía tan alocada como la del regimiento de Nellie Bly. Sin embargo, al ver la expresión concentrada con que su amiga escuchaba la disertación, trató de imitarla. En ese instante, el dueño de La Palmera de Déborah tomó uno de los libros apilados sobre una mesita llena de tazas sucias y, humedeciéndose el dedo índice con la lengua, pasó las páginas hasta hallar la que buscaba.

—«Todo hace pensar —leyó— que los orígenes de la *Geheimnissprache der kleinen Leute* se remontan a la antigua Roma, donde la demanda de criados enanos era tanta que algunos padres encerraban a sus hijos en cajas para impedirles el crecimiento y conseguir que algún noble los contratara para servir en su casa. Existen testimonios de que Conopas y Andrómeda, criados libres al servicio de Julia, la sobrina del emperador Augusto, ambos de poco más de dos pies de estatura y perfectamente proporcionados, se valían de esa extraña lengua para comunicarse sin que los otros enanos de la servidumbre pudieran entender sus conversaciones. Lleno de envidia, Lucius, el enano favorito del emperador, aún de menor tamaño que los antes mencionados, ya que apenas medía veinte pulgadas, urdió un complot para vengarse de ambos. Un amanecer, hallaron a Conopas y a Andrómeda envenenados. Y aunque Julia le rogó a su tío que hiciera justicia y castigara al culpable de sus muertes, nadie fue acusado del doble crimen».

Rozmberk miró a sus oyentes un instante, como para asegurarse de que le prestaban atención, y luego siguió leyendo el tratado de Von Groberkessel:

—«Posiblemente ese idioma fuera utilizado también, durante la misma época, en Egipto. Al parecer, tanto entre los enanos que ocupaban altos cargos en las cortes de los faraones como entre los humildes pigmeos que vivían a orillas del Nilo (cuyo aspecto y hábitos describieron Aristóteles y Plinio) había muchos que dominaban la lengua que siglos después, al echar raíces en Europa, recibió el nombre de *Geheimnissprache der kleinen Leute*.»

Nellie suspiró, y a Chiquita, mirándola a hurtadillas, le pareció detectar una leve expresión de aburrimiento en su rostro. ¿También ella tenía la sospecha que el judío desvariaba?

—Lo interesante —prosiguió el librero, con una enigmática sonrisa, mientras cerraba el tratado— es que, no conforme con asegurar que la *Geheimnissprache der kleinen Leute* existió, en esta obra Von Groberkessel aventuró una hipótesis más atrevida aún. Documentos hallados durante sendos viajes de estudio que le subvencionaron Carlos Augusto, el gran duque de Sajonia-Weimar, y Milos Obrenovic, el príncipe de Serbia, así como los testimonios de enanos muy, *muy* longevos, lo llevaron a creer que, aunque en apariencias ya no quedaban vestigios de la misteriosa lengua, quizás esta *podría* haber sobrevivido hasta nuestros días custodiada con celo por unos pocos enanos capaces, si no de hablarla con fluidez, al menos de leerla y, probablemente, hasta de escribirla.

Al caer en cuenta de que por mucho que se apurara ya no podría llegar a tiempo a la cita con Crinigan en Saint Patrick, a Chiquita le empezó un terrible dolor de cabeza. ¡Si al menos Rozmberk hablara *un poco* más rápido y no con aquella lentitud *torturante!*

—Entonces —interrumpió al judío, con un dejo de burla y alzando la voz más de lo prudente—, según usted, en este talismán hay escrito algo en la *Geheimnissprache der kleinen Leute,* un idioma que *nadie* conoce, pero que *tal vez* exista.

—No podría asegurarlo —se defendió Jakob Rozmberk—, pero así lo sospecho. Para tener la certeza absoluta debo hacer algunas consultas —y acto seguido pidió permiso a la dueña del amuleto para copiar en una hoja de papel los curiosos símbolos antes de devolvérselo—. ¿Con cuál de las dos debo comunicarme cuando termine mis averiguaciones? —inquirió, una vez concluida su labor.

—¡Conmigo! —se apresuró a responder la señora Seaman y, sacando una tarjeta de su bolso, se la tendió—. Avíseme en cuanto sepa algo.

Como el librero se negó a cobrar por el tiempo que les había dedicado, argumentando que mejor le pagaran cuando tuviera algo concreto que decirles, Elizabeth decidió comprar un zodíaco encuadernado en piel de becerra para regalárselo a su amiga cubana. El tomo era tan grande y pesado, que Chiquita no pudo con él y Rozmberk tuvo que llevárselo hasta el coche.

—Algo más —exclamó el dueño de La Palmera de Déborah cuando ya las damas estaban dentro del vehículo—. ¿Cómo llegó el talismán a su poder?

—¡Eso carece de importancia! —contestó la reportera antes de que Chiquita pudiera abrir la boca y, con un sonoro golpe del mango de marfil tallado de su sombrilla, le avisó al cochero que podían partir. Asomándose a la ventanilla, la liliputiense vio cómo el judío permanecía unos instantes en la acera, viéndolas alejarse, y luego retornaba a su negocio, y cómo el coche de los detectives echaba a rodar detrás del de ellas.

Capítulo XIII

Robo del talismán. Dos detectives en acción. El crimen de Clinton Street. Nellie Bly se despide. Rumaldo en la cárcel. Afonía histérica. El té mágico de Lilli Lehmann hace un milagro. Debut triunfal en el Palacio del Placer. La cubanita de oro. Mientras menos bulto, más claridad. Trece alfileres para Clapp. Última entrevista con Sweetblood.

La víspera del estreno, Chiquita se acostó después de cenar. Le esperaba un día agitado y necesitaba estar fresca y llena de energía. Mundo y Rústica la imitaron, e incluso Rumaldo desistió de salir a «dar una vuelta» y se metió temprano en la cama.

A las tres de la madrugada, cuando dormían plácidamente, alguien entró en la alcoba de la liliputiense, le arrancó de un tirón el amuleto del gran duque Alejo y desapareció en la oscuridad. Aunque Chiquita soltó un chillido y todos acudieron a su lado al instante, nadie vio escabullirse al ladrón.

Mientras Rumaldo y Segismundo se vestían para poner a los empleados del hotel al tanto de lo sucedido, Chiquita compartió con Rústica su temor de que la pérdida del talismán fuera un augurio de desgracias.

—¡No sea ave de mal agüero! —repuso la sirvienta, mientras le curaba la peladura que le habían hecho en el cuello.

Ninguno intentó conciliar el sueño de nuevo y esperaron el amanecer haciendo todo tipo de conjeturas. ¿De qué forma se las habría ingeniado el malhechor para entrar? ¿Y por qué, teniendo a su alcance el cofrecillo de las joyas, sólo se había llevado la esfera de oro?

Chiquita intuyó que el robo guardaba relación con su visita a La Palmera de Déborah, pero, como no les había comentado nada sobre ese asunto, prefirió reservarse su sospecha.

¡Qué metedura de pata! Ella era la única culpable, por ser tan ingenua, por enseñarle el amuleto a un desconocido y despertar la codicia de gente sin escrúpulos... «Probablemente el judío le habló a alguien del dije y esa persona planificó el asalto», especuló. «O quizás el mismo Rozmberk lo maquinó todo...» Temprano en la mañana, Monsieur Durand subió a pedir disculpas por lo ocurrido. Una felonía de ese tipo, aseguró, era algo sin precedentes en la historia de The Hoffman House. Sus empleados juraban y perjuraban que no habían visto entrar o salir del hotel a ningún extraño esa madrugada, pero no podía descartar que se hubieran dormido o, incluso, que alguno fuera cómplice del delincuente. Era la única explicación que se le ocurría, porque sospechar de los restantes huéspedes, todos distinguidos y de reputación intachable, era una insensatez. Por último, anunció que contrataría a un investigador privado para que diera con el malhechor y recuperara el talismán.

Un rato más tarde, un detective con el extravagante apellido Sweetblood los visitó. Era un hombre de mediana edad, con una nariz grande y roja como un pimiento, metido en un traje mal cortado y, según juzgó Chiquita, guiándose por sus modales y su forma de hablar, basto y de pocas luces.

—¿La prenda era muy valiosa? —inquirió.

—Su principal valor era afectivo —dijo Rumaldo y le explicó que se trataba del regalo que un aristócrata ruso le había hecho a su hermana muchos años atrás.

Chiquita le describió el dije lo mejor que pudo, sin omitir el detalle de los jeroglíficos, pero se quedó callada, para evitar que le cayera encima una lluvia de reproches y regaños, cuando el investigador le preguntó si sospechaba de alguien.

Después de tres o cuatro preguntas más, Sweetblood pidió permiso para revisar el dormitorio donde había tenido lugar el robo. Chiquita aprovechó ese momento para quedarse a solas con él y, rogándole la mayor discreción, lo puso al tanto de su visita a la librería del judío y del motivo que la había llevado allí.

—¡Eureka! —susurró el hombre con una sonrisa cómplice—. Es una gran pista, Miss Cenda. Despreocúpese, no diré nada de su paseíto por Clinton Street. Tal vez su joya esté de vuelta más pronto de lo que se imagina. Chiquita suspiró aliviada. Si lograba recuperar el amuleto, ¡estupendo! Pero si no aparecía, los otros no se enterarían de su imprudencia. Lo sorprendente fue que, en cuanto Sweetblood se marchó, otro investigador hizo su entrada. A diferencia del primero, este era joven, trigueño y casi guapo pese a su ceño fruncido. «Sargento Clapp», se presentó.

Pensando que la agencia de detectives había enviado por error a dos de sus sabuesos a ocuparse del mismo caso, Rumaldo intentó deshacerse de él, pero el recién llegado aclaró, con una mirada gélida, que era detective de la policía. Su presencia no estaba relacionada con el robo de una alhaja, sino con un crimen cometido en el East.

—Jakob Rozmberk, el propietario de un negocio de libros viejos, apareció degollado —dijo, y Chiquita sintió que la sangre se le helaba en las venas—. Llevaba varios días sin abrir su tienda y los vecinos empezaron a quejarse de un olor nauseabundo. Cuando nos avisaron, encontramos su cadáver descompuesto y lleno de unos gusanos blancos y gruesos. ¡No es de extrañar, con estos calores de horno!

—Me temo que está usted equivocado —replicó Rumaldo, irritado por la descripción—. Nosotros no conocemos a ese caballero —y se quedó de una pieza cuando el sargento repuso que tal vez él no, pero que su hermana sí.

—Al revisar los bolsillos del occiso, descubrimos una tarjeta de la señora Seaman —explicó—. Ella acaba de decirnos que hace cuatro días estuvo en La Palmera de Déborah con la señorita Cenda. Fueron a comprar un libro, ¿no?

Chiquita maldijo interiormente a la reportera por no haberla alertado, pero trató de conservar la calma. Por un instante se preguntó si sería conveniente revelarle al policía el verdadero motivo de su visita a Rozmberk, pero un salto en el estómago le aconsejó que no lo hiciera.

—Es cierto —corroboró, tras un leve titubeo, tratando de ignorar las miradas perplejas de Rústica, Mundo y Rumaldo. Si Elizabeth Seaman había preferido ocultar esa información, lo mejor sería imitarla y evitar que un policía malhumorado se pusiera a buscar conexiones entre la muerte del judío y su talismán. Verse enredada en un caso de asesinato el mismo día de su debut podía ser catastrófico—. A ambas nos atrae lo sobrenatural —improvisó— y cuando supimos que el señor Rozmberk vendía libros sobre fantasmas, enigmas sobrenaturales e idiomas secretos, quisimos echarle un vistazo a su mercancía.

¡Diablos! ¿Por qué había tenido que sacar a colación los idiomas secretos?, se dijo, y enrojeció al instante. Por suerte, el sargento pareció satisfecho con su respuesta, seguramente parecida a la que le había brindado la astuta Nellie Bly.

—¿Notó algo raro durante la visita? —inquirió.

—En verdad, lo encontré *todo* bastante raro —repuso, de forma un tanto atropellada, la matancera—. Desde el local, sucio a más no poder, sofocante y lleno de libros raros, hasta el mismo señor Rozmberk, que en paz descanse. Claro que mi opinión no es relevante —se apresuró a aclarar—. Antes de venir a Nueva York siempre viví muy encerrada. Jamás había puesto los pies en una tienda de ese tipo ni conocido a ningún librero experto en ocultismo.

Clapp le dedicó un amago de sonrisa y en sus mejillas azuladas se marcaron dos hoyuelos.

—Antes o después de abrirle la garganta, eso el forense no lo pudo determinar con exactitud, a Rozmberk le clavaron un montón de alfileres en la lengua —explicó—. Trece, para ser exactos.

—Eso hace pensar en algún tipo de venganza —sugirió Segismundo con timidez.

—¡Eso! —dijo el detective con tono triunfal—. ¡Una venganza! —se puso de pie, dio unos pasos por el salón y se detuvo frente a Chiquita—. Pero ¿quién querría vengarse del librero? ¿Y por qué? ¿Acaso por usar indebidamente la lengua? *¿Por hablar de más?* —y, mirando a la joven a los ojos, le preguntó si tenía alguna idea al respecto.

Espiridiona negó con la cabeza y le pidió a Rústica que trajera el zodíaco que la señora Seaman le había regalado para que el sargento lo viera. Este lo tomó en sus manos, lo sopesó y, sin molestarse en abrirlo, se lo devolvió a la sirvienta.

—Aunque quizás lo de los alfileres sólo fuera una excentricidad de algún degenerado —reflexionó en alta voz y anunció que, por el momento, no tenía más preguntas.

Sin embargo, ya a punto de retirarse, pareció recordar algo y pidió que le mostrasen *todo* el calzado de Chiquita. Disimulando la impaciencia, ella misma lo acompañó hasta el *vestiaire*. El detective revisó los zapaticos con detenimiento, fijándose de manera especial en las suelas, y aprovechó para asomarse a la alcoba y echarle una mirada curiosa a la cama y el tocador de la artista.

—Pura rutina —explicó cuando regresaron al salón—. Cerca del cadáver de Rozmberk se hallaron las huellas de unas pisadas. Al parecer el asesino o alguien que lo acompañaba pisó el charco de sangre y dejó ese rastro delator. Lo curioso es que esa persona llevaba puestos unos zapatos *muy* pequeños. Aunque, en honor a la verdad, no tanto como los suyos, *señorita* Cenda.

—¿Insinúa que en el crimen pudiera estar involucrado un niño... o un enano? —inquirió Rumaldo, incrédulo.

—Eso es lo que yo llamaría una brillante deducción, señor Cenda —dijo el sargento y se despidió de nuevo. Pero aunque Rústica volvió a abrirle la puerta, esa vez tampoco salió al pasillo. Dio media vuelta y, aproximándose a Chiquita, le tendió su cuaderno y su estilográfica. Renunciando por un momento a la expresión adusta, le pidió un autógrafo para su prometida.

—Su nombre es María Pérez —dijo y, valiéndose de un español rudimentario, explicó que, como su novia era hija de emigrados cubanos, estaba aprendiendo su idioma—. Mi futuro suegro tiene uno de los loros de Proctor y toda la familia irá a verla esta noche al teatro —y, con expresión divertida, agregó—: Cuando les cuente que la interrogué, no van a creerme. Pero en cuanto se guardó el autógrafo en un bolsillo, Clapp recuperó su aspereza y, con tono cortante, les advirtió que, según el rumbo que tomase su pesquisa, tal vez se viera en la necesidad de importunarlos de nuevo...

Ese mediodía, Chiquita se acostó con la esperanza de dormir una larga siesta, pero no lo logró, aturdida por la espiral de ideas que daba vueltas en su cabeza. Al hablar con el primer detective le había confesado, con la esperanza de que eso pudiera ayudarlo a dar con el ladrón del amuleto, el motivo real de su visita a La Palmera de Déborah. Pero al segundo no le había mencionado el talismán y eso le causaba un gran desasosiego. ¿Y si Clapp descubría que tanto Nellie Bly como ella lo habían engañado? Si Sweetblood y él intercambiaban información sobre sus respectivos casos, podía verse en aprietos.

Elizabeth Seaman se apareció en The Hoffman House a las cuatro de la tarde. Chiquita la recibió en bata de casa y chinelas, pero cuando trató de reprocharle no haberla puesto al tanto del asesinato de Rozmberk, la esposa del magnate del acero movió una mano con displicencia, como restándole importancia al asunto.

—Hay algo grave que debes saber —dijo en voz baja, para evitar que Rústica, que cosía cerca de una ventana, y Mundo, que improvisaba en el piano, la oyeran—. Alguien me comentó que vio conversando en una taberna al sargento encargado de investigar la muerte del librero y al detective que se ocupa de tu robo.

Chiquita se ruborizó.

—Me has decepcionado —prosiguió la reportera, mirándola con reproche—. ¿Por qué tuviste que darle tantos detalles a Sweetblood? Con denunciar el robo era más que suficiente. A él le daba lo mismo buscar un colgante con jeroglíficos que sin ellos.

Chiquita le explicó que lo había hecho con la esperanza de que el muy tontorrón pudiera dar con la prenda. Al oír aquel calificativo, su visitante soltó una risa nerviosa:

—Querida, qué cándida puedes ser —y le dio un pellizquito en un cachete—. Si de un detective privado me cuidaría yo en Manhattan, es de ese. Sweetblood es un zorro taimado y lo sé porque mi marido usa los servicios de su agencia para vigilarme. A estas horas, ya Clapp sabe el verdadero motivo que nos condujo a La Palmera de Déborah y debe estar preguntándose por qué las dos se lo ocultamos.

—Bueno, ¿y qué? —se defendió, incómoda, Chiquita—. Decir una mentira no es un delito tan grave y, al fin y al cabo, ninguna de las dos mató a Rozmberk.

—Supongo que lo degollaría la misma persona que robó tu talismán y que casi te mata a ti también —repuso Elizabeth y le señaló el rasguño del cuello, que con el paso de las horas había adquirido un feo color violáceo—. Tendrás que usar maquillaje para taparte *eso* —dijo, y enseguida volvió al tema que las preocupaba—: El problema, señorita Cenda, es que, mientras no se aclare quién mató al judío, usted y yo estaremos en la lista de sospechosos de ese policía.

Chiquita la acusó de leer demasiadas novelas detectivescas. Tal vez todo fuera una lamentable coincidencia y entre el robo del amuleto y el asesinato no existiera conexión alguna, dijo.

—¿Coincidencia? ¡No me hagas reír! —ripostó Nellie Bly—. La visita a la librería, el asesinato de Rozmberk y el robo del amuleto son eslabones de la misma cadena. ¡No hay que ser Sherlock Holmes para darse cuenta! Ahora bien, ¿por qué tanto interés por ese dije? ¿Estará la clave de todo en esos malditos jeroglíficos?

En ese momento llegó una caja de rosas amarillas enviada por Crinigan. En una tarjeta, le auguraba a Chiquita una noche triunfal.

—Quiero decirte algo más —dijo la reportera, alzando la voz, y tanto la sirvienta como el pianista supieron que el momento de los secretos había terminado—. Mañana a primera hora parto rumbo a Londres. Mi marido quiere que nos reconciliemos y ya no pone reparos a pagarle una pensión a mi madre, a mi hermana y a mi sobrina. Es posible que nos quedemos varios meses en Europa, hasta que su salud mejore. Puede que más de un año.

¿Y qué pasaría con su proyecto de crear un regimiento para combatir por la independencia de Cuba?, quiso saber Chiquita. Miles de lectores del *World* estaban pendientes de ese plan.

—Lo sé —suspiró la reportera, con pesar—. Pero mi marido me reclama y debo reunirme con él. Si algún día te casas, entenderás que el matrimonio es sagrado. Además, tal vez a los cubanos les salgan mejor las cosas si sus vecinos no nos metemos en su guerra. Si la empezaron solos, solos deberían terminarla —y, de modo un tanto sibilino, añadió—: Hay ayudas que es mejor no tener que agradecer.

Después de desearle éxito en su debut y de recomendarle que pensara bien sus palabras si hablaba de nuevo con alguno de los detectives —«¡Sobre todo con Sweetblood!»—, Nellie Bly desapareció de la vida de Chiquita durante cinco años.

La conversación la dejó perturbada y, al mirarse en el espejo, poco faltó para que se echara a llorar. Estaba pálida, tenía unas profundas ojeras y, aunque Rústica había tratado de alisárselo, su cabello insistía en pararse de punta. Y, para completar el desastre, aquella horrible marca en el cuello... Tenía la esperanza de que las fricciones con árnica la hicieran desaparecer, pero ahí seguía. Y a todas esas, ¿dónde estaba metido Rumaldo? En lugar de quedarse cerca, por si lo necesitaba, se perdía sin la menor consideración. Seguro que andaba detrás de Hope Booth. Ya sólo faltaban tres horas para que el telón se alzara y cientos de ojos se clavaran en ella. ¿Lograría conquistar al público neoyorquino? *Tenía que poder,* concluyó.

La cabeza le dolía horrores y decidió tomar un baño. Se sumergió en la tina, pero el agua tibia no la ayudó a librarse de sus pensamientos. ¿El judío sería un facineroso o su error trágico había sido hablar de la existencia del amuleto a delincuentes sin escrúpulos? ¿Por eso habría terminado con la lengua llena de alfileres, *por hablar de más*? ¿Sospecharía Clapp de ellas, como temía Nellie? ¿Estarían ambas en su lista de sospechosos? Pero ¿por qué había tenido que pasarle todo precisamente *ese* día? La voz de Rústica, aconsejándole que saliera del agua o se arrugaría como una pasa, la sacó de su abstracción.

Cuando dieron las seis y Chiquita, vestida ya para salir rumbo al teatro, se dio cuenta de que su hermano seguía sin aparecer, montó en cólera y comenzó a maldecir y a patear los muebles. La llegada de Hope Booth la tranquilizó, pero sólo los segundos que la muchacha tardó en ponerla al tanto de una mala noticia. Rumaldo estaba en la cárcel.

Aunque Hope nunca antes había hecho alusión a su amorío con el cubano, habló como si esa relación no fuera un secreto para nadie. A las dos de la tarde, el joven había llegado a su apartamento sin avisar, con la propuesta de que durmieran «una siestecita» juntos. Ella aceptó, pero le advirtió que sólo podría quedarse dos horas, pues a las cuatro y media debía recibir a un caballero muy generoso, al que le debía varios favores. El problema fue que —a causa del whisky de su caneca o de sus absurdos celos— Rumaldo no quiso abandonar el lecho a la hora convenida y tuvo que sacarlo de la casa a empujones. Cuando Hope se acicalaba para recibir a su protector, oyó gritos en la calle.

Al asomarse a la ventana, vio un tumulto y lo comprendió todo. Rumaldo había esperado la llegada del landó de su relevo y, cuando este se disponía a entrar al edificio, lo había agredido con saña, sin detenerse a pensar que, por su edad, podía ser su padre. ¿O su abuelo? Por suerte, el cochero y otros transeúntes lograron separarlos. ¡Qué escándalo! La policía se los había llevado presos. Al caballero, que tenía una costilla rota y otras magulladuras de menor importancia, lo soltaron en el acto, pero al cubano lo encerraron con un montón de maleantes, y entre barrotes tendría que seguir, a menos que pagara una fianza, hasta que lo llevaran a juicio.

—Tenemos que hacer algo —exclamó Hope—. Aunque sea un estúpido, no debe pasar la noche en ese espantoso lugar. Conozco a un abogado que puede sacarlo en un abrir y cerrar de ojos, pero yo sólo dispongo de los cinco dólares que tengo en el bolso.

Para su sorpresa, Espiridiona Cenda se desentendió del asunto. ¿Rumaldo se comportaba como un rufián? Pues que afrontara las consecuencias. «Que espere el juicio entre piojos y esputos», dictaminó con frialdad. Y arguyendo que estaba retrasada y que debía salir rumbo al teatro sin tardanza, le señaló la puerta a la muchacha. Ofendida, Hope se retiró sin despedirse.

—¡Ni una palabra del asunto! —atajó Chiquita a su sirvienta y al pianista, y cuando trató de añadir «Mañana nos ocuparemos de Rumaldo», no pudo.

Trató de decir alguna otra cosa, pero sólo logró emitir unos roncos gruñidos. Quiso cantar y fue peor aún. ¡Se había quedado sin voz! Durante la siguiente hora y media, el apartamento se convirtió en un manicomio. Chiquita iba y venía por los aposentos como una tromba, soltando berridos silentes, mientras Mundo intentaba tranquilizarla y sacarle de la cabeza la idea de que aquella afonía era sólo el primero de los muchos males que tendría que padecer por haber perdido el amuleto del gran duque Alejo. Con la ayuda de Monsieur Durand, consiguieron que un galeno que estaba hospedado en el hotel la examinara. Su diagnosticó fue «afonía histérica» y le recetó un jarabe. Como el medicamento no surtió efecto con la rapidez deseada, Rústica echó mano a los remedios caseros de su abuela. Pero de poco sirvió que la «muda» hiciera gárgaras con cocimientos de jengibre y de col fresca macerada, que bebiera jugo de cebolla e infusiones de tomillo y que se enrollase en el cuello un pañuelo de seda empapado de coñac caliente. Nada le devolvió la voz. Ni las rodajas de limón espolvoreadas con bicarbonato que se vio obligada a masticar, ni las oraciones rogándole un milagro a Blas, Lupo y Margarita de Hungría, santos protectores de las gargantas.

Cuando ya Mundo estaba a punto de llamar a Proctor para pedirle que suspendiera la función, Chiquita recordó el té mágico de Lilli Lehmann y, por medio de señas, urgió a Rústica para que lo buscara. Haciendo de tripas corazón, se empinó la botellita, bebió hasta la última gota del *magisches Gelee der Götter* y la afonía desapareció en el acto.

El Palacio del Placer estaba repleto.*

La tibia acogida que tuvieron esa noche los artistas que precedieron a Chiquita —Duncan Segommer, el ventrílocuo de las mil voces; las acróbatas eslavas Ana, Zebra y Vera; Lorenz y Caterina con su número de telegrafía mental y Lord Finch y sus palomas, pollos y patos amaestrados— hizo evidente que los espectadores estaban allí sólo para ver a la nueva estrella de Proctor.

Después de un intermedio, las cortinas se descorrieron. El escenario se había transformado en un bucólico rincón del campo cubano. Unas jóvenes, descalzas y con holgadas blusas de algodón blanco, lavaban ropa a orillas de un río y se salpicaban juguetonamente. Cerca del agua crecían pal-

---

* El Palacio del Placer —de estilo mitad romano, mitad renacimiento español— fue construido en 1895 y costó un millón de dólares. Situado en East 58, entre Lexington y la Tercera Avenida, ocupaba casi toda la manzana. En el auditorio principal cabían mil doscientos espectadores y la decoración, en la que predominaban los colores oro, crema y azul, se inspiraba en el esplendor de los palacios europeos. El escenario, de setenta pies de ancho por cuarenta de profundidad, podía extenderse hacia atrás si el espectáculo así lo requería. El costo de la entrada oscilaba entre veinticinco centavos y un dólar. Tenía un *roof garden* con palmeras exóticas, en el que, por las noches, se presentaba un programa de variedades diferente al del auditorio. En total, el conjunto contaba con cuatro mil luces eléctricas, seiscientas de ellas destinadas a iluminar el escenario principal y a crear efectos especiales. En 1928, Proctor lo demolió y lo sustituyó por un moderno coliseo para tres mil personas. Un año más tarde, cuando se retiró, vendió todos sus teatros a la RKO, que los convirtió en cines.

mas, ceibas y gigantescos cactus. De nada sirvió que Chiquita protestara y les explicara a Proctor y al escenógrafo que esas plantas espinosas no eran propias de la naturaleza de Cuba. Ambos se mostraron intransigentes y le aseguraron que los cactus eran indispensables para darle «autenticidad» al cuadro.

De repente entraron a escena varios soldados españoles cargando un cofre y comandados por el mismísimo Valeriano Weyler. Ocultos tras unos matorrales, se pusieron a espiar los juegos de las muchachas y, a una señal del excitado Weyler, salieron de su escondite y se lanzaron sobre ellas con lujuria. Las chicas hicieron lo indecible por rechazarlos, pero era evidente que llevaban las de perder. En el instante en que los hombres estaban a punto de someterlas y deshonrarlas, se escuchó una estridente corneta y apareció un grupo de mambises, en briosos caballos, con una bandera cubana en lo alto de un palo y blandiendo sus machetes. Al frente iba uno con guantes oscuros y la cara pintada de negro, y entre el público corrió el rumor de que aquel *minstrel* representaba a Maceo, el valeroso general cubano que tanto mencionaban los periódicos.

Los acróbatas que interpretaban a los soldados de ambos bandos se enfrascaron en un combate sazonado con todo tipo de saltos y volteretas, mientras la orquesta subrayaba sus movimientos con una música vivaz. Cuando los cubanos descubrieron el cofre, el honor de las doncellas pasó a un segundo plano y apoderarse del arca se convirtió en el objetivo de la pelea. ¿Qué contendría?, se preguntaba la audiencia. ¿Dinero? ¿Municiones? ¿Medicamentos? Cada grupo se esforzaba por aplastar al otro, pero sus fuerzas eran parejas y ninguno retrocedía.

Súbitamente se oyeron los acordes de una marcha militar interpretada por las flautas y los clarinetes, y apareció un actor con pantalón de rayas rojas y blancas, levita azul, sombrero de copa, barba de chivo y un rifle en las manos. Los espectadores aplaudieron entusiasmados: era el Tío Sam, que llegaba dispuesto a poner fin al conflicto. Las vírgenes campesinas, que se habían retirado con discreción mientras los hombres luchaban, reaparecieron vistiendo uniformes del ejército americano y transformadas en coquetas soldaditas. Sin muchos miramientos, el Tío Sam doblegó a culatazos a los españoles y le propinó un puntapié en el trasero a Weyler cuando este intentaba escabullirse en cuatro patas. Por último, para celebrar la victoria y sellar su alianza con los insurgentes, estrechó la mano del caudillo «negro». El público estalló en aplausos y se oyeron gritos de júbilo.

El elenco se congregó alrededor del cofre y, al redoble de un tambor, el Tío Sam lo abrió. Entonces, tras unos segundos de expectativa, de su interior emergió, dejando a los espectadores boquiabiertos, Chiquita, la muñeca viviente.

La escenografía cambió en un abrir y cerrar de ojos: río, árboles y lomas desaparecieron, como por arte de magia, para dar paso a los espejos dorados, los candelabros de múltiples brazos y los tapices estilo Segundo Imperio de un elegante salón; las bailarinas y los acróbatas se esfumaron, y Chiquita y su pianista quedaron solos en el escenario.

Durante la siguiente media hora, la liliputiense cantó y danzó ante un público arrobado, sin hacer más que una breve pausa para sustituir su primer vestido, de terciopelo azul salpicado de perlas y con una larga cola, por otro, igual de exquisito, de satén ciruela con laterales rosa pálido. La acústica del teatro era insuperable y su afinada vocecita se oía con nitidez lo mismo en la platea que en el «gallinero». Si, como es de suponer, Chiquita estaba preocupada por el robo del amuleto, el crimen en La Palmera de Déborah y el encarcelamiento de Rumaldo, no lo dejó traslucir, e irradió un encanto y una seguridad tales que fue ovacionada al concluir cada una de sus interpretaciones. Entre bambalinas, Proctor daba saltos de entusiasmo y le aseguraba a todo el mundo que ni I Piccolini ni Die Liliputaner podrían hacerle sombra a su estrella. «¡Esa es mi Chiquita!», exclamaba con orgullo. «¡Mi cubanita de oro!» El recuerdo de Paulina Musters, el gorrión de Holanda, había quedado opacado.

Como Espiridiona sabía que Patrick Crinigan la contemplaba desde uno de los palcos, para él y sólo para él bailó una lenta y sensual danza usando el enorme abanico de plumas regalo de Lilli Lehmann-Kalisch. Durante sus encuentros secretos, le había enseñado al periodista el lenguaje de los abanicos y aprovechó la ocasión para mandarle apasionados mensajes. Era increíble cuántas cosas se podían transmitir con ese objeto. Acariciarse la mejilla con él significaba «Te quiero». Apoyarlo en la sien y mirar hacia abajo, «Pienso en ti noche y día». Si se llevaba al corazón, el mensaje era más fogoso, algo así como: «Te amo con locura y no puedo vivir sin ti». Ahora bien, tocarse la punta de la nariz era indicio de malestar y sospecha: «Algo me huele mal, ¿estás siéndome infiel?». Usarlo para apartar los cabellos de la frente era un claro «No me olvides», y dejarlo caer al piso: «Te pertenezco». La matancera hizo coquetamente esos y otros movimientos y, para concluir la danza, cerró el abanico y se lo llevó a los labios. Si el irlandés dominaba ese lenguaje, debió entender que le estaba pidiendo: «Bésame».

Para cerrar el espectáculo, las bailarinas salieron a escena vestidas con el rojo, el azul y el blanco de la bandera de la República de Cuba en Armas. Chiquita hizo su tercer y último cambio de ropa, y reapareció con una túnica blanca y un gorro frigio. Según el vestuarista de Proctor, el público captaría *inmediatamente* que, con aquel disfraz, la liliputiense representaba la soberanía de su patria. De todas formas, para ayudar a los despistados a entender la simbología, al empresario se le ocurrió que sostuviera en una de sus manos una cadena rota y en la otra un diminuto machete, el arma mortífera con que sus compatriotas hacían huir a los españoles en los campos de batalla.

En ese momento, al piano de Segismundo se sumó toda la orquesta y Chiquita y las muchachas entonaron *La paloma*. Los soldados cubanos y el Tío Sam se les unieron y, coincidiendo con los acordes finales de la melodía, en el fondo del escenario chisporrotearon unos espléndidos fuegos de artificio. Esa apoteosis, que puso al público de pie, dejó claro que ni a Pastor ni a Hammerstein iba a resultarles fácil competir con el *Cuban vaudeville* de Proctor.

Cuando el empresario fue a su camerino a felicitarla, Chiquita aprovechó para explicarle el problema de Rumaldo. Proctor la tranquilizó: él se encargaría de buscar un abogado y sacarlo de la prisión.

A salir del teatro, Chiquita, Rústica, Mundo y Crinigan encontraron una multitud deseosa de echarle un vistazo a la muñeca viviente. En la acera, exiliados cubanos repartían volantes con propaganda sobre la independencia de la isla y vendían botones con la inscripción *Freedom for Cuba*. En medio de la barahúnda, a la liliputiense le pareció ver a Clapp, el detective de la policía. ¿Fue una alucinación suya, o el hombre le indicó, con un ademán, que quería hablarle? No pudo salir de la duda, pues, sin esperar a que se lo ordenaran, Rústica la cargó, la cubrió con el mantón sevillano y echó a andar resueltamente, cejijunta y con la bemba estirada, hacia el carruaje. ¡Ay de quien se atreviera a tocar con la punta de un dedo a su señorita! La gente, intimidada, retrocedió para abrirle paso.

Cuando Rumaldo regresó (descolorido, despeinado y con el traje manchado de vómito), Chiquita lo trató como si nada hubiera ocurrido. Lo puso al tanto del éxito de su primera función y le recordó que, a partir de ese día, tendría que hacer dos actuaciones diarias, a las siete y a las nueve de la noche, de martes a domingo. Sin embargo, detrás de su generoso comportamiento podía percibirse un matiz de superioridad. Haber dormido en la cárcel y tener un juicio pendiente colocaban al joven en una posición desventajosa y, con su comprensión y su gentileza, su hermana se lo subrayaba.

Durante los días siguientes, mientras esperaba a que le celebrasen el juicio, Rumaldo fue el *manager* perfecto. Estuvo pendiente de todas las necesidades de Chiquita y aparentó tenerle sin cuidado adónde iba después de almuerzo, cuando los empleados del hotel le avisaban que un coche esperaba por ella. Pero la armonía llegó a su fin cuando un juez le puso una multa por escándalo público y no le quedó más remedio que confesar que el dinero que tenían en la caja fuerte de The Hoffman House no alcanzaba para pagarla. Buena parte del anticipo de Proctor lo había despilfarrado en ropa a la medida, restaurantes caros y mujeres, admitió sin atreverse a mirar a su hermana a los ojos. Más aún: le debían a Monsieur Durand dos semanas de los gastos del hotel.

Lívida, pero sin hacer reclamo alguno, Chiquita le aseguró que ella se encargaría de resolver el entuerto. Conseguiría la plata, pero con una condición: una vez saldada la deuda con la justicia, Rumaldo debía largarse del hotel y dejarlos en paz para siempre.

—No quiero ladrones cerca de mí —exclamó y, sin darle tiempo a replicar, salió del apartamento seguida por Rústica.

Volvió tres horas más tarde, con un rollo de dólares que Crinigan le había prestado, y se lo dio a Rumaldo.

—Hasta aquí llegamos —declaró con determinación—. Espero que cuando vuelva del teatro hayas desaparecido para siempre.

De nada valieron las protestas y súplicas del joven. Tampoco la amenaza de que, sin su protección y su guía, un afeminado, una negra y una enana («una enana de mierda», fueron sus palabras exactas) no podrían sobrevivir en la jungla de Nueva York. Chiquita se mostró intransigente y le anunció que ya Proctor estaba al tanto de la ruptura. En lo adelante, prescindiría de intermediarios: ella misma negociaría sus contratos y recibiría los pagos.

Esa noche, al regresar al hotel después de la última función, lo primero que hizo Mundo fue revisar la habitación que compartía con Rumaldo.

—Se llevó todas sus cosas —anunció, entre asustado y feliz.

—Pensé que sería más difícil librarnos de él —suspiró Chiquita, con alivio—. Será un miserable, pero aún conserva algo del orgullo de los Cenda.

Sin embargo, se retractó de esa opinión en cuanto Rústica dijo que el cofre de las joyas había desaparecido.

—Un bandolero, eso es lo que es —sentenció la nieta de Minga y echó mano a un antiguo refrán para consolar a la señorita—: Mientras menos bulto, más claridad.

¿Qué pasó con el matancero? Al parecer, vivió unas semanas con Hope Booth, pero la muchacha no tardó en ponerlo de paticas en la calle. Le tenía cariño y era buen amante, pero no podía darse el lujo de que le ahuyentara a sus protectores. Después, Rumaldo desapareció. ¿Dónde se metió? A Chiquita nunca le interesó averiguarlo. La experiencia le enseñó que podía sacar a alguien de su vida, enterrarlo hondo y borrarlo de su recuerdo. «Como a una muela podrida», concluyó.

Los primeros días de septiembre fueron tan intensos que, entre las dos funciones diarias, las visitas de admiradores y los encuentros con Crinigan, a Chiquita no le quedó mucho tiempo para pensar ni en su amuleto ni en la muerte del librero. Cuando se acordaba del asunto, sentía un pinchazo de angustia en el vientre y se preguntaba, extrañada, por qué los investigadores no habrían vuelto a interrogarla.

Una noche, al concluir la primera función, el detective Sweetblood la fue a ver al camerino. Se dejó caer en una silla y la miró con expresión sombría.

—Supongo que no sabe nada —exclamó—. ¿O sí? Logramos escamotearle la noticia a los periódicos y no la publicarán hasta mañana, pero quizás usted se haya enterado por otra vía.

—¿A qué se refiere? —se impacientó Chiquita—. ¡Hable de una vez!

—Me refiero a lo que le pasó a Clapp —masculló el hombre—. ¡Maldita sea! Era un buen tipo. Policía y gruñón, pero decente. Pensaba casarse con una compatriota suya, ¿lo sabía?

—Sí, con María Pérez —dijo la artista.

—¿La conoce? —inquirió Sweetblood, echándose hacia delante.

—No —repuso Chiquita—, pero el sargento me pidió un autógrafo para ella —y añadió con impaciencia—: ¿Acabará de decirme qué le pasó *exactamente*?

Durante dos días Clapp no había ido por su oficina. Como sus compañeros sabían que estaba detrás de una pista relacionada con la muerte del librero judío no le dieron mayor importancia a su ausencia. Pero cuando pasó otro día sin noticias suyas y su novia fue a preguntar por él, empezaron a temer que le hubiera ocurrido algo. Lo buscaron por todos lados, pero fue como si la tierra se lo hubiera tragado.

—¿Usted vio hoy el desfile de la limpieza? —dijo Sweetblood.

Chiquita asintió, preguntándose qué relación podía tener eso con la desaparición de Clapp. Sí, ese mediodía había visto el desfile desde su ventana. Crinigan le había advertido que no podía perdérselo. George Waring, el director del Departamento de Limpieza de Nueva York, había tenido la idea de que los empleados a su mando estrenaran sus nuevos uniformes blancos en una gran marcha por toda Manhattan. Fue algo fuera de lo común: más de una veintena de bandas de música y dos mil hombres en perfecto orden, escobillones en mano y empujando sus carritos de aseo, dispuestos a hacerle la guerra a la suciedad. Una excelente manera, en opinión de muchos, de dignificar el trabajo de los basureros, tan importante como menospreciado. Pero ¿qué diablos tenía que ver ese desfile con Clapp?*

—Cuando la marcha estaba a punto de empezar, uno de los basureros notó que el tanque de su carrito no estaba vacío. Al quitarle la tapa, encontró dentro la pierna de

---

* Efectivamente, los hombres del Departamento de Limpieza de las Calles (conocidos por su inmaculada apariencia como los «White Wings» del coronel Waring) desfilaron por las calles de Manhattan en 1896, pero no a principios de septiembre, como afirma el texto, sino el 26 de mayo, más de un mes antes de que Chiquita llegara a Nueva York.

un hombre. Estupefacto, se lo comentó a sus colegas y cuando estos revisaron los suyos, fueron apareciendo, aquí y allá, otros pedazos de un cuerpo desmembrado. Poco faltó para que el desfile se estropeara, pero por fortuna esa gente está habituada a hallar todo tipo de cosas en la basura y no se asusta con facilidad. Cuando los policías unieron el rompecabezas humano, descubrieron que se trataba del infeliz Clapp.

Chiquita se cubrió el rostro con las manos.

—Al parecer lo cortaron con un hacha. Pero ahí no termina la salvajada —continuó Sweetblood—. Tenía la lengua llena de alfileres —y, tras una pausa, añadió—: Igual que Jakob Rozmberk.

—¿Trece en total? —aventuró Chiquita, y el detective asintió con gravedad.

—Antes de desaparecer, Clapp me comentó que había hecho grandes progresos en su investigación. Naturalmente, ya él sabía que usted no había ido a La Palmera de Déborah a comprar libros, sino a enseñarle a Rozmberk los signos del talismán. Clapp tenía la certeza de que el robo de su amuleto y el asesinato de Rozmberk eran obra de las mismas personas y me dio a entender que estaba a punto de dar con los culpables. Según él, había mucha gente rara (*rara*, así dijo) interesada en el amuleto ruso y ya estaba a punto de averiguar la razón, pero no quiso darme más detalles. Concertamos un encuentro para el día siguiente y prometió que entonces me lo explicaría todo. Pero nunca llegó a la cita.

—¿Y qué quiere usted de mí? —exclamó Chiquita, poniéndose a la defensiva—. De lo que me ha contado deduzco que Romzberk y Clapp fueron asesinados por los mismos criminales, pero le juro que no tengo la menor idea de quiénes pudieran ser.

—La creo —la tranquilizó Sweetblood—. Pero tal vez sepa, o sospeche, o imagine, *por qué* pudieron matarlos. Le voy a hacer una pregunta, Miss Cenda. No está obligada a responderla, pero si lo hace, le suplico que sea sincera. ¿Rozmberk llegó a revelarle el significado de los jeroglíficos?

—¡No! ¡Se lo juro! Romzberk sólo dijo que los signos *quizás* podían pertenecer a la *Geheimnissprache der kleinen Leute,* una lengua secreta que, supuestamente, algunas personas de talla muy pequeña utilizaron hace siglos para comunicarse entre ellas. Pero era sólo una hipótesis. Dijo que debía hacer unas consultas para poder estar seguro. Yo no tomé nada de eso muy en serio, porque, como él mismo reconoció, nadie tiene la certeza absoluta de que ese idioma haya existido. Podría ser sólo una leyenda...

—¿Y por qué diablos no le contó todo eso a Clapp? —la recriminó el detective—. Nunca se sabe. Probablemente, de haberlo hecho, ahora él *podría estar vivo.*

—No lo creí importante —tartamudeó Chiquita—. Lo de la *Geheimnissprache der kleinen Leute* me pareció un delirio, un disparate.

—Me temo que Rozmberk habló con alguien sobre su amuleto y que, como consecuencia de ello, lo mataron, quizás para que no pudiera decir una palabra más sobre el asunto —especuló Sweetblood, inspirado—. Después esas mismas personas fueron a su hotel y le robaron el dije. Y cuando se percataron de que Clapp había enlazado los dos hechos y estaba empeñado en resolver el enigma, decidieron liquidarlo a él también.

—Pero ¿quiénes pudieron hacer algo tan terrible? Y, sobre todo, ¿por qué? Con toda sinceridad, me cuesta creer que el talismán tenga tanto valor como para que alguien asesine por él.

—No me sorprendería que los culpables fueran gentes como usted, de muy corta estatura. La última vez que hablamos, Clapp mencionó la existencia de una sociedad secreta de enanos o algo por el estilo. ¿Sabe si antes de llegar a su poder el amuleto estuvo vinculado con alguna secta o hermandad de ese tipo? ¿Rozmberk le comentó algo sobre eso?

—¡No, no! —exclamó, incómoda y un tanto asustada, Chiquita—. El amuleto me lo regaló un gran duque de Rusia. Ha estado conmigo toda la vida. ¿Adónde quiere llegar?

—A *la verdad*, y no descansaré hasta lograrlo. Tengo esa deuda con Clapp. Y también, de alguna manera, con María Pérez, su novia, a quien vi en la morgue. Por cierto, estaba desconsolada.

—¿Y cómo quería que estuviera? —se exasperó su interlocutora—. Hicieron picadillo a su prometido y le dejaron la lengua vuelta un alfiletero. Otra en su lugar no estaría triste, sino loca.

Sweetblood ignoró el comentario.

—Espero, por su bien, que esta vez no haya ocultado nada —dijo—. No quisiera que le pasara algo malo.

—Si desearan hacerme daño, me lo habrían hecho la noche del robo —repuso, llevándose una manecita al cuello—. Además, ya no tengo el amuleto.

—En efecto, pero ahora sabe cosas que aquella noche no sabía y, si las comenta con alguien, podría acabar también con la lengua llena de alfileres —rezongó el detective y, aprovechando que la liliputiense se quedó sin saber qué decir, se puso de pie—. Descanse —le recomendó, mirando su reloj—. En un rato tiene que volver a salir a escena.

—¿Se quedará a ver la segunda función? —dijo Chiquita estúpidamente, sin saber por qué.

—Me encantaría, pero no puedo —contestó el detective—. Tengo una cita con alguien que podría aclararme algunas cosas sobre este caso.

¿Tuvo lugar esa cita? ¿Se enteró en ella de algo importante? La cubana no llegó a saberlo. Unos días después, Mundo le mostró un ejemplar del *Journal* donde, en pocas líneas, se daba la noticia de la muerte del detective James Sweetblood. Mientras caminaba junto a un edificio en construcción, una viga de acero le había caído encima. No muy convencida de que, como afirmaba el periódico, se tratase de «un trágico accidente», Espiridiona Cenda envió una corona de flores al funeral e hizo llegar, de forma anónima, un dinero a la viuda y a los huérfanos.

—¿A qué viene tanta generosidad? —gruñó Crinigan, cuando estaban en la cama—. Si te hubiera devuelto el amuleto, podría entenderlo.

Chiquita estuvo a punto de pedirle que averiguara si alguien le había revisado la lengua al difunto, pero su sentido común le recomendó quedarse callada.

[Capítulo XIV]

Mátame, pero el capítulo catorce lo tengo muy borroso. Si la memoria no me traiciona, Chiquita sólo volvía a mencionar el robo del amuleto y la muerte de los detectives de pasada, para comentar que no había vuelto a tener más noticias sobre ninguna de las dos cosas. Lo que sí recuerdo con claridad es que hablaba de una carta que Estrada Palma y los demás señores de la Junta Cubana le mandaron después de verla actuar en el Palacio del Placer. Aunque estaba escrita con respeto, no era muy elogiosa y dejaba traslucir que el espectáculo los había decepcionado. Incluso le pedían a Chiquita que le hiciera algunos cambios. Por ejemplo, les parecía un grave error que Proctor presentara a Maceo como la máxima autoridad de las tropas cubanas, cuando en realidad ese puesto le correspondía a Máximo Gómez. Si el cascarrabias de Gómez se enteraba, seguro que le daba una pataleta, pues era muy celoso de su poder y no le hacía ninguna gracia que en Estados Unidos hablaran más de Maceo que de él. Según los patriotas de la Junta, se imponía eliminar a Maceo del *vaudeville* y sustituirlo por un anciano esquelético, mandón y con barbita de chivo; es decir, por Gómez.

Pero el principal problema, según ellos, era el protagonismo que le daban al Tío Sam. Tal parecía que los cubanos fueran incapaces de derrotar al ejército español y que sólo la intervención de los *yankees* les permitiría obtener la independencia. ¡Eso era muy, muy lamentable, y no favorecía a la revolución! La Junta Cubana buscaba que el gobierno de Estados Unidos reconociera el derecho de los cubanos a la libertad, no que mandara sus tropas a la guerra. La carta terminaba rogándole a Chiquita que se portara como una patriota y que hiciera las modificaciones necesarias para que en el *vaudeville* los cubanos alcanzaran la victoria sin la ayuda de nadie. No tengo que decirte que eso la encabronó mucho. Tiró la carta a la basura y ni se molestó en contestarla. «¿Por qué la humanidad será *tan* quisquillosa y *tan* inconforme?», les preguntó a Rústica y a Segismundo. «Se han fijado sólo en detalles de menor importancia y no en lo más importante: que al finalizar cada función los americanos aplauden a rabiar y piden *freedom* para la sufrida Cuba.» ¿Qué más daba que los españoles fueran vencidos con la ayuda del Tío Sam, si el público salía del teatro con ganas de apoyar la independencia de los cubanos?

Aunque no me consta, supongo que buena parte de los que iban a ver a Chiquita al Palacio del Placer eran pájaros. Invertidos, tú me entiendes. Y te hago este comentario porque en el tiempo que viví en Far Rockaway pude darme cuenta de que ella era como un imán que atraía a los sodomitas.

Quiero aclararte que yo contra los pájaros no tengo nada. Es más, en los años en que fui corrector de pruebas de la revista *Bohemia* me tocó trabajar con algunos y jamás tuve líos con ellos. Es verdad que de vez en cuando se alborotaban y soltaban sus plumas, pero ¿y a mí qué? Como dice el refrán: «Cada quien hace de su culo un tambor y se lo da a tocar a quien quiera». En la vida íntima de la gente no se debería meter nadie. Es una lástima que no todo el mundo piense igual. Por ejemplo, yo tuve un tío (no el de la fonda de Tampa, sino otro) que era alérgico a los maricones. No podía verlos ni en pintura. Cuando mis primos y yo éramos niños, a cada rato nos repetía el mismo consejo: «Jamás le den el culo a nadie, porque si lo dan una vez, capaz que les guste y lo sigan dando el resto de su vida». Esa advertencia siempre la hallé un poco rara. Por suerte, hasta el día de hoy no he sentido curiosidad por toquetear a otro varón y ya a mi edad es difícil que vaya a sentirla. Pero en Far Rockaway no habría tenido problema para hacerlo, porque Chiquita daba unas reuniones en su casa dos veces al mes, y el noventa y nueve por ciento de los que iban eran pájaros.

En esas «tertulias», como ella las llamaba, se ponía a hablar de sus días de gloria, de los países que había conocido y de la gente ilustre con la que había alternado. Por ejemplo, siempre sacaba a relucir que en Londres se había hecho amiga del escritor Walter de la Mare y que le había sugerido que hiciera una novela donde la protagonista fuera liliputiense. Y terminaba diciendo que cuando, varios años después, De la Mare le mandó el libro, no pudo pasar de las primeras páginas porque lo encontró aburridísimo. Los pájaros ponían cara de saber quién era Walter de la Mare, aunque estoy seguro de que ninguno lo había oído mentar. Yo tampoco, pero al cabo del tiempo, cuando empecé a vivir en La Habana, cayó en mis manos su novela sobre la enana y me gustó bastante.

Los «muchachitos», que por lo general eran flacos, rubios y descoloridos, y llevaban flores en el ojal y pañuelos de colores en el cuello, oían a Chiquita embelesados, la adulaban y le reían todas las gracias. Aunque ella afirmara lo contrario, en el fondo todavía añoraba al público, porque en esas tardes parecía rejuvenecer, se excitaba mucho y, sin hacerle caso a las miradas de reproche de Rústica, empezaba a sacar de sus baúles vestidos de seda y de cachemir; capas de marta, estolas de armiño y manguitos de mono verde; zapatillas de satén bordadas con piedras semipreciosas, el abanico de plumas de avestruz de Lilli Lehmann-Kalisch y montones de retratos y recortes de periódicos viejos.

Por último, después de hacerse de rogar, cantaba *a capella* alguno de sus éxitos, casi siempre *La paloma,* y los «muchachitos» la aplaudían y gritaban de entusiasmo. Chiquita decía que esa canción se había hecho popular en Estados Unidos gracias a ella. Pero no era cierto. Sin ir más lejos, antes de que ella trabajara en el Palacio del Placer, ya la Bella Otero había cantado esa habanera en Nueva York. Y mira lo que son las cosas, acabo de recordar que precisamente en este capítulo Chiquita explicaba cómo había conocido a la Bella Otero. Pero eso lo dejo para luego, porque no quiero volverte loco haciéndote dos cuentos a la vez.

Una vez que Chiquita cantaba, sus invitados dejaban de prestarle atención. Como siempre traían discos de las orquestas de moda, los ponían a todo volumen en el gramófono. Recuerdo que en esa época hacían furor Lou Gold y su orquesta, y todos se ponían a cantar y a bailar un fox trot que se llamaba *You're the Cream in My Coffee*. Algunas veces convencían a Chiquita para que bailara con ellos, pero por lo general ella se quedaba en su butaca mirándolos con expresión bonachona. A mí al principio también trataron de meterme en su recholata. Me hacían ojitos y me coqueteaban como si yo fuera John Gilbert o Douglas Fairbanks Jr., pero como nunca les hice caso, acabaron por ignorarme.

La que se ponía al borde del infarto cada vez que empezaba el baileteo era Rústica. Haciendo de tripas corazón, se metía en la cocina y empezaba a sacar bandejas con canapés, dulces y unas tazas enormes de esa agua de culo que los americanos llaman «café». Los «muchachitos», que por lo general eran seis o siete, aunque hubo días en que llegaron a ser más, se abalanzaban sobre la comida y se la tragaban en un santiamén. Al verlos, yo me preguntaba si de verdad iban hasta Far Rockaway para disfrutar de la compañía de Chiquita, o si sólo lo hacían para llenarse las barrigas. Es que el hambre que se pasó en esos años no fue cosa de juego.

A las tertulias iba también un señor de apellido Koltai, más viejo que Matusalén, que desentonaba en aquel ambiente. Era muy circunspecto, no movía las manos al hablar como si estuviera dirigiendo una orquesta, no cruzaba las piernas como una señorita y cuando los demás se ponían a discutir si Ramón Novarro era más lindo que el difunto Valentino, se quedaba callado y se reservaba su opinión. Por esas y otras cosas, yo estaba casi seguro de que el señor Koltai no era mariquita. En aquella época yo todavía pensaba que todos los pájaros tenían que tener plumas. Pero con el tiempo me di cuenta de lo equivocado que estaba, de que muchas veces los que más machos parecen son los más mariconazos. Así que, pensándolo bien, el viejo perfectamente podía haber cojeado de la misma pata que los muchachitos.

Bueno, el caso es que ese señor, que había nacido en Budapest, que vivía en Queens y que jamás (al menos delante de mí) soltó una pluma, era toda una autoridad en liliputienses. Ese era su *hobby*, su gran pasión. Koltai podía pasarse horas y horas hablándote de enanos y contándote sus rarezas y sus intimidades, porque a muchos de ellos los había tratado personalmente. Desde jovencito se había dedicado a estudiar ese mundo y era un verdadero sabio. Una vez una revistica de Rhode Island publicó un artículo escrito por él (creo que se llamaba «Los liliputienses más famosos del mundo» o algo por el estilo) y adondequiera que iba llevaba el recorte para enseñarlo si se presentaba la oportunidad. Yo lo leí, me pareció interesante y lo pasé a máquina para poder conservarlo. A Chiquita le dedicaba un pedazo muy elogioso. La copia la tienes en una de las cajas, así que no voy a gastar saliva contándote lo que decía.*

Recuerdo que cuando le devolví el artículo, le recomendé que lo ampliara y lo convirtiera en un folleto. «Sí, sí, cualquier día de estos lo hago», me contestó. Pero sin convicción, así que lo más probable es que jamás lo hiciera y que todo ese conocimiento se lo llevara a la tumba.

En las tertulias, mientras la pajarera masticaba, tragaba, reía y bailaba, el señor Koltai y yo nos refugiábamos en un rincón y empezábamos a conversar. Bueno, en realidad era él quien hablaba y yo me limitaba a hacer alguna pregunta de vez en cuando. El tema nunca variaba, porque ese tipo era una enciclopedia, pero monotemática. Así que, gracias a él, aprendí una barbaridad sobre liliputienses.

---

* El artículo de Koltai, que en realidad se titula «Liliputienses y enanos: mientras más pequeños más grandes», se incluye como anexo (véase Anexo II).

Fíjate si ese húngaro sería viejo, que había visto actuar a Charles Stratton, el legendario General Tom Thumb. Y no lo vio en su etapa de decadencia, cuando se puso gordo, se le empezó a caer el pelo y hasta aumentó unas pulgadas de estatura, sino cuando era un jovencito al que la reina Victoria acababa de recibir en el Palacio de Buckingham. Gracias a Koltai, me enteré de que Tom Thumb había estado en La Habana cuando empezaba su carrera, y de que desfiló una tarde por el paseo del Prado, en un carruaje tirado por ponies enanos.*

También hablaba mucho, casi con veneración, de Lucía Zárate, una mexicana que había muerto trágicamente. El ferrocarril donde viajaba por las Montañas Rocosas tuvo un desperfecto y quedó atrapado en medio de una tormenta de nieve. Tanto bajó la temperatura que la pobre Lucía murió helada. Otra de sus consentidas era Paulina Musters, a quien describía siempre como «una mosquita holandesa con alas de tul y corona de rubíes». Tenía cientos de retratos de liliputienses y me enseñó muchos. Pero el mayor orgullo de Koltai era haber estado presente en la boda de Tom Thumb. Ese cuento se lo tuve que oír más de veinte veces.

La boda del General Thumb y Lavinia Warren fue un acontecimiento nacional. Tanto, que durante esos días los periódicos redujeron el espacio que dedicaban a las noticias de la Guerra Civil, para mantener a sus lectores informados de todos los detalles del matrimonio. Ella tenía veintiún años y medía treinta y dos pulgadas; él la aventajaba en cuatro años y en dos pulgadas. El joven Koltai tuvo que mover cielo y tierra para conseguir invitaciones y poder asistir a la ceremonia en la iglesia y después a la fiesta en honor a los novios que

---

* La anécdota es cierta. En enero de 1848, tras presentarse en Nueva Orleans, el renombrado liliputiense llegó a La Habana a bordo del barco *Adams Gray*. Según relata Alice Curtis Desmond en su libro *Barnum Presents General Tom Thumb* (New York: The MacMillan Company, 1954), su éxito entre los cubanos fue tan grande que sus autógrafos se vendían a un doblón, moneda española que equivalía a dieciséis dólares de plata. Por entonces, Charles S. Stratton tenía diez años, pero Barnum hacía creer al público que era mayor.

Barnum dio en el hotel Metropolitan.* Pero allí estuvo, con un trajecito pobre, pero bien almidonado y planchado, codéandose con millonarios, senadores, generales y diplomáticos. A los novios los encaramaron en la tapa de un piano de cola y allí recibieron las felicitaciones de los asistentes. Pero lo que muy pocos de los dos mil invitados sabían (Koltai sí, claro está) era que en aquella boda el novio estuvo a punto de ser otro.

Desde que Tom Thumb vio por primera vez a Lavinia Warren (quien acababa de llegar de un pueblito de Massachusetts, contratada por Barnum para trabajar unas semanas en su American Museum) se enamoró de ella como un bobo. Quienes hicieron el papel de Cupido fueron Anna Swan, una giganta de Nueva Escocia, hija de suecos, y Madame Clofullia, la mujer barbuda suiza.

«¡Tienes que conocer a la señorita Warren! Es de tu tamaño y te va a encantar», le dijo la giganta. «Además, ya es hora de que te cases», agregó la barbuda. El liliputiense, al principio, les replicó que no quería saber nada de chicas. «He besado a más mujeres que ningún hombre en este mundo, incluyendo a las reinas de Inglaterra, de Francia, de Bélgica y de España», se vanaglorió, y en tono desdeñoso añadió: «Me imagino que será fea, gorda y cuarentona».

La giganta le aclaró que Lavinia era bonita y que acababa de cumplir veintiún años, y Madame Clofullia le dio más detalles: era maestra, daba clases a niños y, aunque sus alumnos eran unos grandulones al lado de ella, se las arreglaba para que la trataran con respeto.

Aunque Tom Thumb no quería admitirlo, la realidad era que estaba loco por casarse. Pese a su tamaño y a su vocecita de pito, era un hombre hecho y derecho, que se afeitaba todas las mañanas y con las mismas necesidades que

---

* La boda tuvo lugar en la Grace Episcopal Church de Nueva York, el 10 de febrero de 1863. Entre otros regalos, los recién casados recibieron un *firescreen* chino de oro, plata y madreperla enviado por el presidente Abraham Lincoln y su esposa.

cualquier otro, así que le urgía conseguir una esposa. Por eso, aunque trató de parecer indiferente, en la primera oportunidad que tuvo fue a echarle una mirada a la señorita Warren y comprobó que lo que le habían comentado Anna Swan y Madame Clofullia era la pura verdad.

Lo que casi nadie sabía era que, a esas alturas, ya Lavinia tenía otro pretendiente. Cuando el General Thumb fue a la oficina de Barnum para decirle que esa muchacha le gustaba y que necesitaba que se la presentara enseguida, el empresario le explicó que el Comodoro Nutt (otro de sus artistas liliputienses) también estaba enamorado de ella y que le llevaba ventaja, pues desde hacía varios días la cortejaba. Más aún: acababa de pedirle que lo ayudara comprar un anillo de compromiso digno de Lavinia, pues pensaba declararle su amor lo antes posible. De todos modos, como Barnum sentía que le debía mayor lealtad al General Thumb, que al fin y al cabo era la más rentable de sus «curiosidades humanas», le prometió que haría todo lo posible para ayudarlo.

Afortunadamente, Charles no necesitó de su ayuda. En cuanto Lavinia lo trató, se olvidó del Comodoro Nutt. Entre sus dos pretendientes, Tom Thumb era el más maduro, el más mundano... y, no quiero ser mal pensado, también el más rico. Así que lo prefirió desde el primer momento. Nutt rabiaba de celos y trató de retar a su rival a duelo. La cosa entre los dos enanos se puso tan fea que Barnum tuvo que intervenir y apaciguarlos.

«Oye bien, amigo», le dijo a Nutt. «Esta pelea la tienes perdida. La señorita Warren se casará con Charlie. Te aprecia mucho, pero considera que eres demasiado joven y quiere un marido de mayor experiencia. Pero cambia esa cara, porque te daré una magnífica noticia: Lavinia tiene una hermana que es ocho años y varias pulgadas más pequeña que ella. Se llama Minnie y podría ser la novia perfecta para ti.»

Barnum logró lo que parecía imposible: que Nutt aceptara ser el padrino de la boda. Para convencerlo, sólo tuvo que decirle que Minnie sería la dama de honor. ¡Pobre

Nutt! Lo malo del asunto fue que la hermana de Lavinia nunca quiso nada con él, y se murió soltero.

«Ah, ya no existen liliputienses como aquellos», se quejaba Koltai después de hacerme esa y otras historias. «Ahora todos parecen cortados por la misma tijera. Son mujercitas y hombrecitos en miniatura, pero no sólo por su tamaño, sino también por su falta de personalidad. En ninguno hallarás la clase de una Lavinia, la apostura de un Tom Thumb, la dulzura de una Minnie o la gracia de un Comodoro Nutt.» Y señalando con el dedo índice a Chiquita, me decía: «Ya todos los de la época dorada murieron. Sólo nos queda ella. Qué afortunados somos de tenerla todavía».

Koltai no se cansaba de repetir que Chiquita había sido una estrella de primera magnitud. Pero de vez en cuando, acercándose a mi oído (cosa que no me agradaba, porque tenía muy mal aliento), me hablaba de sus defectos. Que era voluble y pagada de sí misma. Que le costaba mucho perdonar. Que nunca había sabido apreciar el valor de una amistad. Una vez me dijo que su mayor error había sido no saber alejarse de los escenarios en el momento adecuado. «Yo, que la vi debutar con Proctor y que me mantuve al tanto de su carrera hasta el final, le digo que debió despedirse del público cuando aún tenía belleza y juventud», me comentó de forma casi inaudible. Y mirando en todas direcciones, agregó: «Sus últimas presentaciones fueron penosas. *Demasiado* maquillaje y un vestido *inapropiado* para su edad, por no mencionar la horrible peluca negra que usaba. ¿Qué necesidad tenía de castigarse de ese modo? Dinero no le faltaba. Debió dejarlo todo mucho antes».

«Bueno, quizás quiso ser una especie de Sarah Bernhardt enana», dije, tratando de restarle importancia al asunto. Pero Koltai movió la cabeza, dubitativo. «Escuche esto, joven», repuso. «Una liliputiense en la flor de la edad no tiene que esforzarse para resultar simpática; pero una que trata de disimular sus arrugas con afeites es siempre patética.»

«Pero Lavinia, la viuda de Tom Thumb, actuó hasta muy vieja», riposté. «Era diferente», argumentó el húngaro.

«Ella nunca coqueteó ni usó escotes en los escenarios. Envejeció con dignidad y jamás pretendió aparentar menos años de los que tenía. Chiquita, en cambio, estuvo *a un tris* de estropear su leyenda.»

Cosas como esas me convencieron de que, aunque admiraba y respetaba a la cubana, el húngaro no era un incondicional suyo. Eso me gustó, porque nunca me han simpatizado los fanáticos. Para fastidiar a Rústica, yo le decía que el señor Koltai hacía rato estaba muerto, que era una momia caminante. Que cada vez que tenía que ir a Far Rockaway lo desenfardelaban y que, en cuanto regresaba a Queens, sus parientes volvían a guardarlo en un sarcófago. Ella enfurruñaba la bemba, porque ese tipo de chistes no le agradaba. Más de una vez estuve tentado de preguntarle si ella también pensaba que Chiquita se había aferrado más de lo prudente a los escenarios. Pero no quise arriesgarme a que se lo contara y meterme en un problema.

Una mañana, Chiquita interrumpió lo que estaba dictándome y me preguntó de qué hablaba con Koltai en las tertulias. «De liliputienses, ¿de qué otra cosa se puede hablar con él?», le contesté, esforzándome por parecer lo más inocente posible. «No le creas todo lo que dice», me advirtió. «Aunque se conserva bastante lúcido para su edad, ya tiene algunos tornillos flojos. Cree que sabe más sobre mí que yo misma, pero hay cosas de la vida y de la conducta de Espiridiona Cenda que ni siquiera él, que es la persona de este planeta que conoce mejor a los liliputienses, podría explicar. ¿Y quieres que te diga por qué? ¡Porque ni siquiera yo podría hacerlo!»

Pensé que con eso había puesto fin a la interrupción y que retomaríamos el dictado, pero no, continuó con la misma cantaleta: «Las apariencias engañan, Cándido, y a los lobos les encanta disfrazarse de ovejas. La próxima vez que el señor Koltai venga, dile que te cuente de la noche que me pidió unos bombachos sucios para usarlos como pañuelo. O de cuando quiso que lo escupiera y lo azotara con una fusta hasta sacarle sangre. Te adelanto que nunca lo complací. Ese tipo de perversiones no va conmigo. Pero otras no fueron tan quisquillosas...».

Me costó mucho entender la retorcida relación que tenía con el húngaro. Cada vez que podía, hablaba pestes de él. Pero parece que al viejo le gustaba que Chiquita lo ignorara en las tertulias y que, las pocas veces que le dirigiera la palabra, fuera para soltarle algún sarcasmo. Yo creo que sí, que Koltai era un poco morboso y disfrutaba que los enanos lo humillaran. Lo que no acababa de quedarme claro era por qué, si ella lo despreciaba tanto, seguía invitándolo. Hasta que un día me iluminé y lo entendí. Era muy simple: Chiquita no podía prescindir de Koltai. Lo necesitaba. Los mariquitas que iban a sus reuniones se divertían oyéndola hablar y mirando sus sombreros y sus trapos, pero lo más probable era que, para sus adentros, pensaran que las cosas que ella contaba eran invenciones. Koltai no. Él sabía que todo era verdad. El viejo era su admirador más antiguo y el único testigo de su grandeza que tenía a mano. Bueno, también estaba Rústica. Pero la diferencia era que Rústica, aunque le fuera incondicional, *nunca la había admirado.* Koltai y Chiquita, cada uno a su manera, eran sobrevivientes de un pasado que echaban de menos, de una época irrecuperable, de un tiempo en el que, por contradictorio que pueda parecer, los liliputienses habían sido *grandes.*

Lo de la Bella Otero te lo voy a contar sin muchos floreos, porque ese personaje vuelve a salir después en un capítulo que, por suerte, está entre los que el ciclón respetó. Bueno, me imagino que sabrás quién era ella. Una española muy buena hembra que se hizo famosa en París por sus bailes, sus canciones y sus amantes. Según parece, bailando no era nada del otro mundo y apenas tenía voz, pero los hombres se volvían locos por tenerla en la cama y no precisamente para que les tocara las castañuelas. Más que una artista, Carolina Otero era una *demi-mondaine,* es decir, una puta de lujo. Porque no pienses que le daba *aquello* a cualquiera: para acostarse con ella había que tener mucho dinero y regalarle joyas caras y hasta casas.

Cuando llegó a Estados Unidos por primera vez, a finales de 1890, apenas hacía cuatro meses que había empezado a bailar en Francia, pero su empresario se las ingenió para hacerles creer a los neoyorquinos no sólo que se trataba de una gran estrella, sino que era andaluza y descendiente de aristócratas. En realidad, Carolina se llamaba Agustina, era gallega e hija natural de una campesina. Pero la gente se creyó el cuento, porque el papel lo aguanta todo.

En esa época José Martí vivía en Nueva York, dedicado a preparar la segunda guerra de independencia de Cuba; pero a pesar del revuelo que se armó con la Otero y de que todo el mundo decía que era divina, él se negó a verla porque en la entrada del Eden Musée, que fue el teatro donde ella actuó, colgaron una bandera de España. Hasta que un día la quitaron y pudo ir. Esa noche escribió uno de sus mejores poemas: «La bailarina española».

Aquella primera temporada de la Bella fue tan exitosa que en Tiffany's empezaron a vender una cadenita de oro para ponerse en el tobillo igual a la que ella usaba. La bailarina española más popular en Estados Unidos hasta ese momento, Carmencita, estaba presentándose en otro teatro, pero la Otero la opacó en un dos por tres. Porque, aunque la pobre Carmencita bailaba como una diosa, no era muy agraciada, y ya se sabe que con mucha frecuencia la gente prefiere una linda mediocre a una fea talentosa.

Pero resulta que al cabo de siete años, la Bella Otero firmó un contrato para volver a Estados Unidos y bailar el fandango y la cachucha, toda enjoyada, en el teatro de Koster & Bial. Por desgracia, en esa segunda visita la prensa la trató con frialdad y no le fue tan bien como esperaba. La llamaban «la sirena de los suicidios», porque a esas alturas ya varios tipos se habían quitado la vida por ella, y parece que eso no le agradó a la gente.

Como en esas fechas Chiquita estaba trabajando con Proctor y los neoyorquinos no hacían más que hablar de «la muñeca viviente de Cuba», la Bella Otero sintió curiosidad por conocerla y alguien les concertó un encuentro. Algunos vaticinaron que la reunión sería un fracaso y que, por ser cubana una y española la otra, terminarían declarándose la guerra. Pero la enana le cayó a Carolina como una monedita de oro y, para decepción de quienes esperaban que se fueran a las greñas, se hicieron amiguísimas.

La Bella Otero insistió en que, tan pronto le fuera posible, Chiquita tenía que visitar Francia, y le aseguró que, con su ayuda, todas las puertas se le abrirían. En París sí sabían apreciar a una artista, no como en Nueva York, donde había mucho dinero, sí, pero muy poco gusto y refinamiento. En un arranque de generosidad, la española se brindó para presentarle a algunos de sus «amigos y protectores», como el rey Leopoldo II de Bélgica, un viejo sátiro que era el dueño del Congo Belga, o el príncipe Nicolás de Montenegro, otro tarambana sin remedio. Hasta podía recomendársela al emperador alemán Guillermo II. El Káiser era muy apuesto y generoso, y aunque tenía el brazo izquierdo lisiado de nacimiento, todo lo demás le funcionaba a la perfección. Estaba segura de que, a cambio de un poco de cariño, cualquiera de ellos le haría regalos muy valiosos. Eso sí, la cubana tenía que aprender a cotizarse. Ella le enseñaría, porque en eso era una verdadera experta. Una vez, un caballero le ofreció diez mil francos por pasar una noche a su lado y, por toda respuesta, le mandó una nota muy fría en la que le contestaba: «La Bella Otero no acepta limosnas». ¡Diez mil francos era lo que cobraba por acompañar a alguien a cenar a un restaurante! Quien quisiera algo más, tenía que pagarlo. A Chiquita no le hizo ninguna gracia que su amiga pretendiera prostituirla, pero, por cortesía, le agradeció el ofrecimiento.

Poco después, los empresarios de la española decidieron poner fin a su temporada antes de lo previsto. La Bella no quiso regresar a Francia sin ver actuar a Chiquita y, al fi-

nalizar la función, se despidió de ella en el camerino con besos y abrazos. ¿Quién iba a imaginar que la próxima vez que
la viera terminaría enfilándole los cañones?

Eso es todo lo que recuerdo del capítulo catorce. No
es mucho, lo sé, pero ¿qué quieres que haga? Uno tiene días
y días. Y hoy la memoria me ha jugado una mala pasada.

Capítulo XV

Gloxíneas y lirios. El seductor Signor Pompeo. Chiquita divide su corazón. Celos y escaramuzas. Sus amantes se alejan. La reconcentración de Weyler, «el Carnicero». Frustrante visita a Liliuokalani, ex reina de Hawai. Una misiva inesperada. Las penas de Mundo. Mister Hércules se da la vuelta. Encuentro con Lavinia y Primo Magri. Frank C. Bostock, «el Rey de los Animales». La perla.

Chiquita nunca le hizo mucho caso a la frase «un año se va volando» hasta que se percató de que junio de 1897 se acercaba a su final. Ya llevaba doce meses en Estados Unidos, el contrato con Proctor estaba a punto de concluir y todavía el empresario y ella no habían llegado a un acuerdo para prorrogarlo. Proctor no quería perderla, pero pensaba que, después de tenerla durante tantos meses en Nueva York, ya era hora de presentarla en sus teatros de otras ciudades.

A Chiquita la idea de convertirse en una especie de gitana y deambular de un lado para otro no la entusiasmaba en esa época. Sí, deseaba viajar, mas no por Estados Unidos. Su sueño era atravesar el océano y llegar a Europa. Pero antes de contar lo que decidió, se impone hacer referencia a ciertos sucesos que ocurrieron después que se despidió de la Bella Otero con la promesa de que volverían a verse en París.

Comencemos por su vida amorosa. Patrick Crinigan fue dueño del corazón de Chiquita hasta que, inesperadamente, tuvo que conformarse con reinar sólo en una aurícula y un ventrículo, pues los otros le fueron arrebatados por un pequeño contendiente: el Signor Pompeo.

Todo empezó la noche en que varios integrantes de la compañía I Piccolini acudieron al Palacio del Placer. Los italianos habían desembarcado a fines de octubre, llevaban ya un mes presentándose en el teatro de Pastor en Union Square y, hartos de oír hablar maravillas de Chiquita, quisieron ver su espectáculo. Con Franz Ebert y Die Liliputaner, los alemanes que triunfaban en el Olympia de Hammerstein, habían coincidido en diversas capitales del Viejo Mundo y estaban al tanto de lo que podían dar.

Antes de empezar la función, la cubana fue advertida de que sus rivales se encontraban en uno de los palcos. Por eso, lo primero que hizo al salir al escenario fue buscarlos con el rabito del ojo. Allí, observándola con frialdad, estaban las principales figuras de la *troupe:* el Signor Piccollomini y su prometida la Signorina Brunella, los gemelos Nicolai y Endree, la Principessa Valentina y el más chico de todos, el Signor Pompeo, que presumía de tener apenas veintisiete pulgadas de estatura. Cuando Chiquita concluyó su primera canción, los artistas de Pastor permanecieron impasibles. Sólo Pompeo, para estupor de sus acompañantes, se puso de pie, la aplaudió a rabiar y le chilló un sonoro *bravissimo.*

A la mañana siguiente, un empleado de The Hoffman House subió a los aposentos de la cubana un precioso arreglo de gloxíneas y lirios acompañado de una tarjeta del Signor Pompeo. Ese fue el primero de varios arreglos, todos de gloxíneas y lirios, y la primera de varias tarjetas portadoras de mensajes románticos. Halagada por la puntualidad con que llegaban las flores y por la vehemencia con que Pompeo suplicaba ser recibido, Chiquita decidió invitarlo a tomar el té una tarde. Por supuesto, a espaldas de Crinigan, quien nada sabía de aquel asedio.

Pompeo la impresionó gratamente: tenía unos expresivos ojos negros, un coqueto bigotico y una dentadura resplandeciente. Mientras hablaba, movía las manos con expresividad y por cualquier motivo dejaba oír una risa aguda, vivaracha y contagiosa. Vestía como un *dandy,* sus joyas eran de primera calidad y Chiquita comprobó enseguida que estaba habituado a que las damas se rindieran ante sus encantos.

En su primera visita, le llevó una caja de bombones de Bruselas y un tomito de tres por cinco pulgadas, titulado *Sfortunato cuore,* con versos de amor escritos por él mismo. Sin esperar a que su anfitriona se lo pidiera, se echó a sus pies y le leyó algunas poesías, aderezándolas con miradas ardientes. Luego la puso al tanto de lo que sentía por ella. No, no era simplemente que le gustara, se apresuró a aclarar. Era un sentimiento más profundo e imperioso. Un lazo invisible los ataba: ¿acaso no podía advertirlo?

—Eres la mujer de mi vida —le dijo, besando sus manos—. Lo supe desde que el Tío Sam abrió el cofre y asomaste la cabeza.

Para enfriarlo, Chiquita le advirtió que tenía un vínculo sentimental con otro caballero. «¿Liliputiense?», preguntó Pompeo en el acto, y cuando supo que se trataba de un hombre de talla normal, sonrió con condescendencia. «Lo amo», recalcó ella. Pero eso tampoco pareció desalentarlo. *¿Y qué?* A él no le importaba compartir durante un tiempo las caricias de su *Piccoletta,* declaró sin inmutarse. Estaba convencido de que cuando lo conociera mejor (y al decir *mejor,* sus ojos refulgieron con malicia), no vacilaría en prescindir del otro.

—Es muy sencillo —exclamó, señalando el gran espejo que los reflejaba—. Dios nos hizo el uno para el otro. No hay que ser muy perspicaz para darse cuenta.

Chiquita contempló, sobresaltada, sus imágenes de similar tamaño. ¿Pompeo tendría razón? Dos visitas más tarde, se animó a averiguarlo. Ordenó a su primo y a Rústica que se fueran a darle la vuelta al monumento al general Worth y, luego de hacerse de rogar un poco, permitió que el italiano la abrazara por el talle y le diera media docena de apasionados besos. Esos besos, húmedos y ardientes, la decidieron a llegar más lejos. Y es que sólo entonces descubrió lo que era besar como Dios manda: uniendo los labios y separándolos para permitir que una lengua puntiaguda e insistente, que le recordó una culebrita traviesa, buscara la suya y la acariciara. Qué diferentes a los besos que le daba Crinigan con su bocaza amenazadora, que parecía querer tragársela, y su lengua gigantesca y torpe.

Cuando Pompeo le propuso que se desnudasen, comprobó que no había exagerado al decir que estaban hechos uno a la medida del otro. Supo lo que era compartir un verdadero abrazo y sintió por primera vez, sin temor a ser asfixiada o a que le rompieran algún hueso, el peso de un hombre tendido encima de ella. Después de prodigarle las más atrevidas caricias —no, no había exagerado: en verdad era un consumado amante—, el casanova la penetró con una pizca de violencia que arrebató a Chiquita. Vientre contra vientre, se acoplaron deleitosamente y ejecutaron las más pasmosas acrobacias, proezas impensables en sus encuentros con el irlandés, donde cada postura y cada movimiento tenían que estudiarse de antemano para poder hacer posible lo imposible.

Durante varias semanas, Chiquita se las ingenió para atender a sus dos galanes sin que Crinigan sospechara de su *affaire* con Pompeo, y pudo compararlos y sopesar sus virtudes y sus defectos. Pese a la desenvoltura de que hacía gala y a su barniz de hombre refinado, con el italiano resultaba imposible sostener un diálogo medianamente inteligente. Por lo general, sus conversaciones giraban sobre dos únicos temas: los chismes del mundo del espectáculo (en particular la competencia entre los liliputienses) y la necesidad de ganar cada vez más dinero para poder darse todo tipo de lujos y placeres. Su banalidad y su escasa cultura la exasperaban. Claro que su desempeño en la cama compensaba con holgura esos y otros defectos. En ese terreno, el líder de I Piccolini era un as. En la intimidad, olvidaba los buenos modales, empleaba un lenguaje soez y le exigía a su amante el comportamiento impúdico de una ramera. Chiquita notó, sorprendida, que ser zarandeada, recibir nalgadas y que le dijeran «sucia mujerzuela» y «marranita insaciable» podía resultarle muy excitante.

Crinigan, en cambio, ni en sus momentos de mayor lujuria dejaba de ser un caballero. La trataba con una delicadeza que a veces podía resultar exasperante, sobre todo a la hora de introducirle su llavecita. ¿Actuaría así con todas las mujeres o era el temor a hacerle daño lo que lo impulsaba a ser *tan* cuidadoso? Le daba placer, sí, pero no era lo mismo... Ahora bien, si cuando estaba en la cama con el irlandés echaba de menos las groserías que su otro amante le decía y la naturalidad con que sus cuerpos se empalmaban, Crinigan aventajaba a Pompeo, con creces, en inteligencia y sensibilidad. Con él podía hablar, sin aburrirse nunca, de cualquier tema: desde el triunfo de McKinley, el «ídolo de Ohio», quien acababa de derrotar en las elecciones presidenciales al demócrata Bryan, hasta el último libro de Mark Twain o el descubrimiento de los yacimientos de oro de Yukón.

Un día, Crinigan se apareció en The Hoffman House sin previo aviso, irrumpió como una tromba en el dormitorio de Chiquita y la encontró en la cama, interpretando un complicado *pas de deux* con Pompeo. El irlandés estuvo a punto de lanzar al enano por la ventana, pero Chiquita logró apaciguarlo y hacerlo entrar en razón. Sí, lo había traicionado y se disculpaba por ello. Pero era hora de hablar claro: tanto Pompeo como él le resultaban indispensables. Cada uno le daba algo de lo que el otro carecía, y no quería prescindir de ninguno de los dos. Tras discutir el asunto como personas civilizadas, llegaron a un acuerdo: los dos hombres se tolerarían y Chiquita repartiría su tiempo, equitativamente, entre ambos.

—Acepté ese ofensivo arreglo porque te amo demasiado —le dijo Crinigan en la primera oportunidad que estuvieron a solas—. Y también porque pensé que, cuando terminen su contrato con Tony Pastor, I Piccolini regresarán a Italia, y entre tú y yo todo volverá a ser como antes.

Sin embargo, las cosas no eran tan sencillas. Pompeo estaba empeñado en que Chiquita rompiera su contrato con Proctor al finalizar enero, se uniera a su compañía y viajara con él al viejo continente. Los nombres de ambos encabezarían todos los carteles y la gente repletaría los coliseos para escucharlos cantar a dúo. Ella lo dejaba hablar, pero la idea le parecía absurda. Por una parte, estaba al tanto de que I Piccolini cobraban *sólo* 3.500 dólares a la semana, y por otra, no se imaginaba interpretando canciones napolitanas ni haciendo acrobacias sobre el lomo de un pony japonés, como la Principessa Valentina. ¿Qué sentido tenía renunciar a su prometedora carrera como *prima donna*, y a unos magníficos honorarios, para convertirse en una más dentro de una *troupe?*

Pese a sus promesas de ignorarse y de no dejarse arrastrar por los celos, el gigante y el pigmeo empezaron a hacerse horrores. El irlandés le pagó a unos compatriotas suyos para que asistieran a las funciones de I Piccolini y abuchearan cada vez que Pompeo saliera a escena. Este no lo pensó dos veces y contrató a unos maleantes para que le dieran una paliza a su rival. La venganza de Crinigan fue terrible: sobornó a un camarero del hotel donde se hospedaba el artista para que echara un poderoso laxante en la salsa de sus *spaghetti*. Como resultado de ese diabólico plan, el liliputiense pasó veinticuatro horas confinado en el *toilette*. Pero su respuesta fue contundente: aún no se había recuperado del todo, cuando el periodista recibió en la redacción del *World* una caja envuelta en papel de seda y adornada con un lazo que imitaba las hojas de una hiedra. Al abrirla, convencido de que era un presente de Chiquita, descubrió que estaba llena de excrementos.

Aunque Chiquita ponía cara de enojo cuando los regañaba por esas y otras escaramuzas, lo cierto es que sus niñerías la halagaban y que se divertía horrores contándole a Rústica las estupideces que eran capaces de hacer los hombres por culpa de los celos.

En febrero de 1897, después de cumplir su contrato, I Piccolini regresaron a Italia. Antes de irse, el Signor Pompeo usó todos los argumentos imaginables para tratar de que su *Piccoletta* dejara plantados a Proctor y a Crinigan y lo siguiera. Finalmente, tuvo que darse por vencido y se subió al barco muy acongojado. Chiquita no sintió demasiada pena por él. Sabía que la tristeza sólo le duraría hasta que pusiera los ojos en otra mujer, y eso, con lo donjuán que era, no iba a tardar mucho. Así que esa noche, cuando se reunió con el irlandés, le anunció que volvía a ser el único dueño de su corazón. Para su sorpresa, la noticia no lo entusiasmó gran cosa.

—El periódico me manda a Cuba como corresponsal —le dijo con gravedad—. Si no existieras, estaría dando saltos de alegría, porque viajar a tu isla y enviar noticias desde allí es hoy por hoy el sueño de cualquier reportero; pero la idea de alejarme de ti me tiene destrozado...

Chiquita le aseguró que una breve separación no podría estropear lo que existía entre ellos. Cuando volviera, reanudarían su romance y todo seguiría igual. Crinigan asintió, aunque no muy convencido. ¿Cómo estarlo, después del desliz con el italiano? Su único consuelo era pensar que sería un testigo privilegiado de lo que estaba ocurriendo en la patria de su amada.

Y es que Cuba estaba en ascuas. El bando de la reconcentración, puesto en vigor por el «carnicero» Valeriano Weyler, había convertido la isla en un infierno. El militar español estaba convencido de que para poder derrotar a los insurrectos tenía que hacerles la guerra también a los campesinos que los apoyaban, y por eso los había obligado a abandonar sus casas, sus sembrados y su ganado, y a trasladarse a las ciudades, donde malvivían como mendigos. En su afán por sofocar la sublevación, parecía dispuesto a sacrificar, si era preciso, a toda la población civil de Cuba.

Los horrores que describían los periódicos de Estados Unidos no eran producto de la imaginación de los reporteros. Cuando ellos no tenían noticias que dar, las inventaban (una vez incluso hicieron creer a los lectores que existía un batallón de mujeres mambisas llamadas las Amazonas, que peleaban a caballo con los pechos desnudos); pero la concentración de las familias campesinas en las ciudades era algo tan dantesco como real. Chiquita lo sabía bien porque, en una carta, su hermana Manon le había descrito la situación que se vivía en Matanzas. Le había hablado, consternada, de centenares de personas famélicas, descalzas y silenciosas, que deambulaban por las calles como almas en pena, dormían a la intemperie y hacían sus necesidades en cualquier esquina. De cómo se propagaban la disentería, el paludismo y el vómito negro a causa de la falta de higiene. Del toque de queda, de los fusilamientos y de la altanería de los soldados y los voluntarios, que se creían dueños de la ciudad. De la comida, cada vez más escasa y difícil de conseguir incluso para quienes tenían con qué pagarla. Para tratar de poner remedio a aquel desastre, lo único que las autoridades habían hecho era dar albergue en el teatro Esteban a una parte de los reconcentrados. A Chiquita le pareció un sacrilegio que metieran a esos infelices en el templo del arte de Matanzas, el lugar donde Sarah Bernhardt había declamado los versos de Racine.

Manon terminaba su crónica preguntándose si alguna vez las cosas volverían a ser como antes. «Lo dudo y creo que, si estuvieses con nosotros, tampoco tú albergarías esa esperanza», decía antes de despedirse con besos y abrazos. En la posdata, añadía: «De Juvenal hace tiempo que no tengo noticias. Supongo que estará pasándola peor que nosotros».

Crinigan partió rumbo a La Habana el 4 de marzo de 1897, el día que McKinley tomó posesión como presidente de Estados Unidos. Esa misma tarde Chiquita conoció, por primera vez en su vida, a alguien de sangre real.

Unos días antes, Proctor había aparecido en su camerino para darle una noticia.

—Desde los tiempos de Tom Thumb se considera de buen tono que los liliputienses de prestigio tengan amistad con la realeza —le dijo—. Eso, en Europa, no es ningún problema, porque dondequiera hay montones de emperadores, reyes, príncipes y grandes duques disponibles; pero acá resulta un tanto difícil. Sin embargo, nos ha caído del cielo una magnífica oportunidad. El capitán Palmer, que es el secretario privado de la reina Liliuokalani de Hawai, me ha llamado para concertar una cita. Su Alteza quiere conocerla. Avisaremos a los periódicos y será una magnífica publicidad.

Chiquita tuvo ganas de aclararle que en realidad Liliuokalani era una *ex reina,* pues ellos, los americanos, la habían obligado a abjurar de su trono. Pero como lo vio tan ilusionado, prefirió obviar ese detalle. Al día siguiente se dirigió al hotel Albemarle, donde se hospedaba Liliuokalani, y cuando estuvo ante ella la saludó con una reverencia.

La visita —esa impresión tuvo Chiquita— fue un completo fiasco. La aristócrata estaba muy nerviosa y cada tres minutos interrumpía la charla con su invitada para dirigirse, en hawaiano, a su dama de compañía. Por el tono áspero e impaciente con que le hablaba, era fácil percatarse de que, aunque su cuerpo estaba allí, su mente se hallaba lejos, pendiente de otros asuntos. Y hablando de cuerpo, Chiquita había esperado de una monarca, o ex monarca, que para el caso era lo mismo, algo más de donaire y refinamiento. Pero Liliuokalani —con su nariz aplastada y sus brazos rollizos, metida en un poco favorecedor vestido verde *chartreuse* que la apretaba por todas partes— le hizo recordar, qué crueldad, uno de los sapos que su hermano Juvenal diseccionaba cuando era niño en los portales de la casona.

Como Proctor le había comentado que Liliuokalani era muy amante de la música (de hecho era compositora, al igual que su hermano, el difunto rey Kalakaua), Chiquita hizo que Segismundo la acompañara a la visita, convencida de que su anfitriona querría oír alguna melodía de Cuba. Pero al notar que el tiempo pasaba y que la ex reina no le proponía que cantara, lo sugirió ella misma. No tardó en arrepentirse, pues en cuanto Mundo se sentó al piano y comenzaron a interpretar *El chin chin chan,* Liliuokalani empezó a moverse en su asiento y a mirar el reloj sin poder disimular la impaciencia.

No obstante, en el momento de la despedida se mostró muy cariñosa con Chiquita y le insistió, una y otra vez, en cuánto había disfrutado de su compañía.

—Tenemos mucho en común. Además de la afición por la música, nos unen otras cosas.

—¿Cuáles? —inquirió la invitada con visible extrañeza.

La hawaiana sonrió enigmáticamente y le respondió que ya charlarían sobre eso en otra oportunidad. ¿O qué pensaba, que aquel iba a ser su único encuentro? No. Volverían a verse, y tal vez más pronto de lo que imaginaba...

Cuando acompañó a los cubanos hasta el coche, Palmer, el secretario de la reina, se deshizo en disculpas. Según les explicó, un rato antes de la visita Liliuokalani había recibido un telegrama desalentador, proveniente de Washington, que la tenía perturbada. Sus conversaciones con senadores y personas de gran influencia en el gobierno no estaban dando los frutos esperados...

—Porque no pensarán ustedes que Su Alteza ha venido a Estados Unidos sólo para pasear, hacer compras y visitar a sus amistades, como me he visto obligado a declarar a la prensa —les susurró, mirando a su alrededor para asegurarse de que nadie lo escuchaba—. Aunque no pueda manifestarlo en público, pues sería perjudicial para nuestros planes, ella sufre lo indecible por el destino que desean imponerle a su patria y está dispuesta a hacer *cualquier cosa* para impedirlo.

—Entonces, ¿quiere volver a ser reina? —exclamó Chiquita—. Yo creía que una vez que un soberano renunciaba a su trono, no podía echarse para atrás.

—Eso depende —replicó Palmer, con tono cortante—. Recuerde que ella fue obligada a abandonar el palacio y conducida a prisión por sus enemigos. ¡Si no hubiera abdicado, quién sabe dónde estaría en este momento! —y después de mirarla con reprobación, añadió con ánimo conciliatorio—: Lo primero es evitar que se firme el tratado de anexión. ¡Hawai tiene que recuperar su soberanía! Una vez logrado eso, ya se verá si el pueblo desea ser gobernado de nuevo por su amada reina.

Y justo cuando el cochero se disponía a arrear el caballo, añadió a modo de despedida:

—En un mundo regido por gigantes, los pequeños deberían suscribir alianzas secretas para ayudarse a sobrevivir. Su Alteza y yo tenemos la esperanza de que usted, que tanto ha apoyado la independencia de Cuba con su *vaudeville*, no vacile en hacer lo mismo por Hawai cuando se le presente la ocasión.

Camino de The Hoffman House, Chiquita le preguntó a su primo, intrigada, por qué el secretario les habría hecho aquella confidencia. Aunque Patrick Crinigan veía la anexión de Hawai a Estados Unidos como algo lógico e irremediable, ella, en lo personal, seguía considerándola una especie de canibalismo. Pero ¿qué podría haberle hecho suponer al capitán Palmer que ese era su sentir? ¿De qué modo pretendía la reina, o ex reina, que ayudase a Hawai? Segismundo se encogió de hombros y le respondió, desdeñoso, con otra pregunta: ¿no se había dado cuenta de que en Nueva York todos parecían tener comején en el coco? Desde Proctor, con sus loros amaestrados, hasta aquella Liliuokalani que, sin ánimo de ofender, cualquiera podía confundir con una de las mulatas que vendían tamales por las calles de Matanzas...

Desde que Crinigan estaba en Cuba, a Chiquita las mañanas y las tardes le parecían muy largas. Sólo salía de su hotel en contadas ocasiones y, como en los tiempos de Matanzas, pasaba las horas leyendo y bordando. Tuvo tiempo, ¡por fin!, para leer *A Window in Thrums*, el libro que le había autografiado Barrie. Pero mucho más le gustó el atrevido *The Bostonians*, de Henry James, que Mundo le compró en una librería. Invitaciones a almuerzos y paseos no le faltaban, pero el ajetreo y el bullicio de la ciudad la ponían nerviosa desde que el periodista no estaba a su lado para protegerla. Guardaba en una cajita los cablegramas que, cada dos o tres días, Crinigan le enviaba desde La Habana, y también los recortes de sus crónicas en el *World* sobre la situación de la isla. Lo extrañaba. En cambio, del Signor Pompeo no había vuelto a tener ni a necesitar noticias.

A veces algunos desconocidos subían hasta su apartamento, sin hacerse anunciar en la recepción del hotel, e insistían en ser recibidos. Por lo general, Rústica les cerraba la puerta en las narices, diciéndoles que «*Miss Cenda has a big toothache*». Lo mismo hacía con alguna gente que Chiquita prefería mantener a raya, como la coqueta Hope Booth, quien reapareció una tarde, fresca como una lechuga, intentando reanudar la amistad.

Dos o tres veces los señores de la Junta Cubana pretendieron verla, pero ella nunca se sintió con ánimo para recibirlos, temerosa de que le hicieran nuevas objeciones a su *vaudeville*. Al fin y al cabo, motivos no les faltaban: aunque Maceo, el Titán de Bronce, había muerto en combate a principios de diciembre, Proctor se había negado a eliminarlo como personaje. Decía que la presencia de un general negro le daba un toque «exótico» al espectáculo, y no hubo forma de convencerlo para que lo sustituyera por Máximo Gómez, que seguía vivo.

Una mañana, Rústica dejó entrar a uno de los cubanos de la Junta sin consultarle a Chiquita si quería atenderlo.

—Trae una carta —explicó—. Una carta del señorito Juvenal.

El visitante (que no era otro que el caballero con la verruga en forma de moscardón en la nariz) puso en las manos de la liliputiense un sobre ajado y sucio que un patriota recién llegado de Cuba acababa de entregarle. Aunque Chiquita estaba loca por abrirlo y saber de su hermano, se contuvo para no parecer maleducada, y conversó unos minutos con su visitante, quien le habló de lo felices que estaban los directivos de la Junta por tener a McKinley en la Casa Blanca.

—No entiendo —exclamó la artista—. ¿Ustedes no iban a votar por el candidato demócrata?

—La política es la más veleidosa de las damas —repuso burlonamente el de la verruga—. Días antes de las elecciones tuvimos una reunión con McKinley y él nos aseguró que, si los cubanos le dábamos nuestro apoyo, lo tendría en cuenta al llegar a la presidencia. Así que, sin perder tiempo, enviamos una contraorden a todos los clubes revolucionarios para que se olvidaran de Bryan y votaran por el republicano.

En cuanto el caballero se marchó, Chiquita se encerró en su dormitorio, se echó boca abajo sobre su camita de palisandro y ébano, y abrió la carta. Lo que Juvenal relataba en ella le causó una profunda impresión.

Cuando Espiridiona Cenda pensaba en la guerra, lo primero que le venía a la mente eran las batallas: la crueldad de esos enfrentamientos en los que un hombre hacía cuanto estaba a su alcance por arrancarle la vida a otro. Sin embargo, el día a día de los insurrectos, que su hermano narraba sin dramatismo, pero sin escamotear detalles, era casi igual de pavoroso que el más sanguinario de los combates.

Según Juvenal, más que soldados de un ejército, sus compañeros y él parecían un bando de pordioseros. Tenían las barbas y el cabello largos por falta de navajas y de tijeras para adecentarse, y usaban sombreros mohosos, ropas desgarradas y sucias, y toscos zapatos. Otros, menos afortunados, debían conformarse con llevar taparrabos. Muchos estaban anémicos, y el hambre los obligaba a comerse los pajaritos que cazaban con trampas y los guajacones que sacaban de las zanjas de agua sucia, o a masticar el cogollo de las palmas como si fueran animales. A pesar de todo, Juvenal parecía conservar algo de su sentido del humor. «Soy un esqueleto rumbero», bromeaba.

También le contaba del día en que uno de los caballos del escuadrón amaneció tirado en la tierra, rígido y sin poderse mover. Tenía una herida purulenta en un anca y sospecharon que podía ser tétanos. Pero así y todo se lo comieron. Cortaron la carne en lascas y la cocinaron con limón. A la mañana siguiente, a varios hombres les salieron en las piernas unas llagas dolorosas, de bordes duros y morados, que se les llenaron de pus y tardaron semanas en sanarse. Otras veces tenían más suerte, como cuando descubrieron un caimán en una cueva, lo sacaron, le cortaron la cola y se comieron toda la masa. Ese fue un día de fiesta. Al caimán nadie se acordó de rematarlo y se refugió en la manigua, mocho, soltando tras de sí un chorro de sangre.

La falta de medicinas era otro azote. Para los casos de paludismo, muy frecuentes, tomaban purgantes de saúco, y trataban de sustituir la quinina con el extracto de las hojas del eucalipto. Las balas escaseaban y la mayoría de las escopetas y las carabinas estaban herrumbrosas y tenían las culatas rotas. Pero él no se quejaba de nada. Todos esos sacrificios valían la pena con tal de ver a Cuba libre. En el último párrafo, Juvenal la felicitaba por sus éxitos, de los que estaba al tanto gracias a Manon, y le rogaba que no se olvidara de contribuir, con lo que estuviera a su alcance, a la revolución.

Al terminar la lectura, Chiquita tuvo remordimientos por no haberle dado dinero a la Junta y, con las mejillas arreboladas, se apresuró a escribir un cheque. Se quedó mirándolo un instante, lo rompió y enseguida hizo otro por una suma más generosa. Entonces lo envió a Estrada Palma acompañado de una nota que decía: «De una cubana, para el ejército libertador».

Por esas fechas, Segismundo estuvo bastante alicaído. Comía con desgano, parecía más melancólico que de costumbre y apenas tocaba a Chopin en sus ratos libres. Chiquita lo sondeó para averiguar la causa de su apatía. «Son ideas tuyas», se defendió él. Pero su prima siguió insistiendo. Mundo ya no era el mismo y algún problema debía tener. Por fin, logró arrancarle una confesión: el joven se había prendado de Mister Hércules, el forzudo del *vaudeville* que dejaba boquiabierto al público cuando levantaba enormes bolas de hierro y rompía cadenas con el poder de sus músculos.

Mundo no era ningún sátiro. Después de un despertar sexual un tanto turbulento (en el que sus primos desempeñaron papeles protagónicos), su vida erótica había sido bastante esporádica. La idea de ser descubierto y rechazado por la Iglesia y la buena sociedad a causa de su «debilidad» le daba pánico; pero eso no impidió que, durante el tiempo que tocó danzones con la orquesta de Miguel Faílde, tuviera un romance secreto con un trombonista.

Aunque se babeaba por Hércules, el pianista no se atrevía a insinuársele. Cuando coincidían entre bambalinas o en los baños de artistas del Palacio del Placer, bajaba los ojos pudorosamente y no podía contener los temblores. Estaba loco por él, sí, pero consideraba que se trataba de una pasión imposible de materializar. El atleta —una especie de cromañón rudo, fornido y velludo— era capaz de aplastarle la cabeza con una de sus bolas de hierro a cualquier hombre que se atreviera a hacerle una proposición indecente.

Chiquita, sin embargo, no estaba tan convencida de ello y, como sabía que Proctor pagaba una miseria a quienes tenían a su cargo los números de relleno, hizo que Hércules fuera a verla a su camerino. Sin darle muchas vueltas al asunto, le preguntó si le gustaría ganarse veinte dólares. «Cuente conmigo para lo que sea», gruñó el forzudo y, sin pestañear ni dar la menor señal de asombro, escuchó el encargo y salió de allí dispuesto a cumplirlo.

Esa noche, al terminar la segunda función, Chiquita simuló haber perdido un arete y le ordenó a Mundo que se quedara en el teatro hasta encontrarlo. Él accedió a regañadientes, sin sospechar que se trataba de una encerrona. En cuanto su prima y Rústica lo dejaron solo, Mister Hércules se coló en el camerino y lo abrazó hasta dejarlo sin resuello. Mundo estaba atónito y encantado, pero no tuvo tiempo de buscarle explicación al milagro, pues el hombre empezó a desvestirlo y lo arrastró hacia una *chaise longue*. Durante un buen rato, se besaron y acariciaron con torpeza, hasta que, de pronto, Hércules se detuvo e, incorporándose a medias, le dijo con su voz de cavernícola: «Segismundo, sé cuánto me deseas. Así que, por favor, dejémonos de preámbulos. ¡Hazme tuyo inmediatamente!». Y, para absoluta decepción del pianista, se dio media vuelta y le ofrendó su trasero compacto y peludo.

¿Qué era aquello? ¿Una broma cruel de los hados? Como Mundo no sabía si echarse a reír o a llorar, optó por vestirse a las carreras y escapar de la incómoda situación. Chiquita y Rústica quedaron consternadas al enterarse de lo sucedido. Por suerte, la frustración de Mundo no duró mucho. A los pocos días, y esta vez sin que mediara la intervención de su prima, fue asaltado en los baños por un tramoyista. Era un chico narizón y con la cara llena de espinillas, de escasa estatura y flaco como un alambre, lampiño y con voz de pito, que respondía al apodo de Huesito. Por suerte, el joven sabía compensar su escaso atractivo físico con una gran habilidad para las lides amatorias, pues en un santiamén transportó al músico hasta el paraíso y lo retuvo allí largo rato.

Todo el tiempo que Mundo perdió suspirando por Hércules, Huesito lo había pasado tratando de lograr que se fijara en él y, desesperado al no conseguirlo, había tomado la iniciativa, arriesgándose a que el gerente del teatro lo pusiera de paticas en la calle. Después de tan reconfortante episodio, Mundo volvió a aporrear los pianos con el entusiasmo de siempre. Y Chiquita y Rústica tuvieron que regresar solas al hotel con frecuencia, mientras él permanecía en el camerino tratando de dar con ese arete extraviado que, cosa rara, pese a las largas horas que dedicaba a su búsqueda y a la ayuda que le brindaba Huesito, jamás apareció.

Tal y como le había advertido a Chiquita cuando la conoció, Liliuokalani no tardó en volver a dar señales de vida. En esa oportunidad, no usó a su secretario como intermediario, sino que ella misma le hizo llegar una nota invitándola a una cena de medianoche a la que acudirían también tres amigos suyos «muy especiales». Chiquita estuvo a punto de rechazar el convite, pero cuando siguió leyendo y se enteró de que dos de los convidados serían Lavinia Warren, viuda de Tom Thumb, y el Conde Primo Magri, su segundo esposo, el deseo de verlos se impuso sobre cualquier otra consideración y le mandó a la hawaiana un sí por respuesta.

¿Quién sería el tercer invitado? ¿Otro liliputiense de renombre? ¿Tal vez el Barón Ernesto Magri? No tendría nada de extraño, ya que era hermano del marido de Lavinia y los tres actuaban juntos.*

Durante las semanas transcurridas desde su primer encuentro, la prensa no había dejado de ocuparse de la ex reina y de especular acerca de las razones que la llevaban a viajar constantemente de Washington a Boston y de Boston a Nueva York. Un periódico se atrevió a sugerir que, aunque Liliuokalani fingía haberse resignado a la idea de que Hawai dejara de ser una monarquía, conspiraba en secreto para expulsar a los americanos de su antiguo reino. «Nada tendría de raro que estuviera en negociaciones con el emperador Mutsuhito y que, puesta a elegir entre dos metrópolis, prefiriera ver las islas anexadas a Japón y no a Estados Unidos», aventuraba la nota.

Como solía hacer en tales casos, el capitán Palmer se apresuró a enviar un comunicado desmintiendo el rumor de una posible alianza con los nipones. La ex monarca, explicaba en el mensaje, nada tenía que ocultar. Había viajado a Washington no con la intención de que le devolvieran su trono, sino para oponerse al plan de convertir a Hawai en territorio americano. Añadía, además, que, en opinión de Liliuokalani, cualquier intento de anexión ignoraría los derechos de más de cuarenta mil hawaianos y de ella misma, despojada injustamente de novecientos quince mil acres de tierra de su pro-

---

* Cuando Charles Stratton (Tom Thumb) falleció a los cuarenta y cinco años de edad, muchos pensaron que su viuda se retiraría de los escenarios, pero no ocurrió así. Un año y diez meses después, Lavinia se casó con el Conde Primo Magri, un liliputiense italiano ocho años menor que ella, y prosiguió su carrera. Junto a su nuevo esposo y a su cuñado Ernesto, interpretaba *sketchs* como *The Rivals* y *Gulliver among the Lilliputians*, en los que combinaban comedia, pantomima, canto y danza. Aunque tanto Primo como Ernesto Magri (conocidos en el mundo del espectáculo como «el Conde Botón de Rosa» y «el Barón Meñique», respectivamente) poseían una gran vis cómica, la máxima atracción del trío era Mrs. Thumb. (La Condesa Magri continuó usando el apellido de su primer marido, como un anzuelo para llenar los auditorios.) Un artículo publicado por el *Seattle Press-Times* en junio de 1892 comenta que Lavinia salía a escena con tal cantidad de diamantes que «despertaría la envidia de la esposa de un prestamista».

piedad por el gobierno local de las islas. Así se lo había expresado al presidente Cleveland durante una visita de cortesía, y así trataría de hacérselo entender, en cuanto accediera a recibirla, a McKinley, el nuevo inquilino de la Casa Blanca.

A las once de la noche, con un crujiente vestido de satén blanco, una capa azul cielo con bordes de plumón de cisne y todas las joyas que fue capaz de ponerse encima, Espiridiona Cenda se dirigió al Albemarle, donde había vuelto a hospedarse Liliuokalani. Allí estaban ya Lavinia y Primo Magri, conversando animadamente con la reina y el capitán Palmer. El tercer invitado brillaba por su ausencia.

Desde el primer momento, el Conde se mostró muy deferente con Chiquita. Le besó la mano enguantada, celebró su atuendo y la felicitó por el éxito de su *vaudeville*. La viuda de Tom Thumb, enfundada en un vestido de popelina gris perla, al principio se limitó a sonreír y a estudiarla con sus límpidos ojos azules, pero transcurrido un rato empezó a hablarle con cordialidad.

Por esa época, Lavinia llevaba más de una década casada con Magri y, a pesar de tener ya cincuenta y cinco años y de haber engordado bastante, seguía triunfando en los teatros gracias a su porte y al respeto que inspiraba. En privado, de alguna manera se comportaba como si aún se ganara la vida como maestra y quienes la rodeaban fueran un montón de chiquillos que ponían a prueba su paciencia.

Magri comentó en broma que, comparados con Chiquita, su esposa y él eran «unos grandulones», ya que le sacaban un pie de estatura. Lavinia asintió y dijo, con nostalgia, que Miss Cenda le recordaba a su querida hermana Minnie. No se trataba de un parecido físico, aclaró, porque mientras Minnie era como un hada tímida, Chiquita daba la impresión de ser una gitanilla a punto de empezar a bailar y cantar, una Esmeralda en miniatura. Lo que tenían en común, argumentó, era una misteriosa luminosidad que les brotaba del interior y que las hacía resplandecer, así como cierta disposición natural para seducir incluso sin proponérselo.

En pocas palabras, puso al tanto a Chiquita del destino de la dulce Minnie. Durante varios años, su hermana había viajado en compañía de Tom Thumb y de ella, representando *sketchs* en los mejores escenarios del mundo. Hasta que en 1877, al regresar de una larga gira, Minnie tomó la decisión de casarse con un liliputiense llamado Edward Newell y retirarse de los escenarios. Nadie pudo sacarle la idea de la cabeza. Tenía una buena suma de dinero ahorrada y se dedicó a las labores del hogar sin extrañar en lo más mínimo los trenes y los barcos, las candilejas y los aplausos.

Sus vecinos no tardaron en verla coser en el portal de su casa unas ropitas que parecían de muñeca. La minúscula señora Newell estaba embarazada. Tanto su marido como ella estaban convencidos de que la criatura que esperaban sería tan pequeña como quienes la habían concebido. Pero no fue así: era de talla normal, y el esfuerzo del parto dejó a Minnie tan exhausta que falleció a los pocos minutos de darla a luz. El bebé, un varoncito de seis libras, murió también cuatro horas después.

Cuando Lavinia terminó la triste historia, se hizo un silencio pesaroso. Por fortuna, la llegada del tercer invitado, justo a la medianoche, distendió el ambiente. Para sorpresa de la cubana, no se trataba del Barón Ernesto Magri, sino de un alto y apuesto empresario y domador británico, de treinta y cinco años de edad, llamado Frank C. Bostock.

En el transcurso de la cena, Liliuokalani dio pruebas de ser una anfitriona perfecta. Ella misma sentó a las damas en unas banquetas lo suficientemente altas como para que pudieran comer sin dificultades, y el capitán Palmer hizo otro tanto con el Conde Magri. Chiquita temía que el aburrido tema de la anexión de Hawai fuera puesto sobre el tapete, pero la reina supo conducir la charla hacia asuntos más triviales. Como, por ejemplo, el inminente estreno en el anfiteatro del Madison Square Garden de una ópera cómica inspirada en la figura del capitán Cook, el «descubridor» de las islas hawaianas. A ella la habían invitado, pero no estaba segura de poder asistir...*

El menú, que un cuarteto de camareros les llevó desde la cocina del hotel, estuvo delicioso. Primo Magri, que ya tenía adentro varias copas de un inmejorable Vernaccia di San Gimignano y no se cansaba de celebrar las virtudes de los vinos blancos de Siena, soltó una carcajada cuando Bostock le dijo a Chiquita que la noche anterior había ido a verla al Palacio del Placer y había sentido deseos de raptarla para que trabajase con él.

—Quizás no sea necesario que incurra en un delito —intervino Liliuokalani—. Mister Palmer y yo hemos sabido, de una fuente muy confiable, que el contrato de nuestra amiga con Proctor está a punto de finalizar.

El secretario de la reina, que apenas había despegado los labios en toda la noche, asintió y miró a Chiquita de modo significativo.

—Si yo estuviera en su caso, no esperaría al último momento para escuchar las propuestas que otros empresarios deseen hacerle —le recomendó.

—Proctor es un buen tipo y sería injusto no reconocerle que sabe cómo tratar a sus estrellas —dijo, generosamente, Lavinia Magri—. Pero, aunque se ha pulido mucho desde los tiempos en que hacía acrobacias en un trapecio con el nombre de Fred Valentine, en el fondo sigue siendo... un maromero.

—Con mucho dinero y grandes teatros por todo el país —terció el secretario de Liliuokalani.

—A lo largo de mi carrera siempre he procurado tratar con verdaderos caballeros —se apresuró a replicar la Condesa Magri, sin levantar el tono de voz—. Barnum lo era. A mi

---

* Asistió. La opereta en cuestión, titulada *Captain Cook,* se presentó la noche del 12 de julio de 1897, con un elenco mayoritariamente hawaiano. Liliuokalani presenció la función, como invitada de honor, desde un palco adornado con banderas de su antiguo reino, lo cual fue interpretado por algunos como un recordatorio tácito de que, pese a haber sido obligada a abjurar de su trono, sus compatriotas seguían considerándola la soberana de Hawai.

difunto primer esposo y a mí no sólo nos trataba como si fué-
semos sus tesoros más preciados, sino que *nos entendía* y *nos
cuidaba* —y mirando a Bostock a los ojos, agregó—: Por lo
que he podido apreciar, usted es de la misma estirpe.

Durante los minutos siguientes, no se habló de otra
cosa que de la valentía del británico como domador de fieras
y de su habilidad para los negocios. Pese a su juventud, Bostock no era un novato en el mundo del espectáculo. Su infancia había transcurrido entre animales salvajes, pues sus padres eran propietarios de cientos de ellos y los exhibían por
toda Inglaterra. A los doce años había reemplazado en la pista
a un domador herido por un león, y a los veintitantos ya era
propietario de su primer circo. En 1893 había llegado a Estados Unidos, en compañía de sus fieras, en busca de fortuna. Al
principio, su éxito fue moderado, pero gracias a las diabluras
de Wallace, un viejo y astuto león, se hizo popular en todo el
país. En octubre de ese año, Wallace había escapado de su jaula, aterrorizando al vecindario de Irving Place, en Manhattan.
Cuatro meses más tarde, se las ingenió para huir de nuevo,
pero esa vez en Chicago, en el *museum* de Kohl & Middleton
en Clark Street. En ambas ocasiones, Bostock obligó al feroz
Wallace a volver a su cautiverio, y su valentía fue comentada,
del Atlántico al Pacífico, por muchos periódicos.*

Desde entonces, el británico había progresado mucho. Sus vagones repletos de animales y su sinfín de «curiosidades humanas» tenían un éxito loco entre los americanos.
Bostock parecía conocer al dedillo los secretos de los circos y
las ferias ambulantes, que atraían a miles de personas con
todo tipo de diversiones y extravagantes espectáculos. Sin
embargo, llevar las riendas de un próspero negocio no lo
había hecho renunciar a su látigo de domador. Seguía aman-

---

* *The New York Times* reseñó las peripecias de Wallace, «*a five-hundred pound lion*»,
y de su intrépido propietario en artículos publicados los días 27 y 28 de octubre de
1893 y el 22 de febrero de 1894. Durante esos primeros tiempos en Estados Unidos,
Bostock no utilizaba su verdadero apellido para actuar, sino el anagrama Stockob. Con
ese seudónimo aparece mencionado en las noticias de esa etapa.

do el peligro, el desafío de encerrarse en una jaula con una decena de leones o de traicioneros tigres de Bengala.

En medio de aquella cháchara, Chiquita empezó a sospechar que la cena era una suerte de encerrona y que todos los presentes estaban confabulados para convencerla de que lo más conveniente para ella era dejar a Proctor e irse con el «Rey de los Animales» (así llamaban a Bostock). La idea le resultó repelente. Ella se consideraba una artista, no un fenómeno. No quería actuar rodeada de animales ni que la anunciaran como un «error de la naturaleza».

Sin poder evitarlo, le clavó la vista a Bostock. Era guapo, sin duda, con su piel rozagante, su mandíbula enérgica y sus viriles mostachos. ¿Tan guapo como Patrick Crinigan? Mientras Chiquita comparaba mentalmente a los dos hombres, los camareros dispusieron delante de cada comensal los platos con el postre. Se trataba de unas delicadas ostras de un hojaldre muy fino y cada una de ellas, les adelantó la reina, guardaba en su interior una perla hecha con almendras, nueces, especias del Oriente y una crema secreta inventada por el repostero jefe del Albemarle.

Lavinia golpeó su copa con el tenedor para reclamar la atención y propuso un último brindis antes del postre:

—¡Por el futuro de la encantadora Chiquita! —dijo.

—¡Y por quien logre ser su nuevo, y afortunado, empresario! —agregó Magri, con socarronería, mirando de soslayo al domador.

Todos bebieron menos la cubana, que sólo se llevó el cristal a los labios. Más que incómoda, había empezado a sentirse furiosa por lo que consideraba una impertinente intromisión en sus asuntos. Si continuaba o no al lado de Proctor, era algo que únicamente a ella le competía. Después de todo, no tenía ninguna queja de él. Proctor podría *haber sido* un maromero, pero llevaba años sin treparse a un trapecio; en cambio, Bostock *continuaba siendo* un domador. La posibilidad de firmar contrato con el británico le parecía muy, muy remota.

Ya todos saboreaban sus «perlas» y Chiquita se dispuso también a comerse la suya, con la esperanza de que el dulzor disipara el malestar que sentía. Pero cuando, manipulando con destreza cuchillo y tenedor de plata, separó las valvas de hojaldre, lo que descubrió dentro la dejó perpleja. Olvidándose de las más elementales reglas de la etiqueta, metió el índice y el pulgar dentro de la ostra y extrajo el amuleto del gran duque Alejo.

¿Qué hacía allí la esfera de oro? Diez meses después de su desaparición, se había resignado a su pérdida. La observó con cuidado, para verificar que tuviera los misteriosos jeroglíficos labrados sobre su superficie, y, en efecto, allí estaban. Entonces se percató de que cinco pares de ojos la observaban entre pícaros y emocionados.

—¿Qué significa esto? —atinó a balbucear.

Desde la cabecera de la mesa, radiante, Liliuokalani le respondió:

—Si desea dar las gracias a alguien por haber recuperado su talismán, el señor Bostock es la persona indicada. Gracias a su tenacidad y a su ingenio hemos podido darle esta sorpresa.

Se hizo un silencio solemne, el domador bajó la cabeza y Chiquita tuvo la impresión de que se ruborizaba. Ya se disponía a exigir una explicación, cuando Lavinia Magri la detuvo levantando una mano de forma delicada, pero autoritaria.

—Querida —dijo, mirándola maternalmente, con una voz tan dulce como la crema secreta con que el repostero jefe del Albemarle había hecho sus perlas—, no pida aclaraciones que todavía nadie puede darle. Algún día lo sabrá *todo* sobre ese objeto, lo que representa y qué se espera de usted por ser su dueña. Mientras llega ese momento, sea paciente y déjese ayudar y proteger.

[Capítulos XVI al XIX]

Bueno, aquí se armó la cagazón. Ni sueñes que yo, por muy buena memoria que tenga, pueda acordarme de todo lo que decían estos cuatro capítulos. Tendrás que conformarte con un resumen de lo más importante.

Empezaré diciéndote que aquella noche en que Chiquita recuperó su talismán, Bostock le hizo una oferta de trabajo muy tentadora, pero ella no mordió el anzuelo. A la mañana siguiente se apareció en la oficina de Proctor y firmó un contrato para actuar durante tres meses en los teatros que él tenía en Massachusetts, Connecticut, Ohio y Pensilvania.

¿Por qué no aceptó la oferta del hombre que le devolvió el talismán, si con él hubiera ganado más dinero? ¿Por no hacerle un feo al dueño del Palacio del Placer? No creo. Cuando se trataba de plata, ella no tenía consideraciones de ese tipo. ¿Acaso le molestó que Bostock no quisiera explicarle cómo había recuperado su amuleto? ¡Quién sabe! Buscarle lógica al comportamiento femenino siempre es complicado y mucho más si se trata de una mujer tan peculiar como Chiquita.

Me inclino a pensar que decidió quedarse con Proctor porque quería seguir actuando en lugares elegantes y que la anunciaran como a una gran artista. Si firmaba con Bostock, las cosas iban a ser muy distintas. Su negocio no eran los teatros, sino las ferias, los circos y los zoológicos, donde exhibía desde animales salvajes hasta enanos, siameses, gigantes, albinos, gordos y todo tipo de *freaks*.

Ahora se usan nombres más respetuosos para ese tipo de personas. Por ejemplo, a Lady Violetta, una joven muy bonita y simpática, pero cuyo cuerpo se componía únicamente del torso y la cabeza, hoy le dirían *minusválida, disca-*

pacitada o algo por el estilo. Y lo mismo a Charles Tripp, un canadiense que, aunque nació sin brazos, era capaz de escribir, tocar el piano y carpintear utilizando los dedos de los pies. Pero ¿cómo se les podría decir, para no faltarles al respeto llamándolos «errores de la naturaleza», al Esqueleto Viviente, al Hombre de Goma o a la baronesa Sidonia de Barcsy, la afamada mujer barbuda? No tengo la menor idea, porque a ellos no les faltaba nada. Sólo eran diferentes.

Te habrás dado cuenta de que en ese mundo a la gente le encantaba adjudicarse títulos nobiliarios. Pero por las venas de la barbuda que acabo de mencionarte sí corría auténtica sangre azul, pues era descendiente de una familia de aristócratas húngaros. Su historia es muy interesante, porque cuando ella se casó con el barón de Barcsy, un militar de carrera, aún no tenía barba, era una muchacha muy linda, con unos cachetes como manzanitas. Pero en cuanto dio a luz a Nicu, su único hijo, su vida cambió. En cuanto lo vio, supo que iba a ser liliputiense, porque era del tamaño de un ratón. Y doce días después de haber dado a luz, a la pobre Sidonia empezó a llenársele de pelos la cara.

Ella se afeitaba todos los días con la navaja de su marido, pero, nada, a la mañana siguiente ya tenía los cañones afuera otra vez. Para complicar las cosas, el barón, que era muy aficionado al juego, empezó a perder y a perder dinero, se arruinó, se dio a la bebida y terminaron botándolo del ejército. Entonces a la familia no le quedó más remedio que irse por el mundo con un circo. Sidonia se dejó crecer una barba impresionante y actuaba junto a su hijo, que medía veintiocho pulgadas y se hacía llamar Capitán Nicu de Barcsy. Hasta al barón le buscaron oficio y lo volvieron el hombre fuerte del circo.

¡Maldita sea! Otra vez perdí el hilo. No sé por qué rayos empecé a hablarte de los Barcsy, si ellos no llegaron a Estados Unidos hasta 1903, cuando Nicu tenía ya dieciocho años. Sólo te diré que cuando Sidonia enviudó, no tardó en volver a casarse, esta vez con un tipo mitad alemán y mitad indio cherokee que trabajaba en el circo haciendo suertes con un lazo. «Macho», ese era su nombre artístico. La baronesa, su hijo y Macho terminaron comprando un terreno en un pueblito de Oklahoma y allí se fueron a vivir, pero ese cuento te lo termino otro día...

Volviendo a lo que nos interesa, para mí el principal motivo por el que Chiquita decidió renovar su contrato con Proctor fue para no bajar de categoría. En esa época todavía le preocupaba mucho que la tomaran en serio como artista y no quería exhibirse en una barraca con un elefante a un lado y con Ella Harper, la Chica Camello, al otro. Claro que fue muy precavida: sólo se comprometió con Proctor por un trimestre más, me imagino que para estar libre en caso de que le hicieran una oferta mejor. En realidad, su sueño era llegar a los *vaudevilles* de Europa. Pero conseguir eso no era fácil. En Estados Unidos recibían con los brazos abiertos a los liliputienses que llegaban de Francia, de Alemania, de Italia y de Inglaterra, pero los empresarios europeos tenían tantos y tan buenos enanos a su disposición, que no necesitaban contratar a ninguno que estuviera del otro lado del charco, a no ser que se tratara de una personalidad de mucha reputación, como Tom Thumb o su viuda, por ejemplo.

Así que Chiquita, Rústica y Mundo hicieron su equipaje, se despidieron de Monsieur Durand y de los empleados de The Hoffman House, donde tan a gusto se habían sentido el año que llevaban en Nueva York, y se fueron en tren a Cleveland, donde empezó la gira. De allí pasaron a Filadelfia y luego a varios lugares de Connecticut y Massachusetts. En total, Chiquita se presentó en ocho ciudades. ¿Te imaginas cómo sería de agotador ese recorrido? Ocho teatros en tres meses.* En todas

.

---

* Olazábal no supo decirme los nombres de esos teatros, pero deduzco que hayan sido los siguientes, que por entonces formaban parte del circuito de Proctor: el H. R. Jacob's Theatre, en Cleveland; el Jacob's Lyceum, en Filadelfia; la Proctor's Opera House, en New Haven; la Proctor's Grand Opera House, en Bridgeport; la Proctor's Opera House, en Hartford; el Proctor's Theatre, en Worcester; el Proctor's Theatre, en Lynn, y la Proctor's New Grand Opera House de Boston.

partes tuvo un éxito rotundo, pero en Boston, que fue la última ciudad donde se presentó, su *vaudeville* cubano arrebató a la gente, que hizo colas larguísimas para verla. Y eso que,
para reducir gastos, Proctor sólo había contratado a la mitad
de los acróbatas y las coristas. Pero, así y todo, a los bostonianos les fascinó Chiquita.*

Claro, el ambiente político la ayudó mucho, porque la
guerra de Cuba estaba en todas las bocas. En Estados Unidos
nunca se habló tanto de los cubanos como durante esa época.
Enséñale un mapa hoy a un americano y pídele que te diga
dónde está Cuba, para que tú veas lo que pasa. Lo más probable es que te señale las Galápagos o Australia. Pero en 1897
era distinto. La isla estaba de moda. Mientras Chiquita andaba de gira, mataron en Madrid, en un atentado, al primer ministro español Cánovas del Castillo. Y aunque quien lo mató
fue Angiolillo, un anarquista italiano al que le decían Golli,
hubo americanos que festejaron la noticia como si se tratara
de una victoria de los cubanos. Según Chiquita, cuando el
presidente McKinley le mandó un ultimátum a España exigiéndole modificar su política hacia Cuba, aquello fue el acabose. En todo el país se armó un alboroto tremendo. Mucha
gente estaba lista para agarrar sus escopetas y sus revólveres,
subirse en un barco e irse a tirar tiros al lado de los mambises.

Te imaginarás cómo se ponía el público cada vez que
sacaban a Chiquita del cofre y empezaba a cantar las habaneras de Iradier y a bailar las danzas de Cervantes. Los gritos

---

* Los periódicos de Boston fueron particularmente generosos con la artista cubana.
El *Daily Globe* la calificó como «la más delicada señora de la Tierra» y el *Traveler* aseguró que se trataba de «el hada cubana destinada a crear sensación en Boston» y «la mayor
atracción que jamás ha venido a esta ciudad». Por su parte, el *Herald* la describió como
«una liliputiense con cerebro y suerte, dignidad y diplomacia», «un relumbrante destello
del país de las hadas» y «la más pequeña y perfectamente formada mujer del mundo». Sin
embargo, ninguno superó al *Globe*, que le dedicó un extenso artículo con párrafos como
este: «Tiene una silueta perfecta. Una cara notable, llena de inteligencia y hermosa en
forma y proporciones. Nunca se ha visto tanta grandeza y dignidad en la divina figura de
una mujer. Admírenla: esta mujercita es la maravilla del siglo». No es de extrañar que, en
el borrador de una carta que Chiquita escribió a su hermana Manon durante su estancia
en la capital de Massachusetts, se lea: «Nueva York me aprecia, pero Boston me adora».

y los aplausos eran tan atronadores, que a veces Mundo tenía que dejar de tocar y esperar a que la gente se calmara. Para su debut en Boston, a Chiquita se le ocurrió una idea extravagante: tradujo al inglés la poesía «La fuga de la tórtola» y la recitó entre dos bailes. En la sala se hizo un silencio electrizante, y luego hubo una explosión de entusiasmo con lágrimas, gritos y hasta asientos rotos. Cómo sería la cosa, que cuando el gerente del teatro llamó a Proctor para contarle el percance, este le mandó un telegrama a Chiquita suplicándole que no volviera a decir el poema. No sé por qué los bostonianos se emocionarían tanto con esos versos de Milanés, porque de patrióticos no tienen nada. En opinión de Chiquita, fue porque interpretaron que la tórtola era una representación simbólica de Cuba escapándose de la cárcel de España para buscar su libertad. Pero si tú revisas con atención el poema, te das cuenta de que esa es una lectura bastante traída por los pelos. El caso es que Chiquita no volvió a recitar nunca más «The Turtledove's Escape» (así se llamaba el poema en inglés), para evitar que los bostonianos le desbarataran a Proctor su teatro.

Aquella gira sirvió para que Espiridiona fuera conocida en otros lugares. Ahora bien, no vayas a creer que durante esos tres meses todo fue color de rosa. Al principio, Chiquita tenía siempre un humor de perros, porque le costó mucho habituarse al sube y baja de trenes y al cambia-cambia de hoteles. Rústica se esforzaba por apaciguarla y aguantaba estoicamente sus malacrianzas y sus rabietas, pero ella también estaba harta de hacer y deshacer maletas, y se pasaba todo el tiempo añorando lo tranquilas que vivían en Matanzas. Sin embargo, poco a poco las dos dejaron de quejarse de su suerte y terminaron por acostumbrarse a esa vida de gitanos. El que nunca se habituó fue Mundo. A medida que pasaban los días, empezó a languidecer de nuevo y, aunque no decía nada, su prima y Rústica se daban cuenta de que estaba loco por regresar a Nueva York para reunirse con su Huesito del alma.

Me imagino que más de una vez te habrás preguntado cómo una mujercita que pasó los primeros veintiséis años de su vida casi sin salir de su casa; habituada a estar horas y horas sola, leyendo y bordando, y que sólo tenía trato con su familia, algunas amistades íntimas y los criados, pudo adaptarse a un cambio de existencia tan radical. A mí eso siempre me pareció incomprensible, pero un día Carmela me lo aclaró en un dos por tres.

Creo que ya te hablé de Carmela, ¿verdad? La mulata cartomántica y espiritista con la que me puse a vivir después que regresé a Matanzas. Pues bien, un día se me ocurrió pedirle a Carmela que hiciera la carta astral de Chiquita. Al principio puso mala cara, pensando que era alguna fulana con la que yo tenía una aventura; pero cuando le expliqué que se trataba de la señora enana para la que había trabajado en Estados Unidos, se tranquilizó y enseguida me complació. Déjame aclararte que, de haber querido, yo mismo le hubiera hecho la carta astral, porque, aunque cuando me junté con Carmela no sabía nada de astrología, a esas alturas algo se me había pegado. Pero, naturalmente, no me habría quedado tan bien como a ella, que era una verdadera maestra.

¿Sabes qué fue lo primero que me dijo cuando empezó a interpretar la carta? Que, según los astros, esa sagitario había tenido un cambio trascendental hacia la mitad de su vida.

—Ese cambio puede haber sido por un revés de la fortuna, por un viaje o por las dos cosas —precisó la mulata y me quedé frío, pues no le había contado ningún detalle de la vida de Chiquita.

Carmela siguió comentándome otras cosas que salían en la carta astral y, a medida que las decía, era como si estuviera haciendo el retrato de Chiquita.

—Ella nació con dinero, lo perdió y enseguida volvió a tenerlo. No sé decirte si lo recuperó haciendo negocios o ganándoselo de alguna manera, pero plata no volvió a faltarle —puntualizó—. Por lo que veo aquí, le gustan la ropa fina, los perfumes, rodearse de adornos bonitos. Y su carácter debe ser muy difícil, porque su ascendente es Capricornio y tiene a Saturno y a Mercurio en combustión en la casa del nacimiento. Este Marte en Capricornio no me deja la menor duda de que es quisquillosa y dominante, lo que se dice un hueso duro de roer. No sé si tendrá tanto resentimiento por ser rebijía o por otra cosa, pero su vida es una eterna insatisfacción.

Entonces se quedó callada un instante, frunció el ceño y exclamó: «¡Pero qué puta es esta enana, chico!». Le pregunté cómo lo sabía y me fue señalando las pistas:

—En la Casa Quinta tiene a Júpiter, el planeta de Sagitario, así que su vida amorosa ha sido apasionada e intensa. La Luna en Tauro, exaltada, me dice que es romántica, sensual, vaya, muy caliente, y teniendo a Venus en Acuario no me extrañaría que hubiera probado cosas raras en la cama. A lo mejor hasta ha hecho *cuchi-cuchi* con otras mujeres —agregó con cara de asco—. Pero Urano está en la Casa Séptima, así que me atrevería a asegurar que sus relaciones amorosas nunca han sido largas. Deben haber sido cortas, pero muy intensas.

Esa Carmela era una astróloga de primera. Lo que ella no veía en una carta astral, no lo veía nadie. No sé si te he contado cómo la conocí. Fue como al año de volver de Estados Unidos. Al principio, todo me iba de maravillas. Vivía en una casita de dos cuartos con mi madre y mi madrina, conseguí trabajo como mecanógrafo en el Ayuntamiento de Matanzas y me hice novio de una muchacha muy fina que tocaba el arpa y era graduada de la Escuela del Hogar. Hasta hicimos planes para casarnos, pero de pronto vino una mala racha y todo se fastidió. Me quitaron el puesto para dárselo a un pariente del alcalde que escribía a máquina con un solo dedo; a mi pobre madre le descubrieron un cáncer que se la llevó en un mes y, para ponerle la tapa al pomo, mi novia, que tan buena parecía, resultó ser una bandolera. Me puso los tarros con un gago que vendía medicinas de pueblo en pueblo, y se escapó con él.

Te imaginarás cómo quedé yo. Destrozado. Hecho mierda. Por más empeño que ponía, no lograba levantar cabeza, y aunque nunca he sido de los que se ahogan en un vaso de agua, más de una vez pensé en tirarme de cabeza por el puente de Tirry, que no será el más alto de Matanzas, pero sí es el más bonito, porque es de hierro. Entonces fue cuando mi madrina me llevó a ver a Carmela, para que me adivinara el porvenir. Yo nunca había creído en cartománticas, brujas ni en nada de eso, así que fui más por complacerla que por otra cosa.

Pero aquella mulata me dejó pasmado. Mirándome a los ojos, me dijo cosas de mi pasado que jamás le había contado a nadie y me aseguró que mi vida iba a dar un cambio muy favorable. Según ella, una mujer buena y decente —«no una pelandruja como esa con la que casi te casas»— me ayudaría a salir del hueco en que estaba y me haría muy feliz. Antes de irme, me preguntó la hora, el día, el mes y el año de mi nacimiento para hacerme la carta astral, y me pidió que volviera al día siguiente para leérmela.

Cuando regresé, esa vez sin mi madrina, supe lo que decían los astros sobre mi futuro. Al parecer, me faltaba por recibir otro golpe muy duro, pero de ahí en adelante todo mejoraría. Carmela me brindó un traguito de ron para celebrarlo y, para no hacerte largo el cuento, al rato estábamos templando de lo más sabroso. Aquella mujer era una leona, compadre. Al lado de ella, la sueca de Belle Harbor era una monjita de clausura. Tanto me gustó en la cama, que esa misma noche llevé mis cosas para su casa y me quedé a vivir allí.

Es verdad que en el mundo de los clarividentes hay muchos farsantes que se aprovechan de los bobos y de los desesperados, pero yo te puedo jurar que Carmela sí tenía poderes. A veces ni necesitaba verle la palma de la mano a las personas ni tirarles los caracoles para saber lo que les iba a pasar. Me acuerdo que un domingo, a los pocos meses de habernos arrimado, ella estaba friendo unos huevos y, de repente, se queda mirando fijamente la sartén y me dice: «¡Ay, papi, qué desgracia! A tu madrina le quedan siete días entre los vivos». Aquello me dejó helado y le pedí que, para salir de dudas, le hiciera la carta astral.

—En una semana es difunta —ratificó, después de consultarlo con la Luna, el Sol y los planetas—. Lo siento mucho, mi cielo. Ese es el golpe que te quedaba pendiente. Las barajas te pueden confundir, las líneas de la mano a veces se enredan y hay días en que la bola de cristal se empaña, pero con los astros no hay pierde: esos nunca mienten.

Dicho y hecho. A los siete días justos mi madrina patinó con una cáscara de plátano frente al Casino Español, se dio un golpe en la nuca y ahí mismo quedó. Pero al poco tiempo, tal y como Carmela había predicho, un cliente suyo me resolvió un puesto en el juzgado municipal y todo empezó a irnos viento en popa. Por las noches, para entretenernos, Carmela me enseñaba a hacer cartas astrales y a interpretarlas, que es algo bastante difícil.

¡No empieces a mirar el reloj, que eso me desconcentra! Ya sé que piensas que estoy chocho porque me puse a hablar de Carmela y no de Chiquita, que es lo único que a ti te interesa. Pero aunque creas que una cosa no tiene que ver con la otra, sigue oyendo y verás que no es así.

Un día, Carmela me llevó a la casa de su abuela, pues quería que me conociera. Imagínate mi sorpresa cuando, al hacer las presentaciones, me entero de que la vieja se llamaba Catalina Cienfuegos. ¿Te das cuenta? La abuela de mi mujer era la misma mulata con la que Ignacio Cenda había tenido el amorío que estropeó su matrimonio con Cirenia.

De forma discreta, me puse a hacerle preguntas a la vieja y fui enterándome de su historia. Después de tener varios queridos, casi todos blancos y de buena posición, Catalina Cienfuegos terminó casándose con un chino dueño de una lavandería y pariéndole cinco hijos. El chino era muy buena persona, tanto, que hasta le dio su apellido a una niña que ella tenía. Esa muchachita, andando el tiempo, se convirtió en la mamá de Carmela. Lo que nunca logré sacarle a Catalina Cienfuegos, por más empeño que puse, fue con cuál de sus amantes había engendrado a aquella primera hija. ¿Sería con Ignacio Cenda? Porque, de haber sido así, la mulata con la que me acostaba todas las noches estaba emparentada con Chiquita.

Como a la semana, acompañé otra vez a Carmela a ver a su abuela y aproveché un momento en que me quedé solo con la vieja para comentarle, como de pasada, que en Estados Unidos había trabajado con un miembro de la familia Cenda.

—Con la enanita, me imagino —dijo y me contó que ella había visto varias veces a Chiquita—. No sé cómo se pondría después, porque los años no perdonan; pero de niña era una preciosidad, una muñequita, la cosa más linda que usted se pueda imaginar.

También sacó a relucir la historia de Cirenia y el hueso de pollo. «Para mí que eso fue una brujería que le echaron», exclamó, burlona, mirándome de soslayo. Entonces le comenté que, si recordaba tan bien a la familia del doctor Cenda, él debía haber sido muy importante en su vida.

—Ay, mi'jito, para qué voy a engañarte —me contestó—. Guárdame el secreto: Ignacio fue el único hombre que me hizo tilín. Y eso que, antes de formalizarme con el chino Chang, yo no dejé cirio sin apagar...

Sin embargo, no quiso aclararme si su primera hija la había concebido con el doctor o no. «Ha llovido mucho y ya ni me acuerdo», dijo, moviendo las manos delante de su cara, y seguí sin saber si Carmela era una nieta bastarda de Ignacio Cenda o no.

En esos días, Chiquita se me metió en la cabeza y a cada rato me sorprendía pensando en ella. Te hablo de 1935, más o menos. Le escribí una cartica de lo más cariñosa, contándole de mi vida, y se la mandé a Far Rockaway. Pero nunca recibí respuesta. Entonces fue cuando se me ocurrió pedirle a Carmela que le hiciera su carta astral y averiguar lo que decían los astros sobre ella.

La curiosidad por saber si Chiquita era tía de mi mujer o no se volvió para mí una especie de obsesión. Pero, figúrate, no tenía manera de confirmarlo, porque la única que podía aclararme el misterio era Catalina Cienfuegos y estaba negada a hablar de eso. ¿Sabes cómo salí por fin de la duda? De la manera más rara que puedas imaginarte. Una mañana, en el juzgado, me tocó tomarle una declaración a un tipo que acusaban de robo y al preguntarle si tenía algún tipo de seña personal, el hombre mencionó un lunar en el pipi. En ese momento me vino a la mente algo que me había comentado Rústica en Far Rockaway, una vez que la ayudé a desplumar unos pollos. Ese día estaba de buenas, empezó a contar chismes y, entre otras cosas, me habló de «la marca de los Cenda». Según ella, el viejito Benigno Cenda, el que se volvió loco cuando los mambises le quemaron el ingenio, tenía un lunar de sangre del tamaño de un frijol en sus partes íntimas. Su hijo Ignacio lo había heredado, y Chiquita, Rumaldo, Juvenal, Crescenciano y Manon lo tenían también. Yo, naturalmente, nunca me atreví a preguntarle a Chiquita si aquello era cierto o si era un infundio. Pero me inclinaba a creer que era verdad, porque Rústica podría ser un vómito y todo lo que tú quieras, pero mentirosa no era.

De más está decirte que ese día lo pasé contando los minutos que faltaban para la hora del almuerzo. Yo siempre comía algo en una fonda cerca del juzgado, pero ese mediodía salí corriendo para la casa y, sin ningún tipo de preámbulos, metí a Carmela en la cama y empecé a esculcarle la tota (que la tenía más peluda que el carajo, por cierto) buscando el famoso lunar. ¿Y qué crees tú? Allí estaba, sí, la marca de los Cenda. Carmela nunca entendió aquel arrebato mío, pero quedó encantada con el toqueteo, y yo logré salir de la duda y comprobar lo que sospechaba: que la mulata que tanto me hacía gozar era hija de una hermanastra de Chiquita.

El mundo es un pañuelo, ¿no?

La penúltima noche que Chiquita actuó en Boston, una señora muy fina fue a verla al camerino y la invitó a asistir a una sesión de espiritismo que iba a dar en su casa al día siguiente. «En el Más Allá hay espíritus interesados en hablar con usted», le dijo, y se fue de lo más campante.

Chiquita pensó que se trataba de una impostora, pero enseguida la sacaron de su error. Leonora Piper era una dama culta, de buena familia, y estaba considerada una de las mejores clarividentes del mundo. Durante años y años, varios científicos habían ido a sus sesiones con la esperanza de descubrir algún truco y poder desenmascararla, pero al final habían tenido que admitir que la señora poseía una extraordinaria facilidad para comunicarse con los difuntos.

Déjame explicarte, porque se nota que tú no eres ducho en este tema, que en aquel tiempo el espiritismo hacía furor. A la gente rica y a los intelectuales les fascinaba hablar con los muertos y ver todo tipo de fenómenos sobrenaturales. Porque algunos de esos médiums hacían cosas que dejaban boquiabierto a cualquiera: levitaban, agarraban carbones calientes con las manos sin quemarse y hasta materializaban de la nada cuerpos que los asistentes a sus sesiones podían tocar, pero que se desvanecían si alguien intentaba aferrarse a ellos. En Europa, la espiritista de mayor renombre era la italiana Eusapia Palladino, pero muchos pensaban que Leonora Piper no tenía nada que envidiarle.

El caso es que a Chiquita le entró una gran curiosidad por saber quién quería hablarle desde el Más Allá y convenció a Segismundo para que la acompañara. ¿Y a que no adivinas con quién se encontraron en la casa de la Piper? Pues con la reina Liliuokalani y su secretario, el capitán Palmer, que acababan de volver de Washington, de uno de esos viajes que hacían para entrevistarse con los políticos y tratar de ponerlos en contra de la anexión de Hawai. Los muertos también tenían algo que decirle a Liliuokalani y por eso ella estaba allí.

A la sesión, que empezó cerca de la medianoche, fueron invitados, además, algunos familiares y amigos íntimos de la médium. Déjame aclararte que, a diferencia de mi Carmela, Leonora Piper no cobraba por sus servicios. Ella no necesitaba dinero, sólo servía de intermediaria entre el mundo de los vivos y el de ultratumba «por amor al arte». Y no te confundas: a sus sesiones no entraba cualquier muerto de hambre, sino la gente *high* de Boston.

La médium cayó en trance en un dos por tres y enseguida se manifestó su espíritu guía, que era quien le servía de enlace con el Más Allá. Ese espíritu no siempre era el mismo, tenía varios que se turnaban. Unas veces era Chlorine, una muchacha indígena (¿tú quieres un nombre más absurdo para una indígena?); otras, un médico francés.* Esa noche quien se manifestó fue Chlorine. Ella se hizo cargo de localizar a los difuntos que querían comunicarse con Liliuokalani.

El primero en hablarle, en una mezcla de hawaiano y de inglés, fue un antepasado suyo: Kamehameha el Grande, el primer rey de Hawai, y luego le siguieron otros. A medida que los escuchaba, a la reina se le fue demudando el semblante, y no era para menos. ¿Sabes qué le dijeron? Que su sobrina, la princesa Kaiulani, que desde niña había vivido en Inglaterra, estaba a punto de volver a Honolulu con el propósito secreto de restaurar la monarquía y de apoderarse del trono. Antes de llegar a su patria, la princesa se pasaría unos días en Estados Unidos para tratar de ganarse la simpatía de los americanos, algo muy importante para sus planes. Según los espíritus, la muchacha era un peligro para su tía y Liliuokalani no debía dejarse engañar por sus frases de cariño ni por su carita de niña buena. Aunque Kaiulani pareciera incapaz de matar una mosca, ella y su padre (un inglés que había sido gobernador de una provincia de Hawai) eran de temer y estaban dispuestos a lo que fuera para evitar que ella volviera a reinar.

Las advertencias pusieron a Liliuokalani tan mal, que su secretario tuvo que sacarla del salón y llevársela para su ho-

---

* Leyendo sobre la vida de la famosa clarividente de Boston, pude comprobar que estos datos son ciertos. El médico francés al que alude Olazábal respondía al nombre de Doctor Phinuit.

tel. Después de aquello, varios muertos más se manifestaron para hablar de asuntos triviales. Y de pronto, cuando ya Chiquita empezaba a lanzarle miradas de impaciencia a su primo, Leonora Piper dio un brinco en su silla, soltó una risotada que le puso los pelos de punta a todo el mundo y empezó a hablar con voz gruesa y en un español muy enredado. «¿*Aónde'ta* Chiquita, *carijo*?», exclamó, dando un manotazo sobre la mesa. «Kukamba *quere ve'sa* enana, ¡*po Dio* santo *bindito*!»

Chiquita se quedó perpleja al descubrir que quien quería comunicarse con ella era el congo Kukamba, el mismo espíritu que muchos años atrás le había echado un regaño a Cirenia por estar inconforme con el tamaño de su hija. Por supuesto, los únicos que medio entendieron lo que decía el difunto fueron Segismundo y ella, porque en la mesa nadie más hablaba español.

El congo la felicitó por sus triunfos y le dijo que eso era sólo el principio, pues todavía le quedaban un burujón de éxitos por disfrutar. «Tú *va'se* grande, *miyija*», le profetizó. «Tú *va'se* la reina de *toos lo enano*.» Pero también le advirtió que tuviera los ojos muy abiertos y se cuidara de sus enemigos, porque detrás de la confianza se escondía el peligro. Ahí fue cuando Chiquita se atrevió a hablar por primera vez y le preguntó qué enemigos eran esos, porque, hasta donde ella sabía, no tenía ninguno. Kukamba la miró con socarronería y le dijo que si no hubiera gente de quien cuidarse, el mundo sería muy aburrido. *Ondequiera* había gente buena, *regulá*, mala y *pior*. Y los enanos podían ser muy buenos, pero también podían portarse como unos diablos. Sí, recalcó: Chiquita tenía que mirar bien dónde pisaba, *pue* esa cosa que llevaba colgando del cuello podía ser lo mismo una *bindición* que una *disgracia*.

Chiquita le pidió que fuera más claro. Pero Kukamba se limitó a soltar otra de sus horribles carcajadas y a responderle que, en su debido momento, alguien se lo explicaría todo mejor. Por último, le recomendó que se dejara de tanta quisquillosería y que aceptara el trabajo que le ofrecía el «Rey de los Animales». Y, en señal de despedida, el congo hizo que la médium soltara una nube de humo por las narices, tan espesa y con tanta peste a cabo de tabaco, que puso a toser a los presentes.

Ahora bien, ¿sabes qué fue, según Chiquita, lo más extraño de esa sesión? Que mientras la señora Piper hablaba, miraba y gesticulaba como si fuera un negro viejo, una de sus manos, la derecha, se empezó a mover de forma independiente. Esa mano agarró una pluma y empezó a escribir en un cuaderno un mensaje que otro muerto le estaba dictando. Luego Chiquita y Mundo se enteraron de que esa era precisamente una de las principales habilidades de la Piper, algo que contadísimos médiums podían hacer: servir de canal a dos difuntos diferentes *al mismo tiempo*. Uno hablaba por medio de su lengua y el otro usaba su mano. ¡Esa bostoniana era una bárbara! La mulata Carmela, pese a ser tan buena espiritista, jamás pudo hacer algo tan difícil y, por así decirlo, tan exquisito.

Cuando la Piper salió de su trance, arrancó la página del cuaderno y se la dio a Chiquita. Entonces fue cuando la enana se quedó de una pieza. Primero, porque se trataba de una carta dirigida a ella y escrita en perfecto castellano. Y segundo, porque era la letra inconfundible de su padre.

Decía así:

Mi muy querida Chiquita:
Espero que al recibo de la presente goces de buena salud y te encuentres bien en compañía de Segismundo y de Rústica. A nosotros, por suerte, nos va de lo mejor. Al principio nos sentíamos un poco raros, extrañábamos la casona y nos daba vergüenza tener que andar como Dios nos trajo al mundo, sin ropa ni zapatos. Pero poco a poco uno se habitúa a esta nueva existencia y termina por no echar de menos el mundo de ustedes.
Has de saber que tu madre y yo dejamos atrás los malos entendidos que nos distanciaron durante los últimos

años de nuestro matrimonio, y ahora estamos más unidos que nunca. Y aunque se supone que aquí todos seamos iguales y que no haya criados, Minga dio la pataleta y no paró hasta que la dejaron vivir (bueno, es un decir) con nosotros. Esa negra ha seguido siéndonos fiel hasta después de muerta. Ojalá que Rústica se porte igual contigo. De tu abuela Lola nada puedo contarte, pues esto es inmenso y nos encontramos con ella muy rara vez. Al que jamás hemos visto es a tu abuelo Benigno, lo que me hace sospechar que quizás esté todavía en Matanzas, privado de la razón, haciendo quién sabe qué y quién sabe dónde.

Me excusarás por no darte muchos detalles de nuestra existencia aquí, pero no está bien visto que lo hagamos. No es que nos lo prohíban, sino que, tú sabes, se espera que una vez que llegas a este lado seas discreto.

Hija de mi alma, aprovecho la oportunidad para aconsejarte que no lo pienses más y te vayas a trabajar con el señor Bostock. Tengo el pálpito de que será lo mejor para ti. Bostock es un caballero recto y honesto, que ha demostrado ser un buen amigo y gran defensor de las personas como tú.

Tu madre te manda a decir que, a pesar de todas tus meteduras de pata, espera que algún día sientes cabeza y te cases como Dios manda. Ella y Minga te mandan muchos besos. A ellos súmales muchos, muchos más: los que te da en la frente tu padre amantísimo, que te adora,

Ignacio Cenda[*]

Al finalizar la sesión, Leonora Piper se las ingenió para retener a Chiquita y comentarle que o mucho se equivocaba

---

[*] Esta misiva, escrita con una letra de médico casi ininteligible, estaba en una de las cajas que le compré a Cándido Olazábal. Entre los dos, usando una lupa y con bastante esfuerzo, logramos descifrarla. Según Cándido, Chiquita la reproducía íntegramente en ese pasaje de su biografía. La hoja de papel, que tengo sobre mi escritorio mientras redacto esta nota, está amarillenta y tiene el lado izquierdo rasgado, como si, en efecto, la hubiesen arrancado de prisa de un cuaderno.

o ella también tenía poderes sobrenaturales que aún no había desarrollado. Le preguntó si escuchaba voces, si tenía visiones y si sus presentimientos se cumplían. Ella podía ayudarla a desarrollar esos dones y a familiarizarla con los seres del Más Allá, que a menudo eran hostiles, caprichosos y difíciles de manejar. Pero Chiquita le contestó a todo que no y, con el pretexto de que al día siguiente tenía que madrugar, pues su tren salía rumbo a Nueva York muy temprano, logró poner pies en polvorosa.

Buena parte del viaje Chiquita la pasó rememorando la conversación con Kukamba y releyendo la carta de su padre. Le intrigaba que, cada uno por su lado, le hubieran recomendado aceptar la oferta de Frank C. Bostock, el «Rey de los Animales». ¿Se habrían puesto de acuerdo para convencerla? ¿Debía obedecer esos consejos del Más Allá y romper con Proctor? Volvía a la Gran Manzana exhausta y aburrida de viajar, pero satisfecha con el éxito de la *tournée,* y la idea de renunciar a los teatros y al *vaudeville* para exhibirse en un zoológico seguía pareciéndole un disparate...

Durante el trayecto, cerró los ojos, se concentró y le pidió al amuleto del gran duque Alejo que le diera alguna señal, pero fue en vano. Después del robo, la bolita de oro no había vuelto a brillar ni a ponerse fría o caliente, y Chiquita a veces temía que le hubieran devuelto una copia de su dije y no el original.

Cuando entraron a The Hoffman House, les pareció que estaban volviendo a su hogar. Sin bañarse siquiera, Mundo salió disparado para Brooklyn, donde vivía su Huesito, y mientras Rústica sacaba la ropa de los baúles, Chiquita se sentó a leer el montón de cartas, tarjetas postales y telegramas que Crinigan le había enviado al hotel. Todos muy románticos y llenos de promesas de amor eterno, porque, a pesar del medio año que llevaban separados, el irlandés seguía encaprichado en casarse con ella.

Crinigan tenía la certeza de que en algún momento Chiquita reconsideraría su decisión y se convertiría en su esposa, y le aseguraba que estaba dispuesto a esperar el tiempo que fuera necesario. En una de las cartas le juraba que, aunque La Habana estaba repleta de criollas hermosas y bastante coquetas, él no había vuelto a tocar a ninguna mujer ni con la punta de un dedo. Sencillamente, después de haber compartido tantos momentos inolvidables con su Chiquita no se imaginaba al lado de otra. Qué fijación la de ese hombre, ¿no? Ya la gente no se enamora así, pero en aquel tiempo todavía se daban esas pasiones desmedidas, como de novela.

Sin embargo, aunque a Chiquita le halagó que el irlandés siguiera pensando en ella, sus cartas no la hicieron cambiar de idea. Convertirse en la señora Crinigan era algo que no le interesaba. Aunque en la biografía no lo decía por las claras, yo pienso que le había cogido el gusto a la libertad y no estaba dispuesta a sacrificarla sólo para tener un marido.

Durante algunos días Chiquita no quiso oír hablar de trabajo y se negó a recibir a Proctor, que estaba loco por firmar un nuevo contrato y mandarla a recorrer la Costa Este en otra gira maratónica. Cuando por fin se reunieron, ella le dijo que se olvidara de eso, pues después de pasarse tres meses saltaperiqueando de un lado para otro lo que quería era actuar durante un tiempo en Nueva York, lo mismo en el Palacio del Placer que en el 23rd Street Theatre. Entonces, como el empresario se mantuvo en sus trece y siguió insistiéndole para que hiciera una nueva *tournée*, la enana se encabronó y tuvieron una pelea en la que se gritaron hasta del mal que iban a morir. Antes de irse, Proctor le dijo que se arrepentiría de ser tan soberbia, porque liliputienses interesadas en trabajar en sus teatros le sobraban, mientras que a ella iba a serle difícil hallar un empresario tan considerado y paciente como él. ¿Y qué crees tú, que Chiquita se le quedó callada? De eso nada: le respondió que ella era una estrella, que ofertas para actuar en buenos teatros no le iban a faltar y que le hiciera el favor de desaparecer de su vida, porque no quería volverlo a ver ni en pintura nunca jamás.

No habían pasado ni diez minutos de aquella discusión cuando tocaron a la puerta otra vez. ¿Y quién crees que era? Pues

Bostock, el tipo de los leones, ofreciéndole un contrato para actuar cinco meses en una feria de animales en Chicago. Según Chiquita, en ese momento ella estaba todavía tan furiosa, que agarró el papel y, sin leerlo con detenimiento, le estampó su firma. Pero cuando se le pasó el ofuscamiento, volvió a entrarle la duda de si estaría bien visto que una artista que ya había triunfado en los teatros de Nueva York, Boston y otras ciudades importantes, se presentara en un zoológico. Y a pesar de que con ese nuevo trabajo iba a ganar más a la semana, se echó a llorar como una niña, convencida de que había metido la pata.

Bostock intentó consolarla, pero como no hubo forma de calmarla, terminó diciéndole que si la perspectiva de actuar entre animales enjaulados le parecía tan ofensiva, él estaba dispuesto a romper el contrato en pedacitos. Pero le pidió que lo pensara bien, porque, al fin y al cabo, ¿el mundo no era un gran zoológico? Y allí mismo le soltó una teoría que puso a pensar a la matancera.

—No sea ingenua, señorita Cenda —le dijo—. Usted, yo, su criada, el presidente de Estados Unidos, el chiquillo que vende periódicos en la calle, la reina Liliuokalani, el portero de este hotel, todos, todos, vivimos en un zoológico, aunque muchos no se den cuenta de ello. Este zoológico de seres humanos está lleno de jaulas de distintos tamaños, unas mejores que otras, y cada quien ocupa la que le corresponde. Si se es mujer, hay que ceñirse a determinados límites; si se es hombre, a otros. Y lo mismo ocurre si se es rico o pobre, si se es una persona educada o si no se sabe leer ni escribir, si se tiene una estatura promedio o si se mide menos pulgadas de lo que la humanidad ha estipulado como «normal». Esos límites (puede llamarlos hábitos, convenciones o reglas no escritas) son los barrotes que delimitan las jaulas invisibles. A diferencia de los animales, nosotros podríamos romper esas rejas, pero, ya sea por costumbre, por pereza, por respeto o por temor al qué dirán, en raras ocasiones nos atrevemos a hacerlo. La mayoría de las veces la gente se conforma con trasladarse de una jaula estrecha a otra un poco más amplia, o con salir un rato fuera de los barrotes para luego volver a ellos en busca de seguridad y protección. Ahora bien, ¿sabe usted, Chiquita, qué es lo único que puede hacernos libres de cualquier jaula? Conocer esa realidad: entender que el mundo entero es un zoológico y que todos formamos parte de él. Eso nos permite ver la vida desde otro lado, traspasar los límites y dejar atrás muchos prejuicios. Así pues, sea sensata, déjese de remilgos, gane su dinero y convénzase de que un zoológico de animales no es más denigrante que uno de seres humanos.

Aunque aquel discurso la impresionó mucho, Chiquita ponía en su libro que lo que acabó de decidirla fue que, después de llevar tanto tiempo «muerto», mientras oía la arenga de Bostock el talismán empezó a latirle debajo del corpiño, como indicándole que ese, y no otro, era el camino que debía seguir. Así que se fue a Chicago, a trabajar en el Zoo, y empezó otra etapa de su vida.

Pero antes de irse, hizo un viaje que no había previsto y que tuvo que ver con el amor de su primo por Huesito.

Resulta que unos días después de que la enana firmara el contrato con Bostock, Huesito recibió la noticia de que un tío abuelo suyo había estirado la pata y le dejaba como herencia una taberna que tenía en su pueblo. El pobre Mundo cayó en una crisis del carajo, porque no sabía qué hacer. Por una parte, su novio quería que se fuera con él, para ocuparse juntos del negocio y vivir como una pareja. Figúrate, eso al pianista le parecía lo máximo, porque, a diferencia de Chiquita, su sueño era «casarse» con un hombre que lo amara. Pero, por otro lado, no se atrevía a aceptar la propuesta de Huesito porque no quería traicionar a su prima. Se sentía obligado a acompañarla a Chicago o a Las Quimbambas, adondequiera que fuera, porque una vez, en Matanzas, le había jurado que jamás la dejaría sola y él era un muchacho de palabra. Conclusión, que Mundo empezó a sufrir, a desvelarse y a perder tanto peso que estuvo a punto de convertirse en Huesito II. Una noche trató de suicidarse con láudano, suer-

te que Rústica se dio cuenta a tiempo, le hicieron un lavado
de estómago y lo salvaron.

Entonces Chiquita tuvo un extraño rapto de generosidad. Y digo extraño porque ese tipo de conducta no era usual
en ella, pues más bien le gustaba disponer a su antojo de las
vidas ajenas. Pero, bueno, el caso es que Chiquita le dio su bendición a Mundo y, con Huesito y Rústica como testigos, anunció que lo libraba de la promesa de no separarse nunca de ella.

Mientras yo mecanografiaba esa parte del libro, pensaba
que las lágrimas de Mundo la habrían ablandado, pero Rústica me explicó que la verdad era otra muy diferente. Según ella,
Bostock le había advertido a Chiquita que mientras trabajara en
el zoológico no iba a necesitar pianista acompañante, porque
allí lo único que tendría que hacer sería hablar con la gente y, si
por una casualidad quería hacer algún baile, podían usar un
gramófono. «Ella lo dejó ir para ahorrarse el dinero de su ma-
nutención», me aseguró la negra, que cuando quería podía ser
más venenosa que un áspid. ¿Verdad o mentira? No lo sé y a estas alturas no tenemos forma de averiguarlo.

Pero a Chiquita se le ocurrió, por pura casualidad,
preguntarle a Huesito dónde estaba la taberna de su tío abuelo. Y el muchacho, de lo más campante, le dijo que en un
pueblito de Misuri. Ahora me matas y no me acuerdo del
nombre, pero quedaba cerca de la frontera con Kansas.
A Chiquita la idea de que se fueran a vivir a ese lugar le pareció
no sólo ilógica, sino temeraria. Y es que a su primo y a Huesito, por más que intentaran disimularlo, se les notaba a la
lengua de qué pata cojeaban. ¿Qué iban a hacer dos tipos
como ellos en un pueblucho del Wild West, donde todos los
hombres eran rudos, manejaban pistolas, se fajaban con las
reses y escupían en el piso?

Al ver su cara de preocupación, Huesito se echó a reír
y le aclaró que en esos lugares había más cowboys mariquitas
de lo que la gente pensaba. Él lo sabía bien porque había cre-
cido en esa zona y conocía muchas historias al respecto. Y ahí
mismo le hizo el cuento de la banda de los Blue Razzberry

Boys, unos bandoleros muy machotes que se dedicaban a ir por los pueblos, robando y raptando a todos los muchachos bonitos que encontraban. Los amarraban, se los llevaban en sus caballos y después los seducían. Lo increíble era que, cuando los forajidos conseguían que los parientes de esos jovencitos les pagaran el rescate, o cuando simplemente se aburrían de tenerlos secuestrados, muchas veces sus víctimas se negaban a irse, porque le habían cogido el gusto a hacer cositas raras con los forajidos, y daban la pataleta para que los dejaran quedarse y ser parte de la banda.

Ese cuento y otros dejaron a Chiquita boquiabierta, pero más atónita aún se quedó cuando Huesito le explicó que algunos *saloons* hasta tenían reservados para que los vaqueros pudieran divertirse entre ellos y acabar con la quinta y con los mangos sin mujeres de por medio.

A Chiquita se le metió entre ceja y ceja que antes de separarse de su primo debía estar segura de que iba a estar bien y de que no le faltaría nada, y decidió que los acompañaría al pueblito ese de cuyo nombre sigo sin acordarme. Y allá se fueron, en un tren, con Rústica, como de costumbre, renegando de su suerte. El viaje duró varios días, pero al fin llegaron a Kansas City (que no es una ciudad de Kansas, como cualquiera podría creer, sino de Misuri) y de ahí, en una diligencia, siguieron hasta la taberna de Huesito.

Según Chiquita, al entrar se les cayeron las alas del corazón, porque descubrieron que el negocio estaba destartalado. Para empeorar las cosas, desde la muerte de su dueño unas ratas enormes y sarnosas se habían adueñado de él y ni los escobazos de Rústica lograban ahuyentarlas. Pero Huesito no se desanimó. Consiguió gatos, contrató a un carpintero para que reparara las puertas y las sillas, y entre él y Mundo le dieron una mano de pintura a la fachada. Entonces, antes de volver a abrir el *saloon*, decidieron cambiarle el nombre. ¿Sabes cómo le pusieron? Matanzas the Beautiful.

La primera noche fueron tres o cuatro tipos, pero cuando se supo que el nuevo dueño tenía un whisky bueno y barato, y de que una enana muy pizpireta cantaba encaramada en una mesa, enseñando la punta de las enaguas, la noticia se regó no sólo por el pueblo (que, por más que me exprimo los sesos, sigo sin acordarme de cómo se llamaba), sino también por los alrededores, y la clientela creció y creció hasta el punto de que la gente ya no cabía dentro.

Ahí estuvo cantando Chiquita varias semanas y, según comentaba, habría podido quedarse a vivir para siempre en el Salvaje Oeste, porque enseguida le cogió el gusto a la vida rural. Los cowboys, toscos como eran, sabían apreciar su arte, la aplaudían y hasta se les saltaban las lágrimas cuando, acompañada por Mundo con un viejo piano, interpretaba *La paloma*. Imagínate, en aquel pueblo perdido en el mapa nunca se había visto una damita tan elegante y tan refinada. Más de un tipo se volvió loco por ella y, para congraciarse, le llevaban toda clase de regalos: desde pieles de visón y de zorro hasta piedras preciosas y joyas que vaya usted a saber de dónde habían sacado.

Allí Chiquita montó a caballo por primera y única vez en su vida, porque le regalaron un pony-miniatura muy manso. Ya te digo, se sentía en su salsa. Pero un telegrama de Bostock le recordó que debía reunirse con él en Chicago y para allá se fueron Rústica, el pony y ella. La escena en que se despedía de su primo era de una cursilería insufrible. Chiquita le suplicaba a Huesito que lo cuidara, se abrazaban, lloraban, en fin, puro melodrama. Por suerte, el pueblo aquel quedaba relativamente cerca de Chicago, así que el viaje hasta allá no fue tan cansón.

Aunque Chiquita estuvo durante cinco meses en la capital de Illinois, trabajando en el zoológico, en el libro apenas hablaba sobre eso. Y es que, a pesar de la teoría de Bostock sobre el zoológico humano y las jaulas invisibles, ella nunca se sintió cómoda rodeada de un montón de animales. Así que se limitaba a contar que en el Zoo tuvo un gran éxito, que cientos de familias de Chicago iban a verla cada día y que había ganado muchísimo dinero. Pero ¿qué hacía durante sus presentaciones si ya no tenía pianista? Cuando se lo pregunté, su respuesta fue muy evasiva. «Entretenía al público», me dijo. «Hablaba de Cuba y enseñaba mis joyas y mi colección de encajes antiguos.» Por más que traté, no hubo manera de que me diera más detalles. Y lo mismo pasó cuando quise sacarle algo a Rústica.

El único que me habló sobre eso, pero a regañadientes, fue el señor Koltai, el húngaro experto en liliputienses que iba a las veladas en Far Rockaway. «En Chicago ella se hizo rica», me dijo. «Como la gente se volvía loca por tocarla, a Bostock se le ocurrió que todo el que pagara veinticinco centavos adicionales pudiera darle la mano, cosa que ella aceptó con la condición de usar guantes. Fue un negocio redondo. Aunque en esos tiempos veinticinco centavos era dinero, mucha gente los pagaba sin chistar.»

Pero, según el húngaro, a pesar de que le llovían los dólares, a Chiquita le resultaba muy humillante ver su nombre en los carteles junto al de una chimpancé que rivalizaba con ella en popularidad. «Hubo días en que la barraca donde exhibían a la chimpancé tenía más público que la suya, y eso la sacaba de quicio», me susurró al oído Koltai. «Imagínate cómo sería la cosa, que según las malas lenguas llegó a pagarle a un tipo para que le retorciera el pescuezo a la mona, pero en el último minuto al hombre le faltó valor para hacerlo y le devolvió el dinero.»*

---

* En una subasta de eBay adquirí un volante publicitario de ese período de la carrera de Espiridiona Cenda. Su nombre y el de Tess (la chimpancé) aparecen destacados con letras de igual tamaño, pero la única ilustración que incluye es un dibujo de Chiquita. El Zoo, anunciado como «una exhibición educacional de primer orden», estaba en la Michigan Avenue y Madison Street. Otras atracciones que destaca el volante son Jolly, el elefante, e India, la camella. También anuncia leones, tigres, leopardos, jaguares, osos y monos. Los visitantes podían presenciar *shows* a cargo de domadores y oír explicaciones sobre los hábitos de las distintas especies. Según esta propaganda, la «maravillosamente educada» Tess podía hacer «cualquier cosa menos hablar». De Chiquita, se afirma que era «la criatura humana más pequeña que respiró jamás». El impreso revela que la liliputiense no se limitaba a conversar con el público, mostrarle sus tesoros y estrecharle la mano. En él se lee: «Chiquita invita a todos los niños a montar en su diminuto *jaunting car* o en su *brougham* tirado por Dot, el más pequeño pony viviente». Al parecer, ella trató de borrar el recuerdo de esos paseos en coche, en compañía de sus admiradores infantiles, por considerarlos impropios de una artista de su categoría.

Para Chiquita, esa temporada representó un cambio del carajo. Unos meses atrás, sus contrincantes eran I Piccolini y Die Liliputaner, y de pronto tenía que disputarle el público a una chimpancé. Pero como te dije, en el libro a la mona ni la mencionaba.

Ella era así, ponía lo que le daba la gana. Y, bueno, al fin y al cabo cada quien tiene derecho a contar su vida como se le antoje, ¿no? No vayas a creer que la chimpancé fue la única que se quedó fuera del libro. Lo mismo le pasó, por ejemplo, a Evangelina Cisneros, otra cubana que fue muy popular en Estados Unidos durante aquellos días. A esa muchacha, Hearst y los demás dueños de periódicos la convirtieron, de la noche a la mañana, en una heroína de la independencia de Cuba.

La historia de Evangelina es muy simple, así que te la voy a hacer en un dos por tres. Ella era una guajirita que vivía en Sagua la Grande y un día a su padre, que era pesador de caña de un ingenio, le encontraron unas armas escondidas, lo acusaron de conspirar contra España y lo condenaron a muerte. Evangelina movió cielo y tierra para tratar de salvarlo y fue hasta La Habana, donde logró, no se sabe cómo, que Weyler la recibiera. Y parece que logró conmoverlo, porque al viejo le cambiaron la pena de muerte por prisión de por vida en Isla de Pinos. Para allá se fue a vivir Evangelina, acompañando a su padre, y parece que al poco tiempo el gobernador militar de Isla de Pinos trató de abusar de ella. La muchacha se resistió, gritó, dio una pataleta y un grupo de presos políticos acudió en su ayuda. Esa es una versión de los hechos. Según otros, ella formaba parte de una conspiración y su misión era servir de señuelo para llevar al militar a un lugar apartado y secuestrarlo. El caso es que, como resultado de ese incidente, a Evangelina la zumbaron para la capital, le echaron veinte años de presidio y, mientras esperaban para mandarla a Ceuta, donde cumpliría su condena, la encerraron en la Casa de las Recogidas. Y ahí fue cuando los corresponsales americanos empezaron a escribir sobre ella y la convirtieron en «la Juana de Arco de Cuba».

En cuestión de días, Miss Cisneros se hizo famosísima en Estados Unidos. Con decirte que la madre del presidente McKinley encabezó un movimiento exigiendo su liberación y llegó a recoger más de doscientas mil firmas para que soltaran a «la mártir cubana». Hasta el Papa, que era muy pro España, tuvo que meter la cuchareta en aquel potaje e interceder por la joven. Entonces, en medio de esa rebambaramba, Hearst le dio instrucciones a uno de sus reporteros para que ayudara a Evangelina a escapar de su prisión y la acompañara a Estados Unidos. Yo no sé cómo todavía no han hecho una película con eso, porque la fuga fue tipo Hollywood: le limaron los barrotes a la ventana del cuarto de la muchacha y la sacaron de Cuba disfrazada de marinero.

Como podrás suponer, los americanos siguieron sus peripecias como si se tratara de una novela por entregas. El recibimiento que le dieron en Nueva York fue apoteósico, varias señoras ricas se ofrecieron para adoptarla y hasta la llevaron a Washington a conocer a McKinley.* Pero, tú sabes cómo son esas cosas, en cuanto la prensa no le pudo sacar más jugo al caso, dejó de ocuparse de ella y al poco tiempo ya nadie la recordaba. Pues bien, de esa llegada triunfal de Evangelina, que ocurrió precisamente en los días en que Chiquita se preparaba para irse al Salvaje Oeste, no se decía nada en el libro. ¡Como si no hubiera ocurrido! Me imagino que a la enana no le haría ninguna gracia que una compatriota apareciera en el panorama a quitarle protagonismo. Ella era así, a cualquiera que pudiera hacerle sombra, fuera mona o mujer, la sacaba de su historia.

Lo que sí narraba era que, poco después de llegar a Chicago, se había aficionado a montar en el «corcel silencioso» (así le decían, poéticamente, a la bicicleta). Bostock le mandó a hacer una a su medida y ella pedaleaba alrededor de

---

* Evangelina Cisneros llegó a Nueva York el 13 de octubre de 1897, a bordo del vapor *Séneca*, y una multitud entusiasta la recibió como a una heroína. Hearst la hospedó en el Waldorf y tres días más tarde le organizó un homenaje en el Madison Square Park, con bandas de música y fuegos artificiales, al que acudieron setenta y cinco mil personas.

un laguito que había en el Zoo. Al verla pasar, los niños gritaban y los mayores la aplaudían. Rústica se erizaba cada vez que daba esos paseos y la vigilaba para que no sufriera un accidente. Pero, así y todo, una tarde Chiquita tuvo la mala suerte de chocar con un burro y este le dio tal patada en el estómago que la lanzó por los aires con bicicleta y todo. ¡Qué escándalo se armó! La llevaron para una clínica y allí estuvo varias horas sin conocimiento. Más de uno pensó que ese era el fin del «átomo cubano», pero no, la enana era más resistente de lo que parecía, y a medianoche volvió en sí, adolorida y llena de vendajes.* ¿Y a quién crees que vio, delante de su cama, al abrir los ojos? A Patrick Crinigan.

El irlandés acababa de volver de Cuba con unos días de permiso y, al enterarse de que Chiquita estaba trabajando en Chicago, fue hasta allá para darle una sorpresa. Sólo que la sorpresa se la llevó él, al encontrarla entre la vida y la muerte.

Chiquita tuvo que quedarse varios días en cama y Crinigan esperó el Año Nuevo de 1898 a su lado, en el hospital. Descorcharon una botella de champaña y se pusieron a hacer brindis. Por la salud de Chiquita. Por todos sus éxitos. Por Cuba. «Y por nuestro amor», dijo súbitamente Crinigan y, sacando de un bolsillo una cajita con una sortija de diamantes, se arrodilló y le pidió, tal como había hecho un año antes, que se casara con él. Rústica me contaba que cuando lo vio postrado delante de Chiquita, suplicándole que fuera su esposa, tuvo que admitir que ese hombre la amaba, más que con devoción, con locura.

Pero la enana le dijo otra vez que no, y al día siguiente el periodista regresó a Nueva York, con el corazón destrozado, y desde allí se embarcó para La Habana. En realidad, había sido un milagro que el *World* le diera esos pocos días de

---

* El accidente ocurrió el 27 de diciembre de 1897 y la noticia apareció en los periódicos aderezada con frases como «se teme que pueda morir a consecuencia de las heridas». El doctor J. A. Korbus la atendió en un hospital privado y le administró opiatos para el dolor. Un artículo recuerda que Chiquita había cumplido veintiocho años días atrás y termina comentando: «De ella se dice que posee más de cien mil dólares».

vacaciones, porque la situación de Cuba estaba al rojo vivo. Como resultado de las presiones de Estados Unidos, España había quitado a Weyler, «el Carnicero», del cargo de gobernador general, y estaba en planes de ponerle a la isla un gobierno autonomista, con la esperanza de que los cubanos se tranquilizaran y se les quitara su obsesión por la independencia. El problema era que en Cuba nadie quería la autonomía: ni los españoles ni mucho menos los cubanos, a quienes esa solución les parecía una burla después de tantos años batallando para ser completamente libres. Así que Crinigan volvió a La Habana, a seguir enviando noticias de combates, de detenciones y de fusilamientos de patriotas, y Chiquita se quedó en el Zoo tragando bilis por culpa de la chimpancé sabia.

En esa parte del libro, Chiquita le prestaba mucha atención a Cuba y a la locura que se desató en febrero, cuando, estando ella en Chicago, explotó en el puerto de La Habana un acorazado de Estados Unidos: el *Maine*. Fue algo terrible, porque entre tripulantes y oficiales murieron más de doscientos cincuenta hombres. Como era de esperar, el gobierno americano le echó la culpa a España y se negó a que estuviera en la comisión internacional que investigó los hechos, pero los españoles se defendieron como gato boca arriba diciendo que la voladura había sido provocada dentro del mismo barco.

En Estados Unidos la gente estaba furiosa y esperaba del presidente McKinley una respuesta contundente. La independencia de Cuba se convirtió en un problema de honor nacional. Con decirte que a los pocos días de la explosión ya había grupos de civiles listos para embarcarse rumbo a la isla, a pelear contra el ejército español. Pero McKinley nunca había sido partidario de enviar tropas a Cuba, y lo que hizo fue seguir mandándole ultimátums a la reina de España para que le concediera la independencia a su colonia y de ese modo evitar un enfrentamiento militar.

Los miembros del Congreso, que antes del *Maine* estaban ocupándose del tratado para la anexión de Hawai, dejaron ese asunto de lado y se pusieron a debatir si ya era hora de intervenir en Cuba o si era preferible ser prudentes y buscar una solución pacífica. La prensa empezó a decir que el nuevo gobernador general de la isla era tan malo como Weyler, y a publicar noticias terribles sobre campesinos reconcentrados que eran envenenados por las tropas españolas y otras barbaries por el estilo. Hearst y Pulitzer querían una guerra a toda costa, porque no hay nada mejor para aumentar las ventas de los periódicos, y todos los días le echaban más leña al fuego con sus editoriales.

A casi todo el mundo le parecía que McKinley se demoraba más de la cuenta para declararle la guerra a España, y Washington tuvo que pedirle calma a los ciudadanos. Corrieron rumores de que el Presidente tenía un plan secreto para arreglar el problema, pero la inmensa mayoría de la gente no quería soluciones diplomáticas ni paños tibios, sino balas y sangre, vengar a las víctimas del *Maine,* y por eso mandaban a los periódicos cartas y poesías exigiendo la intervención militar y la libertad de Cuba.

En medio de ese guirigay, las principales potencias del mundo enviaron representantes a hablar con McKinley para tratar de calmar los ánimos y evitar la guerra. En esa época había seis grandes potencias y todas estaban en Europa: Inglaterra, Francia, el Imperio Austrohúngaro, Italia, Alemania y Rusia. A Estados Unidos todavía nadie lo incluía entre los pesos pesados. El Presidente recibió a los embajadores, los escuchó, pero no se comprometió a nada. Y es que ya se había dado cuenta de que si seguía comportándose como un blandengue, el pueblo no lo reelegiría para un segundo mandato. ¿Conclusión? Por fin hizo lo que todos esperaban: presentó al Congreso un informe diciendo que la insurrección de los cubanos ya duraba demasiado tiempo y que su independencia no se podía posponer más, y pidió permiso para intervenir en la isla y poner fin a las hostilidades. Así fue como Estados Unidos le declaró la guerra a España.

Chiquita se quedó sorprendida con la reacción de la gente. En el libro contaba que las sirenas de las fábricas de Chicago empezaron a sonar en apoyo a la guerra y lo mismo hicieron las campanas de las iglesias. En la calle las gentes se abrazaban y daban saltos de alegría. Increíble, ¿no? Ser pacifista aún no estaba de moda.

McKinley pidió un ejército de ciento veinticinco mil voluntarios para ir a pelear a Cuba y los hombres hicieron cola en los centros de reclutamiento para anotarse. El problema era que nadie tenía armas ni balas ni caballos, pero como estaban tan entusiasmados, muy pocos reparaban en eso. Para que tengas una idea de hasta qué extremos de patriotismo (o de fanatismo o de demencia, según se mire) llegó el pueblo americano, te diré que hubo quienes se quitaron la vida porque, a la hora de anotarse como voluntarios, no los consideraron aptos para ir a la guerra.*

Chiquita y Rústica se contagiaron con aquella euforia y vivían pendientes de los periódicos. Así se enteraron de que Teodoro Roosevelt había escogido mil voluntarios, de entre cinco mil candidatos, para formar el gran regimiento de cowboys que tendría bajo su mando. Tanto él como sus hombres estaban ansiosos por invadir la isla, y sólo esperaban la orden del Presidente para hacerlo. Por otra parte, la flota de Estados Unidos se había apresurado no sólo a bloquear a Cuba, sino también a Puerto Rico. Pero lo que más las impresionó fue enterarse de que Matanzas había sido bombardeada por un acorazado americano. Sí, como lo oyes. El barco *New York,* que estaba anclado en la bahía y que no dejaba entrar ni salir a ningún navío, disparó sus cañones contra la defensa española. Una de las balas mató a una mula en el fuerte Peñas

---

* Durante mucho tiempo pensé que este dato era una exageración de Chiquita o de Olazábal. Hasta que tuve delante de mí un microfilme de la edición del 28 de abril de 1898 de *The New York Times,* en el que aparece la historia de James W. Moore. Este ciudadano de Newtown, retirado de la Guardia Nacional de Nueva York, intentó alistarse para combatir en Cuba. Cuando le informaron que no podían aceptarlo, porque la edad máxima de los voluntarios debía ser cuarenta y cinco años y él era dos años mayor, sufrió una decepción tan grande que volvió a su casa y se suicidó por asfixia.

Altas y la otra cayó dentro de la panadería La Pamplonesa, pero por suerte no explotó. Ese proyectil, el de la panadería, lo trasladaron luego para la ferretería de Bea y allí lo tuvieron en exhibición durante muchos años. Yo recuerdo, de niño, haberlo visto.

Chiquita, como otros cubanos en el exilio, tenía la esperanza de que la intervención americana pusiera fin a la guerra en un abrir y cerrar de ojos, de que serviría para que los insurrectos no se desangraran más en los campos de batalla. Ella se acordaba mucho de Juvenal, su hermano mambí, y le pedía al talismán del gran duque Alejo que lo protegiera también a él. Aunque, visto a la distancia, la protección que brindaba ese talismán era muy cuestionable; si no había podido impedir que un burro pateara a la enana, ¿cómo iba a salvar a Juvenal de las balas de los españoles y de las epidemias? Ah, otra cosa, en esos días Chiquita se burló mucho de Proctor. El muy idiota no había querido mantener el *vaudeville* cubano en su cartelera de Nueva York por temor a que el público se aburriera; pero, lejos de disminuir, el interés por la independencia de Cuba seguía creciendo y creciendo.

¿Sabes a qué le dedicaba Chiquita varias páginas en esta parte de su biografía? A los anarquistas. Y es que, poco después de su accidente y de la explosión del *Maine*, quizás para arrancarse la imagen del irlandés de la cabeza, ella empezó un romance con un muchacho de Chicago que estaba metidísimo en las luchas sindicales. Acuérdate de que esa era una de las ciudades de Estados Unidos donde los trabajadores estaban más organizados. Allí las ideas de los anarquistas tenían mucha fuerza, sobre todo desde el lío de los mártires del Primero de Mayo. Supongo que conocerás la historia de esos siete tipos que ahorcaron echándoles la culpa del bombazo que mató a unos policías en una huelga. Y si no la conoces, búscala en algún libro, porque este que está aquí no piensa gastar ni una gota de saliva contándotela.

La cosa fue que Chiquita se encaprichó con aquel anarquista y el muchacho, que era un trigueño de buen ver, empezó a visitarla todos los días en el Zoo. Le llevaba ramitos de violetas, cartuchitos de caramelos, folleticos de propaganda anarquista y otros regalitos de ese estilo, porque era muy pobre. Poco a poco, esa relación se volvió más y más absorbente, pero siempre a espaldas de Bostock, porque ella lo había oído varias veces hablando pestes de los anarquistas y no quería conflictos con su empresario.

El joven, que si mal no recuerdo se llamaba Bob (y si no, no importa, vamos a decirle así), tenía tremenda labia y no se cansaba de hablar de los derechos de los trabajadores y de la necesidad de suprimir la autoridad, de destruir los monopolios y de acabar con la Iglesia. Para él, Golli, el anarquista que había liquidado al primer ministro de España, no era ningún criminal, sino un héroe. Y sonreía cuando escuchaba a Rústica decir que si Dios daba la vida, Él era el único con derecho a quitarla. Bob, como buen discípulo de Bakunin, el apóstol de los anarquistas, pensaba diferente: si Dios existía, la única forma en que podía ser útil a la causa de la libertad humana era dejando de existir.

A Chiquita las ideas de su noviecito le resultaban novedosas y a menudo chocantes, pero muy entretenidas. Aunque detestaba la violencia, le gustaba creer que ella también era un poco «anarquista». No porque fuera a dedicarse a matar aristócratas, como Lucheni, el que le atravesó el corazón a la emperatriz Elizabeth de Austria con una lezna de zapatero, sino porque no se dejaba mangonear por ninguna autoridad. ¿Acaso no había roto con una existencia convencional para correr el riesgo de convertirse en artista? ¿No había demostrado que, pese a ser hembra y enana, podía decidir el rumbo de su vida? Quizás por eso se pasaba horas enteras conversando con aquel muchacho y discutiendo cuando no estaban de acuerdo en algo. Como sucedía, por ejemplo, con la esperada intervención de Estados Unidos en Cuba. Para ella, se trataba de un gesto meritorio, de una muestra de simpatía con la causa de los cubanos; pero, en opinión de Bob, era sólo un acto de rapiña imperialista, tan sucio y tan indigno como los planes de apoderarse de Hawai.

La idea de un mundo sin estados ni gobiernos podía ser atractiva, sí, pero por más que se esforzaba, la enana no lograba visualizarla como algo posible. Si rigiéndose por leyes a la humanidad le costaba tanto trabajo convivir, si las abolían el universo sería un caos absoluto, opinaba. No, la contradecía Bob, porque el modo de pensar de las masas cambiaría: la opresión era lo que causaba los problemas de convivencia de la gente.

El muchacho empezó a meterse a escondidas en el cuarto del hotel donde ella se hospedaba y allí hacían sus cositas. Con mucho trabajo, porque a diferencia de Crinigan, el anarquista no tenía una llavecita, sino una llavezota. Pero de alguna forma se las arreglarían, porque los dos estaban entusiasmados con el romance; en especial Bob, quien pensaba que ganaría una militante más para su causa. Por eso, para meterla más en su mundo, empezó a llevarla, en contra de la voluntad de Rústica, a las reuniones que hacían en la casa de Lucy Parsons, una de las principales líderes anarquistas.

Esa Lucy Parsons, viuda de uno de los mártires de Chicago, se pasaba la vida dando charlas por todo el país y los obreros la respetaban una barbaridad. En una crónica que escribió cuando vivía en Estados Unidos, Martí se refirió a ella y la llamó «la mulata que no llora», porque Lucy era mestiza, hija de una mexicana de sangre africana y de un indígena de Estados Unidos, y porque cuando le mataron al marido no soltó ni una lágrima, por lo menos en público.

El caso es que la señora Parsons empezó a aprovechar las visitas de Chiquita para adoctrinarla y convencerla de que debía casarse con Bob y dedicar su vida a la propagación de las ideas anarquistas. «Usted puede hacer mucho por nuestra causa», le decía. «Puede ponerle música a nuestras consignas y cantarlas y bailarlas en los teatros de todo el país.»

A Chiquita le jodía mucho que todo el mundo quisiera usarla para algo. Los de la Junta Cubana, para hacerles propaganda a los mambises; la reina Liliuokalani, para que se opusiera a la anexión de Hawai; los anarquistas, para que se volviera una portavoz de sus ideales... ¿Por qué ese capricho de querer mezclar su arte con la política? Ella no tenía nada contra ninguna de esas causas, pero tampoco pensaba volverse su abanderada. Y como no quería enemistarse con una persona tan admirada por su Bob, se hacía la loca y le dejaba creer a Lucy Parsons que terminaría convirtiéndose en la primera liliputiense anarquista.

Otra líder que conoció en Chicago fue Emma Goldman, quien llegó a la ciudad para dar una conferencia y, la noche antes del acto, asistió a una de aquellas reuniones que hacía la viuda en su casa. Desde el primer momento, Chiquita se dio cuenta de que la judía y la mulata se masticaban, pero no se tragaban. Al principio creyó que era un problema de celos, porque ellas eran las dos anarquistas más respetadas del país; pero luego descubrió que su antipatía se debía a una discrepancia ideológica. Mientras la Goldman iba por todos lados proclamando las ventajas del amor libre, la Parsons, por el contrario, era una gran defensora del matrimonio, partiendo, claro está, de la premisa de que el hombre y la mujer eran iguales y de que ambos debían luchar codo con codo, hasta el último suspiro, para hacer ondear la bandera negra del anarquismo. «Basta de ser las esclavas de los esclavos», era su frase favorita. Esa noche, como sucedía cada vez que coincidían en alguna parte, el tema del matrimonio no tardó en aparecer y tuvieron una discusión tan fuerte que faltó poco para que se tiraran de las greñas.

La Goldman invitó a Chiquita a su conferencia y ella, curiosa por comprobar si era tan buena oradora como aseguraban, fue a oírla con Bob. Al principio, todo estuvo de lo más organizado. El local se repletó, presentaron a la invitada con bombos y platillos, y Emma empezó a hablar. Primero, de la importancia de ayudar a los patriotas filipinos en su lucha contra España, y luego del amor libre, supongo que para jeringar a Lucy Parsons. Pero casi al final de la charla, la policía entró al local y empezó a llevarse a la gente presa, porque decían que los organizadores del acto no tenían un permiso que necesitaban.

Para no hacerte muy largo el cuento, esa noche Chiquita terminó en una celda, junto con Emma Goldman y otras mujeres, muerta de miedo de que fueran a abrirle un expediente por anarquista y le jodieran la carrera. Pero tuvo suerte, porque no llevaba ni una hora en la cárcel cuando Bostock la sacó de allí antes de que los periodistas se enteraran de que la enana del Zoo estaba metida en un rollo de anarquistas. Eso habría sido fatal para ella, pero se libró por un pelo. ¿Y cómo se enteró el «Rey de los Animales» de que ella estaba en un aprieto?, me imagino que te estarás preguntando, porque lo mismo quise saber yo.

Bueno, eso Chiquita nunca lo supo con certeza, pero sospechaba que su talismán había tenido algo que ver en el asunto, porque desde que Emma Goldman subió a la tribuna notó que empezaba a comportarse de un modo muy raro, pasando de frío a caliente y de caliente a frío, sin ton ni son. Lo cierto es que la aparición de Bostock en el momento oportuno la convenció de que su padre y el congo Kukamba no se habían equivocado al aconsejarle que se fuera a trabajar con él.

Después de ese incidente, el anarquismo dejó de interesarle y su relación con Bob se enfrió rápidamente. Por suerte ya abril se estaba terminando y los cinco meses en Chicago llegaban a su final. Chiquita renovó su contrato con el domador, por otros cinco meses, para presentarse en una feria mundial que iba a celebrarse en Omaha. Pero lo convenció de que antes se merecía unas vacaciones. Alguien le habló de Far Rockaway y, como quería descansar cerca del mar, allá se fue. Alquiló una casita cerca de la playa y se aisló del mundo durante unas semanas, sin imaginar que en ese mismo balneario pasaría los años de su vejez.

Estando en Far Rockaway se enteró de que su hermana Manon, su cuñado y su único sobrino habían muerto a causa de un brote de tifus. Lo supo por una carta que le mandó Candelaria, su madrina, que era una de las contadas personas de Matanzas con las que se escribía. Aunque la noticia la afectó muchísimo, salió rumbo a Omaha unos días antes de lo previsto. Necesitaba conseguir un pianista acompañante y ensayar algunos bailes y canciones. Una feria internacional no era lo mismo que un zoológico y, para poder sobresalir entre un sinfín de atracciones, debía cautivar al público con algo especial. Tenía la esperanza de que el trabajo la ayudaría a sobrellevar la tristeza, y así mismo ocurrió.

A Chiquita le fue de maravillas en la exposición internacional de Omaha. Su teatrico se convirtió en una de las grandes atracciones del *Midway*. ¿Conoces esa expresión? Así le dicen los gringos a esa avenida central que tienen las ferias y las exposiciones donde están los animales amaestrados y las mujeres barbudas, los tiradores de puñales y los adivinadores, los gigantes y, por supuesto, los enanos. El ambiente no se parecía en nada al del Palacio del Placer, pero tampoco era el de un zoológico. Era un mundo lleno de color, estridente y excéntrico, y pese a que ella nunca había sido aficionada al bullicio ni a los gentíos, enseguida se sintió a gusto en él.

En Omaha pudo cantar y bailar otra vez (el nuevo pianista no podía compararse con Mundo, pero mal que bien cumplía su cometido) y, además, continuó ganando un dineral. La mayoría de la gente que iba a verla a su local se moría por tocarla o por llevarse algún recuerdo suyo, así que muchos pagaban para poder estrecharle la mano durante un instante o para que les autografiara una foto. ¡Y estamos hablando de cientos y cientos de personas al día, porque la exposición abría por la mañana y cerraba de noche, y siempre estaba repleta!*

Allí Chiquita vio actuar por primera vez a Frank C. Bostock y se convenció de que, más que intrépido, era un

---

* La Exposición Internacional Trans Mississippi se realizó en Omaha, Nebraska, del primero de junio al primero de noviembre de 1898. Su propósito fue mostrar el desarrollo del oeste del país, desde el río Mississippi hasta la costa del Pacífico, y revitalizar la economía de la región. Fue visitada por más de dos millones y medio de personas.

domador temerario. El tipo se encerraba en una jaula con un montón de tigres de Bengala y los obligaba a obedecerlo como si fueran gaticos. Lo más asombroso era que casi no usaba el látigo: los dominaba con el poder de su mirada.

En esa etapa de su vida, por primera vez Chiquita hizo amistad con otros artistas. Ella siempre había estado renuente a darles confianza a sus colegas, y por eso tenía fama de altanera y de creída. Pero en Omaha se le bajaron los humos, pues en el libro hablaba de algunos de sus compañeros del *Midway,* muchos de ellos contratados también por Bostock. Por ejemplo, se hizo uña y carne de Seliska, la tragaespadas, y de Rosina, la encantadora de serpientes. Las tres eran más o menos de la misma edad, les gustaba intercambiar chismes y se aficionaron a almorzar juntas, cada día en el carromato de una de ellas.

Porque no te he dicho todavía que, de los cinco meses que estuvo en Omaha, Chiquita sólo se hospedó en un hotel las dos primeras semanas. Cuando se dio cuenta de que si vivía en los carromatos, como hacían casi todos los artistas, podía ahorrarse una buena cantidad de plata, decidió imitarlos y quedarse allí ella también. Raro, ¿no?, pero supongo que a estas alturas ya te habrás habituado a las rarezas de esa mujercita.

Rústica aceptó de mala gana aquel nuevo estilo de vida, y no porque los carromatos fueran incómodos o sucios, sino por tener que convivir con tanta gente estrafalaria. Como comprenderás, la pobre estaría azorada. Dondequiera que miraba, encontraba un bicho raro. Y raro de verdad, porque en Omaha, entre otros, coincidieron Mademoiselle Flo, la mujer con dos cabezas; Congo, el Muchacho Tortuga; el Esqueleto Viviente y Djita, la mujer tatuada, que tenía más de cien mil figuras de colores dibujadas en todo el cuerpo. Pero a personajes más insólitos se acostumbra uno y Rústica terminó dándose cuenta de que, en su mayoría, se trataba de gentes sufridas y de buen corazón, que no tenían más remedio que exhibirse para poder sobrevivir.

Chiquita no fue una santa en Omaha. Tuvo varios amantes y el primero fue un guerrero sioux que le presentó Seliska, la tragaespadas, llamado Águila Feroz. Ese indígena había viajado hasta allá para participar en el Congreso Indio que se hizo en el marco de la exposición, al que llevaron como quinientas personas de tribus diferentes. Hasta estuvo Gerónimo, el famoso jefe apache. Pero no vayas a creer que ese «congreso» era para que los indígenas discutieran sus problemas (que bastantes tenían, porque los habían dejado pelados, sin tierra y sin búfalos) y les buscaran soluciones. ¡Olvídate de eso! El gobierno había inventado aquel *show* para conmemorar el décimo aniversario de la última batalla contra los indios y dar la impresión de que los respetaban y los cuidaban mucho. En definitiva, lo que hacían los indígenas en Omaha era exhibirse, dejar que la gente viera cómo eran sus ropas, sus comidas y las tiendas donde vivían, y vender sus artesanías. También tocaban sus instrumentos musicales, bailaban, montaban a caballo y hacían desfiles. Todo muy exótico y pintoresco, ¿no?

Lo de Chiquita con Águila Feroz duró lo que un merengue en la puerta de un colegio. Enseguida ahuyentó al águila y la sustituyó por Mano de Terciopelo, un carterista de Chicago que había ido a la exposición en busca de víctimas. Tú sabes que donde hay grandes aglomeraciones los ladrones están de plácemes. Pero ese romance también fue corto, porque la policía atrapó *in fraganti* a Mano de Terciopelo y lo metió en chirona. Sin embargo, con Ching Ling Foo la cosa fue distinta. Ese amor envolvió a Chiquita como una llamarada y poco faltó para que la achicharrara.

Ching Ling Foo era un mago chino muy popular en toda Europa, pero que acababa de llegar a Estados Unidos y había empezado su *tournée* en la exposición de Omaha. Él no actuaba solo, sino que viajaba acompañado por una compañía de músicos, malabaristas y bailarinas.

Había estudiado magia tradicional en su país y el público de Occidente se quedaba boquiabierto con sus espectáculos. Primero, porque jamás habían visto tantas maravillas en un escenario. Y segundo, porque en esa época lo oriental hacía furor. Para iniciar el *show*, el chino abría la boca, empezaba a soltar llamaradas por ella y después se sacaba de adentro una vara larguísima, como de quince pies de largo. Uno de sus trucos más sensacionales, que le ponía la piel de gallina a la gente, consistía en cortarle la cabeza con un sable a un chinito. Cuando lo veían hacer aquello, muchos empezaban a gritar horrorizados y a llamar a la policía, pero a una señal de Ching Ling Foo el niño se levantaba, agarraba la cabeza, volvía a ponérsela sobre los hombros y salía del escenario dando volteretas.

El mago tuvo tremendo éxito en Estados Unidos, pero cuando llegó a Nueva York para finalizar su gira, metió la pata hasta lo último, porque era un poco alardoso y se le ocurrió decirles a los periodistas que estaba dispuesto a pagarle mil dólares a cualquiera que lograra reproducir lo que él hacía. Era un truco publicitario, ¿no? Pero le salió el tiro por la culata, porque quién te dice a ti que un mago de Brooklyn le aceptó el reto y comenzó a hacer los mismos actos de magia en el teatrico donde trabajaba. Exactos, sin que les faltara nada. El error de Ching Ling Foo fue que se negó a darle los mil dólares a su contrincante y entonces el tipo, para vengarse, empezó a actuar disfrazado de chino y adoptó el nombre artístico de Chung Ling Soo. Le copió el vestuario, el repertorio, los carteles publicitarios, ¡todo! Ese fue el inicio de una rivalidad que duró años, porque Chung Ling Soo empezó a viajar a todos los países donde se presentaba Ching Ling Foo y a hacerle la competencia.

Una vez trabajaron en Londres, en unos teatros que quedaban a una cuadra uno del otro, y aquello fue un escándalo. A esas alturas Chung Ling Soo se había olvidado de que sus padres eran de Escocia y de que él había nacido en Brooklyn, y le aseguraba a todo el mundo que el verdadero mago chino era él y que el otro era un mentiroso, un impostor. Hasta se negaba a hablar inglés: tenían que entrevistarlo con un intérprete. ¿Era un descarado o estaba loco? Eso nunca quedó claro.*

Figúrate, los periodistas se dieron banquete con aquel duelo de magos y se les ocurrió reunir a los dos chinos en un mismo escenario, para que demostraran sus habilidades y el público decidiera cuál era el mejor. Pero el único que acudió a la cita fue Chung Ling Soo, porque a Ching Ling Foo aquello le pareció el colmo de la humillación, hizo sus maletas y se fue de Londres con toda su compañía. Entonces los ingleses declararon ganador al chino de Brooklyn y él emprendió una gira triunfal por todo el mundo.

Pero cuando Chiquita conoció a Ching Ling Foo nada de eso había pasado todavía. El chino era una de las grandes atracciones de la exposición de Omaha y todos lo que iban a su espectáculo salían fascinados. Una tarde, Chiquita se puso de acuerdo con la tragaespadas y la encantadora de serpientes, y las tres se fueron a verlo. Ching Ling Foo salió a escena vestido con una bata de seda de muchos colores, con toda la parte delantera del cráneo afeitada y con el pelo trenzado en una coleta que le llegaba hasta las pantorrillas. Según Chiquita, era alto, delgado y tendría unos treinta años.**

Sus trucos, como de costumbre, dejaron a todo el mundo perplejo, pero esa tarde, para finalizar la función, el chino hizo algo inesperado. Antes de retirarse, lanzó por la boca una última llamarada que avanzó y avanzó hacia el público, como una serpiente de fuego, hasta rodear por el talle a Chiquita, que estaba sentada en primera fila, pero sin quemarla. Ella contaba que lo único que sintió fue un agradable calorcito. Después de aquello, a Seliska y a Rosina no les cupo la menor duda de que el mago quería tener algo con su amiga.

---

* Este curioso mago neoyorquino se llamaba William Ellsworth Robinson. Antes de su disputa con Ching Ling Foo, en los *vaudevilles* donde trabajaba lo anunciaban como «Robinson, The Man of Mistery».

** En realidad en ese momento Ching Ling Foo o tenía ya cuarenta y cuatro años o estaba cerca de cumplirlos, pues había nacido en 1854, en Beijing.

Y así mismo fue, porque al día siguiente empezó a visitarla a escondidas. Pero hay algo que aún no te he dicho y es que Ching Ling Foo era casado. Su esposa, que le servía de asistente en el *show*, lo vigilaba todo el tiempo, porque era muy celosa. Ella era bastante mayor que él, pero muy bella, y siempre andaba elegantísima, muy maquillada y llena de joyas. La china sospechaba que su marido andaba en malos pasos, pero no tenía forma de pescarlo, porque cada vez que Ching Ling Foo se le escapaba para meterse en el carromato de Chiquita, usaba un encantamiento que la ponía a dormir profundamente.

En esa parte del libro, Chiquita explicaba que sus noches de pasión con Ching Ling Foo fueron únicas, porque si el chino era un artista de la magia en el escenario, en la cama no se quedaba atrás. Valiéndose de trucos y sortilegios, lograba que sus cuerpos levitaran y, flotando en el aire, le prodigaba las caricias más sutiles y estremecedoras. En la intimidad, él le decía Loto del Trópico y le cantaba acompañándose con una especie de contrabajo de una sola cuerda.

La primera vez que hicieron el amor ocurrió algo muy interesante. Cuando se encueraron, el chino le pidió que se quitara el talismán, porque, según él, de esa bolita de oro salían unos efluvios tan poderosos que impedían que se le parara el pito. Cuando Chiquita lo complació, Ching Ling Foo aprovechó para observar de cerca el amuleto y entonces exclamó con malicia:

—¡Así que mi Loto del Trópico forma parte de la secta de los pequeños!

Chiquita le juró que no sabía de qué hablaba y le suplicó que le explicara qué secta era esa. Entonces, para que nadie pudiera escuchar lo que iba a revelarle, él hizo unos pases mágicos, el carromato se llenó de un humo colorado tan espeso que casi podía amasarse y le susurró al oído:

—No entraré en detalles, porque lo poco que voy a decirte podría costarme amanecer tieso y con la lengua llena de alfileres. Has de saber que, en tiempos muy remotos, gentes como tú crearon una sociedad secreta que todavía existe y, a través de ella, han logrado cambiar más de una vez el curso de la historia. Aunque aún no hayas sido convocada, en algún momento te pedirán que formes parte de la hermandad. Este talismán no deja duda de que eres una de sus elegidas.

A Chiquita aquello le pareció delirante, pero tuvo que admitir que podía ser cierto, pues tanto Rozmberk, el librero judío, como el detective Sweetblood habían mencionado, antes de morir, la existencia de una hermandad formada por enanos. De ser verdad que esa organización existía, dedujo, era muy probable que tanto la viuda de Tom Thumb como el Conde Magri formaran parte de su directiva. Pero ¿cuáles eran sus fines? ¿De qué medios se valían para lograrlos? ¿Habían sido obra suya las muertes del dueño de La Palmera de Déborah y de los dos detectives? ¿Y cuándo la convocarían, si, como acababa de asegurarle Ching Ling Foo, la posesión del amuleto la vinculaba a esa hermandad? Harto de tantas preguntas, el mago chasqueó los dedos, la dejó muda y siguió haciéndole el amor en el más absoluto silencio.

Después de eso, el chino nunca quiso volver a hablar de la secta. «No pienses en eso hasta que llegue el momento», le aconsejaba cuando ella intentaba sonsacarle más detalles. Poco a poco, Chiquita terminó haciéndole caso y le restó importancia al asunto. «Ya me preocuparé el día que alguien me toque el tema», se decía.

El mago y la enana siguieron viéndose durante un tiempo, hasta que se les fastidió el romance. Parece que una noche a Ching Ling Foo se le olvidó hacerle el hechizo adormecedor a su esposa, o la magia le falló. El caso es que la mujer lo siguió y lo vio entrar en el carromato de Chiquita. Entonces, como Rústica se quedaba de guardia a la entrada, para evitar que molestaran a los amantes, se le acercó y con un pase mágico la dejó paralizada. Porque la china no sería maga, pero después de tantos años al lado de Ching Ling Foo algo se le había pegado. Cuando abrió la puerta y los sorprendió desnudos y abrazados, flotando encima de la nube de humo colorado, ¿qué crees que hizo la muy cabrona? Pues sacó un pomito lleno de vitriolo que tenía escondido en la túnica, con la intención de echárselo encima a Chiquita y desfigurarla.

La suerte fue que en ese instante Rústica recobró el movimiento y, justo cuando la esposa se disponía a vengarse, la haló por una pierna. La mujer perdió el equilibrio, soltó el frasquito y a quien le cayó el vitriolo en la cara fue a ella. Empezó a gritar y a maldecir como una loca (en chino, por supuesto) y toda la gente del *Midway* dejó sus carromatos para averiguar qué pasaba.

Si el vitriolo desfiguró a la china o no, nunca se supo, porque Ching Ling Foo hizo uno de sus trucos y su mujer y él desaparecieron más rápido que inmediatamente. Pero, a partir de esa noche, ella siempre se cubría la cabeza con un velo espeso. Unos aseguraban que un lado de la cara le había quedado espantoso. Otros decían que no, que el vitriolo apenas la había salpicado y que sólo tenía una quemadura insignificante en el lóbulo de una oreja, pero que como era tan vanidosa, no dejaba que se la vieran. El caso es que ni para hacer el *show* se quitaba el velo. Si dejó de ponérselo cuando prosiguieron su gira por Estados Unidos, o cuando volvieron a Europa, no sabría decírtelo. Pero Chiquita me aseguró que hasta el primero de noviembre, en que la exposición internacional de Omaha cerró sus puertas, la esposa del mago anduvo con la cara tapada.

Un escándalo como ese no le convenía a nadie, así que con dolor de sus almas los amantes tuvieron que separarse. Chiquita estaba tan agradecida con Rústica por haberla salvado del vitriolo, que le dijo que le pidiera cualquier cosa que quisiera. ¿Y qué crees que le pidió? Que descansara un poco de los hombres, porque aquel entra y sale de machos del carromato la tenía harta. Chiquita, que podría tener sus defectos, pero era una mujer de palabra, le concedió el deseo. Durante un tiempo mucho más largo de lo que Rústica había imaginado, se comportó castamente.

Si piensas que mientras estuvo en Omaha Chiquita se desentendió de lo que pasaba en el mundo, estás en un error. Leer los periódicos se había convertido en un vicio para ella. Cada vez que tenía uno en las manos, se acordaba de Patrick Crinigan con una mezcla de ternura y de nostalgia, y lo primero que hacía, como es lógico, era buscar las noticias relacionadas con Cuba. En esos cinco meses pasaron un montón de cosas. Por fin, después de muchas semanas esperando la orden del presidente McKinley, las tropas americanas desembarcaron en la isla, con los cowboys de Roosevelt a la cabeza. Entraron por Guantánamo, ahí tuvieron su primera pelea con los españoles y, después de ganarles, siguieron para Santiago de Cuba.

Parece que a los cowboys nadie les explicó cómo era el clima de la isla, porque fueron a la guerra con uniformes de lana y con unas latas de comida que, en cuanto las abrían, se echaban a perder por el calor. No pienses que las tropas americanas estaban formadas sólo por blancos. En Cuba también pelearon dos regimientos de negros, pero de esos casi nadie se acuerda nunca: los Rough Riders de Roosevelt les robaron el *show*.

Bueno, el caso es que los *marines* les dieron una paliza a los soldaditos españoles. Y digo soldaditos porque España había reclutado a muchos culicagaos de dieciséis y diecisiete años y los habían zumbado para este lado del mundo casi sin saber disparar un rifle. Y es que, como dijo el primer ministro Cánovas del Castillo antes de que el anarquista Golli se atravesara en su camino, con tal de no perder su colonia favorita ellos estaban dispuestos a sacrificar hasta su último hombre y hasta su última peseta.

A todas esas, Estrada Palma convenció a los jefes mambises para que se pusieran a las órdenes del mando americano, diciéndoles que así se alcanzaría más rápido la independencia. Lo que nunca imaginaron fue que, cuando Santiago de Cuba se rindió, los *yankees* no dejaron que las tropas del general Calixto García entraran en la ciudad. ¡Eso fue una mariconada, porque ese triunfo, vamos a dejarnos de cuentos, se debió en gran medida a los mambises, que eran unos valientes! A ver, ¿qué les hubiera costado dejar que las tropas cubanas entraran junto con las americanas? Pero no, ellos querían hacerle creer al mundo que habían ganado esa guerra solitos y en menos de diez semanas. Lo más probable es que hasta les diera vergüenza desfilar al lado de los mambises, que parecían unos zarrapastrosos. Yo te digo una cosa: con o sin intervención del norte, la independencia de Cuba ya era un hecho. Los cubanos hubieran tardado un año o tres en sacar a los gallegos de la isla, pero tarde o temprano habrían ganado la guerra. Sin embargo, las cosas son como son y no como uno quisiera que hubieran sido, y a los ojos del mundo esa fue una victoria de Estados Unidos.

Con el pretexto de que estaban en guerra contra España, los americanos aprovecharon para meterse también en Puerto Rico y en las islas Filipinas. Mientras Chiquita trabajaba en la exposición de Omaha, los españoles pidieron la paz y se hizo una reunión en París para ponerle fin al enfrentamiento. Reunión a la que, por supuesto, no invitaron a los mambises ni, muchísimo menos, a los puertorriqueños ni a los filipinos. Allí España firmó un tratado en el que no sólo se comprometió a sacar sus tropas para siempre de Cuba, sino que también le cedió a Estados Unidos dos de sus posesiones: Puerto Rico y Guam. En cuanto a las Filipinas, costó mucho llegar a un acuerdo, pero al final España tuvo que darlas a cambio de veinte millones de dólares.

Si a todo eso sumas que poco antes McKinley había firmado la anexión de Hawai, entenderás por qué, a partir de entonces, las seis grandes potencias empezaron a mirar con más respeto a Estados Unidos. Ellos habrían llegado tarde al reparto del mundo, pero querían ser tomados en serio. En esos días, Chiquita se acordó mucho de la reina Liliuokalani, que tanto se había opuesto a la anexión, y tuvo ganas de escribirle diciéndole cuánto sentía que Hawai hubiera perdido su independencia para convertirse en una propiedad de los americanos. Pero ¿adónde le mandaba la carta? Esa mujer no hacía sino viajar de una ciudad para otra.

Tal y como había vaticinado Crinigan, el tiburón se había comido a las sardinas. A Chiquita esa nueva costumbre de Estados Unidos de tragarse a cuanta islita hallaba en su camino no le gustaba nada. Le parecía una especie de... vejamen. Era como si, de pronto, un desconocido se metiera a la fuerza en su carromato y abusara de ella aprovechándose de que no podía hacer resistencia. ¿Es que se podía disponer de otros, ya fueran países o personas, sólo por tratarse de liliputienses? Para su consuelo, dentro del mismo pueblo americano (de eso se enteró también leyendo los periódicos) hubo gente que no vio con simpatía lo de Hawai y Filipinas. Unos protestaron por considerarlo un acto de vandalismo. Otros, porque les parecía repugnante incorporar a la Unión razas y culturas tan diferentes de la blanca, y se quejaban de que ya tenían suficiente con lidiar con los negros y tratar de civilizarlos.

—Por suerte, con Cuba no va a pasar eso —le comentó a Rústica—. Los americanos se quedarán allá sólo hasta que seamos capaces de gobernarnos.

—¿Y acaso los cubanos somos bobos o qué? —protestó la sirvienta—. Si supimos pelear tantos años, ¿cómo no vamos a saber gobernarnos?

—¡Malagradecida! —la regañó Chiquita—. No escupas la mano de quien te ayuda.

De Omaha, Chiquita siguió para San Francisco, donde se pasó como siete meses trabajando en una de las ferias de Bostock. Por cierto, allí volvió a encontrarse con Liliuokalani, quien, comprendiendo que ya esa era una causa perdida, había dejado de batallar por la independencia de Hawai. En aquel momento lo que la desvelaba era recuperar el montón de acres de tierra que le habían usurpado o conseguir que, por lo menos, Washington le pagara una indemnización. Le había mandado cartas al Presidente, al Senado y al Congreso haciendo el reclamo, pero nadie parecía hacerle caso y eso la tenía en ascuas.

La reina estaba de luto. Su sobrina, la princesa Kaiulani, había muerto hacía unas semanas, en Honolulu, víctima de una extraña fiebre reumática. «En realidad, Kaiulani nunca quiso el trono», le reveló a Chiquita, con lágrimas en los ojos. «Quizás su padre tuvo esa fantasía, pero ella no.» Liliuokalani estaba arrepentida de haberse distanciado de la joven. «Todo fue un malentendido. Aquella noche, en casa de la señora Piper, los muertos se ensañaron conmigo, me confundieron con sus calumnias y lograron que me enemistara con mi sobrina, pero ella era una muchachita dulce y buena», le aseguró.

Hasta esa fecha, todos los intentos de la médium de Boston por comunicarse con la difunta Kaiulani para hacerle llegar sus disculpas habían sido inútiles. Ninguno de los espíritus auxiliares de la Piper había logrado encontrar a la princesa en los recovecos del Más Allá. No obstante, la ex reina no perdía la fe. Al fin y al cabo, de eso vivía ella: de esperanzas. Era una optimista nata. Por eso seguiría dando la batalla hasta obtener el perdón de su difunta sobrina y hasta lograr que Washington le pagara por las tierras que le habían arrebatado.

De San Francisco, Chiquita saltó a Cleveland, donde actuó otros cuatro meses con un éxito tremendo. Bostock seguía arrebatado con ella. Si pajarito volando Chiquita le pedía, pajarito volando le daba. Pero cuando quiso llevársela para otra exposición internacional que iban a hacer en Filadelfia, ella le dijo que llevaba demasiado tiempo trabajando sin parar y que quería tomarse un largo descanso para viajar por Europa. Al domador aquello le cayó como un jarro de agua fría, pero entendió sus razones y no trató de retenerla.

Chiquita se fue a Nueva York, pero no se alojó en The Hoffman House, como siempre había hecho, sino que se metió en el Waldorf, que era mucho mejor hotel. Y es que después de vivir tanto tiempo en los carromatos de los *Midways*, quería disfrutar del mayor lujo posible. Para algo se había roto el lomo durante meses y más meses, cantando, bailando, firmando retratos y dándoles la mano a miles de desconocidos.

Estando en el Waldorf se enteró, por uno de los señores de la Junta Cubana (el de la verruga en la nariz), que su hermano Juvenal había muerto de una peritonitis poco después de volver a Matanzas con los grados de capitán. El pobre, tanto batallar por la independencia y nunca pudo ver a Cuba totalmente libre. Porque acuérdate de que en ese momento la bandera que ondeaba en el Morro todavía era la americana: Cuba no fue república hasta 1902. Aquello le dio muy duro a Chiquita, pero lejos de deprimirse, se puso a pensar en lo corta que era la vida y en lo necesario que era sacarle el jugo. «Primero Manon y ahora Juvenal», le dijo a Rústica. «Parece que los Cenda estamos condenados a irnos jóvenes de este mundo.» Y ahí mismo tomó la decisión de que, mientras le llegaba el turno de estirar la pata, trataría de gozar lo más que pudiera.

Antes de tomar el trasatlántico que la llevó a Francia, Chiquita trató de averiguar qué habría sido de Crinigan. No había vuelto a saber de él y en el *World* ya no salían artículos suyos. Llamó a la redacción del periódico para tratar de localizarlo y ahí fue cuando le contaron que, al finalizar la guerra, el irlandés había renunciado a su puesto para quedarse en Cuba. Según le dijeron, vivía en La Habana y se dedicaba a dar clases de inglés.

Bueno, después de eso Chiquita pasaba a hablar de su viaje a Europa, de lo cómodo que era el barco y lo apacible que fue la travesía, y de cómo Rústica y ella llegaron sin problemas al puerto de Le Havre. Días antes de salir de Nueva York, le había puesto un telegrama a la Bella Otero anunciándole que pensaba pasarse unas semanas en París, y la bailarina española le mandó otro brindándole su *hôtel particulier* y advirtiéndole que se ofendería *terriblemente* si se enteraba de que se hospedaba en cualquier otro sitio.

Y aquí me tomo un descanso, porque por suerte para ti, y sobre todo para mí, que ya estoy aburrido de exprimirme las neuronas para recordar lo que la enana puso en su biografía, los capítulos veinte y veintiuno se salvaron de chiripa del ciclón y de las polillas.

Capítulo XX

Chiquita presencia el triunfo de un compatriota en las Olim-
piadas. La Bella Otero le enseña París. Visita a Toulouse-Lau-
trec y triste historia de la Goulue. En el Pabellón de las Musas
con el conde Robert de Montesquieu. Chismes de un «secreta-
rio» argentino. La diosa de estuco de la Exposición Universal.
El Bois de Boulogne. Sabios consejos de la demi-mondaine
Émilienne d'Alençon.

En garde!...
Los esgrimistas adelantaron sus armas y se miraron
con ojos desafiantes a través de las ranuras de las caretas.

Uno de ellos, un rubio de mentón cuadrado y anchas
espaldas, sostenía su acero con la mano derecha. El otro, mucho más joven, lo hacía con la izquierda. Era un muchacho
alto, flaco, de pelo y ojos muy negros, al que parecía tenerle sin
cuidado que la mayoría del público simpatizara con su rival.

Êtes-vous prêts?...
Allí estaba Chiquita la tarde del 14 de junio de 1900,
en una galería abarrotada del jardín de las Tullerías, presen-
ciando, en primera fila, la final de la competencia de espada
de los Juegos Olímpicos de París. El campeón francés Louis
Perrée se enfrentaba a Ramón Fonst, un cubanito de diecisiete años que había ganado en todas las eliminatorias sin recibir una *touche.* El combate por la medalla de oro había sido
pactado a un golpe.

Allez!
Los dos *tireurs* se estudiaron un instante y enseguida
el más corpulento se abalanzó sobre su contendiente. El joven se agachó para esquivarlo y, con la ligereza de un baila-
rín, hizo que el botón entintado de la punta de su espada dejara una mancha en la chaquetilla blanca de Perrée.

Los espectadores aplaudieron el elegante *passato,* pero los jueces declararon inválido el golpe, argumentando que no había sido limpio. El marqués de Chasseloup Laubat, un respetado *sportman* que estaba sentado al lado de Chiquita, auguró que al joven *Rrramón* iba a resultarle muy difícil vencer a Perrée.

—Y no por falta de destreza —aclaró—. El *gamin* es endiabladamente hábil.

El problema, a su entender, estaba en el reglamento de la lid, un tanto confuso, y, sobre todo, en aquellos jueces que se resistían a aceptar que un espadachín de las Antillas pudiera superar al *champion de France.*

De nuevo se oyó el *En garde!,* y en esa ocasión fue Fonst quien se lanzó al ataque como una centella, estampando en el antebrazo de su adversario una nueva señal de tinta. Esa vez la discusión del jurado fue tan larga que algunos espectadores comenzaron a abuchear. Finalmente, volvieron a descalificar el golpe.

El marqués puso los ojos en blanco y resopló, indignado por el veredicto:

—*Merde alors!* Ha acertado dos veces y esos idiotas se niegan a admitirlo.

El cubano estaba irritado, era evidente, pero se esforzó por disimularlo. Volvió a la posición de *garde* y, en cuanto el combate se reanudó, empezó a hacer amagos de golpes y a avanzar y retroceder por la pista. De pronto, Perrée adelantó su espada con ímpetu e intentó tocar al joven, pero fue Fonst quien lo alcanzó en pleno pecho, dejando una tercera marca, aún más notoria que las dos anteriores, en su chaquetilla.

La gente comenzó a vociferar de entusiasmo y, en medio del barullo, Chiquita reflexionó, con melancolía, sobre lo veleidosa que podía ser la condición de ídolo. En cuestión de minutos, Perrée había perdido a sus seguidores. En cuanto los jueces reconocieron la victoria del cubano, el público lo paseó en andas por el recinto. A Chiquita le hubiese gustado acercarse a su compatriota y felicitarlo. Pero ni soñar con meterse en semejante barahúnda.

—Desde que llegué a París he sido testigo de muchas cosas sorprendentes —le gritó al marqués de Chasseloup Laubat, tratando de hacerse oír en medio de los vítores—, pero ver a un D'Artagnan cubano coronarse campeón olímpico quizás haya sido la más asombrosa.

Y, llegando a la conclusión de que después de aquello ya nada podría asombrarla en la Ciudad Luz, volvió a su hotel y le dio instrucciones a Rústica para que preparara el equipaje. Habían sido cinco meses y medio muy intensos. ¿Demasiado, tal vez?

A mediados de enero, la Bella Otero había acogido afectuosamente a Chiquita en su *hôtel particulier* de la Avenue Kléber. La misma tarde de su llegada, la subió en su calesa entelada en satén azul, regalo de uno de sus más generosos amantes, el millonario americano Vanderbilt, y comenzó a mostrarle París, su ciudad adoptiva, aderezando el paseo con todo tipo de extravagantes comentarios.

Empezaron, como era natural, por el Arc de Triomphe, porque la casa de la española quedaba a pocas cuadras de allí, y tomaron la Avenue des Champs-Élysées hasta llegar a la Place de la Concorde. A Chiquita, que había leído de niña un libro sobre la Revolución Francesa, le pareció ver cómo rodaban las cabezas ensangrentadas de Luis XVI, María Antonieta y Madame du Barry, pero la Otero, sin darle tiempo para ensueños históricos, le pidió al cochero que las condujera al barrio de La Madeleine, para mostrarle los restaurantes de moda, y a continuación desfilaron frente a la Opéra Garnier («¿No es como un enorme pastel de bodas?»), a la Comédie Française («Guárdame el secreto: Racine es el mejor somnífero»), al Palais Royal («Ahí vivió alguien muy importante, pero no me preguntes quién») y, por supuesto, a Les Galeries Lafayette. Enseguida buscaron la Rue de Rivoli, para pasarle por delante al Musée du Louvre, y bordeando el Sena hasta el Pont d'Iéna llegaron junto a la torre Eiffel.

Según la Bella, todavía muchos parisinos seguían sin acostumbrarse a esa edificación y la calificaban de espantosa.

«Hay quienes se tapan los ojos para no verla», se burló. «Pero a mí me simpatiza.» Y la comparó con una de esas mujeres grandes, huesudas y sin gracia que, sin que nadie sepa bien cómo, se las ingenian para ser seductoras. «Al Moulin Rouge», ordenó de inmediato, caprichosamente, sin preguntarle a Chiquita si estaba aburrida o fatigada. Y después de recorrer media ciudad sólo para echarle un vistazo, como una exhalación, al famoso cabaret de Montmartre, escenario de algunos de sus triunfos, decidió que ya era hora de volver a casa. «Con esto ha sido más que suficiente», dijo. «Además, hoy actúo en el Marigny y quiero que vayas a verme.»

Esa noche Chiquita comprobó que la adoración que sentían en París por Carolina Otero no era ningún cuento. El espectáculo incluía diversos números —desde imitadores y *chanteuses* hasta tragaespadas y perros acróbatas—, pero el plato fuerte era la pantomima en un acto *Una fiesta en Sevilla*. El argumento era muy sencillo: un torero moría, asesinado por su novia celosa, cuando esta se enteraba de sus amores con la gitana Mercedes, interpretada, naturalmente, por la Bella. En la obrita, Carolina sólo cantaba una tonada, al entrar a escena, y luego todo era pantomima y danza. Pese a ser gallega por los cuatro costados, el público estaba convencido de que ella era la quintaesencia de la mujer andaluza y aplaudió a rabiar cuando reapareció vistiendo una torera que había hecho adornar con cientos de piedras preciosas. Chiquita quedó admirada, no tanto por la chaqueta, que encontró demasiado ostentosa, sino por la gracilidad con que su anfitriona se movía con semejante peso encima.

Pero lo inesperado sobrevino al final, cuando se abrieron las cortinas y la Bella avanzó hacia el proscenio para saludar. La esposa de un caballero que estaba enamorado de la «andaluza» se puso de pie en la platea y, sacando un revólver que llevaba oculto en su manga *gigot*, le disparó a la bailarina. Por suerte no dio en el blanco, pero el escándalo fue mayúsculo.

—Magnífico —exclamó la Bella cuando regresaban a casa—. Gracias a esa estúpida, el teatro estará de bote en bote hasta el final de la temporada. ¿Y sabes qué es lo más simpático del caso, Chiquita? Que entre su marido y yo nunca ha habido ni podrá haber nada. ¡El pobre ni siquiera tiene una cuenta en Cartier!

En los tres años que llevaban sin verse, la Otero se había consolidado como una de las más deseadas y caras *demi-mondaines* de París. Según ella, las únicas que estaban a su altura eran Émilienne d'Alençon y Cléo de Mérode. Con ambas se llevaba de maravillas y compartía algunos amantes. Había otras que pretendían ostentar la misma jerarquía que ellas, pero en realidad no eran más que *horizontales* con ínfulas de grandeza. «Sí, querida, hay que darse su lugar y tener pocos hombres, pero ricos», la aleccionó. «Quien se prodiga demasiado, pierde categoría.»

De todas, sin discusión posible, ella era la consentida del *tout Paris*. Un periodista acababa de escribir un artículo recomendando que la exhibieran, como uno de los tesoros nacionales, en la Exposición Mundial que pronto abriría sus puertas en la ciudad. ¡Y no era broma! El prestigio del hombre que conseguía llevarla del brazo a un té del hotel Ritz o al hipódromo de Longchamp subía hasta las nubes en un instante. Mimí d'Alençon, rellenita y con un simpático monóculo, era un encanto, y Cléo, la más joven de las tres, volvía locos a los hombres con su aire aniñado y sus orígenes aristocráticos. Pero ninguna de las dos podía vanagloriarse de haber tenido a media docena de coronas de Europa sentadas a la misma mesa, rindiéndole homenaje. No, no era una exageración: la noche que Carolina Otero cumplió treinta años, el Maxim's cerró sus puertas al público para que Leopoldo II de Bélgica, el káiser Guillermo de Alemania, el zar Nicolás II de Rusia, el príncipe Alberto de Mónaco, el príncipe de Gales y el rey Alfonso XIII de España pudieran disfrutar de una velada íntima con ella.

—Nos divertimos horrores, bailé descalza para los seis y me hicieron regalos espléndidos —le contó la *demi-mondaine*—. Mi único temor era que, al terminar la fiesta, tendría que escoger sólo a uno para llevármelo a la cama. Pero ¿a cuál? No quería que ninguno se sintiera ofendido. Por suerte, ellos mismos resolvieron el lío. Como Alfonso XIII era el más joven, decidieron que él sería el afortunado. Y así mismo ocurrió. Esa noche, el rey de España entró a mi dormitorio siendo un chiquillo, y a la mañana siguiente salió convertido en todo un hombre.

Algo que sorprendió a Chiquita fue el desdén que su anfitriona sentía por «el hada electricidad». Luego supo que los aristócratas y los estetas consideraban de buen tono mantenerse fieles a la luz de las velas. A la Bella tampoco le agradaba el teléfono, porque, en su opinión, responder a un timbre era «cosa de criados». Tenía uno porque era un lujo, pero rara vez lo usaba: prefería comunicarse con sus amistades mediante notas que les enviaba con el cochero.

Cuando salía a la calle, la Otero siempre lo hacía luciendo preciosos vestidos de Worth y de Madame Paquin, pero dentro de la casa le gustaba estar cómoda, así que se olvidaba de los tacones y de los corsés, y andaba desgreñada, con un peinador y en chinelas. Dormía la mañana y religiosamente, antes de planificar su día, se tomaba una copita de anís y jugaba un solitario con su baraja.

Convencida de que a Toulouse-Lautrec le interesaría pintar a Chiquita, la llevó hasta su estudio para que se conocieran. El pintor las recibió malhumorado, en una silla de ruedas y con un terrible tufo a alcohol. Estaba dando las pinceladas finales a un cuadro dedicado a Mesalina y pronto resultó evidente que, exceptuando su corta estatura, la cubana y él nada tenían en común. Tan petulante y grosero se mostró, que la visita duró muy poco.

—No le hagas caso —trató de disculparlo la Bella Otero—. Acaba de salir del manicomio y ha perdido la *joie de vivre* —y le contó que a todas sus desgracias el enano sumaba la de estar perdidamente enamorado de Louise Weber, una bailarina sin corazón, más conocida por el sobrenombre de *la Goulue* (la Tragona).

Esa mujerzuela, que en su juventud se había ganado la vida como lavandera y modelo de pintores, llegó a convertirse en la reina del Moulin Rouge por el descaro con que bailaba el *chahut*, levantando hasta la nariz sus piernas enfundadas en medias negras y dejando entrever lo que había bajo sus enaguas. Toulouse-Lautrec la pintó una y otra vez, se volvió loco por ella y no le importaban las burlas con que la Goulue recibía sus palabras de amor. Y es que, para empeorar las cosas, a ella, más que los caballeros, lo que le atraían eran las hembras. Sin embargo, andando el tiempo, cometió la estupidez de quedar embarazada y tuvo que dejar el cabaret. Ese fue el fin de su carrera de bailarina. Después de dar a luz, nadie quiso volver a contratarla.

A la Goulue le dio por beber, se volvió hueso y pellejo, y sólo consiguió trabajo en un circo de mala muerte, donde la exhibían en un carromato, metida en una jaula, como si se tratara de una fiera. Cada vez que alguien echaba una moneda en un platón de lata, ella levantaba una pierna como si estuviera en el Moulin Rouge. Para librarla de esa humillación, Toulouse-Lautrec le pidió que se casara con él, pero la Goulue le contestó que prefería su triste destino a convertirse en la esposa de un medio hombre. Entonces, lo único que pudo hacer el pintor para tratar de ayudarla fue decorar, del modo más llamativo posible, las paredes del carricoche en el que su amada deambulaba por los villorrios. Con semejante historia sentimental a cuestas, ¿cómo no iba a ser un amargado?

Para resarcir a Chiquita, la Otero la llevó hasta Neuilly, en los suburbios. Allí, en una residencia bautizada como el *Pavillon des Muses*, vivía el conde Robert de Montesquieu, a quien le presentó como «un gran escritor, el hombre más exquisito de Francia y el apóstol de los *bons vivants*».

El conde encontró a Espiridiona Cenda «*simplement charmeuse*» y enseguida llamó a Gabriel de Yturri, su secretario y amante argentino, para que la viera. A la cubana le agradó saber que Montesquieu era muy amigo de Sarah Bernhardt y todos se llevaron una sorpresa cuando reveló que la actriz era una antigua conocida suya.

—En estos días está ensayando *L'Aiglon,* el nuevo drama que le escribió nuestro querido Rostand, y tiene los nervios de punta —le informó el conde.

—Motivos no le faltan —comentó el suramericano, acariciando un aristocrático gato que se había acomodado en su regazo—. Va a interpretar al duque de Reichstadt, el hijo de Napoleón.

—¡No me digan que otra vez hará de macho! —soltó la Otero.

Los caballeros asintieron y Montesquieu lamentó esa manía que había cogido la actriz de interpretar roles masculinos.

—El año pasado fue Hamlet y, antes, el Lorenzaccio de Musset —recalcó con sorna—. Ella se justifica diciendo que ya nadie escribe buenos papeles femeninos, pero si sigue con ese capricho, la gente empezará a creer que es una *anfibia.*

Todos se echaron a reír menos Chiquita, que no había captado el chiste, y entonces Yturri, hablándole por primera vez en castellano, le dijo:

—Así llaman acá a las tríbadas.

—¡Ah! —exclamó la liliputiense, y al instante inquirió—: Pero ella, ¿lo es?

—Esa, querida, es lo que yo llamo *une bonne question* —repuso Montesquieu, entornando los ojos y arreglándose la flor que llevaba en el ojal—. Sarah ha incursionado ocasionalmente en ese género, pero no es su fuerte. Claro que en los últimos tiempos ser lesbiana se ha vuelto *très chic* y cada vez son más las mujeres que calzan las *krepis* doradas de Safo: desde las de buena familia hasta las *cocottes.*

—A mí me sacan de ese pastel —se defendió la «andaluza»—. Admito que un par de veces probé ese fruto, pero lo encontré insípido y no lo he vuelto a comer.

—Ya sabemos que a usted, en Lesbos, no se le ha perdido nada —la tranquilizó el aristócrata—. Lo dije pensando en Valtesse de la Bigne, en Mimí d'Alençon, en Lina Cavalieri, en...

—¡Calle usted! —lo interrumpió teatralmente la Otero, tapándose las orejas—. ¡No mencione un nombre que me causa jaqueca sólo de oírlo!

Para cambiar de tema, Yturri empezó a pasar revista a los chismes del día. Empezó contándoles que en Montparnasse acababa de abrir sus puertas un elegante y discreto establecimiento donde los caballeros, previo desembolso de una fuerte suma, podían observar cómo varias jovencitas se solazaban haciendo todo tipo de juegos sexuales con perros y monos de gran tamaño. ¿Y quién había estado entre los primeros clientes? Pues Monsieur Edwards, el magnate de la prensa.

—¡Ese asqueroso! —intervino la Otero—. Hace poco coincidimos en el Ritz y, después de marearme una hora hablando de la necesidad de separar la Iglesia del Estado, se atrevió a proponerme que lo acompañara a su casa. ¡Pretendía que hiciera caca en un plato, delante de él, para luego comerse el mojoncito con un tenedor de oro!

—Pero, *ma belle* —se impacientó Montesquieu—, todo el mundo sabe que Aldred Edwards es un coprófago impenitente.

—¿Un qué? —inquirió la «andaluza».

—Un *comemierda*, literalmente —repuso Yturri, para simplificar la explicación, y continuó con su repertorio de chismes.

¿Sabían que Boni de Castellane, harto de su esposa americana, andaba gritando a los cuatro vientos que su dormitorio conyugal era «la cámara de las torturas»? Qué paradoja: un hombre tan devoto de lo bello, obligado a vivir, por los caprichos del destino, con una millonaria fea.

¿Y ya conocían la última desventura de Jean Lorrain, el escritor que se delineaba los ojos con *khôl* para que le lucieran más profundos y místicos, y que cada vez que podía publicaba crónicas hablando pestes del arte de la Otero? El muy idiota había invitado a merendar a un plomero tosco, pero *suprêmement beau,* que le estaba haciendo unos arreglos en el cuarto de baño, y le había servido pastelillos enchumbados en éter para atontarlo y poder disfrutar de sus atributos. Pero, cuando ya lo tenía sin pantalones y le estaba lamiendo *aquello* de lo más entusiasmado, el plomero se despabiló, y de la furia casi lo estrangula. Esa noche Lorrain tuvo que asistir a la velada operática de la vizcondesa de Trepen y, como no podía aparecerse allí con las huellas de las manazas del plomero estampadas en el cuello, se le ocurrió envolvérselo, desde la nuez de Adán hasta las clavículas, con una banda de terciopelo bermellón, y hacer creer que se trataba de una nueva moda...

También les contó una noticia relacionada con la escultura de veintiséis pies de altura que iban a situar a la entrada de la Exposición Universal: una diosa, subida en una esfera dorada, que simbolizaría a la Villa de París. Según se rumoraba, Cléo de Mérode había escrito al comité organizador brindándose para que la usaran como modelo sin cobrar un centavo. Pero los señores de la Exposición se limitaron a darle las gracias, y a decirle que la tendrían en cuenta, pues estaban barajando los nombres de varias candidatas.

Durante unos minutos, Chiquita se desentendió del parloteo de Yturri y dejó vagar la mirada por la colección de vasos de Gallé que adornaba el salón donde se hallaban; pero al oírlo hablar del terrible constipado que por esos días padecía Alfred Dreyfus, volvió a prestarle atención. En Estados Unidos había leído mucho sobre aquel capitán judío acusado de espiar para los alemanes y condenado a prisión perpetua en la Île du Diable, el infernal presidio de la Guyana. Sus defensores, con Émile Zola a la cabeza, lograron que se le hiciera un segundo juicio, en el que volvió a ser declarado culpable. A raíz de eso, Loubet, el nuevo presidente de Francia, le había otorgado su perdón, y Dreyfus, admitiendo esa solución que lo dejaba en libertad, aunque sin reconocer su inocencia, se había refugiado en Carpentras con sus hermanas.

—Mal hecho —pontificó el conde—. Debió esperar por la absolución total. ¿Por qué aceptar un perdón si no se tiene culpa alguna?

—Es fácil hablar así cuando no se han sufrido años de confinamiento solitario y se goza de buena salud —ripostó la Otero—. Además, en cuanto se recupere, él seguirá batallando para probar su inocencia.

Acto seguido todos se interesaron por saber si Chiquita estaba a favor o en contra de Dreyfus. No, no era un asunto baladí: ese escándalo tenía dividida a la nación en dos bandos inconciliables. Ellos, como la mayoría de los escritores, los pintores y la gente de teatro, eran *dreyfusards,* es decir, partidarios de que el proceso de Dreyfus se reabriera una vez más, se le exonerara de toda acusación y le fueran devueltos sus grados de capitán. ¿Se sumaría Chiquita a sus filas? Era importante que se definiera, y cuanto antes mejor, porque dondequiera que llegara la gente la sondearía para averiguar su postura y tratarla como a una aliada o a una enemiga. Para la Bella, el asunto no tenía la menor complicación: «A favor, si resistes a los judíos, y en contra si quieres que la tierra se abra y se los trague».

—¿De qué lado está la Bernhardt? —preguntó la cubana.

—En el de los defensores, *naturalmente*—dijo el conde.

—Entonces, ahí estaré también yo.

Tras esa tranquilizadora declaración, Yturri prosiguió con su sarta de chismes. Aquella visita fue muy instructiva para Chiquita, pues descubrió que el pasatiempo favorito de los elegantes de París era despellejarse los unos a los otros.

De regreso a casa, la Bella Otero quiso saber qué le habían parecido el conde y su secretario. «Muy agradables los dos, sobre todo Monsieur de Yturri», dijo su huésped. «Ah, sí, no hay duda de que esa viborilla se ha pulido mucho y puede ser encantadora», admitió Carolina. «Cuando llegó a París, Yturri se ganó la vida como vendedor de corbatas en la boutique Carnaval de Venise, hasta que el barón Doasan lo sacó de allí y lo hizo su amante. Pero no duraron mucho juntos, porque Montesquieu se prendó de él, se lo robó al barón y, para tratar de aristocratizarlo, le puso un *de* delante del apellido. A eso llamo yo tener suerte en la vida: salir de Argentina con una mano delante y la otra detrás, y terminar en la cama de un descendiente de D'Artagnan. Pero de esto, ni una palabra a nadie. Aunque, según dicen, el conde sólo se acostó una vez con una mujer (al parecer, con la Bernhardt) y después estuvo vomitando veinticuatro horas, ha retado a duelo a más de uno por tildarlo de sodomita.»

Nina (ese era el nombre que sus íntimos daban a Carolina Otero) pospuso el paseo por el Bois de Boulogne hasta que Chiquita dispusiera de una *toilette* apropiada. A fin de cuentas, allí era donde el *tout Paris* abría o cerraba sus puertas a los advenedizos. Su primera aparición en el Bois tenía que ser irreprochable. Así que la arrastró a la *maison de couture* de Madame Paquin, en la Rue de la Paix, y la puso en manos de la modista.

Mientras una de sus asistentes le tomaba las medidas, la Paquin les reveló, muy emocionada, que acababan de nombrarla presidenta del Departamento de Moda de la Exposición Universal. Ella sería la encargada de vestir a la gran diosa y tenía pensado sorprender al público con algo dramático. «Un vestido princesa negro, cerrado en la espalda con *infinidad* de botoncitos, y una *enorme* capa de armiño», soñó en alta voz.

—¿Y ya decidieron quién servirá de modelo para la estatua? —preguntó con tono desdeñoso, mientras estudiaba sus largas y pulidas uñas, la Bella Otero.

—Aún no —repuso la modista—. Hay varias candidatas y no se sabe a cuál escogerán. Tengo entendido que Cléo se brindó, y Mimí, y también...

—Sí —se apresuró a interrumpirla la «andaluza», temiendo que dijera un nombre que no tenía el menor deseo de escuchar—, supongo que habrá muchas dispuestas a hacer cualquier cosa con tal de ser elegidas.

—Y no las critico —repuso Madame Paquin—. Esa escultura será la representación de las beldades parisinas. Quien le sirva de modelo, se consagrará —y con malicia, inquirió—: Dime la verdad, querida, ¿no quisieras que la diosa tuviera tu cara y tu figura?

—No necesito de esos trucos para cotizarme —replicó Carolina—. Sin estatua, no doy abasto. Esta tarde, por ejemplo, tengo que atender a Léo, y por la noche cenaré con Bertie.

A esas alturas ya Chiquita sabía algunas cosas. Por ejemplo, sabía que *Léo* era Leopoldo II, el rey de Bélgica, el hombre más rico del mundo, y que *Bertie* era el príncipe de Gales, un cincuentón coqueto y amante de las diversiones al que su madre, la reina Victoria, asignaba una exorbitante cantidad de dinero para que se dedicara a viajar y no le diera dolores de cabeza en Londres. Y sabía, además, que lo primero que había hecho Nina al volver a su casa, después de visitar a Montesquieu y a su argentino en el Pabellón de las Musas, había sido escribir varias notas a amigos muy queridos para que intercedieran a su favor y lograran que la diosa fuera hecha a su imagen y semejanza.

Cuando Chiquita dispuso de un ajuar digno del Bois de Boulogne, la Bella Otero la arrastró hacia allá. El paseo le produjo una impresión indeleble. Nunca había imaginado que tanta gente de alcurnia, en su mayor parte hermosa y elegante, pudiera darse cita en un mismo sitio. Unos iban en carruajes; otros, a caballo, y no faltaban los excéntricos que preferían pedalear en triciclos... ¡Incluso algunas mujeres, luciendo atrevidos pantalones bombachos!

El Bois era un laberinto de senderos sombreados por árboles centenarios, con jardines, estanques llenos de cisnes y un sinfín de pérgolas, glorietas y cafés donde departían aristócratas, plebeyos millonarios, artistas, políticos, militares, señoritas casaderas y *cocottes*... Si alguien no estaba allí, sencillamente *no estaba;* así que, para dejar constancia de su existencia e importancia, los viejos y nuevos ricos, los nombres de moda de la sociedad y quienes pretendían ser admitidos en esa selecta lista, se veían obligados a desfilar con frecuencia por sus alamedas. Deambulaban, exhibían sus atuendos y sus joyas, y se admiraban, cortejaban y criticaban en aquella floresta que Chiquita, maravillada, comparó con una especie de mar revuelto en el que desembocaba, como un caudaloso río, la Avenue des Champs-Élysées.

La Otero y ella se bajaron de su carruaje, con pieles de Doucet y enormes sombreros adornados con flores, frutas y cintas, y haciendo equilibrio sobre sus tacones se dirigieron hacia la cascada, uno de los rincones más concurridos del bosque.

«Enderézate, querida, que todos nos miran», masculló la *demi-mondaine* y, para darle el ejemplo, respiró profundo y sacó pecho. Pero no sólo las miraban (con admiración unos, con envidia otros, con asombro todos), sino que también se acercaban a saludarlas, a decirles galanterías y a averiguar quién era la *petite beauté* que, aunque apenas sobrepasaba las rodillas de la Bella, caminaba a su lado con tanto garbo. ¿Se trataba, acaso, de una liliputiense andaluza?

—*Non, elle est cubaine* —explicaba, con una pícara sonrisa, Carolina—. Es Chiquita *de* Cenda, la artista que volvió locos a los americanos con sus canciones y sus danzas.

Allí estaban, con sombreros de copa de seda negra y bastones con empuñaduras de piedras preciosas, Robert de Montesquieu y su argentino, quienes se brindaron para acompañarlas. Durante el paseo, el conde y la Otero le presentaron a la cubana a un montón de celebridades: los escritores Dumas hijo y Valéry, la actriz Réjane, el compositor Reynaldo Hahn (un caraqueño que apenas chapurreaba el español y que era el amante de Marcel Proust) y Boni de Castellane y su adinerada esposa (esta última, por cierto, no era *tan* fea como el cínico de su marido proclamaba). El debut de la *petit comédienne cubaine* fue un éxito. Mathilde Bonaparte, sobrina del primer Napoleón, una distinguida momia de ochenta años de edad, le hizo prometer que asistiría a una de sus tertulias; y la bellísima Émilienne d'Alençon, después de estudiarla de pies a cabeza con su excéntrico monóculo, le auguró el mayor de los éxitos si se decidía a seguir sus pasos y los de Carolina en el mundo de las mujeres galantes.

—El escenario puede darte, quizás, la fama, pero un hombre apasionado pondrá a tus pies mucho más que eso —la aleccionó Mimí. Quién mejor que ella, que había empezado su carrera desde abajo, como domadora de conejos en un circo de mala muerte, para saberlo. Tras haber tenido una hija con un gitano lanzador de puñales, su vida parecía condenada a la pobreza y el fracaso. Pero, afortunadamente, Dios se apiadó de ella y puso en su camino a un anciano duque que la sacó del circo y la llenó de joyas—. El teatro es un escaparate para exhibirte, pero jamás te hará rica. Los hombres son unos tarados y, con esa cara de querubín y tu adorable tamañito, harás con ellos lo que te plazca —y dirigiéndose a Carolina, le comentó—: Estoy segura de que Léo y Bertie enloquecerían con ella, ¿verdad? Y lo mismo el marajá de Kapurthala, ese otro pervertido.

—¡Aburrida estoy de repetírselo, pero tiene la cabeza más dura que un adoquín! —se quejó la «andaluza»—. Ojalá a ti te haga caso.

—Cuando se llega al mundo con el don de enardecer a los hombres, es un crimen no sacarle partido —disertó la D'Alençon—. El secreto está en tener el coño caliente y la sesera fría.

—A mí me han regalado palacetes y hasta soy dueña de una isla (que nunca he sabido bien dónde queda) que me dio Mutsuhito, el emperador de Japón —siguió la Otero—. Si te lo propones, tú puedes conseguir eso y mucho más.

—Eso sí, mientras más alto apuntes, mejor —dijo Mimí—. Recuerda el refrán: «Si te acuestas con un burgués, eres una puta; si lo haces con un rey, eres la favorita».

Como hacía cada vez que le hablaban de convertirse en prostituta de lujo, Chiquita «amarró» la cara y, como ni Carolina Otero ni Émilienne d'Alençon tenían un pelo de tontas, de inmediato cambiaron de tema. ¿Y de qué podían conversar dos *cocottes* de principios de 1900, sino de la diosa de la Exposición Universal? El asunto tenía en ascuas a mucha gente. Aunque la Exposición abriría sus puertas a mediados de abril, seguían sin escoger a la modelo que usarían para hacer la escultura. La Bella fingió que el asunto la tenía sin cuidado, pero su colega no se dejó engañar.

—A otro perro con ese hueso, Nina —canturreó—. Sé que has movido cielo y tierra para que te elijan. Pero, entérate, me dijeron de muy buena tinta que Monsieur Moreau-Vauthier, el escultor, no quiere inspirarse en ninguna *cocotte*. El muy idiota piensa que eso le restaría mérito a su creación.

—Pues que se meta su estatua por el culo —dijo la Bella y soltó una carcajada salvaje que hizo que medio Bois de Boulogne se volviera para admirarla.

Casi al finalizar el paseo, Chiquita notó con extrañeza que Montesquiou, Yturri y la «andaluza» pasaban junto a un grupo de damas y caballeros sin tomarse la molestia de saludarlos. ¿Por qué violaban una regla de cortesía tan elemental?, se preguntó. El conde adivinó su pensamiento y, casi sin separar los labios, le dijo: «Esos odian a Dreyfus».

Capítulo XXI

Tercer encuentro con Sarah Bernhardt. Inesperada partida de la Bella Otero. La elegida de Moreau-Vauthier. La diosa de la belleza. Généreuse, la gallina de los huevos de oro. Chiquita arriesga su vida. Canallada parisina o La venganza de Gabriel de Yturri. La deslumbrante Liane de Pougy. La peste de Lesbos.

Cuando Chiquita le mandó una segunda nota a Sarah Bernhardt comentándole que ya llevaba varias semanas en París y recordándole que le encantaría verla, y por toda respuesta recibió un incómodo silencio, decidió olvidarse de ella. O la actriz estaba muy ocupada con el estreno de *L'Aiglon* (lo cual era comprensible, pues encarnar a un príncipe de diecisiete años cuando se tenía más de tres veces esa edad no era cosa de juego) o, simplemente, ya no se acordaba de ella. Así pues, decidió desentenderse del asunto y se dedicó a disfrutar de París dando largos paseos en la calesa de satén azul que su anfitriona había puesto a su servicio, a veces en compañía de la Otero, a veces junto a Rústica.

Según el conde de Montesquieu, Sarah la recordaba perfectamente, sólo que andaba como loca aprendiéndose su papel y ensayando con la compañía. Chiquita debía ser paciente. La Bernhardt era así: cuando preparaba un estreno, no tenía cabeza para otra cosa. El día menos pensado amanecería con unas ganas imperiosas de verla y enviaría un coche por ella.

Así sucedió. Un lunes, a media mañana, Chiquita fue convocada a la mansión de la francesa, quien la recibió vistiendo el ceñido uniforme del ejército napoleónico, con altas botas de cuero, el cabello rojizo recogido dentro de una gorra y una espada en la mano. «No, no estoy loca», aclaró la actriz mientras la alzaba para besarle las mejillas. «Desde hace unas semanas no me quito estas ropas porque quiero llevarlas con la mayor naturalidad posible en el escenario.» Y como Edmond Rostand, el autor de *L'Aiglon*, estaba también en el salón, le presentó en el acto a su *petite amie cubaine*, alabando la calidez de su voz y la ligereza de sus danzas.

—¡Yo le abrí las puertas de Nueva York! —fanfarroneó y, de improviso, se le ocurrió una idea descabellada—: Querido Edmond, aún estamos a tiempo de añadir un papel a la obra para que lo desempeñe Chiquita —al notar que el dramaturgo no se entusiasmaba en lo más mínimo, insistió—: Sí, sí, no seas perezoso. Imagínate que, en el sexto acto, cuando el duque esté en su lecho de moribundo —aquí tosió quejumbrosamente, para que Rostand pudiera «ver» mejor la escena—, aparezca un ángel volando y le diga algo, no sé qué, un par de estrofas muy poéticas. ¡Chiquita estaría perfecta en el rol del ángel!

Para alivio del escritor, la visitante se apresuró a explicar que estaba en París de vacaciones y que, de momento, subirse a un escenario no formaba parte de sus planes. Además, su francés podría ser aceptable en una charla entre amigos, pero no para recitar en público los versos de Monsieur Rostand. Y de prisa, antes de que Sarah pudiera arrebatarle la palabra, le preguntó por Cuco, el manjuarí que le había regalado durante su último encuentro. ¿Dónde lo tenía? ¡Estaba deseosa de verlo!

La Bernhardt adoptó una expresión compungida y le informó que Cuco había muerto poco tiempo después de llegar a París.

—Al parecer, no pudo adaptarse al agua de nuestros grifos —dijo, y al punto, dando por cerrado el tema, exclamó entornando los ojos como una gata mimosa—: ¿Y qué es de la vida de aquel apuesto joven, tu primo? Tan tímido, en apariencia, pero con un torrente de lava corriéndole por las venas... ¿Lo trajiste contigo?

—Oh, no. Segismundo vive ahora en...

No pudo concluir la frase. Al oír las campanadas de un reloj, Rostand se quejó de que tampoco ese día llegarían a tiempo al ensayo y auguró que, al paso que iban, la obra no estaría lista para la fecha anunciada. «Quizás sea mejor posponer el estreno», sugirió. «¡Por encima de mi cadáver!», repuso Sarah y, agitando una campanilla, le pidió al mayordomo que acompañara a Chiquita. Ya tendrían tiempo de hablar las dos, con calma, cuando *L'Aiglon* fuera un éxito. Y a manera de despedida, le señaló la puerta, mientras miraba al cielorraso y declamaba: *«Lève les yeux au ciel —et vois passer un aigle!».**

Espiridiona Cenda salió de la casa de la Bernhardt entristecida por la suerte de Cuco. Por el camino, Rústica intentó consolarla, aunque sin mucha vehemencia, porque aquel «pescado tieso» jamás había sido santo de su devoción. Días más tarde, el conde de Montesquiou y el argentino le revelaron cuál había sido el verdadero destino del manjuarí. Ellos estaban en el salón de Sarah la noche en que el pez casi le arranca un dedo de una dentallada y habían sido testigos de cómo la actriz, enfurecida, había desterrado a las aguas del Sena al «traidor». Pero en aquel momento Chiquita no sabía nada de eso, creía que el manjuarí había muerto, así que llegó con el moco caído a la casa de la Bella Otero.

En cuanto entró, un criado le entregó una carta de la «andaluza». En ella le explicaba que razones de fuerza mayor la obligaban a ausentarse unos días. Había olvidado por completo el compromiso de desfilar en una de las carrozas del carnaval de Niza y no podía defraudar a sus admiradores. Como lo más probable era que después se diera un saltico hasta Montecarlo, para tentar a la suerte en las ruletas del casino, no podía decirle con exactitud cuándo estaría de vuelta. Pero eso carecía de importancia: su casa y su servidumbre

---

* «Elevo los ojos al cielo —¡y veo pasar un águila!» (verso del segundo acto de *L'Aiglon*, de Edmond Rostand).

quedaban a su entera disposición. Eso sí: le recomendaba mucho tino al escoger nuevas amistades, porque si bien en París había muchas personas de calidad, también abundaba la gentuza despreciable. Y para que no se sintiera abandonada, les había rogado al conde de Montesquieu y a su «secretario» que la llevaran de vez en cuando a sitios interesantes. «*Un bezo*», escribía en español, graciosamente, para concluir.

La falta de ortografía hizo sonreír a Chiquita y, lejos de molestarse por tan abrupta partida, se sorprendió sintiendo pena por la pobre Nina, obligada a fingirse andaluza quién sabe si hasta el fin de su vida. Una noche de confidencias, la Bella le había hablado de su infancia de niña pobre en una aldea de Galicia y de cómo a los diez años un truhán la había violado en un camino. Pero ¿no era un sinsentido sentir compasión por Carolina Otero, la favorita de un puñado de monarcas, alguien que se daba el lujo de apostar un dineral en la ruleta y que reía, displicente, si la fortuna la ignoraba?

Al día siguiente, a la partida de su anfitriona se sumó una nueva sorpresa. Monsieur Moreau-Vauthier, el artista designado para hacer la diosa de la Exposición Universal, la visitó para pedirle que le sirviera de modelo. Días atrás la había visto caminar por el bosque de Boulogne y estaba fascinado con ella.

—En un primer momento, sólo tuve ojos para la silueta imponente de la Otero —reconoció—, pero en cuanto la descubrí, *mademoiselle,* supe que era usted la musa por la que aguardaba.

—Agradezco la lisonja —repuso Chiquita—. Pero, habiendo tantas mujeres preciosas, ¿por qué encapricharse conmigo? ¿A quién se le ocurre inspirarse en alguien como yo para hacer una escultura gigante?

Moreau-Vauthier restó importancia a la objeción:

—Bastará con aumentar las proporciones, respetándolas fielmente —y enseguida agregó—: Han tratado de imponerme, de modo sutil o directo, a otras candidatas, pero desde el principio dejé claro que, si no podía hacer la diosa a mi manera, renunciaría al encargo. No me haga quedar mal, se lo suplico.

—Pero soy cubana, y esa estatua debe representar la belleza de las parisinas.

—¿Y desde cuándo la belleza tiene carta de ciudadanía?

Tanto insistió el escultor, que Chiquita prometió darle una respuesta en veinticuatro horas y, al quedarse sola, trató de que el amuleto del gran duque Alejo la ayudara a tomar la decisión. En vano. ¿Para qué seguía pidiéndole señales, si la esfera de oro llevaba un montón de tiempo sin latir, destellar ni ponerse caliente? Debía buscar consejo en otra parte. Al caer la tarde se dirigió al Pabellón de las Musas y después de disculparse con Gabriel de Yturri por lo intempestivo de su visita, le contó la disyuntiva en que se encontraba. Como toda mujer, tenía su vanidad y la idea de servir de modelo para una estatua tan importante la tentaba, pero se preguntaba si eso podría afectar su reputación.

—Estoy muy confundida —dijo—. Me gustaría complacer a Monsieur Moreau-Vauthier, pero sin pagar el precio de que me confundan con una *cocotte*. Además, me preocupa darle un disgusto a Carolina, que tan gentil ha sido conmigo. Sospecho que, aunque ella finja lo contrario, tiene la esperanza de ser la diosa.

El argentino estuvo de acuerdo en que la situación era delicada y consideró que se imponía consultar al conde.

—Hágalo, querida —dictaminó Montesquiou, sin pensarlo dos veces, con la autoridad que le otorgaba su condición de príncipe de los estetas de París—. Eso sí: exíjale a Moreau-Vauthier que no divulgue su nombre. Su identidad deberá permanecer en el más absoluto secreto. Naturalmente, Gabriel y yo susurraremos en unos pocos y escogidos oídos quién sirvió de modelo para hacer la estatua —aclaró con malicia—. Usted niéguelo siempre, con modestia. Cúbrase con un manto de prudencia y misterio, que nosotros nos encargaremos de que el *tout Paris* sepa la verdad. Y tocante a Mademoiselle Otero, no se preocupe demasiado por herir sus sentimientos. Ella tiene el pellejo más duro de lo que usted imagina. Además, puesta a elegir, le parecerá preferible que usted sea la diosa... y no cierta rival a la que odia con todas sus vísceras.

Así pues, durante las semanas siguientes y con la mayor discreción, Chiquita posó para el escultor. Rústica la acompañaba hasta el *atelier* y hacía guardia cerca de ella, como un cancerbero, cuando la liliputiense se quedaba en traje de Eva. Para comenzar, Moreau-Vauthier la dibujó en un atril. Luego hizo construir una enorme estructura de hierro y alambre que primero forró con paja, a continuación cubrió con yeso y, por último, con arcilla. Entonces empezó a modelarla y, poco a poco, el parecido entre la figura y Chiquita resultó innegable. Era como si una potente lupa hubiese multiplicado el tamaño de la hija de Matanzas, sin alterar la armonía de sus rasgos y de sus formas: sus veintiséis pulgadas de estatura se convirtieron en veintiséis pies.

¿Que existió un romance entre el escultor y su modelo? Calumnias. Habladurías sin fundamento. El único vínculo que los unió fue estético. Chiquita fue su ideal femenino, su Venus. Su paradigma, en miniatura, de los encantos que debía reunir una mujer.

Tal y como había prometido, Moreau-Vauthier no reveló el nombre de su musa. Pero, a medida que el trabajo se acercaba a su final, Chiquita empezó a darse cuenta de que, cuando iba con Yturri al bosque de Boulogne o a la tertulia de Mathilde Bonaparte, la gente la miraba con renovada incredulidad. Incluso más de una vez oyó murmurar a su espalda: «La diosa, la diosa». Pero, siguiendo las instrucciones del conde, no se dio por aludida.

Cuando la escultura estuvo lista y Madame Paquin se disponía a confeccionar el traje negro y la capa de armiño con que planeaba vestirla, Chiquita recibió un telegrama de la Bella. En él, le explicaba que aún tardaría en volver a París. Un millonario turco, al que había conocido frente a los tapetes verdes de Montecarlo, la había «raptado» y la tenía en su yate, navegando por el Mediterráneo...

Chiquita tardó en comprender que la Bella Otero había sido muy considerada al llamar «viborilla» al secretario del conde de Montesquieu. En realidad, Gabriel Yturri (así, sin el *de*) era la más ponzoñosa de las sierpes: un cruce de cascabel con cobra real. Detrás de su apariencia inofensiva y etérea, el argentino escondía un alma oscura y turbulenta, que se complacía urdiendo las venganzas más refinadas. ¿Cómo Chiquita pudo ser tan ingenua y no percatarse de ello? Por falta de indicios no fue. La tarde que visitaron el Louvre, mientras admiraban la *Victoria de Samotracia*, el mismo Yturri se desenmascaró al contarle, de lo más divertido, cómo había puesto en ridículo a cierta marquesa que se negó a incluirlo en la lista de invitados de cumpleaños. El día de la fiesta, muy temprano, hizo llegar una nota a cada uno de los convidados, usando el mismo tipo de papel que la aristócrata, avisándoles que la *soirée* estaba suspendida.

—Nadie asistió y, del disgusto, la bruja tuvo un colapso nervioso —dijo, cubriéndose la boca con un guante, y soltó una risita malévola—. El conde disfrutó muchísimo mi *espièglerie*.

¿*Travesura?* En realidad había sido una revancha desmedida, propia de una sensibilidad enfermiza. Sin embargo, en ese momento a Chiquita su ocurrencia le pareció graciosa. Gabriel de Yturri podía ser terrible *con otros,* pero con ella era siempre muy cariñoso.

El tiempo la hizo cambiar de idea. Aunque se vanagloriaba de ser su ángel guardián y de adorarla, el amante de Montesquieu no dudó en hacerla víctima de una de sus sofisticadas canalladas. Sí, *canallada,* ese era el único calificativo que se podía dar a su comportamiento. ¿Por qué actuó así? El motivo, aunque resulte raro, fue una gallina, y se explicará a continuación.

En París todo el mundo sabía que el arrogante Robert de Montesquieu provenía de un linaje muy ilustre. Lo que nadie tenía claro era cómo se las arreglaba para llevar una vida llena de lujos. Y es que, según los *connaisseurs*, sus rentas y propiedades no eran nada del otro mundo. Incluso se comentaba que, años atrás, los acreedores lo habían acosado con tanta saña, que tuvo que vender retratos de sus antepasados para saldar algunas deudas.

Pero, súbitamente, las finanzas del conde se sanearon sin que tuviera necesidad de inmolarse, como Boni de Castellane, contrayendo matrimonio con una americana rica. ¿Cómo lo logró? Era un enigma insondable. ¡Nadie lo sabía! Hasta que un día, sin proponérselo, Espiridiona Cenda lo descubrió.

Esa tarde estaba en el Pabellón de las Musas, esperando por el conde y el argentino en el sofá de un saloncito, cuando, de pronto, la cortina de brocado que cubría una de las puertas se movió y por debajo de ella se asomó una gallina rojiza y sin plumas en el gaznate, de esas que el vulgo llama *pescuecipelás*.

¿Qué hacía una gallina caminando por aquel piso de mosaicos de alabrastro y madreperla? Chiquita se erizó y un escalofrío le recorrió la espina dorsal de arriba abajo, pues sufría de *alektorophobia* aguda. Las aves de corral le producían terror. Desde niña, Cirenia y Minga le habían repetido innumerables veces que cualquiera de esos monstruos emplumados podía sacarle un ojo de un picotazo.

La *pescuecipelá* avanzó errática y despreocupadamente, como si estuviera sola en la habitación. ¿No habría notado la presencia de la liliputiense, o se hacía la distraída adrede, para ignorarla? Al principio, Chiquita creyó que se trataba de una intrusa que se había colado en la residencia por un descuido de la servidumbre. Pero la naturalidad con que el animal picoteaba las patas de los muebles, en busca de insectos imaginarios, y el desparpajo con que abría y cerraba las alas para resfrescarse, le hicieron sospechar que estaba habituada a moverse por habitaciones exquisitas.

Por fin, la gallina se detuvo, volteó la cabeza y miró al sesgo, con displicencia, a la paralizada Chiquita. Acto seguido, se subió al sofá con un aleteo vigoroso, raspó el tapizado con sus patas y se acomodó cerca de ella. Durante un minuto interminable permaneció en actitud de concentración, cloqueando bajito, y después se lanzó al piso y empezó a correr como loca, de un lado a otro, mientras cacareaba de modo ensordecedor, anunciando que había puesto un huevo.

Chiquita extendió una mano temblorosa y acarició la postura. Aún estaba tibia, pero no se trataba de un huevo común y corriente. Era dorado y, al tratar de levantarlo, notó que pesaba mucho. «Es de oro, de oro macizo», concluyó, estupefacta y sobrecogida. «¿Estaré perdiendo la razón?» Pero no, no: estaba en sus cabales. Ese huevo áureo podría ser inverosímil, pero era *real*.

En ese instante, Yturri irrumpió en el salón, se abalanzó sobre la *pescuecipelá* y la atrapó. Entonces, con notorio malhumor, se volvió hacia la aún boquiabierta Chiquita, le arrebató el huevo y se lo guardó en un bolsillo.

—Eres mala, mala, mala —amonestó el argentino a la gallina, que había enmudecido del susto—. ¿Por qué te escapaste, Généreuse? El conde te tiene prohibido salir de *ta chambre* —y mirando de reojo a Chiquita, agregó con voz helada—: No te quejes si un día me enojo contigo y te retuerzo el pescuezo.

Como si lo hubiera entendido, la gallina comenzó a chillar y a retorcerse, pero Yturri la calló de una sacudida.

Chiquita intentó balbucear algo. ¿Una pregunta? ¿Acaso una disculpa por haber visto, de forma involuntaria, algo indebido? Nunca se supo, pues Robert de Montesquieu, haciendo su entrada en la habitación, se adueñó de la palabra:

—Sí, querida, aunque resulte difícil de creer, esta es *la poule aux œufs d'or* —exclamó con su desenvoltura característica, como tratando de restarle importancia al incidente—. Años atrás, yo también pensaba que las gallinas capaces de poner huevos de oro de veinticuatro quilates sólo existían en los cuentos de hadas. Hasta que Généreuse llegó a mi vida y la cambió. ¡Adiós preocupaciones! Cada vez que pone un huevo, lo guardamos en la caja fuerte y, dos o tres veces al año, Gabriel y yo viajamos al extranjero, los llevamos a una fundición para que los conviertan en lingotes y luego se los vendemos a un banquero de Salzburgo.

»Cuando la trajimos a vivir con nosotros, transformamos uno de los dormitorios en un gallinero donde ella pudiera gozar de todas las comodidades imaginables. Gabriel es el único que tiene llave de esa habitación y él mismo se encarga de darle la comida y de cambiarle el agua. El problema es que, como fue criada al aire libre, en el patio de un castillo del Loira, a Généreuse no le hace ninguna gracia estar encerrada. Así que a cada rato se las ingenia para fugarse y darnos un susto. Hasta ahora siempre hemos podido encontrarla cuando se escapa o ha regresado a casa al caer la noche, por su propia voluntad. Pero... ¿y si un día la perdemos para siempre? No quiero ni pensar qué sería de nosotros.

Y mirando con expresión de reproche a su secretario, se lamentó:

—Es una pena que también hoy, por un imperdonable descuido, se haya escapado.

—Nadie ha sabido ni debe saber que el conde es dueño de esta gallina —recalcó Yturri, ignorando la alusión, mientras acariciaba con un dedo la cresta de la *pescuecipelá*—. Es un secreto —y mirando a los ojos a Chiquita, le dijo en castellano—: Por un animal como este, *cualquiera mataría*. Apreciaremos mucho su discreción.

—De mi boca no saldrá ni una palabra sobre Généreuse —aseguró la liliputiense, usando también su idioma materno, y trató de ignorar el impertinente cloqueo con que *la poule aux œufs d'or* pareció burlarse de su vehemencia. De inmediato se volteó hacia el conde y le repitió la promesa, pero en francés.

—No esperaba otra cosa de usted —dijo Robert de Montesquiou y, como para sellar un pacto tácito, le indicó al argentino, con un movimiento del mentón, que le entregara a Mademoiselle Cenda el huevo de ese día. Ella, al principio, no quiso aceptarlo, pero el conde puso fin a su reticencia rogándole que lo guardara como un testimonio de su amistad.

Chiquita cumplió su promesa: sólo le enseñó el huevo de oro a Rústica, pero sin contarle de dónde lo había sacado. Sin embargo, ser tan reservada no le sirvió de mucho. A los pocos días, Montesquieu le comunicó, muy abatido, que por alguna misteriosa razón Généreuse no había vuelto a poner más huevos. De nada había servido doblarle su ración de maíz ni tampoco rogarle o amenazarla. Después del encuentro con Chiquita, la gallina parecía haber perdido el don (o las ganas) de producir oro puro.

—Le hemos dado muchas vueltas al asunto tratando de hallarle una explicación a su comportamiento, pero no logramos entender qué puede haberle sucedido —se lamentó el argentino, y enseguida inquirió—: Cuando se quedaron solas en el salón, ¿usted hizo o dijo algo que pudiera ofender a Généreuse?

—¡Claro que no! —se defendió la cubana—. Es más, ni siquiera la miré a los ojos, porque las gallinas me dan pánico.

—No se exalte, querida —la tranquilizó el conde—. Ni Gabriel ni yo pretendemos culparla de esta tragedia. Sólo queremos rogarle que hable con Généreuse. Quizás, si ella la ve de nuevo, todo vuelva a la normalidad.

Aunque estaba segura de que el plan no daría resultado, Chiquita accedió a ir con ellos al Pabellón de las Musas y a que la metieran en la lujosa *chambre* de la gallina. Al principio, como en su primer encuentro, Généreuse trató de ignorarla. Pero cuando Chiquita empezó a improvisar un discurso para convencerla de que debía volver a poner los huevos de oro, la *pescuecipelá* pareció salirse de sus cabales. La miró con rabia, empezó a cloquear grave y amenazadoramente y, de pronto, con un cacareo histérico, se abalanzó sobre ella y empezó a perseguirla y a lanzarle furiosos picotazos.

Mientras corría por el cuarto, Chiquita pensó que aquel era el último día de su vida y, qué cosa tan extraña, lo único que le vino a la mente fue la imagen de Patrick Crinigan. Sin mucho éxito, intentó ahuyentar a Généreuse con su sombrilla, pero lo único que consiguió fue ponerla aún más furiosa. Por suerte, cuando el monstruo con plumas ya la tenía acorralada en un rincón y abría y cerraba secamente el pico, como si se dispusiera a vaciarle las cuencas de los ojos, Montesquieu y el argentino oyeron sus gritos, entraron al lujoso gallinero y lograron rescatarla.*

A partir de ese día, Gabriel de Yturri empezó a tratarla diferente. En apariencias seguía tan cordial y afectuoso como de costumbre, pero Chiquita notaba que no era el mismo de antes. Pese a haber arriesgado su vida para ayudar a Montesquieu, seguía achacándole el problema de Généreuse. En su fuero interior, aunque careciera de pruebas, estaba convencido de que ella era la culpable de que no pudieran contar con los huevos de oro. Y por eso la hizo víctima de una de sus retorcidas venganzas: en lugar de advertirle que se estaba metiendo en un lío, el muy ladino se quedó callado y la dejó intimar con la persona que Carolina Otero aborrecía más sobre la faz de la Tierra.

Una mañana, cuando Chiquita y Rústica volvían a casa, después de dar una vuelta por el Bois en la calesa de la Bella Otero, divisaron un carruaje varado en el medio del camino. Una de sus ruedas había sufrido un desperfecto y una dama agitaba un pañuelo pidiéndoles ayuda. Cuando estuvieron más cerca y Chiquita la pudo ver mejor, el corazón le dio un vuelco, ordenó al cochero con su vocecita más chillona que parara *immédiatement* y se brindó para transportarla hasta su residencia.

---

* Cándido Olazábal coincidió conmigo en que el episodio de Généreuse tenía un carácter excesivamente fantasioso y resultaba difícil de creer. Sin embargo, según me contó, Rústica le juró por los huesos de su abuela que había tenido el huevo de oro en sus manos. «Si lo puso o no una gallina, no se lo puedo asegurar, pero no le quepa duda de que el huevo existió», le dijo.

La joven le dio las gracias y, mientras acomodaba su delicado trasero en el asiento frente al de ella, le sonrió. (Ah, qué dentadura la suya, qué deliciosos hoyuelos los de sus mejillas y qué endiabladamente bien le sentaba ese sombrero del tamaño de una rueda de molino). Si alguna duda le quedaba a Chiquita de que aquella era la mujer más hermosa que había visto en su vida, en ese instante desapareció, y dándole un codazo por las costillas a Rústica, la instó a recoger los pies y a ocupar el menor espacio posible, de modo que la señorita pudiera hacer el viaje con la mayor comodidad...

Así fue como conoció a Liane de Pougy.

¿*Conoció?* No, rectifico. No es ese el verbo adecuado, no le hace justicia a lo que sucedió esa mañana. Más que conocerla, Chiquita se deslumbró con ella, fue cautivada sin remedio por su encanto y su inteligencia, se convirtió en su más rendida admiradora. ¿Qué era esa fascinación que la obligaba a mirarla con fijeza, corriendo el riesgo de resultar impertinente; ese arrebato que le coloreaba las mejillas; ese remolino de sentimientos confusos que le cortaba el aliento? ¿Sería, acaso, víctima de un hechizo? ¿Algún Puck travieso le habría dado a beber un filtro amoroso? Nunca había experimentado algo semejante. O mucho se equivocaba o era amor a primera vista. Pero... «¿Amor por otra mujer?», se preguntó, desconcertada.

Mientras trataba de sostener con su invitada un diálogo que tuviera un mínimo de coherencia, no dejaba de hacerse preguntas y de barajar respuestas, todo a una velocidad de vértigo. ¿Estaba en sus cabales? Hasta ese día, la posibilidad de sentirse atraída por otra fémina nunca le había pasado por la mente. Claro que, como dice el refrán, para todo existe una primera vez. ¿Y a qué sabrían los besos de las tríbadas? Algo le hacía suponer, y sintió un cosquilleo lúbrico al imaginarlo, que serían más voluptuosos y delicados que los de un varón. Besos capaces de sorber el alma y transportar el cuerpo a los territorios del éxtasis...

Una vez Robert de Montesquieu había comentado en su presencia que en París existían más discípulas de Safo de las que se podía suponer. ¿Era esa la explicación? ¿Estaban las mujeres amenazadas por una especie de plaga contagiosa, que podía infectarlas en el momento menos esperado y trastocar sus sentidos? ¿Existiría la peste de Lesbos? ¡Al diablo! Fuese cual fuese la causa, el efecto resultaba delicioso. Se sentía extrañamente viva y excitada, juguetona y coqueta. Toda una gatica. Y también temerosa de no saber cómo comportarse. ¿Eran ideas de su mente enfebrecida o la esbelta Mademoiselle de Pougy la observaba también con ojos brillantes? ¿Había una promesa secreta en el modo en que una de las comisuras de sus labios se alzaba dulcemente, mientras la oía desvariar? Porque, sin duda alguna, tenía que estar desvariando. Tan ensimismada se hallaba en sus pensamientos, que perdió el hilo de la conversación. ¿De qué hablaban? ¿Del proceso de Dreyfus? ¿De la poesía de Lord Byron? Ah, no, del teatro. De Les Folies Bergère y de l'Olympia. Porque Liane de Pougy era una artista de variedades reverenciada por el público de París y de otras capitales.

—¿Como Mademoiselle Otero? —se le ocurrió preguntar.

—Como ella, pero mejor —bromeó la francesa, y la malicia de su mirada hizo sospechar a Chiquita que la atracción que sentía era mutua.

¿Qué sucedía dentro de esa calesa? ¿Había ondas electromagnéticas, centellas invisibles, flechas del carcaj de Cupido volando para aquí y para allá? En el ambiente se sentía algo fuera de lo común, y Rústica, que tenía muy buen olfato, debió advertirlo, porque de pronto empezó a resoplar, a poner los ojos en blanco y a abanicarse con exageración. Chiquita la ignoró. Si de ella hubiera dependido, habría seguido por toda la eternidad frente a aquella mujer de cuello de cisne, cabellos sedosos y rostro que recordaba el de las vírgenes de Botticelli.

Pero, tristeza, el ensueño llegaba a su final: el cochero acababa de detener los caballos en la Avenue Victor Hugo, justo delante de la casa de Liane de Pougy, y ya le abría la portezuela y la ayudaba a bajar a la acera. ¿Y si no volvían a verse? ¿Y si no coincidían jamás? Chiquita sintió que un cuchillo de hielo le abría un surco en el corazón, pero Liane se encargó de suturar la herida cuando, tras reiterarle las gracias por haberla «salvado», insistió en que tenían que verse de nuevo, y cuanto antes mejor. ¿Por qué no esa misma tarde? ¡Ni una palabra más! ¡No admitía negativas! La esperaba en su casa, para merendar juntas, a las cuatro. Chiquita no pudo hablar de la emoción y se limitó a mover la cabeza, como una muñeca o una idiota, en señal de asentimiento. *«Oui, oui, à quatre heures, je le promets»*, pensó.

—Esa mujer no me cae bien —refunfuñó Rústica en cuanto estuvieron solas.

—Cierra la bemba —repuso, cortante, Espiridiona Cenda—. Nadie te ha pedido tu opinión —y sacando del bolso su relojito, le echó una mirada y se lamentó—: ¡Dios bendito, falta *una eternidad* para las cuatro!

Capítulo XXII

Seguramente querrás saber en qué paró esa atracción entre Chiquita y Liane de Pougy. O, para decirlo por lo claro, si llegaron a reventar o no su tortilla. Pues sí, chico, la reventaron, y debe haberles quedado para chuparse los dedos, porque, aunque Chiquita nunca había probado ese «plato», se aficionó a él y siguió comiéndolo a menudo, por lo menos mientras estuvo en París.

En cuanto llegó a la casa de la Otero, la enana llamó por teléfono a Yturri con el pretexto de saber cómo les iba con Généreuse. «Fatal», le respondió el argentino. «La muy terca no ha vuelto a poner un huevo: ni de oro ni de los otros.»

Entonces Chiquita, tratando de restarle importancia al asunto, le contó su encuentro con Mademoiselle de Pougy y le preguntó si la conocía. Una pregunta retórica, porque ¿a quién no conocía el secretario del conde de Montesquieu?

Además de artista de *vaudeville,* Liane de Pougy era también una cortesana muy cotizada. Pero no siempre se había movido en esos ambientes. Ella, que en realidad se llamaba Anne-Marie Chassaigne, provenía de una familia bretona muy puritana y había sido educada por las monjas de un convento. A los dieciséis años salió del colegio para casarse con un teniente, pero el matrimonio no le duró mucho. Después de tener su primer y único hijo, el marido la sorprendió en la cama con un sargento. Nunca se supo qué lo insultó más: que Anne-Marie le pusiera los tarros o que escogiera a un militar de menor rango para hacerlo. El caso es que sacó un revólver y le disparó a su esposa. Por fortuna sólo le hizo un rasguño en el fondillo. Parece que la pequeña cicatriz que le quedó la acomplejó toda la vida y siempre trataba de disimularla, pero, para que tú veas cómo son las cosas, a sus amantes les fascinaba.

Después de aquel escándalo, Anne-Marie abandonó su hogar y huyó a París, sin saber cómo se las arreglaría para sobrevivir. Por suerte, enseguida dio con Valtesse de La Bigne, una *cocotte* muy respetada que había sido amante de Napoleón III y le había servido de modelo a Zola para crear el personaje de Naná. Valtesse se acostaba con los tipos por dinero, pero su debilidad eran las mujeres, así que en cuanto vio a la bretona decidió convertirse en su protectora. Y en su amante, obvio. Ella fue quien le puso Liane de Pougy y la introdujo en el mundo de las *demi-mondaines* y del lesbianismo.

Pero un día a Liane se le metió entre ceja y ceja que, además de prostituta de lujo, quería ser artista, y logró convencer a Sarah Bernhardt para que le diera unas clasecitas de actuación. No pasaron de la primera, porque enseguida Sarah le dijo: «Liane, si te lo propones podrás triunfar en los escenarios, pero mantente callada y limítate a exhibir tu cuerpo. Tu culo habla mejor que tu boca». Liane siguió al pie de la letra el consejo y así fue como, sin cantar ni recitar, bailando un poquito y haciendo pantomimas y *tableaux vivants,* se convirtió en una estrella del *vaudeville,* primero en París y luego en toda Europa. Para lo que sí tenía talento, y mucho, era para escribir. Publicó varios libros con bastante éxito; pero de eso te hablo luego, para no armar enredos.

La gran rival de Liane era la Bella Otero, quien no podía verla ni en pintura. Una vez, cuando estaban dándose a conocer, Émilienne d'Alençon, Liane y Carolina actuaron juntas en Les Folies Bergère. Mimí y Liane se hicieron amantes en un dos por tres y trataron de convencer a la Otero para que se metiera en su cama, pero ella no quiso oír hablar del asunto.

¿Por qué la española le tuvo siempre esa mala voluntad a Liane, si con las demás cortesanas de lujo se llevaba bastante bien? ¿Por líos de hombres? No creo que haya sido por eso. A Carolina le sobraban los amantes y los desplumaba a su gusto. Además, esas mujeres estaban conscientes de que no tenían la exclusividad sobre ningún rey ni ningún príncipe: ellos saltaban a su antojo de los brazos de una a los de otra. Tampoco creo que le envidiara su físico, porque, aunque Liane era preciosa, los tipos encontraban más buena hembra a la Otero. Me inclino a pensar que esa antipatía tuvo su origen en los chismes de la prensa. Los periódicos parisinos dedicaban mucho espacio a las *cocottes,* porque a los lectores les encantaba estar al tanto de sus conquistas amorosas, de sus viajes, de las joyas que les regalaban sus amantes y de sus rencillas. Era raro el día que la Bella Otero y Liane de Pougy no salían mencionadas en algún artículo. Pero, como la francesa tenía muchos amigos entre los periodistas, algunos empezaron a escribir que ella era mejor artista y mejor puta que la española, cosa que, como es lógico, a Carolina le cayó como una patada en el hígado.

Una vez, las dos llegaron al mismo tiempo a Montecarlo y no tienes idea de lo que fue aquello. Se reunió un gentío para verlas llegar al casino y juzgar cuál era la más seductora. Esa noche la Otero se puso un vestido elegantísimo, se echó encima una cascada de diamantes, esmeraldas y rubíes, y entró como una reina. Todos la aplaudieron y quedaron convencidos de que, por mucho que su rival se esforzara, no podría superarla en belleza. Hasta que, a los cinco minutos, llegó Liane y tuvieron que cambiar de opinión. ¿Sabes lo que hizo la muy zorra para ridiculizar a Carolina? Se apareció con un vestidito de muselina blanca, muy sencillo, y sin aretes, sin collares, sin pulsos, sin broches. Nada, no llevaba ni una joya. Su único adorno era una rosa roja en el pecho. Detrás de ella iba su criada, vestida con su uniforme y cubierta de piedras preciosas de pies a cabeza. El mensaje no podía ser más claro ni más sarcástico. Te imaginarás lo humillada que se sintió la Otero. Por cosas como esas era que no soportaba a Liane.

Pero, escúchame bien, de todo lo que acabo de contarte se enteró Chiquita mucho después. Ese día, cuando habló con Gabriel Yturri por teléfono, él no le comentó nada sobre esa enemistad. Pudo hacerlo, pero el muy taimado prefirió callárselo para meterla en un lío con Carolina. Se limitó a hablar flores de la Pougy, a alabar su refinamiento y su inteligencia, y a aconsejarle que se leyera una novela que la *cocotte* había escrito unos años atrás.*

Esa tarde, a las tres, empezó a caer un diluvio, pero así y todo Chiquita se engalanó, se perfumó y fue a ver a su nueva amiga. Como no quería que Rústica le estropeara la visita, la dejó en casa y le pidió al cochero que la subiera y la bajara de la calesa, cosa que hacía contadas veces, porque detestaba que los criados la tocaran.

Una doncella la recibió y la guió hasta el cuarto de baño. Liane de Pougy estaba metida en una tina de mármol rosado llena de agua espumosa, y la invitó, como si fuera lo más natural del mundo, a que se desvistiera y le hiciera compañía. Por la rapidez con que la criada le quitó la ropa, Chiquita comprendió que en aquella casa recibir a las visitas en la tina era algo común.

Lo que hicieron cuando estuvieron solas y encueras dentro del agua no puedo decírtelo, pues el libro no entraba en detalles sobre eso y no me gusta inventar. Pero supongo que pasarían un rato muy agradable, porque a partir de esa tarde Chiquita se volvió toda una «anfibia» y las citas en la tina se hicieron muy frecuentes.

Con Liane, Chiquita nunca se aburría. A diferencia de la Bella Otero, que sólo hablaba de vestidos y de cómo sacarles plata a los hombres, con ella podía conversar de arte, de historia y de filosofía, y discutir todo tipo de temas de actualidad: desde la nueva ley francesa que limitaba a once horas la jornada laboral de mujeres y niños hasta la guerra de los bóers y los británicos en África del Sur. Juntas fueron a aplaudir a la Bernhardt en *L'Aiglon,* y juntas, también, estuvieron en la apertura de la Exposición Universal.

---

* Seguramente se refería a *L'Insaisissable,* novela publicada por Liane de Pougy en 1898 y dedicada a su gran amigo Jean Lorrain (el mismo de la historia con el plomero).

Para serte sincero, eso último nunca me lo creí. Para mí que era una fantasía de Chiquita. Porque ¿tú te imaginas la multitud que debió reunirse en esa inauguración? ¿Qué puede haber visto, en medio de semejante turba, una piltrafa de mujer como ella? Es más, si realmente asistió, de milagro no la aplastaron. Pero bueno, ella juraba que sí, que estuvo en el acto, oyendo el discurso del presidente Loubet y viendo cómo les ponían condecoraciones a los organizadores de la Exposición.*

El talón de Aquiles de la ceremonia, en opinión de Chiquita, fue que los príncipes, los reyes y los emperadores brillaron por su ausencia. El káiser de Alemania hizo unas declaraciones polémicas, diciendo que, en vista de que el gobierno francés no le garantizaba su seguridad, prefería no ir. El zar de Rusia, Nicolás II, fue más diplomático e inventó una excusa, pero muy pocos se la creyeron. El verdadero motivo de su ausencia era que las relaciones entre Francia y su país se habían enfriado mucho por esos días. Los rusos, que eran los mayores defensores de la causa de los bóers en Europa, estaban encabronados con Loubet y sus ministros porque, para evitarse problemas con los ingleses, no acababan de tomar partido ante el conflicto. Qué paradoja, ¿no?, porque precisamente Rusia era el invitado principal de la Exposición Universal y se le rindieron todo tipo de honores. En cuanto al rey Leopoldo de Bélgica, el príncipe de Mónaco y el príncipe de Gales, que con tanta frecuencia visitaban París para divertirse con sus amantes, tampoco les dio la gana de asistir.

Chiquita y Liane disfrutaron una barbaridad subiéndose en las aceras rodantes, que eran la gran novedad, y yendo en ellas de un extremo a otro de la Exposición. En la puerta principal, sobre una esfera dorada y rodeada de ban-

---

* La Exposición Universal de París se inauguró el 15 de abril de 1900 y permaneció abierta hasta el 12 de noviembre. En ella participaron medio centenar de países y más de ochenta mil expositores. Su número de visitantes se calcula en cincuenta millones; cinco de ellos llegaron del extranjero. Con motivo de la Exposición se construyeron e inauguraron importantes obras, entre ellas el metro de la ciudad.

deras, estaba la diosa de estuco con su capa de armiño. Según la enana, todos los visitantes quedaban fascinados con la escultura y la celebraban mucho.* La gente empezó a decirle *la Parisienne* y a especular sobre quién había sido la musa de Moreau-Vauthier. Unos pensaban que Lina Cavalieri, otros que Yvette Guilbert. Cada vez que pasaba cerca de allí, Chiquita se ponía nerviosa, temiendo que la reconocieran. Pero eso nunca ocurrió. ¿Tú crees que a alguien se le iba a ocurrir que esa renacuaja pudiera ser la modelo de una figura tan gigantesca?

A pesar de que Francia estaba bastante desprestigiada por culpa del caso Dreyfus, la Exposición le quedó buenísima. Los pabellones competían en lujo y originalidad, y en ellos cada país enseñaba sus maravillas. Desde telescopios, cañones y toda clase de máquinas hasta alimentos, productos de tocador y bailes típicos. Aquello fue un inventario del mundo, el adiós al siglo XIX, una oda al futuro. ¡La locura Art Nouveau! Con decirte que hasta se hizo un congreso mundial sobre la electricidad donde, por primera vez, se mencionó la palabra *televisión*. Chiquita arrastró a Liane hasta el Palacio de la Agricultura para ver los últimos adelantos de la producción de azúcar y, al verse entre las centrífugas eléctricas y las modernas máquinas de moler, debió acordarse con nostalgia del destartalado ingenio de La Maruca.

Aunque en ese momento Cuba aún no tenía un gobierno propio, porque desde el final de la guerra la isla la manejaban los americanos, eso no impidió que estuviera presente en la Exposición. Tuvo su quiosco dentro del pabellón de Estados Unidos y allí mostró sus productos: azúcar, tabacos, café, ron, libros, medicinas y un montón de cosas más.

---

* La opinión del poeta nicaragüense Rubén Darío, quien estuvo en la capital francesa durante esos días, fue muy diferente. En su libro *Peregrinaciones* (París, Librería de la Vda. de Ch. Bouret, 1901) se refirió a la escultura usando frases como «el pecado de Moreau-Vauthier» y «la señorita peripuesta que hace equilibrios sobre su bola de billar». Su valoración no pudo ser más despectiva: «Eso no es arte, ni símbolo, ni nada más que una figura de cera para vitrina de confecciones».

Cómo serían de buenos esos artículos, que a la hora de repartir los premios les concedieron ciento cuarenta. ¿Qué te parece? Una isla acabada de salir de una debacle ganó un montón de medallas de oro, de plata y de bronce en París. ¿Quién iba a pensar que, noventa años después, todo ese empuje se perdería y que retrocederíamos hasta la prehistoria? Pero mejor borra eso último, no vaya a ser que esta grabación caiga en manos de la Seguridad del Estado y, viejo y todo como estoy, me metan preso por hablar mal del gobierno.

En esos días, Chiquita conoció a Gonzalo de Quesada, el hombre que tanto había batallado en Washington para poner al Congreso de Estados Unidos a favor de la revolución cubana. Los americanos lo habían mandado a la Exposición como representante de la futura República de Cuba. Según la enana, Quesada le regaló el primer tomo de las *Obras completas* de José Martí. Pero como el libro traía, entre otros poemas, «La bailarina española», ella compró otro ejemplar con la idea de dárselo a la Bella Otero, quien le había inspirado esos versos al Apóstol. La pobre se gastó sus francos por gusto, porque nunca pudo entregárselo. El porqué lo sabrás a su debido momento, no voy a adelantarme a los acontecimientos.*

Una tarde, en la bañera, Liane le leyó a Chiquita fragmentos de la novela que estaba escribiendo. La obra se basaba en un romance real que había vivido, meses atrás, con Natalie, una muchacha de la alta sociedad de Washington que estudiaba pintura en París.** Chiquita quedó muy impresio-

---

* Esta anécdota no puede ser cierta. Aunque, en efecto, Gonzalo de Quesada publicó el primer tomo de las *Obras completas* de Martí en aquel año de 1900, el poema al que se hace alusión fue incluido en el onceno volumen de la colección, el cual no vio la luz hasta 1911.

** La pálida y muy atractiva Natalie Clifford Barney, conocida como «la Amazona» por su gusto por la equitación, fue hija de un acaudalado hombre de negocios de Estados Unidos y heredera de una gran fortuna. Sus escandalosos amores con la Pougy y otras mujeres dieron mucho de que hablar y le inspiraron versos que reunió en varios libros. Con el tiempo, se convirtió en la máxima figura del mundo sáfico de París.

nada por la vehemencia con que Liane evocaba a su antigua amante y se le ocurrió comentar que le gustaría verla. En mala hora lo hizo, porque la *cocotte* se comunicó en el acto con Natalie y un rato después la americana estaba haciéndoles compañía en la tina y manoseándolas, por arriba y por debajo del agua, con mucha familiaridad.

—Yo pensé que esa historia de amor había terminado —protestó Chiquita, incómoda por el descaro con que la joven la había toqueteado, cuando volvieron a quedarse solas.

—Claro que terminó, *ma belle* —la tranquilizó Liane—. Pero eso no significa que hayamos dejado de ser amigas y que no podamos divertirnos juntas de vez en cuando.

Mal que bien, Chiquita terminó por acostumbrarse a Natalie y a sus caricias. La americana, que era una judía muy bonita y muy rica, también se fascinó con la enana y enseguida empezó a escribirle sonetos. Tanto ella como Liane se desvivían por mimarla, le regalaban pasteles, perfumes, flores y libros, y la llevaron a pasear en el metro, al Salón de Bellas Artes y a ver las danzas de Loie Fuller, una americana medio loca que bailaba envuelta en velos y que estuvo de moda en los mismos años que Isadora Duncan.

A lo que nunca se acostumbró Chiquita fue a que Liane la dejara sola cada vez que alguno de sus «amigos» solicitaba sus servicios. Se consolaba recordando lo que la Pougy le había dicho una vez: los hombres adinerados podrían disponer de su cuerpo, pero no de su alma, porque esa le pertenecía a la *petite cubaine*.

Me imagino que a Rústica aquel cambio de bando de Chiquita la tendría consternada. Pero esto es una especulación mía, porque la verdad es que nunca me atreví a hablar con ella sobre un tema tan delicado.

Ahora bien, no pienses que Natalie y la Pougy fueron las únicas lesbianas que Chiquita trató en París. De eso nada. Sus amigas la llevaron a varias fiestas particulares, muy elegantes, donde iban a divertirse decenas de anfibias. En esos salones había de todo: la mayoría de las sacerdotisas de Safo eran «damiselas encantadoras», pero otras eran «modelo bombero», bien machotas, que se ponían *smoking* y fumaban tabacos. También invitaban a algunos pájaros, pero muy escogidos, de confianza, porque aquellas mujeres lo que querían era sentirse cómodas y poder hacer cuantas locuras se les ocurrieran. Creo que para muchas de ellas el lesbianismo fue una manera de reafirmar su autonomía, de liberarse del yugo de los hombres. En esa época, la vida de las mujeres de París estaba cambiando: ya había como quinientas muchachas matriculadas en las universidades. Aunque a lo mejor estoy buscándole una explicación muy sociológica a aquellas reuniones y lo que pasaba, sencillamente, era que la papaya las alborotaba.

En esas fiestas las drogas estaban a tutiplén. Las más populares eran el opio, el hachís, el éter y la cocaína. Como el ambiente era tan relajado, nadie se sorprendía si, en medio de una conversación, una invitada se levantaba la falda y se ponía una inyección de morfina en un muslo. Hasta orgías hacían, sin importarles que las vieran desnudas. Aquello era el acabose. Pero todo muy fino, tú sabes, muy sofisticado. Entre tortilla y tortilla, recitaban poemas, tocaban el piano y cantaban sus *lieds,* porque allí se daba cita la elite, la *crème* de la *crème* del Lesbos parisiense.

Allí Chiquita trató a muchas señoritas de la alta sociedad interesadas en ver con sus propios ojos cómo era aquel mundo del que con tanto misterio se hablaba. Algunas incluso terminaron haciéndoles compañía a la Pougy y a ella en la tina de mármol. Lo que Liane nunca aceptó, por más dinero que le propusieran, fue que un hombre fuera testigo de sus «cópulas anfibias», como les decían. Parece que hubo quien le ofreció millones, pero ella sabía ser discreta.

La amistad con Liane y Natalie absorbió a tal punto a Chiquita, que durante muchos días no supo nada de Robert de Montesquieu y del argentino. Así que una noche, avergonzada por tenerlos tan olvidados, los llamó por teléfono.

—¡Dichosos los oídos que la escuchan! —le dijo Yturri con retintín—. ¿Cómo le va con sus nuevos afectos? —y le soltó que ya el conde y él estaban al tanto de que Liane de Pougy, la americana y ella eran inseparables, algo así como «las tres mosqueteras». Después, con estudiada inocencia, se interesó por saber cuándo regresaría la Bella Otero.

Chiquita le respondió que hacía tiempo que no tenía noticias suyas. ¡La pobre! Lo que menos se imaginaba era que iba a saber de la Bella muy pronto. Al día siguiente de esa conversación, al volver a la casa de la «andaluza», después de dormir una siesta con Liane de Pougy, se llevó una sorpresa: Rústica estaba en la acera, sentada encima de un baúl y rodeada de un montón de ropas, zapatos y sombreros.

—¿Qué pasó? —le preguntó Chiquita desde la calesa.

Entonces se enteró de que las habían puesto de paticas en la calle. La Otero había regresado de repente y lo primero que había hecho era tirar todas las cosas de Chiquita por un balcón.

—Yo traté de calmarla, de que me explicara por qué estaba tan furiosa —dijo Rústica—, pero sólo me dijo que usted era una mala amiga y una sinvergüenza.

La enana respiró profundo y tocó a la puerta para aclarar el malentendido. Me imagino que la *cocotte* estaría esperándola, porque ella misma le abrió y, sin dejarla pasar, le cantó las cuarenta allí mismo. Alguien («un amigo leal», dijo) le había escrito poniéndola al corriente de su traición. Aprovechando su ausencia, Chiquita se había hecho íntima de su peor enemiga, de ese ser repugnante llamado Liane de Pougy. ¿Así le pagaba su cariño sincero y todas sus atenciones?

—Puedo perdonarte muchas cosas —vociferó la Otero—. ¡Hasta que te hayan escogido para ser la diosa! Pero que te hayas metido en la cama de esa arpía, no, eso no te lo perdonaré jamás.

Chiquita intentó darle una explicación, pero la andaluza (es decir, la gallega) la mandó al infierno y le cerró la puerta en las narices. Imagínate qué situación. La enana estaba tan aturdida, que lo único que se le ocurrió fue pedirle a Rústica que parara el primer coche de alquiler que pasara por allí. Con la ayuda del cochero metieron dentro todas sus pertenencias y se fueron a pedirle refugio a Liane de Pougy, quien las recibió con los brazos abiertos.

—Pobre Chiquita, qué mal rato pasaste —la consoló, alzándola y llenándole la cara de besos—. Espero que hayas aprendido que si te metes en un chiquero, tarde o temprano terminas salpicada de mierda por los cerdos.

Con el paso de los días, Liane y Natalie comenzaron a aburrir a Chiquita con sus quejas y sus reproches. ¿Sabes qué sucedió? Que tenían celos una de la otra. Aunque Chiquita trataba de repartir su cariño equitativamente entre ambas, nunca estaban conformes. Los problemas se volvieron tan serios, que a la *cocotte* y a la americana les dio por discutir en público, sin importarles que la gente las viera. Una vez que estaban en la Exposición Universal (visitando el pabellón de Grecia, que era un templo bizantino) se dieron tal agarrón, que Chiquita tuvo que amenazarlas con irse de París si no se tranquilizaban. La considero: si lidiar con una mujer celosa es difícil, ¿cómo sería aguantar a dos? El regaño las apaciguó, pero no por mucho tiempo. Una mañana en que caminaban por el puente Alejandro III, volvió a armarse otra trifulca.

Ese puente lo habían construido para la Exposición y, como era una novedad, siempre estaba repleto. Así que esa vez la pelea tuvo montones de espectadores. Todo empezó cuando Liane le pidió a Natalie, con una voz muy dulce, que no las visitara todos los días, pues quería pasar más tiempo a solas con Chiquita. Aquello no le hizo gracia a la americana, así que, con una sonrisa, le recordó a su ex amante las muchas veces que había dejado a Chiquita en la casa, sola y aburrida, para irse a atender a sus clientes. Durante un rato siguieron lanzándose puyas y sacándose trapos sucios, pero sin alzar la voz, de lo más educadas. Hasta que Liane no aguantó más, perdió la paciencia y gritó que la liliputiense era de ella y que no iba a compartirla más. Y ahí mismo comenzaron a decirse unas groserías que mejor ni te las repito. Cada una agarró a Chiquita por una mano y se pusieron a halarla para aquí y para allá con todas sus fuerzas.

La gente hizo un ruedo alrededor de ellas y empezó a aplaudir y a reírse, pero cuando se dieron cuenta de que esas dos mujeres estaban como locas y de que en cualquier momento podían arrancarle un brazo a la enana, empezaron a pedir socorro y a llamar a la policía. Pero la francesa y la americana no se dieron por aludidas: siguieron zarandeando a Chiquita con tanta violencia, que de pronto salió volando y cayó en el medio del Sena.

Al verla hundirse en el río, Liane y Natalie soltaron un alarido, se abrazaron y empezaron a lloriquear. Sólo por unos instantes, porque enseguida volvieron a discutir y a echarse la culpa de lo ocurrido.

Claro que a esas alturas ya nadie les hacía caso. Todo el mundo estaba recostado a la baranda del puente, con los ojos clavados en el agua, esperando que Chiquita subiera a la superficie de un momento a otro. Como los minutos pasaban y no aparecía, empezaron a darla por muerta y a lamentarse de que una mujercita tan linda hubiese tenido un fin tan horrible. En ese momento llegaron varios policías y, en cuanto se enteraron de lo que había pasado, sacaron unas esposas y se las pusieron a Liane de Pougy y a la americana. ¡Para qué fue aquello! Las dos empezaron a gritarles oprobios y a darles empujones y mordiscos. Los guardias casi no podían controlarlas y, claro, con ese *show* los curiosos se olvidaron de la pobre ahogada.

Pero quién te dice a ti que en ese momento alguien empieza a gritar «¡Miren, miren!» y a señalar unas ondas que estaban formándose en el agua, exactamente en el lugar donde había caído Chiquita. Como es natural, todos corrieron a ver de qué se trataba, incluso Liane y Natalie, que se abrieron paso a codazos para poder ponerse en primera fila. Sí, no cabía duda: aquellas ondas indicaban que, de un momento a otro, algo saldría del fondo del río. Y así mismo fue.

Lo primero que apareció fue la cabeza de Chiquita. Luego, su cuerpo empapado y, por último, sus botines. La gente se quedó sin aliento. ¿Qué era aquello? Chiquita estaba de pie y tal parecía que, al igual que Cristo, era capaz de caminar por encima del agua. Para volverlo todo más asombroso, el dije que tenía en el cuello brillaba y brillaba. Sí, cómo te cae, después de pasarse tanto tiempo sin dar señales de vida, el amuleto soltaba unas chispas del carajo, que hacían pestañear a los mirones. Pero cuando ya más de uno estaba a punto de empezar a vociferar «¡Milagro, milagro!», cayeron en cuenta de que la enana no estaba caminando por el agua, como habían creído, sino que sus pies descansaban encima de un pez.

¡Era Cuco, compadre! Su manjuarí, que la había sacado del fondo del Sena. Oye, yo no sé si ese episodio ocurrió de verdad o si sólo fue una de las patrañas que ella puso en su libro, pero nada más que de imaginármelo me erizo todo. Según contaba Chiquita, cuando ella cayó al agua el talismán del gran duque Alejo había empezado a lanzar luces de colores en todas direcciones, y gracias a eso fue que Cuco pudo localizarla y salvarla.

Aquello debió ser algo tremendo: como una especie de Venus en miniatura naciendo de las aguas. Lenta, muy lentamente, para que Chiquita no perdiera el equilibrio, el *Atractosteus tristoechus* se fue acercando a la orilla del río y allí la depositó, sana y salva, mientras toda la gente que estaba en el puente lo aplaudía.

A pesar de que el susto y el frío la tenían medio paralizada, Chiquita logró inclinarse y acariciar la cabeza de su viejo amigo. Te imaginarás su emoción. Ella había dado al manjuarí por muerto y de pronto volvía a encontrarse con él. Parece que el bicho se dio cuenta de lo que su antigua dueña sentía, porque le sonrió enseñando todos los dientes, como si quisiera decirle que él tampoco la había olvidado. Después, poquito a poco, volvió a sumergirse en el río y esa fue la última vez que se vieron. A Chiquita le habría gustado meter otra vez a Cuco en una pecera y llevárselo, pero ¿tú crees que un bicho que llevaba años nadando Sena arriba y Sena abajo, dueño de su destino, iba a adaptarse a vivir otra vez entre cuatro vidrios? No, sólo alguien muy cruel podría pretender semejante cosa.

No tengo que decirte que, después de esa aventura que casi le cuesta la vida, Espiridiona Cenda se fue de casa de Liane de Pougy y no quiso saber más ni de ella ni de la americana ni de la tina rosada. Se metió con Rústica en un hotel y allí pasó sus últimas semanas en París. Por suerte, había conocido a mucha gente amistosa y no le faltaron invitaciones a salones y paseos. Hasta que se hartó de los parisinos y decidió continuar su viaje. Sus vacaciones apenas estaban comenzando y le faltaban muchos lugares por visitar.

[Capítulos XXIII y XXIV]

Este hueco es más fácil de rellenar, porque aquí Chiquita hablaba de las ciudades que visitó después de aquellos meses en París. Estuvo en Luxemburgo, luego en Viena, y dio la casualidad de que llegó a Berlín el mismo día que Ferdinand Graf von Zeppelin hizo volar por primera vez su famoso dirigible. Cuando se asomó a la ventana del hotel y vio aquel armatoste flotando entre las nubes, se emocionó tanto que quiso conocer al inventor y convencerlo para que en la próxima ascensión le reservara un espacio en la barquilla. Pero Von Zeppelin estaba muy ocupado en esos días y no pudo atenderla, así que se quedó con las ganas de volar.*

A quienes sí conoció, y muy bien, fue a un trío de liliputienses franceses que estaban actuando con mucho éxito para el público berlinés. Eran dos hermanos y una hermana, llamados Adrien, Deniso y Marguerita Béarnais, que bailaban, cantaban y representaban *sketchs* picarescos. Su nombre artístico era Les Colibris Béarnais. Como se hospedaban en el mismo hotel que Chiquita, la invitaron a una de sus funciones y se hicieron amigos suyos. El problema fue que tanto Adrien como Deniso se enamoraron de ella y, aunque hasta ese momento habían sido unos hermanos muy bien llevados, empezaron a pedirse la cabeza y poco faltó para que se batieran en un duelo.

El colibrí Adrien nunca le gustó a Chiquita, porque era rechoncho y tenía cara de puerquito; pero con Deniso, al

---

* Esta anécdota es, sin duda alguna, otra invención de Chiquita. El primer dirigible rígido salió el 2 de julio de 1900 de un hangar flotante en el lago Constance, cerca de Friedrichshafen. La distancia que recorrió durante el vuelo fue de sólo seis kilómetros, así que no pudo ser visto desde un hotel de Berlín.

que anunciaban como «el hombre microscópico», tuvo un romance bastante tórrido. Me imagino que después de tantas «cópulas anfibias» estaba loca por sentir algo distinto. Deniso fue su segundo amante liliputiense y, al igual que le había pasado con el Signor Pompeo, acoplaron de maravillas.

Adrien trató de suicidarse cuando se enteró de que Deniso se acostaba con la cubana, y armó tal escándalo que hasta salió en los periódicos. A partir de ese momento, la colibrí Marguerita le enfiló los cañones a Chiquita por haber enemistado a sus hermanos. Una noche, se metió en su cuarto y le exigió que se fuera de Berlín. Como Chiquita le contestó que se iría cuando le diera la gana, Marguerita le saltó encima como una fiera y las dos empezaron a darse golpes y a halarse el pelo. Si Rústica no llega a estar allí para separarlas, se matan.

Chiquita tenía la impresión de que entre Les Colibris Béarnais existía algo oscuro, retorcido, y terminó averiguando la verdadera razón del odio que Marguerita sentía por ella. Desde muy joven, Marguerita había tenido, en el más absoluto secreto, relaciones íntimas con Adrien y con Deniso. ¿Qué te parece? Al ver la foto de esos hermanos, cualquiera pensaría que eran tres angelitos, pero de eso nada.

Ese rollo incestuoso no le gustó a Chiquita, así que, temerosa de que Marguerita Béarnais tramara alguna venganza, decidió poner fin a su aventura con el hombre microscópico. Cuando le dijo a Deniso que no quería verlo más, el colibrí reaccionó como un águila y la amenazó con matarla si no seguía con él. En fin, tremendo melodrama «estilo Liliput». Para hacerte corto el cuento, Chiquita tuvo que subirse en un tren a escondidas y salir rumbo a Italia sin despedirse de nadie.

En Roma se aburrió de oír hablar de la muerte de Humberto I a manos de Gaetano Bresci, un anarquista italiano que, después de vivir muchos años en Estados Unidos, había regresado a su país sólo para cepillársela al rey. Mañana, tarde y noche; en el Coliseo, en el Trastevere o en San Pedro: era como si la gente no tuviera otro tema de conversación. Y lo mismo le pasó en Florencia y en Venecia, donde también estuvo algunos días.

De Italia salió para España. Con un poco de susto, porque tenía miedo de que no la trataran bien. La derrota de 1898 estaba fresca y ella, además de ser cubana, vivía y había hecho su fortuna en Estados Unidos. Pero enseguida se tranquilizó, porque la gente fue muy amistosa y en todos lados la recibieron con simpatía. Primero estuvo en Sevilla, donde se encaprichó con un gitano que le cantaba coplas debajo de la ventana. Por desgracia, el tipo resultó ser un truhán: la primera noche que lo dejó entrar en su dormitorio, le robó el huevo de oro de la gallina de Montesquieu. Tanto se molestó Chiquita, que al día siguiente salió rumbo a la capital.

En Madrid su gran amiga fue la novelista Emilia Pardo Bazán. Las dos simpatizaron a primera vista y se volvieron inseparables. Tanto, que la señora convenció al director del Museo del Prado para que las dejara entrar por la noche, fuera del horario de visita. De ese modo Chiquita pudo pasearse a sus anchas por las salas y contemplar las pinturas de Goya, de Murillo, de El Greco y de Velázquez sin que la gente la empujara o se le parara delante sin dejarla ver. El cuadro que más le gustó fue *Las Meninas,* supongo que por los enanos que salen.

En esos días, en una velada en casa de Emilia Pardo Bazán a la que asistieron varios artistas, políticos y diplomáticos, Chiquita se atrevió a cantar, como toda una *chulapa,* un pedazo de *La verbena de la Paloma,* la zarzuela que tenía locos a los madrileños, y lo hizo acompañada al piano nada menos que por su compositor, el maestro Tomás Bretón:

Por ser la Virgen de la Paloma,
un mantón de la China-na, China-na, China-na,
un mantón de la China-na, me vas a regalar.

Fue algo improvisado, sin ensayo, pero todos la aplaudieron a rabiar, como si estuvieran en el teatro Apolo. El que más encantado quedó fue el embajador de Marruecos, pues le mandó una carta al sultán de su país* hablándole flores de ella. A los pocos días, Chiquita recibió un pergamino del sultán invitándola a pasarse una temporada en su corte y, sin pensarlo dos veces, salió con Rústica rumbo a Algeciras y se subieron en un barco que las llevó a Tánger.

Supuestamente, en el puerto Chiquita y Rústica debían encontrarse con unos soldados que las escoltarían hasta Fez. Pero antes de desembarcar, alguien les puso un somnífero muy fuerte en la comida y, cuando llegaron a Tánger, las sacaron del barco metidas dentro de una gran cesta y se las llevaron secuestradas.

¡No pongas esa cara! Si esta parte de la biografía de Chiquita te resulta difícil de creer, ese no es mi problema. Yo me limito a contar lo que decía el libro. Si quieres saber mi opinión, lo del secuestro me pareció una invención, pura fantasía. Pero en aquella época los árabes seguían viviendo como en los tiempos de *Las mil y una noches* y esos raptos eran algo corriente, así que... ¡nunca se sabe! Quién quita que haya sido verdad.

Continúo. Cuando recobraron el conocimiento, Chiquita y Rústica se encontraron en medio de las arenas del desierto, atravesadas en el lomo de un camello y rodeadas de hombres con turbantes y cara de pocos amigos. Al darse cuenta de que estaban en poder de unos malhechores, Rústica montó en cólera. Le echó tremendo regaño a Chiquita por aceptar la invitación de un desconocido y, acordándose de que su abuela Minga invocaba a Santa Rita de Casia cada vez que tenía un lío gordo, le rezó a la patrona de lo Imposible para que intercediera por ellas.

Te explico lo que pasó: a un mercader que salió de Algeciras en el mismo barco que ellas se le ocurrió venderle a Chiquita a un jeque bereber que vivía en el desierto y hacer tremendo negocio. Ese jeque sólo tenía un hijo, un lilipu-

---

* En 1900 el sultán de Marruecos era Moulay Abd al-Aziz, quien ascendió al trono en 1894.

tiense como de cuarenta años de edad, que vivía obsesionado con las mujeres. Tanto le gustaban, que tenía seis esposas, todas hermosas como huríes, grandotas y exuberantes. El problema era que no lograba embarazar a ninguna.

Como el sueño del viejo jeque era que le dieran un nieto antes de morir, regó la voz de que pagaría una fortuna a quien le llevara una enanita para convertirla en la séptima esposa de su heredero. Eso sí, debía ser una bonita y bien proporcionada, porque su hijo era muy exigente y no se iba a conformar con cualquier pelandruja.

Cuando llegaron al oasis donde estaba el campamento de los bereberes y el jeque vio la preciosidad que le traían, le dio al mercader una bolsa de monedas de oro. Chiquita era lo que estaba esperando. Si su hijo no tenía descendencia con ella, difícilmente la tendría con otra mujer.

No pienses que a Chiquita le dieron un tratamiento de esclava ni nada por el estilo. Todo lo contrario: la pusieron en la tienda más lujosa y le regalaron montones de joyas y de telas. El hijo del jeque se babeaba por ella y quería casarse enseguida. «A esta sí la preño», le decía a su padre, muy convencido, y empezaron los preparativos para celebrar el matrimonio siete días más tarde. Querían hacer tremendo fiestón y que fueran los jeques de todas las tribus vecinas.

Como podrás suponer, a las seis esposas del enano esa boda no les hacía ni pizca de gracia. Si la extranjera le daba al jeque su primer nieto, todas iban a quedar relegadas. Por eso estaban que si las pinchaban, no echaban sangre, y cada vez que entraban a la tienda de Chiquita y Rústica para llevarles carne de cordero, pan, dátiles y aguamiel, las miraban atravesado y les echaban todo tipo de maldiciones.

Cuando Chiquita supo que iban a casarla con el hijo del jefe, se deprimió muchísimo. Pero ¿qué podía hacer? Hacia cualquier dirección que mirara sólo veía dunas y más dunas. En medio de su desesperación, se le ocurrió pedirle al amuleto del gran duque Alejo que hiciera algo para librarla de aquella pesadilla, pero la bolita de oro ni chistó. No se puso caliente ni fría, ni chisporroteó ni nada. Como si la cosa no fuera con ella. «Para esto, mejor me hubieras dejado ahogar en el Sena», se lamentó Chiquita, y se echó a llorar al imaginarse viviendo el resto de su vida entre la mierda de los camellos, contando las gotas de agua y con una piltrafa de bereber como marido.

Quien seguía teniendo esperanzas era Rústica. Ella estaba convencida de que, en el último instante, Santa Rita de Casia les haría el milagro que con tanto fervor le había estado pidiendo. Y así mismo pasó. Faltando un día para el casamiento, lograron huir. ¿Cómo pudieron hacerlo? Pues con la complicidad de las seis huríes. Como ellas no tenían el menor interés en que la boda se realizara, las ayudaron a fugarse. Aprovecharon que unos tuaregs habían pedido permiso para acampar en el oasis y les ofrecieron sus collares y sus brazaletes para que se llevaran a las intrusas.

Cuando el jeque y su hijo descubrieron su desaparición, ya Chiquita y Rústica estaban montadas en un camello, a muchísimos kilómetros de distancia, camino de Fez. Si aquello fue un milagro de Santa Rita de Casia es difícil saberlo, pero no creas que el viaje fue coser y cantar. Por el camino se desató una tormenta de arena que casi las deja ciegas, la caravana perdió el rumbo, y pasaron hambre y sed. A esas calamidades añádele que las dos iban cagadas de miedo, pensando que los tuaregs podían traicionarlas y volver a venderlas. Pero no, por suerte los tipos se portaron como personas decentes y, cuando llegaron a Fez, las llevaron hasta la misma entrada del palacio del sultán.

Según Chiquita, durante el viaje por el desierto Rústica y ella se entretenían imaginando cómo sería el sultán de Marruecos. Las dos pensaban que iba a ser un carcamal gordo y calvo, pero se llevaron tremenda sorpresa al descubrir que se trataba de un pepillo de veintidós años, un muchachón de lo más simpático.

Chiquita contaba en el libro que una noche, en una cena íntima con el sultán, ella le bailó la danza de los siete velos en medio de nubes de incienso. Sin quitarse el último, porque opinaba que el secreto de la seducción estaba en no revelarlo todo. Si llegó a tener algo con él o no, no lo ponía por las claras, lo dejaba a uno con la intriga. Pero, conociéndola como la conocí, me inclino a pensar que sí, que se echó al pico al sultán, porque a medida que fue haciéndose mayor a ella empezaron a gustarle más y más los jovencitos.

En el palacio de Fez estuvo un montón de días y posiblemente se hubiera quedado más, pero de la embajada americana en Tánger le hicieron llegar un telegrama. Lo firmaba Bostock y en él le rogaba que pusiera fin a sus vacaciones, que ya habían durado un año, y regresara a trabajar. En Búfalo iban a hacer una exposición gigantesca, con un *Midway* nunca visto, y él quería que Chiquita fuera la atracción principal. Aquello debió ser una tentación demasiado grande para su ego, porque esa misma noche se despidió del sultán. Pero antes de regresar a Estados Unidos pasó otra vez por París, para abastecerse de telas, sombreros y perfumes.

Cuando estaba en el barco, navegando por el Atlántico, ¿a quién crees que vio una tarde que salió a dar un paseíto por la cubierta? Ni hagas el esfuerzo, porque no vas a adivinar. A Emma Goldman, la anarquista, que también volvía a Estados Unidos después de recorrer media Europa dando charlas sobre el amor libre. Claro que Chiquita viajaba en primera y la Goldman con los pobres; pero como la anarquista la saludó de lo más afectuosa, a la enana le dio pena con ella y, para no ser grosera, la convidó a tomar el té en su camarote.

Emma le contó que estaba impaciente por llegar a Nueva York para divulgar entre las mujeres nuevas ideas como el control de la natalidad y el uso de anticonceptivos. «Somos seres humanos, no conejos, así que basta ya de traer hijos al mundo displicentemente», le soltó a Chiquita. También le comentó que regresaba feliz porque la bandera negra del anarquismo estaba ondeando con más fuerza que nunca en Europa. Aunque la idea de usar el asesinato como arma política nunca le había simpatizado del todo, no le quedaba más remedio que admitir que la muerte del rey Humberto I había sido una lección ejemplar para la realeza. Y no escatimó elogios para el «valiente» Bresci, a quien tenían encerrado de por vida en un penal sólo por haber librado al mundo de un parásito con corona, de alguien que vivía a costa del sufrimiento y la muerte de las masas explotadas.

Chiquita se mordió la lengua para no discutir, pero el encuentro con la Goldman terminó de convencerla de que entre los anarquistas no se le había perdido nada. Esa manía de matar a diestro y siniestro gente de sangre azul o políticos importantes le parecía de pésimo gusto. Así que se las arregló para no volver a toparse con ella mientras duró la travesía.

Capítulo XXV

Cita en la Alfama. La Orden de los Pequeños Artífices de la Nueva Arcadia. Cómo y por qué nació la hermandad. Maestros Mayores, Artífices Superiores y pupilos. La nariz metálica de Tycho Brahe. Malos tiempos para la cofradía. Escogida por el Demiurgo. El doble astral de Chiquita acude a las reuniones.

El 14 de diciembre de 1900, el día en que cumplió treinta y un años, Chiquita no salió de su hotel de Nueva York. Hacía mucho frío y se acostó temprano. Sin embargo, unas horas después estaba muy lejos de allí, comiendo pasteles de bacalao en un caserón de la Alfama, en Lisboa.

¿Cómo se las arregló para trasladarse tan rápido de una ciudad a otra en una época en que la aviación estaba en pañales? Gracias a la bilocación. Esa noche ella supo que podía estar en dos lugares al mismo tiempo: mientras su cuerpo físico dormía en Manhattan, su cuerpo astral oía fados cerca del río Tajo.

Se trataba de un don poco frecuente, pero que compartía con otras personas. A través de los tiempos, se han conocido muchos casos de bilocación. Los anales de la Iglesia católica aluden a menudo a este fenómeno en las biografías de sus santos. Por ejemplo, San Antonio de Padua y San Martín de Porres se bilocaban a voluntad. Y cuando al alquimista Cagliostro lo encerraron en la Bastilla, su proyección astral se escapaba a cada rato y la gente lo veía caminando, muy sosegado, por las calles de París. Las primeras veces creyeron que se había fugado y avisaron a los guardias encargados de cuidar la prisión; pero cuando estos revisaban su celda, lo encontraban dentro. Así que todos terminaron acostumbrándose a la idea de que Cagliostro podía estar en dos o más lugares al mismo tiempo.

Aquella noche en Nueva York, cuando ya Chiquita estaba debajo de sus cobijas y a punto de quedarse dormida, notó que su cuerpo astral empezaba a escindirse del físico. Era una sensación desconocida, que la asustó mucho, y de pronto no supo si debía irse detrás del astral o quedarse en la cama, con el físico. No tuvo que elegir. El astral la arrastró consigo, sin muchos miramientos, y después de atravesar a una velocidad escalofriante un túnel oscuro y lleno de ecos, cayó en la sala de una casa, en Lisboa.

¿Y a quiénes encontró allí, sentados alrededor de una mesa y oyendo la voz de un hombre que cantaba fados a lo lejos? Pues al Conde Primo Magri y a su esposa Lavinia; a Dragulescu, el jorobado ruso, y al Pachá Hayati Hassid, un liliputiense turco.* Al notar que había hecho el viaje vestida sólo con su ropa de dormir, la Condesa Magri le puso una manta sobre los hombros. Chiquita estaba nerviosa, pero como todos parecían tan felices de tenerla allí, trató de tranquilizarse, con la esperanza de que alguien le aclarara lo que estaba pasando.

Después de servirle una copa de vino verde y de insistirle para que probara las frituras de bacalao, Lavinia le dijo con tono maternal:

—Querida, ha llegado el momento de hablar claro.

Sin poderse contener, Chiquita la interrumpió y le pidió que la sacara de dudas: *¿aquello era un sueño?* Al oírla, todos se echaron a reír.

—¡Claro que no! —le respondió la Condesa Magri, y le hizo saber que estaban allí para hablar del talismán que, siendo una niña, le había obsequiado el gran duque Alejo de Rusia—. Es hora de que conozcas lo que representa y qué se espera de ti por ser su dueña.

En ese momento, los cuatro le enseñaron a Chiquita las bolitas de oro, idénticas a la suya, que llevaban colgadas del

---

* Nacido en Turquía, en 1852, Hayati Hassid alcanzó gran popularidad en Inglaterra, Australia y otros países, donde lo anunciaban como «el Tom Thumb turco». Medía treinta pulgadas y pesaba treinta y cuatro libras. Gozó del favor del sultán Mehmed V, quien gobernó Turquía entre 1909 y 1918.

cuello, y de inmediato los dijes comenzaron a brillar y a emitir luces que volaban en todas direcciones, chocaban, se entrelazaban y cambiaban de color. Tras el breve espectáculo de fuegos artificiales, cuando los talismanes se tranquilizaron Lavinia volvió a hablar.

—Hija mía —dijo, mirando a Chiquita a los ojos—, ¿estás dispuesta a escuchar una larga y enrevesada historia? —y como la matancera le respondió que sí, dio inicio a su relato.

Lo primero que le reveló fue que su bolita de oro no era un amuleto para la buena suerte, como el gran duque Alejo había hecho creer a sus padres. En realidad era un distintivo o insignia que identificaba a los regentes de una sociedad secreta a la que únicamente pertenecían personas *de muy baja estatura*. Sólo los liliputienses y los enanos podían ser miembros de la Orden de los Pequeños Artífices de la Nueva Arcadia.

La hermandad la había fundado en el siglo XV un grupo de hombres y mujeres diminutos que vivían en las cortes de emperadores, reyes, príncipes y duques de Europa. Unos eran bufones; otros, acompañantes o sirvientes; pero todos estaban al tanto de las intimidades de sus señores y de las intrigas palaciegas.

Poco a poco, esas personas notaron que, además de su corta estatura, tenían otras cosas en común. La primera: detestaban la forma burlona o compasiva, pero humillante siempre, en que eran tratadas por la gente de talla «normal». La segunda: estaban convencidas de que los pequeños, sin importar quiénes fueran ni dónde o cómo viviesen, merecían un tratamiento más justo y respetuoso. Pero también pensaban que sus gobernantes, salvo contadas excepciones, eran unos ineptos y unos salvajes.

Entonces los Maestros Fundadores (ese fue el nombre que recibieron los que crearon la hermandad) llegaron a la conclusión de que debían unirse y empezar a manipular, de forma discreta y astuta, los hilos del poder. Si no influían en las decisiones de quienes imponían las leyes, el mundo terminaría convirtiéndose en una sucursal del infierno a causa de las epidemias, las hambrunas, la intolerancia religiosa y las guerras. Tenían que lograr, por una parte, que los que ejercían el poder se comportaran de un modo más sensato y, por la otra, que los liliputienses y los enanos pudieran sobrevivir y prosperar en un entorno hostil. Esas fueron las dos principales misiones que se trazaron: preservar el mundo y velar por el bienestar de sus iguales.

Desde sus inicios, la Orden se concibió como una organización muy hermética. Tanto, que sus miembros inventaron un idioma para hablar de sus asuntos y enviarse mensajes: la *Geheimnissprache der kleinen Leute* o lengua secreta de los enanos. Pese a ser la mayor autoridad de su época en idiomas secretos, el profesor Joachim von Groberkessel se había equivocado al afirmar que ese idioma era usado por los egipcios y los romanos de la Antigüedad; en realidad, surgió mucho después, a fines del siglo XV, en la misma época en que Colón estaba tratando de que le financiaran sus viajes.

Según Lavinia, en sus cuatro siglos de trabajo silencioso la Orden de los Pequeños había logrado conjurar varias guerras, y muchas conquistas sociales importantes para la humanidad se debían a una sugerencia o un consejo que sus miembros habían deslizado en el oído adecuado y en el momento oportuno. Pero el *Libro de las Revelaciones,* que era una suerte de manual de funcionamiento de la secta, aseguraba que llegaría un momento en que los pequeños no tendrían que actuar más en las sombras. Cuando llegara ese día, gobernarían el planeta sin tapujos y lo harían con tanto tino, que terminarían transformándolo en una enorme Arcadia.

Al principio, la Orden sólo funcionó en Europa, pero lentamente se fue expandiendo por los demás continentes. Su diseño era piramidal. En la cresta, controlándolo todo y tomando las decisiones más importantes, estaba el Maestro Mayor. Luego, en orden de relevancia, venían los Artífices Superiores, que eran cuatro. Cuando el Maestro Mayor moría, un Artífice pasaba a ocupar esa posición. Y por último, en la base de la pirámide, había centenares de grupúsculos formados por tres a cinco *pupilos*. Cuando una célula de cinco pupilos captaba a otro integrante, estaba obligada a dividirse en dos.

Lo usual era que los Maestros Mayores tuvieran un mandato muy largo. Por ejemplo, John Jarvis dirigió la hermandad durante veinte años. A ese liliputiense, que medía dos pies de estatura, María Tudor le tuvo siempre mucho aprecio, porque permaneció a su lado tanto en las malas como en las buenas; cuando subió al trono de Inglaterra, lo nombró paje de honor y a cada rato le pedía su opinión sobre distintos asuntos de Estado. El problema era que a la reina los consejos de Jarvis le entraban por un oído y le salían por el otro, y el corto tiempo que pasó en el trono lo dedicó a hacerles la vida imposible a los protestantes.*

Otro que dirigió la secta muchos años, más de sesenta, fue Józef Boruwlaski, un polaco muy célebre en el siglo XVIII. En su juventud, recorrió las cortes de Europa y el Imperio Otomano como acompañante de la condesa de Humiecka. Boruwlaski era músico y tocaba sus propias composiciones en un violín chiquitico, hecho a su medida, que la condesa le había encargado a Amati, el famoso lutier de Cremona. El tipo de vida que Boruwlaski llevaba le permitía codearse con lo mejor de la nobleza de su época; fue amigo, confidente y quién sabe si algo más de muchas damas, y todas esas relaciones las puso en función de los objetivos de la secta.**

---

* John Jarvis nació en 1508 y falleció en 1556, dos años antes que su reina.
** Boruwlaski medía ocho pulgadas cuando nació en Pokucia, Polonia, en 1739. Durante el resto de su vida, sólo creció diecinueve pulgadas más. A los veintinueve años, se enamoró de Isalina Barbutan, una dama de compañía de la condesa de Humiecka, y se casaron en secreto. Cuando lo descubrió, la condesa los echó de su lado, pero el rey Stanislaus II se apiadó de la pareja y le concedió una pensión anual. Para redondear sus ingresos, Józef e Isalina daban conciertos para la aristocracia europea. En 1795, viudo y harto de viajar, Boruwlaski se retiró en Durham, una pequeña ciudad de Irlanda. Allí murió en 1837, a los noventa y ocho años. En sus voluminosas memorias no aparece ninguna alusión a la Orden de los Pequeños Artífices de la Nueva Arcadia (lo cual es lógico, teniendo en cuenta su naturaleza secreta).

Charles Stratton, el General Tom Thumb, fue el Maestro Mayor más joven. Lo escogieron para esa posición en 1855, poco después de cumplir diecisiete años, y la ocupó hasta su fallecimiento, acontecido en 1883. Tradicionalmente ese importante puesto había estado reservado para los hombres, hasta que, tras la muerte de Stratton, Lavinia, su viuda, fue designada para desempeñarlo y ya llevaba más de tres lustros al frente de la Orden.

Sí, los Maestros Mayores permanecían en lo alto de la pirámide durante largo tiempo; en cambio, la mayoría de los Artífices Superiores no solía durar mucho. Algunos incluso fallecían muy jóvenes. Ese fue el caso de Paulina Musters, la acróbata holandesa, que sólo pudo ser Artífice durante once meses. Claro que había sus excepciones: Dragulescu, por ejemplo, llevaba medio siglo desempeñando ese rol.

Al principio, los regentes de la Orden eran siempre personas que habitaban en las cortes; cerca de los reyes y de la nobleza. Pero, con el paso del tiempo, dejó de ser *chic* que los aristócratas tuvieran liliputienses y enanos a su alrededor. Entonces la hermandad empezó a ser dirigida por gente del mundo del espectáculo que, gracias a su popularidad, no sólo se relacionaban con los nobles, sino también con los presidentes, los congresistas y los magnates. Un buen ejemplo de esta nueva elite fueron el Maestro Mayor Tom Thumb y la por entonces Artífice Lavinia, quienes, durante su viaje de bodas, visitaron al presidente Abraham Lincoln y a su esposa Mary en la Casa Blanca. Cuando a la cúpula de la secta se le presentaban oportunidades como esa, procuraba sacarles el mayor provecho para su causa.

Esa noche, en Lisboa, Chiquita se enteró de que, a lo largo de su historia, los Pequeños habían colaborado ocasionalmente con otras sociedades secretas. Tuvieron alianzas con los Carbonarios, con quienes coincidían en el deseo de abolir cualquier tipo de absolutismo, tanto monárquico como religioso o civil, y también con los Rosacruces. A otras organizaciones, en cambio, habían tratado de combatirlas de forma discreta, para evitar enfrentamientos frontales. Así pasó, por ejemplo, con la Sociedad del Ángel Exterminador, que pretendió reestablecer el Tribunal de la Inquisición en España. Y también con los Caballeros del Ku Klux Klan, porque los enanos y los liliputienses, víctimas de la discriminación desde que llegaban al mundo, rechazaban por principio la supremacía de una raza sobre otra.

Como toda sociedad secreta, la Orden de los Pequeños era muy selectiva. A los candidatos los sometían a distintas pruebas para saber si valía la pena sumarlos a sus filas y, una vez aceptados, debían pasar por un complicado rito de iniciación. Al final, todos los presentes en la ceremonia se hacían un tajo en un dedo y mezclaban su sangre en una copa para que el nuevo miembro la bebiera.

Los pupilos de las células no recibían dijes; ese privilegio estaba reservado para la parte superior de la pirámide. La Orden no tenía nada de democrática. Al Maestro Mayor y a los cuatro Artífices Superiores no los elegían por votación, sino que eran designados a dedo por una especie de entidad o poder no humano (o, mejor dicho, suprahumano) al que llamaban el Demiurgo.

En ese momento, Chiquita interrumpió a Lavinia para preguntarle si el Demiurgo era Dios, y la Maestra Mayor le contestó con un evasivo «Quizás..., aunque probablemente no».

En los primeros tiempos de la cofradía, localizar a los nuevos Artífices Superiores era una tarea ardua, pues estos jamás salían de las filas de los pupilos. El Demiurgo siempre escogía para ocupar ese puesto a personas que no supieran nada de la hermandad. Entonces, cuando un Artífice Superior fallecía, los demás miembros de la cúpula tenían que salir a buscar el relevo guiándose por oráculos y por las instrucciones del *Libro de las Revelaciones,* que eran bastante crípticas. Cuando por fin daban con el enano o el liliputiense designado por el Demiurgo, le revelaban la existencia de la Orden y le entregaban su insignia.

No era fácil, a veces tardaban un año, y hasta dos, para descifrar la voluntad del Demiurgo y encontrar al nuevo elegido. Por eso a un enano llamado Jepp, quien dirigió la Orden durante un tiempo, se le ocurrió que si tuvieran una fórmula matemática que les permitiera saber con anticipación quiénes, en determinado momento de sus vidas, iban a ser convocados para sustituir a un Artífice Superior, se quitarían un peso de encima. Con esa fórmula en su poder, no tendrían que malgastar tanto tiempo y energía, podrían tener ubicados a los relevos con anticipación y ahorrarse las carreras de último momento.

Pero ¿cómo conseguir semejante fórmula? Jepp tenía la esperanza de que un matemático y astrónomo danés llamado Tycho Brahe lograra descubrirla.

—¿Ese astrónomo también era enano? —quiso saber Chiquita y recibió un rotundo no por respuesta.

—A lo largo de su historia, la Orden de los Pequeños Artífices de la Nueva Arcadia siempre ha tenido aliados y colaboradores entre las personas de estatura común —le informó Lavinia—. Como el gran duque Alejo y la reina Liliuokalani, por mencionar dos casos.

Acto seguido, Chiquita se enteró de que Tycho Brahe había sido uno de los hombres más inteligentes del siglo XVI, pero que siempre tuvo un grave problema: era muy irascible. Por ese defecto incluso perdió un pedazo de su cuerpo. Una vez, cuando tenía veinte años y estudiaba en la Universidad de Rostock, fue a una fiesta en casa de un profesor suyo y allí se encontró con otro alumno. Los dos jóvenes empezaron a discutir de matemáticas, se acaloraron y terminaron batiéndose en un duelo. Para desgracia de Tycho, su rival era tan bueno con la espada como con los números, y le arrancó la nariz de una estocada.

En un caso como ese, más de uno se hubiera hundido en la desesperación, pero Tycho Brahe se tomó el asunto con calma. Se hizo una nariz artificial con una aleación de oro y plata, a la que añadió un poco de cobre para que fuera más resistente y para darle un color parecido al de su piel. Tan bien le quedó, que había que fijarse mucho para notar que era falsa. Eso sí, a partir de entonces, adondequiera que iba llevaba una cajita con una pasta especial para pegarse la prótesis cuando se le caía.*

Al notar que Chiquita daba señales de impaciencia, Lavinia interrumpió un instante su relato para hacerle una aclaración:

—¿Crees que perdí el hilo y que estoy hablando de cosas que nada tienen que ver con la Orden? Pues no es así. La nariz de Tycho Brahe es importante en esta historia y a su debido tiempo sabrás por qué.

Después de concluir sus estudios universitarios, el astrónomo viajó durante mucho tiempo por las cortes de Europa, asombrando a todo el mundo con su habilidad para predecir los eclipses y calcular las órbitas de los cometas. Hasta que un día Federico II, el rey de Dinamarca y de Noruega, le pidió que volviera a su patria. Para tentarlo, le ofreció la isla de Hven y una buena renta, y se comprometió a ayudarlo a construir el observatorio de sus sueños. A Tycho le encantó la propuesta, se fue para la isla y levantó allí un castillo al que puso por nombre La Fortaleza del Cielo, donde vivió y estudió los astros durante veinte años.

En esa época, Tycho empleó como bufón a Jepp (sin imaginar que era el Maestro Mayor de una hermandad secreta) y el enano se convirtió en su hombre de confianza. Fue entonces cuando Jepp lo convenció para que, basándose en sus observaciones de los desplazamientos de los cuerpos celestes, tratara de encontrar la fórmula que la Orden necesitaba. Tycho asumió la tarea como una cuestión de honor y durante años y años se devanó los sesos, tratando de complacer a su bufón.

---

* La historia de la nariz de Tycho Brahe es real. El duelo se efectuó en 1566; su contendiente, que también era danés, se llamaba Manderup Parsberg. Brahe usó la prótesis metálica durante los siguientes cuarenta y cinco años.

Cuando Federico II murió, a Tycho Brahe no le quedó más remedio que abandonar La Fortaleza del Cielo y aceptar el puesto de *Imperial Mathematicus* en la corte de Bohemia. Allí siguió haciendo cálculos y más cálculos, obsesivamente, hasta que por fin halló la fórmula (que era una cruz formada por números de tres dígitos), se la entregó a Jepp y lo enseñó a utilizarla.

Aquel descubrimiento, que el Maestro Mayor compartió enseguida con sus cuatro Artífices Superiores, les facilitó muchísimo la vida, porque a partir de ese momento pudieron localizar a los futuros miembros de la cúpula con gran antelación (en cuanto estos llegaban al mundo), interpretando más rápido la voluntad del Demiurgo.

Pero ese no fue el único cambio que Jepp introdujo en el funcionamiento de la Orden de los Pequeños durante su mandato. Por iniciativa suya se tomó otra decisión crucial. Cada vez que encontraban a una criatura predestinada a ser Artífice Superior, se las ingeniaban para que los padres les pusieran al cuello un dije similar al que usaban los jerarcas. De esa forma, podían tenerlos controlados hasta que llegaba el momento de sumarlos a la hermandad. Claro, a los padres les hacían creer que se trataba de amuletos para la buena suerte. De la existencia de la Orden no les decían ni una palabra.

En esa parte de la conversación Chiquita se enteró, por fin, de cuál era la función de las bolitas de oro. Los dijes estaban conectados entre sí y formaban una especie de «red» que permitía al Maestro Mayor y a los Artífices Superiores mantenerse comunicados. Pero, además, a través de ellos también podían estar al tanto de lo que hacían, pensaban y sentían los escogidos por el Demiurgo, los futuros miembros de la directiva. Mediante las diferentes señales que emitían las insignias (latidos, cambios de temperatura, movimientos de los signos grabados en el metal y emisión de luces), podían, por decirlo de alguna manera, «acompañar» a los elegidos, aconsejarlos y hasta ayudarlos, a veces, en caso de peligro.

Aunque la fórmula de Tycho Brahe era larga y complicada, Jepp insistió en que los Artífices y él debían memorizarla. Y, previendo que alguna vez la memoria pudiera fallarles, tuvo la idea de guardar una copia de la ecuación en algún escondite. Debía ser un sitio seguro, porque, si bien la secta tenía aliados, también tenía enemigos acérrimos. Pero ¿cuál? Cada vez que alguien sugería uno, los demás lo objetaban.

Llevaban varias semanas discutiendo dónde esconder la fórmula, cuando Tycho Brahe murió en medio de una borrachera. Mientras lo llevaban a su cama, la nariz metálica se le despegó, cayó al piso y Jepp la recogió sin que la mujer, los hijos y los sirvientes del astrónomo se dieran cuenta. Aprovechando la confusión, escapó de la casa, llevó la prótesis al taller de un orfebre y le pidió que le grabara la fórmula en su reverso.

Cuando el artesano terminó su labor, a Jepp no le quedó otro remedio que apuñalearlo allí mismo para garantizar el éxito de su plan. Entonces, volvió al cuarto donde velaban el cadáver de Tycho, le anunció a la viuda que había encontrado la nariz y se la pegó. Aunque lo había hecho todo sin consultar a los cuatro Artífices, estos estuvieron de acuerdo en que se trataba del lugar perfecto para ocultar la fórmula. Y así fue como Tycho, su nariz y el secreto de la Orden fueron a parar a una tumba dentro de la iglesia de Nuestra Señora de Tyn, en Praga.

—Cuando naciste y la ecuación nos reveló que en el futuro serías una de las escogidas del Demiurgo, le encomendamos a Dragulescu, quien iba a viajar a América como parte de una comitiva imperial, la tarea de hacerte llegar tu dije —le explicó Lavinia a Chiquita—. La misión fue un éxito gracias al gran duque Alejo Romanov.

Para entonces, ya Chiquita estaba aburrida de oír hablar de la secta, pero como no quiso ofender a la viuda de Tom Thumb ni a los Artífices diciéndoles que aquella historia le parecía muy rocambolesca, lo que hizo fue preguntarles:

—Entonces, ¿quién entró a mi dormitorio en The Hoffman House y me robó el talismán? Y, más importante aún, ¿tuvieron ustedes algo que ver con las muertes del librero judío y de los dos detectives?

—¡No! —se apresuró a aclarar Lavinia—. Fueron *los otros.*

Entonces le confesó que, desde hacía algunos años, la Orden de los Pequeños Artífices de la Nueva Arcadia atravesaba una crisis muy grave.

Los problemas empezaron cuando algunos liliputienses, líderes de distintas células de la cofradía en Francia, Italia y Estados Unidos, exigieron que se les tomara en cuenta para ascender a la posición de Artífice Superior. En su opinión, era injusto que se buscara a desconocidos para ocupar esos puestos cuando en la base de la Orden había personas con méritos para desempeñarlos. También pretendían que la organización fuera depurada de enanos y que sólo acogiera en sus filas a los liliputienses «puros», ya que les incomodaba ser dirigidos por personas de cuerpo deforme y rechoncho, o tener que tratarlas como iguales en las organizaciones de base.

Como los revoltosos insistieron en que sólo negociarían con el Maestro Mayor, a la viuda de Tom Thumb no le quedó más remedio que entrevistarse con el cerebro de aquella facción: el Príncipe Colibrí, un liliputiense nacido en Finlandia que trabajaba en los *vaudevilles* europeos.

—Si por una circunstancia excepcional tenemos que hablar con algún pupilo, nos ponemos máscaras para no ser identificados —le contó Lavinia—. Así que me puse una y me reuní con el Príncipe Colibrí. Cuando lo tuve delante, sentí ganas de decirle que él y sus compinches eran unos ambiciosos y unos segregacionistas, pero me contuve y más bien traté de limar asperezas. Le expliqué que, según lo establecido por el *Libro de las Revelaciones,* el Demiurgo era quien determinaba quién ocupaba las vacantes en la directiva de la Orden. Y que lo mismo pasaba al concluir el mandato de un Maestro Mayor: era Él quien escogía, entre los cuatro Artífices Superiores, a su sucesor.

Cuando el Príncipe Colibrí la interrumpió y le dijo, con desfachatez, que el Demiurgo era una invención, un pretexto que empleaban «los de arriba» para repartirse el poder, Lavinia entendió que dialogar con los sediciosos iba a ser muy difícil, porque el objetivo de «esos arrogantes» (así los calificó) no era modernizar la hermandad, como proclamaban, sino destruirla y suplantarla.

Los cabecillas rebeldes se fueron insubordinando más y más, hasta que terminaron abandonando la Orden de los Pequeños Artífices de la Nueva Arcadia. Entonces, con los pupilos que los siguieron, crearon una organización sólo para liliputienses a la que llamaron Los Auténticos Pequeños. Hicieron una elección para escoger a su Maestro Mayor y el Príncipe Colibrí la ganó. Pero como no tardaron en tener luchas intestinas, varios integrantes de la nueva secta hicieron casa aparte, fundaron otra cofradía y le pusieron Los Verdaderos Auténticos Pequeños. Ese grupúsculo lo dirigía un escocés que trabajaba en circos de mala muerte y que se hacía llamar Coronel Moscardón.

—Desde entonces, tanto unos como otros quieren apoderarse de nuestras insignias —comentó Lavinia, señalando su dije, y añadió con sarcasmo—: No sé qué pretenderán hacer con ellas, pues no tienen idea de cómo utilizarlas y ni sometiéndonos a tortura compartiremos ese conocimiento con ellos.

Sin embargo, a pesar de esa y otras bravuconadas por el estilo, Chiquita notó que la Maestra Mayor estaba seriamente preocupada. Razones no le faltaban. Hasta ese momento, ninguno de sus Artífices Superiores la había traicionado, pero ¿y si sucedía? El Conde Magri era su marido, así que de él cabía esperar fidelidad absoluta. En cuanto a Dragulescu, su condición de enano lo convertía en persona non grata tanto para Los Auténticos Pequeños como para Los Verdaderos Auténticos Pequeños. El turco también parecía incondicional, pero los golpes de la vida le habían enseñado a Lavinia a no meter la mano en el fuego por nadie...

Aunque le doliera admitirlo, la Orden ya no era la organización monolítica e influyente de los tiempos de Jepp, Jarvis y Boruwlaski. La escisión le había causado un daño irreparable. La prueba más contundente de lo mal que andaba era que, unos meses atrás, *alguien* había descubierto el lugar donde ocultaban la fórmula para localizar a los futuros Artífices Superiores. La tumba de Tycho Brahe en Praga había sido profanada y le habían robado al astrónomo (es decir, a lo que quedaba de él) su nariz metálica. Aunque carecían de pruebas, Lavinia y los Artífices estaban casi seguros de que Los Auténticos Pequeños o Los Verdaderos Auténticos Pequeños eran los culpables de ese acto de vandalismo.

—Por fortuna, aunque tengan la ecuación, no saben cómo usarla —dijo Lavinia.

—Pero si dieron con el escondite, eso significa que uno de ustedes se fue de lengua —exclamó Chiquita impulsivamente y, por la forma en que todos la miraron, se percató de que había hablado de más—. No es que los esté acusando —añadió, tratando de arreglar el entuerto—, pero sólo ustedes sabían lo de la nariz, ¿no?

La Maestra Mayor prefirió no contestarle y continuó como si no la hubiese oído:

—Cuando nuestros enemigos se enteraron, a través del dueño de La Palmera de Déborah, de que tú tenías uno de los dijes, decidieron robártelo para tratar de entender su funcionamiento —dijo—. Fueron ellos, claro está, quienes mataron al judío, y lo mismo hicieron con los detectives. Siempre hacen lo mismo: lo resuelven todo degollando, descuartizando o haciendo papilla a la gente. Son unos hampones. Ganas no les deben haber faltado de liquidarte también a ti.

—¿Y por qué no lo hicieron? —preguntó Chiquita.

Lavinia sonrió enigmáticamente y su marido contestó por ella:

—No, *signorina.* No se atreverían a tanto. Podrán haber traicionado a la Orden, pero saben que el *Libro de las Revelaciones* no miente cuando dice que si un hermano mata a otro sin la aprobación del Maestro Mayor, pagará muy caro su crimen.

—Además, ellos no la quieren a usted muerta —agregó el turco en un inglés muy enredado—. Lo que desean es que se pase a sus filas.

—Eso fue lo que intentó hacer Pompeo —indicó Lavinia, adueñándose otra vez de la palabra—. ¿O qué pensaste, que de verdad estaba enamorado de ti? Aún eres muy ingenua, hija mía. A ese bribón le dieron la misión de seducirte...

Aunque a Chiquita le costaba creer que la pasión de Pompeo hubiese sido fingida, prefirió guardarse su opinión. Ya era tardísimo, estaba a punto de amanecer. Así que, muerta de sueño y con ganas de ponerle punto final a aquellas confesiones, tomó el toro por los cuernos y le preguntó a Lavinia qué esperaba de ella la Orden de los Pequeños Artífices de la Nueva Arcadia. Si pretendían ofrecerle un puesto en la directiva, lamentaba mucho tener que decepcionarlos. Su carrera no le dejaba tiempo para nada. No quería aceptar el ofrecimiento sólo para quedar bien y luego no poder cumplir con las obligaciones de la hermandad.

—Querida, usted no ha entendido cómo son las cosas —exclamó bonachonamente Dragulescu—. Ninguno de nosotros *eligió* entrar a la Orden: fuimos *elegidos* por ella.

—Así es —reafirmó la Maestra Mayor—. La secta no invita a nadie a formar parte de su cúpula. Simplemente, te designa. Venimos al mundo predestinados para esta misión y la tenemos que asumir, gústenos o no. Nos reunimos dos o tres veces al año, a menos que surja algún imprevisto, y en esas juntas se reparten las tareas.

—¿Y si me niego a asistir? —bravuconeó Chiquita con la barbilla erguida, los cachetes colorados, el ceño fruncido y los ojos entrecerrados y chispeantes.

Sin perder la paciencia, Lavinia le respondió que aunque *ella* se resistiera a ir a las reuniones, su *proyección astral* acudiría en cuanto fuera convocada. A las asambleas de la Orden no asistían los cuerpos físicos de sus miembros, sino *sus duplicados astrales.* Ese era un don que compartían los elegidos del Demiurgo. Quienes llevaban al cuello las bolitas de oro podían desdoblarse y estar en dos lugares al mismo tiempo. Y le aclaró que de nada servía oponerse, porque la voluntad del cuerpo astral era independiente de la del físico. Entonces sacó a relucir el «sueño ruso» que Chiquita había tenido antes de irse de Matanzas. Mientras su cuerpo reposaba en la casona, su doble se había reunido con Dragulescu y sus amigos en San Petersburgo. Esa era una prueba a la que tradicionalmente se sometía a los futuros Artífices Superiores, un ensayo para averiguar qué tan buenos eran a la hora de bilocarse. En su caso, había funcionado de maravillas.

—Algunos pupilos, muy contados, también son capaces de hacerlo —se lamentó la Maestra Mayor—. Uno de Los Auténticos Pequeños o de Los Verdaderos Auténticos Pequeños, nunca nos quedó claro, se valió de ese don para materializarse en tu hotel, robarte la insignia y desaparecer sin dejar rastro.

Y tras esa explicación, le dio a Chiquita la bienvenida oficial al puesto de Artífice Superior que había quedado vacante al morir un enano de Alejandría. Según lo estipulado por el *Libro de las Revelaciones,* esa misma noche debían hacerle su ceremonia de iniciación, pero, como era tan tarde, pospusieron esa formalidad para más adelante. Cada cuerpo astral volvió a reunirse con su cuerpo físico: Lavinia y el Conde Magri se fueron al hotel de Portland donde se hallaban hospedados; Hayati Hassid salió rumbo a Londres, porque estaba trabajando en un *vaudeville* de esa ciudad, y Dragulescu volvió a San Petersburgo. La última en dejar Lisboa fue Chiquita y, antes de hacerlo, tomó el pastel de bacalao que quedaba en el plato para írselo comiendo durante el viaje.

Al otro día, cuando despertó en su hotel de Manhattan, creyó que todo había sido un sueño, o más bien una pesadilla. Pero cambió de idea cuando Rústica, al ayudarla a vestirse, empezó a quejarse, extrañada, de la peste a bacalao que tenía.

En las semanas siguientes, el doble astral de Espiridiona Cenda estuvo muy atareado, pues los Artífices Superiores se turnaron para instruirla y familiarizarla con los secretos de la cofradía. La enseñaron a usar su insignia de oro para enviar mensajes y otras cosas, y también a decir algunas frases sencillas en la lengua secreta de los enanos.

Las primeras veces que Primo Magri, Dragulescu o Hayati Hassid la convocaron, Chiquita trató de hacer resistencia, pero se dio cuenta de que era inútil. En contra de su voluntad, terminaba bilocándose y su doble acudía a los llamados. Mientras su cuerpo astral participaba en las reuniones, su cuerpo físico se ponía a bordar, a escribir cartas o a leer. Al principio, la bilocación la hacía sentir incompleta, como medio vacía; pero terminó habituándose.

[Capítulos XXVI y XXVII]

Hazme el favor de quitar esa cara de incredulidad. Ya sé que todo lo relacionado con la secta y las bilocaciones te pareció inverosímil, y no te critico. A mí me pasó exactamente lo mismo. Cuando tuve que mecanografiar ese pedazo, pensé que era una patraña de la enana. Pero después no estuve tan seguro, porque en Far Rockaway fui testigo de un par de cosas que me hicieron reconsiderar mi opinión...

Por ejemplo, una noche que regresé tarde a la casa, noté que por la ranura de la puerta del estudio salía un resplandor y me llegué hasta allí, pensando que a Rústica se le habría olvidado apagar la luz. Pero ¿a quién crees que veo al abrir la puerta? A Chiquita, sentada en una silla, muy abstraída y jugueteando con su dije. Cuando le pregunté si estaba desvelada, me echó una mirada ausente, como si estuviera hablándole en marciano, y movió una mano dándome a entender que me largara y la dejara en paz.

Entonces, cuando iba a subir las escaleras para acostarme a dormir, me topé con Rústica, que salía del dormitorio de Chiquita, y me comentó que la enana estaba ahí adentro, rabiando del dolor en las articulaciones, y que iba a darle unas fricciones con sebo de carnero a ver si se aliviaba. Al oír aquello, me entró una risa nerviosa y le respondí que Chiquita *no podía* estar en su habitación porque yo acababa de verla *en el estudio*.

La negra me miró de arriba abajo, chasqueó la lengua y, halándome por un brazo, me obligó a asomarme por la puerta del cuarto. Compadre: quedé helado. Allí estaba la enana, acostada en su cama y quejándose bajito. Yo no sé si eso sería una bilocación o no, pero lo que sí puedo decirte es que

esa mujer estaba *en dos habitaciones a la vez.* Así mismo pasó.
Te lo juro. ¿Qué ganaría yo diciéndote esa mentira?

Bueno, si esperabas que en estos dos capítulos Chiquita hablara de los trabajos que hizo para la cofradía o de los
conocimientos esotéricos que aprendió, lamento decepcio-
narte. Sobre eso no ponía nada. De haber querido, podría haberlo hecho, porque en la época en que hicimos el libro ya la
Orden no existía y nadie iba a castigarla por irse de lengua. Pero
ella quiso mantener esa parte de su vida en secreto. Decía que
con lo que había revelado ya era más que suficiente. Por eso
vas a notar que en lo que queda de la biografía sus alusiones a
la secta fueron siempre muy escuetas y algo veladas.

Como la Exposición Panamericana no abriría sus
puertas hasta el primero de mayo, Chiquita aceptó, haciendo
de tripas corazón, trabajar los meses que faltaban en uno de
los zoológicos de Bostock. No en el de Chicago, sino en otro
que tenía en Baltimore.* Llegó allá a mediados de enero, se
acomodó en un carromato con Rústica y empezó a actuar
con el éxito de siempre.

Más que un zoológico, aquello era como un circo que
no se movía de ese lugar. Esa vez Chiquita no tuvo que competir con ninguna mona sabia, sino con dos domadoras que
Bostock tenía contratadas. Una de ellas, Pianka la Temeraria,
hacía un número con osos, y la otra, Madame Morelli, era
conocida como «la dama de los jaguares». Parece que, aunque Pianka y la Morelli no se podían ver ni en pintura, en
cuanto la enana aterrizó allí y empezó a quitarles público, las
dos fumaron la pipa de la paz y le enfilaron los cañones.

¿Qué cosas le hacían? Bueno, maldades terribles, porque tú sabes que las mujeres pueden ser de ampanga. Le
echaban *meao* en la entrada de su carromato, le tiraban sapos
y huevos podridos por la ventana, y le ensuciaban con carbón

---

* Este Frank Bostock Zoo, inaugurado en 1899, estaba ubicado en la intersección
de las avenidas Mont Royal y Maryland.

las sábanas y los vestidos que Rústica ponía a secar en la tendedera. Para no darles el gusto de verla rabiar, Chiquita aparentaba que todo eso la tenía sin cuidado, pero en secreto le mandaba telegramas a Bostock quejándose de ellas. El inglés, que estaba lejos de allí, atendiendo otros asuntos, le contestaba que tuviera paciencia, que él las regañaría en cuanto pudiera ir a Baltimore. En esa época, además de seguir con sus *carnivals* y sus zoológicos propios, Bostock se había asociado en varios negocios con los hermanos Francis y Joseph Ferari, unos compatriotas suyos que también eran unas «fieras» en el giro circense. Así que no tenía tiempo para ocuparse de peleas de mujeres.

Una noche, Chiquita y Rústica sintieron unos golpecitos suaves en la puerta del carromato. *Toc toc toc.* Como Pianka la Temeraria y Madame Morelli las tenían paranoicas con sus «bromitas», decidieron hacerse las sordas y no abrir. Pero, qué va, siguieron tocando y tocando, hasta que Rústica no pudo más, miró por una rendija y le avisó a Chiquita que afuera estaba un liliputiense muy pequeño, bien vestido y con cara de persona decente. La enana le ordenó que le preguntara qué se le ofrecía. Entonces el tipo dijo que necesitaba tratar un asunto importante con Miss Cenda y le dio a Rústica una tarjeta de presentación con su nombre: *Príncipe Colibrí.*

Al ver la tarjeta, Chiquita comprendió que era el revoltoso de quien Lavinia le había hablado horrores: el líder de Los Auténticos Pequeños. Estuvo a punto de decirle a Rústica que lo despidiera, pero pensó que si lo rehuía, el Príncipe Colibrí seguiría insistiendo, así que, para salir de él, se vistió, lo hizo pasar y le pidió a la sirvienta que los dejara solos.

Para su sorpresa, el disidente no sólo parecía un caballero, sino que se comportaba como tal. Le besó la mano; le pidió perdón por aparecerse así, de sopetón, obligado por las circunstancias, y por último se deshizo en elogios para su belleza y su talento.

—Se le agradece —dijo Chiquita muy seca—, pero supongo que no me habrá hecho salir de la cama para oír cumplidos.

Como el horno no estaba para pastelitos, el Príncipe Colibrí fue al grano: había ido a Baltimore para proponerle que se uniera a su bando.

—Los días de la vieja Orden están contados —le aseguró—. Ellos representan el final de una época para los liliputienses; nosotros, el inicio de su porvenir.

—Y Los Verdaderos Auténticos Pequeños, ¿qué representan? —preguntó Chiquita con retintín.

—Esos ni pinchan ni cortan —repuso, con desdén, su visitante.

—A propósito de pinchazos, espero que no me llene la lengua de alfileres por rechazar su propuesta —dijo ella, desafiante.

Con una sonrisa, el Príncipe Colibrí le aseguró que ninguno de sus hombres se atrevería a hacerle daño jamás.

—Pues la noche que me robaron el talismán casi me estrangulan —replicó Chiquita.

Entonces el líder de Los Auténticos Pequeños se disculpó por ese accidente y le rogó que reconsiderara su decisión. En realidad, él no pretendía que rompiera con la Orden y renunciara a su puesto entre los Artífices Superiores. Al contrario; le interesaba que siguiera asistiendo a las reuniones y que lo tuviera al tanto de lo que se hablara en ellas.

Aquello terminó de encabronar a Chiquita, porque, aunque a ella la Orden le importaba un comino y sólo iba a las juntas porque no podía amarrar a su cuerpo astral, la idea de convertirse en una traidora la ofendía.

—Se equivocó conmigo —le dijo echando chispas—. No se me ha perdido nada entre los espías —y agregó que no perdiera su tiempo tratando de reclutarla.

—Podemos recurrir a otros medios para convencerla de lo mucho que le conviene ponerse de nuestro lado —dijo el Auténtico Pequeño con un tonito amenazador.

Entonces Chiquita se puso de pie y le señaló la puerta. Pero antes de salir del carromato y perderse en la oscuridad, el Príncipe Colibrí le aseguró que volverían a verse y que tal vez para entonces ella hubiera cambiado de opinión.

Esa entrevista dejó a Chiquita nerviosa. Aunque había tratado de aparentar que no tenía miedo, la perspectiva de amanecer tiesa y con trece alfileres atravesándole la lengua no le hacía gracia. Así que durante unos días vivió sobresaltada, con miedo de que fueran a hacerle algo malo. Rústica, que no sabía nada de las sectas, pensaba que su nerviosismo era por las diabluras de las domadoras y se pasaba el día dándole cocimientos para calmarla. Pero se quedó muy desconcertada cuando Bostock llegó y, al hablar con él, Chiquita no le dio quejas ni de Pianka ni de la Morelli.

La enana se comunicó con Lavinia y con Primo Magri para contarles lo sucedido (ya sabía usar el dije para esas y otras cosas), pero ellos no le dieron demasiada importancia a la amenaza del Príncipe Colibrí. «Perro que ladra no muerde», le dijeron. Así y todo, ella siguió con el barrenillo, esperando que pasara alguna desgracia. Y, en efecto, pasó. Unos días más tarde, un fuego acabó con el zoológico.

Chiquita pensaba, y así lo ponía en el libro, que la intención de Los Auténticos Pequeños no fue provocar un incendio de esa magnitud. En su opinión, ellos sólo habían querido darle un susto, quemar un par de barracas cercanas a la suya para que se acobardara y se cambiara de bando; pero el fuego se les escapó de las manos y lo devoró todo. Por suerte no hubo pérdidas humanas, pero ¿sabes cuántos animales murieron carbonizados? Cientos y cientos. Leones, tigres, jaguares, pumas, osos, avestruces, hienas, canguros, monos, perros, aquello fue una verdadera carnicería, un pandemónium. Sólo unos pocos animales (los que no estaban encerrados) lograron salvarse: una elefanta, unos camellos, unos burritos... Aunque también hubo un león que, en medio de la desesperación, rompió su jaula, salió huyendo y tuvo aterrorizada a la gente de Baltimore hasta que la policía pudo atraparlo.

Aquello fue horrible. A Chiquita y Rústica les pareció que estaban viviendo otra vez el incendio de La Maruca. Las llamas devoraban las maderas, los cartones y las lonas del zoológico; las bombillas estallaban y los vidrios volaban en todas direcciones; los animales chillaban de miedo y de dolor; los empleados y los artistas corrían desesperados de un lado para otro, tratando de orientarse en medio del humo, y la peste a carne quemada era espantosa. Cuando los bomberos llegaron, hicieron lo posible por controlar la situación, pero ese infierno había manguera que lo apagara. Entonces quisieron rescatar a los animales que todavía estaban vivos y abrieron a la fuerza la puerta principal del zoológico. En mala hora se les ocurrió hacerlo, porque el aire que entró por ahí alimentó las llamas y los infelices bichos se acabaron de achicharrar.

El carricoche de Chiquita no se libró de la candela, y aunque Rústica y ella lograron salir a tiempo y sacar algunos recuerdos y pertenencias de valor, la enana decía que esa noche perdió muchas joyas y sus mejores trajes y sombreros. Eso contaba ella. Quizás exagerara un poco; pero no mucho, porque recuerdo haber visto en Far Rockaway un recorte de un periódico donde hablaban del incendio y lo describían como algo dantesco.*

La catástrofe de Baltimore fue un golpe para Bostock, pero no pienses que se arruinó ni nada por el estilo. Él tenía otros muchos animales en Estados Unidos. Además, supongo que lo que se quemó estaría asegurado. Entonces, como aún faltaban tres meses para que empezara la Exposición Panamericana en Búfalo, le consiguió trabajo a Chiquita en teatros de

---

* El suceso fue muy comentado. El artículo «Beasts Roasted in Burning Zoo» (Bestias asadas en un zoológico en llamas), publicado por el periódico *Baltimore News* en su edición del primero de febrero de 1901, informa que en el incendio, que atribuye a las chispas de un cable eléctrico, murieron quemados alrededor de trescientos animales, la mayor parte en sus jaulas. La declaración que Bostock dio a ese diario habría escandalizado a las sociedades protectoras de animales de hoy: dijo que había descartado la idea de abrir todas las jaulas porque «no quería cargar con la responsabilidad de soltar a todos esos devoradores de carne humana entre los habitantes de Baltimore». El artículo incluye una alusión a Chiquita y a «la pérdida de sus caras joyas y su elaborado guardarropa».

Washington, Seattle y otras ciudades, cosa que a ella le encantó, pues así podía darse a conocer en otra parte del país. Aunque el dinero que ganaba en un *vaudeville* no podía compararse con el que conseguía en una feria o en un zoológico, en los teatros se sentía más artista.

Cuando estaba actuando en la Grand Opera House de Washington*, Lavinia la citó a una reunión urgente. Allí se enteró de que, como escarmiento por haber quemado el zoológico, el Príncipe Colibrí y varios de sus secuaces habían sido ajusticiados por pupilos fieles a la Orden y por matones contratados personalmente por la Maestra Mayor. ¿Verdad o mentira? La única forma de saberlo sería que alguien revisara uno por uno los periódicos de esos días en Estados Unidos y en Europa. Probablemente, en las noticias de la crónica roja se mencionaría la aparición, aquí y acullá, de cadáveres de liliputienses con las lenguas llenas de alfileres. Pero ¿quién va a hacer semejante investigación? Y, total, ¿para qué?

Según Chiquita, ella quedó muy impresionada con esa venganza tan sanguinaria y se dio cuenta de que, aunque la Orden no estuviera en su mejor momento, todavía sabía hacerse respetar. Como resultado de ese batacazo, Los Auténticos Pequeños quedaron descabezados y, aunque intentaron reorganizarse, les resultó imposible. Sin cerebros que los dirigieran, terminaron por desaparecer. En cuanto a Los Verdaderos Auténticos Pequeños, también fueron debilitándose y no tardaron en seguir el mismo destino. Esa facción nunca había tenido el empuje de la otra, y acabó de joderse cuando su líder, el Coronel Moscardón, renunció a su puesto de Maestro Mayor (supongo que por miedo a que le clavaran sus trece alfileres, como al Príncipe Colibrí) y la dejó al garete.

Así que, como dice el refrán, no hay mal que por bien no venga. El incendio de Baltimore sirvió para que la Orden

---

* Aunque pueda parecer raro, ese y otros auditorios «de ópera» de la época solían presentar espectáculos de *vaudeville* y los artistas liliputienses eran acogidos con beneplácito en sus escenarios.

se librara de sus enemigos y pudiera seguir trabajando en su difícil misión de tratar de enderezar un mundo que cada vez estaba más patas arriba.

En Washington, Chiquita se hospedó en un hotel de ringorrango. Del nombre no me acuerdo, pero sí de que quedaba cerca de la Casa Blanca. Y también de que en una de sus *suites* se había alojado, muchos años atrás, Jenny Lind, el Ruiseñor de Suecia. Esa fue precisamente la habitación que le tocó a Chiquita.*

¿Sabes quién fue Jenny Lind? Chico, a mí me gustaría saber qué aprenden ustedes en las universidades. Mucho comunismo científico, pero muy poca cultura general. Cada vez que te menciono a alguien famoso, te quedas en Babia. Jenny Lind fue una gran cantante. Le decían el Ruiseñor de Suecia y fue el supuesto amor imposible de Hans Christian Andersen. Digo *supuesto* por mal pensado que soy, porque a mí no hay quien me saque de la cabeza que Andersen era mariquita. Su amor por Jenny debe haber sido un cuento, una invención para taparle la pluma.

Chiquita contaba que durante el tiempo que estuvo en ese hotel de Washington, varias veces se despertó de madrugada oyendo la voz de una mujer que cantaba ópera. Ella pensaba que era el fantasma del Ruiseñor de Suecia, que por alguna extraña razón seguía deambulando en aquel cuarto. Por supuesto, yo no le creí ni media palabra, y menos aún porque esa tarde Rústica estaba viéndonos trabajar y me miró con sorna, como dándome a entender que la historia del fantasma de Jenny Lind era una invención suya.

Como te expliqué antes, cuando nosotros trabajábamos, Rústica nos acompañaba en contadas ocasiones, de Pascuas a San Juan. Si por casualidad se le ocurría meterse en el

---

* Indudablemente, se trata del hotel Willard, que continúa funcionando en todo su esplendor. Jenny Lind se hospedó allí en 1850, y también lo hicieron, entre otras celebridades, Abraham Lincoln, Mark Twain, Walt Whitman, Harry Houdini y Tom Thumb. A Chiquita le habría irritado saber que en la actualidad el hotel no incluye su nombre en la lista de sus huéspedes ilustres.

estudio un día en el que Chiquita pensaba dictarme algún episodio de su vida que no quería que ella escuchara, la zumbaba para la cocina sin contemplaciones. Pero cuando estaba presente, yo sólo tenía que mirarla de reojo y, por su cara, sabía si lo que estaba escribiendo era verdad o mentira.

Bueno, continúo. Resulta que estando Chiquita en Washington, el secretario personal del presidente McKinley fue a verla al teatro, y él y su esposa se convirtieron en admiradores suyos.* A los pocos días le avisaron que le tenían una grata noticia: el presidente McKinley la invitaba a la Casa Blanca.

¡Figúrate lo que representó eso para Chiquita! ¡Iba a ser la primera artista de Cuba, y de toda Latinoamérica, en visitar a un presidente de Estados Unidos! Como quiera que se mire, era tremendo honor. Así que se hizo ropa nueva y se compró joyas para sustituir las que se le achicharraron en Baltimore, porque ella quería ir a la entrevista como una reina. Como Su Alteza Chiquita de Liliput.

Naturalmente, al enterarse de que tendría la oportunidad de hablar de tú a tú con McKinley, los jerarcas de la Orden le dieron la tarea de tratar con él temas importantes para el futuro del mundo y, en particular, de los liliputienses y los enanos.

Chiquita no explicaba en el libro cuáles fueron los temas que habló con el Presidente; sólo señalaba que su misión resultó muy exitosa y que, como consecuencia de ese encuentro, McKinley había tomado decisiones favorables para los objetivos de la cofradía.

La fecha exacta de la visita a la Casa Blanca no la recuerdo**, pero sí que al llegar Chiquita, acompañada por el

---

* Se refiere a George B. Cortelyou y a su esposa Lily.
** Fue el martes 13 de febrero de 1901. Según la nota publicada por *The New York Times* al día siguiente, Chiquita acudió ataviada con un vestido de terciopelo de seda, una capa de ópera de satén y todos sus diamantes. (Un vestuario tal vez inadecuado para una salida matutina, pero, sin duda alguna, impresionante.) La información añade que Chiquita «es una gran admiradora del Presidente y el secretario Cortelyou arregló la visita».

secretario del Presidente, la hicieron pasar a un salón muy elegante. McKinley se demoró unos minutos y, cuando por fin apareció, le dijo a la enana: «Bienvenida, señorita Cenda». Entonces Chiquita le hizo una reverencia y le dio las gracias, no sólo por recibirla, sino por todo lo que había hecho por el pueblo de Cuba.*

Hoy día darle las gracias a Estados Unidos por haber ocupado militarmente la isla y tener allí un gobierno interventor puede parecer poco patriótico, pero a principios de 1901 Chiquita no era la única que pensaba de esa forma. Al igual que ella, muchos consideraban que los cubanos todavía no estaban preparados para vivir en libertad, y que necesitaban una mano fuerte que les enseñara lo que era una república y una democracia. Ella quería a Cuba soberana e independiente, como la había soñado su hermano Juvenal, y creía que aquella transición era no sólo necesaria, sino hasta saludable, para que los cubanos se civilizaran y aprendieran, poco a poco, a gobernarse.

¿Quién mejor para enseñárselo que Estados Unidos, que representaba el progreso, la modernidad y la justicia? Porque no se trataba sólo de ser libres, sino de saber qué hacer con la libertad. Chiquita no quería que Cuba, siguiendo los pasos de la mayoría de las antiguas colonias españolas, se convirtiera en una república atrasada y con gobiernos corruptos.

Déjame aclararte que cuando me dictó esa parte de su biografía tuvimos una discusión fuerte, porque mis ideas sobre la intervención eran muy distintas de las suyas. Figúrate, yo crecí oyendo hablar a mi abuelo Evaristo Olazábal, un viejo mambí, pestes de los americanos y de la Enmienda Platt. Mi abuelo no se cansaba de repetir como un loro que

---

* «Quiero agradecerle, señor Presidente, todo lo que ha hecho por mi pueblo. Usted sabe que soy una cubana cabal y puedo apreciar todo lo que ha hecho por nosotros», fueron las palabras textuales que Chiquita le dijo al vigesimoquinto presidente estadounidense, según el reporte del *The New York Times*. McKinley estrechó su mano y le respondió: «Qué bonito discurso. Es uno de los mejores agradecimientos que he recibido nunca».

los yanquis le habían arrebatado la victoria al ejército libertador y que lo único que había hecho el gobierno interventor era crear condiciones para que, cuando Cuba fuera una república, los americanos pudieran volver a meterse en ella cada vez que quisieran.

Chiquita decía que yo estaba envenenado por las ideas de mi abuelo, y trató de convencerme de que en los tres años que duró el gobierno interventor los americanos habían hecho cosas muy buenas. Para empezar, se habían preocupado por la salud y la higiene, que eran un desastre. Contadísimas casas tenían inodoro, y la tuberculosis y la fiebre amarilla estaban a tutiplén. Para ponerle remedio a esa situación, empezaron a construir cloacas y alcantarillas, arreglaron los acueductos, pavimentaron las calles y mejoraron los caminos. Pero también se ocuparon de traer tranvías eléctricos, para que los caballos no siguieran llenando de mierda las ciudades, y de repartirles semillas e instrumentos de trabajo a los campesinos. Y, en medio de todo eso, habían dado empleo como maestros a miles de personas y habían organizado elecciones para que en los pueblos las gentes escogieran a sus alcaldes y se fueran acostumbrando a votar.

¿Qué tenía de extraño, entonces, que ella le diera las gracias a McKinley? Motivos para hacerlo, en su opinión, sobraban. Yo no me quedé callado y le dije, como un eco de mi abuelo, que todo aquello lo habían hecho para «americanizar» a Cuba.

—¿Y qué? —saltó Chiquita—. ¿Acaso tu abuelo y tú hubieran querido que, en lugar de tomar a Estados Unidos como modelo, la futura República de Cuba copiara a un país atrasado? Muchacho, métete en la cabeza que cuando los americanos se fueron de la isla, la dejaron mucho mejor de como la habían encontrado.

En cuanto a la Enmienda Platt, admitió que obligar a los cubanos a aprobarla como requisito para obtener la independencia había sido una canallada. Pero ¿qué se podía hacer? Los yanquis tenían la sartén por el mango y, como había dicho Manuel Sanguily, era preferible tener una república con enmienda que una enmienda sin república.

—Pero cuando yo le di las gracias a McKinley, la Enmienda Platt todavía no existía, así que no viene al caso que la saques a relucir —me aclaró.

Aquel día, en la Casa Blanca, McKinley habló poco y oyó a Chiquita con atención, interesándose por su vida y por sus ideas políticas. La conversación sólo languideció cuando el Presidente le preguntó si regresaría pronto a Cuba. «Sólo Dios lo sabe...», contestó ella y se hizo un largo silencio. McKinley lo rompió comentándole que le gustaría presentarle a su esposa, y la llevó a conocerla. Chiquita hizo muy buenas migas con la primera dama, una mujer enferma y muy sufrida, que nunca se había recuperado del golpe de perder a dos hijitas.

Antes de despedirse, el Presidente tomó de la solapa de su abrigo el clavel que estaba usando y lo prendió en el vestido de la cubana.* Poco después de aquel encuentro, a Chiquita le mandaron un regalo de la Casa Blanca: un landó a su medida, acompañado de dos ponies enanos.

---

* El detalle del clavel es cierto. Según la crónica de *The New York Times,* era de color rosado.

Capítulo XXVIII

En la Exposición Panamericana. Mil y una maravillas de la
«Ciudad Arco Iris». Chiquita se convierte en la «mascota ofi-
cial». Un automóvil a su medida. La Reina de Liliput. Varia-
dos reencuentros. Primera predicción de Djeserit. Un balazo de
«Búfalo» Bill le salva la vida. Toby Woecker o el ímpetu de la
ardilla ratufa. My lovely Chick. *El gran desfile del Midway.*

Antes del primero de mayo de 1901, el principal
atractivo turístico de Búfalo era su cercanía a las cataratas del
Niágara. Sin embargo, a partir de esa fecha y hasta el primero de noviembre, se produjo un cambio radical. Millones de
personas viajaron allá para ver la gran Exposición Panamericana y, durante esos seis meses, la ciudad se convirtió en una
de las más visitadas de Estados Unidos.

La exposición, concebida para mostrar los progresos
de la humanidad y fomentar el comercio entre los países americanos, ocupaba un área de trescientos cincuenta acres y tenía
más de un centenar de edificios (una veintena de ellos, monu-
mentales) pintados de colores brillantes. Su construcción más
sobresaliente era la Torre Eléctrica, de trescientos setenta y cinco pies de altura, y el público podía subir en elevadores hasta
sus pisos superiores, para disfrutar de restaurantes y miradores.
Encima del domo de la Torre estaba la «perla de la corona»: la
Diosa de la Luz, una estilizada figura femenina de latón marti-
llado con una antorcha en una mano. La diosa parecía velar por
los miles y miles de personas que deambulaban por la exhibición, y también por los puentes, las avenidas, las plazas, las pérgolas, los conjuntos escultóricos, los jardines versallescos, las
fuentes, las cascadas y los lagos que tenía a sus pies.

Si de día la «Ciudad Arco Iris» —así la denominó la
prensa— era un festín cromático para los ojos, al atardecer

adquiría un encanto especial cuando más de doscientas cuarenta mil bombillas eléctricas se encendían a la vez e iluminaban todos sus rincones. Deseosos de superar en lujo y número de visitantes a la Feria Mundial de Chicago, realizada ocho años atrás, los organizadores de la Exposición Panamericana habían invertido en ella varios millones de dólares.*

Pocas veces se había logrado reunir en un mismo sitio tantas maravillas y de tan variada índole. Entrar al recinto por alguna de sus siete puertas (previo pago de la cuota de admisión, que, según la hora y el día de la semana, podía ser de veinticinco o cincuenta centavos los adultos, y de quince o veinticinco los niños) era fácil; lo complicado venía a continuación, cuando la gente debía escoger cuál de las muchas atracciones vería primero.

¿Por dónde empezar? ¿Tal vez por los pabellones dedicados a la electricidad, la agricultura, las maquinarias, el transporte, las artes gráficas o la minería? ¿Por el salón de la horticultura, por la lechería modelo, por la exhibición de productos manufacturados? Los edificios dedicados a los distintos estados de la Unión, a Canadá y a los países de las Américas también eran dignos de verse. Incluso Cuba disponía de un pabellón independiente para mostrar sus productos, mucho más grande que los de México, Honduras y Guatemala. Trazar un itinerario siempre era complicado, sobre todo para las familias, pues caballeros, damas y niños solían tener intereses diversos.

Dos archiconocidos rivales, ubicados retadoramente uno frente al otro, se disputaban el favor de los amantes del chocolate. En el edificio del Chocolate Baker, de dos pisos de altura, los visitantes podían observar el proceso mediante el cual el cacao crudo se transformaba en variadas golosinas y beber tazas de chocolate caliente. En el edificio del Chocolate Lowney, de tres pisos, podían adquirirse las exquisitas ca-

---

* Un millón de dólares de 1901 equivaldría, en la actualidad, a alrededor de diez millones.

jas de *bon-bons* de la compañía y disfrutar de una vista panorámica desde el *roof garden*.

Ahora bien, no nos llamemos a engaño: la mayoría de los visitantes, después de curiosear durante un rato por los pabellones «serios» y de echarle un vistazo a las comidas enlatadas, a las máquinas de escribir eléctricas, a los nuevos fertilizantes, a las lavadoras o a los fonógrafos de motor, terminaban dirigiendo sus pasos hacia la zona del *Midway*. Allí estaba, para la gente común y corriente, la verdadera diversión.

A medida que caminaba por el amplio *boulevard*, el público era acosado por una plaga de pregoneros, trompetistas, payasos y hombres-sándwich que lo invitaba a comprar los tickets de atracciones tan tentadoras como el Pueblo Esquimal, con sus iglúes, sus trineos tirados por perros y sus leones marinos, o la Aldea Africana, donde, en una perfecta imitación de su selva nativa, una tribu de hoscos «caníbales» danzaba al son de sus tambores.

Si traspasaban las puertas del Bello Oriente, los visitantes caían en medio de un bullicioso bazar árabe donde pululaban vendedores de baratijas, narradores de historias y tragafuegos. Allí podían ver las carreras de camellos, ser testigos de cómo los derviches volaban en sus alfombras mágicas y admirar a Fátima y Fatma (conocidas como «la Pequeña Tempestad» y «la Gran Tempestad»), las seductoras intérpretes de la danza del vientre. En cambio, quienes optaban por entrar a las Calles de México, podían probar los tamales con chile y el tequila, contemplar las corridas de toros, los cactus gigantescos y las iguanas, y aplaudir a los hombres y mujeres que bailaban el jarabe tapatío.

El *Midway* era un caleidoscopio abigarrado y extravagante, un muestrario del mundo. Allí lo mismo podía visitarse una granja de avestruces que dar un paseo en el ferrocarril más minúsculo del mundo o subir a las alturas en las ruedas metálicas del Aero-Cycle. Se podía penetrar en el Templo de Cleopatra (lleno de pinturas murales que ilustraban la vida de la reina de Egipto); pasear por la Antigua

Plantación, una hacienda sureña en miniatura dedicada al cultivo del algodón; estremecerse con la erupción del volcán Kilauea, reproducida con tanto realismo que el público gritaba de miedo, o mirar las películas del Cineograph y el Mutoscope.

Las distancias entre los países se acortaban prodigiosamente: se podía estar un rato en el campamento de Stellita, la reina de los gitanos de Transilvania; saltar luego al Pueblo Japonés, con sus samuráis, sus geishas, sus cerezos en flor y sus palanquines, y, unos minutos más tarde, llegar a la Venecia en América, una admirable réplica de la Serenísima, con sus *palazzos*, sus iglesias, sus puentes, sus canales y sus góndolas. Todo era posible: desde presenciar una feroz batalla entre pistoleros blancos y guerreros indígenas (escenificada por la *troupe* del Salvaje Oeste de «Búfalo» Bill en un estadio para doce mil espectadores) hasta ver a Pitágoras, «el caballo con cerebro humano», y ser testigos de sus habilidades para sumar, restar, multiplicar y dividir.

Un local que permanecía atestado día y noche era el que exhibía un puñado de incubadoras con bebés prematuros adentro. Aunque su *manager,* el doctor Couney, insistía en que la Incubadora de Infantes era una demostración de carácter científico, y no recreativo, los organizadores la habían ubicado en el *Midway.* A las enfermeras y a los médicos encargados de cuidar a las criaturas (alquiladas a madres de Búfalo y de otras localidades vecinas), les costaba mucho que la gente dejara de hablar en voz alta y se comportara como si estuviera en un hospital.

Entre tantos espectáculos pintorescos o asombrosos, cuatro mujeres sobresalían por su poder de convocatoria. Una de ellas era Cora Beckwith, la campeona del mundo de natación. La gente abarrotaba su Natatorium para ver a la robusta sirena británica braceando y flotando durante nueve horas al día, sin salir del agua por ningún motivo. Otra era Winona, una joven sioux que formaba parte del Congreso Indio y que poseía una puntería con el rifle fuera de lo común.* La tercera, Little Patti, era una niña de nueve años, hija de sicilianos, que deleitaba a los visitantes de la Venecia en América interpretando canciones italianas con una increíble voz de soprano.** Y la cuarta era Djeserit, una vidente que formaba parte del espectáculo Calles de El Cairo y que podía adivinarle el porvenir a las personas con sólo mirarles las orejas (a menos que las tuvieran sucias). Las predicciones de Djeserit (que en egipcio significa «mujer santa») tenían fama de infalibles y generalmente se cumplían en pocas horas, a veces en cuestión de minutos. Por ejemplo, a una señora embarazada, a la que en teoría le faltaban tres meses para dar a luz, le empezaron los dolores del parto, tal y como Djeserit había vaticinado, en cuanto salió de Calles de El Cairo.***

Pero había alguien que aventajaba en éxito y popularidad a Cora Beckwith, a Winona la Sioux, a Little Patti y a la vidente Djeserit. Alguien con quien ninguna de las atracciones del *Midway* podía competir. Era Chiquita, que tenía un gran teatro a su disposición, construido a la izquierda del Bostock's Great Animal Show. La gente hacía larguísimas filas para verla, y no sólo compraban como pan caliente sus retratos, sino también los coloridos *pinback buttons* que Bostock había mandado a hacer para la ocasión.****

La supremacía de la artista de Matanzas quedó corroborada cuando, durante la ceremonia inaugural, los organizadores la declararon «mascota oficial» de la Exposición Panamericana. Al principio, ese título no entusiasmó mucho

---

* En realidad, la tal Winona no era sioux. Se trataba de una *cara pálida* llamada Lilliam Smith, que se oscurecía la piel y se vestía como india para engañar al público. El fraude fue revelado, al final de la Exposición, por un reportero de *The Buffalo Times*.

** Con el tiempo, esa niña —cuyo verdadero nombre era Nina Morgana— fue «descubierta» por Enrico Caruso, quien se convirtió en su mentor. Morgana viajó a Italia, estudió canto y debutó en La Scala a los quince años. Después desarrolló una brillante carrera en la Metropolitan Opera House de Nueva York.

*** La señora dio a luz en el hospital de la Exposición. El bebé prematuro fue acogido con beneplácito en la Incubadora de Infantes, donde le brindaron atención especializada durante las siguientes semanas.

**** Tengo en mi poder dos de esos preciosos botones o *pinback buttons* con imágenes de Chiquita, adquiridos en Hake's Americana & Collectibles, un negocio de antigüedades de Timonium, Maryland.

a Espiridiona Cénda. «¿Qué se han pensado esos señores, que soy una gata o una perra faldera?», exclamó, disgustada, al saber la noticia. Pero Bostock la convenció de que ser la «mascota» de un evento tan relevante no sólo era un honor, sino también una publicidad muy conveniente, que les reportaría pingües beneficios económicos a ambos. A la luz de ese razonamiento, la cubana aceptó, a regañadientes, el singular título.

Aunque inicialmente Chiquita usaba el landó que le había regalado el presidente McKinley para participar en los desfiles promocionales que se hacían por el *Midway* y las principales avenidas de Búfalo, Bostock tuvo una idea mejor y se la propuso a la compañía de automóviles Jenkins, de Washington. Semanas más tarde, su artista más exitosa recibió un regalo que llenó de admiración a muchos e hizo rabiar de envidia a otros. Se trataba de un lujoso automóvil descapotable —una copia exacta, en miniatura, del codiciado modelo Victoria—, de color verde oscuro, con ruedas niqueladas y cómodos asientos de piel.*

Para conducir el vehículo, Bostock contrató como *chauffeur* a un liliputiense negro y le puso un vistoso uniforme. Cada vez que la «mascota oficial» subía a su automóvil para aparecer en un desfile o para dar una vuelta por la Exposición entre una función y otra, la gente dejaba lo que estuviera haciendo y se ponía a aplaudirla. La diminuta *performer* era la estrella más rutilante del *Midway*. Y, como para que nadie tuviera la menor duda, el músico E. C. Koeppen compuso una canción «*respectfully dedicated to Chiquita the Doll Lady*».

Bostock hizo imprimir la partitura, poniéndole en la primera página una sensual foto de la artista, y la sumó al lucrativo negocio de la venta de souvenirs.** *The Lilliputian*

---

* Otros detalles del automóvil: pesaba doscientas veinticinco libras y sus ruedas medían doce pulgadas de diámetro. La batería eléctrica le permitía funcionar durante quince horas y alcanzaba una velocidad de hasta diez millas por hora.
** La biblioteca de la Universidad de Búfalo conserva un ejemplar de esa partitura. La foto muestra a Chiquita junto a una alfombra de piel de tigre, con un elegante y escotado vestido, sosteniendo con su mano derecha un abanico abierto. El toque sensual proviene del generoso escote y de su posición, un tanto echada hacia delante, que hace lucir más prominente su busto.

Queen (ese era el título de la composición) se convirtió en una suerte de himno a la hermosura y la inteligencia de la *«sweet Chiquita»*, *«one of the world's great wonders»*. Ella la entonaba al concluir sus actuaciones y el público coreaba el estribillo a voz en cuello.

Aunque tenía que dar varias funciones al día, durante esos meses Chiquita sacó tiempo para reencontrarse con viejos conocidos y hacer nuevas amistades. Por ejemplo, volvió a ver a la reina Liliuokalani y la halló muy envejecida. Era como si, después de la anexión de Hawai, le hubiesen caído un montón de años encima. Se encontró también con la fotógrafa Alice Austen; con su antiguo empresario F. F. Proctor, quien la felicitó, con helada cortesía, por sus «innumerables triunfos»; y con Monsieur Durand, el gerente de The Hoffman House, que ya se había retirado y se dedicaba a viajar por placer en compañía de Miguel, un apuesto y musculoso joven mexicano al que presentaba como «mi ahijado».

Otra persona a quien le agradó ver fue a Rosina, la encantadora de serpientes con la que tan buenos ratos había compartido en Omaha. Su amiga estaba retirada de los escenarios desde que una de las pitones que solía enroscársele en el cuerpo casi la mata de un apretón. Después de ese susto, Rosina se deshizo de todos sus ofidios y se casó con el *manager* de Jerusalén en el Día de la Crucifixión, un espectáculo itinerante que mostraba al público, a través de cicloramas, la Pasión de Cristo. A pesar de que tenía que ayudar a su marido, cada vez que podía se escapaba al camerino o al carromato de la «mascota» para recordar los viejos tiempos y contarse novedades.

Chiquita también coincidió varias veces con Nellie Bly, la famosa reportera que, cinco años atrás, la había llevado a La Palmera de Déborah para descifrar el enigma de su amuleto. Nellie no estaba en Búfalo como periodista, sino como expositora, pues se había empeñado en promocionar personalmente los artículos de la Iron Clad Manufacturing, una de las compañías de su anciano esposo. A través de ella, la «Reina de Liliput» tuvo noticias frescas de Crinigan. El pelirrojo seguía en Cuba, al parecer muy a gusto, y acababa de comprometerse con una criolla hija de un bodeguero. La noticia le produjo una incómoda turbación.

—Dos veces me pidió que fuera su esposa y dos veces le contesté que no —dijo Chiquita—. Y, sin embargo, me irrita imaginarlo con otra.

—Al corazón no hay quien lo entienda —repuso la reportera y, sorprendida al notar que la cubana llevaba al cuello el talismán del gran duque Alejo, se interesó por saber cómo lo había recuperado.

—Meses después de que me lo robaran, mi doncella, Rústica, fue a la pescadería, compró un parguito y, cuando lo abrió con un cuchillo, encontró el dije en sus entrañas —mintió Chiquita descaradamente.

—¿Como en el cuento del soldadito de plomo? —inquirió, con suspicacia, Nellie.

—Igual —asintió Chiquita y, sin darle tiempo para hacer más preguntas, se despidió de ella con el pretexto de que debía salir a escena.

Una tarde, cuando la pequeña artista daba un paseo en su automóvil, su conductor estuvo a punto de chocar con Gonzalo de Quesada, el diplomático cubano que tan deferente había sido con ella durante la Exposición Universal de París. Quesada se alegró mucho de verla y se la presentó al general Leonard Wood, quien gobernaba Cuba desde el final de la guerra de Estados Unidos contra España.

Chiquita encontró al militar muy atractivo, con sus anchas espaldas, su cabellera plateada y su viril mostacho, y, aunque Wood estaba acompañado por su esposa, no pudo evitar coquetearle un poco. Con una sonrisa pícara, le preguntó cuándo su patria sería, por fin, libre y soberana. El general se echó a reír y le aseguró que quizás muy pronto... ¡si sus compatriotas «seguían portándose bien»! La independencia ya estaba cerca, advirtió el general, pues los líderes cubanos acababan de aceptar que la Enmienda Platt formase parte de su constitución, requisito exigido por Washington para garantizar que, en el futuro, la nueva república tuviese gobiernos dignos y honrados.

«Y serviles», añadió, con sorna, Rústica, cuando se enteró del cuento. Chiquita fingió no escucharla. De un tiempo a esa parte, prefería no hablar de la política de Cuba con su doncella. Por lo general, terminaban discutiendo agriamente, y no quería que nada la amargara. Estaba viviendo los mejores días de su vida: tenía fama, dinero, belleza, y, como si todo eso fuera poco, algo que no se atrevía a calificar aún como amor estaba germinando dentro de ella. Era una ilusión, una promesa de felicidad, que se relacionaba con un joven humilde, pero atractivo, que había entrado a su vida...

Pero eso se comentará a su debido momento. Mientras tanto, dejemos claro que no todos los reencuentros resultaron gratos. Una mañana, Emma Goldman fue a ver el espectáculo de Chiquita y, al terminar la función, se acercó a ella para saludarla. La anarquista acababa de pasarse un mes con su hermana Helena, que vivía en Rochester, y había decidido llegarse hasta Búfalo para recorrer la Exposición y, de ser posible, captar nuevos simpatizantes para su causa.

Sin ser descortés con ella, Chiquita trató de mostrarse lo más fría que pudo; pero la Goldman no se dio por aludida y, aunque había gente cerca, se puso a recordar en alta voz, de forma imprudente, aquella vez que la policía de Chicago irrumpió en una de sus charlas y ambas terminaron encerradas en la misma celda.

—Después que volví de Europa he publicado algunas cosas y quisiera hacértelas llegar —dijo la anarquista y, para salir de ella, Chiquita le pidió que se las enviara a la Exposición y le aseguró que las leería con mucho gusto.

En cualquier *Midway*, incluso en los más modestos, lo que sobran son chismes. En Búfalo los había por decenas, y por eso, cuando Chiquita y Rosina se concedían una tregua en sus ocupaciones y se sentaban a disfrutar una taza de té y unos biscuits, lo que les sobraba eran temas de conversación. El dúo de amigas se convirtió en un trío al sumársele la vidente Djeserit. A esta última la conocieron cuando fueron a verla a su tenderete de Calles de El Cairo, en compañía de Rústica, deseosas de comprobar si era tan buena adivina como aseguraban.

Ese día, después de estudiar su orejita izquierda (las orejas de la derecha, según Djeserit, siempre eran «mudas»), la vidente le anunció a Chiquita que iba a pasar un gran susto, pero que, por suerte, la sangre no llegaría al río. La profecía se cumplió más rápido de lo que imaginaban. Cuando la matancera iba rumbo a su pabellón, una gigantesca ardilla ratufa salió de quién sabe dónde y corrió impetuosamente hacia ella, tal vez atraída por las hebillas doradas de sus zapatos. Era un macho corpulento, de poderosa cola y mirada estrábica, que exhibían en el Pueblo Hindú y que, misteriosamente, había escapado de su jaula.*

El sobresalto de Rústica y Rosina fue tal, que sólo atinaron a soltar sendos alaridos y a abrazarse, convencidas de que ese iba a ser el último día de Espiridiona Cenda. Pero justo cuando la ardilla se abalanzaba sobre la liliputiense, dispuesta a roerla con sus impresionantes incisivos, se escuchó un disparo y el animal cayó a sus pies, manchándole la ropa de sangre y de sesos. Una bala, salida nada más y nada menos que del revólver de «Búfalo» Bill, la había librado del peligro.

El hombre apartó el cadáver de la ratufa de un puntapié, se acuclilló y sostuvo a la temblorosa Chiquita, galantemente, por un brazo.

—¿Se encuentra bien? —preguntó, quitándose el sombrero, y en cuanto la damita, sin reponerse aún del susto, le contestó que sí, añadió—: Sé que usted tiene contrato con Mister Bostock y que les está yendo muy bien, pero, de

---

* La ratufa (*Ratufa indica*) es la ardilla más grande del mundo. Llega a medir tres pies de la cabeza a la cola y habita en algunas regiones de Asia.

todos modos, escuche lo que voy a decirle: si algún día se cansa de él, no dude en buscarme. Me encantaría tener una artista de su categoría en mi Salvaje Oeste.

Guiñándole un ojo, «Búfalo» Bill se encasquetó el sombrero hasta las cejas y se puso de pie. Luego dio media vuelta y, sin mirar a Rosina, a Rústica ni a ninguno de los curiosos que observaban la escena, se alejó haciendo sonar las espuelas de sus botas.

Después de aquello, Djeserit y Chiquita se volvieron inseparables, lo que se dice «uña y mugre». Todas las tardes se reunían en el camerino de la liliputiense para pasar revista a los mejores chismes de la jornada. Una vez, mientras esperaban por Rosina para servir el té, la vidente le volvió a examinar la oreja izquierda y anunció que tenía que hacerle otro vaticinio.

—No te asustes —la tranquilizó—. Esto parece ser algo agradable —y le reveló que estaba a punto de enamorarse.

Cuándo y de quién, no le quedaba claro: no alcanzaba a «leerlo» en su oreja. Lo que sí podía asegurarle era que esa pasión le cambiaría la vida. En otro momento, la cubana hubiera acogido sus palabras con escepticismo, pero después del incidente con la ardilla, sabía que las predicciones de Djeserit no podían tomarse a la ligera.

Sin embargo, ese augurio no se cumplió con la celeridad que el anterior. Chiquita tuvo que esperar unas semanas para que Toby Woecker apareciera en su vida. Eso sí, cuando irrumpió, lo hizo con el mismo ímpetu de una ratufa macho, sólo que no para roerla con sus incisivos, sino para comérsela a besos.

Chick llaman los americanos a los polluelos. *Chick*, también, les dicen a las muchachas. Y ese fue el cariñoso apelativo que escogió Toby para Chiquita: «*Chick, my lovely Chick*»...

Por supuesto, eso fue cuando ambos comprendieron que lo que había comenzado como una dulce amistad era, en realidad, uno de esos amores apasionados a los que resulta imposible poner bridas. Al principio, él la trataba con mucha deferencia y respeto. Siempre que se dirigía a ella le decía «Miss Cenda». No podía ser de otro modo. Chiquita era la gran estrella del *Midway* y el joven Toby sólo uno de los hombressándwich contratados para anunciar su espectáculo.

Toby Woecker había llegado a Búfalo, proveniente de Erie, con la esperanza de conseguir empleo durante el medio año que permanecería abierta la Exposición Panamericana. Tuvo suerte y Bostock le dio trabajo enseguida: empezó a deambular de un lado para otro del *Midway,* llevando encima dos paneles publicitarios, uno sobre la espalda y el otro sobre el pecho, ambos con anuncios del *show* de Chiquita. En sus ratos libres, Toby aprovechaba para colarse en el teatro de la liliputiense y ver fragmentos de su actuación.

Una tarde, le pidieron que le alcanzara un ramo de flores a Chiquita en su carromato y aprovechó para comentarle cuánto le gustaban sus bailes y sus canciones. Cuando ella quiso darle una propina, se negó a aceptarla y le solicitó, en cambio, un retrato con su autógrafo. A partir de ese momento, Toby se convirtió en su mandadero particular. Cada vez que necesitaba algo —bien fuera una soda helada o una pastilla para el dolor de cabeza—, Rústica lo buscaba y le hacía el encargo. Así surgió entre la artista y el empleado una fuerte simpatía que, poco a poco, se convirtió en atracción y, más tarde, en amor.

Durante el día, los enamorados sólo podían verse escasos minutos, pero después de medianoche, cuando la gente de la Exposición se iba a dormir, se daban cita a la entrada del carromato de Chiquita y pasaban horas conversando de los temas más diversos. Toby era sencillo, pero no tonto. Tenía unas ganas enormes de aprender y le pedía a su novia que le hablara de los adelantos científicos y de los países que había visitado. Él, por su parte, le contaba de las cerezas y las uvas que sus abuelos cultivaban en una parcela de tierra, y de las carpas, las truchas de cola cuadrada y las percas amarillas que pescaba con sus hermanos a orillas del lago Erie. Tomados de la mano, contemplaban el cielo salpicado de astros y ella le enseñaba los nombres de las constelaciones. Se daban besos castos, de adolescentes, que a veces Rústica interrumpía con toses admonitorias.

Una noche, después de instruirlo sobre la electricidad, la telegrafía sin hilos, los Rayos X y otros «misterios» del mundo moderno, Chiquita le dijo a Toby:

—Ya es muy tarde y mañana será el gran desfile del *Midway*. Vete a descansar o amanecerás molido.

El joven hizo un puchero y se puso de pie a regañadientes, pero en el acto volvió a sentarse a su lado y, rojo como las cerezas de sus abuelos y con la vista clavada en sus enormes zapatos, le rogó que le permitiera pasar esa noche con ella.

—No te molestaré, Chick —le aseguró llevándose una mano al corazón—. Te juro que sólo quiero verte dormir.

Conmovida, Chiquita sintió que el tiempo retrocedía. Le pareció que regresaba a los años en que oía hablar a sus primas Expedita, Blandina y Exaltación de chicos guapos y de pretendientes, y no pudo negarse a lo que con tanta vehemencia le pedían.

A Rústica no le quedó más remedio que sacar su catre del carricoche, renegando de su suerte, y dormir bajo las estrellas. Como era de esperar, la promesa del hombre-sándwich de que se limitaría a velar el sueño de su amada fue incumplida y la pareja disfrutó de su primera noche de pasión. Toby la desnudó en un santiamén y se quedó como hipnotizado al ver su cinturita, sus senos erguidos, sus nalgas como melocotones y las curvas de sus caderas. En cuanto se repuso, se sacó el pantalón y su virilidad, revelada en todo su esplendor, dejó a la liliputiense estupefacta.

Oh, sí, no cabía duda alguna: la madre naturaleza había sido *sumamente generosa* con aquel delgado, larguirucho y pecoso nativo de Erie. La dotación de Toby Woecker nada tenía que envidiar a la del mítico Tomás Carrodeaguas;

sólo que no era del color oscuro de un caimito, sino de un delicado, casi angelical, *pink*. Aunque a Chiquita los dedos de las manos y de los pies no le alcanzaban para contar los hombres con los que había tenido intimidad durante sus treinta y un años de vida, se sintió desconcertada y, en un primer momento, no supo qué podría hacer *con aquello*. Pensar en cualquier tipo de penetración resultaba temerario: no quería correr el riesgo de terminar magullada en un hospital. Sin embargo, no se amilanó. «De los cobardes no se ha escrito nada», se dijo para darse ánimos y, como en otras ocasiones, se dejó guiar por su instinto y comenzó a besar, acariciar, frotar, lamer y succionar con creciente entusiasmo. En medio de su faena, le pareció que los «Sí, Chick; así, Chick; no pares, te lo ruego, Chick» con que Toby premiaba su empeño eran demasiado escandalosos y que toda la Exposición Panamericana se enteraría de lo que estaba pasando entre ellos. Pero apartó esos pensamientos de su cabeza y le permitió a su novio —y luego a ella misma— chillar de placer cuanto quiso. Cuando las luces del amanecer se filtraron por las rendijas de la ventana, avisándoles que era hora de separarse, Woecker y ella se sentían tan exhaustos como complacidos.

—Te amo, Chick —musitó el joven del lago Erie, y mientras la estrechaba con fuerza contra su pecho blancuzco y lampiño, como si Chiquita fuera una trucha de cola cuadrada recién capturada y a punto de escapársele, añadió—: Eres maravillosa y no quiero perderte por ningún motivo.

El amor hace milagros. Horas más tarde, Chiquita recorría el *Midway*, fresca y rozagante, sin que nadie pudiera sospechar que no había pegado un ojo en toda la madrugada.

El gran desfile, que partió del Puente Triunfal, fue impresionante. Lo abría un pelotón de vigilantes con pantalones blancos, chaquetas azules y cascos pulidos, y una banda de músicos. Tras ellos iban cien indios a caballo, con vistosos penachos de plumas, y varios centenares más a pie. ¿Y quién los seguía, en su automóvil a la medida, saludando al público amontonado a ambos lados del camino y tirándole afectuosos besos? Pues nada menos que la «mascota oficial» de la Exposición Panamericana, la Reina de Liliput: la renombrada Chiquita. A corta distancia de ella avanzaba Frank Bostock, pedaleando en un triciclo y llevando un cachorro de león sobre los muslos. Sus valerosos domadores, encabezados por el Capitán Jack Bonavita, precedían a un ejército de animales que parecía escapado del Arca de Noé: tigres, elefantes, canguros, rinocerontes, cebras, dromedarios, osos, panteras, lobos, zorros, antílopes, monos, halcones y muchos más. Después, iban los representantes de algunas de las principales atracciones del *Midway:* Arlequín, Colombina y Polichinela, de la Venecia en América, cantando y bailando con una orquesta de mandolinas; los guerreros tagalos de Filipinas, con sus taparrabos, sus dientes limados y sus arcos y flechas; las rollizas campesinas del Pueblo Alemán, acompañadas por vacas lecheras de ubres enormes y por cerdos recién bañados, y exhibiendo quesos, ristras de salchichas y potes de mermelada; los acróbatas y los titiriteros del Pueblo Japonés; las chicas hawaianas con sus guirnaldas de flores, bailando el hula; los hombres y mujeres negros de la Antigua Plantación, entonando sus melancólicos *spirituals;* la atlética Cora Beckwith, sumergida dentro de un tanque de cristal sobre ruedas que empujaban varios payasos; los marinos vikingos con sus barbas, sus petos, sus escudos y sus espadas; los alegres gitanos con su soberana, la beldad Stellita, subida en una carroza tirada por avestruces; los faquires, los *djins* y las huríes del Bello Oriente... Casi al final de la variopinta procesión, un puñado de enfermeras llevaba en brazos, orgullosamente, a algunos de los bebés de la Incubadora de Infantes, y, cerrando la caravana, cabalgaban varias decenas de cowboys y de jefes indios del *show* del Salvaje Oeste, comandados por «Búfalo» Bill y la celebérrima «Calamity» Jane.

Capítulo XXIX

El Presidente llega a la Exposición Panamericana. La oreja parlante de León Czolgosz. Los McKinley visitan a Chiquita. Inesperada aparición de Micaelo, el hijo bastardo de don Benigno Cenda. Un grito por la dignidad de Cuba. El viaje a la Luna. Sangre en el Templo de la Música. La agonía del Presidente. El homicida se sienta en la silla eléctrica. La «Reina de la Niebla» se lanza desde lo alto de las cataratas del Niágara. Matrimonio de Chiquita. Trágico accidente en el circo de Bostock. Jumbo se salva por un tilín.

Durante varias semanas, Chiquita se sintió responsable por no haber podido impedir la muerte del presidente McKinley. Sabía que echarse la culpa del asesinato era una insensatez, pero no podía sacarse esa idea de la cabeza. «Si hubiera actuado con más rapidez, tal vez el pobre hombre estaría ahora en la Casa Blanca, vivito y coleando», se lamentaba.

Harta de aquella cantaleta, Rústica trató de convencerla de que cada quien llegaba al mundo con un destino: si la vida del Presidente había terminado de forma tan sangrienta, era porque el Todopoderoso, por razones que se debían aceptar humildemente y sin pedir explicaciones, así lo había querido. Las cosas eran como tenían que ser y no como uno quisiera que fuesen. «La yagua que está para uno, no se la comen los burros», le repetía, y también: «Cuando el mal es de cagar, no valen guayabas verdes». Pero, aunque se esmeró, sus refranes no lograron cambiarle el ánimo.

Los hechos, de alguna manera, le daban la razón a Rústica, porque McKinley no debía haber ido a Búfalo en septiembre, sino cuatro meses antes. Originalmente estaba previsto que él pronunciara el discurso inaugural de la Exposición Panamericana, pero una indisposición de Ida, la primera dama, le impidió viajar y envió al vicepresidente Roosevelt para que lo sustituyera.

Durante todo el verano, el Presidente acribilló a preguntas a quienes volvían de la Exposición. Tenía sobre su escritorio folletos con fotos de los distintos pabellones y estaba deseoso de ver la Torre Eléctrica con sus propios ojos; pero la salud de su esposa seguía siendo frágil y no quería viajar sin ella.

Por fin, cuando la señora McKinley se repuso un poco, el matrimonio se subió en un tren especial y emprendió el viaje a Búfalo con una selecta comitiva. Tanto Ida como George B. Cortelyou, el secretario privado del mandatario, iban a regañadientes. A ella no le agradaba el papel de primera dama, evitaba los actos oficiales y hubiera preferido quedarse haciendo crochet en su casa familiar de Canton, en Ohio. Por su parte, a Cortelyou no le parecía una buena idea que su jefe dedicara tres días a recorrer la Exposición y había intentado oponerse al plan poniéndole todo tipo de objeciones. La seguridad del Presidente era una de sus manías y consideraba las muchedumbres un peligro potencial. Pero McKinley no se dejó persuadir y el miércoles cuatro de septiembre de 1901, a las cinco de la tarde, fue recibido en Búfalo por un regimiento de veteranos de la Guerra Civil, que disparó veintiún cañonazos en su honor, y por centenares de ciudadanos entusiastas y deseosos de estrecharle la mano.

Antecedidos por una banda militar y una guardia de honor, McKinley y su esposa entraron en un carruaje abierto a la Exposición Panamericana. Comenzaba a atardecer y cerca de la Torre Eléctrica se encendió una pancarta con bombillas de colores que decía: *Bienvenido, presidente McKinley, jefe de nuestra nación y de nuestro imperio.* El señor John Milburn, presidente de la Exposición, condujo a los invitados en un rápido recorrido por las instalaciones, para que pudieran hacerse una idea de su grandeza, y después los llevó a su residencia, donde se hospedarían durante la visita.

Un par de horas antes de que el Presidente se bajara del tren, Chiquita estaba en su carromato, disfrutando de un té con sus inseparables Rosina y Djeserit, y recibió una visita inesperada. Un joven le llevó unos libros de parte de Emma Goldman e insistió, tozudamente, en entregárselos en sus propias manos. A la liliputiense no le quedó más remedio que hacerlo pasar y recibir el paquete en presencia de sus dos amigas.

León Czolgosz —con ese nombre se identificó el mensajero de la Goldman— resultó ser un joven pálido, tímido y bastante desaliñado. A Chiquita no le simpatizó en lo más mínimo, pero aun así lo invitó, generosamente, a sentarse con ellas a la mesa. Czolgosz le dio las gracias tartamudeando, pero no aceptó, pues temía perderse la llegada del Presidente.

—¿Es usted discípulo de la señorita Goldman? —le preguntó la cubana, por pura cortesía.

El visitante asintió y le explicó que en Cleveland había asistido, hacía poco, a una ardiente charla de la anarquista. Luego había vuelto a coincidir brevemente con ella, en una casa de Chicago, y al comentarle su intención de viajar a Búfalo para ver la Exposición, la Goldman le había pedido que le llevara los libros.

—Ella es una mujer excepcional y conocerla ha sido una gran inspiración para mí —añadió de un tirón—. Después de oírla, entendí cuál era mi misión en la vida.

Como ni Chiquita ni sus amigas tenían el menor interés en que les explicara cuál era esa «misión», se quedaron calladas para darle a entender que no había razón para que prolongara por más tiempo su visita. El joven captó la indirecta, se despidió con un balbuceo ininteligible y bajó las escaleras del carricoche dando traspiés.

—Qué muchacho *tan raro* —dijo Rosina, volviendo a sorber su té.

—Para mí que tiene un tornillo suelto —añadió la liliputiense—. No sería nada raro, ya que está deslumbrado con las ideas de la Goldman y de todos *esos locos*.

Como la egipcia no se sumaba a sus comentarios, se volvieron a mirarla y notaron que había palidecido. Entonces Djeserit habló. Según ella, el joven de profundas ojeras, bigote ralo y cara de lunático planeaba matar a alguien.

—¿Estás segura? —inquirió Chiquita, sorprendida.

—Yo no le vi tipo de asesino —objetó la antigua encantadora de serpientes.

—Todo el tiempo estuve mirándole la oreja parlante y puedo asegurarles que ese León Czolgosz o Como-Se-Llame piensa cometer un asesinato —terció Djeserit, irritada por la tibieza con que acogían su vaticinio—. No logré ver a quién pretende liquidar, porque hace días que no se lava bien los oídos y tiene mucha cerilla, pero pueden estar seguras de que es un criminal en potencia.

—Quizás mate a alguna chica en venganza por haberlo rechazado —aventuró, en broma, Rosina.

—El pobre, no es muy bien parecido que digamos —opinó Chiquita, pero de inmediato Djeserit le replicó que ella no era la más adecuada para juzgarlo.

—Desde que te enredaste con Toby Woecker, no tienes ojos para ningún otro hombre —dijo, y Rosina dio su aprobación con una carcajada.

Rústica las interrumpió para avisarle a Chiquita que debía volver al teatro en un par de minutos, pues le tocaba su siguiente función. «¡Rayos, si no me apuro mi marido bajará a Cristo y me crucificará a mí!», exclamó Rosina y salió a la velocidad de un relámpago rumbo a Jerusalén. Por su parte, Djeserit se tomó las cosas con calma. En Calles de El Cairo, ella podía ausentarse de su tenderete cada vez que quería, sin rendirle cuentas a nadie.

Antes de salir al escenario, la liliputiense le ordenó a Rústica que se deshiciera de los libros de la Goldman. «¿Ni siquiera va a abrir el paquete?», dijo la sirvienta con expresión de reproche. «¿Y para qué?», fue la desdeñosa respuesta de Chiquita. En ese instante, su pianista comenzó a tocar la introducción de *La frutera mulata* y, con una sonrisa de oreja a oreja y abanicándose coquetamente, fue al encuentro del público.

Al día siguiente, la Exposición Panamericana recibió más visitantes que de costumbre. Para nadie fue una sorpresa, ya que los periódicos habían anunciado que el Presidente pronunciaría un discurso y visitaría diferentes pabellones. La «mascota oficial» tenía la esperanza de que fuera a ver su espectáculo o de que, al menos, pasara a saludarla. Al fin y al cabo, había estado en la Casa Blanca y lo conocía personalmente. Pero, para no quedar en ridículo, no compartió sus expectativas con nadie.

Ese fue un jueves agitado. Chiquita firmó tantos retratos que le salió una ampolla en el pulgar y no pudo darse una escapadita, como era su costumbre, para estar un rato a solas con su novio. El tiempo apenas le alcanzó para darle un beso furtivo, entre bambalinas, y prometerle que por la noche lo compensaría con algunas *caricias especiales*.

McKinley y su esposa llegaron pasadas las diez de la mañana. Lo primero que hicieron —seguidos por un enjambre de congresistas, senadores y representantes del cuerpo diplomático— fue visitar el Edificio Gubernamental, el de Agricultura y los pabellones de los países invitados. Tuvieron un almuerzo en el edificio del Estado de Nueva York y luego, como estaba previsto, McKinley habló, desde una tribuna en el Puente Triunfal, a cincuenta mil personas congregadas en la explanada. Chiquita se quedó con los deseos de oírlo, pero le contaron que su discurso había sido un canto optimista al poder de la ciencia, al futuro del país y al intercambio comercial entre los países de las Américas.

Durante el resto de la tarde, el mandatario continuó su recorrido. Los encargados de protegerlo no le perdían pie ni pisada, pero McKinley hacía su tarea muy difícil, pues no se limitaba a saludar a sus simpatizantes con el sombrero —como le recomendaba su prudente secretario—, sino que se detenía constantemente para estrecharles las manos y conversar con ellos.

Cuando terminaron de ver el lado «serio» de la exhibición, los inquilinos de la Casa Blanca se dirigieron al *Midway*. En esa zona fueron mucho más selectivos. Entraron a la Antigua Plantación y después de asomarse, fugazmente, a varios «pueblos típicos», se dirigieron a los predios del «Rey de los Animales». Bostock le había enviado al Presidente una invitación —pirograbada en el reverso de una piel de leopardo— convidándolo a asistir a un *show* en su honor, y su ofrecimiento había sido aceptado. McKinley deseaba comprobar si Jumbo, el elefante de nueve toneladas de peso comprado por el domador al ejército británico, era tan impresionante como Roosevelt le había dicho.

Durante la función especial, el mismo Bostock se encargó de sacar a escena a Jumbo y lo obligó a hacerle una reverencia al mandatario y a la primera dama. Los invitados pudieron ver luego a la grácil Mademoiselle Beaufort con sus hipopótamos amaestrados, y a Esaú, «el eslabón perdido», un orangután capaz de montar en bicicleta, fumar cigarrillos, anudarse la corbata, tomar champaña y comer con cuchillo y tenedor. Para cerrar con broche de oro, el Capitán Bonavita sacó de sus jaulas a sus veintisiete tigres, los obligó a subirse unos sobre otros, hasta formar una pirámide, y él se encaramó en la cima.

Como el teatro de Chiquita quedaba a sólo unos pasos, el Presidente y su señora quisieron pasar a saludarla y, guiados por Bostock, entraron al recinto. Al verlos, la liliputiense interrumpió *Los ojos de Pepa,* la danza de Saumell que estaba interpretando, saludó a la pareja y la invitó a subir al escenario. De pie, el público aplaudió y vitoreó cuando McKinley, doblando el espinazo con una ligereza insospechada para sus cincuenta y ocho años, besó una mano de la artista. Bostock reventaba de satisfacción: estaba seguro de que, en cuanto la anécdota empezara a circular, las filas para ver a su «mascota» serían el doble de largas.

Esa noche, al concluir su cena, el Presidente retornó a la Exposición. Quería admirar la Torre Eléctrica y los demás edificios iluminados. Ida McKinley no lo acompañó; al día siguiente visitarían las cataratas del Niágara y necesitaba descansar.

Aunque Rosina y Djeserit no lo dijeron abiertamente, el viernes por la mañana Chiquita se percató de que estaban celosas. Durante su paseo por el *Midway,* el Presidente no había entrado a Calles de El Cairo ni a Jerusalén, privándolas del placer de echarle un vistazo; en cambio, no sólo había estado en el teatro de ella, sino que le había besado la mano delante de todo el mundo.

—Daría lo que no tengo por predecirle su futuro —admitió Djeserit.

—No te hagas ilusiones —repuso Rosina, con escepticismo—. Mañana se irá y te quedarás sin saber si tiene o no las orejas peludas.

Su amiga trató de animarlas. Si tanto les interesaba ver de cerca al Presidente, esa tarde a las cuatro tenían la oportunidad de hacerlo. McKinley iba a asistir a un concierto de órgano en el Templo de la Música y seguramente, como era su costumbre, saludaría al pueblo antes de comenzar la función.

—Lleguen temprano —les advirtió—. Mucha gente hará lo mismo para conocerlo.

Ese día, después de almuerzo, Rústica interrumpió la siesta que Espiridiona Cenda solía tomar antes de su primera función vespertina. Por la cara que traía, parecía haber visto un fantasma.

—¿Usted se acuerda de Micaelo? —exclamó y, al notar que Chiquita no sabía de quién le hablaba, le refrescó la memoria—: El hijo mayor de Palmira, un mulatico que era biyaya.

Medio adormilada, la liliputiense asintió. Sí, claro que lo recordaba. Micaelo, el bastardo favorito de Benigno Cenda. El hermanastro de su padre. ¿Cómo olvidarlo? Micaelo había sido su protector durante las lejanas visitas a La Maruca. La seguía adondequiera que iba, ahuyentando a los perros del ingenio para que no se acercaran a olisquearla. Pero de todo eso hacía mucho tiempo. Más de veinte años. ¿Por qué le mencionaba a aquel chiquillo?

—Porque está allá afuera, con otro hombre y con una muchacha (blancos los dos), y dice que él y sus amigos necesitan verla con urgencia —le explicó Rústica—. Cuando lo tenga delante, se va a quedar pasmada. Es muy bien parecido, alto como una palma, y se viste y habla como un caballero. Deje que le vea los ojos: los tiene verdes como dos cocuyos. Son, que Dios me perdone, los de su señor abuelo. ¿Los hago pasar?

Chiquita resopló incómoda. Disponía de poco tiempo, pero la curiosidad de ver a Micaelo Cenda (sí, los antiguos esclavos de La Maruca llevaban el apellido de su familia) pudo más y decidió recibirlo. Tal como le había advertido Rústica, era muy apuesto. De facciones bastante «finas», ancho de hombros, con unas piernotas que apenas le cabían en los pantalones y una sonrisa perfecta. Chiquita encontró la combinación de sus ojos claros y su piel color cartucho sencillamente arrebatadora, y se dijo que semejante *tipazo* podía hacerle perder la cabeza a cualquier mujer. Incluso a ella... de no haber sabido que por las venas les corría la misma sangre.

—Disculpe que reaparezca así, de forma tan repentina, después de tanto tiempo sin verla —empezó Micaelo—; pero mis amigos y yo tenemos que pedirle algo muy importante.

La joven que lo acompañaba avanzó un paso y se adueñó de la situación. Era muy bonita y, por su forma de expresarse, su aplomo y el brillo que irradiaba, Chiquita intuyó que era de buena familia.

—Micaelo, mi hermano y yo hemos viajado desde Washington sólo para estar aquí esta tarde —exclamó la muchacha, con vehemencia—. Tenemos un compromiso con nuestra amada patria y nada nos impedirá cumplirlo.

Acto seguido, empezó a hablar horrores de la Enmienda Platt, ese «ofensivo apéndice» que los americanos habían impuesto a la constitución de la futura república cubana. Sí, los constituyentes habían votado a favor de la Enmienda, pero sólo porque era la única manera de que Estados Unidos se retirara y los dejara formar un gobierno propio. La felonía de los gringos debía ser denunciada, y para eso se encontraban ellos en Búfalo.

—Esta tarde, cuando el Presidente esté en el Templo de la Música, oyendo el concierto, nos levantaremos y repartiremos unos volantes reclamando el derecho de Cuba a una independencia sin condiciones —reveló la muchacha, con las mejillas arreboladas, y la forma en que se apoyó en el brazo de Micaelo (¿por qué en el de él y no en el de su hermano?) hizo sospechar a Chiquita que andaba en amores con el mulato.

—Lo más probable es que terminemos presos y deportados —intervino el otro hombre, rompiendo su mutismo—; pero el honor de nuestra patria merece ese y otros sacrificios.

—¿Y por qué me cuentan todo eso? —resopló la liliputiense, un tanto incómoda—. ¿No se dan cuenta de que, al revelarme su plan, me convierten en su cómplice?

—Nosotros somos tres pelagatos, pero usted es famosa. Tanto, que el Presidente la recibió en la Casa Blanca —dijo Micaelo—. Si nos acompaña al Templo de la Música, nuestro «grito en el desierto» alcanzará mayor resonancia. Los periódicos escribirán sobre nuestra protesta y el mundo se enterará de lo que ocurre en Cuba.

—¿Se han vuelto locos? —consiguió articular la artista—. No puedo hacerle eso al señor McKinley. Sería como darle una puñalada trapera.

—Puñalada trapera es la que están dando a Cuba y a los ideales por los que se sacrificaron tantos patriotas —saltó, belicosa, la muchacha, y mirando a Chiquita a los ojos, añadió retadoramente—: Su hermano entre ellos, señorita Cenda.

—Entiendo sus razones, Chiquita —dijo Micaelo, en tono conciliador—. Pero conviene aclarar que nuestro repudio no estará dirigido contra el señor McKinley en particular, sino contra el gobierno que él encabeza.

—¡Contra un imperio que despojó a nuestros compatriotas del derecho de ser libres sin la tutela de una nueva metrópoli! —precisó el hermano de la joven.

A Chiquita empezaron a zumbarle los oídos. ¿Le habría subido la presión?

—Lo siento —dijo—. No cuenten conmigo.

Sus visitantes intentaron hacerla cambiar de parecer repitiendo, con ligeras variantes, las razones que acababan de esgrimir, pero al notar que la «mascota» se limitaba a mover negativamente la cabeza, sin prestarles atención a sus palabras, terminaron dándose por vencidos.

—De todos modos, quiero darle algo —anunció la muchacha, sin ocultar su decepción, y, sacando de una caja un precioso vestidito con el diseño de la bandera cubana, lo puso en las manos de Chiquita—. Pensábamos pedirle que lo usara esta tarde en el Templo de la Música.

—Quédese con él, por si cambia de idea —sugirió Micaelo, y los tres salieron del carricoche.

—¿Qué te parece? —exclamó Chiquita, dirigiéndose a Rústica, que había sido testigo de la visita—. ¿Por qué todo el mundo pretende manipularme como si fuera una marioneta?

La nieta de Minga se limitó a soltar un ambiguo «hum» y, quitándole el vestido-bandera, lo estudió con mirada crítica y comentó que estaba muy bien hecho.

—Como si tuvieran sus medidas —comentó—. Debe quedarle pintado. ¿Por qué no se lo pone?

A regañadientes, Chiquita accedió a probárselo. En efecto, le sentaba como un guante.

—¿No se embulla a ir con ellos? —musitó Rústica—. Yo pienso que tienen razón en todo lo que dijeron.

—¿Tú también? —se crispó Chiquita—. No sé por qué te molesta tanto que los americanos nos estén dando un curso acelerado de democracia. Todos dicen que cuando se metieron en Cuba ya la guerra estaba ganada, pero lo que nadie dice es que muchos de los caudillos del ejército mambí se pedían la cabeza entre sí y que cada uno pretendía imponer su santa voluntad. ¿Qué gobierno podía salir de tantos caciques, envidias y rivalidades? Pensándolo bien, no me parece tan terrible que le hayan puesto esa enmienda a la constitución. Al fin y al cabo, Estados Unidos sólo la usará *si nuestro gobierno se porta mal.*

Rústica ripostó que ahí, precisamente, estaba el problema. ¿Dónde se había visto que una república soberana fuera supervisada por otra? ¿Acaso Francia le decía a Inglaterra cómo debía portarse o Alemania metía sus narices en las cosas de España?

—Eso es un irrespeto —fue su conclusión.

Chiquita dio una patadita de impaciencia para indicarle que no quería hablar más de un asunto que siempre la ponía incómoda. Y es que, aunque se negara a admitirlo, una parte de su conciencia reconocía que en la forma en que Estados Unidos pretendía controlar el destino de los cubanos había mucho de prepotencia y de humillación. Pero, por otra parte, le agradecía al Gigante del Norte haber puesto punto final a una guerra sanguinaria, de muchos años de duración, y su voluntad de modernizar la isla e inyectarle ideas democráticas.

—¡Quítame este vestido! —le exigió a Rústica.

Sin embargo, se quedó con él puesto, porque en ese instante Djeserit, la vidente de Calles de El Cairo, irrumpió como una tromba, se agachó delante de ella y, aferrándose a sus manecitas, le contó, con voz entrecortada por la emoción, lo que acababa de pasarle:

—Iba yo rumbo al Templo de la Música, con la ilusión de mirarle la oreja al Presidente, cuando de pronto, al atravesar la plaza de las Fuentes, ¿con quién crees que me encuentro? —y sin darle tiempo a adivinar, continuó—: Con el tipo del otro día, el León No-Sé-Cuánto...

—Czolgosz —apuntó Chiquita.

—¡Ese mismo! Él no me vio, pero yo sí pude verlo, y muy bien. A diferencia del otro día, hoy tenía los oídos limpios y, créeme, Chiquita, lo que pude leer en su oreja parlante me asustó tanto, que sólo atiné a dar media vuelta y venir, soltando el bofe, a contártelo.

—¡Pues acaba de hacerlo, mujer, que me tienes en ascuas!

—Él se dirigía también al Templo de la Música, pero no para saludar al Presidente, como toda la gente, sino para asesinarlo.

—¿Estás segura? —balbuceó, tragando en seco, Chiquita.

—Qué más quisiera yo que equivocarme —repuso Djeserit—. Es un hecho: a menos que ocurra un milagro, ese mata hoy a McKinley.

La liliputiense sintió que la cabeza le daba vueltas y le preguntó por qué no le había avisado a la policía. ¿Por qué no había tratado de detener a Czolgosz?

—Tuve miedo de que pensaran que estaba loca o de meterme en un lío —se justificó, abatida, la vidente.

Entonces, Chiquita respiró profundo, se libró de las manos de Djeserit, que la apretaban como tenazas, y avanzó resuelta hacia la salida del carricoche.

—¿Adónde va? —exclamó Rústica—. ¡Le toca una función ahorita mismo!

—Tengo que alertar al Presidente —gritó Chiquita y echó a correr, seguida por las dos mujeres, hacia el vestíbulo de su teatro.

Allí exhibían, cuando ella no lo estaba utilizando, su flamante automóvil. Como no vio a su *chauffeur* por los alrededores, abrió una de las puertas del vehículo, se sentó al volante y, temerariamente, lo encendió. Nunca antes había manejado, pero eso no la amilanó. «Si otros lo hacen, no puede ser tan complicado», se dijo y, apretando el pedal del acelerador, lo hizo avanzar hacia la puerta del teatro, buscando el *Midway*. «Tengo que llegar a tiempo, tengo que llegar a tiempo», repetía, mordiéndose el labio inferior y tocando el claxon, en tanto el automóvil avanzaba, dando saltos y zigzagueando para no chocar con los transeúntes.

Pasó rauda frente a la sede de Jerusalén en el Día de la Crucifixión, dobló a la izquierda al llegar junto al Congreso Indio y, mientras bordeaba los edificios de la Agricultura, del Chocolate Baker y de la Minería, divisó en la distancia la fachada estilo renacimiento español del Templo de la Música. «Tengo que llegar a tiempo, tengo que llegar a tiempo, tengo que salvarle la vida al Presidente...»

Eran las cuatro de la tarde, ya el interior del Templo estaba repleto y la gente que no había conseguido entrar se amontonaba junto al portón de acceso, con la esperanza de que en el último momento la suerte les sonriera. Al ver que Chiquita se acercaba en su auto, la multitud se separó para abrirle paso. A punto de proyectarse contra la verja, «la mascota» hundió el pie en el freno y el vehículo se detuvo haciendo chirriar los neumáticos.

En ese instante, dentro de la gigantesca sala de conciertos retumbó un disparo. Inmediatamente, se escuchó otro.

La excursión a las cataratas había dejado exhausta a la señora McKinley y por eso su esposo se fue a la Exposición sin ella. Como disponía de una hora libre antes del concierto, pidió que lo llevaran al pabellón de Un Viaje a la Luna.

Cortelyou estaba perplejo. Hacía tiempo no veía al Presidente tan animado. Y aunque no le atraía mucho ese tipo de diversiones, no le quedó más remedio que subirse con él en el avión *Luna* (una suerte de tabaco gigante, envuelto en papel dorado y con un par de alas de murciélago de color rojo) y «viajar» hasta el satélite de la Tierra para descubrir sus misterios. Los creadores de Un Viaje a la Luna se habían esmerado para lograr, dentro de las cuatro paredes y el alto techo del recinto, una perfecta ilusión de realidad. Mientras la nave ascendía, sus tripulantes pudieron ver cómo la Exposición Panamericana se alejaba y cómo el tamaño de sus principales construcciones —la Torre Eléctrica y los edificios de las Maquinarias y de las Manufacturas— se reducía paulatinamente, y luego pasó lo mismo con el estado de Nueva York, el territorio de Estados Unidos, el continente americano, el globo terráqueo...

Por fin, después de sobrevivir a una lluvia de meteoritos y de ver cómo un cometa les pasaba por al lado, amenazándolos con su refulgente cabellera, los viajeros llegaron a la Luna y pudieron bajarse del avión. Un universo desconocido aguardaba por ellos. Los selenitas —con rostros y vestiduras plateadas— les dieron la bienvenida y los llevaron a recorrer su estrafalaria ciudad. Allí los invitaron a saborear un queso de color verde. Al ver que sus compañeros se mostraban reticentes a probarlo, el Presidente se llevó a la boca un pedazo con determinación y, tras degustarlo, lo catalogó como «raro, pero rico». A continuación, sus anfitriones los condujeron hasta un castillo, donde el Rey de la Luna los recibió en su trono de madreperla, envuelto en una capa de armiño tachonada de piedras preciosas, y ordenó a las doncellas selenitas que bailaran para los visitantes.*

Tras la estimulante «odisea lunar», McKinley se trasladó al Templo de la Música. Allí, de muy buen humor y vigilado de cerca por Cortelyou y los detectives a cargo de su seguridad, se puso a estrechar las manos de una larga y organizada fila de hombres, mujeres y niños impacientes por acercársele.

Más tarde, los miembros del servicio secreto explicarían, avergonzados, que nada los había inducido a creer que León Czolgosz —ese hombrecito de mediana estatura y escasa corpulencia, completamente afeitado y con melancólicos ojos azules— representara un peligro para el mandatario.

---

* No sólo el Presidente hizo el «viaje a la Luna»; también lo realizaron otras importantes personalidades de la época, como el senador Chauncey Depew, el secretario de Guerra Elihu Root, el secretario de Estado John Hay, el general Nelson Miles y el inventor Thomas Edison. Esta diversión costaba cincuenta centavos —casi trece dólares de hoy—: el doble o el triple de las otras atracciones del *Midway*.

Ellos habían escudriñado a todas las personas de la hilera, en busca de posibles amenazas, y Czolgosz no despertó sus sospechas. El hecho de llevar la mano derecha envuelta en un pañuelo, como si hubiera sufrido un accidente, lo hacía parecer menos amenazador todavía. En realidad, quien les preocupó —y en él concentraron toda su atención— fue un hombre de bigote negro, con aspecto de italiano, que precedía a Czolgosz. No, no eran caprichos suyos ni suspicacias étnicas: buena parte de los terroristas que se dedicaban a matar aristócratas y políticos eran italianos, así que les sobraban razones para no quitarle la vista de encima.

Los detectives se tranquilizaron cuando, al llegarle su turno, el italiano se adelantó hacia el Presidente y, estrechando su mano, lo felicitó por sus logros. Entonces le tocó a Czolgosz aproximarse y lo hizo extendiendo su mano izquierda. Con una afable sonrisa, McKinley se dispuso a darle un cálido apretón, y entonces fue tarde para evitar el atentado. Todo ocurrió en cuestión de segundos: Czolgosz extendió hacia él su mano vendada y apretó el gatillo del revólver calibre 32 que empuñaba bajo el pañuelo. Disparó una vez y, enseguida, otra.

Mientras uno de los detectives sostenía al Presidente, un negro gigantesco que hacía fila detrás de Czolgosz saltó sobre el agresor y lo tiró al piso, aplastándolo con su cuerpo. Tras un instante de incrédulo silencio, dentro del Templo de la Música se desencadenó el caos. «¡Línchenlo!», exigían algunas voces indignadas. «¡Cuelguen al bastardo!» Hombres, mujeres y niños se abrazaban, hablaban a gritos y corrían en todas direcciones, muchos de ellos sin entender aún qué había sucedido.

Micaelo Cenda y sus dos amigos dejaron en los asientos del auditorio las proclamas sobre la dignidad de Cuba y fueron de los primeros en alcanzar la puerta del Templo. Los tres estaban demudados y no podían creer que los balazos de un terrorista hubieran echado por tierra su protesta simbólica. Al salir, encontraron a Chiquita, enfundada en el vestido de bandera cubana, todavía con las manos aferradas al volante. Rápidamente se acercaron a ella y, empujando su automóvil hacia un rincón, la pusieron a salvo del gentío que pugnaba por abandonar la sala de conciertos y de los policías y los curiosos que se abrían paso a codazos para penetrar en ella.

—Acaban de dispararle al Presidente —le informó Micaelo y, para su sorpresa, la liliputiense asintió con gravedad, como si estuviera al tanto de lo sucedido.

—Nuestro plan, perdóneme la expresión, se fue al carajo —dijo el otro cubano—, pero nos complace mucho que recapacitara y decidiera unirse a la protesta.

—Perdóneme si fui injusta con usted —se disculpó la joven y, flexionando las rodillas para poder mirarla a los ojos, le aseguró—: En lo adelante, la pondré como ejemplo cada vez que se hable de lo que es una verdadera patriota.

Chiquita no se molestó en aclarar el equívoco. ¿Qué ganaba con explicarles por qué estaba allí, vestida de esa manera? Que los tres creyeran lo que se les antojara. Después de todo, a sus casi treinta y dos años había aprendido que, por lo general, la gente veía las cosas no del color que eran, sino del que querían que tuvieran. Si deseaban creer que Espiridiona Cenda era la paladina de la dignidad de Cuba, que lo hicieran. Y, sin saber bien por qué, le vino a la mente algo que solía repetir Minga: «Cada quien es dueño de su silencio y esclavo de sus palabras».

Frank McKinley sobrevivió ocho días. Como casi todo el mundo, Chiquita se mantuvo al tanto de los partes de los médicos que lo cuidaban y se apenó profundamente cuando, a mitad de una función, en un cambio de vestuario, Bostock le anunció su fallecimiento. Chiquita avanzó hacia el proscenio, le comunicó al público la terrible noticia y pidió que guardaran un minuto de silencio «por el alma de un hombre grande y bueno».

El Templo de la Música se convirtió en el punto más concurrido de la Exposición, pues la gente quería ver el sitio exacto donde habían baleado al Presidente en el pecho y en el estómago. De buenas a primera, James F. Parker, el camarero negro de seis pies y seis pulgadas de estatura que había «capturado» al criminal, se volvió un ídolo. Varios empresarios le ofrecieron trabajo en sus *shows,* pero él prefirió hacer negocios por su cuenta: vendió por veinticuatro dólares cada uno de los botones del abrigo que llevaba la tarde del crimen y se dejaba retratar por sus admiradores dólar de por medio.

El viernes del atentado, Chiquita, Rosina y Djeserit se reunieron a medianoche e hicieron un juramento. No le revelarían a nadie que habían conocido a León Czolgosz cuarenta y ocho horas antes de que disparara contra el Presidente, y muchísimo menos que, desde el primer momento, Djeserit había descubierto sus siniestras intenciones. Si al joven se le ocurría mencionar el paquete de libros de la Goldman, las tres —y Rústica con ellas, por supuesto— lo desmentirían diciendo que era un infundio.

La confesión de Czolgosz reveló que se trataba de un pobre diablo con una indigestión de ideas anarquistas. Según él, había llevado a cabo el asesinato sin ayuda de nadie, pero insistía una y otra vez en que una arenga de Emma Goldman le había servido de inspiración. Ese dato convirtió a la anarquista en una de las principales sospechosas; la policía la detuvo y la sometió a largos interrogatorios. Finalmente, tuvieron que dejarla en libertad. La Goldman aceptaba haber tratado, superficialmente, a su «seguidor», pero no que tuviera responsabilidad directa en sus actos. (Por suerte para Chiquita, ni el asesino ni su «musa» hicieron la menor alusión a ella en sus declaraciones.)

Tras un rápido proceso, un jurado encontró culpable a Czolgosz, lo condenó a muerte y, sin perder tiempo, el 29 de octubre se cumplió la sentencia. El homicida murió en la silla eléctrica, sin pedir disculpas. «Maté al Presidente porque era un enemigo del buen pueblo trabajador», fueron las últimas y empecinadas palabras que pronunció, antes de que una corriente de 1.700 voltios lo achicharrara.

Diez días antes de la clausura de la Exposición Pan-americana, una viuda de cuarenta y seis años de edad, maestra de una escuelita de Bay City, en Michigan, tuvo una ocurrencia extravagante. Viajó a Búfalo, se metió dentro de un tonel de madera (en el que previamente había escrito la frase «Reina de la Niebla») e hizo que la lanzaran desde lo alto de las cataratas del Niágara el 24 de octubre, día de su cumpleaños. Contra todos los pronósticos, la dama, que se llamaba Annie Edson Taylor, sobrevivió a la aventura y se convirtió en un personaje muy popular.

Si bien Chiquita no se lanzó desde las cataratas, por esas fechas hizo algo casi igual de atrevido.

Aunque oficialmente la Exposición ya había concluido y los edificios del «lado serio» comenzaban a ser subastados por sumas que iban de los doscientos a los quinientos dólares, muchas de las atracciones del *Midway* aún seguían funcionando. Algunas de ellas, como Calles de El Cairo y el Pueblo Alemán, tenían previsto permanecer allí varios meses más.

Una noche, mientras entonaba *The Lilliputian Queen* para terminar una función, Chiquita sintió que era hora de sentar cabeza y de fundar una familia. Fue algo repentino, pero apremiante; una especie de reclamo impostergable. Le pidió a Rústica que le buscara a Toby Woecker y, cuando lo tuvo delante, le preguntó a quemarropa si quería casarse con ella.

—Con todo mi corazón, Chick —repuso su novio.

La nieta de Minga pensó que los enamorados habían perdido la cabeza.

—¿Está segura de lo que piensa hacer? —le preguntó a Chiquita, mirándola con reproche—. ¿Mañana no se arrepentirá?

—No —le aseguró, resuelta, la primogénita de los Cenda—. Amo a este hombre y quiero permanecer a su lado el resto de mi vida.

Sin perder tiempo, Toby la condujo a la casa de Thomas H. Rochford, el juez de madrugada, quien, un tanto extrañado por lo disparejo de la pareja, los unió en matrimonio. Rústica y la esposa del juez sirvieron de testigos.

A la mañana siguiente, cuando le dieron la noticia, Bostock se quedó de una pieza. Pensó que se burlaban de él y los recién casados tuvieron que enseñarle el documento que los declaraba marido y mujer. Aunque el empresario había escuchado comentarios sobre la estrecha amistad de su artista consentida y el hombre-sándwich, no imaginaba que pudiera ser algo tan serio. Sin embargo, no pudo reflexionar mucho sobre las repercusiones que el matrimonio podría tener en la carrera de Chiquita, pues, en ese momento, le avisaron que algo terrible había ocurrido en el área de los animales.

Mientras lo bañaban, el elefante Jumbo había agredido violentamente a uno de sus cuidadores y, en medio del ataque de furia, una de sus patas traseras había aplastado a una niña, causándole graves fracturas. Nadie tenía una explicación para su conducta, pues, aunque la bestia no era particularmente dócil, tampoco había dado señales de ser peligrosa.

El incidente trastornó tanto a Bostock, que tomó una decisión extrema: como castigo por su comportamiento, Jumbo sería sacrificado. Sin hacer caso a quienes pedían piedad para el animal —Chiquita y el Capitán Bonavita, entre ellos—, anunció que lo electrocutaría en el estadio de la Exposición, y que los interesados en presenciar la ejecución podrían hacerlo sin costo alguno.

La noticia provocó todo tipo de reacciones. Mientras unos apoyaban la pena de muerte, otros consideraban que, por tratarse de su primer delito, Jumbo merecía un castigo de otro tipo. Pero Bostock no dio su brazo a torcer: veinticuatro horas más tarde, el elefante fue conducido al estadio y, en presencia de alrededor de mil personas, una complicada red de cables de alto voltaje fue distribuida a lo largo de las nueve toneladas de su cuerpo. Jumbo no puso el menor reparo. Aquella mañana estaba de muy buen humor y, sin saber que tenía los minutos contados, barritaba alegremente y saludaba al público alzando la trompa.

Cuando Bostock, acompañado por los padres de la niña malherida, se disponía a mover una palanca para que la corriente eléctrica cumpliera su sentencia, en el estadio irrumpió un policía a caballo, a todo galope, agitando un papel. ¡Era un indulto! El doctor Conrad Diehl, alcalde de Búfalo, acababa de firmar un decreto perdonándole la vida al paquidermo.

La mayoría del público aplaudió con entusiasmo aquel inesperado *deus ex machina;* pero, por chocante que resulte, otros pusieron de manifiesto su decepción chiflando y abucheando. El comentario general fue que el elefante había tenido más suerte que León Czolgosz. Claro que, como razonó un sensato caballero que estaba en el estadio con su esposa y sus hijitos, las culpas de ambos no podían compararse. Jumbo no era anarquista ni había matado a sangre fría a un presidente de Estados Unidos.

[Capítulos XXX y XXXI]

En este hueco Chiquita contaba cómo fueron los primeros días de su matrimonio. No creas que le dedicaba muchas páginas al tema. Lo despachaba en tres párrafos, como si no tuviera mucha relevancia. Se limitaba a decir que Toby Woecker y ella habían nacido el uno para el otro y que después de la boda su marido la acompañó a todas partes. Por ejemplo, a la Exposición de Charleston, que empezó a las dos o tres semanas de cerrar la de Búfalo.*

A mí la parquedad con que hablaba de su casamiento me dio mala espina y sospeché que ahí había gato encerrado. ¿Por qué «matar» un episodio tan jugoso en unos pocos renglones? Le pregunté a Rústica, pero no fue mucho lo que pude sacarle. Se limitó a decir «¡hum!» y a retorcer los ojos. Ella tenía un repertorio infinito de *¡hums!* que podían significar diferentes cosas, según la entonación que usara y el movimiento que le diera a los ojos, y en aquel noté una mezcla de sarcasmo y de repelencia que me dejó más curioso todavía.

No me quedó más remedio que esperar la siguiente «velada de pájaros» en Far Rockaway y, cuando Chiquita se puso a recitarles por enésima vez «La fuga de la tórtola» a sus invitados, arrastré discretamente al señor Koltai fuera del salón y lo sometí a un interrogatorio. Y así fue como me enteré de muchas cosas sobre ese matrimonio. Cosas que la enana se había guardado. Si quieres, te las cuento.

---

* En realidad comenzó más tarde. La Exposición de Charleston, en Carolina del Sur, se inauguró el 2 de diciembre de 1901. Chiquita fue una de sus principales atracciones, si bien allí no le concedieron el título de «mascota oficial».

Para empezar, me quedé pasmado cuando Koltai me dijo la edad del marido. Si te fijas bien en los capítulos anteriores, notarás que Chiquita se refiere a él diciéndole «el joven Toby», pero sin especificar cuántos años tenía el muchacho. Pues bien, Toby Woecker era un culicagao que acababa de cumplir los diecisiete. La diferencia de edad entre ellos fue una de las cosas que más comentaron los periódicos cuando se publicó la noticia de su boda y durante el escándalo que vino después.

Sí, efectivamente, Chiquita y Toby se conocieron cuando él trabajaba como hombre-sándwich en la Exposición Panamericana, pagado por Bostock. Sobre el romance existían dos versiones. Unos decían que Toby la enamoró por su dinero, porque comprendió que si se casaba con ella iba a vivir como un rey. Pero otros —entre ellos Koltai— pensaban que el muchacho no fue quien tomó la iniciativa, sino que fue la enana quien se encaprichó con él. En esa segunda variante, ella lo invitaba a su carromato y lo engatusaba hablándole melosamente, dándole bombones y licores, haciéndole regalitos y enseñándole primero una pantorrilla y después una tetica.

Para los que defendían la primera versión, Toby era un canalla, un buscavidas, un aprovechado que sólo pensaba en la plata, y Chiquita se había enamorado de él como una colegiala. Para los otros, el muchacho era muy ingenuo, hasta un poco simplón, y ella lo había seducido porque, a medida que iban cayéndole encima los años, le gustaba más la carne fresca. A mí ninguna de las variantes me convencía del todo. O, mejor dicho, me dio la impresión de que las dos podían tener algo de cierto.

Toby —así me lo describió el húngaro— parecía un espantapájaros: flaco, alto, de extremidades largas, muy blanco y con el pelo rubio desteñido. Además, era narizón y tenía granitos en la cara. ¿Qué atractivo le encontró Chiquita? Fue un misterio, porque, al menos con la ropa puesta, nadie le hallaba ninguno. Koltai me dijo que no le extrañaría que el muchacho hubiera llegado virgen a la Exposición y que la enana lo hubiera iniciado en el sexo.

Bueno, como quiera que haya sido la cosa, aquello se convirtió en uno de esos romances apasionados en los que Chiquita se enredaba cada cierto tiempo. Le dio tan fuerte, que lo único que quería era estar metida en la cama con el pepillo, y empezó a hacer su espectáculo cada vez más corto, para disponer de más tiempo libre entre una función y otra. En cuanto a Toby, eran más las horas que estaba en cueros que con el letrero de hombre-sándwich encima.

Chiquita me había advertido que el señor Koltai era un pervertido, pero hasta esa tarde no pude comprobarlo. ¿Sabes lo que me confesó ese tipo, de lo más campante? Que él hubiera dado cualquier cosa para poder mirar por un huequito lo que hacían la enana y el flaco en el carricoche. Y enseguida empezó a hacer suposiciones: que si hacían esto, que si harían lo otro, que si Chiquita le agarraba aquello, que si él le sobaba lo de más allá... Chico, el viejo tenía la mente podrida. Pero lo peor era que te describía esas cochinadas de una forma tan vívida, que uno se las podía imaginar perfectamente, casi podía verlas, y cuando vine a darme cuenta, ¡se me había parado el pito! Eso me encabronó tanto, que ahí mismo lo callé y le dije que se dejara de hablar basura.

Entonces el húngaro siguió su cuento. Cuando Bostock se enteró del romance, se puso bravísimo. No porque Chiquita tuviera un amante, pues él no solía meterse en la vida privada de sus artistas, sino porque estaba templando a diestro y siniestro en horas de trabajo.

Bostock despidió a Toby, creyendo que de esa forma iba a librarse de él. Tenía la esperanza de que regresara a Erie, su pueblo; pero el tiro le salió por la culata, porque el espantapájaros no se fue a ninguna parte. Se consiguió un empleo de cornetista en el Salvaje Oeste de «Búfalo» Bill y de esa manera pudo seguir viéndose con la enana, pero sólo de madrugada, para que Bostock no pudiera interferir.

Una noche, sin importarle que hubiera un burujón de gente haciendo fila para verla, Chiquita canceló su última presentación del día con el pretexto de que estaba enferma. Pero en lugar de irse a descansar, se escapó al pueblo con Toby y se casó en secreto con él. Ni a Rústica le dijo nada. Eso la negra jamás se lo perdonó.

Ahora bien, lo que yo nunca comprendí, ni Koltai tampoco, fue qué impulsó a Chiquita a casarse con un muchacho al que casi le doblaba la edad. Que lo tuviera de amante, uno puede entenderlo. Pero ¿por qué, después de darle calabazas dos veces a Patrick Crinigan, se casó así, de ahora para luego, con un jovencito al que apenas conocía? ¿De verdad lo hizo por amor o fue sólo un capricho? ¿Sería una forma de desafiar la autoridad de Bostock? Por más vueltas que le dimos, ni el húngaro ni yo hallamos una respuesta satisfactoria. La única que hubiera podido aclararnos el asunto era Chiquita y, naturalmente, ninguno de los dos se atrevió a preguntárselo.

Pero las casualidades son del carajo. Resulta que, en el momento que Chiquita se estaba casando, Bostock pasó frente a su teatro y le llamó la atención verlo cerrado antes de tiempo. Cuando le explicaron que la enana se sentía indispuesta, decidió visitarla en su carromato, con el pretexto de interesarse por su salud, pero sobre todo para limar asperezas, porque no quería que el lío con Toby afectara una relación profesional tan beneficiosa para ambos.

Cuando Rústica le dijo que no tenía la menor idea de dónde estaba metida Chiquita y que llevaba horas sin saber de ella, el inglés ordenó a sus empleados que la buscaran por toda la Exposición. Y como no apareció por ningún lado, pensó que Toby Woecker la había secuestrado y avisó a la policía de su desaparición.

Después de casarse, Chiquita y su esposo habían ido al hotel Iroquois, el mejor y el más grande de Búfalo, con la idea de reservar una habitación y pasar allí su noche de bodas. Pero se llevaron un chasco, porque estaba repleto y no había cuartos disponibles. Cuando salían del hotel, unos empleados de Bostock los descubrieron y le entraron a golpes al muchacho. De nada valieron las protestas y los insultos de los recién casados: los tipos los separaron, cargaron con la enana y se la devolvieron a Bostock.

Ahí se armó la gorda, porque Toby no se quedó cruzado de brazos. Fue a la policía y acusó a Bostock de impedirle estar al lado de su legítima esposa. Pero el empresario respondió que no, que él no le prohibía a Chiquita reunirse con su marido, sino que era ella quien ya no deseaba verlo, porque era una mujercita muy voluble y estaba arrepentida de haberse casado. En ese estira y encoge pasaron varios días. Toby daba declaraciones a los periódicos y enseguida Bostock las contradecía. El padre y los hermanos de Toby se enteraron del escándalo y llegaron de Erie para estar a su lado y apoyarlo. ¿Y Chiquita? Callada, sin decir ni esta boca es mía. Salía de su carromato, daba sus funciones y volvía a encerrarse a cal y canto.

El caso llegó a los tribunales y Toby, asesorado por unos abogados que se ofrecieron para «ayudarlo» a cambio de una buena tajada, le puso una demanda a Bostock y solicitó una indemnización de veinte mil dólares. Y, claro, mientras más hablaban los periódicos de aquel chanchullo, más público llenaba el teatro de Chiquita en el *Midway*. Ni el Pueblo Alemán ni Calles de El Cairo ni la Incubadora de Infantes, ninguno de los *shows* que todavía estaban funcionando tuvo tanta taquilla como el de ella.

Cuando oí esa parte del cuento, empecé a preguntarme si toda la rebambaramba de la boda secreta y del juicio no habría sido un ardid de Chiquita y del «Rey de los Animales» para atraer al público y ganar todo el dinero posible en sus últimos días en Búfalo. Me hubiera gustado saber cuánto hubo de realidad y cuánto de montaje publicitario en ese escándalo, pero ya es imposible averiguarlo. Lo cierto es que, si Chiquita se casó dejándose llevar por uno de sus impulsos y luego se echó para atrás, terminó reconciliándose con la idea, pues pasó los años siguientes con Toby. En cuanto a Bostock, no volvió a interferir en su vida matrimonial.*

Toby se convirtió en el *manager* de Chiquita. Se ocupaba de que no le faltara nada, de cuidarla, de satisfacer sus caprichos. Eso a Rústica le cayó muy mal, porque hasta ese momento esas habían sido sus funciones. Claro que Toby era un *manager* con poderes limitados, porque Chiquita nunca lo dejó negociar un contrato. Ella se ocupaba de hablar de dinero y de condiciones de trabajo. Ah, otra cosa: no usó nunca su apellido de casada. Nada de señora Woecker. Siguió siendo Chiquita Cenda. «Ese Toby era más vago que la quijada de arriba», fue lo único que le saqué a Rústica, después de rogarle durante varios días que me diera su opinión sobre él. «Cambiándolo por mierda, se perdía el envase.» Pero hallé su opinión muy poco imparcial: se notaba a la legua que siempre lo había detestado.

Cuando se terminó la Exposición de Charleston (que duró seis meses), Chiquita se fue de gira por el sur con uno de los circos ambulantes de Bostock y Ferari. Estuvo en Atlanta, en Savannah, en Detroit, en Nueva Orleans y en otras ciudades donde vivía, y sigue viviendo, mucha población de color. Cada vez que tenía un chance, se iba con su marido y con Rústica a las iglesias, a oír cantar a los negros, y en el libro relataba con indignación varias escenas de racismo que le tocó ver. En esos años el racismo era algo muy serio. ¿Tú sabes lo que se le ocurrió proponer a un político «muy respetado» de una de esas ciudades sureñas cuando todavía Cuba estaba gobernada por los americanos? Que la isla podía utilizarse para zumbar para allá al mayor número de negros posible y «blanquear» esa parte del país. Increíble, ¿no?

Estando en el sur, Chiquita se enteró, por los periódicos, de que el 20 de mayo de 1902 Cuba iba a convertirse,

---

* En los primeros días de noviembre de 1901, el periódico *Buffalo News* brindó una amplia cobertura del complicado pleito legal por el matrimonio de Chiquita. Remito a esa publicación a los lectores interesados en conocer más detalles del episodio.

al fin, en república, y de que un viejo conocido suyo, don Tomás Estrada Palma, había ganado las primeras elecciones presidenciales. Cuando la enana le leyó a Rústica una crónica en la que se describía cómo Máximo Gómez había izado la bandera cubana para proclamar la independencia, se le quebró la voz por la emoción.

—¡Y tú que decías que los americanos no iban a soltar el jamón! —le dijo a su sirvienta—. Ya Cuba es libre y soberana. Estaba segura de que allá no podía pasar lo mismo que en Hawai y en Puerto Rico —y al notar que Rústica no abría la boca, siguió—: ¿Qué reparo vas a poner ahora? Tenemos una constitución, un gobierno y un presidente, como toda nación que se respete.

Rústica siguió muda, pero al rato soltó uno de sus dardos envenenados. Empezó comentando lo dóciles que eran las palomas sabias del profesor Colombus, uno de los artistas del circo. Eran tan mansas, y estaban tan bien entrenadas, que su dueño las tenía fuera de su jaula y las dejaba ir de aquí para allá. ¿Para qué encerrarlas, si le bastaba tocar un silbato para que todas acudieran a su lado? «Se podría decir que ellas también son *libres y soberanas*», fue la conclusión de Rústica. «Claro que, como es un hombre precavido, Columbus les recorta las alas, para que puedan volar, pero *no demasiado lejos*.»

Chiquita captó enseguida la indirecta, le dijo horrores (desde «mala patriota» hasta «negra descreída») y le pidió a Dios que no todos los cubanos fueran tan desconfiados como ella.

Después de esa *tournée*, la sociedad de Frank Bostock y el Coronel Francis Ferari se disolvió. Los dos empresarios separaron los negocios que tenían en conjunto y cada uno cogió su camino. Ferari intentó que Chiquita se quedara a su lado, pero ella quiso seguir con Bostock. Durante 1903 trabajó en un *show* que él acababa de abrir en Nueva York, a sólo unas cuadras del Central Park.*

---

* Se refiere al Bostock's Animal Show, una arena que se inauguró en los primeros días de octubre de 1902. Estaba en St. Nicholas Garden, en 66th Street y Columbus Avenue.

Las principales atracciones, además de Chiquita, eran el Capitán Bonavita —que esa temporada se enfrentaba a veinte leones nubios— y una pelea de boxeo entre un canguro y un hombre; pero la gente podía ver también jirafas, gorilas, llamas, cocodrilos, hienas, serpientes de cascabel, osos hormigueros y muchos animales más. A Chiquita le cayó como un jarro de agua fría tener que coincidir de nuevo con la grosera Madame Morelli, que tantos buches de sangre le había hecho tragar en el circo de Baltimore. Por suerte, esa vez la domadora la dejó en paz; probablemente Bostock le habría advertido que no quería más celos ni rencillas.

Recuerdo que, de forma muy diplomática, le pregunté a la enana si se sintió incómoda actuando en un *show* de animales en Manhattan, el mismo lugar donde, siete años atrás, había sido la estrella de uno de los principales teatros. ¿Y sabes qué me contestó? «Es preferible ser cabeza de ratón que cola de león.» Muy discretamente, ella había tratado de conseguir trabajo en algún *vaudeville*, pero sólo le ofrecieron números de relleno. El problema era que llevaba siete años sin poner un pie en un escenario de Nueva York y ya nadie se acordaba de su época dorada del Palacio del Placer de Proctor. Además, «lo cubano» ya no estaba tan de moda. Pero, naturalmente, nada de eso lo puso en el libro; ahí sólo hablaba de lo mucho que la aplaudía el público y de la envidia que eso le provocaba a la «dama de los jaguares».

A veces Chiquita le pedía a Toby que la llevara a caminar por el Central Park y se ponía nostálgica acordándose de sus paseos con Patrick Crinigan. Aunque estaba casada, no se lo podía sacar de la cabeza.

Lo que menos imaginaba ella era que, al poco tiempo de llegar a Nueva York, iba a convertirse en la protagonista de una película. Una tarde, un hombre fue a verla a su camerino, le dijo que estaba en el negocio del cine y le propuso que hiciera una película con él. La reacción de Chiquita, que se había vuelto un lince para los negocios, fue poner cara de indiferencia y preguntar cuánto pensaba pagarle. La suma que el tipo le ofreció no era gran cosa, pero ella logró que mejorara la oferta y, pensando que el cine inmortalizaría su arte, aceptó. La película la hicieron allí mismo, una mañana muy temprano, antes de que el público entrara a la feria. Me imagino que duraría unos minutos nada más (acuérdate que en 1903 el cine todavía estaba empezando) y que Chiquita saldría bailando y luciendo sus joyas y sus vestidos. Es una lástima que no me acuerde ahora del nombre de ese productor. Lo que sí puedo decirte es que era judío y que fue, junto con Edison, uno de los primeros magnates del cine en Estados Unidos. ¿Cómo se llamaba, compadre? Bueno, a lo mejor luego lo recuerdo. Si no, te tocará averiguarlo.* El caso es que Chiquita hizo su película y la exhibieron en todas partes. No sólo en Estados Unidos, sino también en Europa, así que le vino muy bien para aumentar su popularidad. Porque no te creas que la enana no tenía competencia. En esos años habían surgido otras «muñecas vivientes» y ella tenía que pulirla para seguir siendo la mejor pagada.**

Pero esa no fue la única vez que Chiquita se paró delante de una cámara. Muchos años después, la llevaron a Hollywood para filmar una película llamada *Freaks*. Eso me consta, porque yo estaba en Far Rockaway cuando sucedió.

¿Tú viste esa película alguna vez? En la Cinemateca la ponen a cada rato. Se desarrolla en un circo ambulante y tra-

---

* Nunca lo recordó, pero yo conseguí el dato. Era Sigmund Lubin, uno de los pioneros del cine, quien llegó a Estados Unidos a los veinticinco años de edad, procedente de Alemania, y una década después ya era dueño de una óptica en Filadelfia. Lubin empezó a rodar, distribuir y exhibir filmes en 1897. El corto *Chiquita, the Smallest Woman in the World*, hecho en 1903, fue uno de los más de ochenta que produjo ese año.
** A inicios del siglo XX eran muy conocidas, entre otras liliputienses, la húngara Anna Milahy, de la Horvath's Midgets Company, a quien el rey de Dinamarca condecoró con una medalla de oro por sus extraordinarias dotes de comediante; Amalia Magri, la simpática hermana menor de Primo y Ernesto Magri (aunque triunfó en su natal Italia y otras naciones europeas, la Signorina Magri nunca pudo cruzar el Atlántico para actuar en Estados Unidos debido a que padecía de talasofobia); Rosie Wolff, muy popular con el sobrenombre de «la Rosa Alemana»; y las francesas Miss Jeanne «Queen Mab» Duvain, jovencísima estrella del Barnum & Bailey Circus, y Jeanne St. Marc, conocida como «Princess Topaze».

ta sobre Cleopatra, una trapecista muy *sexy,* que se pone de acuerdo con su amante, el hombre fuerte del circo, para casarse con un liliputiense, envenenarlo y quedarse con su dinero. El liliputiense, que si la memoria no me falla se llama Hans, se fascina con Cleopatra y deja plantada a su novia, la enana Frieda.

El papel principal, el de la trapecista, se lo ofrecieron a Myrna Loy, pero ella dijo que ni loca saldría en la pantalla seduciendo a un enano, así que terminaron dándoselo a Olga Baclanova, una actriz a la que le decían «la tigresa rusa». Como no era tan famosa, ella accedió a trabajar con un reparto de «fenómenos».

Y es que para filmar la película, su director (que fue el mismo que hizo *Drácula* con Bela Lugosi) llevó a los estudios de la Metro Goldwyn Mayer a un montón de «curiosidades humanas» que sacó de distintos circos, *carnivals* y *vaudevilles.** En la mayoría de los casos, ellos se interpretaron a sí mismos y eso le dio mucho realismo a la trama. Alguna gente dice que *Freaks* es una película de horror, de «monstruos», pero yo no creo que sea cierto. Al contrario: la encuentro muy humana, muy moral. Es más, es una película que deberían ponerle a los niños en las escuelas, para que aprendan desde chiquitos que el bien triunfa sobre el mal y que el que la hace, la paga. Es muy didáctica.

Bueno, pues resulta que el director de *Freaks* se apareció una mañana en Far Rockaway para proponerle a Chiquita un papel que, aunque secundario, tenía bastante peso en la película: el de la madre de Frieda, la liliputiense despreciada por Hans. Y ella aceptó interpretarlo. Cuando supe la noticia, pensé que tendría que buscarme otro trabajo. Pero

---

* En *Freaks (La parada de los monstruos),* dirigida por Tod Browning en 1932, actuaron, entre otras celebridades de los teatros y *sideshows* de la época, la mujer barbuda Olga Roderick; las siamesas Daisy y Violet Hilton; Martha Morris, conocida como la Venus de Milo viviente; Koo Koo, la Niña Pájaro de Marte; Betty Green, la Mujer Cigüeña; Josephine Joseph, el hermafrodita austríaco; Pete Robinson, el Esqueleto Viviente, y el príncipe Randian, un nativo de la Guyana Británica, sin brazos ni piernas, que usaba como sobrenombres el Hombre-Gusano o el Hombre-Almohadón.

Chiquita me tranquilizó. Ella sólo iba a estar fuera dos semanas, porque sus escenas no eran muchas, y mientras tanto quería que yo le cuidara la casa. Así que salió rumbo a Hollywood con Rústica y yo me quedé solo, dándome la gran vida. Pero quién te dice a ti que no había pasado ni una semana y ya estaban de regreso.

La enana llegó despotricando del director, de Olga Baclanova y de la Metro Goldwyn Mayer. Desde el primer día de rodaje, empezaron los problemas. Primero, protestó porque el maquillaje la hacía lucir más vieja de lo que era. Después se quejó del vestuario, que en su opinión no la favorecía para nada, y trató, inútilmente, de que la dejaran ponerse uno de sus antiguos vestidos de teatro. Para empeorar las cosas, la madre de Frieda debía hablar con acento alemán y a ella siempre se le olvidaba ese detalle, así que tenían que repetir sus escenas una y otra vez. Pero lo que le puso la tapa al pomo, lo que acabó de desesperar al director, fue que, cuando estaban rodando una escena en que Chiquita se enfrentaba a Cleopatra y le decía que era una arpía, la enana mandó a cortar, se quejó de que la «tigresa rusa» tenía mal aliento y se negó a volver al plató hasta que se cepillara los dientes. ¡Figúrate la que se armó! La Baclanova se puso furiosa y fue a hablar directamente con el jefe del estudio, porque aunque ella no fuera Myrna Loy, tampoco era una principiante, había hecho un montón de películas y se merecía más respeto.

El pobre director quería que en la filmación reinara un ambiente amistoso, pero Chiquita se lo impedía, porque no se llevaba bien con ninguno de los otros *freaks*, era como una manzana de la discordia. Él se sentía muy identificado con las «curiosidades humanas», porque a los dieciséis años se había escapado de su casa, para irse detrás de una bailarina de circo, y había trabajado como payaso en las ferias ambulantes. Deseaba reflejar ese mundo en la película, pero para lograrlo necesitaba armonía y espíritu de colaboración. Así que no tuvo más remedio que despedir a Chiquita y, para no perder tiempo buscándole una sustituta, eliminó su personaje y echó a la basura las pocas escenas que ella había filmado.

Chiquita me comentó que lo único bueno de su paso por Hollywood fue haber conocido a Scott Fitzgerald, quien por esa época trabajaba en el departamento de guiones de la Metro. Según ella, el escritor era un tipo sencillo, de lo más agradable, y a la hora del almuerzo, en vez de buscar a las estrellas y a los productores, prefería sentarse en la mesa donde les servían a los «monstruos» de *Freaks*. Chiquita aprovechó uno de esos almuerzos para decirle que *El gran Gatsby* estaba entre sus novelas preferidas y se pusieron a hablar de literatura. Ella le contó que estaba escribiendo un libro sobre su vida y Fitzgerald estuvo de acuerdo en que lo mejor que podía hacer era publicarlo póstumamente, porque así podría poner lo que le diera la gana sin temor de herir susceptibilidades.

La enana lamentaba mucho que, por la forma tan repentina en que tuvo que dejar el rodaje, no hubiera podido despedirse de él. «Aunque lo traté poco, tuve la impresión de que Hollywood no era lo suyo», me dijo. «En ese ambiente se sentía tan o más *freak* que nosotros.»

Pero mejor volvemos a 1903, ¿no te parece? Ese año, mientras Chiquita actuaba en Nueva York, Bostock se fue a Europa. Y estando en París, se le ocurrió comprar el Hippodrome, un auditorio donde cabían ocho mil personas, y así lo hizo. Lo adquirió y empezó a preparar un tremendo *show* para dejar boquiabiertos a los franceses.

Cuando Chiquita se enteró, pensó que Bostock la escogería para ese espectáculo, pero se llevó un chasco, pues a quien el empresario mandó a buscar fue a Madame Morelli. Según Koltai, la culpa de que no la eligiera la tuvo Toby Woecker, porque, aunque aparentemente el domador y el marido de la enana tenían una relación cordial, la verdad era que se masticaban, pero no se tragaban.

Chiquita se sintió tan dolida que pidió vacaciones y se fue a Erie, a pasar un tiempo con la familia de su esposo. Pero sus parientes políticos no deben haberle simpatizado mucho, porque a principios de 1904 ya estaba trabajando otra vez. En San Luis hicieron una gran feria, que duró casi un año, para celebrar el centenario de la compra de la Luisiana a los franceses, y todos esos meses Chiquita se los pasó allí.*

Bostock quedó muy satisfecho con su primera temporada en París. A su regreso, anunció que había tenido grandes ganancias y que volvería a Francia a principios del otoño con otro *show*. En ese sí incluyó a Chiquita.

Se embarcó de lo más contenta, con su marido y con Rústica, pero la felicidad le duró poco. Como ella comentaba en su biografía, salió de Nueva York siendo una esposa feliz y llegó a Europa convertida en una viuda inconsolable.

Toby Woecker no estaba habituado a beber y parece que una noche se tomó unos tragos de whisky y tuvo la desafortunada idea de dar un paseo por la cubierta del barco. Digo *parece*, porque a ciencia cierta nunca se supo lo que le pasó. Como un marinero lo vio haciendo eses cerca de la popa, pensaron que se había caído al océano y lo dieron por muerto. La escena en que el capitán del barco iba al camarote de Chiquita y le daba la noticia era de una cursilería atroz. Mira que en el libro había escenas cursis, pero, créeme, como esa ninguna.

La enana sufrió mucho, pero en cuanto llegó a París, se olvidó de la tristeza y empezó a actuar en el Hippodrome. Ella era así: en los momentos más difíciles sacaba fuerzas de quién sabe dónde, apretaba el culo y echaba *pa'lante*. Y eso fue lo que hizo: trabajar, trabajar para olvidar sus penas. Y también, vamos a dejarnos de boberías, para llenar de francos su cuenta bancaria. Desde que hizo su primera aparición en la pista, los franceses la adoraron. No era para menos, porque salía en su convertible, con el mismo chofer negro que había tenido en la Exposición Panamericana, con todos sus diamantes encima y un adorno de plumas en el moño.

---

* Revisé distintos documentos sobre la Feria Mundial de San Luis, pero ninguno de ellos mencionaba a Chiquita.

Durante los meses que estuvo en el Hippodrome, Chiquita se propuso, y lo logró, no encontrarse ni con la Bella Otero, ni con las anfibias ni con el hipócrita de Yturri. Así que no se acercó al Bois de Boulogne ni a ninguno de los lugares que sus antiguos amigos frecuentaban. A Sarah sí trató de verla, pero no pudo, porque andaba en una de sus habituales *tournées* por el mundo. Sin hacer caso a las protestas de Rústica, varias veces la obligó a acompañarla hasta la orilla del Sena. Tenía la esperanza de ver de nuevo a Cuco, pero el manjuarí nunca apareció.

Cuando copiaba esa parte del libro, le pregunté a Chiquita qué había pasado con la Orden, pues desde el capítulo de la visita a la Casa Blanca no había vuelto a mencionarla. Le aconsejé que, para no defraudar a los futuros lectores de su biografía, debía poner algo sobre ese tema y, para mi sorpresa, me hizo caso enseguida.

Las reuniones de la cofradía se habían espaciado cada vez más. Cuando la citaban a una, Lavinia y los Artífices Superiores se pasaban todo el tiempo discutiendo qué podían hacer para ponerle fin a la guerra ruso-japonesa, para que el gobierno de Francia hiciera las paces con el Vaticano y para que los anarquistas no siguieran liquidando a la nobleza. De vez en cuando a Chiquita (o, mejor dicho, a su doble astral) le asignaban una tarea específica, pero las asambleas se habían vuelto más bla bla bla que otra cosa. Curiosamente, la disolución de Los Auténticos Pequeños y de Los Verdaderos Auténticos Pequeños, en vez de fortalecer a la Orden, parecía haberla achantado, como si el no tener que enfrentarse a los grupúsculos le hubiera quitado brío.

Estando en Francia, Rajah, un tigre de más de setecientas libras, le saltó encima a Bostock durante una función y casi lo despedaza. Esa bestia era muy traicionera y ya el domador había tenido problemas con ella. Unos años antes, en Indianápolis, también lo había atacado; pero lo de París fue mucho más serio: se salvó por un tilín y tuvo que dejar de actuar varios días. Ahora bien, cuando se recuperó y volvió a la pista, el Hippodrome se llenó de bote en bote. Todo el mundo quería ver a Rajah, el tigre asesino. La familia y los empleados de Bostock trataron de convencerlo para que colgara el látigo y se dedicara sólo a sus negocios, pero él no quiso. Les explicó que necesitaba enfrentarse a las fieras para sentirse vivo. Casi nadie pudo entenderlo, pero Chiquita sí. Tal vez porque a ella, de algún manera, le pasaba lo mismo.

[Capítulos XXXII y XXXIII]

En términos económicos, la segunda temporada de Bostock en París terminó mejor que la primera. Él tenía previsto que Chiquita trabajara en Dreamland, en Coney Island, durante 1905, pero unos días antes de volver a Estados Unidos, la enana le anunció que se quedaba en Europa. Sin decirle nada a nadie, había firmado un contrato con un empresario de Londres.

Bostock se puso muy mal. No le cabía en la cabeza que Chiquita hubiese hecho ese arreglo a espaldas suyas. «No me merezco esta traición», le dijo. «Usted es peor que Rajah.» Y no quiso saber más de ella. Después de eso, jamás le volvió a dirigir la palabra. La enterró en vida.

En mi opinión —y Koltai pensaba igual—, romper con Bostock fue el peor error que pudo cometer Chiquita en ese momento de su carrera. Ella no se percató de inmediato, porque en Londres le fue bien y creyó que el éxito seguiría sonriéndole toda la vida. Pero, visto desde la distancia, resultó una metida de pata descomunal. ¿Lo hizo por dinero? No lo creo. Ella ganaba bastante y, de haber pedido un aumento, posiblemente Bostock se lo habría concedido. ¿Porque estaba aburrida y quería darle un giro a su vida? Puede ser. Pero tal vez tomó esa decisión porque era el camino que le tenían escrito los astros. Todo lo que pueda decirte para justificar su ruptura con Bostock son simples conjeturas. En el libro ella no ponía ninguna explicación.

Sin darle tiempo a echarle una mirada al Palacio de Buckingham ni al Big Ben, su nuevo empresario la llevó a conocer a quien sería su compañero de actuación en el

Hippodrome de Londres*: un gigante ruso llamado Feodor Machnow.

Voy a parar aquí para hacerte un comentario: si en esa época los liliputienses tenían un éxito tremendo en los circos, las ferias y los *vaudevilles,* los gigantes no se quedaban detrás. Los hubo enormes y que llegaron a ser muy famosos. Para que te consideraran gigante tenías que medir, lo mismo si eras hombre o mujer, mínimo siete pies y pico. Claro que los había más altos. Por ejemplo, el chino Chang Woo Gow medía ocho pies y tres pulgadas. ¿Te parece asombroso? Pues su hermana Mingmei era dos pulgadas más grande, sólo que ella nunca quiso exhibirse. Se quedó en el pueblito de Cantón donde los dos habían nacido, bordando los trajes que Chang usaba en el escenario. Ese gigante chino era muy fino, hablaba varios idiomas (hasta español) y viajaba por el mundo con un *show* de lo más exquisito, con músicos, bailarinas y liliputienses. Muchos gigantes trabajaban con enanos porque eso les permitía resaltar su estatura.

Otros que dieron mucho que hablar fueron Mianko Karoo, un gigante sioux; el Capitán Bates, «el gigante de Kentucky», y Cardiff, tal vez el más admirado de todos, un galés al que parecía que la cabeza le llegaba a las nubes.

Pero también había gigantas. Entre las más renombradas estuvieron la sueca Anna Gustafsson, quien fue muy popular en Estados Unidos, y también Anna Swan, la giganta de Nueva Escocia, que estaba casada con el Capitán Bates. Las dos dejaban al público boquiabierto. Igual que Abomah, la giganta africana, una mujerona muy elegante, de casi ocho pies de altura, que hizo muchas giras por Inglaterra y Australia. Era altiva y fina, siempre vestida de blanco, elegantísima, con guantes de encaje y todo. Abomah sólo visitó una vez Estados Unidos y pasó mucho trabajo para hallar un

---

* En el London Hippodrome, un auditorio inaugurado en 1900, propiedad del empresario Sir Edward Moss, se presentaban circos y artistas de *music hall.* Tenía un tanque enorme para espectáculos acuáticos.

hospedaje decente, pues en ningún hotel querían recibirla. Imagínate: giganta y, además, negra como un azabache.

Un caso muy triste —por lo menos a mí me conmovió— fue el de una giganta francesa de dieciséis años que llegó a Estados Unidos a fines del siglo XIX y que empezaron a exhibir con el nombre de Lady Alma. Esa muchacha, a pesar de su tremenda estatura, padecía de tuberculosis desde niña. Porque, aunque mucha gente crea que los gigantes son de hierro, mentira, no es así. Ellos también se enferman, sufren, les duelen las muelas, se fracturan los huesos, son humanos. A Lady Alma siempre la presentaban acompañada por su hermana menor, que medía como dos pies. Para que veas lo caprichosa que es la genética: una giganta y una enana hijas de los mismos padres. Bueno, pues quién te dice que a los cuatro meses de estar en Estados Unidos, Lady Alma fallece. ¿Y qué crees que hizo el empresario que había organizado su gira? ¿Mandar su cadáver de regreso para Francia? Nada de eso. Lo vendió. Como lo oyes. Lo subastó. Dos universidades se lo disputaron, pero finalmente la de Iowa pagó doscientos dólares y se quedó con los restos de Lady Alma. Con la hermanita no sé qué pasaría. Me imagino que seguirían exhibiéndola de pueblo en pueblo, quién sabe hasta cuándo.

Sólo te he mencionado los gigantes que me vienen a la mente, pero había cientos en el negocio del espectáculo.* La gente que iba a ver a esos grandulones solía comprar, como

* He aquí los nombres de otros gigantes muy conocidos. Hombres: los estadounidenses Thomas Dilkens («el soldado americano gigante»), Henry Clay Thurston («el gigante de Misuri») y Bernard Coyne («el gigante cherokee»); el canadiense Édouard Beaupré; el irlandés Patrick Cotter; el italiano Hugo («el gigante de los Alpes»); el español Miguel Joaquín de Eleicegui («el gigante vasco»); los franceses Armand Bronner y Joseph Dusorc; los alemanes Josef Schippers y Julius «Constantine» Koch; el ruso Pisjakoff; el finlandés Lauri Moilanen («el Gran Luwi») y el tunecino Radhouane Charbib. Mujeres: la estadounidense Ella Ewin, la inglesa Jane «Ginny» Bunford y las alemanas Brunhilde y Marianne Wehde («la reina gigante de las amazonas»). ¿Qué pasó con los gigantes?, ¿se extinguieron?, se preguntarán algunos. No, sólo que las ferias y los circos ya no son el lugar más indicado para verlos. Pruebe en las competencias de baloncesto.

souvenirs, unos anillos enormes, de metal, que tenían grabados sus nombres.*

Pero llevo media hora hablándote de gigantes. ¿Por
qué no me has parado? Cuando hable más de la cuenta de
algo que no venga al caso, atájame sin pena, mira que si no,
no vamos a terminar nunca. Del único gigante que tú necesitas tener información es de Machnow. Los demás no pin-
tan nada en esta historia.

Machnow y Chiquita gustaron tanto en Londres que
les extendieron el contrato varios meses. El número que hacían, sin ser nada del otro mundo, resultaba bastante simpático. Para empezar, cada uno salía a escena por separado: el
ruso, con uniforme de cosaco, y ella con un vestido de cola y
su abanico de plumas de avestruz. En esa primera salida, él
bailaba una danza del Don, y ella, un vals vienés. Luego era
que se reunían: el gigante se sentaba y Chiquita, subida en
uno de sus muslos, le cantaba una canción mirándolo a los
ojos. Después, Machnow se acostaba sobre la pista y ella le caminaba encima, y a continuación él la sostenía sobre la palma
de una mano. Y así seguía el acto, que estaba pensado para su-
brayar la diferencia de tamaño entre ellos, que era abismal.

Aunque Chiquita ponía que aquella había sido una
de las temporadas más exitosas de su carrera, Koltai me dio a
entender que en realidad a quien iba a ver el público era al gigante. De los dos, el que mejor salario tenía era el ruso. Es
decir, que a Chiquita no la consideraban el plato fuerte, sino
un complemento. Vaya, la aplaudían, pero no tanto como a
Machnow, que era quien llenaba el Hippodrome.

Al verlos en la pista, la gente creía que se llevaban de
maravillas, pero lo cierto es que apenas se dirigían la palabra.

---

* Pude ver algunos de esos grandes y toscos anillos en el Freakatorium (El Museo
Loco), un pequeño gabinete de curiosidades situado en el número 57 de Clinton
Street, en el Lower East de Manhattan. Su propietario exhibe también allí, entre otras
rarezas, la legendaria sirena de Fiji, una tortuga con dos cabezas y ropa usada por
Tom Thumb.

Por una parte, porque el único idioma en que podían comunicarse era el alemán, que Machnow apenas chapurreaba, y por otra, porque no tenían nada en común.

Machnow acababa de cumplir veinticinco años y, según la prensa, medía nueve pies. Pero probablemente no fuera tan alto; los empresarios siempre aumentaban la estatura de sus gigantes. Él estaba casado con una muchacha de su aldea natal, y viajaba con ella y con su bebé a todas partes. Al parecer, lo único que le interesaba en la vida eran el póquer y el vodka. (O la vodka, que de ambas formas puede decirse.) Eso sí, Chiquita nunca lo vio borracho. Podía empinarse tres botellas, una detrás de otra, y seguir tan campante. A pesar de que su tamaño intimidaba a cualquiera, era muy noble de alma, lo que se dice un pedazo de pan. Su *manager* y su esposa lo manejaban con la punta del dedo meñique.

Al principio, ingenuamente, Chiquita pensó que, como a la mayoría de los hombres, a Machnow le interesaría la política, y trató de hablar con él de temas de actualidad, sobre todo de la situación tan difícil que estaba atravesando el zar Nicolás II (o «Nicki», como le decía la Bella Otero), porque recuerda que esto que te cuento sucedía en 1905, cuando en Rusia las huelgas y los atentados políticos estaban a la orden del día. Pero enseguida desistió, porque se dio cuenta de que el gigante no tenía la menor idea de lo que pasaba en su país ni en el resto del mundo.

Había cosas de él que Chiquita detestaba y a las que nunca se acostumbró. Por ejemplo, con el pretexto de que los gases le producían unos cólicos horribles, el gigante se tiraba *peos* en cualquier parte, hasta en el escenario. Una vez, mientras la enana cantaba encima de él, se tiró uno tan, pero tan ruidoso, que el director de la orquesta del Hippodrome le lanzó una mirada asesina a los músicos de los metales, creyendo que uno de ellos había tocado una nota que no aparecía en la partitura. También la exasperaba su manía de comer cebolla cruda. Pero lo que la sacaba de quicio era que no usara calzoncillos. Machnow se ponía unos pantalones muy holgados y «aquello» no sólo se le marcaba mucho (¡calcula el tamaño que tendría!), sino que, además, todo el tiempo se le movía de un lado para otro, como si fuera un péndulo. Chiquita trataba de no mirar en esa dirección, pero los ojitos se le iban para allá sin querer, porque aquel bamboleo tenía algo hipnótico y lo mismo a las mujeres que a los hombres les costaba mucho resistirse a él.

«Basto», ese era el adjetivo que usaba en el libro para definir a Feodor Machnow. Pero, bueno, ¿qué tú puedes esperar de un muchacho campesino, sin educación ni modales, que habían sacado de un pueblito de Ucrania? Claro que tenía que desentonar con el lujo y el refinamiento de Londres.

Con toda intención, para marcar la diferencia entre el gigante y ella, Chiquita empezó a hablar con un acento británico muy afectado, y hasta se habituó a tomar té a las cinco de la tarde, a pesar de que Rústica no se cansaba de repetirle que tanto té la iba a estreñir. También se relacionó con algunos escritores y artistas, entre ellos con Walter de la Mare, que todavía no era famoso, pero que ya había sacado un libro.*

Al terminar su temporada londinense, Machnow y Chiquita hicieron una gira por varias ciudades europeas. Algunas, como Berlín y Viena, ella las conocía de su viaje anterior; pero a otras, como Budapest, Praga y Bruselas, llegó por primera vez.

Chiquita consideraba que Machnow y ella hubieran podido seguir trabajando juntos en Europa durante mucho más tiempo, pero el *manager* del gigante había firmado unos contratos para presentarlo solo en otros lugares, entre ellos Nueva York, y ahí terminó su relación. Nunca más volvieron a actuar juntos. Se dijeron adiós en Bruselas y si te he visto no me acuerdo.

Como ya llevaban casi un año dando sánsara por Europa, Rústica le sugirió que se tomara un descanso, y Chiquita estuvo de acuerdo. Pero ¿adónde ir?

La tentación de volver a Cuba era muy grande, pero igual de grande era el temor que las dos sentían de regresar

---

* En efecto, la estadía de Chiquita en Londres coincidió con la primera edición de *Songs of Childhood,* poemario de Walter de la Mare.

a una Matanzas donde ya no estaban ni el doctor Cenda, ni Cirenia, ni Minga, ni Manon, ni Juvenal... La lista de muertos era más larga, porque mientras Chiquita amasaba su fortuna en el extranjero, la pelona le había arrebatado a otros parientes. ¿A quiénes? Para empezar, a su hermano Crescenciano, que mataron en una valla de gallos de una puñalada en un pulmón. Otra que había cantado *El manisero* era Candelaria, su madrina. Candela, como le decían sus íntimos, solía dejar al lado de la cama, al acostarse a dormir, una vela encendida, pero una noche la tumbó de un codazo y el mosquitero y el colchón cogieron fuego. La casa completa ardió. Candela tenía las puertas llenas de candados para evitar que entraran a robarle, y como en medio de la humareda no pudo dar con las llaves, terminó achicharrada. También había muerto una de sus primas preferidas, Expedita, de fiebre puerperal. ¿Qué sentido tenía ir al encuentro de tantos fantasmas? Además, pasar por delante de la casona y ver a otra gente viviendo allí las iba a entristecer demasiado.

Entonces decidieron subirse en un tren con dirección a Le Havre y bajarse en el primer pueblito acogedor que vieran. Así lo hicieron, pasaron un mes y pico en una casita cerca de un bosque, muy tranquilas, recuperando fuerzas, y después se embarcaron para Estados Unidos a principios de 1906, sin la menor idea de lo que iba a ser de sus vidas.

Al llegar a Nueva York, el único trabajo que le ofrecieron a Chiquita fue en Lilliputia, un pueblo en miniatura que habían construido en Dreamland, uno de los parques de diversiones de Coney Island, pero no lo aceptó. Figúrate, allí tenían contratados a más de trescientos liliputienses de todo el mundo, y ella no estaba dispuesta a convertirse en una del montón.* Ese debió ser un momento muy duro para la ena-

---

* Lilliputia, una reproducción a escala reducida de un pueblo alemán del siglo xv, fue concebida por Samuel W. Gumpertz, hombre de negocios y aventurero de Misuri. En sus casas los liliputienses vivían en calidad de residentes permanentes. La comunidad tenía su Parlamento, su playa y hasta su cuerpo de bomberos. De día se exhibían y de noche se dedicaban a su vida privada.

na, porque, mientras trataba inútilmente de conseguir un contrato que valiera la pena, Machnow, el gigante, triunfaba en su gira por Estados Unidos. Tan bien le fue, que el presidente Roosevelt lo recibió en la Casa Blanca. Por cierto, Chiquita me contó que durante esa audiencia Machnow se emocionó tanto, que empezó a temblar como una hoja, se puso de rodillas y trató de besarle la mano a Roosevelt, como si estuviese delante del zar de Rusia.

Recordando que una vez «Búfalo» Bill se había interesado por contratarla, lo localizó para ver si le daba empleo en su *show* del Salvaje Oeste. Pero él ya se había conseguido a otra liliputiense, la princesa Nouma-Hawa, y no tenía pensado sustituirla. Nouma-Hawa podría medir unas pulgadas más que Chiquita, pero tenía diez años menos, y en el mundo del espectáculo la edad importa mucho.

Mira lo que son las cosas, ¿sabes quién le dio empleo a Chiquita? Francis Ferari, el antiguo socio de Bostock. La mandó para una feria en San Francisco y hacia allá salió la enana, sin imaginar lo que le esperaba. A los tres meses, pasó lo del terremoto. La ciudad quedó desbaratada, hubo como setecientos muertos, y Rústica y ella se salvaron de milagro. Entonces Ferari la metió en el Wild Kingdom, el circo que tenía fijo en el parque de diversiones de Brighton Beach, cerca de Coney Island.

Chiquita trabajó en Brighton Beach varios años, sin penas ni gloria. Según me secreteó Koltai, allí la usaban, más que todo, como un señuelo para atraer al público. Tenía que dar vueltas y vueltas por el parque de diversiones, en un landó diminuto, parecido al que le había regalado el presidente McKinley, repartiendo volantes publicitarios. Durante el *show,* sólo salía a la pista unos pocos minutos. Obviamente, en el libro ella lo idealizaba todo. Ponía que todos esos años fue una de las principales atracciones del Wild Kingdom. Pero parece que no fue así. Su nombre seguía saliendo en los anuncios de los periódicos, pero con una letrica que había que leer con lupa. Ganaba lo suyo y todavía la aplaudían, pero ya no era como antes. Ahí empezó su decadencia.

Quizás te estés preguntando por qué una mujer que tenía suficiente dinero para vivir decentemente el resto de su vida no se retiró en ese momento. Cuando la Exposición Panamericana, se publicó muchas veces que poseía una fortuna de cien mil dólares. Eso sería, calcula tú, como dos millones de hoy, un montón de plata. Pudo dejarlo todo, decirle adiós a ese mundo, pero no quiso. Prefirió seguir al pie del cañón.

Bueno, su caso no fue el único. También Lavinia Warren hubiera podido retirarse cuando enviudó de Tom Thumb y llevar una vida cómoda y tranquila, pero siguió viajando hasta una edad muy avanzada. La mayoría de las «curiosidades humanas» se exhibían porque era la única manera que tenían de ganarse el sustento, pero había otras que lo hacían porque les daba la gana. Por ejemplo, en alguna parte leí que la Mujer Cigüeña que sale en *Freaks* era una judía de Springfield dueña de cinco edificios de apartamentos. ¿Qué necesidad tenía esa señora de exhibirse de aquí para allá, en las ferias, como «monstruo»? La única explicación que se me ocurre es que llevaba el virus del espectáculo en la sangre. Eso mismo debe haberle pasado a Chiquita.

Como te decía, ella se quedó en Brighton Beach durante mucho tiempo, hasta que tuvo problemas con Ferari y rompió con él. Durante los años siguientes se dedicó a viajar de un lado para otro, actuando en lo que se le presentaba. Hasta en México estuvo. Donde conseguía trabajo, allá iba. Y detrás de ella, Rústica, por supuesto. En esa época ya Chiquita tenía casi cuarenta años, pero, por lo que se aprecia en las fotos, se conservaba bastante bien.

Esa etapa de su vida la enana la condensó en el libro en muy poco espacio. Los capítulos finales de su biografía eran bastante escuetos. Y la culpa de eso, hasta cierto punto, la tuve yo. Un día me di cuenta de que llevaba ya tres años en Far Rockaway y me entró el barrenillo de irme de allí. Era joven y quería darle un cambio a mi vida. Aunque no podía quejarme, porque me habían tratado muy bien, la verdad es que me sentía saturado de Chiquita, de Rústica y del libro. Estaba harto de hacer lo mismo día tras día y de oír la vocecita de la enana mañana, tarde y noche. A todo eso súmale que extrañaba mi tierra. Tenía unos deseos locos de volver a Cuba.

Sin embargo, me daba un no sé qué irme de sopetón y dejar a Chiquita con el trabajo sin terminar. Ella había sido muy especial conmigo, hasta me pulió el inglés, y no podía hacerle esa mierda. Además, te voy a confesar una cosa: a esas alturas yo sentía que, de alguna manera, el libro que estábamos haciendo también era mío. Me daba miedo que Chiquita perdiera el entusiasmo y lo dejara inconcluso. O, peor aún, que eligiera a algún chapucero para sustituirme y lo que habíamos escrito con tanto esmero se estropeara.

Cuando le anuncié que no iba a seguir trabajando con ella, que quería regresar a Matanzas, su primera reacción fue encabronarse. Se voló como una cafetera. Se había acostumbrado a tenerme a su lado y no quería dejarme ir de ninguna manera. Por suerte Rústica intervino y le hizo entender que yo llevaba varios años separado de mi madre y que era lógico que quisiera volver junto a ella. No sé si la negra dijo eso porque le salió del alma o por las ganas que tenía de librarse de mí, pero el caso es que logró apaciguarla y hacerla entrar en razón. A regañadientes, Chiquita respetó mi decisión, pero me pidió que termináramos su biografía antes de que me fuera de Far Rockaway. Entonces nos pusimos un plazo de dos meses para acabar el trabajo. Y lo cumplimos.

Ahora bien, yo pienso que de todas formas, incluso si a mí no me hubiera entrado la obsesión por regresar a Cuba, Chiquita no se habría extendido mucho al relatar los años finales de su carrera. Esa parte de su vida a ella le convenía resumirla, hacerla lo más breve posible. Como su intención era aparentar que siempre estuvo en la cúspide, no podía entrar en muchos detalles sobre lo que pasó cuando se fue poniendo vieja y dejó de ser una gran figura.

Capítulo XXXIV

Años de consagración. Anhelado y postergado retorno a Ma-
tanzas. Sueños premonitorios. Tercera propuesta matrimonial
de Patrick Crinigan. La última noche. Chiquita abatida por
la tristeza y la culpa. Lamentable tournée por la Florida. La
solución de Rústica. Renacimiento en la funeraria. Una casa
en Far Rockaway. El mundo en guerra. Reencuentro con Ne-
llie Bly. El adiós de la reina cubana de Liliput.

Podrían enumerarse todos y cada uno de los triunfos
de Chiquita en los años siguientes, pero fueron tantos, que la
lista resultaría demasiado extensa e incluso el más paciente de
los lectores podría sentirse abrumado. Limitémonos, pues, a
decir que continuó presentándose con éxito en importantes
escenarios, sin que el público le retirara nunca su favor.

En su madurez, la gloria seguía sonriéndole como en
los inicios de su carrera. Se trataba de una artista consagrada
—la mejor de su tipo—, y su nombre lo conocían y lo respetaban en Estados Unidos y las principales capitales de Europa. Sin embargo, a Chiquita le faltaba un sueño por cumplir.
Había un lugar del mundo en el que anhelaba presentarse.
Era Matanzas, su tierra natal. Aunque sabía que el regreso sería doloroso, deseaba actuar para sus coterráneos. Le parecía
una paradoja que los matanceros nunca hubieran podido
aplaudirla y se sentía en deuda con ellos.

Dos veces estuvo a punto de volver a su patria para
presentarse en el teatro Sauto (ese era el nuevo nombre que le
habían dado al Esteban) y siempre sus planes se frustraron.
La primera fue a mediados de 1906, después del terremoto
de San Francisco, pero la situación política que vivía Cuba la
obligó a posponer el viaje. La reelección del presidente Estrada Palma, considerada fraudulenta por sus adversarios, pro-

vocó alzamientos y revueltas. Al ver que el país se volvía ingobernable, y temeroso de que se desatara una guerra civil, el Presidente sacó a relucir la Enmienda Platt, pidió la intervención del ejército americano y renunció a su cargo. La bandera cubana fue arriada, y durante dos años y cuatro meses la isla volvió a ser gobernada por el Gigante del Norte.

Más tarde, en 1912, de nuevo Chiquita pensó regresar; pero esa vez fue la «guerrita de los negros» lo que la hizo desistir. Miles de negros y de mulatos se alzaron en armas, en distintas provincias de Cuba, para defender sus derechos. Después de haber luchado como fieras por la independencia, en la república los trataban como ciudadanos de segunda categoría. No los dejaban tener su propio partido, no podían ser policías ni diplomáticos, y llegó un momento en que no aguantaron más. Durante unos meses, en la isla hubo persecuciones, tiroteos y ahorcamientos, hasta que el ejército sofocó la revuelta de un modo sangriento. La «guerrita» terminó con más de tres mil negros y mestizos muertos. ¿Qué sentido tenía ir a Matanzas en medio de semejante tensión y odio racial?

Después de aquello, el proyecto de retornar se volvió algo cada vez más desvaído y lejano, un sueño que acariciaba con entusiasmo, pero que aplazaba una vez y otra con la certeza, inconfesada, de que jamás lo haría realidad.

A mediados de 1914, cuando Chiquita se encontraba en Pittsburgh, actuando en un teatro de *vaudeville*, le contó a Rústica que llevaba tres noches soñando con Patrick Crinigan.

—Lo hallé envejecido —dijo—. Tenía muchas canas.

—Usted también tendría si yo no se las arrancara cada vez que le encuentro una —repuso Rústica, cepillándole el cabello enérgicamente, y le preguntó cuánto tiempo había pasado desde su último encuentro con el periodista.

Chiquita sacó la cuenta. No lo veía desde que, en Chicago, quince años atrás, la patada de un burro casi le había costado la vida. ¡Santo Dios! ¿Tres lustros ya? Le parecía una eternidad. ¡Cuántas cosas habían pasado desde entonces! ¡Como había cambiado el mundo!

Habían inventado las máquinas de lavar y los tractores, las bolsitas de té y el café instantáneo, las luces de neón y los detectores de mentiras. Un americano había llegado al Polo Norte y un noruego al Polo Sur, la Tierra había estado a un tris de chocar con el cometa Halley y el *Titanic* se había ido a pique. Las mujeres competían en los Juegos Olímpicos y acudían sin corsés a marchas por su derecho al sufragio. Los aviones volaban de Nueva York a Los Ángeles y atravesaban los Alpes; el canal de Panamá comunicaba el Atlántico con el Pacífico, y los médicos ya podían curar la sífilis gracias a un milagroso medicamento llamado Salvarsán. El presidente Roosevelt había invitado a un ciudadano negro a cenar en la Casa Blanca; a México lo estremecía una revolución, y un joven terrorista serbio acababa de matar al archiduque heredero del Imperio Austrohúngaro y a su esposa en Sarajevo.

¡Muertes, cuántas muertes! La diabetes se llevó a Gabriel de Yturri, el gigante Machnow fue víctima de un implacable cáncer en los huesos y a Úrsula Deville, su antigua maestra, el corazón había dejado de latirle mientras impartía una lección de canto a una alumna particularmente desafinada. El gran duque Alejo había fallecido en París, tras su estrepitoso fracaso como comandante en jefe de la flota rusa en la guerra contra Japón. Y hasta Frank Bostock, su antiguo empresario, había muerto también, pero no en una jaula, enfrentándose al león Rajah o a otra de sus fieras, como cualquiera hubiese esperado, sino en su cama, víctima de una vulgar influenza.

Y mientras los muertos iban a la tumba, los vivos seguían de rumba. La Bella Otero, retirada ya de los escenarios, malgastaba su fortuna en las ruletas de Niza y de Montecarlo. Gracias a su matrimonio con un joven aristócrata rumano, Liane de Pougy se había convertido en la princesa Ghika y hacía *ménage à trois* con las chicas que les gustaban a ella y a su marido. Harto de que lo llamaran «carnicero del pueblo de Cuba», Valeriano Weyler acababa de escribir un libro en dos tomos para limpiar su honra. La rivalidad entre los magos chinos Ching Ling Foo y Chung Ling Soo se mantenía tan candente como el primer día. Lucy Parsons y Emma Goldman continuaban dando charlas y publicando artículos para difundir la doctrina del anarquismo. Y Liliuokalani de Hawai, vieja y enferma, seguía exigiéndole infructuosamente al gobierno americano una compensación económica por la pérdida de las tierras de la corona.

Sí, el mundo había cambiado mucho, pero no tanto como ella, reflexionó. ¿Qué quedaba de la Chiquita ingenua y soñadora que había dejado la casona de Matanzas para enfrentarse a un mundo enorme y desconocido? Muy poco. Nada.

—Mi querido Crinigan... —musitó Chiquita—. ¿Sabes, Rústica?, tengo el pálpito de que el día menos pensado volveré a saber de él.

La corazonada no le falló. Poco después, una tarde en que estaba en el camerino, escribiéndole una carta a Mundo y aguardando su turno de salir a escena, Rústica se asomó por la puerta y le dijo: «A que no adivina quién está aquí».

No tuvo que esforzarse para saber que se trataba del irlandés.

Los sueños no mentían: Patrick Crinigan ya no era el mismo. Su cabello rojo había encanecido y, al sonreír, una red de finas arrugas le cubría el rostro. Sin embargo, conservaba el porte imponente y el carácter afable de siempre.

Para restarle emotividad al reencuentro, su antiguo amante la saludó con un afable «Hola, *hijita*», como si se hubiesen visto el día anterior. «Hola, grandulón», respondió ella, y le pidió que se agachara para poder darle un abrazo.

Esa noche hablaron hasta por los codos en el hotel donde se hospedaba Chiquita. Ella lo acribilló a preguntas. ¿Qué había hecho en todo ese tiempo? ¿Aún vivía en Cuba? Crinigan asintió y, en un cómico español, le aseguró que ya era «más cubano que la farola del Morro». La Habana era una ciudad maravillosa y allí tenía una academia de idiomas que marchaba bien. «Es un buen negocio», comentó. «En estos tiempos, todos quieren aprender inglés.»

Unos años después de su encuentro en Chicago, se había casado con una mujercita cubana, enérgica y vivaz, llamada Esperanza. «Se parecía a ti», exclamó con sorpresa, como si acabara de darse cuenta. «Ella también era bajita, aunque, claro está, no tanto como tú», agregó. Una enfermedad se la había arrebatado meses atrás, sin darles tiempo a tener hijos.

—Fui feliz con Esperanza, pero sólo porque no me permitiste ser feliz contigo —dijo Crinigan.

Para evitar que la charla tomara un derrotero sentimental, la liliputiense le preguntó si conocía otros lugares de Cuba. Sí, claro, respondió Crinigan. Por ejemplo, su luna de miel la había pasado en el bellísimo valle de Viñales. Santiago de Cuba y Trinidad también le parecían deslumbrantes. «Pero ningún viaje fue tan emotivo como el que hice a tu ciudad», le aseguró.

Un amanecer se subió en un tren y llegó a Matanzas para recorrer los lugares que Chiquita le había mencionado en sus conversaciones: el puente de la Concordia, el castillo de San Severino, la ermita de Montserrat, la catedral de San Carlos, el viejo teatro donde había aplaudido a la Bernhardt...

—Preguntando y preguntando, di con la casa donde naciste —le contó el irlandés—. La familia que vive allí es muy amable y me la mostró completa, desde la sala hasta la cocina. También me llevaron al patio y pude ver la fuente donde estuvo el pez al que leías versos. No tiene agua desde hace muchos años. El tiempo la rompió. Pero hay otras cosas que el tiempo nunca podrá destruir, Chiquita, y una de ellas es el amor que siento por ti.

Y diciendo esa última frase, Crinigan se levantó, la tomó en brazos y avanzó hacia el dormitorio. Chiquita suspiró cuando la depositó sobre la cama y, con mucha parsimonia, empezó a desvestirla. Previendo el desenlace de la visita, Rústica había puesto sábanas limpias y las había perfumado con esencia de jazmín.

No durmieron en toda la noche. Los años no habían hecho que la llavecita de Crinigan aumentara de tamaño, pero tampoco la habían oxidado. Aún le funcionaba sin problemas y, para que su amada no tuviera dudas al respecto, abrió varias veces con ella su delicada cerradura.

Por la mañana, mientras desayunaban en la cama, el irlandés respiró profundo y le propuso matrimonio por tercera y última vez.

—Cásate conmigo —le rogó—. Podemos regresar a Cuba y vivir en Matanzas. O si lo prefieres nos quedamos aquí, donde se te antoje.

Chiquita sintió el impulso de aceptar, pero quiso ser prudente y le pidió unas horas para pensarlo. «Recógeme al terminar la última función y te daré mi respuesta», dijo con picardía.

Esa noche, cuando Crinigan se dirigía hacia el teatro para reunirse con ella, unos ladrones lo asaltaron en una callejuela, le quitaron la billetera y se dieron a la fuga. Mientras los perseguía, llamando a gritos a la policía, tropezó y se rompió la nuca.

De todo eso Chiquita se enteró más tarde, cuando, después de esperar largo rato por él, y decepcionada al ver que no acudía a la cita, regresó a su hotel.

—Qué mala suerte la de ese cristiano —se lamentó Rústica—. ¡Tanto tiempo persistiendo, y morirse cuando iba a darle el sí! —y el único consuelo que se le ocurrió decirle a Chiquita fue—: Ese hombre se enamoró de usted como un verraco. Dudo mucho que halle otro que la quiera tanto.

La liliputiense asintió. Quizás la vida, que era pródiga en sorpresas, le deparara otros amores, pero ninguno tan intenso, duradero y puro como el de Patrick Crinigan.

Incapaz de permanecer un día más en Pittsburgh, hizo sus maletas y se sumó a una compañía de *vaudeville* que iba a emprender una gira por la costa este de la Florida. Hasta ese momento, su remedio para sobrellevar los golpes de la vida había sido el trabajo: cantar, bailar, recitar, entretener al público en cualquier sitio y de la mañana a la noche. Ningún antídoto más eficaz para distraer las penas, para aliviar el alma. Tenía la esperanza de que trasladarse a la Florida, una región donde nunca antes había puesto un pie, la ayudaría a olvidar la muerte de Crinigan, pero su plan falló.

En Jacksonville, donde comenzó la *tournée,* actuó con un desgano mayúsculo. Le costaba sonreír; al bailar se movía pesadamente, como si le hubieran amarrado una plancha en cada pierna, y por primera vez en su carrera se quedó con la mente en blanco en medio de una canción. Rústica tenía la esperanza de que su ánimo mejoraría al llegar a Saint Augustine, el pueblo más antiguo de Estados Unidos, fundado por los conquistadores españoles. Pero no ocurrió así. Chiquita siguió moviéndose por el escenario como un espectro, sin pizca de gracia ni de gallardía. Y cuando llegó la hora de partir hacia Palm Beach se sintió tan abatida, que dejó la compañía, se encerró en un cuarto del hotel Ponce de León y enmudeció.

Rústica se percató de que aquella no era una tristeza pasajera: al dolor por la pérdida de Crinigan se sumaba un dañino sentimiento de culpa. Así que empezó a hacer todo lo que se le ocurrió para animarla. Pidió permiso para usar la cocina del hotel y le preparó melcochas, le llenó la habitación con sus flores favoritas y hasta le leyó las poesías de José Jacinto Milanés. En vano. Chiquita continuaba cada vez más mustia e inapetente. Una tarde, sin saber qué más inventar para distraerla, Rústica empezó a evocar en alta voz las travesuras que habían hecho de niñas.

—¿Se acuerda de cuando le echamos sal a la natilla que mi abuela estaba preparando? —dijo—. ¿Y de la vez que le cambiamos su pomito de colonia por uno lleno de *meao* de chiva?

Curiosamente, el recuerdo de esas y otras trastadas logró sacar a Chiquita de su mutismo. No sólo se rió con ganas, sino que le pidió que la bañara y la vistiera, porque le entraron ganas de salir a dar un paseo.

Al llegar junto al malecón, se detuvo a contemplar el agua y, respirando profundo, exclamó: «¡Qué mar tan sereno!». Entonces Rústica cometió el error de aclararle que los españoles no habían construido Saint Augustine a orillas del mar, sino de un caudaloso río, y que este, casualmente, se llamaba Matanzas. Bastó que le dijera eso para que, sabe Dios a causa de qué extrañas asociaciones, la mejoría de Chiquita desapareciera en un abrir y cerrar de ojos, se tirara en el piso a llorar como una niña y empezara a golpear el pavimento con los puños mientras sollozaba: «Matanzas, Matanzas, yo habría podido estar ahora con Patrick en Matanzas».

Después de ese incidente, la nieta de Minga supo que sólo le quedaba una cosa por hacer. Preparó las maletas, fue a la estación ferroviaria a comprar dos boletos y, sin consultarle a Chiquita su opinión, la acomodó en un tren con dirección al norte y se la llevó al pueblo donde vivía Segismundo.

El viaje fue largo y agotador, pero la sirvienta tenía la esperanza de que valiera la pena. En ese momento Chiquita necesitaba cariño, mucho más del que ella podía darle, y nadie mejor que su primo para ayudar a prodigárselo.

Al llegar a su destino, se llevaron una sorpresa. Aunque seguía llamándose Matanzas the Beautiful, el negocio de Huesito y Mundo ya no era el mismo. La cantina había quebrado y sus propietarios la habían transformado en una funeraria. Le prepararon a Chiquita el cuarto de huéspedes, que quedaba, como el de ellos, en la planta superior del inmueble, y le aseguraron que estaban felices de tenerla allí y que podía vivir con ellos todo el tiempo que quisiera.

Rústica estaba furiosa y poco faltó para que se diera bofetadas, pensando que el entra y sale de cadáveres y el llanto de los dolientes terminarían de hundir a Chiquita en la tristeza. Pero se equivocó. Quizás fue porque Mundo empezó a tocarle en el piano sus piezas favoritas, o porque en la funeraria comprendió que no era ella la única que lidiaba con el dolor de la muerte, pero lo cierto es que su ánimo empezó a mejorar. Le pidió a Huesito que la enseñara a maquillar a los difuntos y se pasaba horas enteras subida en una banqueta, poniéndoles carmín en los labios y rubor en las mejillas. Poco a poco, su creatividad renació y, para darle un toque *chic* a los velorios, se le ocurrió cantar el *Ave María,* vestida de luto y debajo de un tul que la cubría de pies a cabeza, acompañada al órgano por su primo. La idea gustó y la clientela aumentó.

Después de pasar varios meses en Matanzas the Beautiful, Chiquita consideró que era hora de partir. La pena por Crinigan nunca desaparecería del todo, pero había aprendido a vivir con ella.

—¿Piensas volver al trabajo? —le preguntó Mundo, alarmado.

—No —dijo con voz apenas audible y, con una sonrisa melancólica, agregó—: Me temo que esos días llegaron a su fin.

—Y entonces, ¿adónde carajo vas a ir? —se impacientó su primo—. Estás sola en el mundo, Chiquita. Esta funeraria es lo más parecido a una casa que tienes.

—Gracias, pero es hora de que tenga mi propio hogar —repuso ella y les anunció que pensaba comprarse una casa en Far Rockaway, el apacible rincón de Long Island donde había pasado una temporada años atrás.

Huesito intentó hacerla cambiar de idea: si pensaba invertir en una propiedad y retirarse, debía hacerlo cerca de ellos, que eran su única familia en Estados Unidos. Pero cuando se volvió hacia Segismundo y Rústica, con la esperanza de que lo ayudaran a convencerla, se dio cuenta, por sus expresiones, de que era una batalla perdida. La casa en Far Rockaway era algo decidido y nada la haría desistir.

En el tren, camino de Nueva York, Chiquita le leyó a Rústica las últimas noticias de Europa. Lo que había comenzado meses atrás como un simple lío entre plebeyos serbios y aristócratas austríacos, era ya una guerra sin precedentes, que involucraba a un montón de países. Ese día, los titulares de los periódicos anunciaban que, en un combate realizado en Ypres, una localidad de Bélgica, el ejército alemán había atacado a los franceses y a los ingleses con cloro gaseoso.

—¡Qué indecencia! —protestó Rústica—. No les basta con despedazarse a balazos y cañonazos, y ahora inventan esa cochinada.

Y las dos, que en raras ocasiones coincidían en algo, estuvieron de acuerdo en que esa guerra era una prueba fehaciente de que la humanidad no estaba en sus cabales.

Entre las noticias de voluntarios de la Cruz Roja que arriesgaban sus vidas para salvar a los soldados heridos y de mujeres que trabajaban en las fábricas de municiones para sustituir a los obreros movilizados, Chiquita descubrió una información sorprendente. Se relacionaba con el Royaume de Lilliput, un pueblo en miniatura, construido en París, que cada día era visitado por cientos de curiosos.

Contagiados por el patriotismo que reinaba en Francia, los liliputienses hombres que se exhibían en el Royaume habían acudido a la oficina de reclutamiento para exigir que, a pesar de sus escasas pulgadas de estatura, les permitieran combatir a los alemanes. La petición suscitó un gran debate, pero el ejército terminó aceptándolos en sus filas y los heroicos soldaditos estaban cumpliendo importantes misiones. Por su tamaño, resultaban idóneos para saltar de una trinchera a otra, llevando mensajes a los mandos, y para emprender arriesgadas expediciones de reconocimiento hasta las líneas enemigas. La noticia concluía informando que, alentadas por el ejemplo de sus compañeros, varias mujeres del Royaume de Lilliput habían escrito a las autoridades militares solicitando que se les diera la oportunidad de trabajar en las cocinas y los hospitales de campaña.*

---

* Su petición fue aceptada. Sobre la participación en la guerra de los artistas del Royaume de Lilliput y de otros liliputienses, consúltese el libro *Épique des petits soldats: héroïques lilliputiens dans la Première Guerre Mondiale*, de Arielle Charmentant (París, Éditions de la Société de Recherches Historiques, 1957).

Espiridiona Cenda se sintió sumamente incómoda en el nuevo y bullicioso edificio de la Gran Estación Central. Al atravesar el vasto salón principal, con sus altísimas paredes de mármol y su absurdo zodíaco pintado en el cielorraso, tuvo la impresión de que su tamaño menguaba y se reducía a la mitad. Por eso apresuró el paso y se adelantó a Rústica y al maletero que llevaba su equipaje, deseosa de salir de allí lo antes posible.

Afuera había un taxi y, pensando que estaba libre, se dirigieron hacia él para tomarlo. ¡Qué chasco! Dentro del vehículo, una pasajera discutía acaloradamente con el chofer. Señalando una y otra vez el taxímetro, la señora aseguraba que ese maldito aparato podría marcar lo que le viniera en ganas, pero que ella no pensaba pagarle más de los cincuenta centavos de dólar que la ley estipulaba por una milla de trayecto. Harto de una pelea que se prolongaba demasiado, el chofer se dio por vencido.

La mujer salió del taxi con una sonrisa victoriosa y en ese momento Chiquita la reconoció. Estaba un poco más gorda y tenía otro peinado, pero se trataba de Nellie Bly, a quien no veía desde la Exposición Panamericana.

—¡Chiquita! —exclamó Nellie al descubrirla—. ¿Dónde te has metido todo este tiempo? —y, después de ordenarle al maletero que acomodara en el taxi el equipaje de la liliputiense, empezó a poner a su vieja amiga al tanto de los avatares de su vida.

Al morir Frank Seaman, su esposo millonario, había heredado todos sus bienes y tomó la decisión de administrar personalmente sus industrias. Como una idealista irreductible, intentó llevar a la práctica su filosofía sobre cómo debían ser las relaciones entre los trabajadores y los patrones, pero el resultado fue calamitoso. Los negocios no tardaron en quebrar, dejándola en la ruina y ahogada por las deudas.

—Lo perdí todo, hasta la casa en Murray Hill. No me quedó otra salida que volver al *World*, con Pulitzer, a vivir otra vez del periodismo —le dijo y, haciendo caso omiso del taxista, que les exigía a Rústica y a Chiquita que acabaran de subirse al vehículo o se marcharía llevándose sus maletas, le comunicó que al día siguiente salía rumbo a Francia—. Sí, la vieja Nellie no ha perdido su afición por las aventuras —bromeó—. Será la primera mujer corresponsal de guerra y narrará a sus fieles lectores lo que está sucediendo en los campos de batalla.

Chiquita la felicitó y estuvo tentada de preguntarle si se había enterado de la muerte de Crinigan, pero en ese instante el chofer puso el taxi en movimiento. Probablemente se hubiera ido, cumpliendo su amenaza, si Rústica no llega a pararse delante del vehículo con los brazos abiertos.

—¡Acaben de subir o no respondo de mí! —fue el ultimátum del hombre, y las cubanas se apresuraron a obedecerlo.

—Suerte en la guerra —le dijo Chiquita a Nellie Bly, asomándose por la ventanilla—. Leeré tus crónicas.

—¡Oh, Chiquita, se me acaba de ocurrir una idea genial! —anunció la periodista justo cuando el vehículo empezaba a alejarse—. ¿Por qué no...?

La liliputiense se quedó sin saber cuál era su proposición. En realidad, no lo lamentó. Cualquiera que fuese, le habría contestado que no. Estaba harta del mundo, de la gente y de las guerras. La idea de pisar otra vez un escenario no la atraía en lo más mínimo. No quería volver a saber de circos ni de *vaudevilles,* de monos sabios ni de gigantes chabacanos. Sus días como la mujer más pequeña del mundo habían llegado a su final.

Adiós, Señora Muñeca. Adiós, Rayo X de Venus. Adiós también al más ínfimo átomo de humanidad. Espiridiona Cenda se despedía para siempre. Su única ambición era comprar lo antes posible la casa en Far Rockaway y recluirse en ella, a cal y canto, sin más compañía que la de Rústica y sus recuerdos.

Mientras el taxi se sumaba a la fila de automóviles que avanzaba por 42nd Street en dirección al oeste, decidió que era hora de bajar el telón. Aunque aún no tenía cuarenta y cinco años, se sentía vieja, muy vieja, tanto como si fuera una de las lomas del valle de Yumurí.

Capítulo XXXV

*Retiro en Far Rockaway. La traición de Hayati Hassid. La
Orden de los Pequeños Artífices de la Nueva Arcadia desapa-
rece. Inesperada reaparición de Sarah Bernhardt. Una charla
obra milagros. Chiquita regresa a los escenarios. Su epitafio.*

Todo parecía indicar que la carrera de Espiridiona Cenda había concluido. Los siguientes dos años los pasó encerrada
en su residencia y su vida se redujo a bordar, pasear por el jardín, escribir cartas y leer montañas de libros y periódicos.

Únicamente abandonaba Far Rockaway (no ella, sino
su doble astral) cuando la convocaban a las reuniones de la Orden de los Pequeños Artífices de la Nueva Arcadia; pero a principios de 1916, también esas salidas terminaron. La cofradía llevaba años tambaleándose y la guerra la acabó de desmoronar.

Desde el inicio de la contienda, la Orden había decidido apoyar a Francia, Rusia, Inglaterra y los demás países que
formaban la Entente en su lucha contra Alemania y el Imperio
Austrohúngaro. Sin embargo, uno de los Artífices Superiores,
el Pachá Hayati Hassid, traicionó a sus compañeros y se puso,
en secreto, a las órdenes del sultán de Turquía, aliado incondicional del káiser Guillermo II. Durante un tiempo, fingió
cumplir con entusiasmo las tareas que Lavinia le encomenda-
ba, pero lo que hacía, en realidad, era aprovechar sus giras por
los países aliados para suministrar información al enemigo.

La verdad salió a la luz cuando los servicios secretos
británicos detuvieron a Hayati Hassid en Melbourne y lo
acusaron de ser un espía del Imperio Otomano.* La noticia le

---

* Paul H. Jones, el *manager* australiano de Hassid, fue quien alertó a las autoridades
para que lo arrestaran. Para más detalles sobre este caso, léase el capítulo X del libro de
Arielle Charmentant (ver nota anterior).

dio la vuelta al mundo y, aunque finalmente el tribunal militar encargado de juzgarlo lo dejó en libertad, por falta de pruebas, Lavinia y los Artífices Superiores no fueron tan generosos con él. Si bien no llegaron al extremo de clavarle trece alfileres en la lengua, lo despojaron del dije que lo identificaba como dignatario de la secta y lo separaron para siempre de sus filas.

A ese golpe, demoledor para la unidad de la cofradía, no tardó en sumarse otro: quizás como consecuencia del disgusto que le produjo la traición del turco, Dragulescu murió de un infarto. Para acabar de ensombrecer el panorama, los enanos que, en teoría, iban a sustituir al ruso y a Hassid como directivos de la Orden, se negaron tajantemente a vincularse a ella cuando Lavinia les habló del asunto. No hubo forma de convencerlos y, como los dos carecían de grandes aptitudes para la bilocación, ni siquiera quedó el recurso de obligarlos a asistir a las reuniones de la cofradía a través de sus proyecciones astrales.

Con esos reveses, la Orden se vino abajo. Lavinia tenía setenta y cinco años y estaba harta de batallar. Ninguno de los dos Artífices que le quedaban le ofrecía el apoyo que necesitaba: Magri, su esposo, era un cero a la izquierda, y Chiquita nunca había sido una entusiasta de la secta. En una junta extraordinaria, la Maestra Mayor le consultó al Demiurgo, a través de un oráculo, si era hora de poner fin a la hermandad. Como la autoridad suprema ni se tomó la molestia de responder, la viuda de Tom Thumb musitó: «El que calla, otorga» e, interpretando su silencio como una aprobación, declaró solemnemente que los días de la Orden de los Pequeños Artífices de la Nueva Arcadia habían llegado a su fin, quemó el *Libro de las Revelaciones* y esparció sus cenizas soplándolas en dirección a los cuatro puntos cardinales.

Después de luchar durante varios siglos contra la insensatez de la gente de talla «normal», los liliputienses y los enanos se lavaban las manos. Ellos nunca gobernarían el planeta. Lo que ocurriera en el futuro, no era asunto suyo: que el resto de la humanidad se las arreglara como pudiese. Aquella guerra, en la que las naciones supuestamente civilizadas estaban inmolando a sus jóvenes, no dejaba dudas de que el mundo estaba patas arriba.

Lavinia murió poco después de la victoria de la Entente y su marido no tardó en seguirla.* Así pues, Chiquita se convirtió en la única dignataria sobreviviente. Pero por entonces de la cofradía ya sólo quedaban remembranzas de extraños ritos y de ambiciosos proyectos que nunca pudieron materializarse; y ella, prudentemente, se propuso olvidarlos...

Chiquita llevaba casi veinte años sin ver a Sarah Bernhardt, pero se había mantenido al tanto de su vida. La compadeció cuando, a principios de 1915, los médicos tuvieron que amputarle la extremidad inferior derecha unas pulgadas por encima de la rodilla, y se indignó cuando, al poco tiempo, un empresario de San Francisco le ofreció cien mil dólares por exhibir su pierna en la Exposición Internacional Panamá-Pacific. («¿Cuál de ellas?», fue la sarcástica respuesta que recibió la atrevida oferta, y para todos los admiradores de la Bernhardt quedó claro que su temple y su sentido del humor permanecían inalterables.) Semanas después de la operación, ya la actriz estaba dando recitales de poesía y hacía planes para emprender otra gira mundial. Como Europa seguía en guerra, decidió iniciarla en América del Norte, en espera de que el Káiser y sus aliados fueran derrotados, y hacia allá partió, a fines de 1916, con su *terrier* Buster y una colección de veinticinco piernas postizas.

---

* Las últimas presentaciones de la viuda de Tom Thumb, el Conde Primo Magri y el Barón Ernesto Magri fueron en Coney Island. En 1915 viajaron a Hollywood y, para cerrar su carrera, actuaron en la película *The Lilliputian's Courtship*. Después se fueron a vivir a la casa de la familia de Lavinia en Middleborough. Allí construyeron un pequeño parador, al que pusieron por nombre Primo's Pastime, donde vendían sodas y caramelos a los automovilistas. Lavinia falleció el 25 de noviembre de 1919 y fue enterrada en el cementerio Mountain Grove, de Bridgeport, junto a su primer marido. Primo Magri murió un año y un mes después. Al quedar solo, Ernesto Magri volvió a Italia y se instaló en Roma. Fue asesinado en su departamento en el Trastevere, en misteriosas circunstancias.

La prensa de Estados Unidos no le escatimó elogios y proclamó que, pese a sus setenta y cinco años y su cojera, llegaba más joven y animosa que nunca. Para demostrarlo, Sarah cazó cocodrilos en los *bayous* de la Luisiana; asistió, vistiendo el uniforme de la Cruz Roja, a actos multitudinarios en los que pronunció ardientes discursos que siempre terminaban con un «*Vive l'Amérique, vive les Alliés, vive la France*»; y durante una función (esto último sucedió en Québec, donde cada vez que iba se metía en algún lío), le lanzó de vuelta a un espectador, sin perder la compostura, el tomate podrido que el muy impertinente se había atrevido a tirarle.

Como si esas muestras de vitalidad no fueran suficientes, anunció que actuaría en espectáculos de *vaudeville*. «Mucha gente que anhela verme no tiene el dinero necesario, y yo quiero que todos puedan hacerlo si ese es su deseo», fue su respuesta a los elitistas que la criticaron por su decisión. «En el *vaudeville* uno puede *tocar* a las masas.» A Chiquita le costaba trabajo imaginársela alternando en el mismo escenario con cantantes, bailarinas, magos, tragadores de espadas y perros amaestrados, pero terminó por aceptarlo como una más de sus excentricidades. Al fin y al cabo, de su ídolo podía esperarse cualquier cosa. ¿Acaso no había interpretado, años atrás, *La dama de las camelias* bajo una gigantesca carpa en Dallas y en Chicago?

Sin embargo, aunque seguía reverenciándola, Chiquita no asistió a sus presentaciones en el Palace Theatre de Nueva York, donde encarnó a una increíblemente juvenil Juana de Arco. «Claro que me gustaría verla», le confesó a Rústica, «pero cuando lo pienso dos veces, se me quitan las ganas».

La perspectiva de tener que salir de su refugio, padecer los ruidos callejeros y enfrentarse a las multitudes le resultaba intimidante. Después de tantos meses de reclusión, se había habituado a la soledad. «El mundo se ha olvidado de mí, así que debo pagarle con la misma moneda», repetía. Nada le debía a la vida y nada esperaba ya de ella. Se limitaba a vivirla sin entusiasmo ni expectativas, sólo por costumbre.

Esa actitud de apatía y de recogimiento preocupaban mucho a su sirvienta, quien era testigo de cómo la otrora vivaz Espiridiona Cenda se consumía lentamente. Por eso, cada vez que se le presentaba una ocasión, sacaba a relucir, con añoranza, los tiempos en que viajaban de una ciudad a otra y el público la premiaba con sus ovaciones. Incluso, violentando su proverbial recato, Rústica le recordaba sus antiguos amoríos, con la esperanza de que la sangre volviera a correrle aprisa por las venas.

—Te escucho y me parece que hablas de otra persona —suspiraba Chiquita, desdeñosa—. ¡Han pasado *siglos* desde eso! Cállate, mujer, que nada bueno se saca de alborotar los recuerdos. La tranquilidad con que vivo no tiene precio y no voy a permitir que nada me la estropee.

La negra replicaba, belicosa, que aquello no era tranquilidad, sino una especie de muerte en vida. «Mister Crinigan habrá estirado la pata, pero usted todavía está vivita y coleando», la regañaba. «Que le haya dicho adiós a los teatros y a las ferias no significa que tenga que encerrarse en una tumba.» Chiquita se hacía la sorda y buscaba refugio en sus bordados y en sus novelas. Sabía que Rústica tenía razón, pero ¿cómo devolverle a un alma magullada la alegría de vivir? Le faltaba la voluntad necesaria para averiguarlo.

Un mediodía, algo la obligó a salir de su letargo. Una *limousine* avanzó por Empire Avenue, se detuvo frente al bungalow donde vivía y de su interior surgió una joven espigada que se apresuró a llamar a la puerta. Rústica estaba en la cocina, preparando el almuerzo, y tardó unos minutos en abrirle.

—¿Vive aquí Miss Chiquita? —preguntó la muchacha, con acento británico.

—Sí —respondió la criada, mirándola de arriba abajo y secándose las manos en el delantal—. *What do you want?*

En vez de contestarle, la desconocida se volvió hacia el automóvil y gritó con expresión triunfal: «¡Bingo!».

Instantes después, apoyándose en un bastón y en el brazo de su secretaria, una mujer imponente bajaba de la *limousine* y se dirigía, cojeando, pero muy erguida, hacia el portal de la casa. Lucía un vestido de terciopelo *couleur bouton de rose*, de cuello levantado y enormes bolsillos, una chaqueta gris que evocaba un uniforme militar y uno de esos sombreros parisinos estilo *en avant* que la guerra había puesto de moda.

—¡Niña, corra acá! —chilló Rústica, sin poder dar crédito a lo que veía, y puso a Chiquita sobre aviso—: ¡La señora Bernhardt vino a visitarla!

—Hemos tardado una eternidad en dar contigo, *ma petite* —rezongó la actriz mientras cruzaba el umbral de la vivienda—. ¿Cómo se te ocurrió instalarte en un lugar tan recóndito?

Chiquita le señaló una butaca y Sarah se dejó caer en ella. Mientras lo hacía, la liliputiense la observó con atención. A pesar de ser septuagenaria, y de tener una pierna de menos y unas libras de más, la Divina continuaba haciendo gala de una personalidad y un temperamento subyugantes. Al hablar, sus manos se movían enfáticamente; sus ojos soltaban llamaradas y los rizos de su *chignon,* tan rojos como en los viejos tiempos, se agitaban con los enérgicos movimientos de su cabeza. Sin embargo, tras el deslumbramiento inicial, Chiquita se dio cuenta de que los años no habían transcurrido en vano. Sarah podría conservar joven el espíritu, pero su cuerpo mostraba inequívocas señales de deterioro.

Cuando le preguntó, intrigada, quién le había dicho que vivía en Far Rockaway, la Divina hizo con la mano izquierda un ademán displicente.

—Jamás delato a mis informantes —declaró—. Pero esa persona no exageró al decirme que vivías «en el culo del mundo».

Como de costumbre, se adueñó de la palabra y, con Chiquita y la secretaria inglesa como público (Rústica, muy a su pesar, tuvo que volver a la cocina para atender sus cazuelas), dio inicio a un largo monólogo en el que hallaron cabida los asuntos más diversos: desde su determinación de interpretar, por primera vez en su carrera, una obra en inglés, hasta su certeza de que, a más tardar en mayo, Alemania mordería el polvo de la derrota y ella podría volver a su patria.

Mientras hablaba, un delicioso olor a comida llegó hasta el salón. Las ventanas de la nariz de la Divina comenzaron a vibrar y, dejando a la mitad su opinión sobre la manera en que Ethel Barrymore interpretaba *La dama de las camelias,* le confesó a su anfitriona que estaba muerta de hambre y que le vendría muy bien un plato de eso, lo que fuera, tan exquisito que estaban cocinando.

Unos minutos después, la Bernhardt, su secretaria y Chiquita se sentaban a la mesa, y la francesa se lanzaba, con saludable apetito, sobre un plato de tamal en cazuela acompañado con masitas de puerco acabadas de freír.

—Y bien —exclamó Sarah súbitamente, echando una mirada inquisitiva a su anfitriona—, ¿dónde estás actuando *ahora?*

Cuando Chiquita le respondió, con una hilacha de voz, que llevaba ya dos años sin trabajar, su amiga la contempló con expresión de reproche.

—Ya me lo habían advertido, pero no quería creerlo —dijo mientras pinchaba con su tenedor una masita de puerco y se la metía en la boca—. Hace unos pocos años, me pediste ayuda para darte a conocer y te la di desinteresadamente, creyendo que estabas destinada a ser, como yo, una sacerdotisa del arte.

Chiquita hundió el mentón, incómoda, en los vuelos de su blusa. A otra persona quizás le habría aclarado que no habían pasado *unos pocos años,* sino dos décadas, pero no a la Bernhardt, que era una diosa y, como tal, tenía una noción del tiempo distinta a la del resto de los mortales.

—Y de pronto —casi declamó Sarah, adoptando un tono quejumbroso—, ¿qué descubro, perpleja? Que me equivoqué al juzgarte, que has interrumpido tu carrera sin una verdadera razón de peso.

La liliputiense tuvo la intención de replicar, pero, al percatarse, la secretaria le abrió los ojos enseguida, como recomendándole permanecer en silencio. *La Magnifique* estaba inspirada y no debía interrumpírsele.

—¿Qué se hizo de la jovencita dispuesta a comerse el mundo? —prosiguió la actriz, melodramáticamente—. ¿Adónde fueron a dar sus sueños de triunfo? Te juro que no te reconozco, Chiquita. Pensé que estábamos hechas de la misma materia, pero no es así, porque los verdaderos artistas jamás traicionan su arte. Me has decepcionado y eso me duele *más de lo que imaginas.*

Al borde de las lágrimas, y haciendo caso omiso a las advertencias mudas de la secretaria, Chiquita abrió la boca para enumerar los motivos que la habían obligado a retirarse del espectáculo; pero no supo por cuál empezar. De repente, sus razones le parecían ridículas y se quedó sin saber qué decir.

—He sufrido mucho —fue lo único que atinó a tartamudear a modo de defensa—. No he tenido suerte en el amor y cada vez entiendo menos el mundo.

La Bernhardt le replicó con una larga, cavernosa y teatral carcajada. ¿Chiquita se atrevía a hablarle de dolor y de penas de amor *a ella,* una experta en esos dos temas? No, nada justificaba *su traición.* El sufrimiento y los reveses sentimentales siempre habían sido, y seguirían siéndolo, el principal alimento de los auténticos artistas.

—Mírame —exclamó y se tocó, primero, las arrugas que el cuidadoso maquillaje ya no conseguía disimular, y después la pierna postiza—. Días atrás me encontré con el gran Houdini y le dije: «Harry, usted que es el mejor mago del universo y hace tantos prodigios, ¿podría devolverme mi pierna?». Él palideció, se deshizo en disculpas y me contestó que le pidiera cualquier otra cosa, pero no *eso.* ¿Y qué hice yo? ¿Ponerme a llorar? ¿Lamentarme? No. Sonreí, y seguí adelante. Sola, coja y vieja, de un teatro para otro, como hace medio siglo. ¿Piensas que me resulta fácil? No, pero si me encerrara a compadecerme de mi suerte, como has hecho tú, estaría traicionando a mi gran amor, a lo único que le da sentido a mi existencia, a mi otro Dios: el arte.

En ese momento se hizo una pausa. Rústica la aprovechó para retirar, en un santiamén, los platos, y poner el postre sobre la mesa.

—¿Y esto qué es? —inquirió Sarah, olvidándose de su anterior registro trágico y señalando la bandeja con curiosidad infantil.

«Cascos de guayaba con queso blanco», le explicó Chiquita y, mientras la Divina degustaba el postre y lo aprobaba con expresivos gemidos de placer, aprovechó para darle las gracias por haber sido siempre su inspiración y su paradigma de lo que era una verdadera artista.

—Entonces, ¿pondrás fin a tu absurdo retiro? —repuso la francesa—. Ponerse vieja es patético, Chiquita, pero hacerlo metida entre cuatro paredes es una verdadera aberración. La vida es una, querida, y no tiene sentido privarse voluntariamente de disfrutarla. ¿Me juras que volverás a actuar?

La liliputiense asintió, con los ojos húmedos, y en ese instante, como si se librara de un hechizo, se preguntó cómo había podido perder dos años de su vida encerrada en Far Rockaway. Cómo había podido renunciar a los viajes, a la emoción de pisar nuevos escenarios y, sobre todo, a la admiración y el afecto de un público cautivo que no la había olvidado y que aguardaba su regreso.

Después de probar un cafecito «a la cubana» —y de considerarlo *très fort* para su delicado paladar—, Sarah le hizo prometer a Chiquita que iría a verla interpretar en el teatro Academy de Brooklyn uno de sus éxitos más recientes: *Les Cathédrales,* una obrita antigermana. Por último, ya a punto de regresar a su *limousine,* recordó algo y, volviéndose hacia ella, le dijo:

—Hay una cosa que te he ocultado mucho tiempo y no quiero irme sin decírtela. Se relaciona con aquel pez que me regalaste y que llevé conmigo a París. La última vez que nos vimos, no te dije la verdad sobre él. Te mentí, y ahora quiero pedirte perdón...

Chiquita la interrumpió y le aseguró que no tenía sentido hablar del manjuarí:

—Dios sabe por qué hace las cosas —dijo—. Si usted no hubiese ordenado que lanzaran a Cuco al Sena, probablemente yo habría muerto ahogada en el río. Al condenarlo, me salvó la vida.

Aquella charla con Sarah Bernhardt —la última que sostuvieron— sacó a Espiridiona Cenda de su ostracismo. Volvió a trabajar con renovado brío, y durante muchos años el público pudo seguir aplaudiéndola en teatros y exposiciones de Estados Unidos.*

Si bien Chiquita conquistó el mundo con su arte, nunca olvidó su origen y se vanagloriaba de ser una «cubana rellolla», de la cabeza a los pies. Hasta sus últimas actuaciones se mantuvo fiel a las habaneras de Iradier y a las danzas de Cervantes y Saumell, y no se dejó seducir por la moda del charlestón y el fox trot.

Su carrera fue la mejor y más contundente demostración de que la grandeza no tiene tamaño, y también de que, por difícil que parezca, una mujer de sólo veintiséis pulgadas de estatura, si se lo propone, puede hacerse respetar. A diferencia de tantas islitas y pequeñas naciones víctimas de la voracidad de los imperios, ella nunca se doblegó ante una orden ni se dejó encadenar. Vivió a su aire, con la frente alta y el pensamiento libre, haciéndose respetar dondequiera que fue. Las huellas que dejó en su deambular por la vida podrán haber parecido diminutas a algunos, pero nadie cuestionó nunca la firmeza de sus pisadas.

Cuando la salud no le permitió seguir viajando y se vio obligada a alejarse del público, al buzón de su hogar en la Empire Avenue de Far Rockaway empezaron a llegar cartas y más cartas de admiradores que no se resignaban a que la «Se-

---

* La última presentación pública de Chiquita de que he hallado constancia fue en una feria en el condado Lake, en Ohio, en septiembre de 1926.

ñora Muñeca» hubiera dicho adiós al mundo del espectáculo. «Como usted no ha existido ni existirá otra», decía uno de esos mensajes. «Quienes tuvimos la suerte de verla una vez, jamás la olvidaremos», aseveraba otro.

Durante los duros inviernos, cuando ni los caldos de costilla ni los chocolates calientes de Rústica lograban ahuyentar el frío pertinaz que le llegaba hasta los huesos, aquellas cartas fueron la salvación de Chiquita. Cuando las releía, cerca del fuego de su chimenea, tenían no sólo el poder mágico de hacerla entrar en calor, sino también de devolverle a su alma algo del optimismo y el arrojo de la juventud.

En los veranos, mientras las aves migratorias anidaban en el patio y el magnolio se entregaba a su silencioso empeño de florecer, Chiquita caminaba por el jardín, desafiando los ardientes rayos del sol, y recitaba en voz alta «La fuga de la tórtola». Con la madurez, había descubierto, al fin, por qué esos versos de su «casi abuelo» Milanés ejercían, desde niña, tan poderosa fascinación sobre ella.

> *¿Ver hojas verdes sólo te incita?*
> *¿El fresco arroyo tu pico invita?*
> *¿Te llama el aire que susurró?*
> *¡Ay de mi tórtola, mi tortolita,*
> *que al monte ha ido y allá quedó!*

Por fin entendía que ella y el ave del poema habían compartido, desde siempre y sin saberlo, la misma entereza. Ambas habían renunciado a la seguridad de sus jaulas para ser libres, para probar el poder de sus alas desafiando los peligros y los sinsabores que pudieran salirles al paso. Sí, como la pequeña tórtola de Milanés, Chiquita había abandonado un hogar protector, atraída por la vastedad y los misterios del mundo-monte. La tórtola lo había hecho seducida por el verdor de la naturaleza, la frescura del agua y la tentación del aire. ¿Y ella? Quizás por el amor al arte y el deseo de reconocimiento y fortuna. O, simplemente, para tratar de descubrir el lugar que le correspondía en el enigmático orden del universo.

En el ocaso de su vida, Chiquita se sentía plena, extrañamente conforme y feliz. Al fin y al cabo, había logrado todo lo que se había propuesto. O casi. Algo de lo que muy pocos de quienes la aventajaban en estatura podían vanagloriarse.

«La vida de cada ser humano es como una novela sombría o luminosa, excéntrica o previsible, pero siempre única», repetía a menudo a los numerosos admiradores que viajaban hasta la remota península de los Rockaways sólo para verla. «Es una novela que escribimos día tras día, sin saber con certeza cómo será su último capítulo, hasta que Dios nos quita el lápiz de las manos y, sin hacer caso de nuestras protestas, nos anuncia que es hora de entregarla a la imprenta celestial.»

Fuera cual fuese el desenlace de *su novela,* ya ella había escogido, después de meditarlo mucho, las palabras con que le pondría fin. Quienes se detuvieran frente a su tumba, podrían leerlas, grabadas en una lápida fina y discreta:

Aquí descansa
Espiridiona Cenda,
más conocida como Chiquita.
Fue pequeña de cuerpo,
pero grande de espíritu.
Cubana y artista.

Donde Cándido Olazábal relata el final de esta historia

Lo malo de vivir con una espiritista es que nunca sabes en qué momento van a sacarte de la cama. Cuando menos lo esperas, aparece alguien que quiere saber su porvenir. Es una jodienda. La gente es muy imprudente y piensa que los demás no tienen vida privada, que están a su disposición las veinticuatro horas del día.

Un domingo de 1946, a eso de las nueve de la mañana, estaba yo durmiendo de lo más sabroso, abrazado a Carmela, cuando me despertaron unos golpes en la puerta. Eran unos golpes secos, autoritarios e impertinentes, de esos que ponen de mal humor a cualquiera.

«Yo abro», le dije a Carmela y salí de la cama refunfuñando. Antes de llegar a la sala, tocaron otra vez. Quien fuera, parecía tener mucho apuro.

Cuando entreabrí la puerta, no reconocí a la señora de color que tenía delante; pero me quedé frío al oírla decir:

—¡Hum! ¿No piensa saludarme, Cándido Olazábal?

Oye, habían pasado casi quince años desde mi regreso de Estados Unidos, pero aquel «¡hum!» era inconfundible. Lo tenía grabado en mi memoria. Frente a mí, más vieja y ceñuda, más flaca, pero igual de caderona, estaba Rústica. ¿Qué diablos hacía en Matanzas?

—Por lo menos invíteme a entrar —exclamó con un dejo burlón—. ¡No pretenderá que le haga la visita en el medio de la calle! —y al darse cuenta de que yo miraba al piso, como buscando a Chiquita, movió la cabeza negativamente y me aclaró que había venido a Matanzas sola—. La señora, que en paz descanse, ya no está entre nosotros —murmuró.

La hice pasar enseguida (muerto de vergüenza, porque andaba en camiseta y pantalón de pijama) y corrí a avisarle a Carmela que teníamos visita y a pedirle que nos colara café. Después regresé junto a Rústica y ella se interesó por saber qué había sido de mi vida. Le conté que era corrector de pruebas del periódico *El Imparcial,* que seguía haciendo de vez en cuando mis soneticos y que estaba casado con Carmela desde hacía un chorro de años.

Eso último era mentira, porque la mulata y yo vivíamos en concubinato. Nunca nos legalizamos, estuvimos así hasta que me ofrecieron un puesto en la revista *Bohemia* y tuvimos que separarnos. Carmela no quiso irse para La Habana de ninguna manera, porque eso significaba perder su clientela, y yo no estaba dispuesto a renunciar a un buen trabajo en la capital. Así que cada uno siguió por su lado. De lo que me alegro, porque, aunque siempre le tuve cariño, nunca estuve lo que se dice loco por ella. De quien yo me enamoré como un bobo fue de Blanca Rosa, una secretaria de *Bohemia* con la que me casé al poco tiempo de empezar a trabajar allí. Blanquita fue mi gran amor. Pero mejor volvemos a lo que a ti te interesa.

Después de oír mis cuentos, Rústica me hizo los suyos. Empezó diciéndome que Chiquita había muerto el 11 de diciembre de 1945, tres días antes de cumplir los setenta y seis años.

—Se la llevó una gripe malísima —precisó con una voz que no dejaba traslucir la menor emoción—. Cuando la amortajé, se me ocurrió medirla. Hay liliputienses que, a medida que se ponen viejos, crecen un poco, pero ella mantuvo sus veintiséis pulgadas de siempre —explicó con un extraño orgullo.

Chiquita se tiñó las canas hasta el fin de sus días y actualizó su guardarropa a medida que cambiaba la moda. Fiel a sus rutinas, leía mucho (lo primero que hacía, al abrir los periódicos, era revisar si traían noticias de Cuba), bordaba, salía a tomar el sol en el jardín y dos veces al mes daba sus veladas. Durante su último año de vida se escribía casi todas las semanas con Liane de Pougy, la princesa Ghika, quien había tomado los hábitos y vivía en un convento.*

Los pájaros que iban a ver a Chiquita cuando yo trabajaba allí habían sido sustituidos por otros nuevos, más jóvenes, pero que también se arrebataban con sus fotos, sus abanicos y sus bailes. Ella les hablaba de su época de oro con pasión, pero sin nostalgia.

—Cuando cayó en cama, ninguno de esos admiradores que iban a oír sus historias y a llenarse las barrigas se apareció por Far Rockaway —recordó Rústica—. Yo tuve que darle el frente sola a todo: a la enfermedad, al velorio y al entierro.

Cumpliendo su deseo, la enterraron en el cementerio Calvary. ¿Por qué eligió ese, que quedaba bastante lejos, en el corazón de Queens, y no otro más cercano a su casa? La explicación es muy sencilla. Allí estaba sepultado Crinigan y ella se había comprado la tumba de al lado, para poder descansar junto a él cuando le tocara su turno.**

En su testamento, la enana había dejado la mitad de sus bienes a su primo Segismundo y la otra, a su sirvienta. Parece que ya no le quedaba tanto dinero. Figúrate: después de dos guerras mundiales, sus ahorros debieron menguar mucho. La casa se puso a la venta y, en cuanto le entregaron el dinero que le tocaba, Rústica decidió volver a Cuba.

—El señorito Mundo y Huesito (que, como podrá suponer, también son dos viejos cañengos) quisieron que me fuera a vivir con ellos —dijo—. Todavía tienen la funeraria y hasta me ofrecieron hacerme socia del negocio, pero yo no

---

* En los años 1940 la antigua cortesana abjuró de su pasado disoluto y entró a la vida religiosa. Convertida en una de las monjas más devotas y piadosas de la orden de las Hermanas Terciarias de Saint-Dominique, se dedicó a la instrucción de las novicias y al cuidado de niños con defectos de nacimiento en el Asilo de Sainte-Agnès, en Toulouse. Murió en Lausana, el 26 de diciembre de 1950, y fue enterrada con su hábito de dominica.

** La tumba de Espiridiona Cenda en el cementerio Calvary, en Woodside, Queens, es pequeña y nada ostentosa. Me reservo su localización exacta y advierto a los interesados en echarle un vistazo que les costará trabajo dar con ella. Junto a la lápida (que sólo tiene grabados su nombre y sus fechas de nacimiento y de muerte, sin ningún tipo de epitafio), encontré un ramo de claveles secos. ¿Quién, y por qué, lo puso allí? ¡Misterio! Algo más: para mi decepción, ninguna de las tumbas contiguas era la de Crinigan.

me dejé engatusar. La idea de pasar entre cirios y cajas de muerto lo que me quede en este mundo no me hizo ninguna gracia. Así que vine para acá.

Al llegar a Matanzas, se había comprado una casita cerca del cementerio, para poder ponerle flores todos los días en la tumba a su abuela.

—Y a don Ignacio y a doña Cirenia también —aclaró—. Si no lo hago, la señora Chiquita nunca me perdonaría, y sé que en algún momento volveré a encontrarme con ella y tendré que rendirle cuentas.

Cuando le pregunté cómo había dado conmigo, se limitó a sacar de su cartera un sobre arrugado. Era la carta que, al poco tiempo de empezar a vivir con Carmela, yo le había mandado a Espiridiona Cenda.

—Se la escondí —confesó Rústica, mirándome a los ojos—. Dársela habría sido como restregarle sal en las heridas. ¡Usted no sabe cómo lo extrañó cuando se fue de Far Rockaway! Nunca me imaginé que le hubiera cogido tanto aprecio. Le costó mucho resignarse.

Entonces le pregunté por el libro. ¿Se había publicado después de la muerte de Chiquita, como ella planeaba? Rústica soltó otro de sus «¡hum!» y me dijo que la enana había dejado instrucciones a su abogado para que se hiciera cargo de la publicación. Pero por más que el hombre buscó y rebuscó el manuscrito por toda la casa, no lo encontró y le fue imposible cumplir su voluntad.

—¡Usted lo desapareció! —adiviné, al notar su sonrisa torcida—: Pero ¿por qué?

—¿Cómo iba a permitir que la gente leyera *eso*? —repuso—. Tenía algunas partes bonitas, pero otras eran puras indecencias. Ustedes creían que yo no sabía lo que estaban escribiendo, pero por las madrugadas me levantaba sin hacer ruido y leía lo que habían hecho el día anterior. Más de una vez se me revolvió el estómago y tuve ganas de vomitar. ¡Ni loca dejo yo que hagan un libro con tantas cochinadas! Por lo menos, no mientras me encuentre en este mundo. ¿Qué pensaría la gente de ella?

Quiso quemar la biografía, pero que en el último momento le faltó valor para hacerlo. Por eso se había llevado los papeles a Matanzas, con la idea de dármelos y no verlos más. Antes de irse, me hizo prometer que pasaría por su casa a recogerlos.

No tuvo que esperar mucho. Esa misma tarde fui y Rústica no sólo me dio la biografía, sino también muchas fotos de la enana, recortes de periódicos que hablaban de ella y hasta cartas de familia. Según me comentó, no sabía cuánto le quedaba de vida y la idea de que todo aquello fuera a parar a quién sabe qué manos la aterrorizaba.

—También traje otra cosa y necesito su ayuda para deshacerme de ella —añadió misteriosamente, y de un bolsillo de su vestido sacó nada más y nada menos que el dije de Chiquita: el talismán del gran duque Alejo.

Seré un comemierda y todo lo que tú quieras, pero te juro que me emocioné al verlo. Sobre todo porque por primera vez pude tenerlo en mis manos, palparlo y mirar sin apuro los signos grabados en la bolita de oro. En ese momento, me vino a la mente la historia de la Orden de los Pequeños Artífices de la Nueva Arcadia. ¡Qué sabia había sido la viuda del General Tom Thumb al disolver la secta! A pesar de sus buenas intenciones, los liliputienses jamás hubieran podido arreglar el mundo. ¿Y sabes por qué? Porque, sencillamente, el mundo ya estaba demasiado jodido. Y no ha hecho sino ponerse peor, sobre todo ahora que los problemas se resuelven tirando bombas atómicas.

—¿Chiquita dejó dicho lo que quería que hicieran con esto? —pregunté.

—No —me contestó—, pero, conociéndola como la conocí, me parece que le habría gustado que lo tiráramos al mar.

Por alguna razón, a mí también me pareció que eso era lo mejor que podía hacerse con el dije: tirarlo al mar. Al mar de Matanzas. Sí, probablemente Chiquita hubiese estado de acuerdo.

El domingo siguiente madrugué, pasé a buscar a Rústica antes de que amaneciera y nos hicimos a la mar en una lanchita que le había alquilado el día anterior a un pescador de camarones. Estaba pintada de rojo y se llamaba *Bolero*.

Nos alejamos del puerto, abriéndonos paso entre los botes de los pescadores y los barcos mercantes que se amontonaban en la bahía, y llegamos mar afuera. El agua estaba oscura, como espesa, y las olas, por raro que te parezca, no hacían espuma. El sol apenas empezaba a asomarse en el horizonte y el cielo color mandarina parecía una escenografía de teatro. En la distancia, Matanzas se veía borrosa, desdibujada, como un anfiteatro neblinoso. Había que conocerla muy bien para poder distinguir sus edificios y sus lomas.

Íbamos en silencio. Lo único que se oía era el ronroneo asmático del motorcito del bote y las salpicaduras del agua al chocar con la proa. Rústica estaba vestida de negro, con una cartera en el brazo y un largo velo de tul enganchado en el sombrero. El aire le movía el velo fantasmagóricamente, pero ella, con la bemba apretada y la vista clavada en el horizonte, ni cuenta se daba. Yo a cada rato la miraba de refilón y no sabía a qué se parecía más: si a un espantapájaros o a una novia macabra.

—Aquí está bien —le ordenó Rústica, de pronto, al dueño del *Bolero*—. Pare ya.

Cuando la embarcación se detuvo, se puso de pie y me convidó a imitarla. La obedecí a regañadientes, porque nunca aprendí a nadar y el bamboleo de la lancha me intimidaba un poco.

Sacó de su cartera el talismán y me lo puso en la palma de la mano para que me hiciera cargo de lanzarlo al agua. A todas esas, el pescador había encendido un cigarro y nos observaba con curiosidad, sentado en la popa.

—¿Cree que debería decir algo antes? —le pregunté, dudoso, a Rústica.

—Yo diría que se impone —repuso ella, alzando una ceja.

Mientras sostenía entre el dedo índice y el pulgar la cadenita de oro de la que colgaba el dije, me exprimí los sesos pensando qué podía decir en un momento como ese.

Pensé en Chiquita y me dije que sin duda había sido una mujer singular. No sólo por su tamaño, sino porque, a diferencia de muchas «curiosidades humanas», nunca dejó que la ningunearan. No, no quería idealizarla. Como buena sagitario, había sido de carácter difícil, muy obstinada y hasta un tris soberbia. Había amado el arte, sí, pero tanto, o más, había amado el dinero. Podía ser mentirosa y zafia, pero también de una sinceridad descarnada y de una elegancia intimidante. A su manera, fue una patriota y, pese a que vivió más años en el extranjero que en su patria, jamás dejó de sentirse cubana.

Pero nada de eso me servía, tenía que decir algo inteligente, digno de la enana y que no defraudara a Rústica. ¡Qué cosa! La había ayudado a escribir su biografía, había vivido bajo su techo, había escuchado cientos de historias sobre ella y su familia, y de repente era como si no la conociera, como si no supiera quién había sido Chiquita *realmente*. «¿Alguien lo sabrá?», me pregunté.

Cuando ya empezaba a desesperarme, ocurrió algo inesperado. De buenas a primera, el amuleto empezó a brillar, primero tenuemente, luego más fuerte, hasta que se puso a soltar chispazos de colores en todas direcciones. Una cosa es que te lo cuenten y otra muy distinta verlo, así que me quedé helado.

—¡Ave María Purísima! —dijo el tipo de la lancha, sin poder creer lo que estaba viendo, y se persignó—. ¿Qué coño es eso? —insistió, pero Rústica lo calló con un ademán.

El dije no sólo brillaba y chisporroteaba. Yo, que lo tenía delante de mis ojos, podía distinguir cómo sus jeroglíficos se movían *como si bailaran en el oro* y empezaban a cambiar de forma caprichosamente.

—Hágalo ahora —me apuró Rústica—. ¿No se da cuenta de que está pidiéndole que lo tire?

Entonces, tragando en seco, hice una de las cosas más ridículas de mi vida. No te rías. Simplemente se me ocurrió y lo hice. Sentí que tenía que hacerlo. En medio de la bahía (con el mar debajo, el cielo encima y Matanzas enfrente), empecé a decir los versos de José Jacinto Milanés. Sí, como lo oyes. Recité de un tirón «La fuga de la tórtola». En la primera estrofa la voz me tembló, pero a medida que avancé me fui envalentonando.

Al terminar, respiré profundo y tiré el dije de Chiquita lo más lejos que pude. Cuando se hundió en el agua, Rústica me apretó una mano y rompió a llorar. Primero con unos sollozos roncos, muy raros, y después con unos alaridos que le salían del alma, como si la estuvieran desollando. Me quedé atónito y la ayudé a sentarse, no fuera a ser que volcara el bote y termináramos todos ahogados. Bueno, ella y yo, porque me imagino que el pescador sabría nadar. A todas esas, el pobre hombre estaba pálido y muerto del susto, convencido de que lo que había visto era cosa de brujería. No le hice caso y dejé que Rústica se desahogara, que llorara todo lo que necesitara llorar. Algo me hacía pensar que aquellas eran las primeras lágrimas que esa mujer derramaba en su vida, así que esperé pacientemente a que se le acabaran.

Después, volvimos al embarcadero.

Anexo I

Let others boast their stature or their birth,
This glorious truth shall fill my soul with mirth,
That I am now and hope to years to be
The smallest subject of the dearest land to me.*

    Viva Cuba Libre.
        Cuba será Independiente.

        Chiquita,
           Esp. Cenda

---

* Estos versos, escritos por Chiquita en su idioma materno, fueron traducidos al inglés e incluidos en el folleto *Chiquita «Little One»*. No logré dar con la versión original. Una traducción literal al español sería la siguiente:

Dejad a otros jactarse de su estatura o de su nacimiento,
esta verdad gloriosa llenará mi alma de alegría,
que ahora soy y espero con los años ser
la persona más pequeña de mi adorada tierra.

Anexo II

Liliputienses y enanos: mientras más pequeños, más grandes

F. KOLTAI

Los editores del Rhode Island Lady's Magazine me ponen en un aprieto al solicitarme un artículo sobre liliputienses y enanos célebres. El espacio es breve y son numerosos los personajes que quisiera evocar.

¿Debo comenzar por Khunapup, el esclavo enano al servicio del faraón Dadkeri-Assi, descrito en antiguos papiros como «no más grande que un gato»? ¿Quizás por Farsalio, un hombrecito de dos pies de estatura, protegido de Filipo II de Macedonia? ¿O tal vez con Jeffrey Hudson, llamado «Lord Minimus» por su talla de sólo 18 pulgadas, el gran favorito de los reyes Carlos I y Henrieta María?

Sin embargo, los enanos y los liliputienses de épocas remotas no siempre fueron bufones, criados o esclavos. Los hubo de mente brillante y buena cuna, como Philetas, un bardo de la Grecia antigua, de quien se aseguraba que, por ser tan pequeño, cada vez que salía de su casa tenía que echarse piedras en los bolsillos y usar zapatos con plomo, para evitar que el viento lo arrastrara.

Como sería imposible mencionar a todos los liliputienses y enanos famosos que han existido, sólo haré referencia a algunos de los que pude ver, en algún momento de mi ya larga vida, en teatros, circos, museos de curiosidades y barracas de ferias. Todos los que he elegido dejaron una huella imborrable en mi recuerdo.

GRANDES ENTRE LOS GRANDES

General Tom Thumb. El Napoleón de los liliputienses. De la mano de Barnum, el joven Charles Stratton conquistó primero su país y después el mundo. En los inicios de su carrera era alegre y ligero como una burbujeante copa de champaña; después, los años le trajeron no sólo pulgadas de estatura y libras de peso, sino también una solemnidad un tanto pesada. Creo que la conciencia de su inmensa popularidad afectó, en cierta medida, su capacidad para divertir a los auditorios. No obstante, eso no hizo declinar su leyenda. Ni la muerte pudo arrebatarle su condición de ídolo. Tuve la suerte de poder aplaudirlo en diferentes momentos de su carrera y de presenciar en 1863 su matrimonio, lo cual considero un gran privilegio.

Lavinia y Minnie Warren. Estas adorables hermanas, nacidas en Middleborough, Massachusetts, medían 32 y 27 pulgadas de estatura, respectivamente. Saltaron a la fama cuando Lavinia contrajo matrimonio, a los 21 años, con Tom Thumb. Minnie se retiró de los escenarios después de actuar en numerosos países junto a su hermana, su cuñado y el Comodoro Nutt, y murió de parto en la flor de la juventud. Lavinia, en cambio, tuvo una carrera mucho más prolongada y exitosa. Tras ser la devota esposa de Tom Thumb durante 20 años, quedó viuda y se casó con el Conde Primo Magri en 1885. En compañía de su segundo esposo (y de Ernesto, el hermano de este) continuó recorriendo el mundo y cosechando aplausos hasta una avanzada edad. Lavinia y Minnie Warren tuvieron otra hermana, llamada Carolina Delia, pero esta no nos interesa para nada, ya que era de estatura normal.

Comodoro Nutt. De no haber existido Charles Stratton, el Comodoro Nutt habría sido el más popular y el mejor pagado de los liliputienses del American Museum de Barnum. Aunque mucha gente lo recuerde como «el padrino de la boda de Tom Thumb», en realidad este apuesto caballero de 29 pulgadas de alto, oriundo de Manchester, tuvo una relevante trayectoria artística. George Washington Morrison (ese era su nombre real) murió en 1881, a la temprana edad de 37 años, soltero y víctima de un mal de los riñones. Tuvo muy mala suerte en el amor: pretendió a Lavinia y a Minnie Warren, pero ambas prefirieron casarse con otros.

Lucía Zárate. Belleza mexicana que llegó a Estados Unidos en noviembre de 1877, a los 15 años de edad, procedente de San Carlos. Era adorable: tímida, frágil, una florecita. Medía 19 pulgadas y pesaba 5 libras. Su primera presentación la hizo en Nueva York, en el Meade's Midget Hall, que estaba en la esquina de 14th Street y Fifth Avenue. La vi allí y luego, dos años después, en el Masonic Temple. El 30 de octubre de 1880, la señorita Zárate partió hacia Londres, donde trabajó durante un año. Murió congelada, dentro de un tren, el 30 de junio de 1890. Le apasionaba leer. Siempre parecía triste; tal vez lo estuviera.

Princesa Paulina. La señorita Paulina Musters nació en Holanda. Aunque sus padres y sus once hermanos eran grandes y robustos, ella medía solamente 17 pulgadas y pesaba 8 libras. Viajó por Europa interpretando un número de proezas acrobáticas, y llegó a Nueva York a fines de diciembre de 1894. Falleció unas semanas después (el 14 de febrero), a la tierna edad de 19 años. La llamaban «el Gorrión Holandés».

Che-Mah, el Enano Chino. Quizás algunos no vean con buenos ojos que conceda más relevancia en este artículo a un hombrecito del Celeste Imperio que a otros renombrados liliputienses y enanos nacidos en esta gran nación. Lo hago porque, si bien las dotes de Che-Mah para el canto, el baile o la actuación eran nulas, en cambio era un filósofo en miniatura. En sus presentaciones decía al público consejos y máximas rebosantes de sabiduría oriental. Lo vi en Londres, en 1881, y luego varias veces más en Estados Unidos. Medía dos pies y una pulgada. Nació el 15 de abril de 1838, en Ningpo, isla de Choo Sang, en China. Después de retirarse, se instaló en Knox, Indiana, donde falleció hace un mes. A los 71 años, se casó con Nora Cleveland, su ama de llaves, una dama de casi seis pies de estatura y alrededor de 200 libras de peso. Se divorció de ella 14 años después.

Chiquita. La sangre ardiente que corre por sus venas (sangre azul de hildagos de España mezclada con unas gotas de la antigua raza mora) la hizo siempre distinta y única. Es versátil, sagaz y hermosa. Desde que presencié su memorable debut, de la mano de F. F. Proctor, en 1896, supe que estaba destinada a ocupar un lugar de honor en el Olimpo liliputiense, y la intuición no me falló. Todos los periódicos la alabaron: «La novena maravilla de nuestra era» (The New York World), «El acontecimiento del siglo» (The New York Sun), «El átomo de átomos» (New York Journal). Fui testigo, después, de sus triunfos con el empresario Frank C. Bostock. Me atrevo a asegurar que una carrera como la suya difícilmente podrá ser superada. Su vivacidad, su distinción y su gracia son únicas. Dios no volverá a regalarle a la humanidad una criatura semejante. Mide 26 pulgadas. Quiero aclarar que Espiridiona Cenda («Chiquita») no nació en México —como han dicho, erróneamente, algunos ignorantes—, sino en Matanzas, una de las más antiguas y bellas ciudades de la isla Cuba. Fue amiga personal del presidente McKinley y de su esposa. En su momento de mayor popularidad, la gente pagó un dólar por el privilegio de estrechar su mano. Llegó a recibir un salario mensual equivalente a su peso en oro (algo de lo que ningún otro artista, del pasado o del presente, ha podido vanagloriarse).

OTRAS CRIATURAS
PEQUEÑAS QUE
JAMÁS OLVIDARÉ

Francis Joseph Flynn («General Mite») y señora. Un matrimonio primoroso. El diminuto General Mite era oriundo del condado de Chenango, en Nueva York, y su esposa Millie (de soltera Edwards) de Kalamazoo, en Michigan. Se casaron en Manchester, durante una larga gira por Inglaterra.

Stepanida Merkulova. Rusa, de personalidad avasallante. Me encantó un número en el que silbaba La danza de las horas, de Ponchielli, a dúo con un canario. Aunque viajó mucho por Europa, nunca se presentó en Estados Unidos (razón por la cual no la incluyo en el acápite de «los más grandes»).

Sister Queene, Comodoro Foots y Little Shrimp. Un divertido trío de comediantes. Los aplaudí en 1890, en el Huber's Palace Museum de East 14th Street.

Baronesa Simona Flament. A esta pícara francesita la vi en un teatro de variedades de París, en 1920. La anunciaban como «la más pequeña personalidad». Es pura dinamita.

Isaiah A. Hatch («Little Man»). Nació en Provincetown, Massachusetts, medía tres pies y pesaba 80 libras. Dueño de un notable talento literario, publicó varios folletos de versos y viajaba por todo el país vendiéndolos. Aunque muchos empresarios quisieran contratarlo, él prefirió conservar su independencia. Murió en 1894, a los 63 años.

Franz Ebert y Die Liliputaner. Los vi en 1890, cuando debutaron en el Niblo's Garden. Aunque un tanto petulante y fatuo, Franz Ebert, su principal figura, era un comediante excepcional. Ebert y Die Liliputaner volvieron a Estados Unidos en otras ocasiones. Los

neoyorquinos los idolatraban.

Princesa Wee Wee. La más conocida liliputiense negra. Su verdadero nombre era Harriet Elizabeth Williams y nació en Bryn Mawr, Pensilvania, en 1892. La vi en el sideshow de Dreamland, en 1908, y luego, en 1920, en otra faceta de su carrera: cuando formó parte de las Whitman Sisters, una troupe de cantantes y bailarinas que trabajaba en los vaudevilles negros. También le decían «Winnie Wee, el Éclair de Chocolate Animado».

The Little Bengalis. Equilibristas franceses. Actuaron en el Palacio del Placer de Proctor a principios de 1896.

Asra, la Lady Godiva enana. ¡Impactante y muy atrevida! La descubrí en Bruselas, en 1913. También estuvo en la Exposición Internacional Panamá-Pacific de San Francisco, en 1915.

Sonia y Sacha. El mejor dúo de ballet liliputiense que he visto. Los conocí en París, en 1917, recién llegados de Rusia, y desde entonces tenemos una bonita amistad.

Los Zeynard. Temerarios acróbatas ecuestres. Los aplaudí en 1910, en Nueva York. Sé que actuaron también largas temporadas en el Tiny-Town de Londres.

Carrie Akers, la Señora Jabalí. Tuvo el mérito de ser, al mismo tiempo, liliputiense y fat lady. Medía 34 pulgadas y llegó a pesar 309 libras. Carecía de cualquier tipo de don artístico, pero verla comer era todo un espectáculo. Lo comprobé en 1881, cuando Barnum la presentó en su Greatest Show on Earth.

Príncipe Theodor die Kanone. Violinista y director de orquesta. Medía menos de 30 pulgadas. Pude verlo en Londres, durante mi infancia. Al finalizar su actuación, mi tío Elek Koltai (quien me transmitió su curiosidad y su admiración por la gente muy chiquita) me llevó a saludarlo.

Más figuras relevantes. Me habría gustado compartir también mis impresiones sobre Rufus, el Gran Microbio; Eliza Nestel, la Reina de las Hadas; el Almirante Dot y su esposa «Lottie»; Smaun Sing Poo, la Mosca Birmana; Miss Corabella; la encantadora de serpientes Fanny Burnett; los hermanos filipinos Martina y Juan de la Cruz; los integrantes de la Lilliputian Opera Company de Alemania; Wenatchee, el Valiente Jefe Indio; Dolletta Boykin, la madre más pequeña del mundo; el turco Hayati Hassid; la Princesa Tiny (quien, a su minúsculo tamaño, sumaba la rareza de tener seis dedos en cada mano y en cada pie) y muchos, muchos otros. Pero ya he excedido el número de pliegos que me concedieron y debo poner fin a este artículo. Continuaremos hablando de este apasionante tema en otra oportunidad, si Dios lo permite.*

---

* Al mecanografiar este artículo, Cándido Olazábal no puso la fecha en que el *Rhode Island Lady's Magazine* lo publicó. Sin embargo, como en el texto Koltai indica que el enano chino Che Mah había fallecido un mes atrás, debe haber sido en 1926, año en que murió ese conocido personaje.

Anexo III

TESTIMONIO GRÁFICO

«Nada tengo que perder y sí mucho que ganar.» Poco
después de su llegada a Nueva York en 1896.

«Chiquita poseía una voz afinada y bastante más potente de lo que su talla hacía suponer.»

Aunque no existen testimonios de que supiera tocar la mandolina, en esta postal publicitaria sostiene ese instrumento musical de modo muy convincente.

CHIQUITA. LITTLE ONE LIVING DOLL.
MOST DIMINUTIVE ADULT IN THE WORLD

«La Chiquita que yo conocí tenía mucho carácter, era arrogante y estaba acostumbrada a mandar.»

'CHIQUITA," The Cuban Atom
VERITABLY A LIVING DOLL.

«Era muy coqueta y siempre estaba tratando de seducir, de envolver a la gente con sus encantos.»

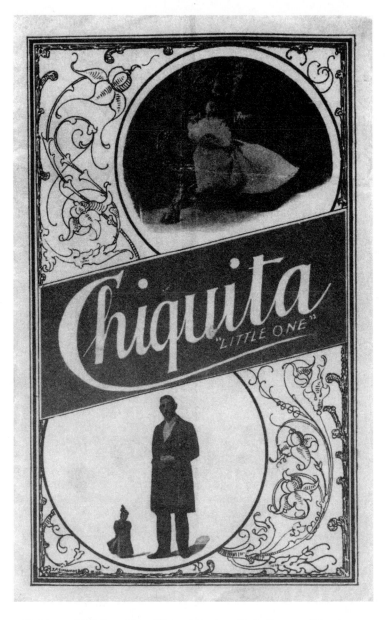

Cubierta del folleto biográfico *Chiquita «Little One»,* publicado en
Boston, alrededor de 1897.

Evidentemente, siempre tuvo debilidad por las *chaises longues*.
Contraportada del folleto *Chiquita «Little One»*.

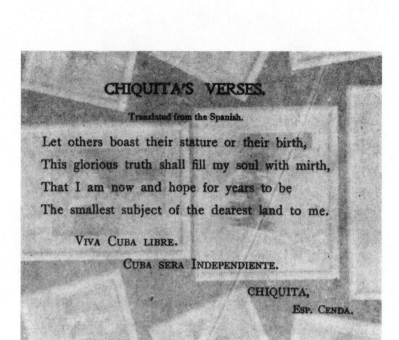

CHIQUITA'S VERSES.

Translated from the Spanish.

Let others boast their stature or their birth,
This glorious truth shall fill my soul with mirth,
That I am now and hope for years to be
The smallest subject of the dearest land to me.

VIVA CUBA LIBRE.

CUBA SERA INDEPENDIENTE.

CHIQUITA,
ESP. CENDA.

«A su manera, fue una patriota.» Versos atribuidos a Espiridiona Cenda y publicados en el folleto *Chiquita «Little One»*.

CURTAILED CUTTINGS FROM BOSTON PAPERS.

Traveler, Nov. 13.

The Cuban Fairy Destined to Create a Sensation in Boston.

Journal, Nov. 13.

The Dainty Little Cuban — An Animated Doll — A Woman in Miniature — Boston Turns Out to Greet Her.

Evening Record, Nov. 13.

A Fascinating Little Midget — To be Appreciated Must be Seen.

Journal, Nov. 15.

Only Knee-High — The Smallest Perfectly-Formed Woman in the World — An Atom of Humanity.

Traveler, Dec. 1.

The Cutest Little Morsel of Humanity — The Greatest Attraction that Ever Came to Boston.

Daily Globe, Dec. 8.

Chiquita — A Lilliputian Cuban Queen — The Daintiest Lady in the Land.

«Nueva York me aprecia, pero Boston me adora.» Frases de elogio dedicadas a Chiquita por los principales periódicos de Boston e incluidas en el folleto *Chiquita «Little One»*.

CHIQUITA.

Al regreso de su primera estancia en Europa, en 1901, dueña de su
vida y con un porvenir prometedor.

La gran Exposición Panamericana celebrada en Búfalo, en 1901,
le concedió el título de «mascota oficial».

El teatro de Chiquita fue una de las atracciones más visitadas de la
Exposición Panamericana.

Junto al famoso gigante ruso Machnow, en una función en el
Hipódromo de Londres, en 1905. «La gente creía que se llevaban
de maravillas, pero lo cierto es que apenas se dirigían la palabra.»

Tarjeta para publicitar sus presentaciones en el Lit Brother's Free Theatre de Pensilvania. Curiosamente, en el manuscrito no se hace alusión a este momento de su carrera.

Un volante publicitario del Theatre Comique, de Boston, donde
trabajó en 1909.

«Medir mucho menos que los demás no significaba que pudieran
esclavizarla o arrogarse el derecho de decidir por ella.»

En su madurez, siempre a la moda e irradiando
sensualidad. Foto con su firma autógrafa en lápiz.

Con la falda corta, en una tarjeta postal vendida
en la feria del condado Lake, en Ohio, en 1926.
Aunque por entonces estaba cerca de los cincuenta
y siete años de edad, en la dedicatoria que escribió
en el reverso Chiquita dice tener sólo cuarenta
y cuatro años.

¿Su última foto?

Nota final

Soy un novelista; es decir, un mentiroso profesional. Aunque este libro se inspira en la vida de Espiridiona «Chiquita» Cenda, dista mucho de reproducirla con fidelidad. Se trata de una obra concebida desde la libertad absoluta que permite la ficción, así que cambié a mi antojo todo lo que quise y añadí episodios que, probablemente, a la famosa liliputiense le hubiese gustado protagonizar.

He entremezclado sin el menor escrúpulo verdad histórica y fantasía, y dejo al lector la tarea de averiguar cuánto hay de una y de otra en las páginas de esta suerte de biografía imaginaria de un personaje real. Ahora bien, le recomiendo que no se fíe de las apariencias: algunos hechos que parecen pura fabulación están documentados en libros y periódicos de la época.

Quiero expresar mi más profundo agradecimiento a quienes me acompañaron y estimularon durante los cinco años que dediqué a esta novela.

En primer lugar, a Sergio Andricaín: sin su confianza y su apoyo, el libro simplemente no existiría. Digamos que fue escrito para él y gracias a él.

Gracias también a Chely Lima, quien me sirvió de crítica implacable y amorosa, y también de terapeuta. Ella me hizo reescribir los primeros capítulos y logró que transformara mi percepción de la heroína.

A Daína Chaviano, consejera y cómplice, que leyó el manuscrito en sus distintas versiones, y siempre tuvo una respuesta sensata y paciente para mis preguntas.

A Iliana Prieto, por su entusiasmo y su aliento.

A Lourdes Rensoli, por sus valiosas observaciones y por ayudarme a desentrañar el universo íntimo de Chiquita.

A Carlos Espinosa Domínguez, quien leyó generosamente el manuscrito y le dio su entusiasta «bendición».

A Nancy García, por hacer que Chiquita entrara en mi vida.

A mi familia, por creer en mí.

Gracias, además, a la Cuban Heritage Collection, de la biblioteca Otto G. Richter de la Universidad de Miami, y de manera especial a su bibliógrafa Lesbia Orta Varona.

Y, *last but not least*, a mi agente Thomas Colchie y a su esposa Elaine, quienes se enamoraron de Chiquita desde que les mostré sus retratos una noche del año 2002, en el Flatotel Hotel de Manhattan, y me alentaron a escribir esta obra.

Miami, noviembre de 2007

Chiquita se terminó de imprimir en abril de 2008, en Gráficas Monte Albán, S.A. de C.V., Fraccionamiento Agro Industrial La Cruz, Villa de Marqués, Apartado Postal 512, Querétaro.

X Premio Alfaguara de Novela 2008

El 25 de febrero de 2008, en Madrid, un jurado presidido por Sergio Ramírez, e integrado por Ángeles González-Sinde, Juan González (con voz pero sin voto), Ray Loriga, Guillermo Martínez y Jorge Volpi otorgó el **XI Premio Alfaguara de Novela** a *Chiquita*, de **Antonio Orlando Rodríguez.**

Acta del Jurado

El Jurado del **XI Premio Alfaguara de Novela 2008,** después de una deliberación en la que tuvo que pronunciarse sobre siete novelas seleccionadas entre las quinientas once presentadas, decidió otorgar por mayoría el **XI Premio Alfaguara de Novela 2008,** dotado con ciento setenta y cinco mil dólares, a la novela titulada *Chiquita,* presentada bajo el seudónimo **Lemuel Gulliver,** cuyo título y autor, una vez abierta la plica, resultó ser *Chiquita* de **Antonio Orlando Rodríguez.**

El Jurado consideró que *Chiquita* «es una novela a la vez elegante y llena de vida, con una notable gracia narrativa y una imaginación sin descanso, que despliega, como una inmensa partitura de ejecución precisa, la época y la vida de un personaje extraordinario, la liliputiense cubana Espiridiona Cenda, bailarina y cantante de los teatros de variedades de principios del siglo XX, llamada en su vida artística «la muñeca viviente». La novela concebida como una autobiografía dictada en la vejez a un periodista que trata de cotejar verdad y exageración de cada peripecia, avanza desde la infancia de Chiquita en la Cuba del esclavismo y la colonia a su salto, en la primera juventud, a los escenarios más importantes de Estados Unidos y Europa, con el trasfondo a la distancia de la guerra de los mambises por la independencia y las intrigas diplomáticas que envuelven a la protagonista. Por detrás del afán de Chiquita en retratarse como una gran estrella siempre brillante, se deslizan de a poco las sombras de la decadencia, los desengaños amorosos, la lenta relegación a las ferias de *freaks,* y el drama íntimo de una artista que no quiere resignarse a ser exhibida como un mero fenómeno de circo. Una novela ambiciosa que reconstruye la época de máximo esplendor de los teatros de variedades, y logra traer otra vez a la vida, en todo su genio, su crueldad y su encanto, a un personaje inolvidable».

Premio Alfaguara de Novela

El Premio Alfaguara de Novela tiene la vocación de contribuir a que desaparezcan las fronteras nacionales y geográficas del idioma, para que toda la familia de los escritores y lectores de habla española sea una sola, a uno y otro lado del Atlántico. Como señaló Carlos Fuentes durante la proclamación del **I Premio Alfaguara de Novela,** todos los escritores de la lengua española tienen un mismo origen: el territorio de La Mancha en el que nace nuestra novela.

El Premio Alfaguara de Novela está dotado con 175.000 dólares y una escultura del artista español Martín Chirino. El libro se publica simultáneamente en todo el ámbito de la lengua española.

Premios Alfaguara

Caracol Beach, Eliseo Alberto (1998)
Margarita, está linda la mar, Sergio Ramírez (1998)
Son de Mar, Manuel Vicent (1999)
Últimas noticias del paraíso, Clara Sánchez (2000)
La piel del cielo, Elena Poniatowska (2001)
El vuelo de la reina, Tomás Eloy Martínez (2002)
Diablo Guardián, Xavier Velasco (2003)
Delirio, Laura Restrepo (2004)
El turno del escriba, Graciela Montes y Ema Wolf (2005)
Abril rojo, Santiago Roncagliolo (2006)
Mira si yo te querré, Luis Leante (2007)
Chiquita, Antonio Orlando Rodríguez (2008)

Antonio Orlando Rodríguez nació en Ciego de Ávila, Cuba, en 1956. Es escritor, editor y periodista. Licenciado en Periodismo en la Universidad de La Habana, ha residido en Costa Rica, Colombia y, actualmente, en Estados Unidos. Es autor de la novela para adultos *Aprendices de brujo* (Alfaguara, 2002, Rayo/HarperCollins, 2005), de los libros de cuentos *Strip-tease* (1985) y *Querido Drácula* (1989) y de la obra de teatro *El León y la Domadora* (1998). Su bibliografía incluye también investigaciones literarias como *Literatura infantil de América Latina* (1993), *Panorama histórico de la literatura infantil en América Latina y el Caribe* (1994), *Puertas a la lectura* (1993) y *Escuela y poesía* (1997).

A lo largo de su carrera ha publicado numerosas obras para niños y jóvenes, entre las que se encuentran *El rock de la momia, Mi bicicleta es un hada y otros secretos por el estilo, La isla viajera, ¡Qué extraños son los terrícolas!* y *La maravillosa cámara de Lai-Lai.*